綠野仙踪 (下)

李百川　著
葉經柱　校注

三民書局

國家圖書館出版品預行編目資料

綠野仙踪／李百川著;葉經柱校注.－－二版一刷.－－
臺北市：三民，2019
面；　公分.－－(中國古典名著)

ISBN 978-957-14-6584-5　(一套:平裝)

857.44　　108001314

© 綠野仙踪(下)

著作人　李百川
校注者　葉經柱
發行人　劉振強
著作財產權人　三民書局股份有限公司
發行所　三民書局股份有限公司
地址　臺北市復興北路386號
電話　(02)25006600
郵撥帳號　0009998-5
門市部　(復北店)臺北市復興北路386號
(重南店)臺北市重慶南路一段61號
出版日期　初版一刷　1999年7月
二版一刷　2019年4月
編號　S 854440
上下冊不分售
行政院新聞局登記證局版臺業字第〇二〇〇號

ISBN　978-957-14-6584-5　(一套：平裝)

http://www.sanmin.com.tw　三民網路書店

回目

下冊

第五十一回　赴章臺如玉釋嫌怨　抱馬桶苗禿受叱呼

詞曰：

昔時各出傷心語，今夜歡娛同水乳。女修文，男演武，揉碎繡床誰作主？　聽淫聲，猛若虎，也把花娘撐努。掀翻馬桶君知否，禿兒情亦苦。

右調應天長

話說溫如玉同苗禿、鄭三坐車到試馬坡，入得門來，先是鄭婆子迎著說道：「孩子們年輕，得罪下大爺，就連俺老兩口子也惱了，許久不來走走。今日若不是老頭兒去請，還不肯來哩！」如玉笑了笑，入了廳房，苗禿子就要同往金鐘兒房裡去。如玉道：「我們且在廳上坐坐。」

待了一會，只見玉磬兒從西房內走來，淡淡的一笑，說道：「大爺來了。」如玉道：「來了，請坐罷。」玉磬兒坐在一傍。少刻，蕭麻子也到，一入門，便笑道：「大爺好利害人，那日我們四五個，趕了好幾里，也沒趕上。今日來了，全全我們的臉罷。」說畢，各作揖坐下。彼此敘談著喫茶。苗禿子道：「怎麼這金朋友還不見出來？」蕭麻子道：「小行貨子心裡還懷著棒搥兒哩，等我去叫他。」於是走到東房門前，將簾子一掀，笑說道：「溫大爺不來，你三番五次催我們去請。正經來了，你又躲著不見，還不快起來，青天白日裡，睡的是甚麼？」說罷，復回廳上坐著。

又待了好半晌，方見金鐘兒揉眉擦眼，如玉偷看了一眼，但見穿著一件深藍紬子大棉襖兒，外套青緞灰鼠皮背心，腰裡繫著條沈香色汗巾，青緞子百折裙兒，大紅緞平底花鞋，頭上搭著皂綢手帕一方，烏雲亂挽，寶髻斜垂，薄粉輕施，香唇淡點，步履之間，比素日又文雅些。走到了廳中間，有意無意的斜覷了如玉一眼，拉過把椅子來，坐在下面，將臉兒朝著門外，一句話兒也不說。苗禿子笑道：「我的小肉肉，你和我也惱了？我替你捨死忘生請了一回，你也不與我請個安？」蕭麻子道：「你不自己想想是個甚麼東西，敢和人說請安二字？」苗禿子道：「我在嫖場中，不過手內無錢，若論人才，就走遍天下，也是個二等資格，還不值他一請安麼？」眾人都笑了。蕭麻子道：「金姐掉過臉兒來說話。」金鐘兒總不回答。蕭麻子向如玉道：「這也怪不得他，委實那日溫大爺的嘴巴太手重些了。」金鐘兒聽了，將粉項一低，那眼中的淚，就像斷線珍珠相似，撲簌簌亂滾下來。

苗禿子罵道：「這象皮龜真不成人類，好端端的，被他一個屁就點綴哭了。」從袖中取出個手帕兒來，斜著身子，替他揩淚，口裡罵蕭麻子不絕。揩抹了一會，金鐘兒不哭了。苗禿向蕭麻子道：「他兩口子一句話兒也不說，我和你該想個法兒，與他兩個作合纔好。」蕭麻子道：「用不著你我，只用到定更時候，那一隻眼兒的光頭老先生出來，只用他點頭晃腦幾下，就強似我們作合數倍。」玉磬兒拍手打掌的大笑道：「原來你兩個的臉，還不如人家一根毬！」蕭麻子大喝道：「胡說！」只這一聲，不但溫如玉、苗禿子，連金鐘兒也忍不住笑了。隨後蕭麻子也笑了。打雜的拿入酒菜來，五人坐定，金鐘兒連筷子也不拿，問他，只說肚裡不受用。略坐了一會兒，就回房裡去了。苗禿與蕭麻，就和與酒有仇的一般，你狠一大杯，我狠一大杯，頃刻告乾了一壺。打雜的又添上酒來，兩人復灌了數杯，方將鋒鋩下去。又放開憨量喫起菜來。皆因何公子去後，鄭三家二十餘天無上眼客人，苗禿在泰安來往，還喫了幾次肉，蕭麻子口裡實淡出水來，今日安肯輕易放過？只喫的瓶盡盤空，方肯住手。蕭麻子坐在一傍剔牙，苗禿子嚷著要喫茶。

須臾，各房裡點起燭來。蕭麻子道：「溫大爺是久別，苗三爺是初到，我們早散了罷，明日一早再會。」苗禿道：「你說的是。」遂一齊送如玉到金鐘兒房內。金鐘兒從炕上扒起來，讓眾人坐。蕭麻子道：「你兩口兒好好安歇罷，我明日早來看你。」說罷，同苗禿出去。如玉要相送，被苗禿將門兒倒扣上去了。金鐘兒見眾人已去，拉過枕頭來，依舊倒在炕上睡去。如玉見金鐘兒不睬他，自己坐在一把椅子上，口內沈吟，心中酌量。見金鐘兒總是睡覺，一抬頭，見櫃頂上有幾本書，取下來看視，是幾本算命子評，一句也看不入去，不住的偷眼窺伺金鐘兒。約有起更時分，只見金鐘兒起來，走到如玉面前，將燭拿去，往鏡臺邊一放，對著鏡子，把頭髮整理了幾下，用手帕從新罩了罩，拿起杯茶來，漱了漱口，唾在地下。然後到炕沿邊，將被褥打開，鋪墊停妥，又將內外衣服扭扣兒解開，也不換睡鞋，回頭向如玉道：「你坐一夜麼？我得罪你了。」如玉道：「我也就睡。」金鐘兒脫去上下衣服，面朝裡睡了。如玉又坐了有兩杯茶時，也將衣服脫去，揭起被子，睡在一邊，離的金鐘兒遠遠的，面朝上納悶。金鐘兒是等著如玉央及他，又不肯失了身分先摟攬如玉。如玉急欲與金鐘兒和合，也不肯先下這一口氣，究竟兩個都是假做作，沒一個睡得著。

約二更時分，如玉見金鐘兒睡的聲息不聞，心裡說道：「我何苦受這樣罪？不如出廳屋裡去，坐到天明，回家是正務。」旋將被子揭起，取過衣服來，披在身上，將要穿褲子，只見金鐘兒翻過身來，問道：「你這時候穿上衣服怎麼？」如玉道：「我與你尋何公子去。」金鐘兒道：「你還敢和我像這樣說？」如玉道：「我與你該怎麼說？」金鐘兒看著如玉，點了兩下頭兒，那淚痕就長一行短一行，流在枕邊。如玉拿著褲子，就穿不上了。忙問道：「你倒有甚麼話，不妨明明白白較論一番。」金鐘兒道：「罷麼，你只再打我幾個嘴巴就是了。」撲起來，將如玉的衣服從身上拉下，用力丟在傍邊。眼含著痛淚，又翻轉身，面向裡睡去了。

如玉急忙鑽入被內，從後面緊緊的摟住，問道：「你倒還敢惱我麼？」金鐘兒也不言語。如玉將他搬過來，先將右腿搭在他身上，將左胣膊伸入他項下，摟住親了兩個嘴，又用自己的臉蛋兒與他來回揩抹淚痕。笑說道：「誰教你見了個何公子，就愛的連性命也不顧，待我和糞土一般？」金鐘兒道：「就算上我愛了何公子，不過是婦人家水性楊花，罪也不至於打嘴巴。」如玉道：「你也不該對著許多人，罵我是下流東西。」金鐘兒道：「你罵的我成篇累套的，還有個數兒？我和你相交十數個月，沒好處也有好處來，虧你忍心下毒手，打我兩個嘴巴。」說著，將如玉一推。如玉笑道：「不用你推我，我也沒別法報仇，我只教你今夜死在我手裡就是了。」於是不由分說，將金鐘兒兩腿分開，把陽物❶沒頭沒腦的往陰戶內亂塞。金鐘兒道：「慢些兒，通的小肚子怪疼的。」

不言兩人行房，且說苗禿子與玉磬兒幹訖一度，又睡了一覺醒來，想了想，今夜小溫與金鐘兒，不知和好不和好，我且偷的去看個景象兒。披了衣服，下地開門，玉磬兒問道：「你出去做甚麼？」苗禿

❶ 陽物：男性生殖器，或稱陽道、陽具、陰莖、玉莖，俗稱雞巴，北方多稱屌。

道：「我要出大恭。」悄悄的出了廳房，走到東房窗子外，只聽得咶咶咂咂，響得兇狠之至。忙用指尖將窗子上紙觸一小窟，往內一覷，只見金鐘兒一隻右腳在如玉手中，一隻左腳在如玉腰間。穿的是大紅緞平底花鞋兒，又瘦又小，比玉磬兒的腳端正許多，甚是可愛。又瞧了瞧如玉的陽物，可及六寸來長，又且粗大，在金鐘兒牝戶❷內抽出送入，就像一條大蟒鑽窩的一般。將陰門兩片肉弄的凸起凹下，吞放不已，淫水直流。苗禿嫖了數年，從未經見，纔明白那響聲通是淫水作怪。再看金鐘兒，星眸斜視，粉面通紅，身子也無力迎湊，口裡上氣不接下氣的，亂嚼呻吟下一堆。苗禿子看了，高興的了不得，嘆息道：「小溫兒雖然花了幾個錢，花的還算是值。像我苗老禿，就可憐了。」又見如玉忽將金鐘兒兩腿掀起，發狠抽提，一下緊似一下。再看金鐘兒，雙目直視，兩手搬住如玉的兩脇，大聲叫道：「我的親達達，我今日活不成了。」說罷，將頭在枕頭上來回滾了幾下，鼻中聲息似有若無，像個昏去的光景，面皮也看的黃了。

苗禿子那裡還捱的住？摸了摸自己的陽物，與鐵鎗一樣，連忙跑入西房，看了看，玉磬兒不在炕上，不想在地下馬桶上撒尿。苗禿子也顧不得分說，彎倒腰將玉磬兒一抱，不意抱得太猛了，連馬桶也抱起來。玉磬兒不曉的他是甚麼意思，唬的大驚失色，喊叫道：「你是怎麼樣？」苗禿子將馬桶丟在地下，把玉磬兒放在炕沿上推倒，急將陽物狠命的插入他陰戶內。他本是情急了的人，還有甚麼工夫，不過七八抽就停當。拔出來，將腰直起，長出了一口氣，揭起被子，鑽入裡面睡覺去了。玉磬兒坐起，看了看，馬桶也倒在地下，流的尿屎滿地，臭不可聞，不由的心中大怒，指著苗禿子罵道：「冒失鬼的哥哥冒八

❷ 牝戶：女性生殖器，或稱陰戶、陰門、陰道，俗稱屄。牝，音ㄆㄧㄣˋ，雌性的禽獸。

鬼、冒九鬼，也到不了你這步田地。怎麼好好兒出院裡去，回來就這般顛狂，比瘋子還利害十倍。這不是馬桶也倒了，屎尿流下半地，半稀不稠的臭精，弄下我兩腿，一泡尿也嚇的人沒有溺完，真是那裡的晦氣，平白裡接下個你，還不如接個文雅些的忘八。雖然說是龜鑽了龜，少冒失些兒也好。」苗禿子用被蒙了頭，一聲兒也不敢言語，任憑玉磬兒裁處他，也由不得自笑不已。玉磬兒罵罷，從火盆內取了些灰，倒在地下，將屎尿調和了一會，收拾在馬桶內，蓋上蓋兒，將簸箕丟在一邊，又在面盆內洗了手，嘴裡絮聒了好半晌，方纔掀起被子同歇。苗禿只裝睡著，不敢動一動兒，怕玉磬兒再罵。

再說如玉與金鐘兒復相和好，兩個鸞顛鳳倒，鬧到了四鼓方止。次日，如玉梳洗罷出來，見蕭麻子、苗禿、玉磬兒，都在廳上坐著。見如玉出來，一齊站起。蕭麻子笑道：「一夜恩情，化除了千般嫌怨，實是快樂不過的事。」如玉坐下，說道：「我原就不計論他。若計論他，也不來了。」苗禿子道：「這都是開後門的話。我們朋友們說合著，兩個都不依。允睡了一夜，就相好起來，也未免重色輕友，太利害些。」蕭麻子道：「到底要算你的大功。」苗禿道：「我有何功？」蕭麻子道：「光頭先生之功，即汝之功也。」大家都笑了。蕭麻子道：「小金兒還睡麼？」如玉道：「他梳了頭就出來。」四人喫了一會茶，只見金鐘兒掀開氈簾，搖搖擺擺的走來，打扮的和一朵鮮花兒一樣，眉中間點了一點紅，口唇上也點著一點紅，頭上帶著青緞銀鼠臥兔兒，越顯的朱唇皓齒，玉面娥眉，走到如玉肩下坐了。蕭麻子笑道：「好壯臉呀！」金鐘兒笑道：「雖然臉壯，卻不是象皮的。」蕭麻子道：「這小妖精兒，敢藉話兒譏誚我！」

苗禿子把兩眼硬睜著，只是看。金鐘兒道：「你看我怎麼？」苗禿子道：「我看你大大的兩個青眼圈，是昨夜昏過去的原故。」金鐘兒道：「只你看見來？」苗禿道：「你倒別要嘴硬，會事的快與我個嘴喫，我就不言語了。若說半個不字，我數念個七青八黃。況你又曾說過，請著溫大爺來，與我嘴喫，現有老蕭作保，一共兩個嘴，今日都要歸結。」金鐘兒道：「我的嘴有氣味，休要臭著你了。」苗禿子道：「你不必正話兒反說。你說我的嘴臭，你只問你玉姐，他還說我嘴裡常帶些蘋果兒香。」玉磬兒道：「你倒不惡心我罷。」蕭麻子道：「金姐給他個嘴喫罷，也算他披霜帶露，替你請溫大爺一回。我又是保人，你不與他喫，他就要喫我的哩。」如玉大笑，金鐘兒搖著頭兒，笑說道：「不！」苗禿道：「我看這光景，是絕意不與我喫了。我只問你，你家窗櫺紙，是怎麼就破了？」金鐘兒的臉，不由的紅了一紅。掉轉頭，向如玉道：「我今早起來就看見，還只當是你弄破的，原來是他做的懸虛❸。」玉磬兒聽了，心下纔明白，向苗禿子拍手大笑道：「怪道你昨晚和瘋子一樣，不想是這個原故。」說著，越發笑起來。苗禿子連連作揖道：「一個相與家，要包含些兒。」蕭麻子道：「必定這禿奴才昨晚不知出了甚麼大醜，你們看他這鬼樣。」問玉磬兒道：「你對我說，我也快活快活。」玉磬兒越發笑的了不得。蕭麻子再三盤問，他又不說。

大家正鬼混著，打雜的拿上早飯來，五個人喫畢，苗禿子將如玉拉到院中，說道：「我今日回去罷。」如玉道：「你家又沒事，回去做甚麼？」苗禿道：「事倒沒事，只是我與你不同。我是個窮漢，又與玉姐有相與，到他家不在一處歇臥，彼此臉上不好看。在一處歇臥，世上那有個白嫖的婊兒？一夜一兩頭，實是經當不起。今日趁回頭車兒家去，豈不是兩便？」如玉道：「我原答應你十兩銀子。是這樣罷，可

---

❸ 懸虛：搞鬼；搗鬼。

將你以前欠鄭三的多少，此後嫖了的日子，將來回家時合算，我替你墊一半，何如？」苗禿蹙著眉頭道：「就是一半，我也招架不起。」作難了一回，說道：「也罷了。一個朋友情分，我丟下你，我也不放心。說不得再陪伴你幾天罷。」

如玉見張華也無事，打發他回家照看門戶。從十一月初間來試馬坡，苗禿還回家走了兩次，如玉直住到十二月二十七日，大有在鄭三家過年之意。虧得張華三番五次，以墳前拜掃話規勸，纔肯起身，前後與了鄭三一百一十兩，替苗禿子墊了三十二兩，送了蕭麻子二十兩，將五十兩借約也白白的抽與，為他是試馬坡的好漢，鎮壓諸土棍，不敢入門。將聘賣使女們一百八十多兩，花了個乾淨。又與打雜的並鄭三家小女廝留了六兩賞錢，與金鐘兒千叮萬囑，說在明年不過燈節即來。金鐘兒哭的雨淚千行，臨行難割難捨，連鄭三也掉出眼淚。蕭麻子做作的短嘆長吁。金鐘、玉磬送出門外，蕭麻子、鄭三同打雜的胡六，送出堡門，主僕方回泰安去了。正是：

天若有情天亦老，月如無恨月長圓。

郎君倒運佳人愛，子弟回頭錢是錢。

第五十二回　調假情花娘生閒氣　吐真意妓女教節財

詞曰：

蝴蝶兒繞窗飛，恰逢淫妓畫花枝，玉郎願代伊。　新浴蘭房後，見雙雙二妙❶偷窺。千言爭辨罷猜疑，始教痴嫖兒。

右調蝴蝶兒

話說溫如玉從試馬坡起身，回家已是十二月二十九日。匆匆忙忙的過了個年，到他祖父塋前拜掃後，著張華將苗禿請來，商量著同往試馬坡去。苗禿道：「你日前說與金姐約在燈節後纔去，今日正月初三，為時尚早。我又聽得州尊傳示紳衿行戶，今年要大放花燈煙火，預賀豐年。又定了蘇州新到的一個鳳雛班，內中都是十六七歲子弟，至大不過二十歲。有兩個唱旦的，一叫祥麟官，一叫威鳳官，聲音是鳳語鸞音，模樣兒是天姿國色。去年在省城唱了三四臺，遠近傳名，你也不可不一看。再則鄭三雖是個行院❷家，新正春月，他在那地方住著，也要請請本處有眉面的人❸，好庇護他。我們連破五❹不過便去，一

❶ 二妙：晉衛瓘為尚書令，與尚書郎索靖，俱善草書，時人稱為一臺二妙。此借指溫如玉與金鐘兒。

❷ 行院：妓院。宋馬莊父孤鸞詞：「陌上叫聲，好是賣花行院。」

則他多一番酬應，二則著試馬坡的人，看的你和我太沒見勢面，我們都是學中朋友，斯文一脈，教人視作酒色之徒，不知你心上何如，我苗三先生就不願要這名號。」如玉道：「甚麼苗三先生，倒是人家的大烏。不去就是了，有這許多支吾？」苗禿笑道：「我若是支吾你，我就是你第八個兒子。實是刻下去不得。」如玉道：「就過了燈節罷。」

即至到了正月十四日，苗禿拉他去看了兩三齣戲，晚間看了燈，連煙火也不看便回家。次日，又來約他，他老不出門，苗禿自己遊玩去了。到十六日午間，催著張華僱車，白僱不出來，皆緣泰安堂客們看戲看燈，將車子都預行僱定。張華挨了無窮的臭罵，還虧苗禿代為分解。直至十八日，方同苗禿坐車，至十九日到試馬坡。鄭三家兩口子迎著拜賀，金鐘、玉磬接入廳中坐下。金鐘兒笑向如玉道：「你還好，竟沒有失信了。」如玉道：「我初三日就要來，苗三爺說我沒見勢面。他是斯文人，怕人說他是酒色之徒，因此遲至今日，若不是早來了數天了。」玉磬兒向苗禿道：「你這番來的大錯了，此處是樂戶家地方，壞了你的聲名，倒值多少？」苗禿子兩手撓頭，笑說道：「這是溫大爺無中生有謀害我，我若有這一句話，便是萬世忘八，頑錢輸斷大陽。」鄭三擺了茶食，喫後，如玉同苗禿與蕭麻子拜年。蕭麻子相隨來回拜，同喫午飯。次日，鄭三設席款待，請蕭麻子作陪。過了五天後，苗禿知如玉身邊帶著幾十兩銀子，聲言他表叔病故，要回泰安行禮，又和如玉借了四兩奠儀，僱了個驢兒，回家去了。留下如玉一

❸ 有眉面的人：在地方上有名望的人，猶今言有頭有臉的人。

❹ 破五：陰曆正月初五。清富察敦崇燕京歲時記破五：「初五日謂之破五，破五之內，不得以生米為炊，婦女不得出門。」

人，日夜埋頭上情。

一日，也是合當要起口舌，金鐘兒後面洗浴去了，如玉信步到西房內，見玉磬兒在炕上放著桌子，手裡拿著筆，不知寫甚麼。一見如玉入來，滿面含笑，連忙下地來，讓如玉坐下。如玉道：「你寫甚麼？」玉磬兒道：「我當緊要做鞋穿，描幾個花樣兒揀著用。」如玉道：「我替你描一個。」於是提起筆，印著原樣兒描了一個。玉磬兒站在如玉身傍，一隻手搭伏著桌兒，極口讚揚道：「到底大爺是做文章的手，描畫出來與人不同，不但枝葉花頭好看，且是筆畫兒一般粗細，就是這點小技藝，也該中個狀元。」如玉與玉磬兒原是耍笑慣了的，不知不覺，將手去玉磬兒臉上輕輕的擰了一下。玉磬兒藉這一擰的中間，就勢往如玉懷中一坐，用手搬定如玉的脖項，先將舌尖送來。

如玉是個久走情行的人，不好意思，丁了他的臉，只得也吮咂幾下，見見意兒。玉磬兒又急用手在如玉褲襠中摸索，見如玉的陽道長大，到手沈甸甸的，甚有分兩，驚喜道：「你不但外才是天下第一，內才更是天下第一。金妹子不知怎麼修來，得與你夜夜歡聚。」如玉急欲脫身，被玉磬兒一把緊緊的捉住，再也不肯放鬆，將舌頭不住的往如玉口內填塞。誰想金鐘兒嫌水冷，沒有洗澡，只將腳洗了洗，就到前邊來。走到東房，不見如玉，問小女廝，說在玉磬兒房內。金鐘兒飛忙跑到玉磬兒門前，掀起簾子一覷，見玉磬兒坐在如玉懷中，擁抱著喫嘴。金鐘兒不瞧便罷，瞧見了，眼紅耳赤，心上忍了幾忍，將簾子狠命的丟開，往東房裡去了。如玉失色道：「這不是個沒趣味麼？」說著站起來，玉磬兒冷笑道：「甚麼是個有趣味沒趣味？一個好姑老，也霸不了一個好婊子，好婊子也霸不了一個好姑老。桃兒杏兒，是大家喫的。誰還不是誰的親老婆、親漢子哩。」

如玉也不理他，一直往東房裡來，見金鐘兒頭朝下睡著，叫了幾聲，不答應。用手推了幾下，只見金鐘兒一蹶劣坐起，圓睜星眼，倒豎娥眉，大聲說道：「你推打著我怎麼？」如玉笑道：「我和你有話說。」金鐘兒道：「你去西房說去，我不是你說話的人。」如玉道：「悄聲些兒。」金鐘兒道：「我不敢到街裡吆喝你們去麼？」說罷，又面朝裡睡下。如玉自覺理短，又見他怒極，難以分辨，待了一會，少不得又去央及。瞧了瞧雨淚千行，將一個枕頭倒哭濕了半個。如玉扒在婦人身上，說道：「你休要胡疑心。」金鐘兒復翻身坐起，將如玉用力一推，大聲喝道：「我不疑心，你兩個連孩子都生下了。許別人這樣欺負我，還不許你這般欺負我，你倒是取刀子去，殺了我罷？」

鄭婆子在南房內，聽得他女兒嚷鬧，慌慌張張跑入來，問道：「你又和溫大爺怎麼？」金鐘兒見是他媽，說道：「你幹你那老營生去罷，又浪著跑來做甚麼？」鄭婆子見如玉滿臉上都是笑，像個央他女兒未停妥的樣子，纔知道是頑耍惱了，急忙跑回南房裡去。如玉又笑說道：「你只是動怒，不容我分辨，我就有一百的冤枉，也無可自明。」金鐘兒道：「你說，你說！」如玉就將方纔的事如何長短，據實訴說了一遍。又道：「委的是他撩戲我，我何嘗有半點意思在他？」金鐘兒那裡肯信？如玉跪在炕上，指身發誓，金鐘兒方纔信了，罵道：「我沒見這樣一種沒廉恥的淫婦，自己摟上個禿子，混了幾日罷了，又撈撾起人家的口味來。教人這樣吆喝著，屄臉上豈不害羞？」又數說如玉道：「你過那邊坐去，就是你的不是。你先伸手擰他臉，又是你的不是。從今後，你只和那淫婦多說多笑一句，我看在眼裡，我就自刎了。」

兩人正說著，蕭麻子在門外問道：「溫大爺在麼？」如玉連忙答應，請入來坐。蕭麻子掀簾入來，笑說道：「過了會年，屢次承大爺盛情，也說不盡。久矣要請喫頓便飯，怎奈小戶人家，沒個喫的好東西。昨晚小婿帶來一隻野雞，幾個半翅❺，一隻兔兒，一尾大鯉魚，看來比豬羊肉略新鮮些。早間原來要親約，我又怕做的不好，恐虛勞枉駕。此刻嘗了嘗，也還可以，敢請大爺到寒舍走走。」如玉道：「承賜飯，我就去。」金鐘兒道：「就只認的溫大爺，也不讓我一聲兒。」蕭麻子笑道：「我實實在在的有此意請你同去，想了想，小婿也是個少年，我臉上下不去，改日再請你罷。」說罷，陪著如玉去了。到下午時候，如玉回來，鄭三迎著，笑說道：「大爺用飽了沒有？家中還預備著哩。」如玉道：「飽了，飽了。」走入了東房，只見金鐘兒纔離了粧臺，已重勾粉臉，另畫娥眉，搽抹的那俏龐兒❻，和兩片梨花相似。下嘴唇上，又重重的點了一點胭脂，又額角上貼了半塊飛金❼，將銀鼠臥兔兒摘去，梳了個蘇州時樣髮髻，髻下轉遭兒插的都是五色小燈草花兒，換了一雙簇新的寶藍緞子滿扇兒花鞋。見如玉入來，笑嘻嘻將金蓮抬起一隻來，說道：「你看我這雙鞋兒好不好？」

如玉上下看了幾眼，一句兒也不言語。忙將門兒關閉，拉過個厚褥子來，鋪在炕沿上，又安放了枕頭，隨將自己的褲子拉開，放出陽物，著金鐘兒看視。金鐘兒低頭一覷，見那物闊面凹睛，長軀偉幹，紫巍巍色若豬肝，搖頭晃腦，大有尋人晦氣之意。金鐘兒一見，笑的了不得，指著說道：「好呵嗲行貨子，活活的怕殺人。」如玉走向前，將金鐘兒輕輕的抱起，放在褥子上，金鐘兒道：「青天白日，著人

---

❺ 半翅：鳥名，即沙雞。清沈濤瑟榭叢談卷上：「沙雞略具文采，半翅則純褐色，而味較脆美。」

❻ 龐兒：容貌。明阮大鋮燕子箋劇：「怕這龐兒悶損。」

❼ 飛金：用作裝飾的金箔。明沈榜宛署雜記鄉試：「飛金八貼。」

聽見，不雅相。」如玉道：「我顧不得了。」先按定啰了幾個嘴，不由分說，將婦人的褲子拉下，把陽物對正牝門亂刺。濡研了片刻，淫水透出，磨稜探腦，已將龜頭吞入。如玉將腰盡力一挺，直送至根，一邊用兩手捧住金蓮細細把玩，一邊恨命的抽提起來。沒有半個時辰，把一個金鐘兒弄的神昏意亂，舌冷唇青，口中就像小孩子們說夢話一樣，綿綿不絕。

如玉見他情動已極，將婦人的身子往炕沿外搬了一搬，從新架起雙腿，使著生平的氣力，狠抽送了百十餘下。只見金鐘兒雙眸緊閉，鼻子口裡打起噎氣來。須臾，面色青黄，兩隻小金蓮亂蹬了幾下，昏昏去了。覺得陰戶中熱氣，一股股直衝龜頭。如玉係久經風月之人，最知骨竅，將陽物插定不動，伏在婦人身上，口對口兒出入傳遞氣息。好一會，纔慢慢的甦醒過來，二眸半閉半睜，呻吟不已。如玉摟定了粉項，問道：「我們完了事罷？」一連問了幾聲，金鐘兒點了點頭。如玉將身子離開，提起婦人雙足，將陽物抽提至首，復送至根，連連有七八十下，不覺靈犀一點，直透丹田，失聲叫道：「金丫頭，達達來了！」忙將婦人的舌根含住，亂咂起來。下面抽送的更緊急數倍。婦人大哼了兩聲，又昏麻過去。兩人齊丟，歇息了好半晌，方將陽物拔出。再看婦人花鈿脱落，雲髻蓬鬆，面色上倒像瘦了好些。陰精流溢，把褥子濕了一大塊，染污成粉紅顏色。

如玉替他繫好褲子，雙手抱在懷中。金鐘兒星眼半閉，將粉項枕在如玉肩上，不言不語，有兩盞茶時，方纔抬起頭來，秋波斜視，看著如玉微笑了笑，有氣無力的說道：「你好狠心，我今日竟是死去重生。我從十六歲出門兒，到如今丟身子的時候也有，總不似此番利害。」如玉道：「你此刻不覺得怎麼？」金鐘兒道：「此刻好些了。頭前只覺得兩耳內和刮大風的一樣，身體飄飄蕩蕩，魂魄也不知在於何處。」

隨伸手將頭髮挽了挽，就在如玉懷中，將鞋腳纏綁好了，慢慢的下地來，從新繫緊褲帶，坐在一傍，問如玉道：「日前苗三爺走時，我聽得你說，教張華做甚麼？」如玉道：「我身邊帶的幾兩銀子，沒多的了，我叫張華來拿我的帖子，到人家鋪中取去。」金鐘兒道：「你這銀子，還是拿帖子向人家借，還是取自己的？」如玉道：「我去歲賣了住房，花費了些，只存銀七百兩。近月又用了些，收放在我一個舊夥契姓王的手內，他如今與人家掌櫃主事，甚有體面，月月與我出著七兩利錢，任他營運。」

金鐘兒道：「此外，還有多少銀子？」如玉道：「我還有三百多銀子買的一處住房，在泰安城中。此外一無所有。家中還有些東西，年來也變賣的沒甚麼了。」金鐘兒道：「這都是實話麼？」如玉道：「我的心就是你的心，我何忍欺你半個字？」金鐘兒聽了，低頭凝想了一會，忽然一聲長嘆，將秋波蕩漾了幾下，兩行痛淚，長長的流將下來。如玉著慌，連忙抱住，問道：「你為何傷感起來？」金鐘兒歔欷道：「我素日一片深心，纔知道不中用了。」如玉道：「是怎麼說？」金鐘兒道：「我對你說了罷。你先日說從良的話，我父母定要八百兩。你就拿出八百兩來，他又要別生枝節。我父母只生我一個，他斷不放我嫁人。或者到山窮水盡，我父親還可回心，我母親斷難鬆手。我若是拚命相爭，也還有幾分想望。我昔日雖與你交好，倒覺此心平平。近遇何公子鬼混了一遍，看來情真的人，要算你為第一。數日來，時動倚托終身之想。素常見你舉動大方，知為舊家子弟，縱然貧窮，至少也有三五千兩積私。今聽你所言，使我滿腔熱衷，盡付冰釋。是這等嫖來嫖去，將來作何結局？」

如玉道：「若只是八百兩銀子，也還易處。我如今還有七百，將住房賣了，便可足用。日後尋幾間小房兒安身罷了。」金鐘兒道：「這都是不思前想後的憨話。一千兩的家私，去了八百，家中上下還有多少人口，餘下二百銀子，夠做甚麼？你原是大家公子出身，不但不能營運，連居家過日子也曉不得。難道我嫁了你，雙雙討喫去不成？你是個顧前不顧後的人，須得有個人提調你方可。你將來要步步聽我說。就如蕭麻子，名雖秀才，其實是這地方上的土棍，惟利是圖。有他在此主持，也可免無窮的口舌。我聞的他已得過你七八十兩，此人不與他些，必有禍端。若必滿其所欲，你能有多少錢？此後宜斟酌與之。他如開口，可量為給付，不丁他的臉面，就是絕妙的待法。苗禿子在泰安，我也不知你與過他多少，經我眼裡見的，也不下四五十兩。若在有錢時，隨帶個朋友也罷了。今你自顧不暇，那裡有個他常常做嫖客，你夜夜墊宿錢的道理？依我看，他是個甜言蜜語、一無所能的酸丁。除了弄姓溫的錢，連第二人一頓飯也弄不上。你便得罪了他，他也沒甚麼法兒報復你。此後他愛來則來，不愛來隨他，斷不可再拿銀錢與沒良心無用之人。張華大要早晚必來，若來時，你可虛張聲勢，著他與我父親取銀五十兩。可暗中說與張華，過十數天後，寫一字來，言王掌櫃的向蘇州買貨去了，還得一月後方來，別的夥契未曾經手，不敢付與。像這樣說，一遲延便可支撐兩月，到那時，與他三十兩，還怕他不依麼？況我父親又借著你八十兩，這是一萬年也不償還的。像這樣設法，一次次推了下去，就可暗中折除。寧可教你該欠我家的，不可教我家該欠你的。至於我父親，雖係樂戶中人，頗知點恩怨是非。我若立意從良，他也無如我何，事事皆可遷就。惟有我媽，為人陰狠。我從今下一番苦心工夫，愚弄他，不是我誇口說，只用費半年作用，二三百銀子就可到你家了。」說罷，搖著頭兒笑道：「你看我的打算好不好？」

如玉道：「我溫如玉本一介寒士，又兼世事昏愚，今承你指示迷途，我只有頂戴感激終身而已。同室同穴之約，慈悲惟望於你。」說著，恭恭敬敬作了三個揖。金鐘兒笑道：「你還和我鬧這些禮數？但只怕你們做男人的，眠花臥柳，改換心腸。我意欲今晚四鼓，同你到後園子裡，被髮盟心，未知你敢與我說誓不敢？」如玉道：「我還步步防你變卦，你反疑慮起我？說誓的話，正合我意。」果然到此夜四鼓，兩人在後園內，叩拜天地，嚙指❽出血，發了無數的大誓願，方纔回房安歇。嫖經上有四句道的好，正是：

十個婦人九好幹，縱然肏死也情願。
果能鏖戰❾稱他心，天下花娘隨手轉。

---

❽ 嚙指：咬破手指。嚙，音ㄋㄧㄝˋ，同齧。

❾ 鏖戰：竭力苦戰。鏖，音ㄠˊ，此以喻做愛時之久酣。

第五十三回　蕭麻子想錢賣冊頁　攩人碑❶裝醉鬧花房

詞曰：

冊頁提來欲賣錢，苦相纏。幾回推托費周旋，已心嫌。　醉漢也來鬧一番，豈無緣？被他叱咤即回還，弄虛懸。

右調太平時

話說溫如玉和金鐘兒兩人，在星前月下，嚙指盟心，自此後更添百番恩愛，行走坐臥，寸步不離。如玉不但不到西房裡去，等閒連一句話也不和玉磬兒說，因此都弄下大心事。過了幾天，張華來了，如玉將金鐘兒教他的話，一五一十，都向張華說知。張華甚喜。又將苗禿子字兒取出，遞與如玉看，裡面寫著：急欲來試馬坡看望，因刻下請了幾個賭友放稍，收下人家二萬多錢無出，關係臉面，懇如玉於張華回來時，千萬設法挪湊，定在十五天後歸還。後面又寫了幾句誓辭，是再不失信的話說。

如玉問張華道：「苗三爺是幾時放稍，又收下人家二萬多錢，寫字向我來借？」張華道：「誰知道他？」如玉道：「我那裡有錢借與他？你回去時，只說將字兒忘記，沒有著我看。」張華道：「大爺安

❶ 攩人碑：通作擋人碑，比喻站在別人前面承擔困難或重任的人。

心不借與他，只用說沒錢兩個字，打發的他遠遠的。又不該欠他的，他會怎麼？他使用大爺的錢還少？那一宗兒他還過？世上那有個借一百遍，便與他一百遍的道理？若說字兒大爺沒有見，他還要借哩，肯輕易丟開手？」如玉道：「直直的說沒有兩字，不好看。太太當日病故時，他也曾出過力。只以好言回覆，說刻下弄不出錢來就是了。」張華道：「大爺不提起，小的再不敢說。只是同小的買棺木，他沒有落錢，此外賣當物，賣住宅，找地價，大爺得多一半，他落少一半，還感激他哩！把血都被他殺盡了。大爺適纔不說麼？金姐倒是個樂戶人家，念大爺相交日久，還要替大爺想法兒省幾個錢，掏只點良心。苗三爺是大爺最厚不過的朋友，問他那心，還不如個婊子哩！就如這試馬坡，若不是他引了大爺來，王掌櫃家鋪子裡，豈但七百兩，連一千四也存在那裡。」如玉道：「看麼，剛纔說著人話，就放起狗屁來了。你人倒也罷了，只教這不識數兒沒法化你。」

正說著，鄭三走入後園，叫張華喫飯去了。如玉回到東房，將張華說苗禿話告知，金鐘兒大笑道：「你糊裡糊塗，還不如張華明白。」兩句話把如玉說羞了，用力將金鐘兒推倒，喫了十幾個嘴，硬將褲子拉下，把陽物恨命的插入，狠幹起來。次日，面同鄭三出了五十兩帖子，打發張華回泰安取錢。鄭三兩口子甚是喜歡。過了數日，張華字來，說王掌櫃的去江南買貨等話，照如玉吩咐回覆。如玉著鄭三看了字兒，也沒得說。如此過了四十餘日，苗禿子來過一次，甚責如玉不救他的急，住了數天去了。又過了數日，鄭婆子問王掌櫃的話向金鐘兒說了幾遍，金鐘兒總以就寫字與張華回覆。

一日早飯後，金鐘兒要去後院洗腳。如玉道：「你還迴避我麼？」金鐘兒笑道：「那一塊肉兒你沒見過，還迴避你甚麼？我怕有客來，不方便。」如玉道：「也不過是蕭麻子，有誰來？」金鐘兒著小女廝打水，在東房內洗浴，如玉坐在廳屋內，沒有數句話工夫，只見蕭麻子走來，手裡提著一個包袱，向如玉道：「有件東西，煩大爺估計估計。」說著，在桌兒上將包袱打開，看時是二十四冊壽山石春宮。如玉看罷，也不言好歹。蕭麻子道：「值多少銀子？」如玉道：「這些東西，沒甚麼憑據。看人愛不愛，總以人物得神情為第一，花卉屋宇諸般配合次之。此冊裝飾甚是平常，論值也不過五六兩銀子。」蕭麻子道：「這是個舍親因連歲禾稼歉收，拖欠下三四年的錢糧，本縣日夕追比，無所借兌，托我替他賣賣，只要二十兩銀子，大爺留下罷。這也是個半積陰功半散心的事體。」

如玉笑道：「實不相瞞，舍下此物最多，如今還有六七套閒丟在那裡。」蕭麻子讓如玉坐下，笑說道：「大爺雖是相府門第，恐怕還未必識貨。這件東西，必須金姐賞鑒方妥。」於是高聲叫道：「金姐你來，有件東西煩你看看。」金鐘兒在房裡應道：「我就出去。」兩人又議論了春宮一會，蕭麻子又叫，只見答應，不見出來。原來金鐘兒不好意思說出洗腳，如玉又不代為告白，蕭麻子心上便大不自在起來。忽見玉磬兒掀起西房簾子，笑說道：「蕭大爺過我房裡來坐坐。」蕭麻子應道：「就是。」站起來，將冊頁包了，指著說道：「這件東西也還好。」如玉道：「委的家間頗多，用不著他。」蕭麻子略笑了笑，點著頭兒道：「用不著他，也就罷了。」提上冊頁，入西房去。

如玉去後園小解回來，到東房內，見金鐘兒纔纏了腳，還在炕上紮綁未完，問如玉道：「蕭大爺說甚麼賣不賣的話，我也聽不清楚。」如玉將他賣冊頁的話，說了一遍。金鐘兒忙問道：「他去了沒有？」如玉道：「在西房坐著。」金鐘兒急下炕來，到廳前叫道：「蕭大爺！」叫了兩聲，小女廝在院中說道：「走了。」金鐘兒回東房，向如玉道：「今日冊頁這件事，你處錯了。」如玉道：「我那裡有二十多兩銀子買這些事物？」金鐘兒道：「誰教你買他？這是兩個月來沒見你一個錢，拿這冊頁作個引子，你買下更好；你不買，原該應許幫他令親或五兩或四兩完錢糧就是了。」如玉道：「我與他令親無一面之交，我幫他怎麼？」金鐘兒笑道：「好整人！蕭大爺那裡有欠錢糧令親？你要知道，令親就是蕭大爺，蕭大爺就是令親。是一個人，不是兩個人。先時還明白些，怎如今越法不如先了？也罷，等他明日來，我合他說罷。只是素日蕭大爺從不去西房裡坐。」如玉道：「是玉姐叫了去。」金鐘兒道：「那淫婦教他去做甚麼？這倒不可不防備。」如玉道：「怎一個人多疑如此？」金鐘兒道：「你，你就只會……。」說到此句，又笑了。

次日午飯後，兩個在東房內，並肩疊股說情趣話兒，只聽得院外有人問道：「那個是金鐘兒的房？」又聽得小女廝說道：「這邊就是。」說未完，見一大漢子將簾子搊起，踉踉蹌蹌的顛將入來，頭戴紫絨氈帽，外披一口鐘青布哆囉，內穿著藍布大襖，腰裡繫著一條搭包，入了門，將屁股一歪，就坐在炕沿邊上。如玉躲在地下一把椅子上坐著。金鐘兒卻待下地，那漢子大喝道：「坐著！不許下去！」金鐘兒見這人醉了，只得坐下，問道：「客爺是那裡來的？」那漢子把兩隻眼睛半開半閉的答道：「你問我麼？我從我家裡來。」說著，將一條腿往炕上一伸，問金鐘兒道：「你就是那金鐘兒麼？」金鐘兒道：「我就是金鐘兒。」那漢子指著如玉問道：「他是誰？」金鐘兒道：「是泰安的溫大爺。」那漢子道：「就是溫二爺便怎麼？你和他說，我與他結拜個弟兄。」金鐘兒道：「溫大爺從不和人結拜弟兄。」那漢子道：「想是嫌我的鬍子長，我拔了他。」說著，用手拔下幾根來，向金鐘兒道：「這個使得了使不得？」金鐘兒不言語。那漢子將怪眼睜起，冷笑道：「怎麼我問著你不言語？必定是為我人品不高，玷辱你的姑老。」金鐘兒道：「溫大爺為人最是謙和，只是生平不好與人結拜弟兄。」那漢子呵呵的大笑道：「也罷了！他既不好與人結拜弟兄，你與我結拜個弟兄罷。」金鐘兒道：「我是個女人，怎麼與客爺結拜弟兄？」那漢子道：「與我結拜個兩口子罷？我讓你做漢子，我做老婆，何如？」

金鐘兒見話語邪了，叫鄭三道：「有客在此，你也不來支應？」叫了幾聲，鄭三也不知那裡去了。如玉看見光景不妥，連忙往門外走。那漢子把左胳膊一伸，攔住了門前，不放如玉出去。如玉又只得回椅子上坐下。那漢子道：「溫二哥，你上炕來，我與你喫三杯。」如玉不回答，那漢子發話道：「怎麼我讓你喫酒，你裝聾推啞，你真個當我沾你的光麼？別人認得你是溫大哥，我的拳頭認不得你是溫二爺！」金鐘兒向如玉道：「你就在我身邊坐坐罷。」如玉無奈，坐在炕上。那漢子見如玉坐下，又低著頭笑了。從懷中拉出五六寸長一把小沙壺來，將塞兒去了，又掏出個小酒杯兒來，前仰後合的斟酒，一半斟在杯裡，一半斟在杯外。先拿一杯向金鐘兒嘴上一掇，說道：「你喫！」金鐘兒接在手內。又從懷內掏出一個酒杯，斟上酒，向如玉臉上一伸，說道：「你喫！」如玉也只得接住。隨後又掏出個杯來，斟一杯，一飲而盡。拍著腿長嘆道：「殺人可恕，寡酒難當。」又從懷中撈出兩個生雞蛋來，向金鐘兒道：「送你一個喫。」金鐘兒道：「這是生雞蛋，該怎麼喫？」那漢子笑道：「你原是櫻桃小口，吞不了這一個雞蛋，我與你分開喫罷。」用手一捏，弄的黃子白子流的手上炕上都是。又將一個在自己牙上一磕，黃白直流嘴上。忙用手掌在嘴上揉了幾下，弄的鬍子皆黃。笑向金鐘兒道：「好蘇脆東西，一沾手就破了。快拿手絹兒來我揩手。」金鐘兒道：「我沒有手絹兒。」那漢子道：「你沒手絹兒，你這衣服襟子就好。」說罷，就用手來撾。嚇的金鐘兒連忙將一塊鋪枕頭的布子遞與。那漢子拿過去，胡亂揩了兩下，將手上未盡的黃白，都抹在自己眉眼上。

金鐘兒又叫他媽。少刻，鄭婆子從後面走來，見炕上坐著個醉大漢，問道：「客人是那裡來的？且去廳上坐。」那漢子斜瞅一眼，道：「這是皇宮，是御院，我坐不得麼？」鄭婆子道：「這房裡有客人，請到廳上，有話和我說。」那漢子道：「難道我不是客人麼？你的意思我也明白了，你要替你閨女攮我一火❷。只是我稟性不愛老淫婦。」鄭婆子道：「客人少胡說。」那漢子大笑道：「這個地方，再不許我胡說，天下也沒張口的地方。你且少多說，喫我個響屁鼓兒。」說著，脫下隻鞋來，在鄭婆子屁股上打了一鞋底，幾乎打倒。鄭婆子喊天振地的尋蕭麻子去了。那漢子呵呵大笑道：「這老淫婦如許年紀，還是這樣怯床，不耐調戲。屁股上著了一下，就沒命跑了。」

不言醉大漢在房中吵鬧，且說苗禿子家中安頓了一番，又到試馬坡來。入門不見鄭三家兩口子，先走到廳屋西房內瞧了瞧，玉磬兒也不在。原來玉磬兒避嫌疑，躲在後面去了。苗禿子又到東房裡來。一掀簾子，見如玉和金鐘兒兩個坐在東邊炕上，西邊炕上坐著一個穿布衣服的大漢，指手畫腳的與他兩個說話。如玉正在難解難分之際，看見苗禿子入來，心下大喜，連忙下地，金鐘兒也在炕上站起來，苗禿子滿面笑容，向如玉、金鐘兒舉手道：「久違，久違。」只聽得那大漢子大喝了一聲，說道：「不許多說！」苗禿子被這一聲猛喝，倒喝的呆了。掉轉頭來，眼上眼下的看那漢子。那漢子見苗禿不轉眼的看他，心中大怒，喝叱道：「你看我怎麼？」苗禿子摸不著頭腦，低聲問如玉道：「這是誰？」如玉搖頭道：「認不得。」那漢子指著苗禿，問金鐘兒道：「他是個甚麼人？」金鐘兒道：「他是泰安州的苗三

❷ 攮我一火：攮我一次。古今小說第三回：「情興復發，又弄一火。」

爺，現做府學秀才。」那漢子冷笑道：「他既是秀才，他的頭髮都那去了？」金鐘兒不好回答。

那漢子見金鐘兒不言語，心裡大疑起來，罵道：「我看這廝光眉溜眼，分明是泰安州的和尚，假扮了秀才，到你家來充嫖客。」又用手指著苗秃子，大喝道：「與我摘去帽子，我要驗看。」苗秃子見他睜著圓彪彪兩隻怪眼，與燈盞相似，心上著實害怕，向如玉道：「我走罷。」剛到門前，那漢子提著碗口大的雙拳喝道：「你敢走麼？」苗秃連忙回來。金鐘兒見他急走急回，神情景況甚是可笑，不由的嘻笑有聲。那漢子見金鐘兒笑他，也仰著頭笑起來。苗秃趁他笑的空兒，往外飛跑。那漢子見苗秃偷跑出去，大踏步趕出，金鐘兒向如玉道：「不好了！這一趕上，將苗三爺打幾下，我父親臉上須不好看。」

正說著，只聽得門外腳步亂響，原來是大漢子將苗秃提回，提到當地下，用右手提住苗秃脖項，向大豎櫃上一推，口中說道：「碰！」響一聲，只聽得苗秃呵呀，口內喊叫道：「疼殺了！疼殺了！」大漢子喝道：「你再喊叫，我便摔死你！」又聽得苗秃柔聲道：「不叫，不叫，再不敢喊叫。」大漢子道：「不叫喊，便饒你。」於是放開手，又在苗秃頭上拍了一下，說道：「便宜你。」誰想這一拍，將帽兒拍吊，露出光頭。大漢子看見，大笑道：「我說是個和尚，不想果然。」苗秃子如飛的鑽在西邊櫃夾縫中，兩手摸著頭，在裡邊唏哈不已。金鐘兒見那一碰，已忍不住要笑。今見將帽兒拍掉，躲在櫃夾縫中揉頭，光眉光眼，形像甚是難看，只笑的骨軟筋蘇。那大漢子見金鐘兒笑的高興，他坐在炕上，也便陪著大笑不止。猛聽得院外鄭婆子吵嚷，又聽得一人喝道：「甚麼人在此胡鬧？」

須臾，見蕭麻子入來，那漢子看見，就和小學生見了業師一般，一蹶劣跳起在地下侍立。蕭麻子道：「原來是你！你到此做甚麼？」那大漢道：「我尋鄭三借幾個錢。」蕭麻子道：「他那有餘錢與你？」

說著，從腿內取出個包兒來，遞與大漢道：「這是二兩銀子，拿去買酒喫，以後再不許到這地方來。」那大漢接在手中，說了聲：「多謝大爺照拂。」拿著，一步一顛的去了。

如玉向蕭麻子舉手道：「老哥若再來遲一刻，我們都被他折磨死矣。」蕭麻子猛看見苗禿在西牆邊大櫃夾縫中，半藏半露的站著，大笑道：「禿兄弟是幾時來的？帽兒也不戴一頂？」苗禿子閉了雙睛，兩手揉著頭，一句不言語，也不走出來。金鐘兒又前仰後合的大笑起來。如玉將苗禿扶出，苗禿睜開眼，朝著蕭麻子跳了兩跳，大叫道：「了不得！了不得！」又指著自己禿頭說道：「你只請看。」蕭麻子瞧了瞧，見偏左邊有酒杯大一個疙瘩，蕭麻子不由的大笑道：「這是怎麼？」苗禿子又將雙眼緊閉，只是搖頭。金鐘兒又大笑起來。如玉將大漢提回苗禿話，說了一遍，蕭麻子又大笑。苗禿子睜開眼，大叫道：「唐漢以來，未嘗有此一碰！」喊叫罷，又向蕭麻子連連作揖道：「我是個瘦弱書生，不能與那廝作對。你若肯與我報此一碰之仇，便是我重生父母。你若不與我報仇，著你家男盜女娼。」蕭麻子道：「這禿奴才，真是少打之至。」

苗禿說罷，坐在地下椅子上，一手揉頭，一手在心胸上摸索。蕭麻子道：「他的帽子到底那去了？」金鐘兒又笑起來，指著櫃底下道：「那不是？」如玉替他揀起來，戴在頭上。苗禿又說道：「了不得！真是一萬分了不得！不知那裡來的一個囫圇忘八羔兒，兇的和天神一般，把我學生幾乎苦死，全不曉得凌辱斯文是何等罪犯？」金鐘兒道：「那大漢果然利害，不想見不得蕭大爺，要教他來就來，要教他去就去，倒像是用熟了的人。」蕭麻子道：「他是嗌們堡西有名的攮人碑。今日還算喫的酒少，若喫的酒多，連我也不敢惹他了。」金鐘兒笑道：「日後只教他喫個半醉兒就罷了。」蕭麻子瞅了一眼道：「這小頑皮，單管胡說。」

少刻，鄭三來，金鐘兒因他不照看門戶，儘力數說了幾句。又將賣春宮，並玉磬兒與蕭麻子同謀，差攛人碑來尋鬧，告訴與鄭婆子。鄭婆子將玉磬兒叫到後院，再三審問，玉磬兒以不知情回答。鄭婆子罵了個狗血噴頭❸，若不是為苗禿子來，幾乎挨一頓好打。此後與金鐘兒越成不解之仇恨。正是：

小人伎倆等於龜，明不作為暗作為。
信矣嫖場多嶮巇，歌吹談笑伏安危。

❸ 狗血噴頭：極言人被劈頭痛罵之慘。二十年目睹之怪現狀第四十七回：「被欽差拍著桌子，狗血噴頭的一頓大罵。」

第五十四回　過生辰受盡龜婆氣　交借銀立見小人情

詞曰：

情郎妓女兩心諧，豪奢暗減裁。虔婆朝暮恨無財，朋友也疑猜。　一過生辰情態見，幫閒龜子罷春臺。陡遇送銀人一至，小人側目來。

右調月宮春

且說溫如玉在鄭三家嫖的頭昏眼花，辨不出晝明夜暗，只知道埋頭上情。金鐘兒教與他的法兒，雖然支撐了幾個月，少花了幾兩銀子，無如樂戶人家，比老鼠還奸，早已識破他們的調度。鄭三還念如玉在他家花過幾個大錢，怎當鄭婆子剔尖拔毛，一尺一寸都要打算在如玉身上。這些時，見如玉用錢有斟酌，蕭麻子三兩五兩倒叨點實惠，自己貼上個女兒，夜夜陪睡，又要日日支應飲食，每夜連五錢銀都合不來，心上甚是不平。又見金鐘兒一味與如玉打熱，不和他一心一意的弄錢，這婆子那裡放得過去？起先不過在房裡院外吐些掂斤播兩的話說，譏刺幾句，使如玉知道。後來見如玉裝聾推啞，是個心裡有了主見，就知是他女兒指教的，便日日罵起金鐘兒來，不是嫌起的遲，就是嫌睡的早，走一步也有個不是在內，連飲食都消減了。

金鐘兒心愛如玉，只要與他省幾個錢，任憑他媽大罵小罵，總付之不見不聞。如玉又氣不過，倒要按一夜一兩找還他，金鐘兒又不肯。昔日苗禿子嫖錢，通是如玉全與，再不然墊一半。自從金鐘兒教唆後，苗禿子來來往往好幾回，如玉一兩不幫，借也不應。苗禿雖然不如意，知如玉錢亦無多，心上倒也罷了。只是這玉磬兒深惱如玉待他涼薄，又恨金鐘兒那一番痛罵，怨深切骨，因此上每逢苗禿子來，就批評他無才無能，連個憨小廝也牢籠不住。自己在嫖賭場中養大的人，還要掏生本兒當嫖客，難道那蕭麻子長著三頭六臂不成？怎麼他就會用憨小廝的錢兒？日日用這些半調唆半關切的話聒噪，苗禿子也就有些氣惱在心。想了些時，想出個最妙的道路來。每逢鄭婆子與金鐘兒拌嘴或譏刺如玉，他便搶在頭前虛說虛笑，替如玉哭窮，這卻有個大作用在內。譬如一人欠債，一人要錢，從中有個人替那欠債的哭窮，十分中就有七八分安頓的下來。這樂戶人家講到銀錢二字，比蒼蠅見血還甜，任憑他女兒接下瘋子瞎子、毛賊強盜，再甚至接了他同行忘八，只要有錢，通不以此為恥。只是見不得一個窮字，聽到耳朵裡，真是錐心刺骨、勢不兩立的勾當。

每逢苗禿子替如玉哭一遍窮，便更與如玉加一番口舌。如玉識破他的作用，彼此交情越發淡了。當日每飯必有酒肉並好果品，不是蕭麻子相陪，就是苗禿子打趣。如今是各喫各飯，各人在各人嫖房內，同坐時候甚少。如玉的茶飯，午間只有一樣肉，至多也不過四兩。早間同是豆腐白菜之類，油鹽醬醋等物也不肯多加些，反不如苗禿子和玉磬兒的飲食還局面些。金鐘兒知如玉不能過甘淡薄，嘗買些肉食點心，暗中貼補。也有時割斤肥肉，拿去廚房中收拾，鄭婆子就罵起打雜的來，說他撈的是瞎毛，必著他調和的沒一點滋味，半生不熟的方送上來。如玉雖說是行樂，究竟是受罪，不但從良的話不敢題，每日除大小便之外，連院中也不敢多走動，恐怕被鄭婆子聒噪。蕭麻子也不管誰厚誰薄，總是月兒錢倒要常使用三五兩，不與他，就有人來鬧是非。饒這般忍氣節用，這幾個月還用去六七十兩。又兼有張華、韓思敬兩家老小，沒的用度，便著如玉寫帖子，向王掌櫃鋪中去取，取的那王掌櫃不耐煩起來。又知如玉經年家在試馬坡嫖賭，大料這幾百銀子，也不過一二年的行情，沒有甚麼長壽數在他鋪子中存放，好幾次向張華說，著回稟如玉，將銀子收回。張華恐銀子到手，怕如玉浪費起來，作何過度？自己又不敢規諫，只存了個多支架一年是一年的見識，因此總不肯替他說。

一日，六月初四日，是如玉的壽日。早間，苗禿子和蕭麻子，每人湊了二錢半銀子，他們也自覺禮薄，不好與如玉送，暗中與鄭三相商，將這五錢銀子買些酒肉，算與鄭三夥請❶。第二日，不怕如玉不還席。鄭三滿口應允，說道：「溫大爺在我們身上也用過情，二位爺既有舉動，我將此銀買些酒肉，不夠了我再添上些，算二位爺與溫大爺備席，明日我另辦。」話未說完，鄭婆子從傍問道：「是多少銀子？」蕭麻子道：「共是五錢，委曲你們辦辦罷。」鄭婆子道：「那溫大爺也不是知道甚麼人情世故的人，我拙手鈍腳的也做不來，不如大家裝個不知道，豈不是兩便？」蕭麻子道：「生日的話，素常彼此都問過，裝不知道也罷，只是看的冷冷的。」說罷，又看苗禿子。苗禿子道：「與他做甚麼壽？拉倒❷罷。」於是兩人將銀子各分開，袖起去了。

金鐘兒這日絕早的起來，到廚房中打聽，沒有與如玉收拾著席，自己拿出錢來，買了些麵，又著打

❶ 夥請：合夥設席請客。夥，音ㄏㄨㄛˇ，聯合；共同。

❷ 拉倒：算了；作罷。趙樹理邪不壓正二：「咱跟劉家這門親事，可算能拉倒了吧？」

雜的做了四樣菜喫早飯。午間又托與他備辦一桌酒席，回房裡來，從新裝束，穿一件大紅紗鼈兒，銀紅紗襯衣，鸚哥綠遍地錦裙兒，與如玉上壽。若是素常，苗禿子看見這樣裝束，就有許多的話說。今日看見，只裝不看見。到了午間，金鐘兒去廚房裡看打雜的做席，他媽走來罵道：「你這臭淫婦，平白裡又不赴席，又不拜年，披紅掛綠是為甚麼？閒常家中缺了錢，和你借件衣服典當，千難萬難，今日怎麼就上下一新了？真是死不知好歹的浪貨！」金鐘兒道：「今日是溫大爺的壽日。他自到這姓鄭的家，前前後後，也花費八九百兩銀子。就是這幾個月手頭素些，也未嘗欠下一百五十，若將借他的八十兩銀子，本本利利詳算起來，只怕除了嫖錢，還得倒找他幾兩。我雖然是個忘八羔子娼婦養的，也還頗有些人性、人心，並不是驢馬豬狗，恩怨不分，以錢為命的人。就是這幾件衣服，也是姑老們替我做的，又不是你替我做的，我愛穿就穿，不愛穿就燒了，誰也管不得我。若害眼氣❸，也學我把渾身的骨頭和肉都捨出來，教人家夜夜揉擦，縱弄不上紬子緞子，粗布衣服也騙兩件，喫這些淡醋怎麼？」

鄭婆子聽了，氣的渾身打戰，將牙齒咬的怪響，拿起個瓦盆來，在炕沿上一墩，立刻成了三半個，口裡說道：「反了！氣殺我！氣殺我！」金鐘兒也搗起兩個盤來，往地下一摔，打了個粉碎。說道：「氣殺你，氣殺你我將來還有個出頭的日子。」打雜的胡六道：「費上錢治辦上酒席，嚷鬧的教溫大爺聽見，一總是個不領情。」鄭婆子道：「誰教他領情哩？」金鐘兒道：「你一毛而不拔，他為甚麼領你的情？」胡六道：「罷咯，老奶奶老翻了，二姑娘又沒老翻了，休教人家聽見笑話。席面我自收拾妥當，二姑娘也不用再來，請回去罷。」娘兒兩個聽了，都不言語，四隻眼彼此瞅了一會，金鐘兒往前邊去了。

❸ 害眼氣：眼紅。眼氣，方言，謂看見美好的事物，非常羨慕並渴望得到。

到了午間，打雜的走入金鐘兒房內，問道：「菜放到廳上了，可用請蕭大爺不用？」金鐘兒道：「平白的又放到廳上怎麼？還照素日一樣打發就是了。」如玉道：「你真是費心多事。我不說麼，如今是甚麼光景，還過生日？你既然預備下，苗老三他們想來也知道，還是在一處坐為是。」金鐘兒道：「我不！我嫌他們太涼薄，那一個沒受過你的好處？就來與你作個揖，也是人情。怎麼都裝起不知道來了？蕭麻子還可，這苗老三，他怎麼該是這樣待你？」如玉聽了，也就不言語了。打雜的把小菜兒搬入來，放在炕桌上，又拿入酒來。金鐘兒滿斟起一杯，奉與如玉，笑盈盈的說道：「我拜拜你罷。」如玉連忙站起來，拉住道：「這都是沒要緊的想頭。」兩人方纔對面坐下，共敘心田，直喫到未牌時分，方纔將杯盤收去。

沒有兩杯茶時，只見打雜的入來，說道：「有泰安州一個姓王的，坐著車來，要尋溫大爺說話，現在門前等候。」如玉道：「泰安有甚麼姓王的尋我？想是他錯尋了。」金鐘兒道：「是不是，你出去看看何妨？」如玉走到門前一看，原來是他的舊夥契王國士。如玉連忙相讓，見國士從車內取出個大皮搭褳來，趕車的後生抱在懷內，跟將入來。鄭三迎著盤問，如玉道：「是我的一位舊朋友，到這裡看望我。」鄭三見那後生懷中抱的搭褳，走的有些沈重費力，心上不住的猜疑。如玉將王夥契讓在金鐘兒房內。金鐘兒問明，方知是如玉的舊夥契，上前萬福，慌的那王夥契還禮不迭。彼此揖讓坐下，金鐘兒看那夥契，年約五十多歲，生的肥肥胖胖，穿著一件繭紬單道袍，內襯著細白布大衫，坐下敦敦篤篤，像個忠厚不少飯喫的人。那後生將皮搭褳往炕頭上一放，把腰直了一直，出了一口氣，站在門傍邊，眼上眼下的看金鐘兒。金鐘兒向那後生道：「客人且請到我這院內南房裡坐。」那後生走將出來，鄭三接住，問了原由，纔知道是送銀子來，慌的連忙讓到南房裡坐。鄭婆子催著送茶。

再說王夥契向如玉道：「晚生去年領了大爺的七百銀子，原欲托大爺的洪福，多賺幾個錢，不意新財東手腳大，將本銀亂用，晚生恐怕他花用盡了，今日與大爺送來。除大爺零碎使用外，淨存本銀五百二十兩。」說著，從懷中取出一本清賬來，裡面夾著如玉屢次取銀帖子，雙手遞與如玉看。如玉道：「你替我使著罷了，何苦又送來？」王夥契道：「晚生適纔不說麼，實實的不敢在鋪中存放了。也曾和張總管說過幾次，總不見他的回信，所以親自來交。」如玉道：「你送來不打緊，我又該何處安放？」王夥契道：「任憑大爺。」金鐘兒取了四百錢走出來，向胡六道：「你快買些酒肉，收拾起來，好打發客人喫飯。那個趕車的，也要與他些酒肉喫。」鄭婆子連忙跑來，笑說道：「你這孩子好胡鬧，我家裡的客人，還用你拿出錢？快拿回去，我自有妥當安排。」胡六卻待將錢遞回，金鐘兒道：「你少在我跟前浪，買你的東西去罷！」說畢，回房裡坐下。罵的胡六把手一拍道：「這是那裡的晦氣？」鄭婆子道：「你還不知道他的性兒，從小兒就是個有火性❹的孩子。你只快快的買去罷。我在廚房裡替你架火、安鍋、滾水等你。」胡六去了。

這邊王夥契將搭聯打開，將銀子一封封搬出來，擺在炕上，著如玉看成色，稱分兩。又要算盤，與如玉當面清算。如玉笑道：「我還有甚麼不憑信你處麼？何用清算，你說該多少就是了。」王夥契道：「大爺若不算算，晚生也不放心。」講說了半晌，纔不算了。又一定著如玉稱稱分兩，金鐘兒道：「這銀子不但溫大爺，就是我也信的過，是絲毫不錯的。就是每分封短上一頭半錢，難道還教添補不成？」

❹ 火性：喻暴躁易怒的脾氣。元高文秀黑旋風第四折：「惱犯黑旋風，登時火性發。」

王夥契拂然道：「你這婊姐就不是了。虧你還相與過幾千百個人，連我王老茂都不曉得，不但一錢二錢，便是一兩二兩，我也從不短人家的，怎麼纔說起添補的話來？」金鐘兒笑道：「是我過於老實，不會說話。」又向如玉道：「你就稱稱分兩罷。」說罷，將戥子❺取過來，如玉見他過於小心，隨即稱兌了幾封，都是白銀子，每一封不過短五六分，也就算是生意人中大賢了。

兌完銀子，便立刻要抽借約。如玉道：「你的借約還在家中，等我回家時揀還你。若信不過，我此刻與你立個收帖何如？」王夥契道：「大爺明日與晚生同回去罷。五六百銀子，不是頑的。」如玉道：「我親筆寫收帖，就是大憑據。我和你財東夥契一場，難道會將來賴你未還不成？」王夥契甚是作難，不得已，著如玉寫了收帖，自己看了又看，用紙包好，揣在貼肉處，纔略放心些了。就要起身辭去，如玉道：「你好容易到此，我還要留你歇息幾天。」王夥契道：「晚生手下還管著許多小夥契，如何敢在婊兒家停留？」如玉笑道：「怎麼你這樣腐板❻？也罷，這裡也有客店，你喫了飯，我送你安歇。」王夥契纔不推辭了。金鐘兒將銀子都搬入地下大櫃內。胡六端入菜來，兩人對面坐下，金鐘兒在下面斟酒坐陪。不意鄭婆子又添了許多菜數，那王夥契倒好杯兒，酒到便乾。如玉見他有幾分酒態，指著金鐘兒問道：「你看他人物好不好？」王夥契看了金鐘兒一眼，就將頭低下了。少刻，喫完酒飯，王夥契連茶也不喫，拿出搭聯，又叮嚀如玉回城時抽約，如玉送出院來，慌的鄭三急來相留。如玉說明絕意不在的話，同鄭三領他到店中去了，又與了趕車的幾錢銀子。

❺ 戥子：用以衡貴重物品如金、珠或藥物等之分釐小數者，本作等子。戥，音ㄉㄥˇ。

❻ 腐板：迂腐古板。清劉獻廷廣陽雜記卷一：「郝天挺唐詩鼓吹，出手腐板可厭。」

須臾，如玉回來，小女廝將燈送入，沒有半頓飯時，忽聽得後面高一聲低一聲叫吵，倒像有人拌嘴的光景。忽見小女廝跑來，說道：「二姑娘還不快去勸解勸解？老奶奶和老爺子打架哩。」金鐘兒道：「為甚麼？」小女廝道：「老爺子同溫大爺送了那姓王的客人回來，纔打聽出今日是溫大爺的壽日，午間沒有預備下酒席，數說了老奶奶幾句，老奶奶說：『你是當家人，你單管的是甚麼？』老爺子又不服這話，就一遞一句的拌起口來。老奶奶打了老爺子一個嘴巴，老爺子惱了，如今兩個都打哩。苗三爺和大姑娘都去了，二姑娘還不快去？」金鐘兒鼻子裡笑了一聲，向如玉道：「這般伎倆，虧他們也想算的出來？真是無恥。」如玉也笑了，小女廝急的了不得，一定要教金鐘兒去。金鐘兒道：「我沒工夫，任憑他們打去，不拘誰，打殺一個倒好。」小女廝催了幾遍，見金鐘兒不去，也就去了。待了半晌，不聽得吵鬧了。

猛見苗禿子掀簾入來，望著如玉，連揖帶頭的就叩拜下去。如玉還禮不迭。苗禿子扒起來，說道：「我真是天地間要不得的人，不知怎麼，就死昏過去，連老哥的壽日都忘記了。若不是勸他老兩口兒打架，還想不起來。」又指著金鐘兒道：「你好人兒，一句兒不說破。」金鐘兒道：「誰理論他的生日壽日哩？今日若不是人家送著幾兩銀子來，連我也想不起是他的壽日。」苗禿子道：「沒的說，明日是正生日，我們大家補祝也不遲。」如玉道：「我的生日是五月初四日，已經過了。」苗禿子笑道：「你休混我，我記得千真萬真，是這兩日。昨年在東房，不是我和你喫酒麼？」於是虛說虛道，親熱了半晌，又極力的奉承了金鐘兒幾句，方纔歸房去安歇。

次日，鄭三家殺雞宰鴨，先與如玉收拾了一桌茶食，又整備著極好的早飯。苗禿子知會了蕭麻子，在廳內坐著，等候如玉起來，補送壽禮。等到巳牌時分，白不見動靜，各有些餓的慌，又不肯先喫些東西，都是打掃著空肚子，要喫鄭三家的茶食和早飯，做補祝的陪客。鄭婆子於昨日已問明趕車的後生，說送來五六百兩銀子，在自己女兒房裡收著，這是一百年再走不去的財帛，不過用耽擱幾月工夫，不愁不到自己手內。今日恨不得將溫如玉放在水晶茶碗裡，一口吞在腹中。若是平素，這時候不起來，這婆子不知大喝小叫到怎麼個田地。堪堪的到午牌時分，還不見開門，蕭、苗二人等的不耐煩起來，不住的到門前院中，走來走去的咳嗽，又故意高聲說笑。

鄭婆子忍不住，到他女兒窗外聽了聽，像個唧唧噥噥說話。瞅著院內無人，悄悄的用指甲將窗紙掐破一塊，往裡一覷，見兩人俱光著身子，如玉把他女兒按倒在一個椅子上狠幹。又見他女兒髮散釵橫，軟癱在椅子上，弄成個有氣無力的死人一般。連忙退回去，心裡說道：「原來這溫如玉有這般本事，怪不得小淫婦兒和他一心。」又想到自己身上，幼年時也曾瞞著鄭三，偷過五六個人，從沒教人家弄的失魂喪魄到這樣快活時候，真是空活了一世。嘆賞了一會，掀過個板凳來，坐在窗臺階下，通不許人在臺階上走。少刻，聽的他女兒說話，他只當是事完了，再一細聽，口中嚼念的都是喫虧話，沒一句兒討便宜。又聽得抽送之聲，比三四個人洗衣服還響。鄭婆子不由的心上驚懼起來，說道：「這孩子的性命，只怕就在此刻。這姓溫的小廝，好狠心，好利害！」

須臾，波平浪靜，鄭婆子纔知道饒了他女兒，連忙預備淨面水去了。又待一會，將門兒開放，小女廝送入水來。兩人梳洗罷，胡六請廳上喫茶。金鐘兒道：「俺們不出去，不拘甚麼白菜豆腐，拿來喫了就是。」胡六去了，轉刻又入來相請。又聽得苗禿子說道：「溫大爺起來了沒有？蕭大哥等候了半天了。」

如玉只得出去。蕭麻子一見，笑的眼連縫兒都沒有，大遠的就彎著腰，搶到跟前下拜，也不怕碰破了頭皮。苗禿子也跪在蕭麻子肩下，幫著行禮。如玉還禮畢，蕭麻子道：「昨日是大爺千秋，我相交不過年餘，實不知道。」又指著苗禿子道：「這個天殺的，不知整日家所幹何事，自己忘記了也罷，還不和我說聲。」苗禿子將舌一伸道：「好妙話兒，我既然忘記了，還那裡想的起和你說？」

如玉道：「我的生日已過了。就算上是我的生日，我如今也不是勞頓朋友做生日的人。」蕭麻子從袖內取出個封兒來，上寫著「壽敬二兩」，下寫著他和苗禿子名字，雙手送與如玉。如玉那裡肯收？推讓了好一會，蕭麻子向苗禿子道：「何如？我預先就知道大爺不肯收，你還說是再無不收之理。如今我有道理，你在明日，我在後日，各設一席，今日讓與鄭三。這幾月疏闊的了不得，也該整理起舊日家風來。」苗禿子道：「說的是，大家原該日日快聚，纔像個朋友哩。」又見玉磬兒從西房內慢慢的走來，笑道：「我也無物奉獻，只磕幾個頭罷。」如玉連忙扶住。胡六擺放杯盤，是十六樣茶食，紅紅綠綠，甚是豐滿。隨即鄭三入來，說道：「昨日是大爺千秋，晚上纔曉得，還和老婆子生了會氣。」正說著，鄭婆子從門外搶入來說道：「大爺不是外人，就是昨日未曾整備酒席，實是無心之過。只是沒有早磕個頭，想起來倒教人後悔死。」說著，兩口子沒命的磕下頭去。如玉拉了半晌，方拉起來。如玉道：「我這半年來，手內空虛，沒有多的相送，心上時時抱愧。承你老夫妻情，待我始終如一，不但飲食茶水處處關切，就是背前面後，也沒半句傷觸我。今早又承這樣盛設，倒教我又感又愧。」鄭婆子道：「大爺不必說錢多錢少的話，只要爺們情長，知道俺們樂戶人家的甘苦，就是大恩典了。」

蕭麻子冷眼看見鄭婆子穿著一雙毛青梭新鞋，上面也繡著些紅紅白白花草，因鄭三在面前，不好打趣。少刻，兩口子都出去了，蕭麻子笑向玉磬兒道：「你三嬸子今日穿上這一雙新花鞋，倒穿的我心上亂亂的。你可暗中道達，著他送我一隻。」玉磬兒道：「你要他上供麼？」蕭麻子道：「誰家上供用那樣不潔之物？不過藉他打打手銃，覺得分外又高興些。」眾人都笑了。苗禿子道：「金姐還梳頭麼？」胡六道：「二姑娘說來，今日不喫飯，害肚裡不受用哩。」苗禿子道：「這又是個戲法兒。他不喫飯，我們還要這嘴做甚麼？」蕭麻子道：「我拉他去。」於是不容分說，將金鐘兒拉出，五人同坐。正是：

一日無錢事事難，有錢頃刻令人歡。
休言樂戶存心險，世態炎涼總一般。

第五十五回　愛情郎金姐貼財物　別怨女如玉下科場

詞曰：

蕩漾秋波落淚痕，送郎財物在黃昏，遠情深意出娼門。　為下科場離別去，空留明月照孤村，一燈相對夜銷魂。

右調浣溪沙

話說如玉在鄭三家過生日，蕭、苗二人各請了一席，如玉又還了一席，鬼混了三四日。只因有這幾百銀子入在眾人眼內，弄的鴇兒龜子動了貪心，苗禿、蕭麻生了痴念，一個個不說的強說，不笑的強笑，每日家簇捧著如玉，和羊脂玉滾盤珠一樣，比一來時的如玉還新鮮幾分。孰不知他們把精神俱屬罔用。若依著如玉，他原是公子出身，只知揮金如土，那知想後思前，就是如今窮了，他的豪奢心性仍在，這幾兩銀子也不愁不到他們手內。無如裡面插著金鐘兒與他做提調官，這女廝不過情性急暴些，講到人情世故上，真是見精識怪，透露無比。依如玉的意思，念在鄭三家日久，雖然他款待涼薄，一個樂戶人家，原指著姐妹和闈女過日子，就與他五六十兩，也不為過。又見蕭、苗二人愛錢的景況，甚是可憐，也要點綴他們數金，因與金鐘兒相商。

誰想金鐘兒另有主見。向如玉開說道：「你不過是為貪戀著我，在他們身上用情。你想想如今的時候，銀子出去最易，你若教他回來，比登天還難。刻下有這幾百銀子放在身邊，便是個虎豹在山之勢，我父母從今斷不敢薄待於你，你就再遲一半月與他也不遲。至於蕭、苗二人，且樂得教他們望梅止渴，日日受享他們的趨奉，到看不過眼時，與蕭麻子幾兩罷了。但是我還有一慮，這個去處，是風波不測之地，千人可來，萬人可去，別人尚不足介意，誠恐蕭麻子利心過重，或勾通匪類，意外生枝，你又是個孤身，我又是個婦女，五六百銀子放在此地，終非妥局。刻下若將銀子拿回泰安，不但我父母切骨恨我，蕭麻子於你也不肯罷休，你我想要安然相守一日，恐怕不能。依我的主見，你可速速寫一字，叫張華坐車子來，字內再說與他，若我父母問時，只說是你家老太太祭辰，請你回家上墳，他們就不疑心了。我連夜做成幾個布搭包，不論三更四更，與張華約定，將銀子轉去，只用往返兩次，就都帶回泰安，教他收存在妥當地方，豈非人鬼不知？你這裡連五十兩也不用存留，以防不測。再如你我終身的事體，我打算已久，若輕輕易易的嫁你，斷不能夠。我已立定志願，除你之外，今生誓不再接一人，任憑我父母刀鋸斧砍罷了。他將來見我志願已決，定視我為無用之物。到那時，他們都心回意轉，不過用三二百銀子，便可從良。我自從接客至今，五年光景，身邊零碎積下有百十多兩銀子，衣服首飾也值百十餘兩，你將來回家時，可盡數帶去。日後我若有福，得與你做一夫一妻，到你家中過起日月來，又有一番安排。你的住房是三百多銀子買的，不妨賣了，費一百來銀子，買幾間小房居住。張華人老實，存心也還為顧你，可留在家中。你家中還有個姓韓的，我聽得說閨女兒子倒有四五個，這不但天天吃米，即年年穿衣也了不得，這原該早與他幾兩銀子，著他出去另過。我從良，滿估上三百兩。我與你的東西，若變賣了，便有二百四五，你不過只出著五十多兩，我就是你的人。將來好也是個過，歹也是個過，窮人家一文無有，也未嘗盡行餓死，還要養活兒女哩。為今之計，可咬定牙關，只拚出三四十兩來，在此混到水盡山窮處，方零碎與他們。將來我父母若趕逐起你來，你只管回家，留下我與他們拌著走。人生在世，能有幾何？與你快活得一日是一日，我實實的捨不得你再交好別人。」說著，雨淚紛紛，倒在如玉懷內。

如玉聽了，感激的入骨切髓，連忙抱起來，用自己的臉兒來回與他揩抹。溫存了半日，方說道：「我溫如玉家門不幸，疊遭變故，若在三四年前，早已與你成就了心願了。你的議論，都是從心眼中細針密線盤算出來的，只是愁你將來要大受淩虐。你父親還罷了，你母親不是善良神道。」金鐘兒道：「任憑他。拚上個死，誰也打發的下去。」如玉道：「你今說到此際，我也有個隱衷，屢次想要說，只是不忍與你分離。」金鐘兒驚問道：「你為何說出離別兩字？」如玉道：「我如今家業凋零，只有一日不如一日，斷無興發之期。目今已六月初十日，離科場僅有五十來天，我意思要回家讀幾句書，或者藉祖功宗德，僥倖一第。異日縱不能中進士，挨次做個知縣，或遷就別途，也是日後的飯根。」

金鐘兒聽罷，呆了一會，說道：「你這一下場，不知得多少日子纔能完結？」如玉道：「若從如今回家，到八月初八日進場，十六七完場，二十內外，我可與你相會。此地離省城百餘里，比泰安還近一半路，我場事一完，即來看望你。」金鐘兒道：「這是你的功名大事，我何敢誤你？但願上天可憐，從此聯捷。你出頭的日子，就是我出頭的日子。只是要與你隔別兩月工夫，我真是一日也受不得。」如玉道：「你若不願意著我去，我就不去。」金鐘兒道：「這是甚麼話說？我不是那樣不識輕重的女人。但是你回家讀幾句書，固是要緊，我想命裡該中，也不在用這幾天工夫。」如玉道：「我於八股一途，實荒疏的了不得。若要下場，必須抱抱佛腳。」金鐘兒又自己屈著指頭數算了一回，方許在十天後回家。兩人斟酌停當，如玉寫了字兒，暗中僱人送與張華，著他十八日僱車來接。至此後也沒別的議論，惟有夜以繼日的幹那勾當。蕭、苗二人，見他們青天白日常將門兒關閉，也不過互相哂笑而已，那裡知道他們早晚就要分別？只是不見如玉拿出銀子相幫，蕭麻子著急之至。

到了十六日，金鐘兒又與如玉相商，起身時，與蕭麻子留四兩，說在下場後再多送些，與鄭三留二十兩。如玉道：「蕭麻子送多送少，我又不該欠他的，倒也罷了。只恐這二十兩銀子，你父母未必肯依。」金鐘兒道：「我早已都想算停當了。此番王夥契與你送銀子來，數目多少，他們都知道，我猜必是那趕車的後生露的風聲。你若將銀子帶回家去，不但我父母和你從頭至尾清算嫖賬，就是蕭麻子亦必搬弄是非。如今有一妙法，我這後園中有的是磚頭石塊，你我今晚取他些來，都用紙厚厚的包做十來封，每封寫明數目，畫上你的花押，放在我櫃內。臨行，將我父母叫到跟前，著他們一一都看過，當面將櫃子外面加上你的封皮，鑰匙交付我收管。你的原銀並我與你的銀子、衣服、首飾，該在身邊帶的，你可同張華分帶；該在被套內裝的，俱裝入被套內。我父母見你的銀子不拿去，不但還與他留二十兩，就一兩不留，他也可以依允。將來你去了，設有客來，他們看在這幾百銀子分上，也必不肯過於強我。待你中了，人情是勢利的，我們再想別法。如此行去，看來還可以謊得過他們去。」如玉聽了，喜歡的心花俱開，說道：「此計指鹿為馬❶，以羊易牛❷，實妙不可言。」連忙將金鐘兒抱過來，放在懷中，親嘴咂舌的

❶ 指鹿為馬：喻顛倒是非，混淆黑白。典出史記秦始皇本紀趙高向秦二世指鹿為馬故事。

❷ 以羊易牛：比喻用這個代替那個。典出孟子梁惠王上第七章齊宣王命以羊易牛故事。

說道：「誰似你這般聰明，這般才智，我溫如玉將來得你做夫妻，也真不罔生一世。」說罷，急急的將門兒關閉，兩人又幹起舊生活來了。

到了十八日，張華如期而至。如玉暗中和張華說明，張華大喜。鄭三家兩口子見張華來接，真如平空裡打了個霹靂，煩薾、苗二人探問如玉回家不回家，如玉總是含糊答應。怕鄭三等生心防範，此夜四鼓，從窗空內付與張華銀三百五十兩，釵環首飾一總轉送過手，張華俱妥貼收藏。如玉原定在二十一日起身，到二十日晚間，兩個難割難捨，又改在二十三日。鄭婆子又囑咐金鐘兒，著將如玉千萬留下，金鐘兒滿口應承。此晚將如玉的兩個褥子、兩個被子，俱皆拆開，將棉花去了些，所有的棉夾皮紗凡新鮮些的衣服，盡鋪絮在被褥內，又各用針線牽引的穩穩當當。至二十二日這一夜，千言萬語，叮囑不盡。如玉也安慰了金鐘兒許多話。五鼓時，兩人將被套打開，把被褥四件裝好，天色纔有亮光，張華便教車夫拴起車來，在窗外請如玉。如玉又將二百五十兩用搭膊自帶在身上。

鄭三家兩口子聽得套車，各沒命的扒起，到如玉房中問訊。如玉說明要回家讀書下場的原故，又將櫃子開了，著鄭三查了銀兩封數，隨即鎖住，外貼了封條，將鑰匙交與金鐘兒收存，囑咐小心門戶，到下場時即來。又言明場事完後，再來久住。鄭三家兩口子見十數封銀子不帶去，大放懷抱，心上甚是歡喜。如玉又拿過二十兩一包銀子，說道：「我在你家攪擾日久，心甚不安，這些須銀兩，權做你家中茶水錢用。等我下場回來，再加十倍酬情。」鄭三家夫婦見銀子雖然極少，卻大段頭都在自己家裡存著，於是陪著笑臉，說道：「大爺在我們身上，恩典甚重，只可惜沒有好管待，早晚間不知得罪下多少。」鄭婆子又接著說道：「大爺何必多心，與我們留這幾兩銀子？至於嫖了的時日，大爺更不必多心，將來上算盤也是打的出的。下場讀書，是個正大題目，我們也不敢強留。但是走的太鬼祕了，也該早和我們說聲，收拾一杯水酒送送，令傍人也好看些。難道必定是鹿鳴宴纔好吃麼？」如玉道：「我正怕你老夫妻費心，所以纔不肯達知。」鄭三向金鐘兒道：「怎麼你一句兒不言語？」金鐘兒道：「自張大叔來，我問他走不走的話，也不知幾百遍。今日五更鼓時，忽然扒起來要走，我把舌頭都留破了，他決意要去，就著他去罷，我還有甚麼臉再說？」如玉又拿過四兩銀子道：「煩送與蕭大爺，說不堪微禮，與小相公買雙鞋穿罷。我大約不過一月後，就來看望令愛。」

正說著，張華入來，如玉著他搬取褥套。鄭三道：「怎走的這樣急？」那裡肯教張華搬取，自己揪起來扛在肩頭。鄭婆子連忙拿起衣服包。如玉向金鐘兒舉手道：「話也不用再說，我去了，你要處處保重。」說著，眼中淚行行直下。金鐘兒只說了一句：「我知道。」那眼淚與斷線珍珠相似，在粉面上亂滾。如玉出了東房，鄭三道：「不用和苗三爺說說？」如玉道：「等他起來時，替我表白罷。」出了大門，向金鐘兒道：「你請回罷。」金鐘兒也不回答，一步步流著痛淚送出堡來。如玉走一步，心上痛一步，只是不好意思哭出聲來，也不敢看金鐘兒一眼。此時街上行人甚少，看見的都擠眉弄眼，跟著觀玩。一同出了堡門，車子跟在後面。如玉向鄭三夫婦道：「感謝不盡，容日補報罷。」又向金鐘兒道：「我說過的話，你要處處保重。你快回去，我走罷。」金鐘兒流著淚，點了兩下頭兒。鄭三扶著上了車，還要送幾里，如玉再三止住。少刻，馬行車馳，走的望不見了，金鐘兒方纔回家。有如玉與打雜的胡六留下二兩銀子，並小女廝的五錢，都遞與他們。把門兒從新關閉，也不喫飯，低聲痛哭不止。

苗禿子起來，方知如玉去了，心上甚是怪異。又詢知銀子未曾帶去，只與了鄭三二十兩，蕭麻子四兩，自己一分也無。與蕭麻子說知，蕭麻子心中作念道：「這溫如玉好沒分曉，怎麼敢將五六百銀子交放在忘八家內？若我斷不如此。」又想了想，笑道：「男女兩個都熱的頭昏眼花，還顧得甚麼？」苗禿子總以不辭而去為嫌。蕭麻子道：「他與我留了四兩，與你沒有留下，他自然要早去，你教他怎麼辭別？」苗禿子道：「這小廝真是瞎了心，誰想望你那賣住房錢？」

再說如玉回到家中，安頓妥當帶來的銀物，也無暇讀別的書，只將素年讀過的幾本文章，並先時做過的窗稿，取出來捧玩。無如他分了心的人，那裡讀的入去？一展書時，就聽見金鐘兒在耳傍說話。離過書時，便想他的恩情，並囑咐的要緊話兒。茶飯拿來，喫幾口，就不喫了，不知想算甚麼。人見他不喫了，要將盤碗收去，他又低頭喫起來。每一篇文章，再不能從頭至尾讀完，只讀到半篇上，他自己就和鬼說起話來。時而蹙眉，時而喜笑，時而長嘆憤怒，一刻之中，便有許多變態。伺候他的兩個小小廝，在他面前不但嚷鬧，就打起來，他十次倒有六七次不理。過了七八天後，纔略好些。虧他有點才情，像這樣思前想後，不過二十五六天，肚裡也裝了三四百篇腐爛墨卷。又因與金鐘兒會面心切，經史文章，也沒工夫打點，只將正大擬題，看了看講章；表判策論，打算著到省城再處。將自己和金鐘兒的銀子共六百三十兩，賞了張華十兩，著他製辦衣服跟隨。自己帶了一百五十兩。其餘的一宗宗，都點與韓思敬收管，囑咐他兩口子小心門戶。又將金鐘兒的首飾衣服，交與張華家老婆收存，為他是個婦人，不敢將銀子與他。忙忙的收拾了一天，同張華坐車到試馬坡來。

金鐘兒自從如玉去後，兩人的情況都是一般，終日家不梳不洗，埋頭睡覺。幸虧鄭三是個怕是非的忘八，當日他妹子未從良時，因嫖客喫醋，打了一場官司，被地方官重責了四十板，逐出境外。他心上怕極，纔搬到這試馬坡來，從不敢尋找嫖客。有願來的，碰著是個肥手，便咬嚼到底。只待那肥手花用精光，他纔另外招人。不然，一個行院人家女兒，那裡閒的了一月兩月？只三天沒有嫖客，便急的猴叫。鄭婆子倒是個不怕是非的，恨不得夜夜有客。只因他心上貪戀著如玉那幾百銀子，又大料著金鐘兒不肯輕易接人，若強逼他，萬一惹惱如玉，將銀子都取去，倒為小失大了。因此有個肥嫖客來，都著玉磬兒支應，金鐘兒便裝做起病來。因此如玉去後，他竟得安閒。

這日正在房中悶坐，猛聽得小女廝在院中說道：「溫大爺坐車來了！」金鐘兒一聞此言，喜歡的心上跳了幾跳，連忙用手整理容環，拂眉掠鬢，又急急的將鞋腳緊了緊腿帶，迎接出來。如玉已同他父母在院中說話，金鐘兒笑嘻嘻的問道：「你來了？身上好。」如玉笑應道：「來了，來了，你好。」兩人到房內坐下，打雜的將被褥套放在一邊，張華拿入送金鐘兒的喫食，並送他父母的幾樣東西。金鐘兒笑道：「來就是了，何苦又買這些物件費錢？」如玉道：「表意而已。」金鐘兒道：「你這四五十天，讀下多少文章？」如玉笑道：「一句也沒有讀在肚裡。」隨即喫茶淨面。如玉問苗禿子，金鐘兒道：「你去了十數天後，他就回家去了。難道你沒有見他麼？」如玉道：「我沒見他，想是和我惱了。」金鐘兒道：「隨他去。」

少刻，蕭麻子來看望，並謝日前相贈的銀兩，說了又說，是個示知嫌少的意思。須臾，玉磬兒也來陪坐，談笑了一會。打雜的安放杯筷，一同喫了飯，蕭麻子早早回家，玉磬兒也去了。兩人從新訴說一月的心情，未起更，便安歇。一連住了三天，如玉道：「離場期只留下十三四天，我場後就來。」金鐘兒知是正務，也不敢強留。又數算著二十天外，便可相聚，因此兩人喜喜歡歡的離別，不似前番那樣悽苦。如玉與鄭三留了十兩銀子，做下場回來地步，方纔起身赴省。正是：

假情盡淨見真情，情到真時情倍深。
莫謂嫖情通是假，知情真假是知音。

第五十六回　埋寄銀奸奴欺如玉　逞利口苗禿死金鐘

詞曰：

女心深，郎目瞎，痴兒今把情人殺。禿奴才，舌堪拔，趨奉烏龜胯下。　這女娘，遭毒打，恨無涯。登鬼錄，深悔付托迂拙。

右調漁歌子

話說如玉別了金鐘兒，上省鄉試去了。再說韓思敬收存著如玉四百七十兩銀子，不但晚間，連白日裡也不敢出門。一日，他老婆王氏問道：「主兒家這幾百銀子，可是他下場回來就要收回去的麼？」思敬道：「他不收回去，難道與我不成？」王氏道：「你看他這幾百銀子，可以過得幾年？」思敬道：「這有甚麼定規？他從今若省吃減用，再想法兒營運起來，也可以過得日子。若還在鄭三家胡混，一半年就可以精光。」王氏道：「我聽得他和個甚麼金鐘兒最好，眼見的下場，回來還要去嫖，這幾兩銀子，不愁不用盡。只是將銀子用盡了，你我該靠何人養活？如今是一個兒子，三個女兒，連你我共是六口，將來他到極窮的時候，自己還顧管不過來，你我如何存站的住？到那時，該怎麼樣？你說！」思敬道：「既與他家做奴才，也只得聽天由命罷了。」王氏鼻子裡笑了一聲，罵道：「獃哥哥，你若到聽天由命的時候，我與你和這幾個孩子們，討喫還沒有尋下門子哩？」思敬道：「依你便怎麼？」王氏道：「依我的主見，主人不在家中，只有張華家老婆和他兒子，一個女人，一個十數歲娃子，量他兩個有甚麼本領防範我們？你我可將他交與的銀子，並家中該帶的東西，收拾停妥，你買一輛車兒，再買兩個牲口，不拘那一日，三更半夜起身，或山東，或河南，尋個住處。南邊地方濕潮，我不願意去。」思敬道：「這真是女人的見識，連半日也走不出去，就被人家拿回來了。」

王氏呸的唾了一口，罵道：「沒膽氣的忘八，那尤魁難道就不是個人？坑了他萬數多銀子，他也沒有拿回他一根毛來。倒只說旱路上行走，一起一落，你我孩子們多，不如水路裡容易做事。我還有個主意，咱們這房子背後，就是一塊空地，中間又有一個大坑，這半月來，又沒有下雨，水也漸次乾了，你不拘今晚明晚，等到四更以後，衹用一柄鐵鏟，挖一個深窟，埋在裡頭，管保神鬼不覺。此事做得太早了，有形跡；太遲了，設或主人回來，有許多掣肘。他如今纔去了七八天，到十二三天後，你可於夜半上房去，將瓦弄破幾個，像個人從房上下來的情景。將你我不拘甚麼衣服，丟在房上房下幾件。再將西邊的小窗子摘下來，放在地下。櫃上的鎖子，也須扭在一邊。到天明時，然後喊叫，不但左鄰右舍信我們被盜，就是張華家女人也沒甚麼猜疑。你還得寫一個狀子，告報官府，故作張皇著急的光景，遮飾人的耳目。官府必定差人拿賊，你可先去省城，稟主人知道，看他如何舉動。將來自然無賊可拿，他勢必賣這一處房度用，那時不用咱們辭他，他養活不起，就先辭了咱們了。然後遇空兒將銀子挖出，另尋個地方居住，豈不是子子孫孫的長算計？你看好不好？」

思敬蹙眉頭道：「你說的倒甚是容易，也不想想事體的歸著。主人如今只有這幾兩銀子，還是先時的房價，此外又別無產業，四五百銀子不見了，真是財命相連；況又是一五一十交給我的，怎肯輕輕的和我罷休？就是官府審起來，也要向我問個實在下落。賊倒也未必拿，只怕先將我動起刑來，倒了不得。」王氏道：「呸！臭溺貨，世上那有個賊未從拿，就先將事主動刑的道理？就算上到水盡山窮，難為我們的時候，你不拚上一夾棍，我不拚上一拶子，就想要教兒女享福、自己飽暖麼？何況你也四十多歲的人，非小孩子可比，還是招架不起一夾棍麼？人家還有捱七八夾棍的哩！」思敬道：「你把這夾棍不知當甚麼好喫的果子，講起七下八下來了？」王氏道：「我把話說盡了，做也由你，不做也由你。我今日預先和你說明，你若到討喫的時候，我便領上孩子們嫁人。你想著我陪著你受罪，那斷斷不能。好容易一注外財飛到手內，你還有許多的躊躇哩？」

韓思敬兩隻眼瞅著地，想了半晌，將頭用手一拍道：「罷了，拚上命做一做罷！」王氏道：「你可也回過味來了。若行，今晚就看機會埋銀子。」韓思敬出了巷口，轉在房背後，在那坑內看定了地方。又見坑對過北邊，遠遠的有四五家人家，也還容易做事。本日係八月初十日，埋了銀子。直到十二日，天一明，方纔聲張起來。張華家老婆在內院東房內，聽的思敬家兩口子在西房中叫喊，急忙起來看時，見西房窗槅在地下丟著，院臺階下有兩件衣服。到房內一看，地櫃大開著，櫃傍邊還有一把斧子，鎖子也扭斷在一邊，也不知沒的是甚麼東西。問起來，纔知道將主人銀子盡數被賊盜去。又見思敬只穿著條褲子，在地下自己打臉，老婆在炕上幫著哀叫。早驚動了鄰右並地方人等，都來訊問了根由，大家在房內院外巡視了一番，齊向思敬道：「銀子去了四五百，非同兒戲？你哭叫也無益，快尋人寫張呈子，報官嚴拿。」

思敬道：「眾位那一個會寫，就替我寫寫罷。」眾人道：「我們不識字的甚多，何況這個文章也不是胡亂做的？」內中一個道：「何用遠求？東巷子裡禿子苗相公，我們這幾天見他在家中，何不煩他一寫？」思敬道：「他是我家主人好朋友，我們同去煩他。」說畢，一擁齊來，叫開苗禿子的門。苗禿還在被內睡覺，被眾人喊叫起來，心上倒有些驚怕，疑惑是同賭朋友們出手下了。出得門來，見韓思敬跪下啼哭，還有七八個人在他後面站著，苗禿子拉起道：「為甚麼？」眾人吵吵雜雜的說了一遍。苗禿子道：「你主人緣何有這許多銀子存放在你手內？」思敬就將試馬坡帶來六百多兩銀子說了，又言：「帶去一百餘兩下場，餘下四百七十兩，托小人收管。昨晚睡熟，不知甚麼時候被賊竊去。」說了又哭。苗禿子聽了大笑，說道：「你主人這一番纔停當了。」又問道：「這宗銀子，可真是試馬坡帶來的麼？」思敬道：「怎麼不是？王掌櫃的送在試馬坡，我主人從試馬坡帶回。還有些衣服首飾，交與張華家老婆。若交與我，也都一齊被偷了。」苗禿子又大笑道：「我纔明白了，原來如此。」又問道：「這首飾衣服，還在張華家女人手內麼？」思敬道：「他沒被盜，自然還在。」苗禿子問明根由，替他寫了個報竊的稟帖，纔打發去了。心裡作念道：「小溫兒那日絕早的就去，既帶回自己的銀子，又得了金鐘兒外財，誰知天道難容，這不消說，留在鄭三家的銀子是假的了。只可恨金鐘兒這淫婦奴才，屢屢在小溫兒面前排擠我，弄的一個錢也到不了手內，不料他們也有跌倒的日子。我今日即去鄭三家送個信兒，看這伶俐的淫婦，又有甚麼法兒擺脫？不教老龜婆打斷他的下截，我誓不姓苗。」跑到市上，立刻僱了個飛快的驢兒，一路唱著時調寄生草，向試馬坡來。

次日未牌時候，一入鄭三的門，便大喝小叫道：「我是特來報新聞的。」鄭三家兩口子迎著詢問，他又不肯說，一定著請蕭麻子去。少刻，蕭麻子到來。他又把金鐘兒、玉磬兒都叫出來，同站在庭屋內，方纔說道：「我報的是溫如玉的新聞。」金鐘兒道：「他有甚麼新聞？想是中了。」苗禿子道：「倒運實有之，若說中，還得來生來世。偷，卻被人偷了個精光。」蕭麻子道：「被人偷了些甚麼？」苗禿子道：「小溫兒這小廝，半年來甚是狂妄。他也不想想，能有幾貫浮財，便以大老官氣象待我們。月前他回家時，帶回銀六百餘兩，一總交與他家家人韓思敬收管，他下場去了。本月十二日，也不知幾更時分，被賊從房上下去，將銀子偷了個乾淨，如今在泰安州稟報，這豈不是個新聞麼？」鄭三道：「這話的確麼？」苗禿子道：「我還有個不說話的先生在此。」遂將替韓思敬寫的報竊的稿兒取出，對眾人朗念了一遍，又將賊從某處入，從某處出，韓思敬如何驚恐，地方鄰里如何相商，指手動腳，忙亂了個翻江倒海，方纔說完。

金鐘兒聽罷，低垂了粉項，改變了朱顏，急抽身回到自己房內，又氣又苦，心中如刀割箭射一般。苗禿子見金鐘兒掃興回房，越發高聲說笑起來了。鄭婆子道：「到底是溫大爺有錢，一次被人家偷六百多兩。」苗禿子笑道：「你還做夢哩！不但他教人偷了，連你家也教人偷了。適纔金姐在這裡，我不好明說。你只用打開他房裡的櫃子，將小溫兒的銀子看看，便知端的。月前那姓王的來，我們問那趕車的後生，他說是五百多兩。前番小溫兒回家，與你家留了二十兩，又與蕭大哥四兩，還賞了打雜的許多，這一百四五十兩銀子，是從何處多出來的？我再實和你們說罷，還有許多的釵環首飾、皮夾棉衣，你家人送與姓溫的，姓溫的沒福消受，一總送與做賊的了。」鄭三家兩口子聽了，就和提在冰盆裡的一般，氣的只是打戰。

蕭麻子道：「銀子不用看，我明白了。若說衣服首飾都偷送了人，金姐必沒這大膽子丟開手罷？」玉磬兒道：「苗三爺既有確據，這事也不是個含糊的。只用將金妹子的箱櫃打開一看，真假就明白了。」金鐘兒緊是氣恨不過，聽了他們這些話，心上就和有十七八個吊桶，一上一下的亂翻。打算著他們必有一看，將膽氣正了一正，爽利坐在炕中間等候他們。又聽的他父親說道：「萬一溫大爺的銀子不假，衣服首飾俱在，金鐘兒是我生養的，我還怕得罪他麼？只是日後溫大爺知道我們私自去他的封條，又看他的銀兩，覺得不像個事。」苗禿子將舌頭一伸，冷笑道：「老先生，你好糊塗呀！溫大哥的銀子放在你們家裡，就是他沒斟酌處。分明你是個老實人，假若是我，他前腳去了，我後腳就將他的銀子拿去，與他留下一半，還是大人情。就告到官司，只說他欠錢未與，他也做的不是正大事，官府替他追比不了，一總入官，大家得不成。真銀子存放尚且要如此，何況如今都是假的？」又向鄭三家老婆把舌頭一伸，急掉轉頭腳，向廳屋正面來來往往，一步一步的踱去了。

鄭婆子向蕭麻子道：「我們大家都去看來。」蕭麻子道：「不用看，從今丟去姓溫的，另做事業罷。」不意玉磬兒在前，鄭三隨後，入金鐘兒房去。苗禿子同鄭婆子，也相同入去。惟蕭麻子獨自坐在廳上，聽候風聲。金鐘兒見他們入來，在炕上坐著不動一動。鄭三問道：「櫃上的鑰匙哩？」金鐘兒從身邊取出來，往地下一摔道：「看去！」眾人見他這樣舉動，倒有幾分猜疑，隱起❶來看的這幾百銀子，多是有真無假。苗禿子向鄭三道：「先開皮箱。」鄭三又問金鐘兒道：「皮箱上的鑰匙在那裡？」金鐘兒大聲道：「在櫃頂上。」

❶ 隱起：隱隱地興起一種意念。

鄭三將鑰匙取下來，先把一個大皮箱抱在地下，覺得甚輕。開看，只有他尋常穿的幾件衣服，並無一件新的在裡面。金鐘兒共有四個皮箱，倒是兩個空的。釵環首飾，一無所有。鄭婆子指著金鐘兒道：「你的衣服首飾，都那去了？」金鐘兒道：「都送了溫大爺了。」鄭婆子大怒道：「你為甚麼送他？」金鐘兒道：「我心上愛他。」鄭婆子咬著牙，先向自己臉上打了兩個嘴巴。鄭三也氣極了，用兩手將櫃上鎖子一扭，鎖鋌折斷，把銀子取出一封來，打開一看，見都是些石頭。又開一封，也是如此。隨手向金鐘兒臉上打去。金鐘兒一閃，響一聲，卻都打在窗槅上，大小石塊亂滾。鄭三見沒有打中，撲上炕去，將金鐘兒的頭髮提在手內，拉下炕來，用拳頭沒眉沒眼的亂打。蕭麻子飛忙的跑入來，拉了半日，方纔拉開。鄭婆子又將金鐘兒抱住，在頭面上亂咬。苗禿子見蕭麻子做人情，自己也只得動手開解。忙亂了好一會，方纔勸了出去。

金鐘兒在地下躺著，定醒了一會，睜眼一看，門上的簾子也不見了。苗禿子和蕭麻子，在廳屋西邊椅子上坐著說話。玉磬兒在正面條桌前站著，不由的心中恨怒，忍著疼痛，扒起來，指著苗禿子大罵道：「你這個翻舌遞嘴的忘八羔子，溫大爺待你和他的親兒子一樣，要喫就喫，要穿就穿，要銀錢就與你使用，還有甚麼虧負你處？就是我的衣服首飾，也是我的姑老們送我的，又不是你娘和你祖奶奶的東西，與你姓苗的何干？是你這樣獻勤勞，不過為嫖那玉磬兒厚嘴唇矮淫婦少出幾個嫖錢。你那裡知道，你龜娘龜老子也要和你一五一十的算賬？沒有你個下流忘八羔子白肏的人。」幾句話，罵的苗禿子瞪著眼，張著口，一句也說不出來。

金鐘兒還在那裡禿長禿短，罵不絕口，鄭三在南房裡氣的睡覺。頭前聽的罵，也就裝不知道，後來聽著越罵越刻毒，臉上下不來，跑入東房，一腳踢倒，又從新沒頭沒臉的亂打起來。蕭麻子饒拉著，已打的眉青眼腫，鮮血淋漓，昏倒在地。打雜的胡六，拉著鄭三的一隻胳膊，蕭麻子推著，方纔出去。蕭麻子又從新回來，將金鐘兒抱在炕上，用手巾與他揩抹了血跡，說了許多安慰的好話。金鐘兒倒在炕上，閉目不言。苗禿子在門外，點著手兒叫：「蕭大哥！」蕭麻子走出去，苗禿子道：「我別過你罷。」蕭麻子道：「你也混起來了。他是在氣頭上的人，還有甚麼好言語？聽見只裝個沒聽見。此時天也晚了，你要那裡去？」苗禿子道：「我在這裡還有甚麼意味？」蕭麻子道：「鄭三為你又打了一遍，你若是去了，倒不是惱金鐘兒，倒是連鄭三也惱了。我明日自有一番妥處。」玉磬兒道：「你休動瞎氣，罵由他罵，打還是他挨。」將苗禿子拉入西房去了。

蕭麻子到南房內，向鄭三家兩口子道：「我有幾句話，你們要聽我說。樂戶家的女兒，原是朝秦暮楚，貼補了嫖客東西的，也不只他一個。量他那衣服首飾，也不過在百金內外，為數無多。溫大哥在你家中，前前後後，實不下七八百兩。你就折算起來，還剩他的五百多兩。有金姐的身子在，不愁弄不下大錢。溫大哥此後也是個極窮的人了，再知道這番打鬧，他還有甚麼臉面再來？但是你家金姐是個有氣性的孩子，自幼兒嬌生嬌養，今日這兩頓打，手腳也太重了，若再不知起倒，定要激出意外的事來。今晚務必著個妥當人伴他，還要著實醒睡些纔好。」鄭婆子道：「蕭大爺怕他尋死麼？我養出這樣子女來，倒不如他死了，我還少氣惱些。」蕭麻子道：「我把話說過了，你們要著實留心些。」說罷，回家去了。

鄭三家兩口子雖說是痛恨金鐘兒抵盜了財物，到底是他親生親養的女兒，打了他兩次，也就氣平了。又聽的蕭麻子囑咐，未免結記起來。將小女廝叫到面前，與了他三四十個錢，著他和金鐘兒作伴，又囑咐他一夜不許睡覺。誰想金鐘兒被鄭三第二次打後，又氣又恨又怒，想著將來，還有甚麼臉面見人？趁蕭麻子走去的時候，挨著疼痛，扒到粧臺前，將三匣官粉❷都用水喫在肚內。此物是有水銀的東西，下墜無比，少喫還最難解散，況於三匣？沒有半個時辰，此物就發作起來，疼的肝崩腸斷，滿炕上亂滾。一家子大大小小，都來看視，見桌子上和地下還灑下許多的官粉，盛粉的匣子丟在皮箱傍邊。

鄭三家兩口子一見，嚇的魂飛魄散，鄭婆子連忙跳上炕去，抱住金鐘兒，大哭大叫道：「我的兒咯，你怎麼就生這般短見？」又罵鄭三道：「老忘八羔子，你再打他幾下兒不好麼？坑殺我了，兒咯！」鄭三在地下，急的抓耳撓腮，沒做擺布。又見金鐘兒雙睛疊暴，扒起來睡倒，睡倒又扒起來，兩隻手只在炕上恨命的亂撾，撾的指甲內都流出血來。少刻，唇青面黑，將身子往起一迸，大叫了一聲，一對小金蓮直登了幾下，鼻子口內鮮血迸流，就嗚呼哀哉了，真是死的悽慘可憐。正是：

一腔熱血還知己，滿腹淒涼泣九原。
未遂幽情身慘死，空教明月弔痴魂。

❷ 官粉：化粧用的白粉。趙樹理小二黑結婚二：「三仙姑也暗暗猜透大家的心事，衣服穿得更新鮮，頭髮梳得更光滑，首飾擦得更明，官粉搽得更勻。」

第五十七回　鄭龜婆聞唆拚性命　苗禿子懼禍棄家私

詞曰：

花娘死去龜婆惱，禿子面花開了，況又被他推倒，齒抉知多少？　說條念律神魂香，家業不堪全掃。為獻慇懃窮到老，此禍真非小。

右調明月穿窗

話說金鐘兒死去，鄭婆子摟住脖項沒命的喊叫道：「我的兒，我的苦命的兒，你殺了我了！我同你一路去罷。」把頭在窗欞上一碰，差些兒碰個大窟窿。鄭三在地下跳了兩跳，昏倒在地。猛見鄭婆子丟開金鐘兒，往外飛跑。苗禿子正在廳屋槅扇前走來走去，想算道路❶，又不敢偷走，怕鄭三將來有話說，後悔的揉手擓心。不防鄭婆子在背後用頭一撞，身子站不穩，往前一觸，觸在了門框上，碰了個大疙瘩。掉轉身子，正要看時，被鄭婆子十個指甲在臉上一擓，手過處，皮開肉破，鮮血長流。急用手招架時，又被鄭婆子提住領口一拉，把一件青絹上蓋拉開一大綻，翻披在肩頭。苗禿子見勢不好，就往外跑，又被門坎子一絆腿，不能自主跌下臺階。鄭婆子趕上按住，在脖項上亂咬，兩人滾成了一堆。

❶ 想算道路：盤算著該怎麼辦的法子。

鄭三在房裡喊天振地的哭叫，早驚動了許多鄰居，都來看視。入的門，見一個和尚，被一個披頭散髮的婦人摟著，在院內亂滾。眾人上前，用力分開。一家子又哭又嚷鬧，也問不明白。到房中一看，纔知道鄭三家閨女死了。又見鄭三和瘋了的一樣，在房中不住的搗心亂跳。忽見蕭麻子急急的走入來，問道：「還有氣哩沒有？」打雜的胡六道：「死了這一會了。」蕭麻子道：「何如？我原意料著有這一番。」又將金鐘兒仔細一看，只見亂髮蓬鬆，鼻口流著紫血，頭臉上青一塊、紅一塊，俱是咬打的傷痕，把個千伶百俐俊俏佳人，弄的與閻王殿上的小鬼無異。蕭麻子把手一拍，口裡嗟嘆道：「咳！死的可惜，可憐。」此時鄭三家老婆已被看的人拉住，在院外如醉如痴的打晃。蕭麻子叫胡六扶鄭三到南房裡去，這時男男女女，又來了好些。蕭麻子擠到廳屋內，說道：「眾位請開些，好讓人家收拾死人。」說罷，剛擠出廳屋門，猛見人叢中鑽出個光頭，擦抹著許多的鮮血，真與那打破的紅西瓜相似，撲上來，將蕭麻子一抱，蕭麻子大喫了一驚。仔細看時，纔認的是苗禿子，忙問道：「你是怎麼？」苗禿子道：「了不得！了不得！反了！反了！」

正說著，見鄭婆子大披著頭髮，從院外大放聲哭入來。苗禿子拉著蕭麻子，往人叢中急忙一鑽，讓鄭婆子入去，方說道：「你快同我到院裡來，我和你說。」兩人到西房簷下，蕭麻子又將苗禿子一看，見衣服拉的千條萬縷，面上帶著四五道大血痕，像個指甲搗破的，脖項上和臉上有許多齒傷，形容甚是狼狽。蕭麻子口中不言，心裡說道：「這禿小廝，尖嘴薄舌，宜乎該有此辱。」隨問道：「你怎麼成了這樣個光景？」苗禿子道：「真是天翻地覆的事。鄭三打罷金鐘兒，我在玉姐房內氣肚子，也不知你是甚麼時候去的。沒一頓飯時，金鐘兒喫了官粉，就發作起來。」蕭麻子道：「我那樣囑咐著他們，怎麼就沒一個人在他跟前麼？」

苗禿子道：「誰知道他？金鐘兒死了，我正在廳前有些後悔，不意鄭三家老婆這萬剮淩遲的奴才，猛然裡在我背後，將我腰眼間被他那驢頭加力一觸，我幾乎碰死。卻待問時，被他十個指頭，將臉撾破。你瞧衣服也扯了個粉碎，脖項也被他咬壞，適纔幸眾人解開。我在試馬坡來往了一二年，此地大大小小，誰認不得我？我豈肯輕易受辱至此？沒的說，一個知己朋友，難道還不如個忘八的交情麼？你有甚麼好主見，快說與我。我與他家勢不兩立。怎麼他的女兒死了，拿我出氣？良賤相毆，還要分別治罪。他竟敢毆辱斯文，我輩還要這秀才何用？」蕭麻子道：「你這毆辱斯文的題目，倒也想的有一二分。只是他的題目若講出來，比你更利害幾倍。」苗禿子道：「他有甚麼利害題目？難道朝廷家的名器，是該教娼婦龜婆白打的麼？」

蕭麻子冷笑道：「你這禿兄弟，都說的是醉裡夢裡的話。我不該說，你今日做的，都是傷天害理刻薄不過的事情。金鐘兒抵盜財物與溫大哥，他抵盜的是忘八家的，須知不是你家的。你怎便那樣著急？就是溫大哥家被盜，你再想想，他還有的是房，有的是地，我們素常也曾三十兩二十兩使用過他的，他今日到這一掃精光的時候，我們與他交往一場，該動個可憐他、幫助他的意見纔是。誰想你得了風兒，就是雨兒，你說被盜也還是人情以內的事，怎麼又說起他存放的銀子是假的？又說衣服首飾都抵盜與溫大哥？我彼時已明白銀子出落，惟恐怕起是非，還從傍開解，說金姐沒有這般大的膽子。你和玉磬兒左一句右一句，必定要教查看他的箱籠，驗銀子的真假。我幾次阻說不聽，你說這金鐘兒的命不是你要了他的？是誰要了他的？這件事體，鄭三家兩口子若要翻過臉來，他女兒現有腳踢拳打的傷痕，他竟一口咬定你，說是因嫖角口，被你重加毆打，當時殞命。你一個做秀才的，擅入嫖局，就該革除。他再告你個威逼人命，你到官府前，好分辨，問你個流三千里；差些兒，定是個監候絞，秋後處決。縱然抵不了命，熬出來也頭白了。你若說他自己喫的官粉，與你無涉，這事到底因你而起，只怕做官的人，他要按律例斷哩。到那時，秀才也不知飛到那邊去了，你這毆辱斯文的話，還從那一頭說起？」

苗禿子聽了這些錐心刺骨的話，不由的著慌起來，兩隻手在禿頭上亂撓，口裡道：「呀呀呀！這還了得！」蕭麻子見他怕了，越發說起霹靂閃電的話來，道：「問你個秋後處決，還可以勉強熬出性命。若動起無情無義的夾棍來，你受刑不過，招認個謀殺故殺，只怕你的腦袋，頃刻就要與尊軀分別了。你們講到做文章，實強似我。若講到律例兩字，還讓老哥哥熟些。」一席話，說的苗禿子心驚膽戰，正要跪求良謀，見黑影裡走過幾個人來道：「不想在這裡，我們只在人多處尋找。」蕭麻子看了看，原來是保正同地方人等。蕭麻子道：「有甚麼話說？」那幾個人道：「鄭三也不見了，他老婆只是大哭。我們問他家胡六，說金鐘兒是喫官粉身死。我們尋你請教，此事報官不報？」蕭麻子道：「我也正有此意。等我今晚細細的將根由問明，若果是被人謀害，或負屈啣冤，我明早再與你們定歸❷。倒是這些人出來入去，男女錯雜，休要再弄出一件事來，又是你們做地方鄉保的干係。」那幾個人道：「你老人家說的極是。」於是推的推，趕的趕，都打發出去了。

胡六收拾了街門。苗禿子見人已去盡，連忙跪下，說道：「好親老哥哥，是兄弟一時多嘴，惹此風波，可念在舊日交情，與我解說方好。」蕭麻子有意無意的將苗禿子拉起來，縐著眉頭道：「此事大難

❷ 定歸：作出決定。或作定規。

擺脫。你且等我探了探他兩口子的意思何如。」說罷，走入金鐘兒房內去了。看官要知道，金鐘兒是蕭麻子的長食水，有一個嫖客，就有他的一個分股，多少總要沾點光兒，再沒個空過去的。玉磬兒人物平常，此時金鐘兒死了，他的食水永絕。又想金鐘兒是個聰明知是非的女娃子，從未有一言一事得罪過他，他心上也憐惜不過。嘴裡雖不肯露出來，其實恨苗禿子切骨，因此說了個探聽口氣的話。走入去，見鄭婆子還在那裡喃喃呢呢的數念著哭泣，哭的喉嚨都啞了。蕭麻子到面前，如此長短指授了幾句。

那鄭婆子只知恨苗禿子攛掇著看箱櫃，還想不到教他抵命，聽了蕭麻子的話，頃刻就長了一斗見識。從房內大吼了一聲，活像一隻母老虎撲出來，將苗禿子劈胸揪住，死也不放，口裡喊叫「殺人」，嚇的苗禿子心膽俱碎。鄭三聽的他老婆叫喊，從南房內哭的眉膀眼腫的出來，見他老婆扭著苗禿子亂嚷，說道：「還不快丟開，這算是怎麼？」蕭麻子在傍邊說道：「這也怪不得你家女人囉唕，你女兒原是因他幾句話死的。但是苗三爺也是無心之過，就著他抵了命，與你女兒也無益，大家饒讓他些罷。」鄭三聽了，想著金鐘兒實是苗禿子逼迫死的，不由的痛恨起來。向他老婆道：「你揪扭他做甚麼？咱家女兒現放著滿身傷痕，明日報官驗屍，怕他不償命麼？」苗禿聽了，情知是蕭麻點綴，越發怕極。鄭婆子聽了，便將苗禿子丟開，跑到房裡，取出一條繩子來，要縛苗禿子。苗禿子躲在蕭麻子背後。蕭麻子攔住道：「這點體面要與他留著。」鄭三道：「他是殺人的兇犯，偷跑了該怎麼？」蕭麻子道：「偷跑了，和我要人。我今晚也不回家，就同苗三爺在你姪女兒房中睡一夜罷。你姪女兒該在那裡睡？」

鄭婆子道：「我倒忘記了這個淫婦了，他和苗禿子是一氣同謀的人。」連忙走入西房，將玉磬兒拉過來，就是幾個嘴巴。又抱住頭，在臉上咬住，半晌家不放，直咬的鮮血長流。然後擰著耳朵，牽到金鐘兒房內，說道：「與我跪在地下，守著他，我將來要和你算一百年賬。」玉磬兒只得跪著。鄭婆子打了罵，罵了打，那裡還有罷休的時候？鄭三在院裡叫胡六道：「你將後邊的床，同小女廝抬來，放在廳屋東邊，好停放你二姑娘。」蕭麻子道：「使不得，你既要報官，屍首不是輕易移動的。」說畢，拉了苗禿，到西房內坐下。鄭婆子又從新哭叫起來。苗禿子在西房內，與蕭麻子叩頭，求他語言方便。蕭麻子拿了許多的身分，又故意兒做出許多關切的樣子來，一半評論事，一半用硬話唬嚇，兩人鬼弄到四更天，方纔說妥：苗禿子家中還有三十兩多銀子，五千大錢，都交與蕭麻子安頓，鄭三目下且不報官。又將住房一處，是六十兩銀子典的，說定十五天內搬房，交與蕭麻子管業。又立了一張轉典房契，著蕭麻子收執。次日即同去泰安，收房過銀，若有一字反悔，立即稟官究訊。鄭三家夫婦若再有半句嫌言，都是蕭麻子擔承。

兩人批寫停妥，蕭麻子隨即叫起鄭三夫婦，到後邊園子裡，一同坐下。蕭麻子道：「苗三爺的話，我責備了他半夜，為他多嘴，他賭身發咒，實是一片血誠為顧你們。他與金姐何仇何恨？皆因他來往了一二年，誰沒個穿青衣報黑主的意思，眼見的金姐將財物抵盜與溫大哥，他就由不得替你們著急。他若早知有這般變故，就爛了舌頭，也不肯多說。我如今打開後門，和你兩夫妻說罷：你家女兒的傷痕，是你們腳踢拳打的。我養活著好兒好女，不會昧良心，也不做這樣證見。官粉是你女兒自己喫的，不是苗三爺逼他喫、叫他喫的。就到官府面前，他也不是沒嘴的人，不過認上個多說的罪名，照不應為律治罪，也只是發學打幾個板子。他只用費上二三百錢，打發老師一個滿心歡喜。世上那有個因多說了一半句話，便斥革秀才？這是從古至今，沒有這樣一條例的。若說他做秀才的人，不該在嫖場內混，你要知與者受者同罪。我又不該說，你家設著迷魂陣，日日拿人。那做官的未曾坐堂，他就惱你引誘良家子弟，敗壞地方風俗，枷了打了，還要逐出境外。你們想想，人已經死了，就是苗老三償了命，也是個無益。到閻王殿上，又結一個來生來世的冤債。何況是海乾石爛再沒有的事？依我的主見，與你兩家評論，著苗三爺與你們二十兩銀子，做棺木之費，大家丟開手，他幹他的事，你們埋葬你的女兒，豈不是兩便？」

鄭三倒也沒得說。鄭婆子搖著頭道：「這話不行。我家活跳跳的人兒，日夜指望著他賺山大的銀錢，平白裡被他幾句話攛掇死，我就拚上個披枷帶鎖，縱教他抵不了命，革了他的秀才，也出出我的屈氣。蕭大爺再問問他，他這秀才，只值二十兩銀子麼？」蕭麻子道：「你這些話，只可在財主們身上打算，不可在窮人身上打算。苗三爺若不是個姓溫的與他墊著嫖錢，休說嫖你家玉磬兒，連你家打雜的胡六也想不上。如今長話短說罷，我著他回家典房去，與你們湊上三十兩。我還得同去走遭，定在八天後與你們過手。你女兒將衣服首飾送與溫大哥，我細問苗老三，說還在家裡存著，並未教賊偷去。你目今若想和溫大哥要回原物，這是無指證的事體。不惟他不肯承認，他也不受這盜竊的名聲。等他下場回來，我替你們下一番說辭，著他推念你女兒分上，幫三二十兩銀子，買塊墳地，葬埋金姐。你們有了五六十兩，自己再添上五六十兩，向窮戶人家買一個有姿色的女兒，迎賓接客，還是極好的日月。你若說金鐘兒值一千八百，豈肯五六十兩罷休？無如人已經死了，徒瞎想算無味。再則此時的錢，和白拾的一樣，得一個兒是一個兒。難道打起官司來，那些書辦衙役是不敢和你們要錢的麼？倒只怕比平人家要的更多些。」

鄭婆子聽了呆了半晌，問道：「若是溫大爺不與銀子，又該何如？」蕭麻子道：「這話我也不敢保煞。我以情理想算，還有幾分可望。」鄭三向老婆道：「罷了，蕭大爺的話，都是見到之言，我們就像這樣完結罷。只是苗禿子這三十兩，我八天後定要向蕭大爺拏現成。溫大爺的話，等他下場後再說。」蕭麻子道：「苗三爺的銀子，都交在我身上。溫大爺的話，我與你們盡心辦理。」鄭三聽罷，連忙與蕭麻子磕頭。蕭麻子扶起，說道：「我還有句要緊話，此時八月天氣，你女兒的屍首，不是個整天家放著的。明日快與他尋副好些的棺木，就看個日子，打發出去罷。亡人以入土為安，也算他與你們做兒女一場。」說的鄭三家兩口子又都哭起來。蕭麻子勸解了幾句，將話叮囑的明明白白。回到前邊，向苗禿子加出許多折辨的話，居了無窮的大功，苗禿子謝了又謝。

次日，用幾句准情按例的話，打發了地鄰鄉保。又領鄭三到苗禿子前陪禮，然後起身，同去泰安。苗禿子與了三十兩銀子，五千大錢，又著落了房子，蕭麻子方纔回來。可憐苗禿子不過百兩家私，被蕭麻子幾句話弄盡，連五千錢也沒落下，致令家產盡絕，豈不可笑？鄭三於試馬坡西，用銀六兩，買了一畝來地，將金鐘兒埋葬。鄭婆子恨玉磬兒教唆搜看箱櫃，日日不管有客沒客，定和他要五錢銀子，沒了就用鞭子痛打。到九月初間，蕭麻子知玉磬兒人才平常，從他身上喫不了大油水，出了主見，教鄭三帶二百多兩銀子，他同去各鄉各堡，於窮戶人家採訪有姿色婦女，只半月，就買了本州周家莊良人女子小鳳兒，日夜著鄭婆子鞭打，逼令接客。正是：

君子利人利己，小人利己損人。
若言損人有利，勢必損己利人。

第五十八回　投書字如玉趨州署　起贓銀思敬入囚牢

詞曰：

昔日叮嚀謹守，今日統歸烏有。悲悲切切入官衙，大虧他。　回里具呈報盜，已將那人拿到。夾夾打打問根由，枉追求。

右調添字昭君怨

話說蕭麻子得了苗禿子家私，回試馬坡去。再說韓思敬遞被盜呈子後，州官將思敬傳去，問了被竊原由，隨即差人去溫如玉家驗看，委令捕頭拿賊，與了三日限期。韓思敬回到家中，和他老婆說了一番。又過了五六天，到衙門中打聽，見官府沒甚麼舉動。回來與他老婆商量停妥，僱了個驢子，往省城尋溫如玉報信。

且說溫如玉與金鐘兒別後，到省城賃房住下，投了試卷。到初八日，點名入去，在裡邊苦思索，完了三場。將頭場文字寫出，尋人看視。大要場後文字，與閒常批評不同，好的不消說要讚美，就是極不堪的文字，人家也要與幾句高興話。如玉原急的要去試馬坡，只因有四五個朋友，都說他的文字必中，他心上得意起來，吩咐張華緩些僱車，在省城閒遊了兩三日。那日正在寓中喫完午飯，忽聽得張華在院內說道：「韓思敬來了。」如玉著驚道：「他來做甚麼？」只見韓思敬入來，跪在地下大哭。如玉道：「是怎麼？快說。」思敬將如何被盜，如何報官，如何尋問到此處，如玉未曾聽完，耳朵裡覺的響了一聲，便昏悶在床上。急的張華亂叫，好一會，如玉纔起來，一句話兒也不說，拉開被褥便睡。張華同思敬兩人，心裡各人懷著各人驚疑。張華一夜沒敢睡覺，恐怕如玉尋了短見。

次早，如玉起來，著張華買了個手本。如玉寫畢，暗中吩咐張華，絆住韓思敬，不許著他出門。獨自一個，到濟東道衙門裡來。投稟求見。那管宅門的見是溫如玉的名字，知是他主人的世交不敢怠慢，親自走出來，見了如玉，笑說道：「我家老爺在場中做監試官，容俟出場後，我替回稟罷。」如玉道：「我有大冤苦事，要面見大人，又不意未出場。」說罷，淚流滿面。那內使道：「少爺不必傷感，且向我說說。」如玉就將下場被盜情由，細說了一遍。又言家人韓思敬行蹤詭詐，其中不無情弊。誠恐本州知州不肯實力拿賊，並研訊韓思敬夫婦，要求一封書字囑托。又恐韓思敬脫逃，懇差押回州等語。說罷又哭。那內使見他情景悽慘，說道：「少爺是我家老爺的世交，去年見過後，我家老爺時常念及。既然有這樣被竊事，非別的請托干求可比，老爺雖不在署中，我回公子一聲，看是如何。」如玉連忙作揖道：「如此深感不盡。」

那內使去了一會，出來說道：「我家公子說，本該請入裡邊相會，因我家老爺家政最嚴，公子從不敢與人私交，著請少爺到官廳中少坐。泰安州書字，公子已應許，此刻就發。差押尊紀韓思敬的話，我這裡吩咐歷城縣，著他那裡遣人解送回州。」如玉聽了，謝了又謝，說道：「小弟還有個無已之求，刻下各處商貨並下場舉子，俱要起身，誠恐僱車耽延時日，意欲求鼎力打一輛官車，工價照時給付，不敢短少，未知使得使不得？」那內使笑道：「這多大點事，有甚麼使不得？一總著歷城縣速刻辦理就是了。」說罷，讓如玉到官廳裡坐，如玉定要在宅門外等候。那內使道：「少爺若不去，豈不教我家公子怪我麼？」隨即吩咐執日衙役，領如玉到官廳內待茶。待了半晌，那內使親到官廳內，拿著一角印封書字，拜匣內又取出二兩程儀，說是公子送的。如玉辭了一會，只得收下，說了些感恩戴德的話。辭出，回到寓所，沒有半個時辰，歷城縣差來兩個衙役，拿著押解韓思敬的票，還有與泰安州的移文，來請示下。如玉周旋了一番，就將適纔的二兩銀子，送與兩個衙役。又怕他們路上賣放，把濟東道與泰安州的印封書字，向兩個衙役照會了，兩個衙役越發知是有來頭❶的人。

如玉指著韓思敬道：「這就是賊，與我鎖起來。」兩個差人一齊答應，嚇的韓思敬面如土色，跪在地下哭辨。如玉只是揮手，兩個差人不容分說，便行鎖出去了。少刻，歷城縣打的官車亦到，主僕兩人，收拾行李起身。及至到了試馬坡，如玉心忙意亂，也無顏面去看金鐘兒。連夜回到家中，令張華打發車夫酒飯工錢，將張華家老婆細問了一番。韓思敬家女人見不問他，又不見他男人同來，心上甚是疑慮，也走來向如玉訴說，如玉只不理他。在書房內寫了一張呈子，把韓思敬夫婦告了個監守自盜❷。

次日早，到州宅門上投遞，又向管宅門的內使告訴。這州官是新到，署印纔三四個月，與如玉素無交識。那內使將呈子一看，把臉兒仰起，說道：「這件事，我家老爺在數日前已差捕役查緝，捕役們尚未回覆。你又遞這呈子，豈不是多一番事麼？」如玉道：「我家裡被了盜，難道不許報官麼？」那內使

❶ 有來頭：有權勢或強有力的背景。
❷ 監守自盜：謂盜竊自己所主管保護的財物。

道：「你家人已曾報過，就是一樣了。據你這樣說，你家中豈無子姪親友，著他們每人都遞一張呈子，豈不更緊湊些？」如玉見他這般光景，也不知他是想幾個錢，也不知他本來有些沒好氣，心上仗著有濟東道書字，不由的發話道：「我不是送禮來的，也不是過付銀錢通線索的，我是特來報盜案的。你家官府若管，可將呈子拿去看。若不管，可將呈子還我。」那內使見如玉面紅耳赤，語言譏刺，是個不受作弄的人，也就將頭臉收回道：「我就與你拿去。」

說罷，剛要入宅門，如玉大聲道：「還有封書字，你看，若可同拿入去，便拿上。若嫌瑣碎，我好將他原字繳回。」那內使站住道：「你有甚麼書字？」如玉從懷中取出，遞與他看。那內使見是濟東道官封，心上大驚，忙問道：「認得杜大老爺麼？」如玉道：「我為被盜這件事，向杜大老爺說，他聽了，替我大抱不平，又知地方官屢將盜案視同膜外❸，因此著我親自投送。」那內使換成滿面笑容，問道：「先生尊姓？」如玉道：「呈子上寫著，何必問我？」那內使從新將呈子一看，笑說道：「我真該死了，原來是公子溫大爺，何不早說？我還當與尋常人說話。實不瞞公子說，今早敝上人就為公子這件事，見已經數天無下落，嫌我不上緊催辦，著實的教訓了我幾句，我心上原有些不自在，又未問明公子是誰，因此語言粗疏。論理這拿賊追贓，原是地方官職分應該做的，況有濟東道杜大老爺的諭帖，就是沒有，我家官府也要竭力查辦的。公子請少候片刻，我就去回稟。」說罷，將呈子一併拿去了。

須臾，那管宅門人出來，笑說道：「我家官府要相會哩！」不多時，開放宅門。那州官姓王，名丕烈，冠帶著迎接如玉到客廳內，如玉便跪在地下痛哭。州官也跪下說道：「老世臺❹不必傷悲，有話起

---

❸ 視同膜外：義同置之度外，謂漠不關心，若與己毫不相干。

來共商，小弟無不竭力。」如玉方纔起來，敘禮拭淚坐下，將前後被盜原由，詳細陳說，懇求將韓思敬夫婦嚴刑審問，然後拿賊。州官道：「老世臺與敝大憲杜老爺如何相識？」如玉道：「杜大老爺在陝西做知縣時，先父適做總督，同過幾年事，又曾代完公項，因此認為世誼。」州官道：「敝大憲清正無私，今因老世臺事，發下札諭來，真是破格❺關注了。」如玉道：「晚生亦感戴不盡。」州官道：「韓思敬可還在尊府麼？」如玉道：「他日前到省城與晚生報信，晚生恐他逃脫，已稟明杜大老爺，著歷城縣差人押解，此時到了，亦未可知。」州官道：「這奴才真該萬死，就算上他無私無弊，豈有個主人交給的銀子不用心看守，竟致被賊偷去的道理？」如玉道：「只求老爺嚴刑夾訊，定有下落。」兩人喫畢茶，如玉再四拜托，州官滿口應承，方辭了出來。

州官吩咐大開中門，直送至堂口纔回。坐在二堂上，隨即傳原差捕役問道：「溫秀才家被盜事，可有了下落麼？」捕役道：「小的奉差後，即細心查訪，還未得下落。」州官也沒有第二句話，攧起六根籤來，往下一擲，左右吶一聲喊，將捕役踩下去。那捕役叩頭哀叫道：「小的有下情要稟。」州官道：「你拿賊已十數天，還無下落，此刻要打你，你又有了下情了？」那捕役道：「小的奉差後，遍查並無一點蹤跡，心上甚是著急。到溫秀才家去了兩次，看賊人出入情形，只有韓思敬的住房上破了幾個瓦，周圍巡行，卻無從房上走去的形蹤，倒有仍回院中的形跡。問他家婦人們，都說是那日天微明時，方纔知覺，彼時他家前後門都緊緊關閉，依小的看來，倒只怕還是他家家人弄鬼。」州官道：「你既有這意

❹ 世臺：與世講同，通稱知己好友的後輩。

❺ 破格：不拘成規。陔餘叢考明初用人不拘資格：「古來破格用人，或一言契合立擢卿相。」

見，為何不早稟我？」捕役道：「小的為他是被害之家，豈有個賊不上緊查拿，反先將失主疑心起來的理？因此不敢回稟。」州官笑道：「本州暫且停打，待審過他家家人，再行處你。」左右將捕役放起，州官又傳審別事。

沒有兩三杯茶時，門上人稟道：「有歷城縣差人，押解溫秀才家人韓思敬到。」州官將歷城縣差役叫入，問了問，隨即吩咐書吏做收到的文書，打發去後，旋即坐了大堂，將韓思敬帶上，問道：「你是溫秀才的家人麼？」思敬道：「是。」州官道：「你是僱工家人，是契買家人？」思敬道：「小的從祖父服役，至今三世，是契買家人。」州官道：「你日前報竊，共是多少銀子？」思敬道：「小的主人自從老祖母去世，日日以嫖賭為事。」州官吩咐打嘴，左右打了十個嘴巴。州官又著加力再打，打的思敬垂頭喪氣，滿口流血。州官道：「本州問你是甚麼話，你不知胡拉扯的是甚麼，真是可惡刁詐之至。」思敬道：「小的主人自從老祖母去世，在家居住的日子甚少。今年六月回家，至七月二十四日，將些衣服首飾，交與張華女人收管，只交與小的四百七十兩銀子，共九封零一小包，收存在小的住房櫃內。本月十二日晚間，小的同家女人原喫了幾杯酒，到十三日天微明，小的醒來，見西邊窗子倒放在一邊，櫃子上鎖子也扭掉了，急起來看時，銀子一封無有。還有小的家幾件衣服，也都丟在院中。小的隨即喊叫，鄰舍地方都來看視，就是本日早間稟在老爺案下。」

州官冷笑道：「你這奴才，真好膽量，你的事體，本州已差人查訪明白，房上的瓦是你弄破的，四周圍並無賊去的形跡。你那日喊叫時，內外門子還是重重關閉，你且裝神扮鬼，將窗子、衣服、鎖子，丟在房內院外，飾人的耳目，將銀子另行藏起，卻來報官。又自己放心不下，去省城與主人送信，探聽動靜。你的種種伎倆，本州和目見的一般。且你的銀子在櫃內放著，這賊諸物不偷，單偷銀兩，竟像他預先知道的一般。那幾件衣服丟在院內房中，雖是你的極巧處，卻是你的極愚處。賊人摘去窗子，你沒聽見也罷了，一個鎖子，非銅即鐵，賊人將鎖子扭落，這是何等響聲，你夫妻就喫了幾杯酒，也沒個男男女女，都耳聾目盲，至於如此。這等鬼詐，連小娃子謊不過，敢欺本州？你若從實招來，一個家人偷了主人的財物，是尋常不過的事，至重不過打幾個板子完結。若是不肯實供，只怕本州的夾棍無情。」

思敬連連叩頭道：「小的就有包天的膽子，也不敢做這樣欺主人昧良心的事。老爺就將小的夾死，也不過臭這塊地方。」州官道：「本州知道你有一身好皮肉哩！」吩咐左右：「拿夾棍來！」一聲答應，將夾棍丟在思敬背後。思敬此時嚇的心膽俱碎，恨不得生出一百個口來分辨，卻又一句說不出來。州官見他不言語，吩咐動刑。眾人拉去了思敬的鞋襪，七八個人服侍一個，將他兩腿往夾棍裡一登，早疼了個半死。一個刑房在傍高喝道：「你還不實說麼？」思敬痛叫冤枉。州官吩咐：「收！」眾衙役將兩邊繩子用力一拽，思敬喊叫道：「招了，招了。」刑房在旁錄他的口供，他便把王氏如何起意，如何埋銀，如何虛張聲勢，一五一十都說出來。那州官甚是得意，大笑著向兩行書役道：「他焉能欺本州的洞見？」吩咐鬆了夾棍，差刑房率同捕役起贓。

眾人背了思敬出來，早哄動了滿城的人，都來看視。大家到如玉房後坑內，思敬指示與埋銀地方，眾人挖開，細細搜尋，只尋出二十兩一個小包，餘銀再挖不出。問思敬銀子還在何處寄放，思敬情知被人轉刨去了，悔恨無及，惟有流淚搖頭而已。眾人看他光景，像個埋銀時被人識破，不知幾時就暗行挖去了。於是滿坑裡亂挖起來，那裡還有第二包？

原來那晚思敬埋銀時，已四更有餘，對過坑沿上有五六家人家居住，離坑還有一箭多遠。內有一家姓楊，人只叫他楊寡婦，從十七歲就死了丈夫，只有一個周歲兒子，無依無靠。虧他苦守了三十來年，將兒子養大，學了個木匠，真是個內言不出、外言不入的好婦人。他兒子名喚楊孝，就是埋銀這日壞了肚，從二更時就泄瀉起來。小人家有多大的院落，只得在門外出恭。他隱隱見坑內有人行動，心上還疑是鬼。後見一人從坑內出來，往前街去了，他便跑去坑內一看，見挖下一個深窟，傍邊還丟著一張鐵鍤。他就想道：「不是埋東西，定是埋私孩子。」連忙跑回，和他母親說知，獨自又蹲在自己牆腳下偷看。少刻，見那人又下坑去，有一杯滾茶時，方纔上來，又在坑沿上站了一會，仍回前街去了。他走去看時，已將深坑填平。隨即回家，取了一個大鐵鍤，和他母親同到坑內，新埋的土最鬆，不消幾鍤，就尋著了，只將九封大銀拿去。這二十兩小封，昏夜之際，未嘗摸著。只緣楊寡婦家極窮，兒子三十一歲，尚未婚配，得此銀，娶妻生子，昌盛起來，亦天意也。

眾人見思敬形容悽慘，問他不是搖頭，就是嘆氣，也沒甚麼分說，只得將他押回州衙。州官立即坐堂，問四百五十來兩銀子下落。思敬痛哭道：「小人實實埋在主人房後坑內，今只有銀一小包，是二十兩，餘銀想是被人看破挖去了。」州官大怒，罵道：「你這狡詐百出的奴才，我自有法治你。」吩咐再夾起來。思敬苦求，州官那裡肯聽？眾人動手，將夾棍收的對了頭，見思敬已死過去，衙役用水噴噀好半晌，方醒了過來。又問他，前後口供相同。州官著鬆了夾棍，將思敬收監。

又出火籤一條，傳韓思敬妻王氏，立即聽訊。少刻，將王氏拿來。州官道：「你是韓思敬女人麼？」王氏道：「是。」州官道：「你男人偷埋主人銀兩，可是你先起意麼？」王氏道：「小人夫婦受主人多少年恩養，那肯做這樣事？」州官大笑道：「現今贓銀挖出，你還敢巧為遮飾麼？」王氏道：「那是家人張華陷害小人夫婦，故意將銀子埋在坑內。」州官道：「這奴才，滿口胡說，就算上張華陷害你夫婦，他埋的銀子，你男人怎麼就知道地方呢？」王氏道：「是張華醉後向人說過，小的男人聽知。」州官大怒道：「真是賊夫賊婦，說的不知是那一國的話，打嘴！」左右打了十個嘴巴，王氏喊天震地的大叫。州官愈怒，吩咐拿鞋底打嘴。左右又打了二十多鞋底，打的這婦人簪環脫落，滿口流血，州官方叫住打。又問道：「如今贓銀只有二十兩一小包，那四百五十兩共九大包，你們偷放在何處？」王氏道：「小的實說了罷。」州官大喜道：「快說，快說！」

王氏道：「偷埋主人銀子，原是小的起的意見，埋時小的並未同去。如今差四百五十兩，老爺再問我男人，我實實不知道。」州官怒的將桌子亂拍，罵道：「世上竟有這般狡猾奴才。」吩咐拶起來。眾人一齊動手，拶的這婦人雨淚淋漓，口口聲聲只教問他男人。州官又著敲一百敲，敲到八十餘下，皮肉皆脫、十指骨頭盡露，只是說不出這四百五十兩的下落。州官沒法，只得教停刑。吩咐值日衙役道：「你可押王氏回原處。將起來贓銀二十兩，交溫秀才收存，餘銀本州再行追比。」衙役押王氏去了，州官退堂。

次日一早，又將韓思敬提出審了一會，口供同前。州官又要動夾棍，思敬叩頭大哭道：「小的實該萬死。小的從出娘胎胞至今，受主人恩典，娶妻生子，四十餘年，一旦聽了老婆的教唆，頓起偷盜主人之心，一該死。主人年來一貧如洗，只有這幾百銀子，還是先日賣住房房價，小的忍心偷他，二該死。昨日起贓，只存二十兩，這也是神差鬼使，著小的多受刑罰，三該死。老爺想小的既然說出埋銀的地方，又承認了銀子數目，不但起出二十兩來，就是偷一兩二兩，也是個賊，小的今生已無抬頭之日。若說拚上一身骨肉，任憑老爺拷打，將四百銀子隱瞞下，做異日過度地步，小的此時現受著天報，難道還不知警省麼？銀子必是被人看破轉刨去了，只求老爺詳情。」說罷，又放聲大哭。州官聽了，將頭點了幾點，問道：「你那晚埋銀子時，街上還有人行動沒有？」思敬道：「那時已四更往過，並沒見一個行人。」又問：「你埋銀子後，可曾去看過沒有？」思敬道：「小的也曾去過幾次，只在坑沿上一過，見還是好好的埋著。小的也不敢久停，恐被人看出形景不便。」州官沈吟了一會，又問道：「你有幾個兒女，都多少歲了？」思敬道：「小的一個兒子，十一歲了。三個女兒，大的九歲，其餘不過四五歲。」州官吩咐將思敬收監，又著人將他兒子和他九歲的女兒叫來，隨即退堂。

須臾，將兩個娃子領來，哭哭啼啼，光景是個害怕。州官叫入裡面，與錢物，與喫食，百法誘問，總無下落，隨著衙役送回。一面差精細捕役，勤於訪查刨銀子的人，一面通報各憲，一面又與濟東道另回了個詳細稟帖。可憐韓思敬偷盜一場，頂了個一百二十兩以上監候絞的罪名，後來他女人被溫如玉趕出去，他是在官未結的犯婦，又有男人在監，誰敢娶他？只得領上兒女，沿街乞討，因養贍不過，將幾個孩子或典賣，或白與人，如此餬口。只到四五年後，遇了赦，方將思敬減等發落。只因要坑害主人，弄到這步田地，究何益哉？正是：

婦言一聽便遭刑，害得夫君喪利名。
異日總能全性命，賣兒出女過平生。

第五十九回　蕭麻子貪財傳死信　溫如玉設祭哭情人

詞曰：

秋霜早，桐花老，幾多離恨愁難掃。佳期阻，如何處，户聞凶信，神魂無主，苦，苦，苦！　情難遏，柔腸結，淚痕滴盡心頭血。讀哀札，奠漿茶，新堆三尺，永埋冤家，呀，呀，呀！

右調釵頭鳳

且說溫如玉著張華打聽得韓思敬挨了二十個嘴巴，一夾棍，供出真情，押到房後坑中起贓，心上甚喜。後又聽得只起出二十兩，餘銀俱無下落，心上又慌亂起來。次早，又打聽得夾了韓思敬一夾棍，早飯後州裡送來二十兩銀子。又見將韓思敬老婆拿去，留下他幾個孩子，哭叫不已，如玉又動了憐憫之心。午間，見韓思敬老婆大披著頭髮，滿面青腫，兩隻手皮肉皆飛，淋漓血水跑入來，跪在地下，只是痛哭。如玉長嘆了一聲，向王氏道：「我與你們主僕一場，有何仇恨？只有你們負我處。但我如今一貧如洗，這四五百銀子，就是我養生度命之源，虧你們心上過得去，只但願上天可憐，有了罷。」

此時，張華家女人也在書房門外探聽。如玉就著他扶王氏入去。不多時，見衙役來叫思敬的兒子和他女兒，張華說入去，又聽得王氏大哭。須臾，聽的腳步亂響，兩個娃子一齊叫喊。如玉看時，見好幾個差人硬拉出去，張華跟在後面，心上甚是不忍。將張華叫住，吩咐道：「州尊若將這兩個孩子動刑時，你可述我的話求情，不可著難為他。」張華去了。有兩頓飯時，見張華將兩個娃子領回，每人手內還有三四十個錢並點心之類。如玉問了一回，知是州尊細心處，著兩個娃子入去。自己一個咨嗟太息，怨恨命苦，想算著不但將來日月難過，還有甚麼臉面去見金鐘兒？從此茶飯減少，漸漸的黃瘦起來。

一日，正在書房中悶坐，只聽得張華說道：「試馬坡蕭大爺來了。」如玉聽見試馬坡三字，心上動了幾動，連忙迎接到房內，敘禮坐下。蕭麻子道：「大爺是幾時來的？文章定必得意？」如玉道：「我回來四五天了。還講文章得意不得意，將來連穿衣喫飯處，還未定有無。」蕭麻子道：「我久知大爺被盜，倒想不到韓令价身上。昨日在苗禿子家，方知根由，真是世間沒有的怪事。」如玉道：「總是我命運該死，未知此信金姐知道不知？」蕭麻子笑道：「你問金姐麼？他知道之至。」如玉道：「他可有甚麼話說？」蕭麻子道：「他聞信的那半晌，話最多。到如今十數天，我從未聽見他說句話兒。」如玉道：「想是他氣恨極了，所以纔一言不發。」蕭麻子道：「正是。」如玉嘆恨了一聲。

張華送上茶來，蕭麻子喫畢，問道：「大爺共失去多少銀子？」如玉道：「四百七十兩。」蕭麻子道：「金姐的首飾衣服還在麼？」如玉著驚道：「他有甚麼首飾衣服，老哥何出此問？」蕭麻子道：「我承金姐不棄，除大爺而外，事無大小，從不相欺。」如玉聽了，不由的面紅耳赤起來。蕭麻子道：「大爺當嫖客一場，能夠著行院中人倒貼財物，真不愧為風流子弟。」如玉道：「他因何事，就與老哥說起這莫須有的話來？」蕭麻子冷笑道：「這莫須有三個字，休向小弟說。就是大爺這番被盜的銀子，還是鄭三家櫃內鎖著的原物。只可惜沒有將那十幾包石頭帶回來，所以就該喫大虧了。」如玉聽了，嚇的痴呆了半晌，忙問道：「老哥倒要明說。」蕭麻子道：「你要教我明說麼？也罷了。」遂將苗禿子如何翻舌根，玉磬兒如何挑唆，他彼時如何開解，他父母如何搜揀，金鐘兒如何痛罵苗禿，他父母如何毒打，溫如玉忍不住渾身肉跳起來。後說到喫了官粉，如玉往起一站，搊住蕭麻子肩臂，大聲道：「他死了麼？」

蕭麻子道：「你坐下，我和你說。」如玉那裡還坐的住？只急的揉手搊腮，恨不得蕭麻子一氣都說出來，他好死心塌地。又見蕭麻子必要教他坐下，只得隱忍著，坐在炕沿邊催說。蕭麻子又將鄭婆子如何與苗禿子打架，他從中如何勸阻，苗禿子如何許了三十兩銀子，方纔說到金鐘兒自喫了官粉，到定更時如何肝崩腸斷，如何鼻口流血，說到此處，將桌子用手一拍，大聲吆喝道：「死了！」如玉聽了個死字，把眼一瞪，就跌倒在地，面色陡然透黃，早已不省人事。蕭麻子本意，原不過將金鐘兒負氣喞怨服毒暴亡的事，說的可憐些，感動如玉，好藉買墳地安葬話插入，鬼弄他幾十兩銀子。一則完鄭三的信義，二則自己於中也可以取他幾兩使用，倒不意料如玉多情到這步田地，忙上前幫著張華叫喊。只見他兩手冰冷，閉目不言，口中只存微氣。正在著忙時，又被張華說了幾句道：「我家主人若有好歹，也不愁你不償命。」蕭麻子聽了這兩句話，見如玉死生只在須臾，他雖然有膽量，也心裡要打一個稿兒，走又不好意思，沒奈何，拉過一把椅子來，坐下靜候。待了好半日，方聽得如玉喉內喘息有聲，少刻，口中吐了許多的白痰，張華纔將心放在肚內。蕭麻子道：「好了，我這老命纔算是保住了。」說罷，搖著頭，冷笑著出去。

如玉自得此信，昏昏迷迷，有兩晝夜，纔少進些飲食，仍是時刻流淚。每想到極傷心處，便說道：「是我殺了你了！」虧得張華百方勸解，不至弄出意外的事來。到半月以後，纔問起韓思敬的事。張華佯應道：「這三四日前，小的問捕役們，他們說有點影響，只是那人還未將銀子使出。一有把柄，他們即行擒拿。著說與大爺放心，此事只要日子放長些，必有著落。小的問他是個甚麼人，他們說事關重大，說不得。」如玉嘆道：「我也心上明白，不過將來像尤魁那樣完局罷了。還有一件，我要與你相商，這韓思敬家兒女，我心上倒可憐他。只是他老婆，我心上實放不過。閒常聽見他說話，我便添多少恨惱。我意思要打發他們出去，又怕人議論我太刻薄。留在面前，反與我添多少病。」

張華道：「大爺不說到此，小的也不敢說。像這樣忘恩負義的人，久已就該趕出去。若論他兩口子的心，只怕害的大爺不至於死，不過大爺存心厚道，究竟人家還說大爺恩怨不明，那裡還有甚麼刻薄的議論？」如玉道：「你見的甚是。可將我下場帶回的銀子，賞他老婆五兩。你就說與他，今日領上家口去罷。他房裡所有的箱籠物件，都著他拿去。」張華心惱他夫婦，將銀子取出袖起。向王氏說了，那老婆那裡肯去？跑到如玉面前，跪下哭哭啼啼，自悔自罵，數說了半日，弄的如玉也沒法。次日，張華回稟了如玉，到宅門上說明來意。那州官於這等事樂得送情，立刻差了四個衙役，押著王氏同他兒女起身。本日僱了一輛車兒，到他一個表弟家去。他表弟見他有幾個箱籠，估料著必有些東西在內，欣然留下。沒有一個多月，將點衣物都弄在手內，又從新將他母子都趕出去了。

如玉到二十天後，方在房內院外行動，竟和害了一場大病的一般，無日不夢見金鐘兒，言新敘舊。只因他心上過於痛惜，每見了蜂遊蝶舞，花落雲行，無不觸目傷心。差張華去試馬坡，打聽金鐘兒停放在何處，幾時埋葬他。過了幾日，張華回來，說道：「金鐘兒是八月十四日晚上死的，十七日就打發出去，在試馬坡村西一個姓苗的墳傍埋著。小的也沒到鄭三家去，問他本村裡人，都說鄭三同蕭麻子，於近日買了良人家一個閨女，叫小鳳接客。小的還到金鐘兒墳前看了看。」如玉道：「你就叫個金姐，也低不了你。」說著，淚流滿面。吩咐張華買辦祭物並香燭紙馬之類，自己又哀哀切切的做了一篇祭文，教張華家女人謹守門戶，僱車子同張華到試馬坡來。他是來往慣了的人，又值深秋時候，一路上見那夕陽古道，衰柳長堤，以及村坊酒市，往返行人，都是淒涼景況。

車子繞到了試馬坡村西，張華用手指道：「那幾株柳樹下，就是姓苗的墳。」又指著北邊一個新塚道：「那就是金姐的墳堆。」如玉連忙下了車，抬頭一看，只見新堆三尺，故土一抔，衰草黃花，萋迷左右。想起從前的幽歡密愛，背間囑咐的話兒，心上和刀剜錐刺一般。離墳堆還有十四五步，他就捨命跑到跟前，大叫道：「金姐，我溫如玉來了！」只一聲，便痛倒在地。張華同車夫攙扶了好一會，他纔蘇醒過來，又復放聲大哭。早驚動了那些壟頭陌畔受苦的農人，都來看視。你我相傳，頃刻就積聚了好些。如玉哭的力盡神疲，方纔令張華取出了祭品，就在地下擺設起來，自己滿斟了一杯酒，打一恭，澆奠畢，將祭文從懷內取出，自己悲悲切切朗念道：

> 維嘉靖某年月日，溫如玉謹以香燭酒醴之物，致祭於賢卿金姐之塋前曰：嗚呼痛哉！玉碎荊山，珠沈泗水❶，曾日月之幾何，而賢卿已成泉下人矣。卿以傾國姿容，寄跡樂戶，每逢客至，未嘗不驚羞欲避，愧憤交集，非無情於人也，恨無一有情人付托終身耳。辛酉歲，玉失志朱門，路經卿閭，緣蕭姓牽引，得近芝蘭。歡聚十有四月，復承卿青目，不鄙玉為陋劣，共訂生死之盟。又

❶ 玉碎荊山二句：言如美玉如明珠之美人已死。和氏璧產於荊山，金鐘兒家近泗水，故以為喻。

慮玉白鏹易盡，恐致紅葉無媒❷，爰授良法，節減繁費，以月計之數，省二十餘金，用情至此，感激曷極。奈卿母志在鯨吞，誶詬之聲，時刻刺耳，卿則多方安慰，戒玉忍辱，以俟機緣。後王國士賷房價銀至，而卿父母貪狠益迫矣。卿懼伊等鴞獍存心❸，遂動以石易銀之見，既叨明示，兼惠私房，完璧歸家，皆卿錦腸繡腹所賜也。無何試期甚邇，致令寄托匪人，蕭牆變起，笑談積悃。因被盜故，竟星馳州堂，而涓滴之水，又為外賊竊其所竊。月前二十五日，蕭姓過訪，始知賢卿服粉夭亡。玉聞信，即欲掛樹沈河❹，一謝知己，苦為張華夫婦防範，莫遂所思，柔腸之斷，豈僅百結❺已耶！嗚呼痛哉！賢卿因父母凌虐而死，而死卿者本由於苗賊。苗賊架言致卿於死，而究其所以死卿者，實由於如玉也。痛哉痛哉！王國士不交銀於昔日，卿猶嬉笑於今夕。如玉不應試於月前，而逆奴亦無由盜竊於場後。反覆相因，終始敗露，雖曰天命，豈非人為？是卿名登鬼錄，定啣怨於九原。玉身寄人間，將何以度無聊之歲月耶？夫飛英守櫬❻，尚傳美於千秋；關盼絕食❼，猶流芳於奕世，似卿之捐軀赴義，節烈更為何如？玉非木石，又安忍不情遏桃花之紙❽，

---

❷ 紅葉無媒：此反用紅葉題詩典故。唐代傳說有宮女題詩於紅葉，自御溝流出，為人所得，因成婚姻。

❸ 鴞獍存心：喻存心狠毒。鴞獍，音ㄒㄧㄠ ㄐㄧㄥˋ，通作梟獍。梟，惡鳥，食母。獍，惡獸，食父。

❹ 掛樹沈河：掛樹，在樹上上吊。沈河，投河自盡。

❺ 柔腸之斷二句：柔腸寸斷，柔腸百結，柔腸百轉，都是極言悲傷的意思。

❻ 守櫬：守護靈櫬。櫬，音ㄔㄣˋ，古時指內棺，後泛指棺材。

❼ 關盼絕食：關盼盼，唐徐州妓，張尚書建封妾，善歌舞，又工詩。張歿，盼盼獨居張氏舊第燕子樓，歷十五年不嫁。白居易贈詩諷其死，盼盼得詩泣曰：「妾非不能已，恐後世以我公重色，有從死之妾，玷清範耳。」

淚盡子規之血❾也哉？痛哉痛哉！卿不遇玉於富足之時，是卿薄命；玉得交卿於貧寒之際，即玉寡緣。卿今為玉而死，玉尚偷生；玉今為卿而來，而卿安在耶？嗚呼！西域人遐❿，悵名香之莫購；瓊田⓫路渺，哀仙草之難尋。卿如有知，或現芳魂於白晝，或傳幽夢於燈前，悵敘卿生前未盡之餘情，指示玉異日苟延之一路，此固玉之所厚望於卿，想亦卿之所欲言於玉者矣。尚饗。

如玉讀罷祭文，坐在地下大哭。只哭的目腫喉啞，還不肯住手。試馬坡是個小地方兒，如玉與金鐘兒交好，並此番抵盜了東西，激的金鐘兒身死，十個人倒有九個都是知道的。今見如玉悲痛到這步田地，沒一個不點頭嗟嘆，且說金鐘兒為這樣個有情有義的嫖客死了，也還算有眼力。還有那些心軟的人，也在一傍陪著長一行短一行的流淚。

眾人正議論間，猛見一個婦人，身穿青衣，頭纏孝布，手裡提著一條棍兒，一邊跑一邊哭著，往金鐘兒墳上來。眾人看時，原來是鄭三家老婆。他聽的人說溫如玉在他閨女墳上燒紙，又擺著許多的祭品，他也趕來陪祭，還要向如玉訴說一番苦惱，求如玉念死了的情意，幫幾十兩銀子。及至走到跟前，見如玉哭的如醉如痴，他也就動了見鞍思馬⓬的意念，不由的一陣傷感起來。搶行了幾步，到金鐘兒墳前，

乃和以詩，旬日不食而卒。見全唐詩話。

❽ 桃花之紙：即桃花紙，又稱桃花箋紙，紙質薄而韌，可糊風箏或作窗紙等用。見宋蘇易簡文房四寶紙譜等書。

❾ 子規之血：子規，即杜鵑鳥，傳說杜鵑晝夜悲鳴，啼至血出乃止。參閱第五十回注❾。

❿ 西域人遐：往生西方極樂世界的人，相去遙遠。

⓫ 瓊田：傳說中種玉之田。參閱晉干寶搜神記卷十一。

高聲哭道：「我的兒咯，我的聰明伶俐的兒咯，你死的好委曲呀！我若早知你有今日，我一個錢兒不要，就把你白送了溫大爺了。我的兒咯，你看溫大爺是有情有義的人，今日還來祭奠你，與你燒一陌紙錢，供奉的都是新鮮好喫的東西。兒咯，你為甚麼不出來說句話兒？」

如玉正哭的頭昏眼花，耳內聽的數黑道黃，有人陪哭，一抬頭，見是鄭三家老婆，前仰後合的聲喚，口中七長八短，不知嚼念的是甚麼，心上又怕又怒。頭前張華解勸了幾次，他總不肯休歇，今見了鄭婆子，連忙走至車傍，向張華道：「將祭的東西，一物不許帶回，都與我灑在金姐墳堆上。速將盤碗壺瓶收在車子內，我先在大路上等你們，你可同車夫快些來。」說著，大一步小一步，急急的去了。張華聽了主人的吩咐，將那豬頭雞魚，並獻飯乾菜之類，拿起來向墳堆上亂丟。鄭婆子哭的中間，眼角裡瞥見，便急說道：「好張大叔，可惜東西白丟了。」小娃子們同看的人，一個個沒命的亂搶奪。鄭婆子再一看，不見了如玉，忙問張華。張華說：「不知道。」問看的人，有人指與他道：「適纔往村東大路上去了。」這婆子提了棍兒，如飛的趕來。

如玉在大路上等候車子，猛見鄭婆子趕來，說道：「好大爺哩！就是俺女兒死了，他那間房還在，就去坐坐，或者他的陰魂還再見見大爺，也是他拚著死命為大爺一場。何況他的肉尚未冷，怎麼這樣不認親起來？」如玉要走，又被他拉住一隻袍袖，死也不放。如玉道：「我刻下現有官司，早晚還要聽審，再來時，到你家裡去罷。」婆子道：「耶咯，好大爺，我還有許多的衷腸話，又有俺女兒與大爺留下的遺言，要細細說哩！」正在沒擺布處，張華同車子俱來，見鄭婆子拉住如玉，吒嘷⑬不已，走上前去，

⑫ 見鞍思馬：謂見到與目的物有關之事物，便想到目的物之本身。荊釵記第四十一齣：「見鞍思馬，睹物傷情。」

將婆子的手捉定，往開一分，如玉得脫，急忙坐上車，向車夫道：「快跑，快跑！」車夫揚起鞭子來，將馬打了幾下，如風捲殘雪去了。

那婆子卻待要趕，又被張華捉著兩隻手，丟不開，於是更變了面孔，說道：「張華，你敢放他去麼？他將我家財物抵盜一空，我女兒被他謊騙自盡，你今放他去了，我就和你要人！」張華聽了大怒，就將他的兩手用力向婆子懷中一推，說道：「去你媽的屄罷！」推的那婆子跌了個仰面腳，隨即扒起，向張華一頭撞來。張華提起肐膊，在那婆子脖項上就是一拳，又將那婆子打的面朝下扒倒。那婆子一邊往起扒，一邊大罵張華的祖父。張華氣起來，趕上去，踢了四五腳，將婆子踢的和蛋一般，在地下亂滾。張華四下一看，見正西遠遠的有兩個人來，連忙曳起衣襟，向大路上飛跑去了。那婆子起來時，見張華已去遠，料想趕不上，一分銀子也沒弄上，倒捱了一頓好踢打，氣的坐在當道上，拍手拍腳，又哭又罵，他本莊人看見，纔扶他回去。

張華跑了二三里地，方趕上車子，向如玉告訴打鄭婆子話。如玉搖著頭道：「那潑婦奴才還了得，今日若不是你，我在試馬坡必出大醜。」主僕回到家中，只一兩天，科場報錄的到來，泰安中了兩個，偏沒自己的名字，只落的長嘆而已。日望拿刨銀的人，毫無下落，又把個有囑托的州官，因前任失查事件，罣誤壞了。幸虧有下場帶的一百多兩銀子，除用度外，還存有五六十兩，苟延日月。真是踽踽涼涼⑭，反不如張華夫妻父子完聚。把一個知疼知癢的金鐘兒也死了，一個好朋友苗禿子也成了仇隙，幾兩房價，

---

⑬ 吒啅：糾纏囉唆。音ㄓㄚˋ ㄗㄠˋ。

⑭ 踽踽涼涼：孤零零冷清清地。語出孟子盡心下第三十七章。踽踽，獨行貌。踽，音ㄐㄩˇ。

斷了根苗，弄的孤身子影，進退無依。正是：

郎為花娘甘共死，友因無鈔弗包含。

不如意事常八九，可與人言無二三。

第六十回　鄭婆子激起出首事　朱一套審斷個中由

詞曰：

蕭麻指引婆娘鬧，風馳雲行來到。溫郎一見神魂杳，與他爭多較少。　聞信語肝腸如攪，喊屈苦州官知道。幫閒土棍不輕饒，龜婦兇鋒始了。

右調杏花天

且說鄭婆子被張華踢打後，回到家中，他新買的小鳳和玉磬兒都迎接出來。見他鬢髮蓬鬆，走著一步一拐，也不知何故，一齊到南房內。鄭三問道：「怎麼這般個形狀？」鄭婆子氣的拍手打掌，細說張華踢打的情由。鄭三道：「溫大爺與金鐘兒祭奠，這是他的好意。你趕到大路上，拉住他怎麼？張華雖是個家人，也不是你破口罵的。」鄭婆子道：「放陳臭狗賊屁！從來忘八的蓋子是硬的，不想你的蓋子和蛋皮一樣。難道教張華那奴才白打了不成麼？」向玉磬兒道：「你著胡六快請蕭大爺去。」玉磬兒如飛的去了。

少刻，蕭麻子走來，鄭婆子便跳起來哭說道：「我被張華打了！」又子午卯酉的說了一遍。蕭麻子連連擺手道：「莫哭，莫叫！金姐的衣服首飾，有要的由頭了。天下事只怕弄破了臉，今你既被張華重打，明日可僱車一輛，到泰安溫大哥家去吵鬧，就將你女兒抵盜衣服財物話，明說出來也不妨。」鄭三道：「他是甚麼人家子弟，安肯受這名聲？我看來說不得。」蕭麻子笑道：「凡事要看人做，溫大哥那個人，他有甚麼主見？只用你家婆子一入門，就可以把他嚇殺，再聽上幾句硬話，亂哭亂叫起來，也不用三天五天，只用半日一夜，他多少得拿出幾兩來安頓你。」鄭婆子道：「我久已要尋他去，如今又打了我，少了一百，便是九十九兩我也不依。」蕭麻子道：「你這主見又大錯了。做事要看風使船，若必定要一百五十，弄得他心上臉上都下不來，豈不壞事？」鄭婆子道：「我一個忘八的老婆，還怕拌總督的兒子不值麼？」鄭三道：「蕭大爺的話，是有斤秤的。以我看來，喫上這個虧罷。溫大爺如今也在極沒錢的時候，激出事來，我經當不起。」鄭婆子道：「我怎麼就嫁了個你，倒不如嫁個小忘八羔子，人若惹著他，他還會咬人一口。真是死莫用的東西！明日天一亮，我就要坐車起身。你若到日光出來，我和你先見個死活。」蕭麻子道：「就去去也罷了，我有個要緊訣竅說與你，總之要隨機應變。他軟了你方可用硬，他若是硬起來，你須用軟，不是一塊石頭抱到老的。多少得幾個錢，就快回來，切不可得一步，進一步。我去了。」

到次日，鄭三無奈，只得打發起身。一路行來，入了泰安城，到溫如玉家門首。鄭婆子下了車，也不等人說聲，便一直入去。如玉正在院中閒步，猛見鄭婆子走來，這一驚不小，就知要大鬧口舌，只得勉強笑道：「你真是罕客❶。」鄭婆子冷笑道：「我看大爺今日又跑到那裡去？」說著，將書房門簾揿起，一屁股坐在正面椅上。如玉也只得隨他入來。鄭婆子道：「張華打了我了。我今日尋上門來，再著

❶ 罕客：通常作稀客，很難得來一次的客人。

他打打我。我的頭臉也膀了，腰腿也斷了，大爺該如何評斷，還我個明白。我今日要死在這裡哩！」如玉也坐在炕沿邊上，說道：「張華那日在路上，也曾和我說過，他將你推了一腳，我還說了他幾句不是。但你也不該罵他的祖父。」鄭婆子道：「阿呀呀！好偏向的話兒。我罵他，誰見來？我還當是張華冒失，不想是你的主使！」如玉道：「你還要少你長你短的亂吐，我這書房中，也不是你坐的地方。」鄭婆子道：「這不是陝西總督衙門，少用勢利欺壓我。」如玉道：「你快出去，我不是受人上門欺辱的。」鄭婆子道：「若著我出去，須得將我女兒的首飾衣服、金銀珠玉，一宗宗還我個清白，我纔出去哩！」

如玉聽了此話，心肺俱裂，大怒道：「你今日原來是訛詐我麼？」鄭婆子冷笑道：「我怎麼不訛詐別人，單訛詐姓溫的？」如玉越發大怒道：「我這姓溫的，可是你嚼念的麼？我把你個不識上下瞎眼睛奴才，你本是人中最卑最賤的東西，你看你還有一點龜婆樣兒？」鄭婆子道：「溫大爺還要自己尊重些兒，嘴裡少不乾不淨的罵人！」如玉道：「我在試馬坡受你無窮的氣惱，我處處看在金姐分上，你當我怕你麼？我便不自重，你個忘八肏的敢怎麼？」鄭婆子也大怒道：「你趕人休趕上，我不是沒嘴的。你再罵我，我就要回敬哩！」如玉氣的亂戰道：「好野忘八肏的，你要回敬誰？你聽了苗禿子話，將你女兒立逼死。你又托蕭麻子，買良人家子女小鳳為娼。我的一個家，全全破壞在你手。我正要出首你和蕭麻、苗禿，你反來尋我？」說著，走上去，在鄭婆子腿上踢了兩腳。

鄭婆子立即回轉面孔，哈哈大笑道：「我和大爺取笑，大爺就惱了。這樣罵我踢我，也不與我留點臉。」如玉道：「放你媽的屁，我是你取笑的人麼？」又大聲喊叫張華。張華連忙入來，如玉道：「我把這忘八肏的交與你，你若放走了他，我只教本州太爺和你要人。」說罷，掀起簾子，大一步小一步，出門去了。鄭婆子情知不妥，向張華道：「張大叔，快將大爺請回來，我陪罪磕頭罷。」張華道：「他正在氣頭上，我焉敢請他？」鄭婆子道：「大爺素常和誰交好，煩你請幾位留留罷。」張華道：「他和你女兒金姐最好，此外那裡還有第二個？」鄭婆子道：「這是刻不可緩的時候，還要拿死人取笑哩！你和我尋苗三爺去。」張華道：「我家大爺恨他切骨，你倒不火上澆油罷。」鄭婆子道：「著他轉煩幾個人相勸何如？」張華想了想，萬一出首下，弄得兩敗俱傷不好。向鄭婆子道：「也罷了，我和你走遭。偏他又搬在東關住，來回倒有二三里。」鄭婆子道：「快快去來！」於是男女兩個，尋苗秃子去了。

再說溫如玉鼓著一肚子憤氣，走入州衙，正見州官在堂上審事，他便叫起屈來。州官吩咐押住。須臾，將審案問完，傳如玉上去。原來這州官姓朱，名杰，是陝西肅州府人，一榜出身。他初任在江南吳縣做知縣，因卓異引見，明帝著發往山東，以繁缺知州提補。前任官失查書辦雕刻假印掛誤，委他到泰安署印，到任纔十數天。人頗有才能，只是性如烈火，好用重刑，又好罵人。看見如玉，問道：「你是那裡人？你瞎喊叫甚麼？」如玉道：「生員叫溫如玉，係本城秀才。」州官道：「說你的冤屈我聽。」如玉便將先人如何做陝西總督病故，如何與濟東道杜大老爺係世誼舊好，從省城拜望回來。州官向兩行書役道：「你們聽見麼？他先用已故總督嚇我，這又用現在上司嚇我，就該打嘴纔是。也罷了，只要你句句實說。」

如玉道：「彼時路過試馬坡，如何被蕭麻苗秃兩人引誘，到樂戶鄭三家與妓女金鐘兒相交；如何被蕭、苗二人屢次借貸局騙銀四百餘兩，分文未還，往返二年；如何被鄭婆子百般逼取銀錢財物一千七百餘兩，將先人所遺房產地土變賣一空；蕭、苗二人見生員無錢，如何教鄭婆子趕逐，再招新客；金鐘兒念生員為他破家，立意從良，不接一客，鄭婆子天天如何毒打；生員八月間去省城下鄉場，有賣住房銀四百二十兩，如何被家人韓思敬盜竊；苗三去試馬坡報信，言生員被盜銀兩，俱係金鐘兒抵盜衣服首飾、偷送生員變賣，始能有此銀數；又教唆鄭婆子如何搜揀，如何百般拷打，金鐘兒受刑不過，如何喫官粉三匣，腸斷身死；金鐘兒死後，蕭麻子領鄭三於各鄉堡尋訪有姿色婦人，於九月間買得良人子女小鳳，日夜鞭責，逼令為娼，蕭麻子於中取利；今日鄭婆子又受蕭麻指示，到生員家坐索金鐘兒抵盜等物，如何訛詐，如何痛罵先人，不留餘地，此刻還在生員家拚命吵鬧。生員情出急迫，萬不得已，始敢冒死匍匐在太老爺案下，將前後情由，一一據實出首。說罷，連連叩頭，痛哭不已。

州官道：「我細聽你這許多話，倒還沒有甚麼虛假。你下去，補一張呈子來。」如玉答應下去，補寫投遞。又將三班頭役叫至面前，吩咐道：「我與你們兩條籤，一條在本城拿苗三和鄭婆子，一條去試馬坡拿蕭麻、鄭三並妓女小鳳。你們此刻就起身，連夜快去。這男婦三個人，若有一個逃脫，我將你們的腿，夾的東半邊一條，西半邊一條。去罷。」眾役跪稟道：「試馬坡係歷城縣管，還求老爺賞關文一角。」州官道：「放你媽的驢屁！一個買良為娼的秀才，和一個干名犯罪的忘八，還用關文？只帶十來個人，硬鎖來就是了。」眾頭役連聲答應下去。

鄭婆子尋著苗禿，剛入城門，被原差看見，俱押入店中候審。眾頭役去試馬坡，來回只兩日半，便將蕭麻等拿到。立即打了到單，州官批示，午堂聽訊。苗禿在衙門中，與蕭麻大嚷，恨他教鄭婆子來城鬮禍。鄭婆子也嫌怨蕭麻，吵鬧不休。

少刻，州官坐堂，先將苗禿子叫上去。州官向兩行書役道：「你們看這奴才，光眉溜眼，不是個材料。」說罷，怒問道：「你身上還有個功名兒沒有？」苗禿道：「生員是府學秀才，叫苗繼先。」州官道：「你既是個秀才，為甚麼與忘八家做走狗？溫如玉家被了盜，你去試馬坡報信怎麼？」苗禿道：「這是溫如玉造言，生員並未去。」州官道：「你既沒去，金鐘兒為何喫官粉身死？看來不打不說。」吩咐左右打嘴。苗禿道：「祈看先師孔子分上，與生員留點地步。」州官道：「我何許人，敢勞至聖討情分？打！」苗禿子忙說道：「去來，去來！」州官道：「溫如玉的銀子，你怎麼向鄭婆子說是金鐘兒抵盜與他的？既係抵盜，此係暗昧之事，怎麼你就能知道？」苗禿道：「生員深知溫如玉年來沒錢，一旦被盜四百餘兩，便心疑是金鐘兒弄鬼，不想果然。」州官道：「這果然二字，有何憑據？」苗禿道：「他母親鄭婆子搜揀時，金鐘兒櫃中包著十幾封石頭。」州官道：「你看這狗攮的胡說，他平白將石頭包在櫃中怎麼？」苗禿道：「太老爺問溫如玉便知。」

州官道：「叫溫如玉上來說。」如玉跪稟道：「這有個隱情在內，如何敢欺太老爺？」遂將夥契王國士於五月間去試馬坡，他鋪中原存著生員賣住房銀四百八十餘兩，與生員面交，王國士去後，金鐘兒說：「這幾百銀子，他們都知道了，你若拿回家去，不但我父母恨你，就是蕭麻子也惱，將來越發要趕逐你。若留在此處，係人來客去風波不測之地。況蕭麻子為人不端，萬一見財起意，勾通本村匪類，弄出意外事來，就到官前，你也做的不是正事。不如包幾封石頭，假充銀子，上面加了封皮，著我父母看看，然後鎖在我櫃中，你將真銀子和你家人張華，偷行帶回家中。我父母見有銀子存留，或者不逼迫我接客。等你下場回來，再做裁處。」誰想這幾百銀子，又被家人韓思敬盜竊。說著，淚如雨下。

州官連連點頭道：「我纔明白了。怪道苗三說金鐘兒抵盜，不想抵盜的還是你的銀子。這樣看起來，這金鐘兒竟是個有良心的婊子，可惜被苗三這狗攮翻舌頭激迫死了，這須得好好的打哩。」向眾衙役道：「手不中用，你們拿好結實沈重鞋底，加力打這奴才的嘴和臉。」眾役打了十鞋底，打的苗禿爺娘亂叫。州官道：「打的少，你們再打他二十鞋底。」打的苗禿眉膀眼腫，鼻口流血。須臾打完，州官拍著手向眾書役道：「你們看，好容易出這一個有良心的婊子，硬被這奴才斷送了，我就活活的惱殺，他都多的是這些嘴，管的是這些閒事。」說罷，向如玉道：「你和苗三且下去，叫鄭婆子那臭爛腿來。」

鄭婆子跪在案前，州官向刑房道：「這奴才頭臉眉眼，也不是個貨，看來比苗三還討厭。」刑房微笑道：「老爺品評的一點不差。」州官伸開五指連擺道：「我有法兒治他。」說罷，問道：「溫如玉在你家花費一千六七百兩，你還貪心不足，又去他家訛詐，我只問你，是誰教你去的？」鄭婆子道：「老爺，你不知道……。」州官大怒道：「好驢子肏的，他敢和我你來我去，你說我不知道，我且先打你個知道。」向眾役道：「快與我用鞋底打二十！」眾役將婆子打的蓬頭散髮，和開路鬼一般。州官道：「你說罷，是誰教你訛詐人？若有一句虛話，再打二十鞋底。」鄭婆子道：「是蕭秀才著我去來。」

州官道：「小鳳兒是誰家女兒？你和蕭麻子敢買他為娼？」鄭婆子道：「是我親生親養的，從那裡去買？」州官道：「叫小鳳來。」小鳳跪在面前，州官道：「你願做娼妓，就休說實話。你若願做個良人，可將你父母兄弟並所住地方，一一實說，我此刻便救你出火坑。」小鳳道：「我是本州周家莊人，我父叫王友德，我哥哥叫王大小，此外沒人了。」州官道：「當日買你時，是誰去來？」小鳳道：「是蕭大爺同鄭三去來。」州官道：「是多少銀子買的你？」小鳳道：「我聽得我父親和我母親說，是一百二十兩。媒人是十五兩。」州官道：「媒人是何處人？叫甚麼名字？」小鳳道：「他也是周家莊人，我不知他名姓，人人都叫他四方蛋。」州官笑了笑，又問道：「你到鄭三家幾月了？可接過幾次客？」小鳳道：「纔一個半月了，也接過十來個客。」州官道：「你可願意接客麼？」小鳳道：「起初我不肯，鄭婆娘兩次打了我三百多鞭子，我受刑不過，纔接了客。」州官道：「下去。」

向眾役道：「將皮鞭拿十來把來。」鄭婆子連連叩頭道：「小鳳從未見過官，是他害怕胡說。」州官道：「我偏要信他這胡說。」吩咐將婆子衣服剝去，兩個人對打。鄭婆子痛哭哀告道：「原是周家莊買的，求老爺開恩。」州官喝令重打，打的婆子滿地亂滾，皮肉皆飛，約有二百多鞭，州官方教住手。拉了下去，著傳喚蕭麻。

蕭麻跪在案下，州官道：「你引誘溫如玉嫖，並屢次借騙銀兩，此番又教鄭婆子訛詐，這三件我都不究問了。你只將買小鳳情由，據實供出，我即開恩辦理。」蕭麻子微笑了笑，說道：「太老爺和溫犀秦鏡❷一般，遠近百姓十數萬人，那一個不傳說太老爺聽斷如神，極疑難的大案，不知辦過多少。何況眼底小事，反能逃得洞見？」州官道：「我只愛人實話，不愛人奉承。」蕭麻道：「生員與鄭三同住在試馬坡堡內，閒時去他家坐談是有的。至於買小鳳為娼，生員忝列學校，何忍做此喪良損德之事？況得利係鄭三夫婦，於生員有何取益？」州官道：「適纔小鳳說你同鄭三親去買他，你還支吾甚麼？」蕭麻又笑了笑道：「同堡居住，見面時多，生員豈無一言一事得罪小鳳處？」州官道：「你既說小鳳與你有嫌怨，我且不著他和你質對。」

❷溫犀秦鏡：溫犀，晉溫嶠燬犀角照水怪事。見晉書溫嶠傳，後以溫犀比喻洞察一切的才識。秦鏡，見第四十三回注⓱。

叫鄭三跪在下面，州官道：「你買小鳳時，蕭麻和你同去來沒有？」鄭三道：「下人不敢欺太老爺，同去來。」蕭麻道：「看他也胡說。」州官道：「未買小鳳時，是你兩個誰先起意做此事？」鄭三道：「下人女兒金鐘死後，蕭相公說，你不必過於悲痛，只用一二百兩銀子，我和你去各鄉村，採訪窮戶人家有姿色的婦女，買他一個接客，也不愁抵不上你女兒。至九月間，纔於周家莊買了小鳳是實。」蕭麻子又笑說道：「你舉個證見來，再說這天昏地暗的話。」

州官道：「蕭麻，你可知本州的外號麼？」蕭麻道：「太老爺是聖賢中人，焉有外號？」州官笑道：「譽揚太過。我當年在江南做知縣時，人都叫我朱一套。何為一套？夾棍、拶子、板子、鞭子、嘴巴，打一個全，便為一套。我看你這光景，是要和一套見個高下哩！」吩咐左右：「拿夾棍來！」蕭麻連連叩頭道：「生員為人口直，得罪的人原極多，還求太老爺詳情。生員與一忘八出主見買人，效這樣下流勞何為？」州官道：「夾起來！」蕭麻恨不得將地皮碰破，說道：「懇太老爺念斯文分上，生員與百姓不同。」州官大怒道：「好可惡狗攮，這明是說本州審事不按律例，擅夾打未革秀才。你也不想想，你做的是甚麼事。方纔挨嘴巴的苗三，他不是個秀才麼？你這秀才，難道有加級紀錄不成？」吩咐：「夾！」眾役將蕭麻鞋襪拉去，上了夾棍。蕭麻道：「生員招了，就是個買良為娼罷。」州官道：「這是個大可惡東西，我當不起你這就是兩個字。」向眾役道：「收！」眾役將夾棍收對了頭，蕭麻便昏了過去。好一會，蕭麻蘇醒過來，刑房問道：「你還不實說麼？」蕭麻道：「實是我著鄭三買良人家子女，只求太老爺開恩。」州官著鬆去夾棍，蕭麻畫了供。州官吩咐收監，候詳文回日定案。

又向鄭三道：「我看你人還忠厚些，與你老婆天地懸絕，有蕭麻承罪，我詳文內與你開脫開脫罷。」

鄭三連連叩頭。州官著打四十板。少刻打完，州官道：「本該把你監禁，看你不像個偷跑的人，准討保候上憲批示。」又著叫溫如玉、苗三上來。兩人跪在案下，州官向如玉道：「你為一娼妓，傾家破產，情亦可憐。我只問你，你還要這秀才不要？」如玉道：「求太老爺恩典。」州官道：「苗三挑弄唇舌，致令金鐘兒慘死，其存心甚是險惡，然他與謀殺、故殺不同，例無償抵之理，革去秀才，滿徒三年，實分所應該。但將苗三詳革，你所為事亦有干法紀，我實難違例保全。你若要這秀才，我將蕭麻子買良為娼，另想個法兒辦理。你若深恨苗三，情願將秀才革去，本州自將他按例申詳。」

如玉道：「金鐘兒死於苗三之手，生員抱恨無涯，今情願與他同歸於敗，使死者瞑目九原，即是太老爺天恩。」苗禿聽了此話，甚是著急，向如玉連連叩頭道：「我苗繼先原是愛錢匹夫，無恥小人，還求溫大爺寬一步。我當日播弄唇舌，原不過教金鐘兒受點折辱，那裡便想到他死上？此實是本心。況我因此事被蕭麻將一處住房弄去，三萬錢私積與了鄭三，刻下窮無立錐之地，今再詳革，問擬軍徒，我惟有一死而已。且我又抵償不了金鐘兒性命，於他既無益，於大爺反有損。今太老爺尚開天恩，大爺就連個小人容放不過麼？」說著，又連連叩頭。州官道：「溫如玉以為何如？」如玉道：「苗三話說到這步田地，一總求太老爺垂憐。」州官道：「既如此，我就結了案罷。但你身為秀才，又是官宦後裔，經年家在嫖場中混鬧，法不可容。但念你父做總督一場，你又與杜大老爺有世誼，我少不得存點勢利之見，不退底衣打你。」吩咐刑房，將他兩隻手上重責四十戒尺。刑房見本官心上用情，責打亦不甚著力，須臾打完，如玉叩謝。

州官向苗禿道：「這件事，太便宜你了。」著眾役拿頭號大板，重責苗三四十大板，不得容情。苗禿又再三哀懇，早被眾役揪翻，打的殺豬般叫喊，兩腿流血。打完，州官向刑房吩咐道：「小鳳身價銀一百二十兩，俟將他父兄拿到，著鄭三出一半，他父兄出一半，入官。媒人四方蛋，待審訊後，再追贓銀。」說罷，州官退堂。如玉雖挨了四十戒尺，見將鄭婆子、苗禿、蕭麻被州官夾打的甚是痛快，心上快活不過，得意回家。正是：

蕭麻指引龜婆鬧，鬧得溫郎把狀告。

倒運遭逢朱一套，五刑重用人心樂。

第六十一回　嗅腥風廟外追邪氣　提木劍雲中斬妖奴

詞曰：

湖水潛修幾度秋，閣皂山中，巧試神偷，相訂同類寄饒州，九華妖垣，安樂忘憂。　欣遇天狐氣味投，秘授神針，四處尋求，每逢社會驗風頭。虛空爭鬥，竟獲仙舟。

右調一剪梅

前回言溫如玉弄得人財兩空，孤身無倚，過那淒涼日月，今按下不表。

且說冷于冰自將連城璧等領回玉屋洞內，一駕雲光，早到江西閣皂山淩雲峰下。但見碧峰疊翠，古木參天，千紅萬紫，遍滿幽谷，覺重山峻嶺之中，另具一番隱秀。再將那淩雲峰仔細審視，真如一根翠竹，直立半天，自上至下，毫無一點破綻。心裡想道：「那修文院天狐說，天罡總樞一書，在此峰內，被鄱陽湖一鯤魚精盜去。我看此峰披青掛綠，與刀斬斧削的一般，並無一點空隙，這書從何處可入？何處可出？」又想道：「畢竟他們的法力大似我，能於鐵石內開通門戶，貯放東西，這魚精能於無可搜尋中盜去，其法力廣大，不言可知。」又想道：「他已將書盜去，我在此流連何益？不如到鄱陽湖看個動靜，再做理會。」

說畢，飛身雲路，已到鄱陽湖地界。但見波濤浩湧，廣大無邊，那裡有個魚精的影兒？自己又不能入水裡去查看有無，在那湖邊走來走去，想出個道理來，用中指書符一道，喝聲：「司湖諸神速至！」少刻，狂風頓起，水裂波開，煙迷霧湧之中，有許多神祇，俱鞠躬聽命。于冰道：「諸神職司水府，定悉水怪等蹤跡。此湖可有一老鯤魚精沒有？」諸神道：「某等奉敕，各分汛地鎮守，凡水族類有興妖作怪、傷害生靈者，無不細加逐除，替天行道。先時果有一老鯤魚，其大無比，在此湖內，出入數百餘年，從未見其傷害物命。某等見他順時修養，久後定化蛟龍，自二百年前至今，只見此魚遊行過兩三次。近年來，實不知在何方停止，未敢妄對，望法師於別處江湖內查察。」

于冰聽了，躊躇了半晌，發放眾神後，迤邐行來，已到饒州地方。尋了一處無僧道的破廟停歇，遣超塵、逐電四外訪查。過了幾天，二鬼回覆道：「水族之類，非人可比，小鬼等無可稽查。」于冰又設一法，於廟外貼一斬妖除祟的報單，早哄動了一州的人民，都來看問。見于冰形容服色，迥異凡流，一個個驚神見鬼，有言妖者，有言仙者。雖捨施了幾張符籙，替人家驅除了些魑魅魍魎之類，倒惹得地方官差人盤問長短。于冰道：「這也不是個採訪的法子，豈有個水妖在陸地上居停之理？但天狐曾言老鯤魚率領眾妖，在饒州一帶作怪，斷無虛言。到底是我尋訪不周之過。」於是在饒州左近府縣，凡名勝之地，隨處蹤跡。

一日，飛昇在鞋山頂上，看那山形水勢，並往來舟船，猛見正西上起一股黑氣，直奔西南、運目力細看，似有妖物在內憑依。于冰情知怪異，駕雲隨後追來。見那股黑氣從半空裡落將下去，頃刻化為散絲，被風吹盡，毫無一點形跡。于冰也落下雲頭，在一山頂上，四下觀望，蹤影全無。下山來尋問居民，知係盧山境界。又見山岔中男男女女，各拿著香紙祭物，三三五五，都奔這座山來。于冰訊問原由，都說是去五虎溝天塹嶺子孫娘娘會上，進香還願去。于冰道：「離此有多少里數？」眾人道：「沒多的里數，只用從這山峪西北，轉兩個山彎就是了。那邊熱鬧的很，你這道人，若會算命起課，也不愁不弄幾個錢。」于冰想道：「妖氣也不知散歸何地，我不如同他們走走，或者人煙眾多處，有些議論風聲，也未可知。」

隨即跟定了眾男女，走了半晌，已到天塹嶺上。放眼一望，見對山坡上有一處廟宇，規模闊大，又見山腰上下，有十幾處蓆棚，大小不等。內中有賣酒肉的，有賣香燭紙馬的，還有擲骰頑牌的。山門內外，擺設著許多雜貨物件，婦人應用的東西極多。又見那些男女們，有頭頂香盤、一步一拜的，有口啣環帶、身被鞍轡、學驢馬扒著磕頭的，還有胳膊上用針鉤穿入肉內、掛著大盤香、跪著還心願的。還有少年婦女，藉燒香為名，打扮得粉白黛綠，翠袖紅裙，被那些浮浪子弟跟出跟入臊脾❶的。甚至擁擠在一處，有掐手的，有脫鞋的，有趁勢摟抱的，有偷拔簪環的，種種醜態，不一而足。還有男看上女，女愛上男，眉目送意，眼角傳情，或私相笑語，或暗訂交期，燒這一番香不打緊，那些生心❷的男子，圖謀財色，一個個跟尋到婦人住家地方，不親的設法認親，不友的設法為友，將求福藉庇之善地，竟成了奸淫邪盜之良媒。

你道這些婦女，豈盡是獨自來的麼？無論大家小戶，都有幾個男子隨往。富貴紳士家，多是讀書知

---

❶ 臊脾：痛快；快意。或作臊皮、燥皮。

❷ 生心：猶存心。梁斌紅旗譜十三：「他生心要抓你，找你的岔子，說甚麼也不行。」

禮的人，放出婦女燒香遊寺的還少。惟有這庶民人家，比鄰而居，閒常時婦女們通家往來，知廉恥守婦道的，能有幾個？彼此坐在一處，不是說自己男人長短，便是議論人家丈夫是非。若題起遊街看廟，無不眉歡眼笑，互相傳引。更兼男人十個倒有一半不是怕老婆的，就是曲意要奉承老婆的。再若到子孫娘娘廟內燒香，先估了個求養兒女的題目，比別的神廟不同，做丈夫的，縱心裡有些不依允，也只得勉強相從。及至到了人煙湊集之處，男女混雜起來，他何嘗不心跳面赤，又自己心中開解：燒香的婦女，亦不只我一家，只得隨波逐流罷了。可笑他又不驚悔，到了下次，依舊還放婦女出來閒蕩。身上有好衣飾的，先教賊盜物色；面上有好姿色的，又被情郎留意。久後失了財物還是小事，勢必弄成個烏龜方纔滿意。總之，這種人一出娘胎胞，他就帶幾分龜性，不可以理喻，不可以法繩。請看凡怕老婆的與曲意奉承老婆的，皆其做龜之根基也。至於縱容妻女，與親友或異姓以及同族人頑錢，其當龜較此倍速。今不言正文，插此一段議論，實由耳聞目覩，藉此回書，為勸戒世人意耳。

閒話少說。且說于氷走入廟來，見許多男女，在正殿上擁擠著叩拜。兩廊下擺設著豬羊，中間陳設著各色祭品，內外懸燈結綵，殿內又掛著幾對碧霞元君寶旛。三位娘娘面前，各列著三桌高頭大供，無非是雞鴨魚肉米麵果品之類。兩傍塑著些抱子送生的泥像。供案前站著幾個和尚，打著磬，搖著鈴，又顧取布施，又要偷看婦人們的面孔，一個個手腳忙亂不迭。于氷大概看了看，正要到後層廟內去，陡然間起一陣怪風，刮的那些善男信女，顛顛倒倒，亂喊亂跑起來。但見：

殿宇搖動，磚瓦飛騰。槅扇門樓，東西亂晃；鐘樑鼓架，左右齊翻。老頭兒尋覓兒孫，錯抱定敲磬沙彌，拍拍打打叫肉肉❸；小娃子悲呼父母，緊摟住送生小鬼，親親熱熱喚媽媽。張家婦拉定李家夫，跑散了奇巧髮髻；城中男背上鄉中女，擠吊了時樣花鞋。和尚奔禪房，頭觸入窗櫺眼內拔不出，吆喝救命；會首偷布施，手伸在醮紙爐中疼不過，亂嚷燒殺。廟外席棚，滿天亂舞；場中賭友，遍地摸錢。石走沙飛，擬是星辰齊落；雲黑日暗，惟聞神鬼同號。

于冰見風勢陡至，刮的對面通不見人。須臾，天昏地暗，只聽得男女喊叫之聲不絕。運動雙睛努力一看，見廟內外擺設的豬羊祭品全無。慌忙起在空中，急用手將風尾撾來，在鼻孔上嗅了嗅，覺得有些腥氣，于冰道：「是了。不趁此時蹤跡尋他們的下落，更待何時？」放眼四下一看，見前次所見那股黑氣，從風內透出，往西飛去。

于冰在雲路中，估計相離已有百十餘里，連忙催雲急趕。只差數里遠近，猛見正南來一片烏雲，內有兩個婦女，一個穿青龍鑽雲對襟氅，黑色百花裙，頭盤鳳髻，腰繫絲絛，絲絛上掛寶劍一口，柳眉星眼，玉面櫻唇。那一個侍女打扮。于冰心裡說道：「真仙焉有駕烏雲之理？此必是妖精無疑。」見雲頭切近，問道：「仙卿何人？」那青衣婦人見于冰骨格秀雅，道氣充盈，急將雲頭停住，笑應道：「我九江夫人是也。上仙何人？」于冰道：「吾衡山煉氣士，別號不華。仙卿號九江夫人，可是上帝敕授麼？」夫人笑道：「非敕授也，乃同道推許耳。」于冰道：「今欲何往？」夫人道：「因鄱陽聖母相招赴宴，係應命而來。」于冰道：「鄱陽聖母何人？」夫人道：「聖母修道五千餘年，法力通天徹地，為我輩之

❸ 肉肉：方言，表示疼愛的暱稱，猶言心肝寶貝。張賢亮綠化樹二十九：「你要叫我肉肉。」

鼻祖。近又得天罡總樞一書，越發神通廣大。道兄若有餘暇，可同我去一見，便可大受教益。」

于冰心中大喜，今日纔訪著了。又心裡想道：「此一妖類，若與他同去，反與鯤魚精添了牙爪，萬一招架不來，豈不失機？」於是將雷火珠取在手內，說道：「本意與你同去，只是我手中此物不依。」夫人笑道：「道兄手中何物？」于冰道：「當下著你便知。」說罷，劈面打去，火光到處，大震了一聲，二妖現形，即刻喪命。九江夫人乃數丈長一烏魚，一係五丈餘長一蝦，即跟隨侍女也。只見二妖一翻一覆，從半空中墜落深山溪澗去了。

于冰收珠，向西一望，那股黑氣也不知走到那方去了。于冰道：「不意一珠打去，二妖俱死。這鄱陽老妖，知他住居那裡？」正在作難間，又見正東上一前一後，有兩塊烏雲，滾滾而來。于冰道：「此雲邪氣瀰漫，必有妖物在內，我何不迎了他去？萬一他走別路，又得追趕。」於是催雲直迎了上去。雲頭漸近，仔細一瞧，只見前一塊雲內有一婦人，頭纏蛇髻，鬢插雙花，面若出水芙蓉，腰似風前弱柳，穿一身大紅金縷衣，下配藕荷白鶴裙，腰懸寶劍，手提拂塵。後面雲內，也是一侍女打扮。于冰道：「不用說，也是九江夫人一類。」心裡說道：「此番若再用雷火珠，設或兩個俱死，這鄱陽老妖，又從何處找他？不如用飛劍，先斬那有本領的妖婦，留下後面侍女做活口，好問老鯤魚精下落。」

主意拿定，兩處雲頭只相隔數步，于冰停雲問道：「仙卿請了。」那婦人見于冰問他，也將雲頭停住。先將于冰上下一看，知係道德之士，忙笑應道：「上仙何人？今往何處去？敢勞下問？」于冰道：「我衡山煉氣士是也。今於終南山會一道友始回。仙卿法號祈示知。」婦人道：「我廣信夫人是也。今因鄱陽聖母差侍女請我喫酒，特來一會。上仙問我，有何話說？」于冰心裡說道：「這鄱陽老妖教下，也不知有多少夫人，真是可笑。」說道：「我也沒甚麼話說，意欲著你試試我的寶劍。」急將木劍從腿內抽出，向妖婦頭上擲去。只見一道寒光，疾同掣電，直奔妖婦項上。那婦人見劍來甚急，忙用衣袖一遮，響一聲，衣袖上金光四射，不損分毫。

于冰大驚，忙將木劍收回。婦人大怒道：「我與你素不相識，又無仇怨，平白裡為何用劍暗行傷我？」後面那侍女見兩個要大動手腳，有些害怕，刺斜裡催雲往西直奔。于冰急用停雲法，將劍一指，喝聲：「住！」那雲便和釘定住的一般，停留在半虛空內。一回頭，猛見有茶杯大小一紅珠，與火炭相似，迎面飛來。于冰見珠來切近，躲避不及，忙從丹田內提一口剛氣，用力向珠一吹，那珠如柳絮輕塵，飄起在半空中。婦人見寶珠無功，急將口一張，其珠自歸口中去了。連忙撥雲往回奔走，于冰恐追趕不及，將雷火珠從後打去，大震了一聲，只打的霞光萬道，再看那妖，依舊不損分毫，于冰驚咤不止。

那婦人試著此珠的利害，惟恐打在頭臉上，斷無生理，如飛的向東逃奔。于冰提劍追趕，雲路中約趕有千數餘里，只見那妖婦忽將雲頭下墜。于冰撥雲觀看，見下有大江一道，那妖婦逃入江中去了。急忙將雲頭落下，只見江聲如吼，雪浪連天，妖婦不知歸於何地。于冰道：「此係水妖無疑，既入此江，江神必知下落。」急急書符一道，用劍向江中一指，頃刻狂風四起，浪疊如山，大小江神，俱來聽命。于冰道：「貧道適纔在雲路中趕一妖婦，跳入此江中，諸神可曾見否？」眾神道：「此地係揚子江上流，舟船來往者甚多，從無妖物棲止。」于冰道：「我纔見他入水，敢煩諸神速查去向，以便擒拿。」諸神道：「並非某等故違令旨，今據法師言，此非居停之妖，乃行妖也。行妖去向，實無定所。此江迴環數千餘里，他又是刻不停留之物，某等該從何處查起？」于冰道：「諸神所言亦是，請回罷。」諸神退去。

于冰又將那江形水勢，上下看了一回，想道：「我何痴愚至此？一妖逃脫事小，天罡總樞事大，只管在此延挨，倘教那侍女走去，或被別妖解脫，這鄱陽老妖下落，又該問誰？」惟恐雲慢，急駕遁光，復回原路，遠遠眺望見那侍女還留停在半空，心內大喜。原來這侍女被于冰用停雲法停住，一步不能動移，又不敢跳出雲外，滿心裡盼望一同類經過，救解走去，等了許久，仍見于冰從東如飛而來，心上甚是害怕。于冰至面前，用左手拿住他右臂，右手舉起寶劍，大聲說道：「你是要死要活？要活可句句實說，你主人鄱陽聖母住在何處？他洞中還有幾個夫人？多少妖黨？你適同那妖婦要往那裡去？據實說來，我便饒你。你若要死，我便是這一劍，將你分為兩段。」

那侍女戰哆嗦的說道：「真人饒我性命。我一一實說。」于冰道：「我且饒你，你快說來。」侍女道：「我主人叫鄱陽聖母，他修煉了四五千年，有通天徹地手段。他出身原是海中一個鯤魚。我們能變化人形者，有一百四五十，皆是他揀選年代久遠有靈性者，他纔肯傳與變人形之法。二千年以前，他便會雲來霧去，遊行人間。但他不能離水，隔十天半月，總要到水中一遊。後來這幾百年，他的道術愈大，反嫌水中出入不便，於江西廬山之西，尋得一九華山天橋洞，將我們凡會變化人形者，都叫到洞中伺候他。自修煉至今，從不害一人一物性命。他若化蛟化龍，亦早正其果位。但他恥為鱗甲一類，必欲脫盡凡骨，做一上界金仙，纔是他的志願。只因他道行日大，於一二百年內，陸續來了三位夫人，拜為門下：一叫廣信夫人，他原是個鰲魚修煉而成，即真人適纔趕逐者；一叫九江夫人，係一烏魚修煉而成者；聖母洞中，還有一白龍夫人，係一銀條魚修煉而成者。他三個各有一二千年道行不等，其性都愛人間俊俏子弟，而廣信夫人更是一日不能暫離。他三個都能隱顯變化，法術超群。若得些珍奇異物，或美味佳珍，必要與我聖母進獻。因此我聖母甚喜愛他們，常指教法術，又戒他們貪淫，恐壞正果。今午白龍夫人帶領侍從，不知從何處弄來些豬羊雞鴨、酒菜麵食之類，到我聖母洞中進獻。又差我與一侍女，分頭請九江、廣信二位夫人。今被真人拿住，問我原由，我一字不敢涉虛，盡情實告，只求真人饒放我去罷。」

于冰道：「你得領我到九華山天橋洞外，我便饒你。」侍女道：「我就領真人去。」于冰道：「你且先行，我在後面跟你。」用手一指，其雲便行。約走有一杯熱茶時候，侍女回頭，用手指道：「前面雙峰直立，峰中間即係九華山洞門。」于冰下視，已看得真切，又將雲停住，向侍女道：「我本意饒你性命，一則與你們巢穴甚近，怕你走露消息；二則看你伶牙俐齒，久後必作怪人間。」那侍女還欲哀告，于冰手起劍到，在雲內現出一個大蝦，從雲內墜落深澗去了。

于冰將遁光落下，一步步到洞門前。正欲用法開門，忽見洞門開放，從裡面走出兩個侍女來，看見了于冰，大驚道：「道士從何處來？」于冰道：「特來化齋喫。」兩個侍女道：「此係鄱陽聖母別宮，刻下是白龍夫人整備筵宴，與俺聖母小飲，因久候廣信、九江二位夫人不見到來，差我二人又去催請。你係骨肉凡夫，怎敢妄想天廚滋味？若教俺聖母知道，只怕你有死無生，快快去罷。」又一個道：「誰耐煩與他細講？洞門左右開著，隨他去罷。」說罷，兩個分路，一往正南，一往正東去了。

于冰走入了洞門，不過數步，便看不清楚道路，覺得陰風撲面，耳中但聞抉江倒峽之聲。一步步緩行前去，有一里多路，方看見一座洞府。于冰入了頭門，見二層門上，有許多奇形怪狀、鵰嘴魚腮之人，或坐或立，在那裡把守。看見于冰，大喝道：「你是何處野道士？擅敢闖入聖母宮闕，真該碎屍萬段。」于冰笑道：「你們還要和平些兒，聽我說。我是個會耍戲法兒的道人，特來奉獻聖母。」把門的道：「量你有何妙法，敢在俺聖母面前賣弄？」又有幾個道：「戲法兒最是醒脾，我們與他回稟一聲，看聖母娘娘旨意何如？」去了片刻，出來說道：「娘娘傳你入去哩。你須要步步小心著。」于冰聽罷，便隨那妖入去。正是：

一自天狐詳囑後，登山涉水漫言勞。
誅邪斬邪知原委，闖入龍潭覓老妖。

第六十二回　擲飛針刺瞎妖魚目　倩神雷揀得玉匣書

詞曰：

九華山內住妖鯤，幾千春。天罡總樞被伊吞，日欣欣。　闖入蛟螭❶幕，先飛戳目神針。迅雷大電破其身，從此步天津。

右調望仙門

話說于氷跟定那妖，走入二層門內，見周圍都是峭壁重崖，地方約有二三十畝闊。中間大大的一池水，水上面一座大石橋。過了石橋，還有一百餘步遠，正中有間大石堂。此外，也沒有甚麼奇異花卉禽鳥，只有大樹三四株。再看那石堂極其寬廣，看來可容千人。四面有十數間小石堂，堂內外有許多婦女出入。于氷走至堂內，見正面石床上坐著一個老年的婆婆，容貌甚是古怪。但見：

唇薄口大，眉細眼圓。額扁而闊，也長著白髮一撮；鼻寬而塌，時流著青涕兩行。頭戴魚尾霞冠，腦後飄揚金縷；身穿團鶴錦襖，腰間纏繞絲絛。紫電裙罩著紅緞鞋，長過一尺四五；黃羅襪包定

❶ 蛟螭：音ㄐㄧㄠ　ㄔ，雌龍或水神，在此借指水妖鯤魚。

白腿骨，粗餘六寸七八。手擒玉如意一條，肩掛折鐵刀二口。

又見傍邊坐著一個婦人，生得甚是俏麗，穿一套縞素衣裳。但見：

面若凝脂，紅粉中露些少桃花之色；目同點漆，黑白間蕩幾多秋水之神。細柳腰迎風欲舞，小金蓮落地生香。可惜長在妖魔洞中，真是羊脂玉沈埋山徑；若教貯於金屋隊裡，無異夜光珠輝映蘭堂。蹙蹙眉梢，捧心西子❷難比他風流；懨懨情緒，出塞王嬙❸怎當伊態度。素裙飄雪，時離倩女之魂❹；白衣飛霜，日賣觀音之俏。

于冰看罷，眾侍女大喝道：「聖母在此，還不跪拜麼?」于冰笑著朝上拱手道：「久仰，久仰。」只見那聖母面上陡生不悅之色，向白龍夫人道：「此子骨肉清輕，大有道氣，只是舉動疏狂，令人可惱。」那白龍夫人笑應道：「這人眉目俊秀，態度風流，與人世俗道士大不相同。但他係草野之士，安知見聖母的禮法?不與他較論也罷。」說罷，低頭笑了。只見那聖母將大嘴略動了一動，也有些微笑的意思。又將頭兒點了兩點道：「你賞鑑的不差。若果然有些來歷，我自然有番好安排，待再細細的盤問他。」

❷ 捧心西子：捧心，捫胸。西子，西施。莊子天運：「西施病心而矉其里，其里之醜人見而美之，歸亦捧心而矉其里。」後因以西子捧心稱美女之病態愈增其妍。

❸ 出塞王嬙：王嬙，字昭君，漢元帝妃，後嫁匈奴呼韓邪單于，號寧胡閼氏。明陳與郊著有雜劇昭君出塞。

❹ 倩女之魂：元鄭光祖撰雜劇倩女離魂，演張倩娘生魂離體，往覓其夫王文舉故事。事本太平廣記陳玄祐離魂記。

說罷，問于氷道：「你是何方人氏？在何地出家？做道士多少年了？今來此是何意思？」于氷道：「我是直隸人，就在這九華山廟內出家。聽得說你家今日宴客，我有幾個好戲法兒，著你們看看，不知你們愛看不愛看？」那聖母笑向白龍夫人道：「這道人要在我跟前賣法，真是不知天高地厚！」那白龍夫人問于氷道：「你都會些甚麼戲法兒？」于氷道：「隨心所欲，無所不能。」那聖母道：「你可會五行遁法麼？」于氷道：「頗知一二。」聖母道：「你既會五行遁法，你可能在石頭上鑽出鑽入麼？」于氷心裡道：「此法吾師能之，當日在西湖傳道畢，將身子鑽入地內去。我焉能有此大術？」因問那聖母道：「我不能。你能夠麼？」那聖母大笑道：「些小神通，何足為異？」隨將白龍夫人喚過來，站在面前，那聖母用劍訣在那夫人頭上畫了一道符籙，吩咐道：「你去鑽來，著那道士看看。」

那夫人笑嘻嘻，輕移蓮步，款蹙香裙，走到石堂西邊牆下，掉轉頭來，笑向于氷道：「那道人休笑話我。」說著，將身一彎，用頭往石牆上一觸，真與鰍魚鑽泥無異，形影全無。瞬目間，又從牆內鑽將出來。兩傍眾妖各大笑。那聖母亦拍掌大笑道：「奇哉！奇哉！」問于氷道：「你以為何如？」于氷沈吟道：「此妖神通廣大，我非其敵。常言說的好，打人不如先下手。莫教喫了他的大虧，致傷性命。」忙向身邊將天狐送的兩個戳目針，拿在右手，說道：「鑽石不過遮掩小術，我有個揮針引線的大法，你可將眼睛睜大著，休要胡亂看過。」說罷，用手將針向那聖母眼上丟去。只見隨手放出碗口粗細兩道金花，直刺入那聖母兩隻眼內。那聖母大叫了一聲，昏倒在地。

于氷正要看那針下落，不知不覺，兩針還歸在自己右手指內掐著，真奇寶也。那大小群妖，都來捉拿于氷。于氷用呆對法，將眾妖止住，一步不能移動。只見那白龍夫人粉面通紅，向于氷道：「那道人你忒得無情，原說耍戲法兒，怎麼就暗算起人來了？你有甚麼開解的法兒，快將我聖母救好，我還有一件大便宜你的話要告訴你。」于冰聽了，只當他說出天罡總樞的話來，大喜道：「你有甚麼便宜我的話，快說，我自有解法。」那白龍夫人欲言又止的說道：「我看道兄珊珊仙骨，定是有根氣的人，就是我雖容顏醜陋，也是數千年得道之仙，意欲與你成就夫婦，各傳各道，彼此通同繼續裴航劉綸的美跡。我聖母醒轉過來，我自有話替你分說，聖母斷不難為你。若有片言執謬，只怕你性命難逃。」

于冰聽罷，向白龍夫人迎面唾了一口，且笑且罵道：「我當你說天罡總樞話，誰想放這般無恥妖屁，致污人耳。」旋將雙針向白龍夫人丟去，金光到處，已透雙睛，白龍夫人喊一聲，倒在一傍。須臾，化成十數丈長一大白銀條魚，滿身都是錦鱗細甲，綿亙在石堂西邊。于冰見白龍夫人已死，心裡說道：「此妖針到現形，其本領去老妖天淵。」又回看眾妖，一個個和釘定住一般。隨將木劍取出，挨次斬去，頭落俱皆現形，率皆鱗介之類。又於洞前洞後，殲除無遺。回到堂內，看那聖母，還在地下倒著，原形不現，亦未知他生死。用雷火珠連擊數次，竟不能傷損分毫。于冰道：「雷火珠尚如此，刀劍越發無用了。天狐曾言他將天罡總樞吞在腹內，似此皮肉比鐵還硬，這書該從何處剝取？」

正想算著，不意那聖母反被這十數下雷火珠，倒驚轉過來。少刻，往起一坐，二目中流著兩行鮮血，大叫道：「白龍夫人何在？」見無人應他，又叫道：「道士何在？」于冰知他雙目失明，笑應道：「我火龍真人弟子冷于冰是也。遍行天下，斬盡妖邪，你雖非人類，豈沒個耳朵？我念你在鄱陽苦修二三千年，不忍傷你的性命，深知你從閣皂山淩雲峰下盜吞天罡總樞，此太上第一等符咒秘籙，大道源流，量你個鱗介之物，焉能有福承受？且你吞在腹中，又不能看得一字，不過是囫囫圇圇放在你腹中。你莫若通個大人情。將此書吐出送我，我親送你到湖海之內，以終天年。我異日一有進步，包你二目復明，斷不做欺謊你的事體。」那聖母聽罷，將牙齒咬得亂響，大罵道：「好冷于冰，我久欲拿你，粉身碎骨，與同道報仇，不意你今日敢上門暗算我！」說著，用手往堂外一招，只見那大池中水，就像數丈長一條銀蟒，直奔在那聖母手前。那聖母將手一揮，響一聲，波濤滿地，平地水深丈餘，將于冰淹在水中，通身衣履，盡皆濕透。

于冰忙駕水遁，起在空中。低頭下視，見那水在洞前洞後，堆疊起來，就如數丈玻璃積累在一處，比錢塘江的潮還好看幾分。約有一個多時辰，水勢一散，若傾江倒峽之聲，仍歸在大池內。于冰將遁光一按，離此有一丈高下。再看聖母，依然端坐中堂。看其衣服，並無半點水痕。又見他從身邊取出一小葫蘆，於葫蘆內傾出綠豆大小丸藥，摸了兩個，填入眼內，隨將血痕揩抹，閉目凝神。有頓飯工夫，站起來，摸摸揣揣，走出石堂外，大聲叫道：「道士何在？」連連叫了幾聲，冷笑道：「你只知壞我二目，你卻也死在水中。」隨即將身子蹲下，在院中亂摸，摸見大小族類，死的橫三順四，氣的他兩手在地下亂拍，恨不得將地皮拍碎。拍打了幾下，復摸到臺階前坐下，點頭再四，又悲悲啼啼的哭起來。

于冰見他這般景況，頗動惻隱之心，只是求書心勝，那裡肯當面錯過？左思右想，沒個制服他的法子。又見他雙眉緊蹙，時時用手在心前亂搗，似個因眼中看不見，心上急躁氣恨的意思。于冰看了一會，說道：「我有計較了。這針名為戳目，安見其不能戳心？想神物自隨心聽用，若不靈應，再設別法。」復將二針取在手內，兩眼定睛，看著那聖母心頭，從上往下一擲，金光如電，針回手中。那聖母大吼了一聲，往起一跳，有數丈高下，落下來，即成一奇大無比的鯤魚，長愈千尺，粗若邱山，頭雖觸在洞中，魚尾還在西邊山頂上，真是五湖四海少有之物。

于冰大喜道：「此針竟可為如意針。有此奇寶，吾可以擒盡天下妖魔矣。」又想道：「此妖已死，精氣必散，不至似前硬過鋼鐵。若用刀劍開剝，一兩個月還不知尋到藏書之處不能。不如用雷火擊碎，豈不省力易尋？況太上書有玉匣盛貯，上有符籙，斷非雷火所能傷損。」於是向離震二地作法，大喝道：「雷部司速降！」頃刻陰雲四起，諸神如飛而至。于冰指著大鯤魚道：「此妖毒害生靈，有干天愆，今被貧道打死。誠恐復生，煩眾天君可速發雷火，將他皮肉霹爛，自必後患永絕。」諸神道：「法師請離遠些。」于冰將遁光又起有百十丈高，只見鄧、辛、張、陶四位天君，率神丁力士，各施威武，頃刻間迅雷大電，震的那山石樹木，亂滾亂搖，飛禽走獸，亡魂喪膽。再看那大鯤魚，已霹的皮翻肉碎，血水流溢，滿洞裡就和鋪了一層肉海的一般。

于冰退了諸神，看不出天罡書在那一處肉內。彼時日已將落，又怕被邪神惡怪搶去，急將二鬼放出，在那魚肉魚骨內四下搜尋。奈肉積如山，二鬼從何處尋去？直尋至昏黑，並無蹤影。于冰無奈，著二鬼在洞中來回行走，以防不虞。自己仗劍高坐在石堂頂上，主意著二鬼到次早再細尋。坐到三鼓以後，猛抬頭，見一股白光，閃閃爍爍，直衝霄漢，相去不過數十步遠近。低頭下看，光氣從大石橋上透出。于冰道：「有了！」也顧不得血肉穢污衣履，急忙從石堂頂上跳下，走到橋頭，招呼道：「超塵、逐電快來！」二鬼星飛跑到面前。于冰道：「我已看出天書下落，就在這座橋前，你等速刻揀來。」二鬼將那魚皮魚肉以及魚骨搬來搬去，忽見逐電大叫道：「有了！有了！」于冰急看時，見在幾段魚腸內取出一匣，長僅八寸，玉色青瑩，光可鑑人面目。四面是一塊整玉琢成，並無絲毫破綻。在血肉泥濘之中，亦無半點沾濕。

于冰捧玩再四，欣喜欲狂，親自揣在懷中，扣緊絲絛，帶同二鬼，也不回玉屋洞，竟赴山東泰安瓊岩洞中。令二鬼將前層石堂打掃乾淨，先在正中床上坐了，將二鬼喚至床前，吩咐道：「吾自柳家社收伏你兩個，數年來，汝等服勞奉役，甚是勤苦。今我欲用火龍真人仙銜法牒，移會冥司，著汝等各托生極富貴人家，享受人間福祿，償汝等數十年辛勤。就在今日，放汝等前去。」二鬼聞知，一齊伏地痛哭道：「小鬼等承法師大恩，驅遣數十餘年，朝夕伺候，未嘗片刻相離。方思殫竭駑駘，效力數千百年，今聞法師鈞諭，令小鬼等托生人間，此去縱得榮華富貴，受享不過四五十年，依舊要名登鬼錄。內中或作惡，或行善，昏昧難知。到那時，獲罪於天，打入輪迴，生生世世，永歸畜道，欲想求如今日，亦不可得。惟願法師遣小鬼等於刀山箭樹、水深火熱之地，使小鬼等氣化神銷，統歸無有，倒是大造洪慈。若說再生人間，不敢奉命。」說罷，又各伏地大哭。

于冰惻然了半晌，向二鬼道：「此話果出自肺腑麼？」二鬼一齊道：「某等雖沈淪幽冥，尚有人心，天日照臨，何敢有半字虛辭？」于冰聽了大悅道：「我與汝等相伴多年，雖說人鬼分途，情義無殊父子，我亦何忍與汝等永離？若著汝等始終沈埋在我這葫蘆內，不惟你們心上不甘，即我亦有所不忍。但汝等皆至陰之氣，凝聚成形，不過藉我符籙，遊行白晝，究屬悖理反常之事。我憐汝等至誠，今各與汝等一上進之路，加意修為，將來皆可做鬼仙。那時出幽入明，逍遙造化，也是天地間最樂之身，較世間有富貴而不能長久享受者，天地懸絕❺。」又著二鬼跪在膝下，隨將中指刺破，向二鬼泥丸宮內，各點了幾

❺ 天地懸絕：相差很遠，與天壤之別、天淵之別同。

點。二鬼覺得一股熱氣，如湯潑雪，從頂門直透湧泉❻。頃刻面色回春，不復純陰氣象。

于冰道：「吾精血調養有年，非凡夫骨肉可比。汝等得此一點真陽，各保天和，我再次第傳汝等煉氣回陽之法。三年後，以心煉氣，以氣煉神，欲人則人，欲鬼則鬼，陰陽無間，形色成矣。雖欲不為鬼仙，不可得也。」二鬼喜歡的搗耳撓腮，一個個叩頭有聲，感激不盡。于冰又道：「我今日得的天罡總樞一書，乃八景宮不傳之秘，展玩時，必有白光燭天，不但妖邪魔怪見了動覬覦之心，即八部正神、九天列宿以及三山五嶽、島洞群仙，亦所欣慕，倘有疏忽，被伊等或奪或竊，失此至寶，我之罪尚小，而修文院天狐休矣。負人負己，莫大於此。從此刻為始，每日夜你兩個輪流守視，一在石堂頂上眺望，一在石堂下面巡行，不但有耳聞目見，即風聲鶴唳❼，亦須大聲疾呼，早為通報，我好預做防範之法。」二鬼凜遵❽。

于冰淨了手臉，將玉匣安放在正面石桌上，大拜了八拜，將天狐送他的符籙，在匣上一拂，隨手鏗然有聲，其匣自開。內有錦袱，將錦袱解開，見此書一寸餘厚，七寸長，四寸寬，外寫「天罡總樞」四字，內中俱是龍章鳳篆，字有蠅頭大小，硃筆標題著門類，光輝燦爛，耀目奪睛，大要皆洩天地之機，造化之源，陰陽之秘，鬼神之隱顯，人物之輪迴，山川草木之生滅，萬法萬寶之統會，非紫陽真人之書所能比擬萬一也。

❻ 湧泉：人體的經穴名，在兩足心。見素問。

❼ 風聲鶴唳：聽到風聲和鶴鳴，都以為是敵人追殺到來，形容其極度恐懼。語出晉書謝玄傳。

❽ 凜遵：敬謹遵行。凜，音ㄌㄧㄣˇ，通懍，敬畏貌。

于冰就從這日，將石堂上下四圍，俱用符籙封閉，獨自一個，潛心默讀此書。至夜間，奇光炳煥，照映一室，如同白晝。到三個月後，便知天地始終定數，日月出沒根由，真可藏須彌於芥子❾，等萬物於蜉蟻❿矣。起先也有些神怪野仙，或明奪，或暗來，或調遣龍虎，或播弄風雷，但來時俱被二鬼道破，于冰得從容防備，不致有失。後來的本領，一日大如一日，事事皆能前知，那裡還用二鬼稟報？到後法力通天，亦無一敢來者。此時冷于冰，雖上界大羅金仙⓫，也不過互相伯仲而已。超塵等得了于冰的指授，亦迥異昔時。正是：

大道究何在，天罡法籙全。
從今參妙義，永做一金仙。

❾ 藏須彌於芥子：佛家語。須彌山，梵語 Sumeru 之音譯，佛經說南贍部洲等四大洲之中心有須彌山，處大海之中，高三百三十六萬里。芥子，芥菜子。須彌山至大至高，芥子至微至小。藏須彌於芥子，言至小中可以容納至大也。

❿ 等萬物於蜉蟻：視萬物皆與蜉蟻同等。蜉，蜉蝣。蟻，螞蟻。

⓫ 大羅金仙：即大羅神仙，指天神、天仙。大羅，即大羅天，道教所謂三十六天中最高的一重天。參閱第十六回注❽。

第六十三回　溫如玉時窮尋舊友　冷于冰得道繳天罡

詞曰：

富貴何可求，執鞭不自由。浪子痴心肯便休，棄家鄉奔走神州。　五氣朝元，三花聚首，乾坤大一袖能收。繳天罡，歸原手，超萬劫，泮渙游優。

右調新月沈鈎

前言溫如玉被盜，金鐘兒慘亡，從試馬坡祭奠回來，過了個淒涼年，逐日心緒如焚，思來想去，打算終身的結果。猛想起冷于冰在試馬坡那晚喫酒時，許他的功名富貴，須得去都中一行。又想著冷于冰為人奇奇怪怪，似有未動先知之術，他說的話無不應驗。又想著：「自己家中還有甚麼過頭，不如將這住房也賣了，賞張華幾兩銀子，著他自行過度。我且入都中去，或者得遇冷于冰，指點佳境，將來有發跡的時候，亦未可知。」

主意定了，將張華叫來，告明己見，要上北京。張華聽了，呆了半晌，說道：「此事大爺還要細思。那冷于冰行蹤無定，知道他如今在那裡？就算上遇著他，他一個遊方的人，有甚麼真話？他若有大功名富貴，他自己先做去了，肯讓與我們受享？小的為大爺的事體，也曾日夜想算，這處住房，是三百多銀子買的，目今城中房缺少，也不愁賣不了原價。還有金姐送大爺的衣服首飾，若變賣起來，小的估計著，也可賣二百來的銀子。每年用十來兩，賃一處小房居住，餘銀或立個小生意，或安放一妥當鋪中，討些利錢，也可胡亂度日。大爺年紀還不到三十，若發憤讀書，何愁不中？不會不做個官。若說賣上銀子，尋冷于冰去，這是最低不過的見識。設或再有舛錯❶，將這幾兩銀子弄盡，小的家兩口子討吃，原是本分，有甚麼辱及祖父？只怕大爺一步一趨，都是難行的了。大爺就便打死小的，也不敢遵命。當日金鐘兒在時，知道大爺情深似海，斷不是語言勸得過來的，只得任大爺鬧去。如今金鐘兒已死，正是大爺該交好運的時候，怎麼又想起尋冷于冰來了？」

如玉艴然❷道：「你別的話，還略為近理。怎麼金姐死了，是我交運的時候，真是喪心亂道。他為我捐軀殞命，視死如歸，那一種節烈，不但樂戶中人，就是古人中能有幾個？你適纔的話，豈不是放驢屁麼？」張華道：「怪道大爺祭他時，哭的那般哀痛，不想是算他為大爺死了麼？」如玉著急道：「你看麼，他不是為我死，卻是為誰死？」張華道：「他是將東西偷送與大爺，苗三相公翻下舌，被他父母搜揀打罵起來，他是羞憤不過，纔喫了官粉身死。婦人們因這些閒氣惱死了的，不知有多少，這只可算因大爺的事，被人激迫身死，算不得為大爺守節身死。若是有少年俊俏富貴公子嫖客到他家中，他立意要嫁大爺，不肯再接一人，被他父母打罵，自己尋了短見，那纔是為大爺死的哩！只說大爺在他身上花了千數銀子，他還有點人心，肯私自拿出些財物來，暗中貼補大爺，這也算婊子娼婦內少有的人了。假

❶ 舛錯：違異錯亂。舛，音ㄔㄨㄢˇ。

❷ 艴然：慍怒色，猶勃然。孟子公孫丑上：「曾西艴然不悅。」艴，音ㄅㄛˊ，又音ㄈㄨˊ。

如何公子如今還在他家裡住著，他倒喫不成官粉，小的倒替大爺有些擔憂。節烈兩個字，也不過是大爺許他，外人沒這樣評論。」

如玉大怒道：「你原是和豬狗一類的人，你如何敢譏誚打趣我？我且問你，你曉得甚麼是節，甚麼是烈？你說，你說，你說！」張華那裡還敢言語？如玉又罵了好半晌道：「我的主意已經定了，限你三日，與我尋變買房子的主兒。我只要三百兩，金姐的衣服首飾，我何忍變賣？你可按物開一清楚單，到當鋪中當了，我將來若有好的時候，定要取贖出來，做個題念兒。我將來到京裡，尋著冷于冰，或尋不著冷于冰，都不要你管我。我就再將這處房子白丟了，也丟的是我的，與你無涉。你若三天內辦來就罷了，若辦不來，我和你誓不干休。」張華見如玉怒的了不得，一句兒也不敢分辨，只得滿口承應下來。

過了兩天，見如玉心氣和平，又苦口勸諫，如玉竟是百折不回。張華見主人志願已決，沒奈何，只得盡心辦理，金鐘兒衣物共當了一百六十兩，房子賣了三百五十兩。正月初三日，與買主立了契，言明正月十八日騰房，如玉將銀子收訖，含著眼淚，將張華夫婦叫到面前，說道：「我當日有錢的時候，在你夫婦身上甚平常。如今騙我的，偷我的，賺了落了我的，俱皆星散，惟你夫婦始終相守，且在我身上甚厚。」張華聽著，淚流滿面，他女人也哭泣起來。如玉又道：「我一生總喫了眼中認不得人的虧，致令一敗塗地。如今在這泰安城中，也沒個出頭的日子，且到都中走遭，聽憑命運罷。日後若有個好機會，還與你們有相會之期。我走後，這房子要與人家交割，裡面桌椅銅錫磁器等物，雖沒甚麼值錢的，胡亂還可以賣幾兩銀子，你夫妻可拿去，變賣了過度罷。兩個小小廝，一個是你兒子，也不用我囑咐。惟有已故家人孫祿之子，他今年纔十一歲了，你們可念他父母俱無，今日就收他做你夫妻的養子，凡事推念我，不可淩虐他。」又取過兩封銀子道：「這共是一百兩，你夫妻用八十兩，尋兩間房兒居住過度，也算你們伺候我一場。那二十兩，等孫祿之子到十六七歲，與他娶個老婆，完我做主人的心事。我亦不過數天，就別你們去了。」說著，流下淚來。

張華夫婦跪在地下，哭的連話也說不出來。那孫祿之子，也在傍邊啼哭不止，也聽出是主人要走的話說。張華哭著說道：「大爺出門，定在那一日，小的好收拾行李，伺候同行。」如玉道：「我如今還講跟隨人麼？只我獨自走罷。你又有家口牽累，況又連個住處未曾尋下，我這一去，和飄洋的一樣，將來還不知棲流在何所。我是絕意不要人跟隨的。」張華道：「大爺從未獨自出過遠程，小的如何放心得下？縱大爺不要小的，小的明不跟隨，暗中也要跟隨。那怕把主僕弄在兩下，路上甚是不便。小的女人雖沒房子，他父母家即可居住，便是二三年，他還可以養活的起。大爺賞的家器等物，都交與小的丈人變賣，甚是妥貼。小的正好跟隨大爺出門，守定妻子做甚麼？」

如玉想了一會道：「也罷了，就依你跟我走走，到京中再做定歸。你們只管跪著怎麼？可起去料理。」張華又道：「大爺賞了八十兩銀子，小的實不忍心收領。有家器等物，足夠小的一家子過了。出外比不得家居，將來盤費短了，是沒處投告的。」如玉道：「我原該多與你們留幾兩，只恨我手內空虛，你若不收，我也斷不著你跟去。」張華無奈，和他女人磕了七八個頭，方纔起來，將銀兩收下。如玉又指著孫祿之子，說道：「他頑劣的了不得，你們管教只顧管教，衣食要留心他些。」張華夫婦同說道：「不但大爺囑咐，就大爺不言，小的們定和自己親生兒女一般看待，大爺只管放心。」如玉叫過那小廝來，與了他二兩銀子，又指教了他幾句，當下著他與張華夫婦叩頭，認為父母，一同揩著淚眼出去。

如玉看定正月初八日起身。初六日，到他父母墳前，痛哭拜別。回來，張華將各項物件開了清賬，把他丈人叫來，當面交割，如玉就托他與買主交房。至初八日，主僕二人坐車起身。張華女人送了主人和丈夫，與他父親僱人搬運，一切停妥。領了孫祿之子同他兒子，坐了車子，大哭著回他父母家去了。可嘆如玉做了半世豪華公子，直弄了個寸椽片瓦俱無，固然是他命運低危，也到底是他所行不端。今日一主一僕，上京尋那雲飄鶴逝沒定向的冷于冰，豈不可笑可嘆？

一路飢餐渴飲，數日已到京中，見輦轂之下❸，真與外省不同，到處高樓園館，隨地品竹調絲，來來往往，不是士農工商，便是九卿科道，真是富貴繁華無比的仙境。如玉初入都門，那兩隻眼睛應接不暇，倒是那車夫甚是熟慣，送他主僕到菜市口兒昌盛客寓安下，主僕兩人，每天出錢二分房飯錢。如玉舉目無親，日日在大街小巷行走，存了個萬一遇著冷于冰的念頭。行走了二十餘天，那裡有個冷于冰影兒？張華見不是個歸結，復行苦勸，著如玉回家，謀為正務。如玉道：「我已出門，斷無空回之理。況冷于冰也不是謊我的人，早晚定有遇著他的日子。若過二十年後遇不著，再做道理。」張華十分勸急了，如玉便說：「你若想家，任憑你便。我是絕意不回去的。」張華也自沒法。

不言他主僕在都中閒度歲月，再說冷于冰，自得天罡總樞一書，日夜在瓊岩洞誠心捧玩。半年後，于冰已洞悉精微，纔明白天地始始終終的根由，萬物生生化化的源委。看那兩輪日月，一起一落，無非是老人的鬚眉，促人的壽數。覺得此時神通廣大，法力無邊，回想紫陽真人送他的寶籙天章，不過是斬

---

❸ 輦轂之下：即輦轂下，亦作輦下，指京師、京城。司馬遷報任少卿書：「僕賴先人緒業，得待罪輦轂下，二十餘年矣。」輦轂，音ㄋㄧㄢˇ ㄍㄨˇ，君主所乘之車。

妖除祟、趨吉避凶而已。講到超神奪劫，參贊造化，還無十分中之二三，今日竟成了個與天地同體的人，真是千萬世難逢的際遇。又想：「天狐囑咐，一年後將此書賫送火龍真人，煩懇東華帝君，繳還八景宮。今已通首至尾，爛熟胸中，此書久落塵凡，恐與天狐招愆，反辜負他一片好心。」又預知：「溫如玉在京尋訪，且董公子自到河陽鎮，知他已入林岱籍貫，改名林潤❹，算了林岱的胞姪，用官字號下場，中了第六十一名舉人。已從今年正月，由林岱任內，到朱文煒家居住，等候著下會試場。他雖功名有分，料想著他的文章，斷不能中在前列，後日還有多少事在他身上起結，也須助他一臂之力，著他早早的服官受職，好做後事的地步。明日正是黃道吉日，理合到吾師洞中走遭，將此書交送，騰出身子，來辦別的事業。」

到次日五更時分，令二鬼將石几案抬放在石堂院中，將玉匣安在几上，自己虔心靜氣，大拜了八拜，然後揣向懷中。吩咐二鬼道：「我今往赤霞山祖師處去，你等可用心修煉，各圖正果，靜候我的調遣，不得私出洞門。」二鬼出洞跪送，于冰駕雲光，早到赤霞山回雁峰前落下。只見桃仙客大笑道：「祖師命我在此等候多時。」于冰忙作揖問訊。仙客道：「賢弟不必多禮，快隨我來。」于冰跟定了仙客，走至洞門前站定。于冰道：「你我雖同是祖師的弟子，然師兄是日夕親近之人，不妨隨便出入。我與師兄有別，理應替我回稟一聲為是。」仙客道：「賢弟小心至此，足見誠敬。」說罷，先入去了。少刻，出

❹ 林潤：明莆田人，字若雨，嘉靖進士，進南京監察御史，剛直敢言。劾嚴世蕃，戮死西市，人共快之。隆慶初，以右僉都御史巡撫應天諸府，屬吏懾其威名，咸震慄，至則持寬平，多惠政，卒於官，年甫四十。見《明史》卷二百十。

來說道：「祖師著你進見。」于冰將道袍拂拭了幾下，纔跟定桃仙客，一步步走將入去。但見：

門分二座，院共三層，也有山，也有水，也有池，也有橋，也有樓臺；有樹木，有花卉，有飛禽走獸，曲曲彎彎，另是一個世界。堂闊五尺，階高數尋，也有琴，也有棋，也有劍，也有書，也有字畫；有金石，有珠玉，有床帳桌椅，閃閃爍爍，另是一處人家。也有香茶，也有美酒，也有冰桃雪藕，火棗交梨，聞一聞，芬芬馥馥，另是一樣滋味。也有歌童，也有舞女，也有銀箏象板、錦瑟鸞笙，聽一聽，幽幽雅雅，另是一般宮商。壁掛蛟螭之鏡，爐焚蘭麝之香。雲母屏前，遠映一輪皎日；水晶簾下，斜拂八部和風。白鹿啣芝蘭，閒行於丹房竈戶；玄鶴啄果，欣舞於曲徑迴廊。真是萬物靜觀皆自得，四時佳興與人同。

于冰將洞中景物大概一看，遙見火龍真人穿一件大紅百花無縫仙衣，戴一頂扭絲八寶束髮金冠，蚕眉河目，赤面紅鬚，端端正正，坐在上面。于冰搶行了幾步，到真人座前，拜了四拜，請候畢，站在一邊。真人笑道：「天罡總樞一書，乃八景宮不傳之秘。身列金仙，能讀此書者，百無一二。你修行了幾日，便能際此奇緣，真好福運也。」

于冰將玉匣從懷中取出，放在正面几案上。真人亦連忙站起，坐在一傍。于冰又跪稟道：「弟子正為此書久落塵凡，恐被老君查知，致干罪尤，今日特奉獻於老師座下，仰冀大開恩典，代行繳送，庶天狐盜竊之事，不致洩露，弟子亦可以瓦全矣。」真人大笑道：「你如今尚推算未來事體，老君為萬國九州群仙之祖，他的書籍被人盜去一年有餘，他焉有不知之理？當日那天狐意念一動，他早已就知道有今日了。只因他念你立心純一，勇往向道，不過假手天狐，成就你的正果。你道他竟不知道麼？」說罷，又大笑道：「此書我亦不敢久存，明日即到東華帝君你師祖宮闕，懇煩轉送，保全天狐。」

于氷又稟道：「弟子承師尊高厚，遣桃仙客頒賜衣冠，彼時擬救連城璧之後，即來叩謝洪慈，緣仙客述師命，再四相阻，有工夫圓滿之日，再來未遲等話，因此弟子遲至如今。」真人道：「我著仙客止你，不過為省一番往返也。」于氷復行叩謝。真人吩咐：「起來。」于氷侍立一傍。真人道：「你目今法力，可出群仙之上，只是靜中工夫還未完足，將來猿不邪自可與你分勞。刻下溫如玉在京等你，你屢次在他身上也可謂大有情分，但此人雖具仙骨，痴迷過甚，你當造一富貴假境，完他一生的志願。若仍前不省，乃下愚不移❺之人，速棄之可也。」又問道：「我的木劍，你可曾帶在身邊？」于氷急忙取出，放在桌上道：「弟子承師尊恩賜，未嘗片刻相離。」真人叫童子們：「拿我那口劍來。」少刻，一童子取到，遞與真人。真人道：「此劍名為雪鏤，我自戰國時得道，承吾師東華帝君頒賜，佩服了數百餘年。我在西湖與你的木劍，不過斬祟除邪。若異日會諸天島洞道友，帶在身上，殊欠冠冕。此劍與木劍大不相同，島洞列仙八部正神有背義邪行者，可飛劍於百里之外，妖魔又何足道也？」于氷叩頭領受。真人道：「你去罷。功成日滿之期，我別有法旨。」說罷，真人回歸後洞。

桃仙客同許多道友並仙吏仙童，都來與于氷敘同門一脈，請入丹房內飲食。好半晌，方一齊送出洞外。于氷謝別離洞，走了百餘步，將劍囊解去一看，只見金裝玉嵌，耀目奪睛。又將那劍拔出來看視，寬不過一寸，長倒有三尺，面鑲龍虎，柄列七星，劍尖上刻著「雪鏤」二小篆字，劍鞘上拴著紫絲條二

❺ 下愚不移：極愚笨的人，不能教化轉變。論語陽貨：「唯上知與下愚不移。」知，同智。

根。于冰看罷，將劍裝好，就用絲條斜繫在右邊臂上，駕起雲光，早到玉屋洞來。

這日，城璧等正在洞門外閒立，忽見猿不邪用手在空中指道：「師尊來矣！」城璧與不換道力甚淺，那裡看得出？瞬目間，于冰已落在面前。城璧、不換大喜，各作揖問候，猿不邪在一傍跪接。于冰到洞中，正面坐下，猿不邪站在一傍。不換問道：「大哥背後掛著可是口寶劍麼？」于冰道：「適纔從吾師洞中來，此劍係吾師所賜。」不換道：「祖師所賜，必有不同，我們先看一看，再敘別蹤。」于冰解下來，付與不換，將錦囊解去，大家拭目同看。但見光芒映日，寒氣侵人，裝束亦精雅之至，一個個極口讚揚。惟有城璧愛的了不得，看了又看，不忍釋手。不換接過來，用套兒裝好，親自與于冰繫在背後，方纔就坐，詢問六七月別後事業。于冰也不相欺，就將得天罡總樞始末，並今日交還與賜劍的原由，詳細說了一遍。不邪等欣羡不已。

于冰又道：「我早晚還有事入都。」城璧道：「都中又有何事？」于冰就將董公子改名林潤，算林岱胞姪，已中了官卷舉人，要幫他中個進士，將來好完結嚴世蕃、嚴年等案件：「還有泰安溫公子，在京找尋我一月有餘，少不得再去點化他一番。」城璧道：「可是那溫如玉不是？」于冰道：「就是他。」城璧道：「他在都中找尋大哥做甚麼？」于冰笑道：「他的事件最多，真有千條萬緒的情節。」城璧道：「願聞其詳。」于冰又將如玉前前後後細說，直說到主僕上京。不換道：「大哥怎麼知得這般詳細？」于冰道：「我自得了天罡總樞後，便可以事事前知矣。」不換道：「可惜一個大家公子，也弄得窮到這步田地，真是時命限人，自有定數。」城璧摸著鬍子大笑道：「虧你還替他這樣解說。那個輕浮娃子，我一見面就知他是個敗家之子。大哥一定說他有仙骨，苦苦的要渡他出家。他原是酒色叢中歪貨，若將他渡了來，不但終於無成，連我們也被他攪混壞了。」

于冰道：「吾師亦曾吩咐，我也須盡盡心。他若是痴迷不返，棄之可也。今日已是三月初三日了，我須早些去，與董公子將三場文字弄妥，好著他必中。殿試時能在三鼎甲內，就更好了。我此番還得到御史朱文煒家住幾天。」城壁道：「要去大家走遭，我正要看看董公子。」于冰道：「朱文煒是個京官，你我俱是道裝，去他家內，也須招人議論。」城壁道：「這有何難？我們只用將道冠暫時摘去，便是俗人。」于冰道：「那豈是出家人做的事？」又問猿不邪道：「你二位師叔可學會些甚麼法術？」不邪道：「凡弟子所能者，已學去一半有餘。」于冰道：「得此亦可以全身遠害。會試場期只有四五天了，我今日就去罷。」眾人送出洞門，于冰駕雲去了。正是：

書繳赤霞洞內，飛身故友人家。
成全難裔甲第，渡取浪跡仙葩。

第六十四回 傳題目私惠林公子 求富貴獨步南西門

詞曰：

十年窗下謳吟，須中今春首領。真仙指示功名徑，折取蟾宮桂影。 榮枯枕上三更，傀儡場中馳奔。人生富貴總浮雲，幾個痴人自省？

右調醉高歌

且說于氷出離了玉屋洞，駕雲早到了都中。原來朱文煒自平師尚詔得官之後，這幾年已陞了浙江道監察御史。只因他是受過大患難的人，深知世情利害，凡待人接物，也不肯太濃，也不肯太淡。當日嚴嵩因他面奏胡宗憲，心上甚是惱他。即至陞了御史，恐怕他多說亂道，倒有個下手他的意思。後見他安分供職，上的本章都是些民生社稷的說話，毫不干涉他一句，心上又有些喜歡他。閒時也請去喫飯，文煒總是隨請隨到，雖極忙冗亦不辭。遇年節壽日，必去拜賀，卻不送禮，因此得保全祿位。他如今又搬在棉花頭條衚衕地方，也還算僻靜。每天不過日西時分，便下了衙門。

這日正在房內，與他妻子閒話，忽見段誠飛忙的跑來，說道：「老爺快去迎接，恩人冷太老爺來了！」夫妻兩個一齊問道：「可是那冷諱于氷的麼？」段誠道：「正是，正是。適纔小的在門前看見，竟認識不得了。穿的是道家衣服，容貌比先時越發光彩少年，老爺快去迎接罷，等了這一會了。」慌的朱文煒連忙穿公服不迭。姜氏著女廝們速刻打掃臥房，向文煒道：「就請入我房裡來罷。」文煒如飛的跑了出去，見于冰在大門內站立，遂高叫道：「老伯大人，是甚麼風兒吹得到此？」于冰一見，朱文煒紗帽補袍，迎接出來，意思甚是謙謹。文煒到面前，先向于冰深深一揖。段誠在前斜著身軀導引，朱文煒隨在于冰後面，一直讓入內院，早有姜氏同段誠家女人領著幾個使女，在院中迎接問候，相讓到姜氏房內。夫妻兩個，男不作揖，女不萬福，一齊跪在地下磕頭。于冰那裡拉的住？也只得跪下相還。

夫妻兩個磕了七八個頭，方纔起來。讓于冰炕上坐下，夫妻二人地下相陪。隨即是段誠家夫婦叩頭，家中大小男婦，素日聽得主人和段誠時常說于冰種種奇異，一個個搶來叩頭，于冰倒周旋了好半晌。文煒吩咐家下眾男婦道：「冷太爺此來，至少也得在我家中住五六年，你等切不可向外人傳說。若外邊有一人知道，我定行詳查重處，連妻子一併趕將出去，絕不姑容。」眾人答應退去。朱文煒道：「自從在河南軍營別老伯大人後，今又是幾個年頭。小姪夫妻性命並功名，無一非老伯再造之恩。小姪也別無酬報，祠堂內已供奉著老伯生位，惟有晨夕叩祝福壽無疆而已。」于冰道：「朱兄不可如此稱呼，倘邀不棄，只叫一冷先生足矣。」姜氏道：「那年在虞城縣店中，承恩父天高地厚，打發我到母親處去。」于冰大笑道：「越發不成稱呼了，貧道告別罷。」姜氏道：「我在恩父家中，已拜認老太太為母，恩父又何必過謙？」

于冰聽了，不由得面紅耳赤起來，說道：「我一個出家人，消受不得這般親情，請毋復言。」文煒道：「這是他名分上應該如此。」又道：「老伯今從何來？一向在何處？」于冰道：「我的形跡，實無定所。今日為兩件事來。」文煒道：「是甚麼事？」于氷道：「說起來話長。」就將溫如玉事大概一說，並言：「他有些仙骨，此番要渡他去出家。」又說起救董公子一事：「他如今已與林岱大兄認為胞姪，還改名林潤。」朱文煒也等不得說完，便道：「他刻下現在小姪家住著，要下會試場。每每題起老伯，還有一位連先生，便感激的流淚不止。」于氷道：「若不是為他在尊府，我也不來見朱兄了。」隨將自己來的意思，又說了一遍。文煒道：「這都是老伯大人天地父母居心，成就他的終始，小姪輩也替他感戴不盡。」姜氏道：「前歲秋間，冷大哥從廣平來，恩父家中大小甚好。就是那年春間，林大哥還差人到廣平與母親祝壽，送了三千兩銀子。大哥說辭了幾百回，來人日夜只是跪著，萬不得已，只得收下。」又向文煒道：「這林大兄就不是我輩中人了，君子周急不繼富，豈可因些須私愛，如此酬報？」于氷道：「可遇便與小兒逢春寄一字去，就說我說速刻差人去河南，將此宗銀兩送還。」姜氏道：「大哥當面曾和我說，原是絕意不收，只是沒法擺脫。今差人送去，也不過是空勞往返，林大哥他如何肯依？」于氷瞑目搖頭道：「逢春竟是以我作他弄錢人了。」又向文煒道：「書字是一定要寄去的。」說罷站起道：「我到外面會會林世兄去。」文煒同到廳院西邊一處書房內，高叫道：「林賢姪，你我的大恩公冷老伯來了。」那林公子聽得，忙跑出院來，一看見于氷，便跪倒叩頭不已。于氷亦連忙跪下，相扶起來，攜手入房，復行敘禮坐下。問了城璧並不換起居，又說了一回別後行蹤。于氷也問了林岱並老總兵林桂芳話。

家人們擺上許多的果食來，于氷隨意用了些，向文煒道：「令兄怎麼不來一會？」文煒道：「家兄月前拿了幾兩銀子，回虞城贖取舊日的房產去了。」于氷道：「尊翁先生靈柩，想已從四川搬回貴鄉矣。」

文煒道：「前歲家兄已辦理營葬矣。」于冰點頭道：「這是貴昆玉❶第一要事。」敘談閒話間，左右點上燭來。段誠道：「冷太爺在何處安歇？」文煒道：「東院書房還僻靜些。」于冰道：「我在尊府還要盤桓兩三天，諸事不必過於著意。」文煒道：「這兩三天話，老伯再休題起。」于冰道：「我還有一說，知己相對，理應久談，但素常以靜為主，大家安歇了罷。」文煒亦不敢相強，隨令家人秉燭，同林潤都送到東院書房內。

于冰著將家人退去，從袖中取出個紙條兒來，說道：「今科會試三場題目，俱在上面。公子定於兩日內趕做停妥，我替你改換幾句，中也必矣。此事關係天機，少有半句洩露，不但不利於公子，亦且大不利於我，慎之，慎之。」林潤雙手接住，同文煒看了一遍。文煒道：「賢姪可連夜措辦，離場期只有五天了。」于冰道：「話亦不用我再囑，大家以慎密為主。」文煒道：「此何等事，誰敢獲罪於天？」于冰道：「二公就請便罷。」文煒等道了安置，于冰打坐到天明。文煒知道于冰斷不能久留，與他多款洽一日是一日，差人去本衙門給了假，住在家中陪侍。凡有人客拜望，總以有病相辭。次日辰牌時候，于冰將段誠叫來，向他說了幾句，段誠去了。

再說溫如玉在菜市口兒店內，居住一月有餘，冷于冰也無處尋找，每日家愁眉不展，在那大街小巷亂走，存了個萬一遇著的見識。晚間睡著，不是夢見金鐘兒，就是夢見冷于冰。弄的他心上無一刻舒懷。這日喫罷早飯，正要上街，聽得院外有人問道：「泰安州的溫公子，可在你店中住麼？」又聽得店東道：「有個泰安州姓溫的人，倒不曉得他是公子不是公子。」

❶ 貴昆玉：對人兄弟的敬稱。昆玉，或作崑玉，亦稱昆仲。今稱賢昆玉或賢昆仲。

如玉聽見，急急的出來一看，見一個四十多歲的人，穿著滿身紬帛卻認不得是誰。只見店東向那人指著如玉道：「這位便姓溫。」那人聽了，向如玉舉手道：「足下可是山東泰安州人麼？」如玉道：「我是泰安人。」那人道：「可是姓溫諱如玉的不是？」如玉著驚道：「老兄何以知道賤名？」那人道：「我原不曉得，我家老爺府內，有一位冷太爺諱于氷，著我來此店相請。」如玉聽了，大為驚異道：「可是那會耍戲法兒的冷于氷麼？」那人道：「我倒不知他會耍不會耍。」如玉道：「他是幾時到的？是怎麼個模樣兒？」那人道：「他是昨日日落時到的。既然名姓相同，你隨我去，到那裡自然明白。」如玉道：「尊姓？」那人道：「我姓段，是御史朱老爺的家人。」如玉聽了，驚喜相半，走入房內，向張華道：「你可聽見麼，冷于氷尋我來了。」於是換了衣巾，和段誠同走到文煒門前。段誠道：「請站一站，我去回稟一聲。」須臾，出來說道：「冷太爺吩咐請會。」如玉跟段誠到二門前，見于氷金冠道服，絲縧皂靴，肩背後掛著寶劍一口，容貌與先時大不相同，真是人中龍鳳，天上神仙，緩步從裡面迎接出來。如玉想起昔日，一旦到這步時候，心上好生慚愧。

于氷將如玉上下一看，見他雖在極貧之際，卻舉動如常，沒有那十般賤相。那十般：一曰聳肩，二曰垂頭，三曰兩手抱臂，四曰口內吸哈，五曰背人哭泣，六曰終日蹙眉，七曰無故吁嗟，八曰面朝下扒睡，九曰見富貴人進退亂，十曰學婦人用眉眼瞅人。有一於此，任他是絕世聰明，但其心氣已餒，為境遇所制，便終無發達之期，至好的不過免凍餒而已。即偶有發達者，亦必旋得旋失，縱富貴，斷不能久。在本人他自不覺，旁觀者卻甚是清楚。有點福運的人，雖魂夢中亦帶不出這十般賤相，皆因他心氣不衰，能隨境處境❷，而不為境遇所制故也。至於出家學道的人，尤必以心氣盛為主。若心氣衰餒，不但不能苦歷冷暖跋涉，就著他行坐中工夫，他心氣已竭，呼吸間亦斷無傳到之期，真終身無用之物也，所以于冰要先看他的舉動。

當下見如玉入來，于冰先笑說道：「久違公子了。」如玉搶行了幾步，向于冰一揖，于冰即忙還禮。兩人攜手到東書房內，敘禮坐下。如玉問罷于冰的行蹤，便蹙著眉頭，要說自己年來的事業。于冰道：「公子的行為，無大無小，冷某俱和親見的一般，不用勞神細說。」家人們送入茶來，如玉獨自喫了一杯。于冰道：「公子的氣色，與前大不相同了。功名富貴，只在這一兩天內。縱不能拜受王爵，亦可以位至公侯。」如玉聽了大喜，跪在地下說道：「小弟年來真是窮得可憐。從今日正月初八日，即起身入都，尋訪長兄，指示一條捷徑。不意預知小弟在菜市口店內，遣人相招，伏望大發慈悲，救弟殘喘。」于冰也連忙跪扶道：「公子請起，諸事都交在我冷某身上，容易容易。」

兩人方纔入坐，忽聽得門外有人說道：「老伯大人會佳客麼？」于冰道：「正要請你來坐坐。」如玉見一三十多歲的人入來，頭戴幅巾，身穿雲氅，氣度像個官兒，忙站起問于冰道：「此位是誰？」于冰道：「此東翁朱先生諱文煒，現任御史。」如玉急趨向前叩拜道：「生員蓬門下士，因冷先生呼喚，得至公堂，不曾帶來手本叩謁，甚覺冒昧之至。」朱文煒還拜畢，三人分賓主坐下。文煒道：「此位即老伯昨日所言督院溫大人長公子溫世臺麼？」于冰道：「正是。」文煒道：「此兄丰神秀雅，真雞群之鶴也。異日功名，無可限量。」于冰道：「何用異日，指顧就要出將入相哩。」文煒含糊答道：「這是溫世臺分內必有的。」于冰道：「可吩咐人將林公子請來，也與溫公子會會，我還要留溫兄伴我兩天。」

❷ 隨境處境：隨便甚麼環境都能自在生活，即隨遇而安。

文煒道：「最好，最好。」

少刻，家人們將林公子請來，與如玉敘禮畢，坐在文煒下面。如玉問明，纔知是河陽總兵林岱的姪子，二十一歲就中了舉，在此下會試場，心上甚是愧羡，自己求功名的意念，越發急了。少刻，家人們拿入杯筷來，安放桌椅。如玉要辭去，朱文煒那裡肯依？于冰向如玉道：「都是知己聚會，我還要留你住幾天。朱兄不是外人家。」如玉道：「老兄吩咐，無不如命。只是未向小价說明。」于冰道：「你有泰安城內房價，還有金朋友衣飾當的銀兩，俱在張華手內，你須放心，張華比不得韓思敬，偷不了你的，也埋不了你的。」如玉聽了，嚇得驚魂動魄，益信于冰是前知神人，又竊喜自己的功名富貴，定不涉虛了。文煒道：「這有何難？可著人喚張華盛价，將行李取來，最是妥當。」于冰道：「使得。」如玉還要相辭，家人們已經去了，只得上前拜謝。文煒先與如玉送酒道：「隨便飲食，有褻世臺。」如玉推讓再四，讓于冰獨坐了一桌，他與文煒、林潤坐一桌。從此日始，如玉主僕就在文煒家住下。晚間，如玉和張華在東房安歇，于冰在西房與林潤改做文字。

到第三日午間，管門的人走來說道：「有衡山來的兩位客人，尋訪冷太爺說話。」于冰就知道是城壁、不換來了，心中嫌怨道：「他兩人纔學會些小法術，便這般雲行霧馳亂跑起來，況我起身時那樣囑咐，又來做甚麼？」朱文煒問于冰道：「此二位是誰？」于冰道：「是我的兩個道友。」隨向管門人道：「就煩你請他們入來。」文煒聽了道友二字，知是有來歷的人，隨即整衣迎接。至二門前，見一胖大漢子，龐眉河目❸，紫面丹唇，一部長鬚，比墨還黑，飄飄拂拂，直垂至臍下。頭戴寶藍大氈笠，身穿青

❸ 龐眉河目：龐眉，眉毛黑白雜色，形容老貌。唐錢起贈柏岩老人詩：「龐眉忽相見，避世一何久？」河目，

布袍，腰繫絲絛，足踏皂靴。文煒心裡說道：「這人漢仗儀表，倒與林大哥差不多。只是這一部連鬢鬍鬚，就比他強幾十倍了。」又見後面相隨著個瘦小漢子，二目閃爍有光，面色亦大有精彩，長著幾根八字鬍鬚，戴一頂紫絨氈帽，穿一領藍布袍，也是腰繫絲絛，足踏皂靴。文煒知是異人，恭恭敬敬的讓至東書房行禮。

如玉看見是連城璧和金不換，心上甚是羞愧。自己也到投奔人的時候，只得上前行禮敘舊。禮畢，城璧和不換與于冰深深一揖，然後大家就坐。文煒舉手問道：「二位先生貴姓？」于冰俱代為說訖。文煒道：「二位先生從何處來？」城璧道：「還未請教貴姓，想定是朱老爺了。」文煒道：「正是賤姓。」城璧道：「我們係從湖廣衡山來。」文煒道：「幾時起身的？」不換道：「是今早起身的。」文煒大驚道：「好幾千里，片刻即到，非駕雲御風，何能至此？真泠老伯之友也。」于冰道：「我起身時，那般叮囑，你二人又來做甚麼？」城璧道：「我因董公子在此，心上懸記他，故來走走。」于冰道：「是林公子，那有董公子？」城璧隨即改口道：「是我說錯了。」

于冰又道：「你二人來，已不守清規，怎麼俗裝打扮，這是何說？」不換道：「二哥原不肯改裝，是我因朱老爺是京官，來許多道士到他府上，恐怕人議論，因此扮做俗人，不過暫時改用。」文煒道：「究係二位先生多心。」左右送上茶來，大家喫訖，城璧向如玉道：「我們在貴莊分手後，到如今也有五六個年頭。」如玉道：「那日三位去後，小弟差人遍訪無蹤，真是去得神妙之至。」文煒道：「素日都相識麼？」如玉道：「三位俱在寒家住過幾天。」城璧道：「公子不在家中享榮華，受富貴，到朱老

上下眶平正而長的眼睛，古以為聖賢相貌。見孔子家語困誓。

爺這邊有何貴幹？」如玉道：「我與諸公俱係知己，說也不妨。小弟年來否敗之至，今無可如何，尋訪冷先生指一條明路，做下半世地步。倒不是專來朱大人府上的。」城璧笑道：「我們都是幾個窮道士，有甚麼明路指人？」如玉不由的面紅起來。于冰急以目視城璧，城璧纔不言語了。午錯❹時候，家人們擺了一桌果食，一桌葷席。城璧和不換同于冰坐了素席，林潤從西書房過來，看見城璧大喜。又見不換也在，連忙上前叩拜，復敘別蹤。和如玉、文煒同坐，談論到二鼓方散。城璧等同于冰在西房，如玉仍歸東房。

次日午飯時，于冰將林潤三場文字，並殿試的策文，俱各改好。至第二日，是初六日，文煒差人送林潤入內城去了。這日早飯後，于冰同著眾人，從袖內取出一道符，又柬帖二聯，向如玉道：「公子年來困苦已極。我二年前有言在先，公子若到不得已的時候，只管入都，我包你一套天大的富貴。今氣運已至，時不可失，可將我這一道符，出城後即戴在帽子內。還有柬帖二聯，揣在懷中，有極難事，到萬不可解脫處，可將我第一聯柬帖拆開，自有妙應。第二聯也是如此。上面我俱寫著先後，不可亂拆。你若是偷著先看了，即洩露天機，那時必有奇禍，休怪我不早說與你。至於做文墨用詩詞歌賦等項，萬一做不來時，你只暗中叫我的姓名幾聲，我自助你成功。你此刻速出南西門，定有意外機緣湊合。將來到富貴時，卻不可忘了貧道。」

如玉心上有些不信。于冰道：「你休要小窺了我那一道符，和那兩聯柬帖，誤不了你的大事。」如玉接來，揣在懷中，心上還有些遲疑。于冰道：「只管去罷，我不是欺你的人。」朱文煒接說道：「溫

❹ 午錯：剛過午；午後。紅樓夢第二十四回：「你到午錯時候來領銀子，後日就進去種花兒。」

世臺，冷老伯教你去，你就去。我的夫妻離合，功名成就，都是冷老伯作成，纔有今日。你狐疑怎的？」遂將自己的事，大概說了一遍，如玉方誠信不疑，欣喜欲去。于氷又囑咐道：「此去只可你獨自去，張華同去不得。」如玉連聲答應，叩謝了于氷，拜別了眾人，歡歡喜喜，走出廳外。眾人送他出了大門，張華趕上問訊，被如玉罵回。

眾人送了如玉，同到廳內坐下，城璧等一齊問道：「溫公子這一去，果然可得大富貴麼？」于氷大笑道：「此人本是名門世冑，富貴兒郎，只因他幼年喪父，教戒無人，日夜狐朋狗友，做嫖賭場中生活。年來疊遭變故，弄的家敗人亡，今日窮極，投奔於我，我念他一身仙骨，大有根氣，他也不是今生便有，也是修煉幾世，方能完足，實不忍心棄置於他。又知他世情過重，若不著他大大的富貴一番，他就做鬼，也必抱屈地下。我已勸化過他幾次，此番要如此如此，滿他的志願。他若仍是痴迷不悟，乃真下愚不移之人，棄之可也。」眾人聽了，俱各大笑，說道：「妙哉！妙哉！非有通天徹地的手段，不能有此施設。」正是：

欲醒痴兒須用假，假情悟後便歸真。
真真假假君休論，假假真真是妙文。

第六十五回　遊異國奏對得官秩　入內庭詩賦顯才華

詞曰：

千古窮愁同恨，漫云際遇無緣。一朝平地覲君顏，蓬行子今得祖生鞭。　洞裡仙人種玉，江邊楚客滋蘭，水晶簾外會嬋娟，題詩賦，揮筆灑瑤箋。

右調江月晃重山

話說溫如玉歡歡喜喜，別了眾人，出了朱文煒家，心上快樂之至。看得這富貴功名，真如反掌之易，益深信于冰是真誠君子，人世神仙。又知道朱文煒、林岱都是他扶持的，做了大官，豈有個到他身上無效驗的理？因此走一步都是高興，看一眼無非春色，穿街過巷，已出了南西門外。彼時正是仲春天氣，柳垂金線，鳥弄新聲，綠茵滿地，碧水分流，那些香車寶馬，絡繹不絕。如玉走了六七里，離城漸遠，來往的人也就少了。一邊走，一邊心裡想道：「我這一行，不是遇著王公貴人提攜，就是遇著天子的鸞駕，被那些前驅的官員盤詰住，啟奏了，著我引見。我若是奏對的明白，天子推念先人的分上，那時就是我意外遭逢。再不然，路上走著，拾得奇珍異寶、價值連城的物件，或重價賣與人，或進獻到天子御座前，也可以得一套富貴。」心裡胡思亂想的走著，白不見甚麼際遇，倒覺得身體迷迷糊糊，困倦起來。

猛然一睜眼，見前面一座高大牌坊，直沖霄漢，彩畫的丹楹繡柱，雕刻的鳳篆龍章，牌心裡有絕大的四個金字，上寫著「華胥國界」。如玉想道：「這一個國字，從何處說起？」放眼一望，見牌坊前面，車塵馬跡，士女紛紛行走，竟是個極熱鬧的去處。連忙走到跟前，問那往來行人，都說是華胥國。那些人又指著向如玉道：「你看正西上雲蒸霧湧，煙火萬家，那就是城池了。」如玉道：「我不意料輦轂之下，還有這一處地方，倒不可不瞻仰瞻仰。」又走了數里，果然有一座城池，規模甚是廣大。關廂裡居民甚多，慢慢的走入城來一看，但見：

城高數尋，池深一丈。屋宇廣大，高聳雲霄之中；園館參差，排連街市之內。做官的錦袍玉帶，畢竟風流；讀書的闊服方巾，居然儒雅。挨肩擦臂，大都名利之徒；費力勞心，半是商農之輩。紅裙綠袖，誰家少女賣秋波？畫鼓雲鑼，何處歌童演妙曲？真是日邊富貴無雙地，天下繁華第一城。

如玉看罷，口內嘖嘖讚賞道：「好一個華胥國，真是天下有數的地方。」正在觀玩之際，猛聽得喝道之聲，見一對步兵，敲著鑼過來。隨後便是執事，有許多軍牢夜役，打著旗，撐著傘，拿著鞭子鐵繩，呼呼喝喝的著人迴避。如玉閃在了道傍一家賣脂粉的簷下。少刻，見一頂四人大轎裡面，坐著個官兒，穿戴著烏紗補袍，兩隻眼東瞧西望，忽然見轎子站住不走了。如玉正看中間，見兩個青衣公人走來，喝道：「本城太守老爺傳你！」

如玉摸不著頭腳，心下甚是驚惶，沒奈何，走至轎前，打一恭道：「生員溫如玉謹參。」那太守問道：「你是那裡人？」如玉道：「生員是山東泰安州人。」那太守道：「你見了本府，還是這樣大剌剌的，你莫不是槐陰國的奸細，假裝山東秀才，來探聽虛實麼？」如玉道：「生員不曉得甚麼槐陰國。」太守向書役人等道：「你們看他裝做的這樣兒。我在轎內一看，就見他形容舉動，不像我本國人。他見我盤問，就隨口說是山東人，在這裡任意支吾真是不要腦袋。」又問如玉道：「你既是山東人，你到我這華胥國做甚麼？」如玉道：「生員因貧窮無奈，投奔一朋友冷于氷，慫他與我設法謀生，因此住在朱御史家。今日是他教生員出南西門閒行，不知怎麼就走到上國境界。大老爺可差人到朱御史家一問，就便知生員是奸細不是奸細。」那太守道：「本府那管你冷于氷熱如火，也無暇差人到朱御史家去。是你這樣裝聾推啞，越發令人可疑，事關重大，本府也不敢私自放你回去。」吩咐左右：「押他到朝裡來，待啟奏過主公，再行發落。」

眾人不容分說，將如玉推推擁擁，到了朝門外。那太守下轎，進裡邊去了。如玉悔恨道：「平白裡聽了冷道士話，走到這個地方，功名富貴，全無影響。萬一用大刑罰苦拷起來，弄成個外國的奸細，只怕這命就在今日了。」正鬼念著，只見幾個戎裝的武官兒跑出來，喝道：「王爺有旨，著傳奸細溫如玉入見哩！」隨即又有幾個帶刀的壯士，將如玉監押著急走。如玉到此時，真是沒法，只得放膽行去。入了朝門，大概一看，但見：

兩路朝房，端坐著金章紫綬；七間寶殿，擺列著黃鉞白旄。御樂齊鳴，簾捲處香煙繚繞；淨鞭❶

❶ 淨鞭：古代帝王的儀仗之一，帝王駕臨時，鳴之令人肅靜。鞭用黃絲做成，鞭梢塗蠟，打在地上，發出響聲。

三響，排班時儀仗繽紛。弱柳千條，披拂垂青之鎖；流鶯百囀，委婉求友之聲。鎮殿將軍，圓睜兩隻怪眼；守門大象，長伸一對粗牙。正是瓊階玉宇隨春麗，鳳閣龍樓借日懸。

如玉走入朝堂，俯伏在丹墀下，偷眼看那國王，頭戴沖天冠，身穿絳黃袍，腰繫玉帶，足踏朝靴，四十四五年紀，生得方面大口，圓目微鬚，坐在殿中間，倒也有些威嚴。只聽得怒聲問道：「你叫溫如玉麼？」如玉道：「是。」那國王道：「你是幾時偷入寡人國界？一向在那家停留？寡人與槐陰國世為仇敵，你這是槐陰國何人差遣？可一一據實供來，寡人定施額外之恩。若有半句虛辭，將你粉身碎骨。」如玉叩頭道：「小臣是大明國山東泰安州秀才，幼喪父母，家業凋零。年來養身無資，入都投奔一友人冷于冰，懇他設法周濟。今日原是冷于冰著臣出南西門，信步往西南行去，可有意外際遇。臣因他素善占卜，吉凶屢驗，因此深信不疑。不料誤走入千歲治下，此皆是小臣實情，並不敢有半句飾辭，致干重罪。至於槐陰國，小臣不但目所未見，實亦耳所未聞。祈千歲或將小臣解回原籍，訊問真假；或在本境察查，有無棲止處，臣無任叨沐洪恩之至。」

那國王聽了，笑問道：「你果然不是槐陰國來的麼？」如玉道：「天威咫尺，小臣何敢欺罔君上？」那國王又笑道：「你既是天朝秀才，向來讀過甚麼書籍？」如玉見那國王面帶笑容，心下便私自喜道：「看這光景口氣，不但不往奸細裡問，只怕還有意外的恩典哩。冷于冰說我指顧就可得大富貴，或者出脫在他這一國，亦未可知。」又想了想：「一個偏邦小國，那裡有甚麼大學問人？我何不說幾句大話聳

又作靜鞭。

動他，為進身之階，豈不是好？」想罷，便朗應道：「臣廣讀經史，博覽詞章，舉凡三墳、五典、八索、九丘❷，天文地理，諸子百家，無一不讀，無一不曉。」那國王搖著頭兒微笑道：「卿言誇大，也不可藐視我國無有讀書人。」隨傳諭：「著溫如玉在階下候旨。」近侍官將如玉領在階下，猛聽得殿內高聲道：「宣丞相海中鯨、元帥黃河清見駕。」少刻，聽得國王道：「今有山東秀才溫如玉，乃天朝極有學問的人，寡人愛他品格秀雅，年少風流，意欲將愛女蘭芽公主招溫如玉做個駙馬，完公主終身大事。又恐他是敵國的奸細，假名冒姓，欺謊寡人，二卿有何高見，一決寡人的疑慮。」

如玉隱隱聽得此話，只喜歡的心花俱開。又聽得一人奏道：「公主色藝雙絕，兼博通文章經史，何愁無一佳士配偶？況本地文能華國、武能禦侮者甚多，臣等若細心揀選，不患無人，何必用一來歷不明之徒，褻瀆金枝玉葉？」如玉聽了這幾句話，大驚。又聽得一個奏道：「臣看溫如玉才優展驥❸，望重題橋❹，理合偕種玉之緣，遂乘龍之選。若為他是異邦人，心性莫測，何妨暫授一官，看他動靜。如果誠心報效，一二年後，式締姻好，亦未為晚。未知主公以為何如？」如玉聽了，又心上大喜起來，側著耳朵聽國王口氣。只聽得國王道：「卿言正合寡人之意。」隨傳旨：「著溫如玉冠帶來受職。」

❷ 三墳五典八索九丘：均古書名，說法不一。西漢孔安國尚書序：「伏犧、神農、黃帝之書，謂之三墳，言大道也。少昊、顓頊、高辛、唐、虞之書，謂之五典，言常道也。八卦之說，謂之八索，求其義也。九州之志，謂之九丘。丘，聚也。言九州所有，土地所生，風氣所宜，皆聚此書也。」

❸ 才優展驥：才能一發揮，有如千里馬一樣。語本三國志蜀書龐統傳裴松之注。

❹ 望重題橋：聲望崇高，像司馬相如在橋頭題詞所表現的氣概一樣。西漢司馬相如初離蜀赴長安，曾在成都城北昇仙橋柱題詞，自述致身通顯之志。事見晉常璩華陽國志蜀志。

如玉聽罷，喜不自勝。隨即就有人與他拿來紗帽補袍，穿帶起來。近侍官高聲道：「宣溫如玉見駕。」如玉承旨，拜舞在殿內。國王笑說道：「適聽卿奏言，少喪父母，又兼家貧，即回本鄉，亦無倚靠。寡人今授你為衡文殿說書之職，卿須靖共爾位❺，勿生二心，寡人於卿有厚望焉。」如玉聽畢，感激的兩淚涕零，頓首哭奏道：「臣本微末庸才，萍蹤四海，今日誤投化宇，瞻仰天顏，得免斧鉞之誅，已屬萬幸。不意我主垂青寒賤，賞賜官爵，叨承雨露，莫此為極。臣今日受職之始，即異日肝腦塗地之秋也。主公之國，又何殊於父母之邦？臣敢不殫竭駑駘，報隆恩於萬一？」說罷，嗚咽有聲，左右俱為感動。

只見那國王呵呵大笑，喜歡的將兩手亂揉，向兩邊近侍諸臣道：「你們看此人肝腸何如，情性何如，義氣何如，與寡人同賞識者，惟元帥黃河清一人而已。」向丞相海中鯨道：「卿可替他速營宅第，廣備服食，使他無異鄉寂寞之慨為妥。」又向黃河清道：「卿不避嫌疑，薦賢為國，足見忠誠，賞給蟒服一襲，玉帶一圍，以表寡人加惠賢臣至意。」黃河清同如玉謝恩，各退下殿來。

溫如玉到朝房，先向丞相、元帥二人致謝，又與眾文武一公揖。黃河清向如玉道：「先生府第，恐一時揀選不妥，可暫屈臺駕，到舍下住幾天。」如玉道：「感承元帥雅愛，無不如命。」海中鯨道：「溫先生亦不可太分厚薄了。就是今日在主公面前，小弟亦曾有片言相保，怎麼就必定到元帥府去？小弟家中雖無好服食，伺候的人還有幾個。」如玉道：「蒙二位大人提攜，溫某實感德不盡。隨處皆可安身，任憑元帥與丞相吩咐。」相讓了半晌，如玉到黃河清家中，上上下下，相待的隆盛無比。衣服飲食之類，事事周備。如玉陡然得這樣富貴，惟有感念于氷不盡。又聽得國王有招駙馬的話，雖不敢問人，卻心內

❺ 靖共爾位：專心一意，克盡職守。靖，同靜，專一也。共，同恭，敬事也。語出詩小雅小明。

日夜想望的了不得。又見滿城文武，不是這個來聞坐，就是那個來送禮，覺得自己竟在雲端裡過日子。

如此又過了月餘，丞相與他尋下極好的官舍，又撥了許多人早晚服役。飲食衣服，又是丞相家日日備辦，心上也感激他。一日，正在公館中閒坐，只見一個人跑來報道：「主上有旨，宣爺入朝。」如玉也不知為何事，只得整齊衣冠，坐轎到朝內。早有兩個內官，領了如玉，走了好幾層宮殿，方到一處地方。見四面都是雕欄，院中有許多花木，紅紅綠綠，香氣迎人。只見一個內官掀簾子出來，高聲說道：「那穿紅的官兒過來。」如玉聽得有人呼喚，即忙走至階下。那內官說道：「娘娘的駕在此，可向臺階中間跪了。」如玉卻待要跪，又聽得簾內一人說道：「上臺階來跪著。」如玉上臺階，跪在了簾前。只見一個內官，從簾內出來道：「念你的籍貫、姓名。」如玉道：「臣溫如玉，年二十六歲，大明國山東泰安州生員，今授本國衡文殿說書。」那內官又道：「你可會做詩賦麼？」如玉道：「臣筆花零落，硯草久荒，鄙俚之詞，不敢上瀆尊顏。」

待了少刻，聽得簾內一個人高聲說道：「那官兒不必過謙，可起去侍立一傍，聽候題目。」如玉起來，站在一傍，心裡著慌道：「這都是我那日在主公前，語言誇大弄出來的風波。今日倒只怕要出大醜哩。」又想道：「主公倒不考我，娘娘倒考起我來，這是那裡說起？」須臾，見左邊的簾籠掀起，兩個太監抬出一張桌子來，放在正面，簾子西邊又安放了筆硯，拿出把椅兒來，放在桌子後面。一個太監說道：「那官兒可坐下。」如玉連忙跪下，說道：「臣草茅新進，不敢妄坐。」聽得簾內一個太監說道：「斯文一道最高貴，那官兒不必過拘禮法。」如玉磕了三個頭，起來站在椅子傍邊。簾外幾個內官說道：「娘娘吩咐，著你坐下，你只管耽延甚麼？」如玉只得斜著身軀，坐在傍邊。少刻，裡邊傳出個紙條兒來，上面寫著兩句道：

路近江皋，不是神姬亦解珮。

如玉接在手內，左看右看，心下甚是驚慌，獨自個自言自語道：「若是個現成對聯，或有素日見過的，將他融化通套，還可勉強對得。這都是他肚內編造出來的對聯，有心要難為我，真是個混賬娘娘。」傍邊一個內官，見他面有愁容，便催促道：「你對不來麼？你若是對不來，可回稟娘娘，另與你個容易些的題目你對。」如玉聽了，越發著急。

大抵這些少年公子們，看曲本讀嫖經的最多，融經貫史的甚少。再講到詩詞歌賦、四六古作，他做夢兒也不知道。即或有知道些的，能於此而不能於彼，那裡有個全才？此皆父母姑息、先生勢利之過。若是實在讀書的寒士，他原在斯文一道下過苦功，任人與他出個從沒見的題目，他只用以意見融化一番，總不能做的通妥，亦可以還他個明白。就是隨題敷衍，也斷不至於胡說。像這樣的對聯，真是易對不過的。無如如玉幼而失學，長而好賭，把些精神命脈，都交在妓女身上，雖然在泰安州中算個二等秀才，究之八股二字，他也沒有弄清楚，何況雜學？今日與他出這樣一個對聯，便是他要命王菩薩。又見眾內官交頭接耳，都像是議論他不通的話說，弄的臉上紅了白，白了紅，正在沒法擺佈處，猛想起冷于冰的話，有文墨事件，到做不來時，可暗中呼他的姓名，自可相助成功。不意這一想間，也不用暗中呼名道姓，不知怎麼，他便心地頓開，文思泉湧，提起筆來，如飛的對將下去，寫出來的字，也與前天地懸絕。上寫道：

客來秦館，若非仙史莫吹簫。

寫畢，遞與太監傳入去。如玉留心向簾內竊聽，聽得裡面有個嬌怯怯的聲音，笑了一聲。又聽得像個和人吩咐話的景況，卻聽得不明白。少時，簾內一個太監高聲說道：「那官兒下筆雖然過遲，對子卻對的甚好。」如玉一聞此言，就和平空裡打了個霹靂一般，喜歡得沒入腳處，口中暗念冷于冰冷先生不絕。待了一會，又從簾內送出個紙條兒來，上面又寫著兩句道：

猴嶺鸞聲，似喚人間二妙。

如玉看了，也不用思索，提筆對道：

河橋鵲影，欣逢天上雙星。

太監拿入去，聽得裡面一人高聲說道：「對的頗有關照。」又傳出個紙條兒來，上寫並蒂蓮花賦。如玉此時，不但千言，覺得萬言亦可立就。提起筆來，如風雨驟至，頃刻而就。上寫道：

並蒂蓮花賦

紅衣瑟瑟，翠蓋離離，花名君子，並蒂為奇。集芙蕖以為碎錦，映紅梁而吐姿。遊神龜於數葉，藏青劍於一枝。與鴛鴦兮同浴，驚翡翠之雙飛。披沮漳之淪漣，藻河渭之空曲。況夫一本交顧，兩蒂相連，濃麗並美，雅淡分妍，尤見重於幽客，信作號於謫仙。燭燈彎而爛爛，亙沙漲之田田。

既羞夏女之鬢，兼勝六郎❻之顏。以故吳娃越姬，鄭婉秦娟❼，感靈翅於上節，悅瑞色於中年。飛木蘭之畫楫，駕芙蓉之綺船。或飲啖於南津，或歌笑於北川。更有濯宮少年，期門公子，翠髮蛾眉，頳唇皓齒，傳粉錦堂之上，偷香椒房之裡。亦復銜恩激誓，佩寵緘愁，備珍羞之盛宴，奉嬉戲之彩遊。繡棟曛兮絞綃帳，瑤瑟曙兮青翰舟，莫不搴條拾蕊，沿波泝流，池心寬而藻薄，浦口窄而萍稠。和橈歌之衛吹，接榜女之齊謳。去復去兮日色夕，採復採兮河華秋。願同歡而卒歲，長接席而寡仇，於時邊陲無事❽，四海永寧，殊方異類，簫管雜行。鳴環珮兮韻士，艷珠翠兮美人。憐曙野之絳氣，愛晴天之碧雲。棹巡汀而柳拂，船繞渚而菱分。掇碧莖以翳景，襲朱萼以為裙。乃其含芬桂披，流暉椒塗❾，承恩輝於雨露兮，分繡采於翟褕。映園亭之皓月兮，迎貴戚之金輿。散清香於簾幕兮，鬱仙境於蓬壺❿。休矣哉！向使時無其族，代乏厥類，獨秀上清之野⓫，不生中國之地，學麟鳳而偶來，與鶼鶼而間至，將令眾瑞彩沒，群貺色阻，又何能狎而玩之，擷而取之乎？是其為物也珍貴，其為品也幽香。對粧則孆娜，比蘭則芬芳，泛鮮辦於池內，寄白藕

❻ 六郎：張昌宗。舊唐書楊再思傳：「昌宗以姿貌見寵倖，再思又諛之曰：『人言六郎面似蓮花，再思以為蓮花似六郎，非六郎似蓮花也。』其傾巧取媚也如此。」張昌宗行六，故稱六郎。後以六郎為詠蓮之典實。

❼ 吳娃越姬二句：吳娃越姬，或作吳娃越艷，泛指江南美女。鄭婉秦娟，泛指北方美女。

❽ 邊陲無事：邊境平靜。邊陲，或作邊郵。

❾ 椒塗：后妃所居住的宮室，因用椒和泥塗壁，故名。

❿ 蓬壺：即蓬萊，古代傳說中的海上仙山。見晉王嘉拾遺記高辛。山形如壺器，故稱蓬壺。

⓫ 上清之野：神仙世界。上清，道家所謂三清境之一。

於方塘。譬連理之婚媾，同合浦之佳祥。常孤莖而千葉，每百子而一房。雖出身於泥沙，多見賞於君王。

如玉做完，遞與內官們送入去。待了片刻，只聽得簾內鳳語鸞音的說道：「此題極難著筆，那官兒做的雖未能句句切住並蒂，卻也敷衍的富麗。結尾一段，好似前文。可說與那官兒，回寓所候旨。」簾內的太監，照這幾句話高聲說了一遍。如玉走出坐位，跪在簾前，又叩了三個頭，又聽得簾內笑說道：「禮太多了，請起去罷。」如玉聽得明明白白，是個嬌媚婦人語音。口裡不言，心裡說道：「好個嫩響喉嚨兒。」

先前的那兩個太監，將他導引出去。如玉走著，尋思道：「今日這一考，真是大奇事，國王倒不考我，用娘娘考起我來了。且與我出的題目，個個都有意思，倒像要和我做夫妻的一般。適纔在簾內笑著吩咐那幾句話兒，也見有情，或者他就是公主，也未敢定。」又想道：「家國一理，那有做女兒的只管胡考人？」欲差人打聽，又怕弄出事來，從此心上又想上招駙馬，掛起狐疑牌了。正是：

未見終非實，聞名只道虛。
琴心當面奏，方識是相知。

第六十六回　結朱陳嫖客招駙馬　受節鉞浪子做元戎

詞曰：

纖雲弄巧，雙星飛渡，銀漢迢迢堪慕。郎才女貌喜相逢，勝卻人間無數。　受恩既深，盡忠有路，難說此心恐怖。登臺誓眾守甘棠，說不得朝朝暮暮。

右調鵲橋仙

且說溫如玉自從考後，早有人與他送了暗信，方知那日就是公主考他，得意之至。每日家胡思亂想，把這招駙馬三字，日夜掛在心頭。那一日纔下了衙門，見兩個家人如飛的跑來，報道：「丞相和元帥來拜，現有帖。」如玉看了看，見寫的都是眷寅教弟帖，心裡說道：「他兩個素常都與我是侍生帖，怎麼今日又這般謙恭起來。」又想了想，笑道：「必是那話兒發動了。」隨吩咐家人備茶。

少刻，聽得喝道聲相近，如玉接將出去。只見海中鯨、黃河清兩人入來，俱是滿面笑容，揖讓到大庭，行禮坐下。先是海中鯨道：「大人恭喜了！」黃河清也接著道喜。如玉心上已大明白了，笑問道：「晚生有何可喜？」海中鯨道：「大人如此謙稱，是不以好弟兄待我二人，以禽獸待我二人了。」如玉道：「官職高下有定位，溫某何敢妄自尊大？」黃河清道：「今午主公將我二人傳至內庭，言及公主年已二十二歲，意欲招大人做駙馬，還是遲幾年的好，還是近月舉行的好。我與海大人奏道：『溫某自服官以來，已經兩月，臣等留心查看，實係誠敬供職之員。其人才學問，允堪與公主配偶。主公若怕他心性不測，臣等俱敢以身家相保。』主上聽了大喜。又言『成親在內宮，恐行走不便。二卿可於官房內揀高大富麗可做公主府者，速刻修理，以便擇吉完此良緣』等諭，我兩人又奏道：『官房可做駙馬府者甚少，已將主公常遊幸的聚錦宮，奏准暫行借用，俟大禮成後，再行修造遷移。』主上又道：『二卿可傳寡人旨意，說與溫如玉知道。』這豈不是天大的喜事麼？」

如玉聽了，滿心奇癢，向二人道：「主上洪恩，不棄葑菲，又得二位大人始終玉成，我溫某惟有叩謝而已。」說著，拜了下去，慌的二人還禮不及。如玉又問道：「主上既有此天大的隆恩，不知在幾時舉行？」二人道：「已命太史擇吉，想來也只在數日內。」說罷，二人又敘談了好半晌，方纔別去，把一個溫如玉喜歡的手舞足蹈，日盼佳期。此後大小文武官員，無一不來欽敬如玉，逐日家應酬不暇。

又過了半月，國王頒了駙馬的服色，午間同掌禮官演禮。至第三日辰牌時分，如玉戴了束髮紫金盤龍冠，冠上嵌大珠一顆，兩邊插金花二朵；身上穿著大紅川錦蟒袍，腰間繫了玲瓏白玉帶，足下踏了雲眼厚底朝靴，坐了八抬大轎，隨侍人等早擺列了駙馬的執事，駙馬府下諸官，一個個也是鮮衣怒馬，跟隨在轎後，入朝謝恩，行親迎禮。那闔城的百姓，老少男女，各屯街塞巷的觀望。

如玉入了朝，先在國王前謝了恩，又入宮到國母前謝恩，隨即到公主宮門前稟到。太監們請入裡面一個小閣兒中喫茶，等候吉時。天交未牌時分，只聽得宮中一派音樂和鳴，一個內官向如玉道：「請駙馬爺宮門外伺候公主鸞輿。」如玉連忙走出來，見提爐金鎖，彩旛明燈，從宮內擺列出來。如玉從門外向裡一望，見無數的嬪妃，各穿吉服，圍繞著相送。頃刻間，簫韶盈耳，蘭麝芬馥，公主已到了宮門前。溫如玉連忙跪下道：「臣溫如玉恭迎鸞駕。」傍邊一個穿蟒衣的太監，高聲說道：「駙馬請先行一步，在府內等候。」如玉退了下來，率領從人，在駙馬府前等候。那公主坐了寶輦，擺開了國王全副的儀仗，吹動鸞簫鳳管，打起畫鼓金鐃，一層層，一行行，從朝內出來。但見：

絳節霓旌，朱旛翠蓋，星旒隼旗，赤旆黃旄。玉盤皎皎，貯降真之香❶；金鼎絲絲，吐鷓班❷之篆。吹秦娥之簫❸，拂素女之瑟❹，噴子晉之笙❺，品少玄之笛，合以畫鼓金鐃，銅鉉玉磬，如奏雲璈❻之曲；抱宜子之草❼，負蟾宮之桂，持玄圃❽之芝，捧合歡之果，加以寶瓶如意，松梢麈尾❾，宛覩瑤池❿之會。五明扇，九光扇，孔雀扇，鳳尾扇，鶴羽扇，行過時靈風飄颺；分景

❶降真之香：即降真香。其香似蘇枋木，燒之其煙直上，能入藥，傳說能降神。又名雞骨香、紫藤香。

❷鷓班：即鷓鴣班，香名。宋范成大桂海虞衡志志香：「鷓鴣班香，亦得之於海南沈水，……氣尤清婉似蓮花。」

❸秦娥之簫：秦娥，秦女。秦穆公女弄玉善吹簫，見第四十五回注❼。

❹素女之瑟：素女，傳為古代神女，與黃帝同時，或言其善鼓瑟。史記孝武本紀：「泰帝使素女鼓五十弦瑟。」

❺子晉之笙：王子喬，字子晉，傳為周靈王太子，善吹笙作鳳凰鳴，後昇仙。

❻雲璈：打擊樂器，即雲鑼，通常用十四面小銅鑼，編懸於一個有方格的木架上，持小木槌擊奏。

❼宜子之草：宜男草，萱草的別名，民間迷信以為孕婦佩之則生男。

❽玄圃：傳說中崑崙山頂的神仙居處，中有奇花異石。

❾麈尾：古人閒談時執以驅蟲揮塵的用具。麈，音ㄓㄨˇ，亦名駝鹿，俗稱四不像。

❿瑤池：傳說中的神仙居住處。穆天子傳卷三：「觴西王母於瑤池之上。」

旗，流星旗，百花旗，翠帶旗，珍珠旗，展開時麗日掩映。護駕宮官喜孜孜，錦衣繡帶，盡騎寶馬；閨房少女笑吟吟，蛇髻鴛裙，穩坐香車。真是從來多少出嫁女，不是今朝這般榮。

公主的儀從到了駙馬門前，俱分兩傍侍立。少刻，公主駕至，如玉在道傍跪接畢，隨著鸞輿，到二層門內，方纔下來。左右內官導引，走入了蘭堂。如玉先行君臣禮，次後行夫婦禮，交拜畢，然後對面坐下，共飲合巹。如玉將公主一看，真是天上神仙，月中丹桂，端方正大之中，卻帶著無窮嬌媚，不像金鐘兒那樣狐眉妖眼，全以輕浪勝人。不由的神魂飄蕩，恨不得即刻倒鳳顛鸞，成就了美事。心裡作念道：「我溫如玉真好福命也。」

須臾，階下奏起樂來，兩行內官侍女，安放樽節。少間，盤盛麟脯，杯泛瓊蘇，說不盡山珍海錯，豐盛香潔。定更時候，內官們請公主歸寢。公主起身前行，如玉後面跟隨，同入臥室。早見床鋪錦裀，帳掛鮫綃，金爐內焚起蘭麝，香几上展開粧盒。侍女們與公主寬去袍帶，卸卻釵環，將門兒關閉散去。如玉替公主脫衣解帶，擁入香幃，但見：

一個是國王愛女，更比不得仕宦嬌娃，又要調情，又要做勢，又要丈夫虛心下氣，揣摸他的生性。一個是嫖場老手，休要當做風月雛兒，最會巧言，最會賣俏，最會知疼識癢，體貼人的柔腸。一個初經雲雨，半推半就，小腹上常用兩手相襯。一個熟習風月，乍深乍淺，陰戶內偏著一搞支撐。一個眉蹙聲弱，低呼駙馬你將就我些些。一個氣喘神勞，高叫公主我和你再弄弄。一個含著羞，忍著痛，細舌尖時伸時縮，卻不敢把金蓮高舉。一個凝著眸，涎著臉，俏身腰一起一落，顧不得花心輕折。霎時節，醉和尚嘔吐狼籍，坐化在肉蒲團，垂頭喪氣。頃刻間，紅娘子淋漓漿水，打包起皮口袋，合掌關門。

兩人雲雨方罷，共敘一向你想我愛的心田。說到動情處，又復撐撻起來，如玉用輕輕軟軟的工夫，細嚐那初破瓜的滋味。這一夜恩情美好，真是難畫難描。又詢知公主是國母所出，太子係西宮吳妃所出。次日，如玉同公主入朝謝恩，國王又在宮賜宴，宴罷回駙馬府。三日後，如玉酬謝滿朝文武，凡大小官員與他送過賀禮的，俱在請中。忙亂了五六日，方纔入朝，仍在衡文殿內辦事。只五六天，國王即陞授他為藝文院掌院學士，一國的士子，功名進退，俱是他主張。

一年後，頗得公明之譽，是他官既清閒，爵又尊貴，外面恃著國王威勢，文武無不欽服。內裡又有個如花似玉的公主，朝朝相伴，享人世風流之福，莫過於此。後來搬移在新蓋造的駙馬府內，因念冷于冰指示他的深恩，差人迎請，已不知去向。他就在府內，與于冰立了個生祠，每逢時節，定必拜祝。次年，公主一胎產出兩個兒子來，忙的那文武官員，無不拜賀。國王國母到滿月時，又頒賜許多珍物，事事皆錦上添花，樂不可言。

三年後，國王又著他兼理大司刑之職，真個如明燭覆盆，那正直清天的名號，通國傳揚。他內有公主做了倚靠，諸事不殉情面，凡國家大事，無不與聞。數年後，二子俱皆長成，長子名延譽，次子名延壽。如玉因元帥黃河清當年有保舉他的情分，兩人做了兒女親家，長子延譽，娶了黃河清的第三女為媳。次子延壽，娶了世襲龍虎將軍步青雲之次女為媳。竟是兒成女就、極富極貴、無以復加的時候。

一日，三鼓時分，正與公主安寢，忽聽得外院傳雲板甚急。著侍女們問訊，方知是國王有急緊事務，宣召商議。連忙坐轎入朝，見丞相、元帥俱在。如玉叩見國王畢，國王令內官將一個本章遞與如玉。如玉看了，見上面寫著是「飛報軍情事」。原來是鎮守甘棠嶺的車騎將軍烏梅奏言：「本月十七日，槐陰國陡遣大將馬如龍，帶領雄兵數萬，打破了遊魂關，人馬漸次到甘棠嶺，鋒勢甚銳，荷花池一帶地方，已失守矣。」烏梅又奏言「已於聞信日，即帶兵禦敵，請遣將選兵，殲除巨寇」等語。

如玉看罷，奏道：「小醜跳梁，理合殄滅。況甘棠乃我國之咽喉要鎮，甘棠一失，我國諸事掣肘矣。宜速遣將防禦，為今急務。」國王道：「寡人意欲差元帥黃河清一行，駙馬以為何如？」如玉道：「智勇兼全，無有出黃河清右者。」國王道：「寡人為黃將軍年老，故多躊躇。」如玉道：「運籌幃幄之中，決勝千里之外，總以謀畫為先。黃河清年雖老，槐陰不足慮也。」丞相海中鯨道：「駙馬所見極是，此行非黃河清不可。」黃河清道：「臣受恩至深，但恐臣才識短淺，有負重寄。」國王道：「卿不必過謙，寡人惟有洗耳聽捷音耳。」於是領了兵符，著黃河清連夜揀選五萬勁卒，三日後起身。國王差本城太守接應軍糧，如玉等辭出。

至第二日午刻，流星馬報道：「車騎將軍烏梅，大戰在斜陽鋪陣亡。屬下將士，死亡過半。敵兵離甘棠鎮，只有一百餘里。」國王聽了這個警報，急急的催黃河清領兵去了。過了五六天，飛騎馳報：「黃元帥與賊將馬如龍，連戰四次，折了許多人馬。本月二十六日四鼓，黃元帥帶兵親去劫營，不意馬如龍已有準備，將黃元帥圍住廝殺。又分遣賊眾，擋住我國的救應人馬。黃元帥又大戰，在次日寅牌時分，見救兵不到，恐被賊辱，自刎在陣前了。敗兵四散逃命，刻下大營俱無主將，是兩個總兵官赤心和白虎，暫行統攝，已於二十日退兵在甘棠鎮上，據險謹守。事甚危迫，祈速發大兵救援。」

國王聽了，連忙聚齊了滿朝文武，商議禦敵。眾文武面面相覷，無一人敢身任其事。國王且怒且罵道：「爾等平日高爵厚祿，坐享榮華，今日值國家有事之秋，竟無一人肯出力報效，寡人養育爾等何用？」丞相海中鯨道：「臣舉一人，可平賊寇。」國王道：「卿舉何人？」海中鯨道：「此事非溫駙馬不可。」如玉聽了，只唬的心上亂跳。國王道：「溫駙馬文臣也，焉能克敵？」海中鯨道：「臣言駙馬可以克敵，非論文武官爵也，但取其才耳。溫駙馬身任藝文院職，一國士子俱感其公明。任大司刑職，朝中文武，皆服其廉正。臣意才優於此者，必優於彼，料敵制勝，原非大才人不可。」

國王沈吟了半晌，問如玉道：「卿是寡人骨肉至親，自當與國同休戚，未知駙馬肯替寡人分憂否？」溫如玉此時進退兩難，只得勉強奏道：「臣本書生，未嫻軍旅。數年來，叨沐主上隆恩，至優至渥，雖赴湯蹈火，亦無可辭。主上若不以臣為不才，臣敢不竭股肱之力，仰報萬一？至於成敗利鈍，全仗主上洪福，非臣之明所能逆覩也。」國王道：「公主係寡人之愛女，卿亦無異寡人之愛子。寡人今日著卿領兵，實出於無可如何。卿此去若常勝則可，若少挫鋒銳，寡人縱年邁不能親征，定遣太子起傾國之兵，與賊一決勝負也。」溫如玉頓首受命。國王道：「本國並四面鎮守人馬，只有三十餘萬，日前黃河清領去精銳五萬，刻下敗亡之後，料所剩也不過一二萬而已。這幾日，甘棠鎮又不知損去多少。今授卿為通國兵馬大元帥，無論文武大小官員，凡有斬殺，不必請命。此行如寡人親去一般。卿明日可揀選精兵八萬起行，糧草寡人親為調度。再傳寡人言語，向公主說知，卿年力精壯，才智有餘，此去定馬到成功，他亦不必過於懸記。」

如玉叩別下來，回到駙馬府中，見屬下人整備車輦，伺候公主入朝，要親見國母，替如玉苦辭。如玉問明，隨到內房，與公主說知斷不可去情由，並國王吩咐的話。只見公主作難了許多，方說道：「聽我父王的話，你實義不容辭。但你此去，可保必勝麼？」如玉道：「勝敗那裡敢必？不過盡心竭力罷了。」公主又道：「兩軍陣前，生死不測，只可遣將對敵，斷不可親自出馬。萬一敗回，我自有法與你分辨。你可沿途與我安設驛馬，朝中若有舉動，不過一日夜，便可到軍前。」如玉道：「如此甚好。」隨即著內官吩咐本府執事人員：「從本城至甘棠鎮，四百餘里，分派站馬三十匹，傳遞駙馬府家書。可限時日，連夜奔馳，過時違誤者斬首。」內官傳令去了。兩人敘了一夜，別情真是難割難捨。

次日，如玉下教場，點齊八萬人馬，知道國王心急如火，只得連夜起程。國王親自送出朝門。文武官俱在城外，把酒送行。一路上浩浩蕩蕩，奔赴甘棠嶺來。白虎、赤心二總兵，星飛的迎接下來。如玉紮定營盤，兩將稟見。如玉喚至中軍，兩總兵參見畢，侍立兩傍。如玉問了回黃元帥陣亡的詳細，又問起近日的情形。兩將道：「馬如龍善於用兵，智勇足備，手下俱是強兵猛將，銳不可當。自從黃元帥敗沒後，小將等收拾殘兵，退守甘棠嶺上，日夜防守，總不敢和他交戰。賊兵雖攻打了數次，俱被擂木炮石弓箭打退。目下咱國軍士，甚是疲勞。得元帥大兵到來，自必刻期取勝也。」如玉著二總兵後營酒飯，先回甘棠嶺守候。二將去了。

如玉這一夜，真是好愁。次日四鼓，放炮起營，巳時時分，早到了甘棠嶺。眾將齊來叩頭。如玉將人馬俱紮在嶺上，親自登高一望，見敵營相去數里，遍地都是營寨，也看不出有多少人馬。到晚間，槐陰國營內燈火之光，綿亙數十里。金鼓之聲，嶺上嶺下，彼此皆聞。如玉將大小諸將傳至中軍會議，有言戰者，有言守者，意見不一，倒把個如玉弄的一點主意俱無。少刻，諸將退去，獨自坐在中軍帳內，愁的無門可入。拿過幾本兵書來翻閱，看了幾篇，也不知道他說的是些甚麼，一句也參悟不出。

到次日，馬如龍率領兵將殺來，要和溫如玉會面。探子報入中軍，如玉聽得敵人坐名要會他，心上極怕，又想著受國王重托，安可不親臨戰地？死活也得去走遭。隨即傳下令去，著各營將官，按營頭各分一半人馬守嶺，一半跟隨禦敵，自己也披了一副輕巧盔甲，擺開隊伍，殺下嶺去。到兩軍會合之地，各用強弓硬弩，射住了陣腳。馬如龍差人喧叫：「請新到溫元帥答話。」溫如玉右手仗劍，左手執旗，兩旁列著八員戰將保護。如玉抬頭往對面一看，見槐陰國的人馬，甚是精銳，蜂屯蟻聚。須臾，門旗開處，一員大將居中，兩傍裡也有數員戰將侍衛。如玉將馬如龍一看，但見：

戴一頂溜金鳳翅盔，盔上下嵌八顆明珠；穿一領烏銀龍鱗甲，甲前後護兩輪寶鏡。襯一件松綾千鶴戰袍，扣一條藍玉雙螭鞓帶⓫，左懸犀角鐵胎弓，右插鵰翎金鏃箭，手持一柄加鋼宣化斧，身騎一匹捲毛赤兔馬。

如玉看那馬如龍，青眉碧眼，紫鬚獠牙，塌鼻梁，捲唇嘴，人高馬大，真是金剛太歲一般。那馬如龍也將如玉一看，但見：

頭戴盤龍束髮珠冠，燦爛與日華爭耀。身披雁翎鎖子銀甲，皎潔和月色齊輝。白面微鬚，全帶書

⓫ 鞓帶：皮革製成的腰帶。鞓，音ㄊㄧㄥ，同鞓，皮帶。

生之氣。纖腰細指，幾同婦女之形。素錦袍能工刺就，白玉帶巧匠裝成。花柳場中實可充一員勁將，刀鎗隊裡算不得半個英雄。

馬如龍提斧出陣，大喝道：「那麾蓋下騎白馬的，可是溫如玉麼？」只這一聲，與雷霆無異。溫如玉便驚慌起來，不敢與馬如龍交言。只見中軍副總兵柳色青，策馬向前，厲聲答道：「俺元帥大邦元老，不屑與小醜接談，命吾代為示諭：爾等乃人世魍魎，理合縮首一方，苟延歲月。今無故破我關城，屠我士女，罪惡已極，天兵到此，尚不倒戈卸甲，泥首求降，爾意欲何為耶？」馬如龍道：「爾國將帥黃河清，二十年前曾犯吾界，擾我人民。今吾奉命到此，報前仇耳。若肯割甘棠嶺東南一帶地方，講和求成，我即領兵回去，誓不再來。」柳色青道：「甘棠嶺乃吾國重鎮，豈肯割以與人？」馬如龍道：「今日之事，惟有一戰，以決雌雄。」說罷，兩馬相交，兵器並舉，不數合，馬如龍將柳色青攔腰一斧，分為兩段。如玉原是個尚嫖情的柔弱官人，那裡見過這般凶狠，嚇得他心驚膽戰，勒轉馬頭，往嶺上便跑。眾軍士見主帥逃奔，只得將隊伍閃開，讓他一條路跑去。

馬如龍見中軍陣腳亂動，將斧頭一擺，那槐陰國的兵卒將士，一擁齊來。赤、白二總兵各率眾迎敵。溫如玉跑到嶺上，回頭下視，見兩國軍將大戰在嶺下。少刻，見本國人馬敵擋不住，一齊往嶺上亂跑。馬如龍催兵往嶺上直衝，如玉又大懼起來，策馬奔馳，意欲捨嶺逃命。虧得他隨身家將等，將馬攔住道：「駙馬爺，跑不得了。一跑則此嶺無主，軍心越發大亂起來。等馬如龍殺上嶺來，跑也未遲。」如玉勉強停住，再看本國人馬，分兩路往嶺上亂奔。又見槐陰國人馬，奮勇追殺，就勢欲奪此嶺。只見嶺上鑼聲一響，亂箭齊發，槐陰國人馬招架不住，方纔退去。正是：

龍韜虎略有神機，正正堂堂變化奇。

莫笑溫郎失紀律，誰家嫖客領雄師？

第六十七回 看東帖登時得奇策 用火攻一夕奏神功

詞曰：

損兵折將，大元戎魂飛魄喪。驀想起于氷一言，試將這柬帖端相。端相端相，竟得了神符鬼賬。

指顧間祝融氏施威，十八姨賣浪，露布捷聞，奏膚功於甘棠嶺上。

右調柳絮飛霜

話說溫如玉見槐陰國人馬退去，心裡念了無數的太乙救苦天尊❶，回到中軍營內，自己覺得先行跑回，大失元帥體統。況勝敗兵家之常，原該等著大兵敗後，再逃走也不遲。現有千軍萬馬，多少將官，那一個不護衛我？那馬如龍的斧子縱快，也未必便飛到自己身上。越想越後悔，心上討愧的了不得。

正愁思間，只見中軍入來稟道：「各營將官俱來稟安、稟見。」把一個如玉弄的不見不可，見了覺的沒趣，該如何向他們說？想了一會，吩咐道：「本帥身子有些不爽快，另日再見。」中軍吩咐去訖。如玉將幾個心腹家丁叫入後帳，一同計議商酌如何完局之法。那些家丁們，有勸他該捨命報國的，有勸他請國王添兵遣將的，有勸他將軍務交與眾將、回朝請罪、煩公主入宮解脫的，議論紛紛不一。如玉聽

❶ 太乙救苦天尊：太乙，即太一，天神名。史記封禪書：「天神貴者太一。」天尊，見第二十七回注❹。

了，俱非良策，將家丁退去，深恨海中鯨保舉他壞事。獨自一個，愁腸百結，惟有自盡，覺得還是條道路。

正在千難萬難間，猛想起冷于氷當年囑咐他的話，有極難處事，可將與他的頭一聯柬帖先看，自有妙應。便自己恨罵道：「溫如玉，你何以一痴如此？怎麼教你領了兵，魂魄都喪盡了？」又想道：「數年來，原無一件疑難事，用他不著，所以就忘記了。」又一想，大驚道：「還不知這兩聯柬帖，此番帶來沒有？」隨將他貼身的兩個太監叫來，問道：「府中公主房中小炕櫃內，有一紫檀小匣，內有柬帖二聯，你們此番起身時，可帶來沒有？」兩個太監齊說道：「當年駙馬曾和公主說過，將來若有公事出城，務必將此匣帶上。這番起身時，是公主親手交與奴輩二人，用心收藏，備駙馬拆看，現在衣箱內鎖著。」

如玉大喜，心裡說道：「好一個知疼癢的公主，他的心比頭髮還細，怎不教我愛他敬他？」吩咐道：「快快取來。」沒片刻，太監取到。如玉開了匣兒，將頭一聯拆開一看，上面都是蠅頭小楷❷字，寫著一大篇。從頭至尾看了一遍，喜歡的抓耳撓腮，不由的口中作念道：「好一個未動先知的冷先生呀！真是我的重生父母。原來馬如龍只用如此，便成千古未有的大功，卻教我想不起，對各營眾兵將出醜，傳至公主耳中，豈不羞死？好一個冷老先生，真是盛世神仙，可恨我當年沒有當尊長的待他，張口便是你兄我弟亂吐，該死之至。」隨即吩咐擺設香案，將柬帖放在中間，恭恭敬敬，大拜了四拜。又將柬帖從新看了七八回，都暗記在心中，然後將帖兒仍和第二聯放在一處，遞與兩個內官，用心收好。又自己想了一套對眾將粉飾的言語。方命家丁於中軍帳外打聚將鼓。

❷ 蠅頭小楷：小楷字體極小，有如蒼蠅之頭。

少刻，軍政司擂起鼓來，探事軍兵一個個向各營飛報，慌的大小眾將急忙披掛甲冑，齊赴中軍，聽候將令。軍政司見諸將到齊，傳稟入去。須臾，溫如玉陞帳，眾將挨次入帳參謁，分立兩傍。溫如玉道：「爾諸將可知本帥先回致令士卒戰敗之由麼？」眾將各鞠躬道：「元帥定有妙用，末將等不知。」如玉道：「此本帥驕兵之計❸也。槐陰人馬，素勇悍而輕華胥，不有以驕之，無以克敵全勝。本帥今早未臨陣之前，理該與爾等說明意見，誠恐彼營有智謀之士，看出誘敵舉動，反為不美。」眾將道：「元帥智勇雙全，始膺主上腹心委任，心中自有奇謀。請元帥一一明示，小將等好奉令遵行。」

如玉道：「我們這甘棠嶺，共有多少營盤？」眾將道：「從東南至西北，共有十座連營，連元帥中營，共十一座。」如玉道：「每營主將幾員，副將幾員？」眾將道：「每營主將一員，副將二員，偏將十數員、七八員不等。」又問道：「每一營有多少人馬？」眾將道：「東西兩頭人馬，多於每營半倍，係防賊人從兩下攻擊。其餘營盤，或五六千、四五千不等。中軍人馬，較各營又多出三倍，花名冊內，人數、營頭俱開寫的明白，元帥一看便知。」如玉道：「此嶺從東北至西南，共有多少里數？共有多少寬闊？」眾將道：「長約二十三四里，寬有一二里處，還有僅寬一半里處不等。」如玉道：「此嶺亦可謂極大矣。」又問道：「嶺這邊是我國，嶺那邊是何地名？何處方是槐陰國界？」眾將道：「從嶺前至遊魂關二百餘里，總是我國的版圖。關外便是槐陰國地界。」

如玉道：「此嶺東西盡頭處，又是甚麼地方？可有往來之路沒有？」眾將道：「此嶺東南連太湖山，山勢極高，雖有羊腸鳥道❹，軍馬卻行走不得。嶺西北接連神水溝，此溝長二三百里，深不可測，春冬

❸ 驕兵之計：使敵人驕狂輕敵的計策，因驕兵必敗也。

則溝內水少，夏秋便有大水分流，然亦有無水時候，故名為神水溝。春冬二季，還有人敢冒險行走。夏秋時，水之來去無常，則無人敢行走矣。」如玉道：「信如爾等所言，則此嶺誠吾國之保障也。」眾將道：「若失此嶺，吾國疆域，大有可虞。」

如玉問了地形，提起筆來，寫了十數句話，遞與眾將傳觀。眾將三三五五，俱各看訖，齊說道：「如此設施，元帥何不明白示諭？」如玉道：「我不與爾等明言，恐彼國奸細打探，或我國軍士走漏消息，吾之大事壞矣。爾等可依我柬帖，次第施行，定在明日亥時完工。再曉諭各營兵丁，有敢洩露一字者，本人立行腰斬，父母妻子，無分男女老幼，俱行斬決外，即親黨亦必同誅。爾等各按營頭，分一半在嶺上做工，一半各帶勁弓大箭，在營外嶺上守候。若有敵人衝上嶺來，鼓聲一響，定要萬弩齊發。再各營主將、守營副將分為兩班，每一班派偏將數員，旗牌管隊一百員，無分晝夜，在自己汛地上來回巡查，若縱容一人下嶺者，即將副將立即斬首示眾，巡查諸人同罪，決不姑容。」眾將道：「元帥妙用，我等已略知一二，只怕馬如龍人馬不肯來，即來又不肯占據，當復如何？」如玉笑道：「此嶺是他勢在必爭，如何不來？得了此嶺，他便得了要緊地勢，如何不占據也？」又提筆寫了一聯柬帖，著赤心、白虎二總兵，明日三鼓，照帖行事。吩咐已畢，眾將退去，各遵令辦理。

次早，馬如龍帶兵殺上嶺來，俱被弓弩射回，反傷了無數人馬。本日戌牌時分，諸將入中營交令，言諸項俱各完妥。如玉又下令道：「嶺前守候的將官兵卒，仍照前分兩班，輪流把守。將各營內做工的兵丁，速刻盡數下嶺，在本國嶺後十里內，連夜造連營十座，限明日寅時齊備。嶺上的營盤，照舊紮定，

---

❹ 羊腸鳥道：比喻狹小崎嶇的山路。羊腸，乃細小曲折之物。鳥道，言人跡罕至也。

營內東西物件，將要緊的搬一半在嶺下新營內，總要留一半物件在嶺上，不准搬盡，違令者立斬。」再傳諭去嶺下諸軍將：「新營盤造完時，即飽餐戰飯，準備器械，明日我兵敗下嶺來，可各捨命堵擋，保守新營。若敵兵不來追趕，可各入新營。他自然回嶺上，占據我們的現成營寨駐紮，臨期自有調遣，務要一陣成功。」

次日天一明，諸將稟報，嶺下新營造完。如玉令眾將速刻回營，準備禦敵。早飯後，如玉吩咐諸將，如此如此對敵：「可將我的旗號盡行收起，俱換上大丞相兼元帥海中鯨旗號。馬如龍若問我時，只言主上因我不戰而退，已拿解入國治罪。」溫如玉下嶺入新營，聽候動靜。沒有一個時辰，探子報道：「我兵敗下嶺來，槐陰國大軍在後追趕。」如玉即發兵禦敵，接應自己人馬入營。少刻，探子又來報道：「槐陰國人馬已在我們嶺上安營。」如玉笑對眾將道：「不出我之所料也。」眾將俱各羨服。天交二鼓，如玉吩咐心腹人，分頭做事。沒有頓飯時候，只聽得天崩地塌，嶺上大震了一聲，頃刻又聽得炮聲響動不絕。如玉急忙率眾將出營，遙向嶺上觀看，但見：

天崩地裂，海嘯江翻。黑霧瀰漫霄漢，煙迷如墨；火光爍閃平川，草木皆紅。執銳披堅❺，生為報國之士；焦頭爛額，死作異鄉之魂。馬首與甲冑齊飛，人肉同刀鎗共化。陰風陣陣，驚聞霹靂之聲；烈焰騰騰，慘聽呼悲之苦。

如玉遠遠眺望，見嶺上火光照耀，如同白晝，火炮之聲，隱隱不絕，隨遣四將帶兵到嶺下，擒獲逃

---

❺ 執銳披堅：拿著銳利的兵器，披著堅硬的鎧甲。

下嶺的人馬。須臾，火炮聲息，被北風捲來，俱是燒的腥穢氣味。此時見煙火正盛，約料人馬不能存站，回營笑向眾將道：「縱有逃脫的，不能出赤、白二將之手。」眾將俱各拜服在地，道：「元帥用兵如神，雖孫吳❻不能及也。」如玉得意之至，滿面笑容，向眾將道：「到底還是藉仗諸公盡力，與本帥共奏奇功，除國家數十年心腹大患❼。本帥倒不喜克敵制勝，喜主上知人善任耳。」說罷，呵呵大笑起來。眾人又極口譽揚不止。

少刻，四將回來稟報道：「槐陰國人馬在嶺上者，已成灰燼。偶爾有一二到嶺下者，俱皆斷臂折足，小將等業經搜斬無遺。此時還有些小煙火未息。」四將說罷，又各跪倒，稱頌功勳為千古少有。如玉大喜，著四將起立。吩咐軍中奏樂、排宴，諸將無分大小，俱各賜坐慶賀。又著軍政司於眾兵卒無分馬步，通賞兩月錢糧，只聽得營裡營外，歡聲如雷。如玉樂極，著諸將皆以大杯行酒，有大醉亂談者，皆不罪，只喫到次早日出時候方止。一邊寫本報捷，一邊遣將帶兵，於嶺上開通道路。

忽聽得中軍營外傳鼓，家將送入公主家書。如玉急急的拆開一看，內言：「主上知敵將斬了柳色青，駙馬棄眾而逃，致令軍中無主，被賊人大殺一陣，幾將甘棠嶺失去。主上悔恨之至，將丞相海中鯨深加叱辱，說他薦舉非人。如今著滿朝文武公舉一人，領兵替回駙馬。」又言「我已哀懇國母，在主上面前方便。我父王也說某某原是書生，迫於寡人命令，不得不去，此皆海中鯨妄舉之罪也。看來於大事無礙，見字可謹守營寨，等候換人到，方可回朝」等話。

❻ 孫吳：孫指孫武，春秋時兵學家，著有孫子兵法。吳指吳起，戰國名將，亦兵學家，著有吳子六篇。

❼ 心腹大患：謂禍患在要害處，不容忽視。心腹，喻重要。

如玉看罷，長出了一口氣，心裡說道：「若不是大恩公冷老先生柬帖內細細開寫，著我如何問營頭，如何問形勢，如何分兵禦敵，如何連夜於嶺上做工、暗埋火炮，如何扣兩條大火線、直通嶺後三里外，以便點發，如何預差赤、白二總兵劫嶺前營寨、追殺逃散賊兵，始成此大功，救我身家。不然，下文就說不得了。總主上看公主情面，不加罪責，我今後尚有何顏面再入朝堂？」想到此處，又吩咐後營，安排香案，與冷于氷叩頭。如玉叩拜罷，與公主寫了回書，傳與驛站，飛馳去了。

然後率兵將到嶺下，見已修出半里寬一條闊路。上的嶺頭，向東南西北四下一望，見愁雲怨霧，上下相接，還有那燒不盡的死屍，並盔甲兵器等物，都是橫三順四，披迷在嶺上。再看那一條長嶺，二十餘里，大坑小坎，就和將地皮普行翻過一般。下了嶺頭，見赤、白二將帶領兵將，前來報功，言：「奉元帥密諭，於火炮發時，即帶兵打破他嶺下原營，殺戮幾千賊寇，所得糧草什物、旗幟金鼓，真是山積土聚，今已令偏將等看守，小將二人親來交令。」如玉又吩咐軍政司，寫本再行報捷。

正行間，公主家信又到，內言「國王與文武官商議，已調西路鎮將神武將軍錢萬選，做兵馬大元帥。本日午時，又知駙馬兵敗，失了甘棠鎮。父王舉止失措，通國驚惶。駙馬可速寫本自責請罪，我於國母前自有周旋」等語。溫如玉看罷，點了幾下頭，不由的長嘆道：「假如不勝，我竟不知作何結局。」惟恐遺失，將書字扯碎。大兵到了馬如龍原營，周圍看了一會，吩咐行軍司馬，將所得各項登記清單，以便奏聞。隨將馬如龍殘破營盤，收拾停妥，就在他營中歇息。從新點集諸將兵丁，另造清冊，將帶傷疾病者發遣回國，陣亡者記名存恤。連甘棠鎮並黃河清以及自己帶來人馬，共揀選了十萬勁卒。至次日，一邊起本，一邊領人馬殺奔槐陰國來。

隔了一天，公主家書又到，內言「駙馬用誘敵計，佯作敗北❽，復用火攻，燒殺強賊數萬，捷聞到朝，父王大悅，喜愧交集，立差人阻住錢萬選，不准出境。本日設大宴，文武慶賀，加封兩子官爵，賞賜金帛珠玉甚多。國母請我入宮筵宴，父王命太子把盞代賀，此皆駙馬成功之驗。又聞奏捷本內，有起兵征討槐陰國之說，此斷斷不可，宜趁勝歸朝，保全名譽」等話。如玉看罷，焚毀來札，立即寫書安慰公主。

少刻，又接到國王令旨，大讚勳猷，將海中鯨改為右丞相，因保薦得人，子孫世襲衡文殿說書之職，加封自己為左丞相，兼理兵馬大元帥，總督內外軍國事。長子延譽，封為藝文院說書學士。次子延壽，封為車騎將軍，世襲罔替。如玉大悅。諸將並兵丁各有賞賜，頒到許多金銀紬緞等物，著如玉按功分給。又著詳敘諸將勤勞，以便陞用。如玉率眾謝恩。

晚間，又接到國王手諭，言「槐陰與本國世為仇敵，亦非一朝一夕所能殲除，卿宜斟酌行事，可殄滅即行殄滅，可講和即講和可也」。如玉又寫本啟知發兵日期，有到彼相機進退之說。大兵到了遊魂關，立即修理破損，留將鎮守。一面帶人馬殺過荷花池地界，直到槐陰國駐玉關地界，安營下寨，以便次日攻關。第二日早，槐陰國已有官到營中來議和，情願將荷花池西北一帶地方，讓與華胥，兩國休兵罷戰，約為唇齒。凡有征討，互相發兵救應，永為兄弟之國，各立盟書，盡釋前嫌。若必不允從，定起傾國人馬，一決勝負等話。如玉將來使酒席款待，安置別營。然後聚集眾將，一同商議。有言戰者，有言和者，紛紛議論不一，如玉亦不能決。

---

❽ 佯作敗北：假裝戰敗。佯，音一ㄤˊ，詐偽。敗北，戰敗逃走。

卻好國王遣大臣賀三多，又賫令旨來到，犒賞軍士。如玉率眾謝恩畢，一面款待賀三多，就與他相商和戰二字。三多道：「槐陰多智勇之士，出駐玉關以外，彼國險要地方，似本國甘棠嶺者，有三四處，極難攻取，非四五年不能平定。我前曾出使彼地，深知利害，駙馬若能保全勝，有何不可？」如玉尋思了一會，自己所憑者是冷于氷柬帖，只有一個未拆，設有兩件疑難事，便就是個沒擺佈。國王有可戰可和之旨，公主又有歸朝享名譽之說，看來和的為是。向三多道：「先生所見，慮出萬全，溫某亦不敢保陣陣必勝。刻下槐陰使臣現在營中，請來大家面議可也。」隨即將使臣請入中軍，以賓禮相待。講說了半晌，如玉要以駐玉關一百里以外為界，那使臣只以荷花池為界。如玉又言：「荷花池一帶地方，原就有華胥國大半在內，今只得此些須土地，難覆王旨。」那使臣又以：「兵敗將亡，以與此土地，已虧情之至，況駐玉關是槐陰保障，此關尚不可與，況於關外要百餘里地耶？」兩家爭論不已。

倒是賀三多從中說合道：「兩國既言約為兄弟，當與兩國軍民惜福，何必爭此百里地界？」如玉聽了，方纔依允。中軍帳大設筵席，款待使臣。各立了誓狀，永無侵伐。送使臣出關去訖。次日，賀三多先回朝交旨。如玉也拜發了一道講和本章，差赤心、白虎二將，於荷花池地界，築起五座連城，安兵將鎮守。自己先帶領得勝人馬回朝。正是：

鞭敲金鐙響，人唱凱歌辭。
展土開疆日，男兒得志時。

第六十八回　賞勤勞榮封甘棠鎮　坐叛黨戴罪大軍營

詞曰：

數聲凱歌奏軍營，片時煙塵淨。君王頒詔慶功成，榮封在甘棠鎮。新主多疑隱，又兼親黨勾兵，別離妻子赴金城，無奈此一行。

右調燕雙飛

話說溫如玉與槐陰國使臣講和後，將生擒彼國軍將賞給路費，差官押送出境。所得金帛糧草、軍器衣甲、馬匹等物，即派令官員運回本國，方纔回朝。國王率滿朝文武，出城十里，親與如玉把盞洗塵。君臣同到朝內，如玉復叩謝君恩，入宮拜見了國母。出來時，國王已領文武，在慶成殿擺設了大宴賀功。國王居中，太子在左，如玉在右，丞相海中鯨等就在如玉肩下，其餘文武，按品級分兩行列坐。殿下面奏起樂來，王子家舉動，端的氣象不同，歌的歌，舞的舞，說不盡那繁華富貴。但見：

官分大小，位列東西。水晶簾捲蝦鬚，雲母屏開孔雀。盤堆麟脯，國王笑捧紫霞觴；杯浸冰桃，內侍高擎碧玉斝。食烹龍肝鳳髓，肴列豹胎猩唇。鳳管鸞簫，奏一派雲璈仙樂；鴛裙翠袖，舞一回羽衣霓裳。君讚臣，臣感德，吸盡壺中精液；文作詩，武擊劍，吐舒胸內奇才。真是捷聞異域歡無極，功著邊城喜倍多。

坐間，如玉訴說一回克敵斬將的機謀。國王同眾文武又譽揚他胸藏虎豹的智略，只喫得盡歡方散。如玉同眾官謝恩出來，回到駙馬府內，公主率領二子二媳，迎著接風。內外明燈結彩，大陳水陸筵席，直到四鼓時分方歇。次日，率領二子，復到朝中謝恩。那國王下一道敕文，上寫道：

槐陰國君臣狂悖，為吾國外患數十餘年。寡人臨御之初，即差黃河清督師問罪，兵至荷花池地界，亦曾破伊堅城。究之兩國將士，互有斬殺，統計所得，與所失相等。從未有一卒不傷，一箭不折，盡殲醜類，開闊邊疆，如駙馬溫如玉成功之速者也。如玉才兼文武，志矢忠勤，實為寡人所信愛。日前授以節鉞，非以如玉為寡人至戚也，蓋深知其素嫻韜略❶，智勇俱全耳。茲果兵不血刃❷，大建奇勳，若不加以茅土❸之封，不惟寡人心有不忍，亦恐無以順適輿情。今封如玉為甘棠侯，領大丞相之銜，子孫世襲罔替。著丞相海中鯨速揀能員，動支內庫銀兩，於甘棠鎮內營造駙馬府第，須規模廣大，華美壯觀，工完之日，如玉與公主歸藩，非大疑難事，勿輕宣召。由甘棠鎮東南至荷花池地界，歲出錢糧土物，永賜為公主湯沐之資。其屬下文武官員用捨，統任如玉調度，

❶ 素嫻韜略：平日熟習兵法。韜略，指古代六韜三略等古代兵書，後引申為戰鬥用兵的計謀。亦作韜鈐。

❷ 兵不血刃：兵器刀刃上不見血，本謂仁義之師，不必殺人即可得到勝利，後用以形容戰爭得勝之易。

❸ 茅土：古時天子以五色土為社，封諸侯則割其方色之土，包以白茅，覆以黃土，授與之立社，稱為茅土。

不必奏聞。如玉之子延譽、延壽，前已授職，可留在寡人左右，代如玉報效可也。此次得功將士，如玉可分別等第呈覽，寡人俱有陞賞，遵此。

如玉連辭了三次，國王不准，只得同公主入朝謝恩。不過兩月光景，甘棠鎮內所造的駙馬府功竣。海中鯨奏知國王，國王將公主和如玉父子，俱召入國母宮中筵宴。又與他擇了吉日，著他起程。公主和如玉到起身這一日，入宮謝別，夫妻兩個雨淚涕零，不忍遠離，國王國母也不由的落淚，囑咐了許多好話。國王率領文武，出城十里，與如玉送行。一路上旌旗蔽日，車馬連雲。國王回了朝，那些文武官員，俱送在三十里外，方纔回國。如玉與公主率領家丁，並自己屬下的官員，往甘棠鎮來。早有鎮守甘棠的總兵等官，在道傍遠接。本地的百姓，亦各扶老攜幼，陸續迎候到新蓋的駙馬府內。見持戟護衛之士，不下三百，帶劍聽事之官，豈止數十？又將那駙馬府仔細一看，但見：

朱門三大座，闊院十數層。琉璃瓦砌鴛鴦，石青牌堆金字。錦堂宏敞，規模較宮殿無殊；廊房參差，氣派與朝班何異？雕欄曲徑，左一轉，右一轉，委曲留春；複道瑤階，東幾處，西幾處，逶迤侍月。蘭齋畫閣，陳設著夏鼎商彝；繡戶金閨，懸掛著隨珠秦鏡。玳瑁簾，水晶簾，簾捲處香風嬝嬝；孔雀屏，雲母屏，屏開時麗日融融。怪石奇峰，軿軿補補❹，堆作假山。假山傍可以飲酒，可以賦詩，可以彈琴讀書，逍遙歲月；深池淺渚，鑿鑿穿穿，引成活水。活水中不妨養魚，不妨栽藕，不妨蕩舟吹笛，笑傲乾坤。花園前，樹木婆娑；箭亭後，弓刀燦爛。內多粉粧玉琢俏

❹ 軿軿補補：拼湊填補。軿，音ㄆㄧㄥˊ，在此用同拼。

麗佳人，外聚虎臂熊腰勇猛壯士。極官場之富貴，千古第一；享塵世之榮華，於今無二。

如玉同公主遷移在駙馬府內，三日後，即著他兩個兒子，賫一道謝恩本章，又囑咐他們小心做官，不可恃勢曠職，惹人忌恨，二子拜別去了。如玉將甘棠嶺至遊魂關、荷花池等處地方，又從新調度了一番，武官仍照前鎮守，又添了數員文官，辦理民間事務。甘棠鎮一帶，原就有四五千居民，如玉將左近空閒地方，都用自己的銀兩，周圍起蓋了數百間民房，任憑百姓們居住，一歲之中，不過交納些小房錢。遇年歲歉薄，即發他內府的粟糧賑濟，一次不足，不惜兩次三次。又設有司，與百姓判斷曲直。疑難事件，還要親審。那華胥國四面八方的人，搬到甘棠鎮住者，不下數萬人。生意買賣，雲屯霧集，倒成了個極繁華熱鬧地方。

如玉感國王厚恩，一月兩月，總要同公主帶些物事，親去聽候，國王時時頒些賞賜。宮官內監，經年家往來不絕，不是國母遣人看望，就是眾嬪妃捎寄人情。又有他兩個兒子在仕途上周旋，如玉在甘棠鎮又極清閒，日日與公主行則並肩，坐則疊股，享人世安樂富貴。接連著又得了五六個孫兒孫女，無一不滿其欲。如此晝夜快活，又是數年，如玉也是五十六七歲人了。孫兒孫女，又各結親顯宦。丞相海中鯨病故，國王就著他的長子延譽署理丞相事務。

又過了二三年，國王大數將終，將如玉、公主星夜調入宮中，囑咐後事，諄諄以太子相托。沒有幾天，就去世了。如玉悲不自勝，一邊料理家務，一邊扶立新君。那太子登了寶位，如玉率領大小文武官朝賀畢，那太子就下了一道令旨：「事無大小，統聽駙馬主裁，不必奏聞。」如玉以人臣而當孝子，諸項都替他措辦妥適，打發的國王入土後，便要同公主辭回。那國王那裡肯依？說道：「駙馬係寡人至戚，國之元老，豈可一日遠離？俟過了三二年後，寡人明白了治國安民的道理，駙馬再去不遲。」如玉也無法推卻。公主煩國母道達，那國王以大綱大節的好話打發。過了幾日，下了一道令旨，言「溫駙馬賢聞異域，功蓋一國，安可隨眾趨朝？嗣後尋常事件，丞相溫延譽總理；疑難事，或寡人請駙馬面議，或各衙門官員親到駙馬府，聽指示可也」。又准其入朝不趨，贊拜不名，坐轎直至光明殿。又賜寶劍、鳩杖等物，出入佩用。

如玉深知國王嫌他威權太重，隨將甘棠鎮至荷花池界一帶地方人民戶口、錢糧等物，造了清冊，同大小文武並鎮守官員，俱開列花名，做一個交還的本章，繳奏入去。那國王看了，隨即設宴，請溫如玉入宮，酒席上說的，都是欲收不收、有吞有吐的話兒。如玉再三苦辭，那國王方纔依允。是日盡歡而散。過了三四日，國王下旨，著鎮守甘棠鎮、遊魂關、荷花池等處主將，都要輕騎減從，入國朝見。其鎮中事務，俱令副主將經理。不數日，諸將俱到。本日下旨，諸將俱改為內用，隨將他做太子時心腹官員放出，做各鎮的正主將。又調副主將等入朝。

溫如玉聽知，大笑向公主、二子道：「主上這樣調度，我心上倒甚喜，一則免了他許多疑心，二則免了我日夜愁慮。」又過了一年後，國王又下旨道：「駙馬溫如玉，宣力國家二十餘年，忠肝義膽，內外共知，祇因先王甫逝，政務總理乏人，以故托駙馬代為料理。今諸事就緒，駙馬自應同公主歸鎮。甘棠嶺地方，原係先王贈公主為湯沐之資，前駙馬再三苦辭，寡人只得勉強收回，究非先王加惠之初意也。嗣後甘棠一鎮錢糧土物，仍解交駙馬。遊魂關、荷花池等處，歸之國家可也。」如玉向公主道：「甘棠鎮一條長嶺，有何錢糧土物可交？」公主道：「正是。要那虛名何用？可上本苦辭。」如玉辭了兩次，國王不允，也不敢辭了。

國王又親為選擇吉日，公主同如玉拜別國母，謝了國王恩，國王亦在內宮殿設宴款待，也率領文武出城相送。雖然也是車馬紛紜，如玉眼中不知怎麼，看的冷落，與昔年回鎮時大不相同。國王又下旨，只許延譽、延壽送三十里，即回朝辦事。如玉聽得此話，立即打發二子回朝。那甘棠鎮遠近百姓，倒和昔年一般，個個扶老攜幼，欣喜相迎。如玉回到府中，見屬下官員寥寥幾人，隨諭令府下家丁，都要安分謹守，不許與外人交接，如違立即處死。自己於地方事，絲毫不管，日與公主杯酒適情。那些內官太監，每過三四個月，方奉太國母令旨，聽望公主一次，不似前數日內一往返了。如玉滿心裡著二子罷官回鎮，過放心日月，又恐觸怒國王。如此又過了二年，倒也平安無事。

一日，正和公主閒談，只見他兒子府中內丁張豹，排闥而入，走的兩汗淋漓，跪在地下大哭。如玉和公主皆大驚，忙問道：「是怎麼？」張豹道：「小的二主人內弟步登高，在佳夢關鎮守，年來好管地方上閒事，文官甚是厭惡。他又好貪酒動氣，屢次與佳夢關文官口角。不知怎麼，弄的國王知道，於半月前降旨，將他世襲龍虎將軍革除。因念他祖上功勞，又為他父步青雲亦曾隨元帥黃河清出力邊疆，免其拿問治罪。自革職後，沒有三兩天，便到主人府內，向二主人說國王背了先王令旨，奪去公主的基業，削了駙馬的兵權。目今各國所深懼者，還是駙馬。他享著駙馬的福分，他還不知。似他這樣心性不測，將來你兄弟二人，還不知作何結果。依我主見，你可與駙馬相商，只用暗中與邯鄲國書信一封。」

如玉道：「我聽得直隸地方有個邯鄲縣，怎麼又有個邯鄲國？」張豹道：「此國即在佳夢關之外，駙馬素常不甚留心。」如玉道：「你快說，後來怎麼？」張豹道：「著邯鄲國見字起兵。又言朝中刻下無智謀之人，領兵的少不得還是駙馬。這裡頭有妙用：若是邯鄲國人馬強壯，駙馬便與他裡應外合，再做個開國的元勳。若是邯鄲國人馬衰弱，便督兵勦殺，功成後，不怕國王不加倍欽敬。」如玉道：「此係亂臣賊子之言，你二主人就該立即著人拿下，啟奏國王治罪纔是。」張豹道：「二主人將他當面痛罵了一頓。他見二主人惱了，便立刻改口說是頑話，本日辭去了。」

如玉連連以手拍膝，向公主道：「少年娃子，通不經事。這樣逆賊，豈可放他走的麼？這樣話是他作頑的話麼？」又道：「你快說，如今怎麼？」張豹道：「誰意料步舅爺仍回佳夢關，勾通地方亡命❺，並素日心腹兵丁，寫了駙馬官銜名諱，用蠟丸封固，差人送至邯鄲國。內言若肯起兵，他約在本月初六日二鼓，放火開關，以為內應。邯鄲國見了駙馬書字，差他那邊大元帥鐵里模糊，領雄兵八萬，初六日二鼓，果到佳夢關下。步舅爺一邊差人放火，一邊率眾砍開關門門鎖，殺散守門軍士，放邯鄲國人馬入來，盡殺關內文武等官。刻下步舅爺與他那邊做鄉導❻，現今攻打金錢鎮。將軍錢萬選，被鐵里模糊鞭打，死在陣前。金錢鎮副將詢問佳夢關逃來軍民，備知詳細，參奏到朝，昨日日落時分，將兩位主人俱各綁拴入朝。小人就於那時，馳驛跑四百來里，報與公主、駙馬知道。目今兩位主人吉凶未保，駙馬須設法救援方好。」說罷又哭。

如玉將心打了兩拳，倒在床上。公主放聲大哭，好半晌，如玉扒起道：「老恩主在日，我原也受盡

❺ 亡命：亡命之徒，稱流氓盜賊等不顧性命之人。

❻ 鄉導：即嚮導，引路的人。鄉，音ㄒㄧㄤˋ，同嚮。

榮華，今日該有此報。指顧必有人來鎖拿我，罷了，罷了！」公主哭著說道：「我一生只有二子，豈肯平白的教人以反叛相加？我還要這性命何用？」說罷，向張豹道：「你快去吩咐外班，速刻預備車馬，我同駙馬連夜入朝。」張豹如飛的去了。沒有半個時辰，見一內官報道：「府中家丁吳陞來了。」話未畢，吳陞跪倒地下。如玉和公主俱急急問道：「你二位主公怎麼樣了？」吳陞道：「小人是二位主人著馳驛來的，事體平妥了。」如玉聽了平妥二字，心上早放寬了一半，忙問道：「你快說，是怎麼平妥的？」吳陞便從步登高說起，只到攻打金錢鎮，與張豹所言皆同。

如玉道：「你可見將你兩個主人綁拴入朝麼？」吳陞道：「原是綁拴入朝的，小人大主人回來說道，國王怒的了不得，手拍几案，罵二位主人道：『我久知你父子存心不端，可將通同反叛情節據實供出，寡人推念先王分上，或可開脫。』小的大主人哭奏道：『臣等忝列國戚，父子受主上天高地厚之恩，業經兩世，父為公侯駙馬，子為丞相將軍，滿朝富貴，盡出臣門，臣等縱至庸至愚，安肯與一豬狗不食之人通同叛逆？臣等縱不為身家計，豈不為公主作地步耶？若謂不慎之於始，與逆賊結為親戚，然此等意外事，臣等焉能預知？伏望主上察情。』國王聽了這幾句話，將頭低下，倒也沒的說了。正有開脫之意，不意太常寺展其才奏道：『此番佳夢關逃來軍民傳說，邯鄲國起兵，實是溫某蠟丸書字勾來，又差步登高做內應，總緣主上收其荷花池一帶地方錢糧，又復剪其羽翼，他父子恨入切骨，因此纔做出這事。夫亂臣賊子，人人得而誅之，祈我主速斷逆黨，星夜鎖拿溫某，以絕後患，遲則必生變亂。』國王聽了，又大怒起來，說道：『可將溫某弟兄二人拿赴大理寺，嚴刑究問，若果有通謀實情，寡人豈肯以國法循私？就是駙馬溫某，亦必斬決示眾。』虧得武威將軍白虎大聲說道：『不可，不可！臣效力邊疆三十餘年，在溫駙馬麾下聽用一十六年，深知溫駙馬光明正大，忠心為國。步登高何人，駙馬肯同他做此滅門之事？且各國所深懼者是溫駙馬，因此數十年從無外患。主上何不思及蠟丸書之說。原其情，必步登高假寫駙馬名諱居十分之七，或敵國用反間計，使我國殺害智謀之臣，亦未敢定。臣敢以百口保溫駙馬無異志。』藝文院副學士梅紅亦奏道：『將軍白虎所奏，句句忠直。適纔展其才所奏，臣深知其事，緣先王昇遐❼後，展其才求為大理刑副使，駙馬不允，故他借此重大題目，報復私嫌。』話未完，文武班中有二十餘人，小人也記不清名姓，皆齊聲奏道：『溫駙馬社稷重臣，即溫延譽弟兄，亦忠良之士，臣等俱敢以身家相保。』國王聽了，大怒道：『展其才以私求功名不遂，便出讒譖之言，幾壞寡人心腹大臣，著拿送大理刑獄，待賊寇平定，再行發落。』又有健勇將軍赤心奏道：『方今善用兵者，無出溫駙馬之右。馬如龍智勇兼全，尚被溫駙馬一火燒盡。欲敗邯鄲人馬，非溫駙馬不可。主上既知展其才以私仇陷害大臣，就該即行斬決，為人臣不忠其君者戒。』國王道：『寡人正欲如此，若不斬展其才，亦難以對溫駙馬。』遂喝令武士拿下，立即斬決。」

如玉拍手大笑道：「此赤將軍深於為我也。」公主道：「難為白將軍於危迫之際，首先保奏，令人深感。」如玉道：「後來怎麼？」吳陞道：「國王著內侍立即鬆放二位主人，俱著冠帶，速來議事。刻下恐駙馬道路遲延，已先差赤、白二將軍，領人馬先去保守金錢鎮。只怕今日就有詔書來，大要還是駙馬領兵去。」如玉微笑了一笑，方纔將心放下。正是：

❼ 昇遐：本作升遐，謂天子去世。見通鑑梁紀。

無事便相疑，有事仍要用。
不是君恩薄，皆因權太重。

第六十九回　城角陷嚇壞痴情客　刀頭落驚醒夢中人

詞曰：

慘慘秋風起，蕭蕭落葉聲，金錢堂上氣難平。心內淒涼，深悔位公卿。　霧掩甘棠鎮，雲迷華胥國，刀頭落處擬重生，羞見寒酸形象一書生。

右調風蝕令

話說如玉聽得說放了二子，殺了展其才，纔放開了懷抱。又聽得說著他領兵，不由的微笑了一笑。公主道：「主上若著你領兵，不知邯鄲國人馬比當年槐陰人馬強弱如何？」如玉道：「你問及此，我又想起當年的冷老先生來了。我現存著他第二聯柬帖，內中必是為這一件事。只用我到那裡拆開一看，任憑他天兵神將，定殺他個片甲不回❶。」公主道：「主上待你我甚是刻薄，不及我父王十分之一。他如今又有用你的時候，此番得勝回來，也教他知道你的利害，不是白受他的爵祿。」

正說著，家丁報道：「王爺的令旨到了。」如玉急忙出去接旨，原來是封密札。如玉拜受畢，拆開一看，不過是著他速刻起身，領兵平邯鄲的話說，加著些安慰勸賞的言語。如玉到裡面，將書字著公主

❶ 片甲不回：同片甲不留。謂把敵人徹底消滅，一片鎧甲也沒有回去。

看了，吩咐家丁們收拾行李，即刻入朝。公主道：「你這一去，要處處小心，兩軍陣前，不是兒戲的。只願你早早奏捷回來，免我懸記。」如玉道：「公主只管放心，不是我溫某誇口說，管保馬到成功。」公主令左右安放酒席，與如玉送行。夫妻敘談了許多話，如玉纔告辭起身，公主直送到大門內方回。

如玉帶領家丁，連夜奔馳，至四鼓時分，到華胥城下。管門官早在此等候入城。如玉進得朝來，不想國王還與眾文武在勤政殿秉燭等候。見如玉到來，親自下殿迎接。如玉先叩謝赦免逆黨之罪，國王連忙扶起道：「父子之間，尚有意外事體，何況親戚？」拉著如玉的手兒，命如玉坐在一傍，細說步登高背恩叛亂，勾通敵國，今早已差白虎等領三萬人馬，保守金錢鎮城池，少不得還要勞動駙馬一行。得勝回來，寡人斷不惜茅土之封，以報大功。如玉道：「此皆臣子職分應為之事，敢言勞動？臣此去，大要勝有六七，定將步登高生擒活拿，倒要問他國家高爵厚祿，子孫世襲，還有甚麼虧負他處，他敢勾通外寇，背叛主上？」國王大喜道：「卿若將步登高生擒活拿，來見寡人，實寡人之至願也。」吩咐內侍，與駙馬排宴。如玉道：「強寇在境，非人臣飲啖之時，臣此刻就起身，未知主上發多少人馬？」國王道：「白虎、赤心已帶去三萬，寡人又挑選了四萬人馬，在東門外等候。」如玉道：「人馬四萬，足而又足。」立即站起，到大營裡去。國王那裡肯依？定要如玉喫了便宴，同文武送出城門，方纔回朝。

如玉到營內，已是天明時候，也無暇看驗人馬，只將眾將按花名冊點了一遍，即令放炮起營。人馬行了三十餘里，探子報道：「昨日赤、白二將軍領兵到金錢鎮，賊將鐵里模糊兇勇異常，被他鞭打了數員戰將。赤、白二將軍迎敵不住，幸虧城內鎮將發兵，接應入城去了。倒傷了二三千人馬，刻下攻城甚急，求元帥早些相救。」如玉聽了，催兵急行，到金錢鎮城前，鐵里模糊也不交戰，立即將人馬退去，讓如玉進城。如玉見敵人避去，只道他有些怕意，也不遣將追殺，也不在城外安營，做內外互應，為犄角之勢。見金錢鎮城池頗大，遂帶兵一齊入城，到鎮城帥府剛纔坐下，便聽得人聲潮湧，火炮連天，小軍報道：「賊兵已將城四面圍了。」如玉吩咐各門，添兵謹守，準備敵人攻城。隨傳眾將議事。眾將俱入帥府參謁，如玉向赤心、白虎再三致謝日前之事，命二將坐於兩傍，共商退敵之策。白虎道：「賊兵與我兵多寡相較，看來也差不多。兵書云，十圍五攻。今他敢於圍城，是鐵里模糊自恃勇猛，元帥可設法拿住此人，餘俱不足道也。」

如玉道：「容某想一良策。」說罷，退入後堂，吩咐家丁排設香案，將第二聯柬帖供在桌子中間，大拜了四拜，將柬帖拆開一看，上寫道：「邯鄲國大將鐵里模糊，智勇兼全，駙馬宜速想妙策退之，冷某實無計可施。」如玉看罷，大驚道：「這冷老先生不成話了，這是甚麼時候，甚麼地方，纔教我想妙策退敵，都是不管人死活的話說，這還了得！」又想道：「或者是太監將此帖抵換了害我？」再細細觀看，還是于冰手筆，與前帖字畫一般，心中越發著慌。又將他貼身兩個內官叫來問道：「我這兩封柬帖，通是交與你二人收管，為甚麼將我的抵換了？」兩個內官一齊跪倒，道：「此帖二三十年總在公主臥房內炕櫃內鎖著，鑰匙又是公主收管，當年破馬如龍時，拆了一個。這一個是得勝回時，奴輩同駙馬當面交與公主收存，此番又是公主親手交與奴輩二人，還再三叮囑，惟恐遺失，且匣兒外又加著公主親筆封條，如何就有人抵換？」

如玉喝退二人。又想道：「冷先生是個愛潔淨的人，必是我與公主行房事，得罪了他，故意兒驚嚇我。我若誠心拜禱他老人家，定將前話改換，亦未可定。」於是又將帖兒供放在桌上，傍邊又擺設了筆硯，然後恭恭敬敬，復行叩拜，扒伏在地下，有一杯滾茶時候，惟恐早起來衝破。於是慢慢的站起來，將帖兒又恭恭敬敬取在手內一看，還是頭前那幾句話，一字也未改。如玉呆了一會，將那帖兒拍了幾下，大恨道：「冷于冰，你坑殺❷我了！」拉過把椅子來，坐在一邊，垂頭喪氣，和中了瘋痰的一樣。

猛聽得鼓聲如雷，火炮連天，震撼的屋瓦俱動，家丁們報入來，說：「賊兵此刻攻城甚急，西門城角已被賊兵攻陷，恐怕殺入城來，諸將俱在那邊搶護，軍政司著速請駙馬示下。」如玉聽了，舉止失措，心上亂跳起來，向家丁道：「萬一賊兵入城，兵將是各顧性命，靠不上的，你們好生保護著我，跑得出城去，就有幾分生路了。」又聽得喊殺之聲，無異江翻海倒，只嚇的面如死灰，只教打聽賊兵入城沒有。少刻，火炮聲息，喊殺停止，家丁們報入來說：「西門城角虧得眾將齊心，且戰且修，已糊補完妥，賊兵俱退入營中去了。」如玉心中纔略略的太平些，連飯也不喫，也不與諸將會議，獨自思想退敵之策。想到四鼓時分，一策也想不出，覺得這樣也不好，那樣也不好。沒奈何，將赤心、白虎二將，連夜請入後堂，商議破敵妙計。二將議論了好半晌，俱無高見。

三人坐到天明，探事的報道：「賊將見攻城不下，於昨夜四鼓時候，分兵兩路，步登高領大兵一支，從東路殺向本國；鐵里模糊領大兵一支，從西路殺向本國。如今城外四面，一無所有，祈元帥定奪。」如玉大驚道：「此話果真麼？」探子道：「小人打聽的至真至確，元帥不妨再差人去探聽。」如玉揮手，探子退去。須臾，家丁傳報諸將稟見。如玉坐了大堂，眾將參見畢，說道：「刻下分遣人打探，周城二十餘里，四面無一個賊兵，係鐵里模糊分東西兩路，殺奔我國去了。」如玉道：「國家乃根本之地，理

❷ 坑殺：害死。坑，音ㄎㄥ，陷害。紅樓夢第九十三回：「為甚麼這麼坑我？」

合回兵救援。」白虎道：「就只怕是鐵里模糊奸計，世上那有個堅城重兵在後，他敢帶兵直入我國？假如我國發動人馬，元帥遣將隨後追殺，他豈不是個腹背受敵麼？」赤心道：「鐵里模糊不過人強馬壯，力大鞭沈，刻下諸將中沒他的對手，究係一勇之夫，他曉得用兵為何物？白將軍真是過慮。依小將主見，我與白將軍各領兵一萬五千，也分東西二路，追殺下去。若本國遣人馬禦敵，勝有八九。元帥可在城中整動人馬，俟鐵里模糊敗回此地，可領兵截殺，斷他的歸路。」眾將道：「赤將軍所見極高，元帥該照此遣行。」

只見諸將中一人大叫道：「不可！不可！」眾視之，乃左護軍副總兵王者輔也。如玉道：「總兵有何高見？」王者輔道：「鐵里模糊詭詐百出，並非一勇之夫。今白將軍所言，甚合兵家正理，世安有堅城重兵在後而敢直入人國者？依小將看來，他因城中兵勢眾多，斷斷不能攻拔，因此虛張聲勢，說是分兵兩路，殺奔本國，究竟他的人馬，俱在城外，遠遠埋伏，我兵一動，則軍勢已分，他必來攻打城池。待得我兵回救時，此城已為他有。此顯而易見之情也。依小將主見，當將計就計行事。只管著白、赤二將軍，帶兵出城，分東西竟趨本國，卻不可走遠，聽得城外火炮響時，便知是鐵里模糊攻城，白、赤二將軍可於東西兩路殺回。元帥遣將分兵從四門殺出，此反客為主之計也。勝有八九，未知元帥以為可否？」如玉道：「你敢保鐵里模糊不領兵到國中去麼？」王者輔道：「虛者實之，實者虛之，此用兵之常法也。小將以情理窺度，他必不敢殺奔本國。至言保之一字，未敢妄為擔當。」如玉道：「何如，吾固知女不敢保也。大要一人之見，多出偏執，眾人皆同，方為公是公非。今眾人皆以赤將軍為善，時不可失，二位將軍可速點三萬人馬起行。」說罷，二將領兵，分兩路回本國去了。

少刻，探子又來報道：「佳夢關賊兵於昨晚三鼓，與鐵里模糊會合，一同向咱國殺去，打聽得關中只有偏將一員，五百賊兵鎮守，那邊望元帥速刻發兵。」如玉向眾將道：「佳夢關離此有多少里？」眾將道：「二十五里。」如玉道：「若得佳夢關，則邯鄲人馬皆釜中之魚，永無生路矣。這須留一半人馬守此城，本帥領一半人馬取此關。鐵里模糊若敗回，可領兵截殺，我在佳夢關阻他的歸路。」於是留將守城，自己帶了一萬人馬，奔佳夢關。及至到了關下，寂無一人，如玉著眾將督兵攻城。猛聽得關牆上一聲大炮，只見旗幟森列，鎗刀如林，一員將站在關上，執手躬身，笑說道：「老親翁大人請了。小姪正有許多話要說。」

如玉視之，卻正是步登高，不由的大怒，罵道：「你這狗子，還有何面目與我說話？」步登高道：「老伯不必破口辱我，我也是為昏君逼迫使然。今日老伯已中鐵元帥調虎離山之計，金錢鎮城池已不保矣。舍妹現在尊府，我理合指一條明路，老伯快領人馬，從此關南路回國。若還回金錢鎮，只怕性命不保。」如玉越發大怒道：「這狗子滿口胡說！」吩咐眾軍攻關，話未完，只見關上一聲梆子響，矢石如雨點般打將下來。眾軍立腳不住，紛紛倒退。如玉此時情知中計，又恐失了金錢鎮，急急領兵回走。步登高亦不追趕。及至走到金錢鎮城下，見城上兵將如雲，旗號都是邯鄲國字樣。

如玉看了，大驚失色。正欲問眾將原故，只見城後來了一將，帶領人馬殺來。如玉遣將對敵。又聽得城頭上一聲大炮，四門齊開，闖出無數人馬。如玉率眾且戰且走，欲回本國。剛走到倩女坡，看追兵漸遠，敗兵陸續跟來，心裡說道：「雖出虎穴，將何面目去見國王同滿朝文武？」正想算間，又聽得坡後面戰鼓如雷，轉出一枝人馬，從對面迎來。一將當先，和黑煞天神一般，看來甚是兇猛。但見：

戴一頂鐵幞頭，穿一身烏金甲。面方有稜，鬢短若刺。廣額濃眉，隱隱然殺氣橫飛；豹眼鷹隼，眈眈乎奇謀叵測。鼻凹處山根全斷，唇捲起二齒齊掀。有鬚無髭，宛疑大力金剛臨凡；既黑且麻，錯比黑虎玄壇降世。左懸銅胎鐵把角稍弓，右插穿楊透骨狼牙箭。手提一對水磨竹節鞭，身騎一匹雪蹄烏騅馬。

眾將視之，乃鐵里模糊也。只見他大聲喝道：「溫駙馬不降，欲走何地？」如玉聽得眾將說是鐵里模糊，早嚇的面目失色，那裡還說得出話來？忽見傍邊一將大叫道：「此時四面皆是賊兵，我等當捨命殺出，保護駙馬回國。」眾將聽畢，各催戰馬迎敵。那鐵里模糊兩條鞭，神出鬼沒，打的眾將紛紛落馬。後面邯鄲國的大隊齊來，喊一聲，將如玉圍在中間。那鐵里模糊舞鞭直入，一伸手，將如玉提過鞍橋❸。

眾將見主將被擒，一個個降的降，跑的跑，與滾湯鰍鱔❹一般，四下裡亂挺。鐵里模糊將如玉拿到城中，陞了大堂坐下，吩咐：「將溫駙馬綁來見我。」此時溫如玉肝崩腸斷，心裡想著：「身為駙馬，位至公侯，已屆望六之年，今日喪師辱國，被賊寇擒住，就縱然僥倖回國，還有甚麼滋味？倒不如速死，博個身後清名，與子孫留個將來的富貴。」主意定了，遂大模大樣的走上堂來，倒背著站在一邊。那鐵里模糊連忙喝退軍士，親自下來，與如玉解去繩鎖，扶如玉坐在正中椅上，自己朝著如玉打上一躬，然後坐在下面椅上，笑說道：「久仰駙馬威名，只恨無由相會。今日叨蒙光降，小將有許多衷腸❺要告訴

❸ 鞍橋：即鞍，以其形似橋，故稱鞍橋。

❹ 滾湯鰍鱔：開水裡的泥鰍和鱔魚，喻驚慌恐懼到極點。

駙馬，未知駙馬肯聽信否？」如玉道：「辱國之人，死有餘辜，既被擒拿，斬殺由你，我和你有何衷腸可說？」

正言間，小軍報道：「華胥國兩路人馬俱回，現在城外駐紮。」鐵里模糊道：「吩咐眾將，不必交戰，可謹守城池，我自有道理。」小軍去了。鐵里模糊又道：「駙馬不必性急，容小將細稟。日前令親步將軍，與小將備道駙馬原委，言華胥老國王在世時，待駙馬最厚。自這小國王臨御以來，奪駙馬地土，削駙馬兵權，凡駙馬親戚在仕途者，調遣革除，百不存一，只留甘棠一鎮，讓駙馬糊口，全不念平定槐陰國大功。亦且殺害之心，時存腹內。就是令親此番舉動，也是為駙馬不平使然。常言說的好，君知我則報君，友知我則報友。大丈夫處世，要磊磊落落，恩怨分明，不可齷齷齪齪❻，拘持小節。駙馬若肯降順我國，華胥國將帥，那一個不是駙馬麾下舊人？號令一下，無不歸心。那時得了華胥，事事惟駙馬所欲，就做個華胥國王，亦無不可。若怕我主上以二心相待，俺主上也有個公主，小字麗春，他今年纔一十六歲，生得才色雙絕，小將為媒，與駙馬偕百年姻眷，安見俺邯鄲國之公主，不及華胥國之公主也？刻下華胥軍將現在城外安營，聽候駙馬動靜。駙馬若肯同小將上城，曉諭他們投降，便是駙馬開國第一件功勞。小將情願做一偏將，任駙馬統領大兵征進，未知駙馬意見何如？」

如玉聽得有華胥人馬在城下，知是白、赤二將回來，便佯應道：「既承元帥美意作成，小將亦何難再做個駙馬，享下半世的榮華？」鐵里模糊聽了，大喜道：「這事都交在小將身上，主上無不依允。」

---

❺ 衷腸：內心真誠的話。或作衷曲。

❻ 齷齷齪齪：不乾不淨。齷齪，音ㄨㄛˋ ㄔㄨㄛˋ，不潔。

如玉道：「我此刻就與元帥上城。」鐵里模糊歡喜道：「駙馬真爽快豪傑也。」左右牽過馬來，兩人上了城，遙見七八里以外，有座營盤，鐵里模糊用手指道：「此即華胥國軍營也。」如玉道：「元帥可差人到華胥營中，述我話，請赤、白二將軍城下相會。」沒有頓飯時候，早見二將前來，各帶人馬，屯聚城下。如玉便大聲叫道：「赤、白二將軍，我溫某有話說。」只見二將策馬走出門旗外，如玉道：「我溫某已被擒拿，斷無生理。二將軍人馬單弱，可速速回去，啟知主上，起傾國人馬，與我報仇。再說與我兩個兒子，盡心報國。」話未完，鐵里模糊大叱道：「豎子焉敢賣吾？」拔刀向如玉便砍，刀頭落處，如玉大叫了一聲，驚出一身冷汗。

睜眼看時，在一個小木頭牌坊下，頭朝東，腳朝西，就地睡著。心下驚疑道：「我怎麼到這個地方？」用手將脖項一摸，頭還好端端在上面。連忙扒起，四下裡一望，原來是個破碎花園，也有幾間前歪後倒的亭臺，也有幾十棵樹木，還有幾塊山子石，也都是七零八落的亂堆著。看了看自己的衣服，仍是當年做秀才時的穿著，並不是錦袍繡甲，心中大為怪異。回頭一看，背後有一帶紅牆，像個廟宇的光景。南邊一帶，都是些菜畦子。西南上有兩個人在那裡打水澆菜，不由的鬼念道：「想是我被鐵里模糊斬首，魂魄流落在此地麼？」又想道：「怎麼被他一刀，殺的衣服也更換了，鬍鬚也殺沒了？難道做駙馬的不是我麼？」用手在臉上加力一擰，覺得甚是疼痛，又想道：「還知疼痛，必不是鬼。」再抬頭一看，那木牌坊上面有幾個字，顏色也都剝落了，隱隱的是大覺園三個字，下面小字是悟本禪師立。

如玉道：「這是個和尚的園子無疑了。」站起來，向那兩個澆畦子的人高叫道：「那種畦子的過來，我有話要問你們。」只聽得那兩個人內中有一個人說道：「你看這個失了魂的小廝，從早起跑入我們園子裡來，在地下放倒頭睡了半天，此刻冒冒失失的站起來，又拿官腔叫喚起我們來了。他也不看看他是個甚麼東西兒。」又聽得那一個道：「不要理他。」如玉句句聽得明明白白，心下狐疑道：「怎麼他說我今早纔來的？」慢慢的走到兩人面前，陪了個笑臉舉手問道：「敢問二位，我是幾時到這園子裡睡覺的？」那兩個人見他換了官腔，謙恭起來，也就改轉面孔，笑應道：「相公是今日早飯後來的，入了我們這園子，躺倒就睡。我們這夥契見睡的工夫大了，倒要叫起你來，我估料你必是走路辛苦，就沒教他驚動你，不料你就睡到這時候。」如玉道：「我果然是今早纔來的麼？」那人將如玉看了一眼，也不回答，又澆起他的菜畦子來了。

如玉呆了好半晌，又用手摸了摸自己的頭臉，低頭看了看自己的衣履，不禁失聲道：「阿呀！三十餘年，多少的事業，不料是一場大夢。冷于冰許我有天大的富貴，原來如此。這冷于冰也不成個冷于冰了，我倒要問問他去。」又想著是從御史朱文煒家出門，張華還在他家裡。冷于冰臨行，與了我一道符，兩個柬帖，用手從懷中取出，仔細觀看，符還如故，再看兩個柬帖，俱是封口未拆，急急的拆開一看，內中只有兩塊白紙，一字俱無。如玉看罷，不由的心中大怒，將一符兩帖扯了個粉碎，口裡說道：「冷于冰，你耍人太不近情理了！」怒了一會，復留神將那園子一看，見牌坊前面有一座小門樓兒，一步步走到門外一望，都是些小戶人家，居住土房頗多，樹木園子更多。又向東一望，依稀記得是來路。回想那夢中景況，不由的傷感起來。正是：

身為將相榮無比，一旦成擒亦可憐。
命喪刀頭魂附體，猶疑今日是當年。

第七十回　聽危言斷絕紅塵念　尋舊夢永結道中緣

詞曰：

園亭破碎潦倒，好夢兒去了。追往惜來，無那柔情攪。　回思事實幻杳，一會面人皆先覺。尋訪原跡，回頭惟願早。

右調傷情怨

話說溫如玉在那破花園門外，覩景徘徊，回想他的功名首尾，並夫妻恩愛、子孫纏綿三十餘年出將入相的事業，不過半日工夫，統歸烏有，依舊是個落魄❶子弟，子影孤形。又回頭看那日光時，已是將落的時候，一片紅霞，掩映在山頭左近。那些寒鴉野鳥，或零亂沙灘，或嬌啼樹杪，心上好生傷感。於是復回舊路，走一步，懶一步。瞧見那蒙茸細草，都變成滿目淒迷。聽見那碧水潺湲，竟彷彿人聲哽咽。再看那些紅桃綠柳，寶馬香車無一不是助他的咨嗟，傷他的懷抱。

及至入了城，到人煙眾多之地，又想起他的八抬大轎，前呼後擁，那一個敢不潛身迴避？此刻和這些南來北往之人，挨肩擦臂，尊卑不分，成個甚麼體統？心上越發不堪。一邊行走，一邊思想，已到了

❶落魄：窮困潦倒，極不得志。魄，音ㄊㄨㄛˋ。

朱文煒門前，張華正在那裡眺望。看見如玉走來，連忙迎著問道：「大爺往那裡去了一天？」如玉聽得，心上越發明白是做夢了，也不回答他。走入文煒大門內，因是初交，不好直入，只得和管門人說聲。管門人一邊讓如玉進去，一邊先去通報。

此時，于冰眾人正在裡面說笑如玉夢中的事業，大家都意料他是該回來的時候。聽得管門人說：「溫公子來了。」于冰同文煒等接將出來。剛下了廳階，如玉早到。金不換舉手道：「駙馬真好快活，將我們一干窮朋友丟得冷冷落落，到此刻纔肯回來，未免太寡情些了。」如玉聽罷，就和人劈心上打了一拳的一般，大為驚異。走到庭中，各揖讓就坐。朱文煒道：「弟做著京官，我這幾間房子真是蝸居斗室❷，甚褻駙馬的尊駕。」如玉道：「生員一入門來，眾位俱以駙馬長短相呼，這是何說？」于冰道：「那華胥王也是一國之主，他女兒與公侯將相的女兒又自不同，你既與他做了女婿，非駙馬而何？」如玉聽罷，呆了一會，又問道：「眾位如何知道？」

于冰笑道：「你這三十餘年的起結，我天天和看著的一般。你若不信，我與你詳細說說。」便將如何見華胥國王，如何公主出題考試，如何配姻緣，做了大官，生了二子，結了親家某某等；如何用火攻破了馬如龍，如何封侯拜相，在甘棠鎮享榮華數十年；如何新主疑忌，奪了兵權、土地；如何步登高背叛，如何被鐵里模糊拿住，斬首在金錢鎮城頭：「你纔醒過來，復回此處，可是不是？」如玉聽了，驚的瞠目咋舌，被眾人大笑了一回，不由的又羞又氣，變了面色，說道：「先生今日也以富貴許我，明日也以富貴許我，我溫如玉命中若有富貴，既是知己，便當玉成。若是我命中沒有，何妨直說，為甚麼純

❷ 蝸居斗室：比喻居所住屋非常狹小。

用邪術耍我？你既然耍了我，我倒要和你要個真實富貴哩！」

于冰鼓掌大笑道：「普天下痴想富貴的人，到你也可謂再無以復加。你聽我明白告訴於你。你以督撫門第，巨萬家私，被你一場叛案官司弄去了大半，你一該回頭。你與尤魁販貨江南，弄的人離財散，著令堂含怨抱恨而死，你二該回頭。你既賣祖房，又入嫖局，弄的盆乾瓮涸❸，孤身無倚，一個金鐘兒也為你橫死慘亡，你三該回頭。你原是落花流水不堪的窮命，你卻想的是出將入相無比的榮華。我前已苦勸你兩次，不意你痴迷不悟。今又入都中來尋我，因此我略施小術，著你身為駙馬，位至公卿，子孫榮貴，富可敵國，享極樂境遇三十餘年，纔壞於鐵里模糊之手。你再想想，人生世上，那有個不散的筵席？富貴者如此，貧賤者亦如此。一日如此，一百年也不過如此。好結局老死床被，壞結局身喪溝渠，鐵里模糊刀頭一落，正是與你做棒頭大喝耳。你還算好機緣，遇著我，送你一場好夢兒做做。若是第二個人，落魄到這步田地，求做這樣一個好夢兒，亦不可得。你如今毫無猛省，還要向我要真實富貴。你從頭至尾，再加細想，還有像你夢中的富貴麼？」

如玉聽了這一篇言語，不由的驚心動魄，浹背汗流，扒倒在地，連連頓首道：「我溫如玉今日回頭了。人生在世，無非一夢而已。壽長者為長夢，壽短者為短夢。可知窮通壽夭，妻子兒孫，以及貪痴惡欲，名利奔波，無非一夢也。此後雖真有極富極貴，吾不願得之矣。」連城璧掀著鬍子大笑道：「這個朋友，此刻纔喫了橄欖了。」冷于冰用手扶起，笑問道：「你可是真回頭？還是假回頭？」如玉道：「既知回頭，何論真假？」于冰道：「你回頭要怎麼？」如玉道：「願隨老師修行，雖海枯石爛，此志亦不

❸ 盆乾瓮涸：同甕盡杯乾，極言物品用盡，已一無所有。瓮，音ㄨㄥˋ，通作甕。涸，音ㄏㄜˊ，又音ㄏㄠˋ。

改移。成敗死生，任憑天命。」于冰道：「你既願修行，且讓你再靜養一夜，明早再做定歸。只是你將我的符並二帖扯碎，叫著我的名字大動怒，未免處置我太過些。」如玉也不敢回答。

家人們拿入酒來，如玉定要與于冰等同坐，朱文煒又不肯依。如玉道：「我如今是修行的人，豈有還同朱老爺喫葷菜之理？」于冰笑道：「就是要修行，也不在這一頓飯上。今日朱先生與你收拾著酒席接風，你須領他的厚意。」如玉方與朱文煒坐了一桌，城壁、不換與于冰坐了一桌。喫酒中間，文煒又問起如玉夢中的話，如玉此時也不迴避了，遂從頭至尾，細細的陳說，比于冰說的更周全數倍。城壁等俱各說奇道異，稱妙不已，把一個朱文煒欣羡的了不得。若不是有家室牽連，也就跟于冰出家去了。

到了定更後，仍是照常安歇。夜至二更，于冰等正在東房裡打坐，聽得西房裡有人哭泣起來。城壁道：「這必是溫如玉後悔出家了。再不然，就是他想起夢中榮華，在那裡哭啼哩。」不換道：「我去聽他一聽。」待了好一會，不換入來，城壁道：「可是我說的那話麼？」不換道：「你一句也沒說著。他如今是絕意出家，身邊還帶著三四百銀子，都賞了張華，著他逢時節與他祖父墳前上個祭。那張華跪在地下，哭著勸他還家，說了許多哀苦話。我聽了倒有些替他感傷。」城壁道：「到明日看他如何。」

次日天一明，如玉復過東房來坐下。于冰道：「我們此刻就要別了東家起身，你還是回家，或在都中另尋事業，還是和我們同走？」如玉道：「昨日於老師前已稟明下悃，定隨老師出家，都中還有何事業可尋？」于冰道：「張華可捨你去麼？」如玉道：「我昨晚與他說的斬釘截鐵❹，他焉能留我？」于冰道：「我們出家人，都過的是人不能堪的日月，你隨我們一年半載，反悔起來，豈不兩誤？」如玉聽

❹ 斬釘截鐵：比喻極有決斷。朱子全書孟子：「孟子說義利等處，說得斬釘截鐵。」

了，又跪下道：「弟子之心，可貫金石❺，今後雖赴湯蹈火，亦無所怨。」說罷，又連連頓首。于氷扶起道：「老弟不必如此稱呼，通以弟兄呼喚可也。」

少刻，文煒出來，于氷等告別，並囑林公子出場後，煩為道及。文煒道：「小姪亦深知老伯不能久留，況此別又不知何日得見，再請住一月，以慰小姪敬仰之心。」于氷笑道：「不但一月，即一日亦不能如命。」正說著，張華走來，跪在文煒面前，將晚間如玉的話，並自己勸的話，哭訴了一遍，求文煒替他阻留。文煒問如玉道：「老世臺主意若何？」如玉道：「生員心如死灰，無復人世之想，雖斬頭斷臂，亦不可改移我出家之志。」又向張華道：「你此刻可將銀子拿去起身。我昨晚亦曾說過，你只與我先人年年多拜掃幾次，就是報答我了。」張華還跪著苦求。文煒道：「你主人志願已決，豈我一言半語所能挽回？」張華無奈，只得含淚退去。

于氷道：「我們就此告別罷。連日攪擾之至。」文煒又苦留再住十天，于氷也不回答，笑著往外就走。文煒連忙扯住衣袖道：「請老伯再留一天，房下還有話稟，就是小姪也還問終身的歸結，並生子的年頭。」于氷道：「你今年秋天，恐有美中不足，然亦不過一二年，便都是順境了。生子的話，就在下月，定生麟兒。」原來姜氏已早有娠孕，四月內就該是產期。文煒聽了，欽服之至，拉住于氷，總是不肯放去。于氷無奈，只得坐下。文煒又問終身事，于氷笑而不答。少刻，姜氏要見于氷，請朱文煒說話。文煒出了廳屋，向家人們道：「你們可輪班在大門內守候，若放冷太爺走了，定必處死。我到裡邊去去就來。」家人們守候去了。

❺ 可貫金石：可以貫穿金石，喻其意志堅定非常。

于冰見廳內無人，向城璧等道：「我們此刻可以去矣。」城璧道：「只怕他家人們不肯放行。」于冰用手向廳屋內西牆一指道：「我們從此處走。」城璧等三人齊看，見那西牆已變為一座極大的城門。于冰領三人出了城門一看，已在南西門外，往來行人，出入不絕，朱文煒家已無蹤影矣。金不換樂的滿地亂跳，溫如玉目瞪神痴。連城璧掀髯大笑道：「這一走，走的神妙不測，且省了無數的腳步。」又笑問于冰道：「此可與我們在溫賢弟家從大磁罐內走，是一樣法術麼？」于冰道：「那是遮掩小術，算得甚麼？此係金光挪移大轉運，又兼縮地法，豈遮掩兒戲事也？」四人向西同走約有六七里，于冰遠遠的用手指向如玉道：「那座花園，可是你做夢的地方麼？」如玉道：「正是此地。」于冰道：「你日前是做夢，我今領你去尋夢，還你個清清楚楚。你可一心學道，永解狐疑。」如玉大喜道：「怎麼這夢還可以尋得麼？我倒要明白明白。」

四人說著，入了那座園門。那種菜的人，見三四人同一道士入來，忙問道：「做甚麼？」于冰道：「我們閒看看就去。」于冰指著那木牌坊，問如玉道：「你昨日做夢時，可見一座牌坊麼？」如玉道：「我夢中果見有一座牌坊，卻比這牌坊高大華美數百倍，並不是這樣不堪的形像。」于冰笑道：「不獨這牌坊，率皆如此。此即華胥國界，即是你睡覺入夢之地也。你看上面，還有大覺園三字，大覺乃知覺之謂，莫認作睡覺之覺也。不但你在夢中，即今日你亦未省大覺二字耳。」

又走了幾步，見東南上一帶土崗，有一丈四五尺長，二尺半高下，斜橫在西北。于冰道：「此土崗即你用火攻計，燒馬如龍軍兵地也。」如玉道：「我夢中在此嶺紮營，曾問眾將，伊等言此嶺長二十五里，寬二三里、四五里不等，今只數尺長，何大相懸絕如此？」于冰笑道：「此即夢中所見牌坊之類，不過藉名色形像點綴而已。你若必如夢中長大寬闊，你看這園子能有幾畝？」過了土崗，見前面有幾株甘棠樹，于冰道：「此即你榮封甘棠侯、大丞相，享榮華之地也。」金不換道：「溫賢弟，你何不高叫幾聲，看你所配的蘭芽公主，並你兩個兒子延譽、延壽他們，有點響應沒有？」如玉面紅耳赤的道：「豈有此理，此皆莫須有的鬼話。」

于冰道：「你夢中的華胥國王，以及海中鯨、黃河清、步登高、鐵里模糊，並你妻子家奴，這皆是你夢中所遇之人，原無指證，謂之鬼話，未為不可。難道你夢中所到的地方，並此刻我指與你的地方，都與你夢中所經歷者相合，也算做鬼話不成麼？」如玉道：「夢中境像，皆真山真水，城池樹木，宮殿樓臺，是何等闊大，何等規模，那裡是這樣彈丸之地，便將幾千百里包括？」于冰道：「我適纔言不過藉此地所有名色形像，點綴夢景而已，怎麼你還拘執如此？我再說與你，魂之所游，即你心之所欲，所欲焉能如意？因此與你符籙一道，始能成就你心之所欲也。因此把眼前所到之極小境界，皆化為無極之大境界。假如你無我符，焉能做的了此夢也？」

說罷，又指著那幾十堆大小石頭道：「你看這些石頭，高高下下，堆成假山，此即你夢中之太湖山，遣白、赤二將埋伏之地也。」又指著澆畦水渠道：「此渠係灌菜之水道，春夏用他時多，至冬則無用矣。此即你夢中之神水溝也。」往東南走了幾步，見一無水池子，于冰道：「此即你夢中所爭之荷花池界，公主之湯沐邑也。」從東南回來四五步地，有一小土坡，細草蒙茸，于冰道：「此你夢中之倩女坡，即老弟被擒之地也。」相隔有一兩步遠，有幾株金錢花，于冰道：「此即你夢中之金錢鎮，鐵里模糊斬你於此，醒夢之地也。」如玉長嘆了一聲。于冰說罷，笑著回來。如玉道：「今所指諸地，皆與我所夢相符，可見我之魂魄，總不出這園外。只是華胥、槐陰、邯鄲等國，在此園中何處？」

于冰道：「你既是秀才，難道連四大夢❻的書，並本人自立的傳文，還有後人做的傳文，而邯鄲、槐陰二夢，且有戲文，歷來扮演，怎麼你就都沒見過麼？華胥國係黃帝夢遊之所，醒後至數年，果遊其地，其山川宮室、花卉草木，無一不與前夢相合。邯鄲係直隸地界，呂純陽授枕於盧生，夢享富貴五十餘年，醒後黃粱尚未做熟，故又謂之黃粱夢。槐陰夢是淳于棼夢入大槐安國，其大概與盧生相同，由大丞相降職知府，治理南柯郡，醒後身在一大槐樹下，傍有蟻穴，南柯即槐樹南一小枝也，又謂之南柯夢。二子皆因仙人點化入夢，後來俱成仙道。我今著你做甘棠夢，醒後歸吾教下，或者將來得如盧生等有成，亦未敢定。以上華胥、槐陰、邯鄲三國，不過於你夢中，借其名一用耳。還有一蝴蝶夢，又名莊周夢，也就如你夢中之遊魂關，是言你魂魄遊行也。佳夢關，是言你做好夢也。駐玉關，你名如玉，言玉駐於此關，不得再入槐陰國征討也。倩女坡，借倩女離魂之名，言你之魂離也。這些名色，你夢中也該一想。今你著我指與你各國各關下落，要和園中所有之甘棠嶺、太湖山、荷花池等處一般，都要看在眼內，我該從何處著你看起？」

連城璧道：「今日大哥領你來尋夢，是怕你思念夢中榮華富貴，妻子兒孫，情意牽連，弄得修道心志不堅，所以纔椿椿件件，或實或虛，都說明白，教你今後再不可胡思亂想，你當和你閒散心來麼？」如玉道：「二哥指教的甚是。」四人走出園子來，又走了二三里到一無人之地，于冰道：「溫賢弟，你

❻ 四大夢：即華胥夢、黃粱夢、南柯夢和蝴蝶夢。華胥夢，述黃帝夢遊華胥國事。見列子黃帝。黃粱夢，見唐沈既濟撰枕中記。南柯夢，見唐李公佐撰南柯記。蝴蝶夢，見莊子齊物論。

聽我說，我們的洞有兩處，一處在湖廣衡山，名玉屋洞，這是紫陽真人煉丹之所，我們不過借住幾年。一處就在你山東泰山，名瓊岩洞，現有超塵、逐電兩個在那裡修煉。我們如今要回玉屋洞去，若將你也帶在那裡，朝夕與我們相伴，未免分你的志。亦且修行的人，必預先受些苦難，擴充起膽量來，方能入道。若留你在人世菴觀寺院居住幾年，先淡薄你的脾胃，又恐你為外物搖動，壞了身心。我們這三個人，誰肯在煙火場中伴你？我想算至再，意欲送你到泰山瓊岩洞去，同超塵、逐電等修煉數年後，再做商酌。你意如何？」

如玉道：「任憑吩咐。不但瓊岩洞還有人在那邊，即無一人，既已出家，也就揀擇不得了。我就到瓊岩洞去，只求三位大駕時常看看我，我就感戴不盡。但不知超塵、逐電是些甚麼人？」于冰笑道：「你到那裡便知。」隨向城壁道：「你可送他到瓊岩洞，傳與他凝神煉氣之法，待他呼吸順妥，你再回玉屋洞中。」城壁道：「溫賢弟人必聰明，凝神御氣，看來不用費力。只是他一身血肉未去一分，雲斷駕不起。若步行同去，瓊岩洞道路，有許多危險地方，和他走兩個月，還定不住怎麼？」于冰大笑道：「他若駕不起雲，仙骨也不值錢了，我還渡他怎麼？你刻下試試瞧。」

城壁將如玉左臂扶住，著他閉住眼，口中念念有詞，頃刻雲霧繚繞，喝聲：「起！」同如玉俱入太虛。金不換連聲喝彩道：「虧他，虧他！一日未曾修煉，起去時毫不費力，竟與我們一般，果然這仙骨不可不長幾段在身上。將來倒怕他要走在我們頭前。」于冰道：「他若心上將世情永絕，必先你二人成就幾十年。你此刻可仍回京中，弄幾兩銀子，與溫賢弟買些皮袷棉衣，暖帽暖鞋，為禦寒之具。皮衣分外多些纔好。他純是血肉之軀，非你二人可比。再買辦幾十石米，吩咐超塵等，著他兩個輪流砍柴做飯，早晚要殷勤服侍他。他是豪奢子弟出身，焉能乍然受得艱苦？過三五年後，再著他自己食用。若他兩個少有怠忽，我定行逐出洞去，說與他們知道。我今去驪珠洞，教化修文院雪山二女，以報他指引天罡總樞之情。」說罷，駕雲赴虎牙山去了。

不換在地下撾了一把土向坎位❼上一灑，口中秘誦法語，喝道：「那物不至，更待何時！」須臾，袍袖內叮噹有聲，倒出五六十兩銀子來。將頭上氈帽取下，把銀子裝在裡面，揣在懷中。又從懷中將道冠取出，戴在頭上，口中鬼念道：「萬一朱御史差人向南西門尋找，遇著我，我只將臉兒用袍袖一遮，他們見是道士，便不理論了。」於是復回舊路。

再說朱文煒從內院走出，請于冰與姜氏說話，不意遍尋無蹤，心知去了。張華著急之至，哭請文煒示下。文煒勸他回山東，還賞了二兩盤費，又留他住了一天，方纔回去。正是：

斬斷情緣無罣礙，分開慾海免疑猜。
他年再世成仙道，皆是甘棠夢裡來。

❼ 坎位：北方。周易說卦：「坎者，水也，正北方之卦也。」

第七十一回　買衣米冷遇不平事　拔髭鬚辱挫作惡兒

詞曰：

再赴京畿，冷遇不平奇事。熱肝腸，反復問冤抑，成全片刻時。嚴年添晦氣，鬚髭盡拔之。遷怒搶親輩，何其痴！

右調女冠子

話說金不換用搬運法，弄了幾十兩銀子，復回舊路，走了一里多路，見後面來了數十人，簇擁著一頂四人喜轎。又聽得轎內婦人大哭大叫，從身傍過去。不換笑道：「做女孩兒的，好容易盼著這一日，怎麼倒如此哭喊起來？」低了頭向前走。少刻，見一後生，趕著騾車一輛，後面跟著個少年秀才，一邊跑，一邊亂喊道：「清天白日，搶奪良人家婦女！」看那秀才頭臉上，帶有血跡，像個挨了打的樣子。又見他一腔氣憤，純是以死相拚的光景。不換將那秀才拉住，問道：「你有何冤苦，快對我說，我自有道理。」秀才將不換一看，是個瘦小道人，用手推開道：「誰要你管我！」如飛的跟著車子跑去了。

原來這秀才是山西太原府人，姓王，名福昌，家中有數十畝田地，也還勉強過得。娶了本府城內開鞋鋪的錢元女兒為妻。他這妻子雖是出身小戶，卻生得有八九分人才。王秀才與他夫妻間，甚是和好。

只因錢元開鞋鋪折了本錢，便入都中，尋做生意。遇著幾個同鄉，念他為人忠厚，借與他些資本，在櫻桃斜街開了個油鹽店，又收糶米糧❶。不一二年，生意甚是茂盛，又在順成門大街開了一座雜貨店，卻租的是嚴中堂總管嚴年的房子。此後大發財源，鋪子後面有十來間房兒，也是嚴年的，一總租來，將家眷也搬來同住。錢元老婆因思念女兒，想算著女婿王福昌也閒在家中，因與錢元相商，著他夫妻同來，就管理銀錢賬，到底比眾夥契心實些。因此寄字，又捎去五十兩盤費，著他夫妻上京。

依王秀才，要在家讀書，下科場，怎當得他妻錢氏日夜絮聒，這秀才無奈，便買了一頭好騾，弄下一輛車兒，令家僕王二小趕著，一同到京，住在錢元家。纔兩日，適值嚴年家人來取房錢。素常逢取房錢時，即將嚴年家人讓入內院酒飯，也是加意欽敬的見識。不意他女兒在院中取東西，與嚴年家人相遇，一時迴避不及，被這家人看在眼內，酒飯間問明端的❷，回家便告訴嚴年，說錢元的女兒是仙女出世。嚴年說他素無眼力，還不深信。這家人又不服此話。嚴年次日即著四五個眼界高的婦人，去錢元家閒遊，得與他女兒相見。眾婦人回來，一口同音，說錢元的女兒是世間沒有的人物。這嚴年便害起相思。

他房中侍妾，也和他少主人嚴世蕃差不多，共有二十六七個，出色的也有兩三個，倒被世蕃打聽出頭一個最出色的，硬要去。他心上正要尋個頂好的補缺，今眾婦人話皆相同，他安肯放得過去？思量著錢元的女兒是有夫之婦，又是個秀才的妻室，斷難以銀錢買他，惟有以強恃勢搶來成就好事。量一秀才，他會怎的？於是選了幾個能幹家人，拿了些紬緞釵環，硬到錢元家送定禮，要娶他女兒做妾。錢元是個

---

❶ 收糶米糧：買賣糧食。收，收購。糶，音ㄊㄧㄠˋ，賣出糧食。

❷ 端的：究竟；確實。兒女英雄傳第七回：「問你個端的。」

生意人，早唬的發昏。王秀才大罵大吵，眾家人將定物丟在鋪中，一齊去了。

錢元與眾夥契相商，親自拿了定物，到嚴年家交割，又被眾家人打出，反說錢元收定禮在前，擅敢反悔，做目無王法不要腦袋的事。錢元覺得此事大難解脫，又不敢去衙門中告他，深悔著他夫妻來的不是。晚間，約同眾夥契相商，打發他夫妻連夜回家，留下自己，任憑嚴年處置。又怕嚴年抄搶，銀錢賬目並值錢的貨物，俱星夜僱車，搬移在眾夥契家內。又商量著，不敢走向山西去的正緊門頭，便想到走這南西門，繞道奔山西大路，使嚴年家揣摸不著，追趕無地。五更鼓，就打發他女兒女婿奔南西門，待到天明，即出城去。

卻好嚴年竟是這日差許多人來搶親，天色正在將明的時候，一齊打開鋪房門，直入室內，各房搜尋，並無他女兒蹤跡，連王秀才也不見，情知是打發走了，再不然，即在親戚家藏躲。將錢元並他家中做飯挑水的人，一齊亂打，錢元身帶重傷，死不肯說。他家做飯的人喫打不過，便以實告。眾人恐被欺謊，拴了這做飯的一同趕出南西門去。只十來里，便被趕著，做飯人指點與眾人，將錢氏從車內抬出來，放在喜轎內，又將轎門兒從外捆了。王秀才捨命相爭，倒挨了一頓好打。他也沒有別的高見，只想著碰死在嚴年門首，做個完局。

孰意造物另有安排，偏偏的就遇著金不換。此時不換問王秀才，他那裡有心腸告訴，只顧得喊叫飛跑。金不換已明白了八九，但不知搶親的是誰，也飛跑的趕來，復將秀才拉住。王秀才跑不脫，便和金不換下命❸以頭碰來。不換笑道：「你莫碰，聽我說。適纔那頂轎子裡面，必是你的親眷被人搶去。你

❸ 下命：拚命。下，捨棄；除去。

可向我說明，那怕他走出一千里去，只用我嘴唇皮一動，便與你奪回。量你一人，趕上他們會做甚麼？」

王秀才不得脫身，又見不換是個道士，說話有些古怪，只得急急的說道：「我是山西太原府秀才，叫王福昌。轎內是我的妻房，被嚴宰相的家人嚴年搶去了。」金不換笑道：「這是豆大點事，還不肯早說？」王秀才道：「早說你會怎麼？」不換道：「前面站著的車兒，可是你的麼？」秀才道：「是我的。」不換道：「我與你坐了，同趕去。」秀才道：「車子慢，倒是跑快，轎子早已不見了。」不換道：「我不信四條腿的，還不如他們兩條腿的快。我和你坐上，你看何如？」秀才道：「快去坐，我看你坐上怎麼？」不換道：「忙甚的？只用半杯茶時，管保你令夫人還坐在這車上。」說著，同到車前，不換道：「你和趕車的都坐在車內，車外沿讓我坐，我有作用。」王秀才急忙上車，不換向趕車的道：「你呆甚麼？此刻不上去，你就得跑個半死。」趕車的也坐在車內。

不換跨上車沿，手掐劍訣，在騾子尾上畫了幾下，用手一拍道：「敕！」只見那騾兒得了這個敕字，頃刻四足生風，和雲飛電逝的一般走去。王秀才心知怪異，也不敢言，沒有數句話的工夫，便看見喜轎同搶親人在頭前急走。只聽得不換說道：「住！」那騾兒便站住，半步不移。秀才大嚷道：「先生滿口許我將賤內奪回，怎麼看見轎子，倒反站住？」不換道：「你好性急呀！我著他們回來，豈非兩便？」說罷，又見不換口中念誦了幾句，伸出右手，向抬轎轎夫並搶親諸人連招幾招道：「來！」那些人和得了將軍令一般，個個扭轉身軀，隨著轎子，飛奔到不換面前。不換又用手一指道：「住！」那些人又和木雕泥塑的一般，站住不動。秀才主僕喜歡的驚神見鬼，在車內叩頭不已，亂叫真神仙不絕。

不換道：「王兄不必多禮了，快下去將令夫人請出轎來，你夫妻一同坐車，我好打發你們走路。」

說罷，自己下車，秀才同他家人王二小，也連忙跳下車來，去至轎前，將轎門上繩子解去，開放轎門，將錢氏扶出轎外。秀才著與不換拜謝，錢氏不知原故，只眼上眼下的看不換。秀才又催他拜謝，不換道：「罷，罷。快上車兒。」秀才扶錢氏上了車，又到不換面前，扒倒地下，連連叩頭。不換一壁扶一壁說道：「多禮，多禮。」於是又走到車前，在那騾兒尾上又畫了幾下，口中念誦了幾句，向趕車的王二小說道：「此刻已交午時，到點燈時候，還可走二百五六十里。嚴年雖有勢有力，量他也趕你們不回。到明日早，便可按程緩行。但你們只能任他走，不能著他住。王兄可伸手來。」秀才將手遞與不換，不換在他手心內也畫了一道符，又寫了個住字，囑咐道：「今日到日落時，看有安歇處，可用此手在騾尾骨上一拍，口中說個住字，他就站住了。他站住，便一步不能動移。你速用淨水一盆，將你的手並騾兒的尾骨一洗，則吾法自解矣。」又向王二小道：「此車仗我法力，雖過極窄的橋，極深的河，你通不用下來，只穩坐在上面，任他走。假若你離車兩三步，再休想趕得上。切記，切記。」

秀才又跪在地下，求不換名姓。不換道：「我一個山野道士，有甚麼名姓？你看往來行走的人都看我們，你三人快坐車走罷。轉刻搶親諸人醒過來，你又要著急。」秀才聽了此話，纔同王二小上車。不換用手將騾兒一招，那騾兒便扭回身軀，不換道：「走！」那騾兒拉了車兒，比風還快，一瞬眼就不見了。不換看眾人時，一個個呆站在一處，心裡想道：「還是放他們去，還是著他們再站些時？」又想道：「嚴年這奴才，常聽得大哥說他作惡，我從未見過他。我今日何不假裝個錢氏，與他頑頑，將來還少搶人家幾個婦女。」想罷，走至轎前，把簾兒掀起，坐在轎內，用手將四個轎夫一招道：「來！」四個轎夫一齊站在轎前。不換又道：「抬！」四個轎夫將不換抬起。不換又道：「走！」四個轎夫直奔都門。

不換將簾兒放下，心裡說道：「我生平不但四人轎，連個二人轎也沒坐過，不意到底不如駕雲受用。」轎子入了南西門，不換在轎內用手向原路一指，這裡將訣咒一煞，放那些搶親的人，一個個顛顛倒倒，和夢醒一般，大家見神見鬼的嚷鬧。嚷鬧了一會，都一齊回來。

再說金不換被四個轎夫抬了飛走，嚴年又差人跟尋打探，看見是自己轎夫，各歡喜問道：「得了麼？他們怎麼不來？」四個轎夫回答不出。只抬著飛走。眾家人跟隨在轎後，跑的亂喘。將到嚴年門前，已有人眺望，見轎子來了，都沒命的跑去報喜。嚴年這日在相府給了假，同幾個趨時附勢的官兒，並家中門客等，在書房中笑談，聽候喜音。聽得報說喜轎到了，心下大喜，吩咐著內院眾位姨娘們迎接，一邊又著催辦喜酒。轎夫將轎子抬入廳院，不換在轎內說道：「落！」四個轎夫將轎落下。內院早走出五六十婦女，俱站在階前，等候新婦人下轎。大小家人以及傭工等眾，老老少少，俱在兩傍看新婦人人才。

須臾，走出兩個婦人，打扮的花花簇簇，到轎前將簾兒掀起一看，見裡面坐著個穿藍布袍的道人，睜著圓滴溜溜兩隻眼睛，將兩婦人一看，嚇得兩婦人大驚失色，往回就急走。眾男婦各低頭向轎內窺探，只見轎內走出個瘦小道人來，滿面都是笑容，眾男女大哄了一聲。又見那道人出了轎，便搖搖擺擺，直向眾婦人走去。眾婦人連忙退避，那些看的家人，趕來十數個，要捉拿不換。不換回頭道：「啐！」被這一口唾的各呆站在一邊。隨後來了好些人，俱被不換禁住，動移不得。

不換急往內走，見眾婦人已到內院階臺。不換見臺階上是過庭，庭內有椅兒，不換走入，將一把椅兒安放在正中坐下。用手將眾婦女一招道：「入！」眾婦女俱入於庭內。不換向眾婦女分東西指了兩指，眾婦女便分立在不換左右。不換左顧右盼，見眾婦女粉白黛綠，錦衣翠裙，不禁失笑道：「此皆我自出娘胎胞意外之奇逢也。」忽見外面又跑來七八個家人，到門外張望，卻沒一個敢入來。不換笑道：「眾位管家，煩你們到外邊，將嚴年那奴才叫來，我有好物件送他。快去，快去！」正言間，猛見院外走來一人，高視闊步，後面跟隨著幾個小廝，口中說奇道怪，頭臉上大不安分。但見：

存心傲物，立意欺人。一笑細眼瞇縫，端的似曬乾蝦米；片言呰開大嘴，真個像跌破陰門。肚闊七圍，脹脹膨膨，那裡管尊卑上下？面寬八寸，疙疙瘩瘩，全不曉眉目高低。連鬢鬍，黃而且短；秤鍾鼻，扁而偏肥。頭戴軟翅烏巾，恍若轉輪司抱簿書吏；身穿重絲緞氅，依稀東嶽廟捧印催官。真是傀儡場中無雙鬼，權奸靴下第一奴。

不換看罷，就知他是嚴年了。嚴年走到院中，看見不換坐在過庭正中椅上，他家大小婦女侍立兩傍，不由的氣沖胸膈，急急走來，大聲喝道：「好妖道，你敢在我府中放肆，你不怕凌遲麼？」不換笑道：「嚴年，你莫動氣，你聽我說。我原是個遊方道士，今早從南西門過，見你家人率眾搶良家婦女，我路見不平，將他夫妻放走。又怕你無人陪伴，因此我替他來。」

嚴年那裡還忍受得？喝令：「小廝們，將賊道拿下。」眾小廝強來動手，被金不換將手一揮道：「去！」眾小廝都跑去了，只留下嚴年一個，急的嚴年咆哮如雷，挽起雙袖，走來擒拿。不換笑嘻嘻的用手指道：「跪！」嚴年心裡明白，只是那兩條腿不由自主，便跪在了地下，急的他通體汗流，不但兩腿，連自己兩手也不能動移。不換道：「嚴年，你聽我教訓你。你是個宰相的堂官，休說百姓，就是小些的文武官，也沒個不刮目待你的。你也該存個堂官的體統，怎麼光天化日之下，搶奪良人家的婦女？這些事都是市井無賴行為，有志氣的強盜也不做他。」又看著兩邊婦女們道：「像這些堂客，只怕大半都是你搶奪來的。婦女尚敢搶奪，人家的房地金珠，越發不用說了。奴才，你怎不想一想，你能有多大點福？一個人敢消受這許多婦女，還心上不足？奴才，豈不該下油鍋煤酥，裝入大磨眼中磨你。今後要改過方可，若再如此，我早晚間定以飛劍斬你腦袋。」

嚴年耳中聽得明白，口中卻說不出一句，直氣得他雙睛疊暴，怒形於色，恨不得將不換碎屍萬段。不換看出他的意思，向眾婦人道：「我這樣金子般好話教訓於他，你們看他這頭臉氣象，兇的還有個收煞？這非動刑不可。」說罷，用手在嚴年臉上一指道：「打！」嚴年伸開自己右手，就在自己臉上打了五六個嘴巴，直打的面紅耳赤，眼中冒火。眾婦人也有驚怕的，也有微笑的，只是不能說話。

不換又向眾婦人道：「你們看嚴年這兩隻賊眼睛，圓標標的，鬍子都亂乍起來，這是他心上恨我。」隨揀了兩個少年俊俏些的婦人，指著嚴年鬍子說道：「這奴才滿臉封毛，其可惡處正在此，你兩個可下去。」兩婦人立即走下來，不換用手指著嚴年鬍子道：「拔！」兩婦人走至嚴年前，一個抱住頭，一個雙手捉住鬍子，用力硬拔，拔的一絲一縷，紛紛落地。好一會，將左邊鬍子拔盡，疼的嚴年通體汗流。每疼到極處，惟有一哼而已。不換見鮮血從肉皮內透出，說道：「右邊的鬍子，我與你留下罷。只是上嘴唇鬍子也饒不得。」兩個婦人又拔起來。拔了一會，不但嘴唇上，連項下的鬍子也拔盡了。此時門外有許多男女，看得親親切切，那一個敢入來替嚴年頂缸❹？不換站起來，笑向兩個婦人道：「你兩個該著實感念我。嚴年今晚若與你二人同床，這半個沒鬍子的後生，須知是我作成的。」又向嚴年舉手道：

❹ 頂缸：替人負責或代人受過。雅俗稽言：「諺云，豬婆龍為殃，癩頭黿頂缸。吳中謂代人受過曰頂缸。」

「得罪之至，改日再領教罷。」於是又搖擺出來，通沒一人再敢攔阻。

大家目送不換去了，家人們跑來攙扶嚴年，那兩條腿和長在地下的一般，那裡攙扶的起？眾婦女也是一樣，沒一個能動移者。只待得金不換走出前門，把訣咒開放，眾男婦方能動移。一家內外，反亂的驚天動地。嚴年喫此大虧，憤無可洩，將搶親諸人，個個痛行責處，為他們將道士抬來。又差人去錢元家鋪中，亂打了一番，打壞了許多的東西物件，錢元也不敢在京中做生意，連夜變賣資本，逃回太原。嚴年沒了鬍子，怕主人究問，推病在家。只一兩天，早傳的相府知道，嚴世蕃大笑不已。嚴嵩將嚴年叫去，痛行詈罵。此時正於相府兩邊，買了幾十間民房，修蓋花園，罰嚴年一萬銀子助工，為家人不守本分之戒。相府眾人都說是錢元的女兒作成他，孰不知都是金不換用一個字作成他。嚴年恥於見人，暗中托本京文武官，查拿穿藍的瘦小道人報仇。自己將右邊鬍子，索性也剃了個乾淨，反成了一無鬍子的少年，聞者見者，無不痛快。

再說金不換先到東豬市口兒故衣鋪內，買了幾件皮夾棉衣，又從攤子上買了棉鞋襪等類幾件，打包在一處，扛在肩頭。又到米鋪內買下幾十石米，當下就把銀子付與，吩咐將米另放在一空房內。包了一升多米，帶在身邊。出了都城，駕雲直赴泰山。起更時，方到洞外，叫開門，逐電接了衣服等類，不換入去，見城璧、如玉俱在石堂內坐著，城璧道：「怎麼這時候纔來？大哥衡山去了麼？」金不換笑著，走到石堂東北角下，將帶來的米包兒打開，心想都中那座米鋪，口中念念有詞，隨手倒去，只見米從包兒內直流，好半晌方纔流完，地下已堆著三十倉石來米。如玉欣羨不已。

不換方纔坐在一處，向城璧道：「二哥同溫賢弟起身後，大哥去虎牙山，尋天狐的兩個女兒，傳他們道術去了，是為酬他送書的情義。」又向超塵、逐電道：「法師著我吩咐你兩個，天天做飯打柴，服伺溫賢弟飲食。少有怠忽，定行逐出洞外。」二鬼笑了。不換道：「這實是法師臨行的話，你當我和你頑麼？」城璧道：「溫賢弟已餓了一天，你兩個快去做飯。」二鬼即忙收拾。不換又說道：「二哥說我來遲，這卻有個緣故在內。」遂將山西王秀才和嚴年的事，詳詳細細說起，說到拔了半邊鬍子處，連城璧呵呵大笑道：「你處置的甚好。我沒有你這想頭，惟有立行打死而已。」

金不換說完，城璧又大笑道：「當年我和大哥在嚴世蕃家請仙女，打了他個落花流水，又將世蕃老婆們都鬧出來，我看他的處置到盡頭處。你今日這拔鬍子，更兇數倍。拔了一半邊，又與他留下一半邊，不消說，那半邊也存不住了。」說罷，捧著大腹，又大笑起來。笑罷，又說道：「猿不邪傳我們拘神遣將、挪移搬運諸法，我看也都罷了。只是這呆對法和這指揮法，最便宜適用。要教他怎麼他就得怎麼。」溫如玉道：「人家若用此法禁我們，該如何？」城璧道：「也有個解法。若是沒解法，便和嚴年一般，甚麼虧也喫了。」說著，又不由的大笑起來。

不換道：「大哥去虎牙山，我想那兩個女朋友若見了大哥，未免要想起二哥來。」城璧笑道：「我倒不勞他錯愛。」如玉問虎牙山的話，不換從頭至尾，說了一遍。又道：「賢弟休怪我說，你是個風流人兒，將來於這色之一字，倒要立定腳跟，庶不妄用工夫，為外道所搖。」城璧道：「他醒著遇的是金鐘兒，做夢遇的是蘭芽公主，這兩個想來都是絕色。差不多的，也上不了他的眼。」如玉道：「小弟今日夢醒之後，真覺心如死灰，便是上天許飛瓊、董雙成❺，我總以枯骨相待。」不換道：「若是金鐘兒

❺ 許飛瓊董雙成：均古仙人，傳為西王母侍女。唐孟棨本事詩：「許渾嘗夢登崑崙山，見數人飲酒，賦詩云：

不死，來到此地，你又要勾起舊情。」如玉道：「就是他重生，我也視同無物。」不換道：「這話我就信不過。」三人都笑了。

少刻，超塵送上一大碗飯，一碗白水煮的野菜。連、金二人此時頗能服氣，也是斷絕了煙火食水，常喫些草根藥苗等類，桃李榛杏，桃核棗子，便是無上珍品。又不和如玉同喫。如玉雖年來窮苦，酒肉卻日日少不得，到此地步，他偏要大口嚼咽，怕二人疑他向道不堅。城璧留神見他喫的勉強，笑向如玉道：「我當年做強盜時，喫的東西，只怕比你做公子時，飲食還精美些。後來隨大哥出了家，覺得冷暖跋涉，都是容易事，只這飯食，甚是艱苦。到二年以後，也就習以為常。賢弟從此還得瘦一半，必須過三年後，方能復原。這都是我經驗過的。但要念念存個飽著比餓著好，活著比死了好，便喫得下去了。」如玉道：「謹遵訓示。」到二更後，城璧便傳如玉出納氣息、吞精咽液之法。次日午刻，不換回玉屋洞去了。正是：

　　鬍長髭短心多險，況是嚴嵩大總管？

　　今日搶將道士來，吁嗟總管不成臉。

曉入瑤臺露氣清，座中唯有許飛瓊。塵心未斷俗緣在，十里下山空月明。」董雙成，見第四十三回注⓬。

第七十二回　訪妖仙誤逢狐大姐　傳道術收認女門生

詞曰：

往事可重，停雲古洞。狹路逢仇，數言提訓。放去狐女如飛，任他歸。　相傳口訣無人見，二妖欣羨，泥首於堂殿。須臾劍佩隱無跡，凝眸皎日長空碧。

右調月照梨花

前回言不換別了城壁、如玉，回衡山玉屋洞去。再說冷于冰與溫如玉尋夢後，駕雲光早到虎牙山，在驪珠洞外落下，用手一指，門鎖盡落，重門頓開，一步步走了入去。見對面一座石橋，橋西松栢影中，一帶石牆。橋東有一條石砌的闊路，花木參差，掩映左右。正中間兩扇石門，已大開在那裡。門內立著一架石屏風，轉過屏風，見院落闊大，房屋頗多。院內有許多婦女，穿紅掛綠，行坐不一。

眾婦女看見于冰，一個個大驚失色，都圍了來問訊。于冰道：「你家主人可在麼？」眾婦女道：「這是我家翠黛二公主的府第。我家公主與我家錦屏大公主，俱在後洞下棋。你問著要怎麼？」于冰道：「你可速將你兩個公主請來，就說我是衡山玉屋洞的冷于冰相訪。」眾妖婦久知冷于冰名姓，聽了這三個字，無不驚魂動魄，大家呼哨了一聲，都沒命的跑入後洞去了。于冰走至正殿內，見擺設的古玩字畫，桌椅床帳，件件精良，不禁點頭嘆息道：「一個披毛帶尾的小妖，便享受人世不易得的服飾珍玩，真是罪過。你看他們聞我的名頭跑了，少不得還要轉來，我不如在此坐候。」

再說兩個妖狐，正在後洞下棋頑耍，猛聽得侍女們報說冷于冰如何長短，直入我們洞內。二妖聞知，大是驚慌。少刻，侍女們又報道：「那冷于冰坐在我們前殿了。」兩妖私相計議道：「我們先時曾拿住他道友連城璧，他今日尋上門來，定是立意晦氣❶，倒只怕要大動干戈，我們也無可迴避，只索與他見個高低。」商量了一會，各帶了防身寶物，準備著與于冰賭鬥。于冰在前殿，早知其意，心內不禁失笑。須臾，聽得殿外語聲喧譁，從殿階下走上兩個婦人來，打扮的甚是艷麗，面貌無異天仙。腰間各帶雙股寶劍，後面跟隨著百十個婦女。

于冰念在天狐分上，不好以畜類相待，欠身舉手道：「二位公主請了。」那兩個妖婦，將于冰上下一看，頭戴九蓮束髮銅冠，身穿天青火浣布道袍，腰繫芙蓉根絲縧，足踏墨青桃絲靴，背負寶劍一口，面若寒玉凝脂，目同朗星煥彩，唇紅齒白，鬚髮如漆，俊俏儒雅之中，卻眉梢間帶點殺氣，看之令人生畏。二妖看罷，心裡說道：「這冷于冰果然名不虛傳。」隨即也回了個萬福。于冰道：「貧道忝係世好，到貴府即係嘉賓，坐位少不得要僭了。」說罷，在正中坐下。二妖見于冰舉動雖有些自大，卻語言溫和，面色上無怒氣，心上略放寬些。隨口應道：「先生請便。」

兩妖在下面椅上，分左右坐了，問道：「先生可是法師冷于冰麼？」于冰道：「正是。」二女妖道：「久仰先生大名，轟雷貫耳。今承下顧，茅屋生輝。方纔先生言世好二字，敢求明示。」于冰道：「係

❶ 立意晦氣：決心找麻煩，使我們難堪。俗謂不祥為晦氣，面色雜青黃者曰黣（通晦）氣色。見新方言釋器。

從令尊雪山推來。」二妖喜道：「先生是幾時會過家父？」于氷不好題連城璧事，改說道：「貧道去年在江西九華山，與令尊相遇，極承關愛，送我天罡總樞一部，這世好二字，係從此出。」二女妖起初聞于氷名姓，動拚命相殺之心。繼見于氷言語溫和，動猜疑防備之心。今聽到受他父親天罡總樞一部，又動同道一氣之心。不由的滿面生春，笑問道：「家父經歲忙冗，不知怎有餘閒，得與先生相晤？」于氷道：「令尊名登天府，充上界修文院總領之職，九華山一晤，適偶然耳。」

二女妖見于氷說的名號職分俱對，深信無殺害之心。兩個一齊起身，從新萬福，于氷亦作揖相還。二妖婦等得于氷坐下，方纔就坐，說道：「心慕尊名，時存畏懼。不意先生與家父有通融書籍之好，平輩不敢妄攀，然家父年齒必多於先生幾歲，今後以世叔相稱可也。」于氷大笑道：「世叔稱呼，斷不敢當。只以道兄相呼足矣。」二女妖又低囑眾侍女，速備極好的酒果。一語方出，諸物頃刻即至。眾婦揩抹春臺，于氷道：「倒不勞費心，貧道斷絕煙火有年矣。」二女妖笑道：「世叔乃清高之士，安敢以塵世俗物相敬？敝洞頗有野杏山桃，少表點孝順之心。」于氷推辭間，已擺滿一桌，約有二十餘種奇葩異果，竟是國中海外珍品雜陳。二女妖讓于氷正坐，親自將椅兒移至桌子兩傍相陪。

侍女們斟上酒來，二女妖起身奉敬。于氷道：「既承雅誼，我多領幾個果子罷，酒不敢領。」二女妖亦不敢再強，揀精美之物，布送過口。于氷也不作客，隨意食用。二女妖道：「家父贈天罡總樞，未知書內所載何術？」于氷道：「此書洩天地終始造化，詳日月出沒元機，大羅金仙讀此書者，百無一二。書雖出自令尊所授，令尊卻一字未讀。」二女妖道：「這是何說？」于氷就從他父親盜老君書起，直說到誅九江，追廣信，戳目針釘死白龍夫人，並雷火焚燒老鯤魚，將此書熟讀後，到赤霞山交火龍真人，轉送八景宮等語，眾女妖聽了，俱嚇的目瞪神痴。

惟翠黛女妖心下有些疑信相半，看于冰是以大言唬嚇他們，隨伸纖纖細手，將盤中松子仁撾了一大把，遞在錦屏女妖手內，自己又撾了一把，緊緊握住，向于冰道：「世叔既具如許神通，定知我兩人手內松子仁數目，懇求慧力試猜一猜。」于冰笑道：「此眼下些小伎倆也，算得甚麼？但你兩個手中並沒一個松子仁，教我從何處猜起？」二妖皆大笑道：「世叔真以小兒待我們。松子仁現都在我們手內，怎說一個沒有？」于冰道：「你兩個可將手展開，一看便知有無。」二女妖一齊將手開看，果然一個沒有。眾女妖皆大為驚異。翠黛向錦屏道：「你我明明握在手內，怎麼一開手就會沒了？端的歸於何處？」

于冰笑道：「卻都在我手中。」隨將兩手一開，每一隻手內，各有松子仁一把。眾妖婦皆大笑。二女妖道：「即此一斑，可知全豹，安得不教人誠信悅服？」又問道：「世叔今日惠顧，還是閒遊敘好？還是別有話說？」于冰道：「我是奉令尊諄托而來，非閒遊也。」二妖道：「不知家父所托何事？」于冰正欲說明來意，只見一個侍女報道：「安仁縣舍利寺的梅大姑娘來了。」錦屏女妖道：「你可說家有尊客，且請到我那邊坐。」于冰道：「這小妮子，懷恨我非一日矣。他今日來得正好，我倒要見見他。」

二女妖道：「二十年前舍利寺雷霹霳飛瓊，可是世叔麼？」于冰道：「正是我。」二女妖道：「既如此，此女斷與世叔相會不得。」于冰笑道：「你們還怕我見不過他麼？」二女妖道：「他的道行，與螢火相似，豈有個天心皓月，反見不過他？只恐世叔心存舊隙，不肯輕饒於他，我們做主人的不安。」于冰大笑道：「斷無此理。只管教他入來。」二女妖不好過卻，吩咐侍女們道：「你們不必說冷老爺在此，可照常請入來。」少刻，見那小妖精戴著滿頭花朵，從屏風外嬝嬝娜娜的進來。但見：

身高四尺，腰粗五圍。窄窄金蓮，橫量足有三寸；纖纖玉手，秤來幾及一斤。鵰嘴猴唇，兔形尚未全變；狗鼻貓耳，鼠態必竟猶存。綠蝶裙，紅鴛鞶，偏是他穿衣討厭；白珠釵，黃金墜，頓教人見面生嫌。貌向魚而魚沈，真個有沈魚之貌；容對燕而燕落，果然有落燕之容。

只見那小狐精兒斜眉溜眼，帶著許多鬼氣妖風，前行行，後退退，走將入來。二女妖也接將出去，謙謙讓讓，到了殿中。看見了于冰，裝做出許多嬌羞模樣，用一把描金扇兒，將面孔半遮半露。用極嫩聲音問道：「這位先生是誰？」二女妖便誇張道：「這是我們嫡親正派世叔，今日纔來看望我們。」那小狐精又吐嬌聲問道：「不知是那座名山古洞的真人？請說名姓，奴家也好見禮。」二妖道：「我這世叔，我們倒不便向你說。說起來，你也知道，他姓冷，號于冰。」那小狐精兒聽了，大驚失色，也顧不得用扇兒遮他的面孔，忙問道：「他叫甚麼？」旁邊一個嘴快的侍女道：「他叫冷于冰。」那小狐精兒聽了，心驚膽落，扭回頭便跑，不意被臺階滑倒，跌在殿外，將花冠墜地，雲髻蓬鬆。于冰不禁大笑。眾侍女將他扶起，他又沒命的跑去。還未跑了數步，于冰用手一招，道：「回來！」那小狐精兒又跑了回來，站在殿內。二妖道：「你不必害怕，有我兩人在此。」向侍女們道：「與梅大姑娘拿椅兒來，喫杯酒壓壓驚罷。」

于冰道：「我面前沒他坐處。且他走不動，如何會坐？」錦屏女妖道：「我試試他。」拉了一會，分毫不動。五六個侍女一齊推他，他兩腿比鐵還硬，休想移動一分。侍女們個個吐舌。翠黛女妖道：「走不動罷了，怎麼連話也不說一句？」於是笑問于冰。于冰用手將小狐精一指，向翠黛道：「你問他，他就會說了。」翠黛笑問道：「大姑娘，你是怎麼？」小狐精兒淚流滿面道：「我被他法術制住了。我和他是不共戴天❷之仇，今日斷無生理，還求二位公主救我。」于冰道：「你為母報仇，懷之二十餘年，這正是你的孝心。今准你見我，也是取你異類有點人心。但是你將主見立錯，當日你母親已修道千餘年，再加精進，便可至天狐地位，他卻不肯安分，屢次吸人精髓，滋補自己元陽，死在他手內人，也不知有多少。又半夜三更，到舍利寺戲弄我，我當年縱不擊死他，他如此行為，必不為天地所容。人貴自反，勿徒怨人。你今服神煉氣，也有二百餘年，從此勵志苦修，積久歲月，可望有成。若必逆理反常，學你母親的事業，吾立見其速死耳。良言盡此，你須慎之，毋再遭吾手，去罷。」那小狐精兒得了這個去字，兩腿便能動移，那裡還顧得與二妖作別，便如飛的跑去了。

要知于冰這幾句話，雖是勸戒小狐精，卻也是藉他勸戒二女妖的意思。二女妖見小狐精跑去，笑向于冰道：「這娃子幾乎被世叔嚇死。」于冰道：「他的結果，我已預知，將來與他母親是一樣結果。」翠黛道：「約在何時？」于冰道：「二百一十年後，必為雷火所誅。」二妖道：「適纔被這娃子來打斷話頭，世叔說是為家父諄托而來，願聞其詳。」于冰道：「二位若不怪我愚直，我就據實相告了。」二妖道：「但有吩咐，無不敬遵。」于冰道：「我去年與令尊相會時，令尊道：『我一生只有二女，鍾愛最甚。我如今受職上界，無暇教誨他們，奈他們行為不合道理處甚多，誠恐獲罪於天，徒傷性命。』再三著我到貴洞一行，傳二位修煉真訣，異時陞令尊職位。」二妖喜道：「我等苦無高明指授，倘世叔不

❷不共戴天：禮記曲禮上：「父之讎，弗與共戴天。」讎，通仇。共戴天，謂同在一蒼天之下。不共戴天，謂勢不兩立，即天地間有敵無我、有我無敵也。亦作不同戴天。見公羊傳莊公四年。

吝奇法妙術，傳與我等，我等有生之年，盡皆戴德之日。」

于冰道：「我今日此來，所欲傳者，乃性命之學，非法術之學也。蓋法術之學，得之只不過應急一時。性命之學，得之便可與天地同壽。」二妖道：「敢問何為性命之學？」于冰道：「本乎天者謂之命，率乎己者謂之性。然性命二字，儒釋道三教，各有不同。儒家以盡性立命為宗，釋家以養性聽命為宗，道家以煉性壽命為宗，其要領在於以神為性，以氣為命。神不內守，則性為心意所搖。氣不內固，則命為聲色所奪。此吾道所以要性命兼修也。」二妖道：「敢問守神固氣之道，修為若何？」于冰道：「神與氣，乃一身上上品妙藥，其妙重在不亡精。故修道者，煉精成氣，煉氣化神，煉神合道。此即七返九還❸之妙藥也。」

二妖道：「敢問七返九還之藥何如？」于冰道：「已去而復回謂之返，已得而又轉謂之還。其回轉之法，端在採藥。然採藥有時節，制藥有法度，入藥有造化，煉藥有火候。修道者於未採藥之前，先尋採藥之源。西南有鄉土，名曰黃庭，恍惚有物，杳冥有精。先仙曰：『分明一味水中金，可於華車仔細尋。』此即尋藥之本源也。垂簾塞兌，窒慾調息，離形去智，幾於坐忘。先仙曰：『勸君終日默如愚，煉成一顆如意珠。』此採藥之時節也。天地之先，渾然一氣。人生之初，與天地同。天以道化生萬物，人以心肆應百端。先仙曰：『大道不離方寸地，工夫細密要行持。』此制藥之法度也。心中無心，念中無念，注意規中，一氣還祖。先仙曰：『息息綿綿無間斷，行行坐坐轉分明。』此入藥之造化也。清淨

❸ 七返九還：謂以火煉金，使金返本還原，成為仙丹。道教以七代表火，以九代表金。唐呂岩五言詩之十：「爐中七返畢，鼎內九還終。」

藥材，密意為先。十二時中，火煎氣煉。先仙曰：『金鼎常教湯用暖，玉爐不使火微寒。』此煉藥之火候也。」

二妖道：「敢問採藥、煉藥、火候等說，條要何如？」于氷道：「採時謂之藥，藥中有火焉。煉時謂之火，火中有藥焉。能知藥而收火，則定裡成丹。先仙曰：『藥物陽內陰，火候陰內陽，會得陰陽理，火藥一處詳。』此一義也。修道者必以神御氣，以氣定息，呼息出入，任其自然，轉氣致柔，含光默默，行住坐臥，不離這個。工夫純粹，打成一片。如婦人之懷孕，如小龍之養珠，漸採漸深，漸煉漸凝。動靜之間，更宜消息。念不可起，起則火炎。意不可散，散則火冷。煉之一日，一日之周天。煉之一刻，一刻之周天也。無子午卯酉之法，無晦朔弦望之期。聖人傳藥不傳火之旨，盡於此矣。何條要之有？」

二女妖道：「敢問龍虎如何調法，方為至善？」于氷道：「調龍虎之道有三：上等以身為鉛，以心為汞，以定為水，以慧為火，在片刻之間，可以凝結成胎。中等以氣為鉛，以神為汞，以午為火，以子為水，在百日之間，可以混合成象。下等以精為鉛，以血為汞，以腎為水，以心為火，在一年之間，可以融結成功。先仙曰：『調息要調真息，煉神須煉真神。』則虎降龍伏矣。」二妖道：「敢問嬰兒姹女產育之道若何？」于氷道：「精從下流，氣從上散，水火相背，不得凝結成胎，則嬰兒姹女，從何產育？人苟愛念不生，此精必不下流；忿念不生，此氣必不上炎。一念不生，則萬慮澄徹，水火自然交媾，產之育之，有何難也？」

二妖道：「修持大成日，有五氣朝元，三花聚頂，敢問若何？」于氷道：「眼不視而魂在肝，耳不聽而精在腎，舌不聲而神在心，鼻不香而魄在肺，四肢不動而意在脾，是為五氣朝元。精化為氣，氣化為神，神化為虛，是為三花聚頂。」二妖道：「敢問入手工夫，以何為先？」于冰道：「心者神之舍，心忘念慮，即超慾界。心忘緣境，即超色界。心上著空，即超無為界。故入手工夫，總以清心為第一。」二妖道：「工夫既純之後，若少有間斷，亦能壞道否？」于冰道：「壞道必先壞念。念頭一壞，收拾最難。回光反照，亦收拾念頭之一法耳。」二妖道：「某等修持各一千六七百年，道雖小同，其實大異。人畜之別，即此已定貴賤。今承提命，德同天地。我父若能聞此修持，一天狐安能限其造就？然某等還有冒昧妄請指教者，若採男子之真陽，滋下元之腎水，於丹道補益功效何如？」于冰大笑道：「盜人之精而益己之精，吸人之髓而益己之髓，忠恕先失。抑且裝神變鬼，明去夜來，甚至淫聲艷語，獻醜百端，究之補益，亦屬有限。況捨己身之皮肉，為人之皮肉點污戲弄，恐立志成仙者，不肯如此下賤也。」二妖滿面通紅，羞愧無地。說道：「從此斬斷情絲，割絕慾海，再不敢沒廉恥矣。」說罷，一齊倒身下拜，求認于冰為師。

于冰扶起道：「這斷斷使不得。我承你令尊一書見惠，始得有今日道果，何敢忘青出於藍？昔吾師火龍真人，曾傳我呼吸出納口訣，其法至簡至易，較你們導引煉氣，其功迅速百倍，亦可見冷某是一不忘本人。」二妖大喜，將眾侍女趕出，于冰暗傳了口訣。二妖喜歡無地可容，一齊說道：「弟子等得此，三十年內，便可脫盡皮毛，永成不沒人體，不復與禽獸伍矣。此恩此德，天地何殊？」一定要請于冰正坐，拜為師尊。于冰推阻至再，說道：「但願二位從此正心誠意的修煉，我對你令尊方為有光，何必在拜從門下？但還有一節要緊之至，適所傳口訣，係得之吾師火龍真人，戒令毋傳同道。同道尚不許傳，今傳與二位，我實擔血海干係。此訣只可自知，若從此再傳你們道類，我何面再見吾師？」二妖道：「不但同類，即我父欲學，非稟明師尊可否，亦不敢妄傳。」

說罷，又定請于冰正坐拜從，于冰那裡肯依？且要立行辭去。二妖見于冰堅意不允，說道：「師尊不肯收認我們，為是披毛帶尾異類。只求看我父面上，少鄙薄一二，就是大恩。」于冰聽了這幾句話，誠恐將來天狐知道，臉上過不去，於是也不再說。吩咐眾侍女，將椅兒放正坐了。二妖知是依允，心上大喜，拜了于冰四拜，分立兩傍。于冰道：「我當年收一猿不邪，即被吾師大加罪責。今你二人既列吾教下，須要守我法度，杜門潛修，不可片念涉邪，弄出事來，干連於我不便，我今後倒添許多不放心矣。」二妖道：「謹遵師尊嚴訓，一步不敢胡行。」于冰道：「每到三年後，定來考驗你們得失。令尊我已預知，後日必來看望於你，可代我多多致意。我去了。」

說罷，將袍袖一擺，滿殿通是金光，眾妖眼睛一瞬間，再看已不知于冰去向。一齊跑出殿外，仰面觀望，見一朵紅雲，離洞起有二百餘丈高下，如飛的向東南去了。眾侍女無不咬指吐舌。二女又喜又懼，一喜得此神通廣大師尊，為同類所欽羨；一懼有犯戒律，知他事事前知，恐遭雷火之誅。自此斷絕塵念，一洗繁華，每到三年後，于冰果來考證，指示得失。至第三日，天狐來看望二女，知拜從在于冰門下，又傳道術口訣，大喜過望。到三十年後，二女脫盡皮毛，永成人體。一百六七十年後，各入仙班，比他父雪山高出百倍，皆于冰口訣之力也。正是：

為送天罡那段情，始行收認女門生。
須知此會非常會，他日瑤池俱有名。

第七十三回　溫如玉遊山逢蟒婦　朱文煒催戰失僉都

詞曰：

深山腰裊多峻路，高岑石畔來蛇婦。如玉被拘囚，血從鼻孔流。　神針飛入戶，人如故。平寇用文華，與蛇差不差。

右調菩薩蠻

且說溫如玉在瓊岩洞，得連城璧傳與出納氣息工夫，城璧去後，便與二鬼修持。日食野菜藥苗、桃李榛杏之類，從此便日夜洩瀉起來，約六七個月方止，渾身上下，瘦同削竹，卻精神日覺強壯。三年後，又從新肥胖起來。起先膽氣最小，從不敢獨自出洞。四五年後，於出納氣息之暇，便同二鬼閒遊，每走百十里，不過兩三個時辰，即可往回，心上甚是得意。此後膽氣一日大似一日，竟獨自一個於一二百里之外，隨意遊覽，領略那山水中趣味。

一日，獨自閒行，離洞約有七八十里，見一處山勢極其高峻，奇花異草頗多。心裡說道：「回洞時，說與超塵、逐電，著他們到此採辦，便是我無窮口福。」於是遶著山徑，穿林撥草，摘取果食。走上北山嶺頭，見周圍萬山環抱，四面八方，彎彎曲曲，通有缺口。心裡又說道：「這些缺口，必各有道路相通，一處定有一處的山形水勢，景致不同。我閒時來此，將這些缺口都遊遍，也是修行人散悶適情一樂。」

正欲下嶺，猛聽得對面南山背後，唧唧咕咕，叫喚了幾聲，其音雖細，卻高亮到絕頂。如玉笑道：「此聲斷非鸞鳳，必係一異鳥。聽他這聲音，倒只怕有兩三丈大小。」語未畢，又聽得叫了幾聲，較前切近了許多。再看對山，相離也不過七八十步，只是看他不見。四下一望，猛見各山缺口俱有大蟒蛇走來，有缸口粗細長數丈者，有水桶粗細長四五丈者，次後兩三丈、一二丈，以及七八尺、三四尺大小不等，真不知有幾千百許，各揚頭掀尾，急馳而來。嚇得如玉驚魂千里，見有幾株大桃樹，枝葉頗繁，急急的扒了上去藏躲。在那樹枝中四下偷看，見眾蟒蛇青紅白綠，千奇百怪，顏色不等。滿山谷內，大小石縫之中，都是此物行走。如玉心膽俱碎，自己鬼念道：「我若被那大蟒大蛇不拘那一條看見，決無生理。」喜得那些蟒蛇無分大小，俱向對面南山下直奔。又見極大者在前，中等者在後，再次者更在後，紛紛攘攘，堆積的和幾萬條錦繩相似。

少刻，又聽得叫了幾聲，其音較前更為切近。再看眾蟒蛇，無一敢搖動者，皆靜伏谷中。陡然見對面南山頂上，走過一蟒頭婦人來，身穿青衣白裙，頭紅似火，頂心中有杏黃肉角一個，約長尺許，看來不過一錢粗細。又見那些大小蟒蛇，皆揚起腦袋，亂點不已，若叩首之狀。自己又嘆息道：「我今日若得儌倖不死，生還洞中，真是見千古未見之奇貨。」只見那蟒頭婦人將眾蟒蛇普行一看，又在四面山上山下一看，又叫了幾聲。叫罷，將如玉藏躲的樹，用手指了幾指，那些大小蟒蛇俱各回頭，向北山看視。只這幾指，把個如玉指得神魂若醉，雙手握著樹枝，在上面亂抖。又見那蟒頭婦人將手向東西分擺，那些大小蟒蛇各紛紛搖動，讓出一條道路來，那蟒頭婦人便如飛的從對山跑來，向樹前直奔。

如玉道：「我活不成了。」語未畢，那蟒頭婦人已早到樹下，兩手將樹根抱住一搖，如玉便從樹上掉下，被蟒頭婦人用雙手接住，抱在懷中，復回舊路，一邊跑，一邊看視如玉，連叫不已，大約是個喜歡不盡之意。如玉此時昏昏沈沈，也不知魂魄歸於何地。少刻，覺得渾身如繩子捆住一般，又覺得鼻孔中有幾條錐子亂刺，痛入心髓。猛然睜眼一看，見身在一大石堂內。那蟒頭婦人已將身軀化為蛇，仍是紅頭杏黃角黑身子，遍身都是雪白的碎點，約一丈餘長，碗口粗細，從自己兩臂纏繞到兩腿，頭在下，尾反在上，即用尾在鼻孔中亂刺，鮮血直流，他卻將腦袋倒立起，張開大口，喫滴下去的血。

如玉看罷，將雙眼緊閉聽死。正在極危迫之際，覺得眼皮外金光一閃，又聽得喞的一聲，自己的身子便起倒了幾下。急睜眼看時，那蟒頭婦人已長拖著身子，在石堂中分毫不動。身上若去了萬斤重負，惟鼻孔中疼痛如前，仍是血流不止。乍見連城璧走來，將兩個小丸子，先急急向鼻孔中一塞，次將一大些的丸子，塡入口中。須臾，覺得兩鼻孔疼痛立止，血亦不流，那大丸子從喉中滾下，腹內雷鳴，大小便一齊直出。又見城璧將他提出石堂，立即起一陣煙雲，已身在半空中飄蕩。片刻，落在瓊岩洞前。

城璧扶他入洞，二鬼迎著問道：「怎麼是這樣個形像？」如玉放聲大哭，訴說今日遊走情事。二鬼聽了，俱各吐舌。又問城璧道：「二哥何以知我有此大難相救？」城璧道：「我那裡曉得？今日巳時左近，大哥在後洞坐功，猛然將我急急叫去，說道：『不好了，溫賢弟被一蟒頭婦人拿去，在泰山煙谷洞石堂內，性命只在此刻。你可拿我戳目針，了絕此怪。』又與了我大小三丸藥，吩咐用法，著我快去快去。我一路催雲，如掣電般急去，即至找尋到石堂前，不意老弟已被他纏繞住，刺鼻血咀嚼，若再遲片刻，老弟休矣。塞入鼻中者，係止血定痛之丹。塞入口中者，係追逐毒氣之丹。」如玉道：「我此刻覺得平復如舊，皆大哥、二哥天地厚恩。但我身上不潔淨之至，等我去後洞更換底衣，再來叩謝。」說罷，也不用人扶，入後洞去了。

城璧向二鬼道：「著他經經也好，還少胡行亂跑些。一點道術沒有的人，他也要遊遊山水，且敢去人跡不到之地，豈不可笑？他今日所遇，是一蛇王，每一行動，必有數千蛇蟒相隨。凡他所過地界，寸草不生，土黑如墨，今已身子變成人形，頭尚未變，再將頭一變換，必大行作禍人間矣。」須臾，如玉出來叩拜，並煩囑謝于冰。城璧道：「賢弟此後宜以煉氣為主，不可出洞閒遊。你今日為蟒頭婦人所困，皆因不會駕雲故耳。我此刻即傳你起落催停之法。」如玉大喜，城璧將駕雲法傳與，再四叮囑而去。

再說林潤得于冰改抹文字，三場並未費半點思索，高高的中了第十三名進士。殿試又在一甲第二名，做了榜眼。明帝見人才英發，帝心甚喜，將林潤授為翰林院編修之職。求親者知林潤尚無妻室，京中大小諸官，俱煩朱文煒作合。文煒恐得罪下人，又推在林岱身上。本月文煒又生了兒子，心上甚是快樂，益信于冰之言有驗。這話不表。

一日，明帝設朝，辰牌時分，接到巡撫王忬❶的本章，言奸民汪直、徐海、陳東、麻葉❷四人，浮海投入日本國為謀主，教引倭寇夷目妙美，劫州掠縣，殘破數十處城郭，官軍不能禦敵，告急文書屢咨

---

❶ 王忬：明太倉人，字民應。嘉靖進士，累官兵部右侍郎，薊遼總督。才本通敏，為世宗所信任。不練主兵，惟調邊兵入衛，致寇乘虛入犯，辦寇又數以敗聞。嚴嵩乘間短之，子世貞又積忤嵩子世蕃，灤河之變，遂為御史所論，斬於西市。明史有傳。

❷ 汪直徐海陳東麻葉：四人均見明史卷二百五胡宗憲傳。

兵部，三四月來，總不回覆，又不發兵救應。明帝看了大怒，問兵部堂官道：「你們為何不行奏聞？」兵部堂官奏道：「小醜跳梁，地方官自可平定。因事小，恐煩聖慮，因此未行奏聞。」明帝越發怒道：「現今賊勢已熾，而尚言小醜二字耶？兵部堂官著交部議罪。」孰不知皆是嚴嵩阻撓，總要說天下治平，像這些兵革水旱的話，他最厭見厭聞。嚴嵩此時怕兵部分辯，急奏道：「浙江既有倭患，巡撫王忬何不先行奏聞？軍機大事，安可以文書咨部卸責？今倭寇深入內地，劫掠浙江皆王忬疏防縱賊之所致也。」明帝道：「王忬身為巡撫，此等關係事件，不行奏聞，其意何居？」隨下旨將王忬革職，浙江巡撫著布政司張經❸補授討賊。那知王忬為此事本奏四次，俱被嚴嵩說與趙文華擱起，真是無可辨的冤枉。嚴嵩又奏道：「張經才識，還恐辦理不來。工部侍郎趙文華，文武兼全，名望素著，浙江人望他無異雲霓❹，再胡宗憲雖平師尚詔無功，不過一時識見偶差，究係大有才能之人，祈聖上赦其前罪，錄用兩人，指日定奏奇功。」明帝便下旨，趙文華陞授兵部尚書，督師征討。又想起朱文煒深有權謀，加陞都察院左僉都御史，胡宗憲授右僉都御史，一同參贊軍務，於河南、山東二省揀選人馬，星赴浙江，其浙江水陸諸軍，任憑文華調用。旨意一下，兵部即刻行文四省。

朱文煒得了此旨，向姜氏道：「趙、胡豈是可同事之人？此行看來多凶少吉。前哥哥寄書來，言家中房地俱皆贖回，不如你同嫂嫂速刻回家。這處房子就著林賢姪住，豈非兩便？」姜氏道：「你的主見

❸ 張經：明侯官人，字廷彝。正德進士，官至右都御史。專討倭寇，選將練兵，為搗巢計。趙文華劾經糜餉殃民，畏賊失機，詔逮經，論死，天下冤之。隆慶初復官，謚襄敏，著有半洲稿。詳明史卷二百五本傳。

❹ 望他無異雲霓：謂盼望他之殷切，無異大旱之望雲霓也。語本孟子梁惠王下第十一章。

甚是，但願你早早成功。慰我們懸記。」文煒即著人將林潤請入，說明意見。林潤道：「叔父既執意如此，小姪亦不敢強留，自應遵諭辦理。但趙文華倚仗嚴嵩之勢，出去必不安靜，弄起大是非來，干連不便，叔父還要著實留意。」

正言間，家人報道：「趙大人來拜。」文煒道：「我理合先去見他為是，不意他倒先來。」忙同林潤出來，文煒冠戴著，大開中門等候。少刻，喝道聲近，一頂大轎入來。趙文華頭戴烏紗，身穿大紅仙鶴補袍，腰繫玉帶，跟隨著黑壓壓許多人。文煒接將出去，文華一見，大笑道：「朱老先生，你我著實疏闊的狠，今日奉聖旨一同公幹，我看你又如何疏闊我？」文煒道：「大人職司部務，乃天子之喉舌。晚生名位懸絕，不敢時相親近。」文華拉著文煒的手兒，又大笑道：「這話該罰你纔是。御史乃國家清要之職，與我有何名位懸絕處？是你嫌我輩老而且拙，不肯輕易錯愛耳。」說罷，又大笑起來。

兩個人同入大廳，行禮坐下。文華道：「老先生今日榮膺恩寵，領袖諫垣，又命主持軍務，聖眷可謂極隆。弟一則來拜賀，二則請候起身吉期。」文煒道：「晚生正欲鳧趨❺階下，用伸賀悃，不意反邀大人先施，殊深惶恐之至。至於起身吉日，容晚生到大人處，聽候鈞諭。」文華道：「倭寇跳梁，王巡撫隱匿不奏，致令攻城奪郡，遺害群黎❻。弟又聞得一密信，溫州、崇明、鎮海、象山、奉化、興昌、慈谿、餘姚等地，俱被蹂躪。杭州省城，此時想已不保。老先生平師尚詔時，出無數奇謀，這幾個倭寇，自然心上已有定算。倘蒙不棄，可將機密好話兒先告訴我，庶可大家商同辦理。」說罷，又嘻嘻哈哈的

❺ 鳧趨：謂欣喜如鳧之踴躍也。鳧，音ㄈㄨˊ，野鴨。

❻ 群黎：猶萬民也。詩小雅天保：「群黎百姓，徧為爾德。」

笑起來。

文煒道：「用兵之道，必須目覩賊人強弱情形，臨期制勝，安可預為懸擬❼？即平師尚詔時，晚生亦不過談兵偶中，究之心無打算，倒要請大人奇策指示後輩。」文華掀著鬍子大笑道：「我來請教你，你倒問起我來了。依我的主見，聖上滅寇心急，你我斷不可在京中久延，今晚即收拾行李，明午便行起身。我已囑兵部連夜行文山東、河南二省，著兩處揀選勁卒各一萬，先在王家營屯紮等候。我們出了京門，不妨慢慢緩行，走到了王家營，再行文江南文武，著他們揀選水師，少了不中用，須得數萬，彙齊在揚子江岸傍等候。我們再緩緩由水路去，到那時另看風色。」

文煒道：「浙省百姓，日受倒懸之苦，如此耽延，聖上見罪若何？」文華道：「倭寇之禍，起於該地方文武不早防閒。目今休說失了數處州郡，便將浙江全失，聖上也怪不到我們身上。若說用兵遲延，我們都推在河南、山東、江南三省各文武身上，只說他們視同膜外，不早應付人馬，兼之船隻甲冑諸項不備，你我同胡大人三個書生，如何殺得了數萬亡命哩？」文煒道：「倘倭寇殘破浙江，趁勢長驅江南，豈非我們養疥成瘡之過？」文華大笑道：「你好過慮呀！浙江全省地方，水陸現有多少人馬？巡撫鎮副等官，安肯一矢不發，一刀不折，便容容易易放他到江南來？等他到江南時，我們大兵已全積在揚子江邊。以數十萬養精蓄銳之勁卒，破那些日夜力戰之疲賊，與摧枯拉朽❽何殊？此知彼知己、百戰百勝之道也。」說罷，又嘻嘻呵呵的大笑起來。

---

❼ 懸擬：憑空擬定方策。懸，虛也。

❽ 摧枯拉朽：摧折拉斷枯朽之木，喻事至易也。晉書甘卓傳：「將軍之舉武昌，若摧枯拉朽。」

文煒道：「大人高見，與晚生不同，統候到江南再行計議。」文華聽了，低下頭，用手拈著鬍子，自己鬼念道：「不同，不同。」又復抬頭將文煒一看，笑道：「先生適纔說，到江南再行計議，也罷，我別過罷。」即便起身。文煒送到轎前，文華舉著手兒說道：「請回，請回，容日領教。」隨即喝著道子去了。

文煒回到書房，正要告知林潤適纔問答的話，林潤道：「趙大人所言，小姪在屏後俱聽過了。他如此居心，以朝廷家事為兒戲，只怕將來要遺累叔父。」文煒蹙著眉頭道：「我本一介青衿❾，承聖恩高厚，冷老伯栽培，得至今日，惟有盡心竭力，報效國家。我既職司參贊，我亦可以分領人馬，率眾殺賊。至於勝敗，仗聖上洪福罷了。」林潤道：「依小姪主見，到江南看他二人舉動，若所行合道，與他共奏膚功；若事務掣附，便當先行參奏，亦不肯與伊等分受老師費餉失陷城池之罪。」文煒道：「凡參奏權奸，求濟其事。文華與嚴嵩，乃異姓父子，聖上又惟嚴嵩之言是聽，年來文武大臣，被其殘害殺傷者，不知多少。量我一個僉都御史，彈劾到那裡？我此刻到趙大人、胡大人處走走。」隨即吩咐寫了個晚生帖與文華，一個門生帖與胡宗憲，是為他曾做河南軍門、在營中獻策得官故也。

原來宗憲自罷職後，便欲回鄉，嚴嵩許下他遇便保奏，因此他住在京師。文煒先到文華府第，見車馬紛紛，拜賀的真不知有多少，帖子投入，門上人回覆，去嚴府未回。又到胡宗憲門上，拜喜的也甚多，大要多不相會。帖子投入，宗憲看了，冷笑道：「這小畜生，又與我稱呼起門生來了。當年在聖駕前，幾乎被他害死。既認我做老師，這幾年為何不早來見我？」本意不見，又想了想：「他如今爵位與我一

❾ 一介青衿：一個青年學生。青衿，舊時學子之服，與青襟同。衿，音ㄐㄧㄣ。

般，況同要平倭寇，少不得要會面的。」書獃子心性，最愛這門生二字，隨吩咐家人，開中門相請。文煒既與了他門生帖子，便不好走他的中門，從轉身傍邊入來。直到二門前，方見宗憲緩步從廳內接出來。文煒請宗憲上坐叩拜，宗憲不肯，斜著身子，以半禮相還。禮畢，文煒要依師生坐次，宗憲心上甚喜，定以賓客禮，相讓坐了，他卻自將椅兒放在上一步，仍是師生的坐法。

文煒道：「自從歸德拜違，只擬老師大人文旌旋里，以故許久未曾叩拜。昨聖上命下，始知養靜都中，疏闊之罪，仰祈鑒宥。」宗憲道：「老夫自遭逐棄，便欲星馳歸里，視塵世富貴，無異浮萍。無奈舍親嚴太師百法款留，堅不可卻，老夫又難違其意，只得鼠伏都中。又兼時抱啾疾，應酬盡廢，不但同寅，即至好交情，亦未嘗顧盼老夫。孟浩然詩曰：『不才明主棄，多病故人疏。⑩』正老夫之謂也。」文煒道：「八荒九極⑪，佇望甘霖久矣，將來綸扉⑫重地，嚴太師外，捨老師其誰屬？今果楓宸特眷⑬，加意老臣，指顧殄殲倭寇，門生得日親几杖，欽聆教言，榮幸奚似？」宗憲道：「老寅長，門生二字，無乃過謙？」

文煒道：「歸德之役，端賴老師培植，是牛溲馬勃⑭，當年既備籠中，而土簋陶匏⑮，豈敢忘今日

⑩ 不才明主棄二句：唐孟浩然五言律詩歲暮歸南山頷聯。
⑪ 八荒九極：八荒，猶八方，荒謂荒遠之地。九極，道教語，猶九天。
⑫ 綸扉：猶內閣。明清時稱宰輔所在之處為綸扉。見明謝肇淛五雜俎事部三。
⑬ 楓宸特眷：皇上特別寵愛。楓宸，本指帝居，引申借稱帝王。或作楓陛。
⑭ 牛溲馬勃：牛溲為中藥車前草的別名，可治水腫和腹脹。馬勃為菌類，可為止血藥。喻極微賤之物有時也有用處。語出韓愈進學解。

陶鎔耶？」宗憲道：「昔時殿最⑯奏功，皆邦輔曹大人之力，老夫何與焉？老師稱呼，老夫斷不敢當。」文煒道：「天下委土⑰固多，而高山正自不少。曹大人吹噓於後，實老師齒芬⑱於前之力也。安見曹大人可為老師，而大人不可為老師乎？」宗憲聽了，心上快活起來，不禁搖著頭，閉著目，仰面大笑道：「苟以是心至，斯受之而已矣⑲。」文煒作揖起謝，宗憲還了半個揖，依就坐下。宗憲道：「賢契固執若此，老夫亦無可如何。」

文煒道：「適承趙大人枉顧，言在明午起身。未知老師酌在何時？」宗憲道：「今日之事，君事也。他既擬在明午，即明午起身可耳。」文煒道：「聞倭寇聲勢甚大，願聞老師禦敵之策。」宗憲道：「自反而縮，雖千萬人，吾往矣⑳，又何必計其聲勢為哉？」文煒心裡道：「許多年不見，他不意比先越發迂腐了。」隨即打一恭告別。宗憲只送在臺階上，就不送了。文煒回家，也有許多賀客，只得略為酬應。連夜收拾行李，派了隨從的人役。次早，又到趙文華家，卻好胡宗憲亦在。文華留喫了早飯，一同到嚴

---

⑮ 土簋陶匏：土製的簋，陶製的尊、簋、俎豆等器皿，均供祭祀用，喻尊貴。簋，音ㄍㄨㄟˇ，盛黍稷祭神之器，內圓而外方，又作土匭。匏，音ㄆㄠˊ。

⑯ 殿最：軍功上曰最，下曰殿。語出說文繫傳。

⑰ 委土：廢棄無用之土。委，捨棄。

⑱ 齒芬：本謂談吐風雅，此處乃口頭稱譽之意。

⑲ 苟以是心至二句：假使抱這種心意來見我，我就接受了吧。語本孟子盡心下第三十章。

⑳ 自反而縮三句：自問合乎道義，雖面對千萬人，也會勇往直前，毫無畏懼。縮，直也。語出孟子公孫丑上第二章。

府中請示下。嚴嵩說了幾句審時度勢用兵的常套話兒，一同出來，議定本日午時出京。

文煒回家，囑托林潤，擇日打發家眷回河南。隨與宗憲先行，趙文華第二次走，約在山東泰安州會齊。早有兵部火牌，傳知各路伺候夫馬。到了泰安，闔城文武都來請候，支應兩人一切。等了八九天，還不見文華到來。不想文華回拜了賀客各官，嚴世蕃又通知九卿與他送行，酒筵直擺至蘆溝橋。凡所過地方文武官，俱出城迎接二十里。次日起身，還要送出郊界外。公館定須懸燈結綵，陳設古玩。他住的房，用白綾作頂棚，緞子裱牆壁。跟隨的人，也要間間房內鋪設齊整。就是馬棚，亦須粉飾乾淨。內外院都用錦紋五色氈鋪地。每住一宿，連跟隨的人，大約得十一二處公館方足用。上下酒席，諸品珍物，無不精潔。每食須二十餘桌，還要嫌長道短，打碗摔盤，也有翻了桌子的時候。少不如意，家丁們便把地方官辱罵，參革發遣的話，個個口中煉的透熟，比幾十隻老虎還兇。至於驛站，更難支應，不是嫌馬匹老瘦，就是嫌數目不足，毆打衙役，鎖拿長隨，再不然回了文華，就不走了。

地方官兩三天家支應，耗費不可數計。雖說出在地方官，究之無一不出在百姓。有那靈動知竅的官兒，孝敬趙文華若干，與跟隨的人若干，按地方大小餽送，爭多較少，講論的和做買賣一般。銀錢使用到了，你便與他主僕豆腐白菜喫，他還說清淡的有味。文華還要傳入去賜坐留茶，許保舉話。各地方官知他這風聲，誰不樂得省事？就是極平常的州縣，也須挪移送他。他又不走正路，只揀有州縣處，繞著路兒走，二三十里也住，五六十里也住。由京至山東泰安，不過十數天路，他倒走了三十四五天。人都知道他是嚴嵩的乾兒子，誰敢道個不字？及至到了泰安，朱文煒問他來遲之故，他便直言是王公大臣與他送行，情面上卻不過，因此來遲。文煒將河南、山東領兵各將官投遞的職名稟帖，並兩處巡撫起兵的文移㉑，軍門的知會，著他看視，他見兩省軍兵已等候了數天，日日坐耗無限糧草，只得擇吉日起身。

到了王家營，又裝做起病來，也不過黃河，也不行文通知江浙兩省，連胡、朱二人面也不見了。浙江告急文書，雪片般飛來，他又以河、東兩省人馬未齊咨覆。文煒看的大不成事，常到文華處聽候，催他進兵。文華被催不過，方行文江南文武，要於各路調集水師八萬，大小戰船三千隻，在鎮江府停泊，聽候征進。江南大小文武，那一個敢違他意旨？只得連夜修造戰船，並調集各路人馬。幸喜文書上沒有限定日月，尚得從容辦理。又過了月餘，通省水師俱到鎮江聚齊，文武大員俱在府城等候，各差官到王家營迎請欽差驗兵，文華方發了火牌，示諭起程日期。又飭知淮安府，備極大船一千隻，由淮河進發。

到了揚州，彼時揚州鹽院是鄢懋卿，與文華同是嚴嵩門下。懋卿將三個欽差請入城中，日日調集梨園子弟看戲。文煒恐軍民議論，親自催促文華動身。文華因各商與他湊送金銀未齊，著文煒同宗憲領河南人馬先行，約在三日後即到鎮江。文煒無奈，只得率眾先行。督撫等官俱問文華不來的原故，文煒只得說他患病在揚州。究之各官，早知他在鹽政衙門頑鬧，又知鄢懋卿派令各商攤湊金銀相送，不過背間嘆息而已。又等了數天，文華方纔到來。看見兵，說兵不好。看見船，說船不好。把失誤軍機參革斬首的話，在嘴裡直流。著江南文武各官，另與他揀選兵將，更改戰船。那些大小文武官員，也都知道他的意思，或按營頭，或按地方，暗將金銀餽送，方纔將兵將船隻閑罷。他又要水陸分兵，著江南文武與他調戰馬五千匹，限半個月彙齊。那些督撫提鎮，又知他心上毛病，總辦理，他不是嫌老，就是嫌瘦，於是各派屬員，每馬一匹捐銀若干，各按州縣所管莊村堡鎮，著百姓按戶或按地，交送本地方官，星夜解

㉑ 文移：公牘；公文。後漢書光武帝紀：「於是置僚屬，作文移。」

送軍營，又暗中與文華餽獻。

此時浙江雖遭倭寇塗炭，還是一處有，一處沒有。自文華到江南，通省百姓，沒一家不受其害。究之他所得，不過十分之四，那六分被承辦官以及書吏衙役、地方鄉保人等分肥。他要了這幾個錢不打緊，被衙門書吏衙役人等，逼得窮百姓賣兒女，棄家產，刎頸跳河，服毒自縊而死者，不知幾千百人，那一個不欲生食其肉，咒罵又何足道耶？朱文煒見風聲甚是不妥，打算著據實參奏，嚴嵩在內，這參本斷斷到不了聖上眼中，只有勸止住他為妥。於是親見文華，說道：「浙江屢次報警，近又失紹興等地，與杭州只一江之隔。倘省城不保，非僅張經一人之罪也。且外邊謠言，都說我們剋索官民，鯨吞船馬銀兩，老師靡費，流害江南。況自出京以來，兩月有餘，尚未抵浙江邊境，擁兵數萬，行旅為之不通，倘朝廷查知，大人自有回天之力，晚生輩職司軍務，實經當不起。祈大人速行起兵，上慰宸衷，下救災黎，真萬代公侯之事也。」趙文華聽了，佯為嗔驚道：「我們品端行潔，不意外邊竟作此等議論，深令人可恨。」說罷，兩隻眼看著文煒，大笑道：「先生請放開懷抱，你我誰非憂國憂民之人？兩日後，弟定有謀畫請教。」文煒辭了出來，到胡宗憲處，將適纔向文華說的話，詳細說了一遍。宗憲大驚道：「賢契差矣。這話得罪他之至，這還得我替你挽回。趙大人他有金山般依靠，我輩當此時，只合飲醇酒，談詩賦，任他所為，怎麼將外邊議論話都說了？」說罷，閉住眼，只是搖頭。文煒道：「門生著趙大人見罪，雖死猶生。若將來著聖上見罪，雖生猶不如死也。」於是辭出回寓。

且說趙文華聽了文煒這幾句話，心中大怒，又想著胡宗憲當日也是文煒在聖駕前參奏壞的，若不早些下手，被他參奏在前，雖說是有嚴太師庇護，未免又費唇舌。思索了半晌，便將伺候的人退去，提筆寫道：

兵部尚書趙文華、右僉都御史胡宗憲一本，為參奏事：前浙江巡撫王忬縱寇養奸，廢弛軍政，致倭賊攻陷浙省府縣等地，始行奏報。蒙聖恩高厚，免死革職，命臣總督軍馬，協同僉都御史臣朱文煒、胡宗憲，殄滅醜類。臣奉命之日，夙夜冰競㉒，惟恐有負重寄，於五月日星馳王家營地界，守候一月餘，河、東兩省人馬陸續方至。臣知倭賊勢重，非一旅之師所能盡殲，旋行文江南文武，調集水軍，分兩路進勦，臣在鎮江暫行等候。又念浙民日受屠毒，若俟前軍齊集，恐倭賊為患益深，因思朱文煒平師尚詔時，頗著謀猷，令其先統河、東兩省人馬，與浙撫張經，會同禦寇，臣所調江南水軍一到，即行策應。奈文煒恃平師尚詔微功，不屑聽臣指使。臣胡宗憲亦屢促不行，羈延二十餘日，使撫臣張經全師敗沒，又將紹興一帶地方，為賊搶劫，殺害官民無算。目今賊去杭州只一江之隔，倘杭州一失，而蘇、常二州勢必震動。是張經喪師辱國之由，皆文煒不遵約束所致也。軍機重務，安可用此桀驁不馴㉓之員？理合題參，請旨速行正法，為文武各員怠忽者戒。仰祈聖上乾斷施行，謹奏。

趙文華寫畢，差人將胡宗憲請來，向袖內取出參文煒的彈章，遞與宗憲看。宗憲看罷，驚問道：「大人

㉒ 夙夜冰競：日夜戒慎恐懼。詩小雅小宛：「戰戰兢兢，如臨深淵，如履薄冰。」後用冰兢表示恐懼謹慎之意。兢，或作競。

㉓ 桀驁不馴：暴戾不服從。清虞德升諧聲品字箋：「桀驁，馬不馴名。」驁，音ㄠˊ。馴，音ㄒㄩㄣˊ。

為何有此舉動？且列賤名？」文華冷笑道：「朱文煒這廝，少年不達時務，一味家多管閒事。方今倭寇正熾，弟意浙撫張經，必不敢坐視。自日夜遣兵爭鬥，為保守各府縣計。就如兩虎相搏，勢必小死大傷，待其傷而擊之，則權自我操矣。無如文煒這蠢才，不識元機，刻刻以急救浙江聒噪人耳。誠恐他胡亂瀆奏起來，我輩反落他後。當日大人被他幾句話，將一個軍門輕輕丟去，即明驗也。今請大人來一商，你我同在嚴太師門下，自無不氣味相投。弟將尊諱已開列在本內，未知大人肯俯從否？」

宗憲道：「承大人不棄，深感厚愛。只是這朱文煒是小弟門生，請將本內正法二字，改為嚴處何如？」文華大笑道：「胡大人真是長者，仕途中是一點忠厚用不得的。只想他當年奏對師尚詔話，那時節師生情面何在？」宗憲道：「寧教天下人負我罷了。」文華又大笑道：「大人書氣過深，弟倒不好違拗，壞你重師生而輕仇怨之意。就將正法二字，改為革職罷。只是太便宜他了。」宗憲即忙起身叩謝。文華道：「機不可洩，大人務要謹密。」宗憲道：「謹遵臺命。」又問起本日期。文華道：「定於明早拜發。」宗憲告別。正是：

大難臨頭非偶然，此逢蟒婦彼逢奸。
賊臣妖婦皆同類，毒害殺人總一般。

第七十四回　寄私書一紙通倭寇　冒軍功數語殺張經

詞曰：

賊兵不退愁偏重，打疊金銀聊相送。倭寇依計鈎奸雄，算煙塵不動。　冒功邀賞，又將同人撚弄。封疆大吏❶喪刀頭，恨入陽臺夢。

右調陽臺夢

且說，趙文華參本，係軍前遣發，不過四五日，即到了都中。嚴嵩同眾閣臣看後，即行票擬送入內庭。明天子看罷，心中大是疑惑，隨傳閣臣到偏殿內，說道：「趙文華參奏朱文煒不肯率河東人馬接應張經，本內大有空漏。朱文煒非武職可比，不過在軍中參贊軍務，今紹興失守，豈可專罪他一人？不但張經，即文華亦不能辭罪。況趙文華身為總帥，既要應接張經，彼時在王家營子，就該令一武職大員，統率現在人馬，先赴浙江救應，何必等候河東人馬處處到齊？又調集江南水師，羈延兩月之久，方行遣發。這事趙文華不得辭其責。且從五月起身，至今還在鎮江停留，豈不耗費國帑？這本大有情弊，諸卿

❶ 封疆大吏：明代都指揮使、布政使、按察使和清代的巡撫、總督，總攬一省或數省的軍政大權，類似古代分封疆土的諸侯，故稱封疆大吏，一稱封疆大臣或封疆大員。

票擬失誤軍機立斬等說，這是何意見？」眾閣臣無一敢言者。

嚴嵩奏道：「河南、山東、江南三省水陸人馬，原非一半月所能聚齊。趙文華在鎮江停留，必是船隻器械不備之故。著朱文煒領河南人馬先去接應張經，是為文煒素有謀略，藉其指示軍將，並非著他親冒矢石殺賊。今文煒驕抗❷，致失紹興，趙文華身為總帥，法令不行，將來何以馭眾收功？依臣愚見，將文煒免其斬首，立行罷斥，庶軍中文武各知儆懼。」明帝道：「朱文煒非無謀畫者，著他在軍中戴罪立功何如？」嚴嵩道：「聖上既以平寇大權付文華，而必容一梗令❸之人在左右。恐非文華竭忠報效之意也。」天子准奏，隨下旨將朱文煒革職。

不幾日，旨意到了，朱文煒聞知，大喜道：「但願如此，真是聖上洪恩，從此身家性命可保全矣。此皆趙文華作成之力也。」隨即脫去官服，到文華公館告別，文華推抱病不見。又到胡宗憲寓所辭行，宗憲相會，臉上甚是沒趣，敘說參本內話，將立斬二字著文華改為議處，聖上方肯從輕發落。文煒起身叩謝。宗憲道：「聖上明同日月，賢契不過暫屈驥足，不久定當起復大用。」文煒道：「門生本一介寒士，四五年內即隸身僉都，自知寵榮過甚。今如此了局，實屬萬幸。此刻拜別老師大人，就行起程了。」宗憲心上甚是作難，一定要留文煒在自己公館住幾天。文煒固辭，方肯依允。素日只送在廳屋廊下，這番倒送在大門內，拉著文煒的手兒，低說道：「你倒去了，我將來不知怎麼散場。」文煒見他一片真意，又念他是個腐儒，也低低的說道：「老師宜急思退步，趙大人行為，非可共事之人。縱徼倖一時，將來

❷ 驕抗：驕縱不遜。明史李夢辰傳：「驕抗如此，安可不重治？」

❸ 梗令：猶梗命、抗命。梗，音ㄍㄥˇ，抗戰。

必為所累。」宗憲蹙著眉頭道：「我也看得不好，只是行軍之際，退一步便要算規避，奈何，奈何？」文煒道：「老師年已高大，過日推病，何患無辭？」宗憲連連的點頭道：「你說的極是。」文煒話別後，急回寓所，那些各營中將官以及江南大小文武，聽得說文煒革職，沒一個不嗟嘆抱屈，俱來看望，文煒概辭不見，本日即回河南去了。

文煒既去，趙文華益無忌憚，只等各營將馬價銀折齊，隨把一路所得的金銀古玩，分為兩大分，一分自己收存，又將那一大分分為兩小分，一分送嚴嵩父子，一分送京中權奸並嚴府同門下人。又過了幾天，浙江警報到來，倭寇已至杭州。文華此時方有些著急，令宗憲領人馬從旱路起身，自己領水軍在水路起行，都約在蘇州聚會。文華一路見老少男女逃生趕食者，何止數萬人！問屬下官，方知是浙江百姓，心內也有點驚慌道：「不意浙江一至於此。」便動了個歸罪張經為自己塞責的念頭。兵至無錫，探子來報：「杭州省城為賊所破，殺害官民無數，倉庫搶劫一空。巡撫張經，領敗兵俱屯在平望駐紮，等候大兵。蘇州巡撫亦遣官告急，恐倭寇入境。」趙文華聽了這個信息，心上和有七八十個吊桶一般，上下不定。欲要停兵不進，斷斷不可；欲要進兵，又怕敵不過倭寇。一路狐疑，到了蘇州，各文武都出城遠接。

文華問了番倭寇的動靜，將人馬船隻俱安插在城外，和宗憲一同入了城，回拜各官。他兩人都不肯在城外安歇，惟恐倭寇冒冒失失的，跑來劫他們的營寨，倒了不得。晚間，在公館內與宗憲商量了半夜，將人馬船隻撥一半去烏鎮，守候倭寇，留一半分水旱兩路，保護蘇州。他又不和巡撫司道武職大員計議，恐怕失了自己的身分，日日在城內與幾個心腹家人相商。商議了幾天，通無見識。不得已，又將宗憲請來計議。倒是宗憲想出個法子來道：「我打聽得賊中謀主，俱是中國人。內中一個謀主，和我是同鄉，叫做汪直。我的意思，要寫字與他，許他歸降，將來保他做大官。若肯同心殺賊，算他是平寇第一元勳。再不然，勸倭寇回國，也算他的大功。欲差人去試一試，只是無人可差。」

文華大喜道：「此話大人在揚州時，就該早說。天下事，只怕沒門路。倭寇之所欲者，不過子女金帛而已，地方非他所欲。我們只用多費幾兩銀子，就買的他回去了。難道他樂得和我們捨命相殺麼？只要他約會戰期，著他們佯輸詐敗，成就了我們的大功就是了。倒是這銀子數目和交戰的地方，必預先定歸，我們也好準備。」宗憲道：「假若不肯依允，該怎麼？」文華道：「再想別法。」宗憲道：「他們劫州掠縣，也不知得過多少金帛，少了他斷斷看不起，多了那裡去弄？」文華大笑道：「偌大的個蘇州城，怕弄不出幾百萬兩銀子來麼？大人快回去寫字，別的事都交在我身上辦理。」宗憲回去了，文華與眾家人公議去投書字的人。眾家人都不肯去，文華宣起兩萬銀子重賞，眾家人你推我擠，擠出兩個人來，一個叫丁全，一個叫吳自興。文華授以主見。

午後，宗憲親送字來，內中與汪直敘鄉親大義，並安慰陳東、麻葉、徐海三人，若肯裡應外合，共謀殺賊，便將殺賊之策詳細寫明，功成之日，定保奏四人為平寇第一元勳，爵以大官。若不願回中國，只用勸日本主帥約會戰地，須佯輸詐敗，退回海嶼，要銀若干，與差去人定歸數目。我這邊駕船解送，亦須約定地方交割，彼此不得失信。如必執意不允，刻下現有二十萬控弦❹之士，皆係與浙江男女報仇雪恨之人等語。文華看了道：「也不過是這樣個寫法。」隨即將丁全、吳自興叫來，又詳細囑咐了許多話，與了令箭一枝，駕船起身。到了平望，被巡撫的軍士盤詰，他兩人以探聽倭寇軍情回覆。軍士們見

❹ 控弦：引弦，引申為兵卒之稱。說文：「控，匈奴引弦曰控弦。」

有兵部尚書令箭、印信，只得放他過去。到了塘西，便被倭寇巡風人拿住，他兩個說是尋汪直說話。巡風倭寇將他二人送至汪直處，汪直亦久有歸中國之心，看了胡宗憲書字，吩咐打發二人酒飯，又問了備細。

到晚間，將陳東、麻葉、徐海請來，把書字教三人看。三人見封筒上俱有印信，知非假書。三人看後，問汪直道：「你的意思要怎麼？」汪直久知三人無歸故鄉之情，說道：「依我的主見，我們既歸日本，便是日本人，裡應外合的事不做。向他多要幾兩銀子，暫且退歸，過一二年後再來，何如？月前張經還殺我們五千多人，刻下趙文華、胡宗憲統領三省人馬二十餘萬，只怕取勝不易。」四個人彼此議論了一番，商酌停妥，拿了書字，同到日本主帥夷目妙美公所處，又將副頭領辛五郎請來，著他兩個看書字。他兩個一字認不得，汪直說了原故，夷目妙美問汪直道：「你們的主意要怎麼？」四人道：「我們的主意，和他多要幾兩銀子，回國且養息兵力，過一二年再來。」夷目妙美道：「果然，我們的人連戰數月，著實勞苦了，就依你四人主意，且回去歇息，明年再來亦可。但不知他與我們多少銀子？」辛五郎道：「這使不得。我們如今現得了杭州，浙江全省都在我們手中。今棄了回本國，使他那邊又把守起來，日後再來時，還要費無窮氣力。今姓胡的寫書字，依我的主見，可許了他，還和他要銀子。銀子拿來，我們於水路旱路都埋伏了，殺他個不防備，就勢搶烏鎮、平望，直取蘇州。若攻破蘇州，銀子金珠不知得多少。再下去，攻鎮江、常州，再攻南京，這是天賜我們的富貴。量他那銀子，能與我們多少？」汪直道：「頭目所見，只知其利，未知其害。我們由本國起手，先攻了崇明，從此直入內地，州縣地方沒我們的對手。今又得了浙江省城，其所以取勝之道，皆因督撫提鎮平素不整理營伍，並防守要緊海口。

刻下胡宗憲、趙文華兩人，統領著三省人馬，有二三十萬駐紮在蘇州，就算上他領兵的怕我們，他手下有幾百個武官，難道個個都怕我們麼？況浙江人恨我們，深入骨髓，我們常勝罷了，萬一敗了，浙江通省的百姓，到那時都成了敵家，個個都要殺我們。我們既深入內地，他著人將各處海口守把，四面八方都是中國人，到那時，想回本國一個，只怕不能。」

徐海道：「汪大哥所言，深明利害，二位頭目要聽他。今胡宗憲寫書字來，自然是和他家主帥趙文華商量明白的。他兩人現統著水陸二三十萬人馬，還要出上銀子，買我們詐敗，讓他成功，可知這兩人都是沒用的材料。然他手下兵將，豈盡都是無用的？我們萬一敗了，便無生路。依我看來，朝廷用這等人做主帥，便是我們久遠大福。可許他在錢塘江中一戰，就依他佯輸詐敗，大家都回到崇明，子女金帛也都存在崇明。我們且日日行樂頑耍。將所得中國地方，一處也不要他。他見我們去了，兩人定居戰勝的大功，欺謊朝廷，他曉得防後患是個甚麼？自然將三省人馬立刻散回。沿海的口子，縱添兵把守，也必不多。朝廷若留他二人鎮守，更妙不可言。即或換個明白人來，殘破之後，他纔安撫百姓，使之歸業，那裡顧的選兵練將？我們到明年秋間，兵力已經養足，分路進攻，與他個措手不及。浙江沒大油水了，只要破江南幾處大府分，便又是大富貴，大快活。中國的兵將硬，我們避他回崇明。中國的兵將弱，我們勝一處便搶一處，此數十年不盡之利也。」

夷目妙美跳起來，拍手大笑道：「你兩個真好算計，依你，依你，他不拘與多少銀子，我們且走避他這二十多萬兵，到明年秋間再來。」辛五郎道：「我們都住在崇明一縣，子女金帛又不運回本國，萬一他們統大兵到崇明，我們若敵他不過，那時只顧得駕船回奔，這子女金帛又不與他們留下了？」徐海、汪直皆大笑道：「我們如今現在他內地，他還不敢來。崇明在海中，他倒敢來麼？這是做夢也不用打算的。此刻可將姓胡的家人叫來，大頭目問問他，先和他要二百萬兩銀子，看他許多少，再和他定歸別的話。」隨即著人將丁全、吳自興叫來，跪在下面。夷目妙美問話，他兩人一句也聽不出。陳東道：「我們元帥問你，可是胡元帥差來的麼？」丁全道：「是。」又問道：「你來時趙元帥可知道麼？」丁全道：「知道來的。」陳東點頭道：「這是實話了。」又道：「我們元帥不依，定要和你元帥見個高低，這卻怎處？」吳自興道：「我們元帥差來，是為兩國軍士惜福，並非怕戰。若絕意不依，也只索見高下了。」

陳東用日本話向夷目妙美、辛五郎告知。又問道：「你們元帥與多少銀子，著我們詐敗歸海，讓他居天大的功？」吳自興道：「那邊也未定數目，著小人來相商。」陳東道：「這事非二百萬不可。」丁全道：「事在朝廷家，雖四百萬也容易。今出在我們主人，就是十萬也極費力。」陳東道：「我們破一縣，比此數還多幾倍。這話是你來胡鬧了？」丁全道：「著我們主人備二十萬罷，此外斷斷不能。」陳東又向夷目妙美、辛五郎說知，兩個頭目一齊搖頭。陳東、徐海與丁全等爭論了半晌，講定四十萬兩，兩個頭目方各點頭依允。陳東道：「你這銀子何日交割？在於何地？」吳自興道：「就在本月十八日，交割於塘西地方。此處可差人收取，只看船上有五彩鳳旗，便是銀船。交戰的日子，在二十二日罷。」陳東道：「今日是八月初十日，我們將各路兵調回，也得半月工夫，二十二日會戰趕不及，可定在本月二十五日，錢塘江會戰。」

丁全問有回書沒有。汪直道：「我本該寫回書，況胡大人是我鄉親，但我寫回書不難，巡撫張經現在平望，倘被他見了，於胡大人大有不便。」丁全道：「小人們替主人辦事，也要個萬全。誠恐這邊元帥失了信義，臨會戰時變更起來，小人們經當不起。」汪直道：「你這話也慮得深遠，待我與你說說。」汪直用日本話向兩個頭目說了送銀並交戰日期，又說丁全怕有失信反悔事，夷目妙美向汪直說了幾句，又拿起他國的一枝令箭來，折為兩段，著人遞與丁全。

汪直道：「我們元帥說了大誓，若是欺謊你家元帥，不詐敗歸海，和這折斷的箭是一般。你二人回去，替我問候胡大人。我著人護送你兩個過塘西。」丁全、吳自興叩謝了，拿上那折斷的令箭，同差人過了塘西。沿路雖有張經巡兵盤問，他二人仗有文華令箭，直到蘇州，見了趙文華，細說汪直等並夷目妙美諸人問答的話，居了天字號的大功。文華看那折斷的令箭，兩半截合在一處，不過有一尺多長，上面也有些字畫，卻一個也認不得。文華知事已做妥，心中甚喜，將兩人大加獎譽。又將宗憲請來，告知原委。宗憲聽了，喜道：「若果如此，似無遁辭。只是這四十萬銀子，十天內從何處湊辦？」文華笑道：「大人不必心憂，我自有地道措處❺。」宗憲辭去。

文華將巡撫、司道、首府、首縣等官，俱著請來。沒多時，諸官俱到。文華道：「現今倭寇已破杭州，蘇州在所必取。弟奉命統水陸軍兵數萬，實為保守蘇州而來。刻下諸軍正在用命之時，必須大加犒賞，方能鼓勵眾心。又不便動支國帑，弟意欲煩眾位，向本城紳衿士庶以及各行生意鋪戶人等，暫借銀六十萬兩，平寇之日，定行奏聞清還。這也是替聖上權變一時之意，不知院臺大人和眾位先生，肯與聖上分憂，向本城士民一說否？」先是巡撫吳鵬❻道：「大人此舉，真是護國祐民之至意。蘇州素係富庶

❺ 地道措處：正確適當的措施。地道，真實；真正。

❻ 吳鵬：明秀水人，字萬里，嘉靖進士。參議黔中，福酋違命，奉詔往諭，福伏地謝罪，安南遂定。又討擒黠

之鄉，這六十萬銀子，看來措辦還不難。」隨向司道等官道：「諸位大老爺以為何如？」司道見巡撫如此說，一齊應道：「此事極易辦。然與民相親之官，莫過於知府、知縣，必須他們用點力方好。」知府、知縣等見司道如此說，各起身稟道：「蘇州士庶人等若肯急公，休說六十萬，便是百萬亦可湊出。但恐紳衿恃勢，富戶梗法，設有不遵分派者，還求欽差大人與眾位憲臺大人，與卑職等作主，卑職等也好按戶上捐。」巡撫笑道：「此事有趙大人作主，就是聖上知道也不妨。只要府縣認真辦理。」文華道：「正是，正是。也不必拘定六十萬，越多越好。」府縣回稟道：「這件事都交在卑職們身上，大人放心。」文華聽了大悅，指著府縣向巡撫道：「我一入江南境界，就聞得蘇州首府首縣，俱是才能出眾之員。今遇國家大事，你看他們是何等肝膽，何等識見？將來平寇之日，院臺大人若行保舉，務將弟列名。」吳鵬道：「還求大人特奏。」文華大笑道：「這何消說。」知府知縣如飛的向文華叩謝，次向巡撫司道叩謝。知縣等又向知府也叩謝，然後告別起身。

文華向府縣道：「軍情至重，還求眾位年兄，在五日內交送本部院行寓方妥。」府縣一齊稟道：「定在三日內完結。」文華連連舉手道：「佇望，佇望。」眾官都辭了出來。首縣又同到首府衙門，大家會商了一遍，分了城內城外地方，各回私署，令房書按戶打算，某家某人產業若干，硬派捐銀若干兩，某衿士某商民捐銀若干兩。做了幾句助國犒軍、保障人民地方的文字，自巡撫至知縣，俱有名帖，挨門逐戶的投送。所派銀兩，定限在第二日午時交齊。有不肯捐輸或以一半交送者，無論紳衿士庶鋪戶，或拿本人，或拿家屬，百般追呼，必至交了銀子，方纔住手。雖欲欠一兩五錢者亦不能，比錢糧更緊二三十

賊陳日輝，平諸洞，督理漕河，敗師尚詔，官至工部尚書。詳萬斯同明史卷二九三。

倍。其中書吏藉端私收，或仗地方官勢餘外索詐，倭寇還在杭州，蘇州倒早被劫掠，弄的城裡城外，人人恨怨，戶戶悲啼，投河跳井、刎頸自縊者，不下二三十人。趕辦至第二日午時，即起結了八十餘萬兩，還不肯罷休。

司道私相計議，怕將地方激變，各輪流著親去府縣衙門查點數目，見已多出二十餘萬兩，立令停止。那府縣書役人等，城中不敢催討，皆散走各鄉索詐，直至司道查拿重處，星夜在各鄉鎮貼了告示，書役人等方纔罷手。至第三日早，司道率同府縣，到巡撫前商議，與趙文華六十五萬，下餘十五萬餘兩，存作公項，也是防備趙文華再行多要之意。文華除與倭寇外，還淨落了二十五萬兩，快活到絕頂。賞了丁全、吳自興各一萬兩。又計算日期，預派山東隨營參將一員，監押十隻戰船，領兵去塘西交割銀兩，密囑成事之後，保舉他做副將。若他屬下兵丁敢洩露一字者，立即斬首。又每船都有家人一名看守，丁全、吳自興是交割之人。船上都插了五彩鳳旗外，又加大旗一面，寫巡哨二大字，飾人眼目。

一邊行文浙撫張經，使他知道差參將某人巡哨，免其心疑。又言明定於某日兵至平湖，一同征進。張經見了文書，立即點驗人馬船隻，好同欽差征討。趙文華銀船到塘西，早有倭寇接應，收查銀數。次日，丁全等俱回，詳言交割銀兩，並無異辭。定於二十五日錢塘江一戰歸海，文華深喜。至二十日，水陸大軍起行，張經親來迎候。二十三日，兵至塘西，探子報說：「夷目妙美於昨晚將城內外搶奪的子女金帛，盡行打發遠去。今日辰刻時分，率眾都入錢塘江中停泊，城內一賊俱無，不知是何意見。」文華聽了，心中暗喜，急催軍前進。張經道：「倭賊空城而去，必有詭謀，大人還要緩行，再差人打探動靜。」宗憲亦以為然。文華道：「兵以氣勝，一猶豫間，軍氣惰矣。此等見解，非二公所能知也。」

水陸軍到杭州，果然城內並無一賊。問百姓們，都說賊船盡停泊於錢塘江內。文華傳令水軍盡停城外，命張經總理；自己帶兵入城，以防不虞。住宿了一夜。次日五鼓，發令箭曉諭各船將士，天一明，俱著聚齊在候潮、草橋、螺螄三門，隨他殺賊。他又恐怕張經多事，萬一追殺倭寇過急，弄得失了和氣，認真戰起來，還了得！於是將張經、胡宗憲，俱著和他在一隻大戰船上。他手執令旗，令中軍船上起鼓。須臾，各船鼓聲如雷，眾水軍在船上，約走有四五里水面，遠見賊船俱雁翅般排列，文華將號旗一指，各船俱殺上前去。忽聽得倭賊船中一聲大炮，各將船頭掉轉，如飛的向海口去了。

眾軍將見倭寇退去，各放鳥銃大炮追趕，約趕有二里水面，文華便叫鳴金。少刻，金聲亂響，各船軍將把船撥回，聽候將令。張經道：「賊一矢不發，便行退去，必係誘敵，大人收軍極是。」文華勃然變色道：「你尚以倭賊為誘敵耶？此皆托天子洪福，諸將箭無虛發，乃能成此大功。鳴金收軍，正是窮寇勿追之意。你看江水盡赤，還要殺賊到甚麼地位？」張經忍不住大笑起來。文華見張經大笑，不由的耳紅面赤，也大笑了。於是大聲傳令，著各船奏樂，齊唱凱歌回城。

回到城中，文華直至巡撫衙門，讓胡宗憲並坐大堂，宗憲再三不肯正坐，文華一人正坐了，並未讓張經一句。張經此時也自知得罪下他，讓宗憲在左，自己在右坐了。文華滿面笑容，用許多大功大捷的話，獎譽諸將，諸將皆出意計之外。吩咐水師仍在城外，陸路軍將分一半入城值宿，也不言及被害百姓如何賑恤，殘破府縣如何整頓，各海口如何防守，以免後患。約宗憲入後堂飲酒，張經倒得另尋地方居住。文華連夜修本報捷，並參巡撫張經，上寫道：

兵部尚書臣趙文華，一本為報功罰罪事：臣於六月十四日抵鎮江，調集水師，至八月初旬，船隻器械尚未完備。彼時賊首夷目妙美，正率眾攻擊杭州。臣隨星夜行文，知會巡撫張經，勵其固守五日，臣定率眾解圍。又慮張經懦弱性成，恐誤國事，水陸各遣兵二萬，在杭州城十五里外屯紮，遙為聲援。不意張經於初八日夜間，領眾棄城出北關門，至平望地界，致令倭寇盡劫倉庫，屠戮官民，傷心慘目，莫可名狀。驚聞傳至，臣與賊誓不兩立矣。於是日晚進兵，十九日午抵塘西，探知倭賊聞大兵至，已盡數移於錢塘江內，列陣以待我兵。臣即率諸將先入江口，飭令胡宗憲為後援，張經亦押船繼進。遙望賊船蜂屯蟻聚，戰艦何止數千餘隻！斯時臣率前軍鳴鼓直搏賊眾，炮盡而繼之以鳥銃，鳥銃盡而繼之以弓矢，弓矢盡而兵刃相接。臣船被賊圍數匝，刀中臣盔立破，幸宗憲兵至，各拚命相持，歷午未申酉四時，賊始大敗，江水盡赤。是役也，斬倭寇三萬七千有奇，奪海船五百餘隻，此皆仰賴聖上洪福，諸軍將血戰之力也。臣念窮寇勿追之戒，追逐至海口始還。凱旋後，查問張經，伊於未戰之前，已先歸城內，藉言以巡邏未盡倭寇為辭。似此喪師誤國之流，斷難片刻姑容。浙省破陷郡縣，無一非張經委靡退縮所致。伏祈宸綱獨斷，將張經速正典刑❼，為大臣不用命者戒。至招撫老幼，賑濟災黎，已屬宗憲辦理。臣又分水陸，遣將於倭賊存留地界搜拿。其諸海口，臣自妥行布置，無廑聖慮。所有得功將士，俟各路收功後，再行錄呈。臣無任歡欣舞蹈之至，謹奏。

❼速正典刑：儘快將人犯處死。孽海花第十回：「這種人要在敝國，是早已明正典刑。」

捷聞到京，嚴嵩甚是暢快，以為薦舉得人。天子覽奏大悅，加文華太子太保，頒賜玉帶蟒衣，蔭一子為錦衣千戶。胡宗憲加陞兵部侍郎，即署浙江巡撫。諸將俟平定後，交部敘功。知浙省庫帑空虛，令蘇州巡撫於藩司庫內，撥銀三萬兩，賞戰勝士卒。又下旨將張經於杭州城內，即行正法。旨意一到，文華率眾謝恩，將張經拿赴法場。

張經沿街大叫道：「我張經於未署巡撫之日，前巡撫王忬已失陷數郡。這時兵微將寡，日盼趙文華救應。趙文華在蘇、揚二州大索金帛，擁三省人馬，不來救應，我與倭寇前後大戰兩次，殺賊五千餘人。雖杭州失陷，實係我力不能支，非張經怕死之過也。我近日纔知趙文華著蘇州地方官，向本城紳衿士庶捐槁賞軍銀八十餘萬兩，遣家人與倭寇夷目妙美暗中交通，以查探賊情為名，撥戰船十隻，送銀六十萬兩，買得倭寇退歸海島。隨征兵將一矢未折，一賊未傷，假冒軍功，今日反參奏殺我，我死後必為厲鬼報仇。眾位若不信我話，蘇州與浙江相隔能有多遠，到蘇州問這八十多萬銀子，紳衿士庶並鋪戶商人，是那一家沒有出過？那一家不是受害之人？」從綁拿後即吆喝此話，一直到法場。皆因他是本地巡撫，又被趙文華參的冤枉，因此由他緩緩行走，在街道上任意吆喝，軍兵百姓這日看者，何止數萬人？無不痛惜。看明史並張經本傳，所載極詳，有聞其死者「天下冤之❽」一語。

六十萬兩銀子買退倭寇話，無不家傳戶議，只兩三天，江南通省皆知。蘇州人被趙文華同各衙門書辦衙役，刮去了一百一十多萬銀子，如今聽知是買退倭寇，又假冒軍功，屈殺了張巡撫，這匿名貼子從江南起，直貼到趙文華寓所處，詞曲對聯都有，有做的極精工的，還有罵的極痛快的。趙文華見了，又

❽ 天下冤之：見明史卷二百五張經傳。

羞又氣，深悔當時不該參張經，又怕風聲傳到京師，心中添了無數的愁慮。孰不知此等音信最快，只十數天，早傳到都中。言官聞之，皆懼怕嚴嵩，無一敢參奏其事者。當文華參奏張經本章到了朝中，明帝大怒。彼時給事中李用敬❾、御史閻望雲，各上本保奏張經，將二人俱革職，廷杖六十。正是：

奸臣伎倆惟營私，賣國欺君無不為。
可惜張經刀下死，教人千古嘆明時。

❾ 李用敬：見明史卷二百五張經傳。各本均誤作李用敏。李用敬與閻望雲遭廷杖革職，均為實情。

第七十五回　結婚姻郎舅圖奸黨　損兵將主僕被賊欺

詞曰：

鸞笙寶瑟聲聲奏，且歇目前愁。冤仇報復，時候自有，姑記心頭。　賊臣敗走，曳兵棄甲，潛伏揚州。修書嚴府，營求活計，愧懼無休。

右調人月圓

話說趙文華虛冒軍功，殺了巡撫張經，聲名越發不堪。過了幾天，沿海破陷府縣，俱各稟報倭寇盡歸海洋，百姓漸次復業，文華甚是得意，以為這四十萬銀子用到地方上。將諸路軍馬調回，又上了一本，某營某將如何殺賊，某營某兵如何用力，雖是他自己張大其事，倒便宜了許多將士，陞的陞，賞的賞，兵部裡為他倒忙了好幾日。嚴嵩又在明帝面前，極口讚揚趙文華文武全才，算得國家柱石之臣。明帝又頒賜了許多珍物，賞文華功勞，散回河南、山東、江南三省人馬。文華入都覆旨，胡宗憲恐倭寇再來，於沿海郡縣安了些人馬。

這時明帝喜尚青詞❶，日日著近御大臣並翰林院進獻。又著人於名山採藥，重用方士，一任嚴嵩作

❶ 青詞：文體之一。道教祭祀中用，以朱筆書於青籐紙，故稱青詞。

惡。內中惱壞了個林潤。他心切報父之仇，日夜痛恨，只是因嚴嵩勢力甚大，一個新進翰林，敢做甚麼？自從朱文煒起身，三日後，他便打發姜氏，同上下男婦還鄉。自己又差了林岱署中跟他來的兩個極老練家人，送姜氏到虞城縣，就近去河陽送家書，問自己婚姻話。姜氏起身後，林岱差人與林潤寄到盤費銀一千兩，著在京尋房居住。又與朱文煒書字，並許多禮物。書字中言及林潤的婚姻，煩文煒與他擇配，不拘官職大小，只要清正之人。林潤見文煒已去，也就將此事擱起。

過了兩月後，見趙文華將朱文煒參倒，把一個林潤幾乎氣死，便動結親仕宦，做自己的幫手，好參嚴嵩父子，為父報仇。從此留心試看，見上科狀元鄒應龍❷，新陞福建道監察御史，為人頗有些剛直，同在翰林院兩三月，從未見他奔走權門。又訪得他有個妹子，年已二十一歲，尚未字人。旋托同寅道達，誰想鄒應龍與林潤是一個意思，也要藉他妹子，尋一個肝膽丈夫，做他參嚴嵩父子的幫手。今見林潤與他妹子托人執柯❸，心裡笑道：「一個十八九歲的娃子，儌倖得了個榜眼，量他有甚麼膽氣，做驚天動地的事業？」因向那作合的人辭道：「舍妹多病，不能主中饋❹，請林榜眼另選名門盛族罷。」林潤見他不允，心上甚是氣惱。

不想鄒應龍還有母親在堂，家人們將林潤求親的話，向王老夫人如何長短，都一一說了。王夫人聽

---

❷ 鄒應龍：明長安人，字雲卿，嘉靖三十五年進士，擢御史，以劾嚴嵩得名。累官兵部侍郎，巡撫雲南，發黔國公沐朝弼罪，又平番寇，為忌者所排，削籍歸卒。詳明史卷二百十本傳。

❸ 執柯：為人作媒。語本詩豳風伐柯：「伐柯如何，匪斧不克。取妻如何，匪媒不得。」又稱作伐。

❹ 主中饋：中饋，酒食也。書言故事夫婦類中饋：「謂妻，主中饋。」俗因稱婦職為主持中饋。饋，音ㄎㄨㄟˋ。

知，便將應龍叫入內裡，大嚷道：「我女兒與你何仇，你逢人將多病二字咒他？況他年已二十一歲，摽梅❺之期已過，你必定著他老死在家中，是何意見？我聞林榜眼人物秀雅，亦且年紀和你妹子差不多，況他祖公公現做懷慶提督總兵官，他叔叔又做南陽總兵官，以門第論，也比我們高大些。這頭親事不允，你著我女兒將來嫁甚麼人？」應龍道：「不是我不允他，只因他少年人膽氣未定，做不得個幫手。再若是營求權貴，須被他干連。」王夫人大怒道：「你這話真是天昏地暗，虧你還中過個狀元。我且問你，這仕路途中，那個品行端正的人要幫手？你開口說沒膽氣，閉口沒膽氣，你要有膽氣的人做幫手，想是要在大明門前放響馬❻麼？至於鑽營權貴，你日後只要保住你就罷了，你還要替別人操心？總之，林榜眼這頭親事，成了便罷，若是不成，我不吊死，定行碰死，我倒要試試你的膽氣！」罵得應龍那裡還敢分辨一字？連忙出來，拜煩那原作合的人，從新道達。誰想林潤以官小家貧，不敢高攀為辭。應龍的家人，又將此話傳與王夫人。王夫人聽知，連飯也不喫了，日日埋頭睡覺。應龍著慌，又請原作合人一同煩林潤本房會試老師張起鳳作合，始將婚姻議定，本月擇吉成親，王夫人方纔歡喜，收拾粧奩。

過門之後，林潤見新婦雅韻多姿，性復聰慧，心中甚喜。九朝後，即同到王夫人前拜見，與鄒應龍敘郎舅親情，彼此甚相投合。過了幾月，林潤將他父親董傳策如何被嚴嵩謀害，自己在清風鎮得連城璧如何救應說明，鄒應龍聽罷，拍案大叫道：「不意你就是董公之嫡子，真可謂忠良有後矣。只可惜冷于冰這樣一個空前絕後以理兼術的人，無緣會面，殊覺寡緣。」林潤又說起為父報仇參劾嚴嵩父子的話，

❺ 摽梅：梅落知時已晚，比喻嫁當及時。蔡邕協和昏賦：「摽梅求其吉士。」摽，音ㄆㄧㄠˇ，落下。

❻ 響馬：北方大盜，騎馬帶鈴，自遠聞聲，即知其來，故稱響馬。或言其先放響箭，故有此稱。

應龍道：「我身列諫垣，目覩豺狼當道，與權奸存勢不兩立之心久矣。只是聖上於他父子寵眷方深，必須候時窺隙，方可動作。若冒昧一試，昔日繼盛楊老先生❼與尊翁老伯大人，皆前鑒也。只知殺身成名，不能除國家大害。你既有心，我們大家留神，再候一二年，看是何如。」兩人既是己親，自此更是己親中知己，日夕互相打聽，記錄嚴嵩父子的過惡。

一日，兩人閒話間，長班報說：「戶部主事海老爺今早下獄，只怕性命有些難保。」應龍驚問道：「卻是為何？」長班道：「海老爺本稿，小的抄得在此。」應龍接來，與林潤同看，上寫道：

戶部主事臣海瑞❽一本，為敬陳忠悃，仰祈睿悟事：聖上即位初年，敬一箴心❾，冠履辨分❿，天下欣然望治。未幾而妄念牽之，謬謂長生可得，一意修元⓫，二十餘年，不視朝政，法紀弛矣。數行捐納，名器濫矣。二王不相見，人以為薄於父子。以猜嫌誹謗，戮辱臣下，人以為薄於君臣。樂西苑而不返，人以為薄於夫婦。兼復日寵嚴嵩父子，任其專權納賄，毒國害民，致令吏貪官橫，人不聊生，水旱不時，盜賊滋熾，陛下試思，今日天下為何如乎？古者人君有過，賴臣上匡弼。

❼ 繼盛楊老先生：楊繼盛，明忠臣，因彈劾嚴嵩，被嵩構陷，處死。穆宗立，追謚忠愍。明史有傳。

❽ 海瑞：明瓊山人，官至南京右都御史，以剛直稱，其軼聞多傳衍於戲劇小說間。海公大紅袍全傳即記海瑞事。明史有傳。

❾ 敬一箴心：敬慎專一，箴戒在心。

❿ 冠履辨分：官職得人，上下有序。任昉天監三年策秀才文：「採三王之禮，冠履粗分。」

⓫ 一意修元：專心修道。清人避聖祖玄燁諱，以元代玄。玄，道也。見廣雅釋詁三。

今乃修齋建醮⑫，相率進香，仙桃天藥，同詞表賀。建宮築室，則匠作竭力經營；購香市寶，則度支差求四出。陛下誤為之，群臣誤順之，無一人肯為陛下言者，諛之甚也。自古聖賢垂訓，未聞有所謂長生之說。陛下師事陶仲文⑬，仲文則既死矣。彼不長生，而陛下獨何求之誠？一旦翻然悔悟，日日視朝，接諸賢臣，講求天下利病，速將嚴嵩父子並其黨羽趙文華等，付之典刑，洗數十年之積誤，使諸臣亦得自洗數十年阿君之恥⑭，天下何憂不治？此在陛下一振作間耳。臣無任冒死待命之至，謹奏。

按海瑞本傳，明帝讀諫本訖，極憤怒，有「勿令逃去」之語。一內官奏道：「聞海瑞於兩日前，備棺十數口，為全家死地計，決非逃走人也。」帝氣沮⑮，急令繫獄，緣此病甚。諸王大臣候安宮門，詔入，出瑞本示之，帝曰：「古今詈辱君上，有如此人者乎？」諸王請即正法，帝不語。後新君即位始釋。

再說應龍同林潤看罷，向長班道：「我知道了，你可再去打聽海老爺下落稟我。」長班出去，應龍向林潤道：「此公膽氣，可謂今古無雙。只是語語干犯君上，做君上者，情何以堪？若論人品，真是好

⑫修齋建醮：會集僧人或道士供齋食，作法事，謂之修齋。道士設壇作法事禳除災祟，謂之建醮，或稱修醮。醮，音ㄐㄧㄠˋ，僧道設壇祈神。

⑬陶仲文：明黃岡人，嘗受符水訣於羅田萬玉山。嘉靖中，封真人。帝移居西內，日求長生，郊廟不親，朝講盡廢，稱之為師而不名，授少保，加少傅、少師，一人兼領三孤，終明之世，惟仲文而已。年八十餘卒。

⑭阿君之恥：阿諛逢迎曲意事君之恥辱。

⑮氣沮：猶氣餒，謂氣勢虛弱。沮，音ㄐㄩˇ，沮喪。

男子，烈丈夫。」說罷，又拍膝長嘆道：「可惜此公下這般身分，卻無濟於事，而奸黨亦不能除。」林潤道：「我意欲捨命保奏他，大哥以為何如？」應龍道：「你自料可以救得下他麼？若保奏不准，將你與海公同罪，又當如何？」林潤道：「亦惟與海公同死而已，後世自有公論。」應龍道：「此等見識，只可謂之愚忠，當日尊公老伯也只如此，究竟算不得與國家除奸斬惡、計出萬全的勾當。當今元惡⑯，無有出嚴嵩父子右者。我們做事，總要把他放倒為第一。你看摶牛之蝱，不破蟣虱⑰，蓋志在大不在小也。嗣後你要看我行事，好歹有等著老賊的日子。」自此林潤安心靜守。

再說趙文華一生功名富貴，都是從諂事嚴嵩父子起來的。因此，將這屈膝跪拜作日夕尋常事，到要緊時，連磕扒頭亦不惜。自假冒軍功回京後，做了宮保尚書，與嚴嵩只差一階，自己覺得位尊了，待嚴嵩父子漸不如初，辭色間雖還照常承順，卻帶出些勉強情況。嚴嵩看在眼裡，便惱在心裡。一日，文華造了一種百花酒⑱，進與明帝，面奏此酒益壽延年。明帝還未深信，文華便奏說：「臣師嚴嵩之壽，皆此酒力。」後過了幾天，明帝問及嚴嵩。嵩久已惱他，又深恨不先達知，獨自敢進酒取寵，隨奏道：「臣聞嘗也些須喫幾杯南酒，卻不知百花酒為何物也。不知趙文華此酒從何處得來，誠恐裡面熱藥過多，有傷聖體。」

---

⑯ 元惡：罪魁禍首。三國志蜀書諸葛亮傳：「元惡未梟。」

⑰ 摶牛之蝱二句：吸食牛血的牛蝱，不會咬破蟣虱，即下文志在大不在小之喻。蝱，音ㄇㄥˊ，或省作虻。蟣，音ㄐㄧˇ，虱的幼蟲。虱，音ㄕ，本作蝨，寄生人畜身上吸血的小蟲。

⑱ 百花酒：用百花釀造的酒，今江蘇鎮江一帶有之。

明帝聽了，以文華為欺誑，立刻將酒發還。文華打聽出是嚴嵩作弄，連忙到嚴嵩家斡旋。嚴嵩和罵家奴的一般，大加恥辱，立誓不與文華來往。文華百般跪懇，嚴嵩總不喜悅。又尋著世蕃跪懇，求替他作合。世蕃道：「你當年放個屁，也要請教我們。自做了宮保尚書，眼內便看不起我們來，忘了我家的恩典。既做了百花酒，不先送我們一嘗，敢獨自進上？我也不會與人作合，將來走著看罷。」說罷，一直入內院去了。文華怕極，日夜登門，嚴嵩父子通不見面，文華竟是沒法。過半月後，便是嚴嵩壽日，諸王有差人與他送禮的，公侯世冑，九卿科道，自不消說。

這日，文華親自帶了各色珍品古玩，也去祝壽，嚴嵩對著闔朝文武，著家人們立將文華推出，不准他在酒席上坐。文華也顧不得自己是個宮保尚書，便直輟輟跪在院外。諸官皆講情不下，虧得吏部尚書徐階⓳、戶部尚書李本兩人，皆係明帝寵信大臣，嚴嵩方准了情面，纔許文華入席。京師哄傳，以為奇談。過了壽日，依舊不准文華入門。文華晝夜慮禍不測，大用金帛，買通內外上下。嚴嵩妻歐陽氏，將文華藏在臥房內。晚間和嚴嵩閒談，歐陽氏將文華叫出，跪在地下，痛哭流涕，自己呼名咒罵，愧悔乞憐，無所不至。嚴嵩見他屢次自屈，方喜歡了，復為父子如初。從文華進酒起，凡嚴嵩父子叱辱，祝壽被逐，對眾文武跪院，歐陽氏容留臥室討情，事事皆出趙文華本傳。讀者必以為小說，未免形容過甚，要知小說不過文理粗俗，作者於文華有何仇恨也？

時光易過，瞬息已到次年秋間。江南總督陸鳳儀奏稱：倭賊由鎮海、寧波等處，分道入寇，請旨發

⓳ 徐階：明華亭人，官至禮部尚書、東閣大學士，時嚴嵩深嫉之，階乃自結於帝，終逐嵩。卒謚文貞。明史有傳。

兵救援。明帝見本大怒，問嚴嵩道：「趙文華去年既將倭寇平定，如何今歲又來？怎麼江南總督陸鳳儀倒奏報，胡宗憲現做浙江巡撫，倭賊分道入寇，他竟一言不題，這是何說？」嚴嵩道：「倭賊情性，與犬羊無異，忽去忽來，原無厭足，必須殺盡，方絕後患。前趙文華、胡宗憲血戰成功，只將倭寇趕入海內，未曾入海追逐。祈聖上再命文華、宗憲征討，臣管保大奏奇功。」明帝怒道：「此番若再經理不善，朕只和你說話。」隨下旨，差趙文華再調集河南、山東、江南人馬，星夜進兵。

文華領了這道旨意，心下甚是著慌，連忙到嚴府中計議。嚴嵩道：「聖上著實大怒，若不是我力為回護，你與宗憲皆大有可虞。這次不比前次，你須處處收斂，銀錢古玩，斷斷要不得了。可速調河南人馬起身，一邊行文浙江督撫，預備水師戰船，限二十日完備，仍於鎮江聚齊。再與宗憲一字，著他將事務交與兩司，也來鎮江等候。你兩個商酌著辦理。只用將倭寇再誘歸海內，各添重兵嚴守海口，他們無門可入，豈不是你永遠大功？」文華道：「倭賊所愛的是金銀，去年從江南弄了幾兩銀子，倒送了他一大半。恩父方纔吩咐，不許要銀錢，那些倭賊豈肯空手回去？看來此番非六十萬不可。若說與倭賊認真相殺，萬一不勝，聖上見罪不便。」

嚴嵩道：「你也慮的是。昨日聖上辭色不像平日，連我也怪了一兩句兒。我如今有個權變之法，你自己打湊二十萬，我幫你十萬，著你大兄弟世蕃，向我們相好的人出個知單，以軍營犒賞為名，大家幫你。我的臉面，諒他們不敢不依，少了他們也不敢拿出來，也不愁三十萬兩。只要你使用的妥當，不可著倭賊騙了。」文華道：「京官還可三五天內措辦，外省官恐非一月不能。」嚴嵩道：「外官我量道路遠近，即與他們寫字去，著他各差人星夜到你公館交割。」文華道：「如此深感恩父作成。」嚴嵩道：

「你明日就起身罷。也不用再來辭我，可在河間府等候，我著羅龍文與你送銀子去。」文華叩謝回家，私自帶了三十萬，也顧不得向各官告辭，從兵部發了四道火牌，限日行五百里，調河、東人馬，二十日內齊到鎮江。一邊又行文浙江文武，預備軍兵戰船。自己率領家丁，在河間府等候。過了幾天，都中各官凡嚴嵩門下，通有幫助，連嚴嵩的，共送來二十餘萬兩。

文華一路遄行⑳，只二十五六天，便到了鎮江。胡宗憲早在城內等候，文華問他倭賊情形，宗憲說了一番，言聲勢比前更大，文華懼怕之至。查江南水師共八萬，河、東兩省人馬三萬，惟浙江一卒一將未到，只有告急文書伸說原故。總督陸鳳儀在江寧，日夜撥兵，堵禦各處海口並州縣要緊地方，也無暇與文華相會。過了幾天，外省各官也將銀兩陸續賫來，亦不下二十來萬兩，遠處還有未到者。浙江告急文書，每一天不下四五角㉑。文華因外官銀兩還有許多地方未送來，意思再候幾天。蘇州告急文書又到，言浙江府縣失陷者甚多，杭州又被攻破，倭賊前軍已入蘇州界內，勢甚猖獗，催文華速來救應，有刻不可緩之語。

文華看了，只是心跳，因奉嚴旨，那裡還敢像昨歲模稜㉒？只得點驗人馬船隻，忙亂了三天，率領水陸人馬起行。走至常州地方，探子報說：「蘇州已被倭寇攻破，軍民及文武各官，被害者甚多。倉庫錢糧，通為賊有。」趙文華聽了，呆了半晌，也別無退敵之策，又著胡宗憲與汪直寫了書字，仍差丁全、

⑳ 遄行：迅速行動。遄，音ㄔㄨㄢˊ，迅速。

㉑ 四五角：四五封。中華大字典角：「俗稱公文一封為一角。」

㉒ 模稜：意見或語言含糊不定。在此有渾水摸魚、馬馬虎虎之意。

吳自興前去商議，又復回到鎮江，聽候好音，那裡還敢在常州駐紮？常州通府人民，見文華將大兵退回，城裡城外，男女老少，分四下遠避。文武官禁止不住，也各尋了趙文華來，將庫銀俱運至鎮江城內。

過了幾日，丁全、吳自興回來，言夷目妙美定要五十萬兩，又與了折斷令箭一枝，仍照昨年行事，約在本月二十七日，在揚子江中一戰，詐敗佯輸，盡歸海島。只許帶一兩萬水師，帶多了恐中國人失信，或認真廝殺，或奮力窮追，那時失了和氣，雖與他一千萬銀子，也不肯住手了。銀子約在五日內，與他送過常州地界，他自有人接應。送銀子的船，還教插五彩鳳旗。他們此時還在蘇州停泊。文華問了回蘇州光景，又問了倭寇兵勢，大料沒有甚麼虛假，心中甚喜。笑道：「我豈是失信之人？」到了第五日，著丁全等仍照上年行事，交割清楚，夷目妙美賞了眾人酒飯，然後纔打發回來。文華又細細問了一番，始將懷抱放寬。

至二十六日，探子來報：「倭寇船隻俱停泊在江中，離此不過四五十里。」文華暗喜。次日五鼓，下令自帶水軍二萬先行，他也恐怕倭賊有變，著宗憲帶水軍三萬，在後跟隨，前後兩軍，只許相隔十里水面，以備不虞。文華走有二十里江面，猛聽得江聲大震，須臾，望見倭船，只桅杆便與痲林相似，也不鳴鑼擊鼓，各趁風使船，飛奔前來。文華望見形勢與前次大不相同，早已明白了十分，心上跳得有一丈高，兩腿酥軟起來，口裡說了聲：「快放箭！」不知不覺，就倒在了船內。幾個家丁一邊扶掖，一邊鳴起金來，喝令水軍快快回船。此時官軍見各處賊船漸近，都一齊施放炮箭。兩下正在爭勝間，猛見中軍船上那杆大帥字旗，飄飄蕩蕩，往回退走，前後圍護船隻，盡皆回頭。倭寇看見官軍退走，更勇氣百倍，炮箭急同驟雨。各船軍將知主帥已去，誰還肯捨命迎敵？都將船頭撥轉，如飛的亂奔。倭寇大眾泰山般壓來，官軍著傷沈水者，不可數計。

胡宗憲聽得前面喊聲漸近，知是兩軍對敵，早嚇得神魂無主，渾身寒戰起來。少刻，見官軍亂敗，他曉得甚麼催軍救應，口中只說：「快回！快回！」本船水軍聽了，如逢了大赦一般，急忙掉船回走。孰意敗軍船隻，反將宗憲各船亂碰，後面倭寇刀鎗齊至，喊殺如雷，官軍死亡者甚多。文華敗至鎮江，那顧得上岸入城，率領水軍盡赴揚州，跑入城中，將各門緊閉，防備倭寇尋來。鎮江岸上屯紮人馬，見官軍敗回，不顧而去，各營將士，誰肯與倭寇拚命？也有入鎮江城的，也有向揚州來的。倭寇追至鎮江，也不趕殺文華，一聲大炮，招動號旗，各奮勇登岸，攻打鎮江。河南、山東人馬，陸續皆奔至揚州，還有二萬四五千餘人，俱入鎮江城內。

趙文華查點軍兵，陣亡並逃散者，有四千餘人。聽得說河南、山東人馬俱到城外，心上又寬放了些。隨傳令河、東人馬，盡數入城，江南水師仍出城外停泊。再不時著探子遠聽鎮江下落，倭寇若有來揚州之意，火速傳報。又吩咐水軍：「倭寇若來，可各棄船入城，保守城池，衛護本部院要緊。」河、東人馬在城中，日夜酗酒賭錢，姦淫賊盜，無所不為，闔城士庶，無不怨恨。胡宗憲原本木偶，趙文華又漫無約束，即或有人首告兵丁不法等事，文華恐冷將士之心，反將首告人立行責處，因此益無忌憚。只知道後悔他那五十萬銀子用在空處，急急的寫了密書，差人連夜馳送，求嚴嵩替他設法。正是：

鼠輩有何知？欺人人亦欺。
喪師長江日，無計慰愁思。

第七十六回　議參本一朝膺寵命　舉賢才兩鎮各勤王

詞曰：

激濁揚清後，恩波自九天❶。離合升降有奇緣，相會在軍前。　二豎❷埋頭日，英雄奮志年。無分曉夜赴南川，指顧靖風煙。

右調巫山一段雲

話說趙文華兵敗鎮江，在揚州閉門自守，寫書字求嚴嵩與他設法。江南總督陸鳳儀，本不敢將文華兵敗事奏聞，怕得罪嚴嵩，只因失了蘇州並各處郡縣，現今倭寇圍困鎮江，日日分兵在各縣搶劫，去江寧省城不遠。趙、胡兩人老鑽在揚州，水陸軍兵還有十一萬有餘。鳳儀遣官行文三四次，求他留一半兵守揚州，發一半兵來江寧，一則保守省城，二則分救各州縣。再不然統領水陸人馬，救鎮江之急，內外

❶ 九天：言天之最高處，同九霄、九重天。在此借指朝廷、皇帝。韓愈左遷至藍關示姪孫湘詩：「一朝封奏九重天，夕貶潮陽路八千。」

❷ 二豎：春秋晉景公疾，延秦醫緩來治，未至，夢二豎子相問答，後因以二豎為病魔之稱。典出左傳成公十年。此借指禍國殃民之趙文華與胡宗憲二人。

夾攻，未嘗不是勝算。誰想他文書也不回，差官也不見一個，兵也不分與。陸鳳儀怕禍連及己，不得已，將趙文華兵敗啟奏。此時文華的書字早到嚴府，嚴嵩看了，著急之至。與世蕃相商，意欲保舉河南軍門曹邦輔，替回文華，好卸這重擔子。世蕃又怕邦輔不狥情面，將文華在江南諸款參奏，倒是大不方便。著別人去，又恐怕不能勝任。

父子正在作難之際，陸鳳儀的本章也到了內閣。嚴嵩越發著急，惟恐送入內庭，聖怒不測，將鳳儀的本章暗行袖起。此等兵敗事，傳聞最速，不知怎麼，都中紛紛揚揚，亂講起來。林潤聽知，與鄒應龍相商，要藉此事下手嚴嵩。應龍道：「這事真假未定，豈可因人傳言，便冒昧舉行？」林潤道：「我今日去吏部尚書徐老師處探聽探聽，或者他那裡有確見，也未可知。」應龍道：「只怕他與我們一樣，也未必有甚麼確見。」原來這尚書徐階，是林潤會試的大座師，為人極有才智，也是個善會鑽營的人，明帝甚是喜歡他。他心裡想做個宰相，只是怕嚴嵩忌才。林潤是他最愛的門生，聽見他來，就請相會。林潤請安敘禮畢，坐在下面。徐階道：「數天也不見你來走走，我正要著人約你去。聖上留意青詞，近日嫌閣臣做的無佳句，你們是翰林衙門，設或聖上考試起來，定須早為練習纔是。我日前擬了幾個題目，你可拿去做做我看。」隨吩咐家人取至，林潤看了，打一躬道：「承老師大人關愛，門生照題做完呈覽。」又道：「日前聖上遣兵部趙大人督師平寇，未知近日收功否？」徐階笑道：「賊勢已成，趙大人恐無濟於事。然係嚴中堂保薦，即不收功，亦可無慮。」林潤道：「門生聞得許多傳言，說趙大人有陣前失機的話，想來也未必真。」徐階道：「這話是何人告訴你的？」林潤道：「刻下街談巷議，已遍傳都中。因老師大人日在內庭，定知其詳，故敢瀆問。」

徐階道：「你是我的門生，非外人可比，就與你說說也不妨。昨與華蓋殿大學士張璧❸閒談，他說江南總督陸鳳儀，五日前有一本，說蘇州、常州及各縣，俱為倭寇殘破，鎮江府現今被攻，趙、胡兩人領敗兵退守揚州，陸鳳儀請旨發兵救援。嚴中堂將此本拿回家去，迄今四日，尚未奏聞。這是張中堂與我的私話，你少年人須要謹秘。」林潤道：「如此說，這趙文華兵敗失機是實了。嚴嵩將此等本章隱匿不奏，老師大人何不即行參劾？」徐階將林潤上下看了一眼，說道：「你平日人極聰慧，怎今日如此說？你可知近日海瑞下獄麼？你可知當年楊繼盛、沈錬❹、鄭曉❺麼？」林潤道：「門生盡皆知道。」徐階道：「以上四公，我都不敢學，你敢學他四人麼？」林潤道：「門生雖年少愚蠢，講到膽氣二字，頗有。趙文華係嚴嵩力保之人，今趙文華兵敗，門生就敢參奏他。」

徐階冷笑道：「我且問你，你要參他們些甚麼款件？」林潤道：「門生參嚴嵩權傾中外，藐法串奸，趙文華喪師辱國，假冒軍功，屈殺張經等語。」徐階道：「你是纔動這念頭，還是決意要做？」林潤道：「門生存心久矣。今既有隙可乘，這事是決意要做的。」徐階聽了，復將林潤上下看了兩眼，道：「我

❸ 張璧：明石首人，字崇象，正德進士，官至禮部尚書、東閣大學士。卒諡文簡，著有陽峰家藏集。

❹ 沈錬：明會稽人，字純甫，嘉靖進士。韃靼酋長俺答犯京師，詔廷臣博議。錬昌言敵由嚴嵩父子，上疏劾嵩十大罪。帝大怒，杖之數十，謫佃保安。邊人慕錬忠義，多遣子弟就學。錬恨嵩父子，縛草像李林甫、秦檜及嵩，令子弟攢射之。總督楊順、巡按路楷承嵩旨，誣錬與白蓮教妖人閻浩等謀亂，遂棄市。後追諡忠愍，著有青霞集。

❺ 鄭曉：明海鹽人，字窒甫，嘉靖進士。以兵部侍郎總督漕運，禦倭有功。官至兵部尚書，為嚴嵩所惡，落職歸，卒諡簡端。

倒看不出你。」又道：「趙文華兵敗，實而又實。你這本幾時入奏？」林潤道：「今晚起稿，明早定行進呈。」徐階站起來，說道：「好，難為你少年有這志氣。」說罷，拉林潤並坐。林潤道：「門生怎敢與老師並坐？」徐階道：「你只管坐下，我有話說。」林潤只得斜著身子，坐在徐階肩下。

徐階道：「你今志願已決，聽我說與你個做法。嚴嵩聖眷未衰，前人多少志節之士，都弄他不倒。你一個少年新進，如何弄得倒他？你只可參奏趙文華一人。須如此如此，方能有濟於事。是你不參嚴嵩，而嚴嵩已在參中矣。」說罷，拍手大笑道：「你以為何如？」林潤起謝道：「承老師大人指教，門生頓開茅塞。只是一件，若聖上問及本內趙文華在江南不法等事，門生亦難以風聞二字回奏，必須有個指證方妥。」徐階笑道：「這有何難？聖上所重者，在近日兵敗，失陷蘇、常地方。今兵敗屬實，總所參趙文華句句皆虛，聖上亦必以為實矣。你明白了？」林潤又道：「聖上若再問起江南總督既有本入都，怎麼朕倒未見，你從何處知道？」

徐階道：「你到那時，就說是我和你說的。我臨期自有回奏。」林潤道：「老師肯這樣作成，真是天地父母。此一舉，榮辱禍福，聽命於天可也。門生話已稟明，就此告別。」徐階道：「你且住著，我還有話說。上本不必拘定明日後日，可將本稿先拿來我看看，再上不遲。」林潤道：「今晚起更後呈閱，明早還求老師設法代門生送入。不由通政司、內閣兩處方好。」徐階道：「我與你親送宮門，自無洩漏之患。但還有一說，假若聖上准了你的本章，將趙、胡兩人革除，若問你平倭寇何人可用，你也須預備個回答。」林潤想了想，道：「門生有人了。」徐階道：「你快說，我斟酌可否。」林潤道：「已革僉都御史朱文煒、門生叔父林岱二人何如？」徐階連連點頭道：「好，好。你參倒趙文華，我就保舉他二人立功。」

說罷，林潤辭回，急急的到鄒應龍家，將前後與徐階問答的話，與應龍說知。應龍瞑目凝神，想了一會，大笑道：「此本一奏，趙文華休矣。只怕嚴嵩也有些不方便。」林潤道：「不知大哥有何明見？」應龍道：「文華兵敗，全在陸鳳儀本有本無。此本你原未見過，今徐大人既肯慨然承應是他和你說的，你總參處，也是因他一言而起，你還怕甚麼？就是徐大人敢於承當，也是要往中堂張大人身上安放，話是從張中堂起的，總處了，徐大人也不落不是。然徐階是大有權術人，在聖駕前必有妙作用，只照他所囑的話做起本來，十分中便有八九分穩妥。這件功讓你先做，留下嚴嵩父子，我與他作對。」林潤道：「必須大哥巨筆代弟一揮，自可使權奸立敗，小弟磨墨效勞。」應龍也不推讓，提筆寫道：

翰林院編修臣林潤一本，為權奸喪師誤國，仰祈即行正法事：去歲春三月，海邊疏防，倭寇深入，殘破溫州、崇明、鎮海、寧波、象山、奉化、新昌、餘姚數郡。陛下用尚書趙文華，總督河南、山東人馬，並江南水師，殄滅群醜，安靖災黎。命僉都御史朱文煒、胡宗憲參贊軍機。文華理合竭忠報效，仰副陛下委任至意，無如文華貪贖性成，惟利是欲，恐朱文煒不便己私，於未出都之前，遣文煒先赴泰安，飭河、東兩省人馬，盡集王家營，守候月餘，耗帑不可勝計。文華由直隸至山東，日緩行二三十里、四五十里不等，所至勒索地方官金帛，約四五萬兩。至王家營，始文移江南省，調集水師。又月餘，在揚州各商攤湊金珠古玩相送，鹽課為之虧折。未幾，杭州失守，前巡撫張經屢催進兵，朱文煒備極苦諫，文華委靡退縮，無異婦女，反將文煒妄行參革。至蘇州，又借餉軍為名，搜剝紳士商民一百餘萬兩。斯時倭寇所獲，何止數千百萬，竟席捲各郡脂膏歸海。文華探知倭寇遠颺，方督兵錢塘江，一巡而反，旋以大捷奏聞。張經苦戰三越月，斬賊五千餘級，此天下所共知者，而文華又以養寇縱敵，參劾正法。倭寇既退之後，若能於沿海要地，嚴行警備，亦可以無今日之虞。奈文華兒女情殷，視國家事如膜外，預行遄歸，將善後重務，付一庸懦無識之胡宗憲經理，致令倭寇重來，攻陷浙江數郡外，復波及蘇、常二府。文華擁水陸大軍數萬，揚子江一敗之後，退守揚州，為自固計。刻下鎮江被圍，總督陸鳳儀恐江寧、淮揚有失，遣官賫本，於前六日至內閣，迄今未邀聖鑒。臣聞之，無任駭冀。以故不避斧鉞，冒死瀆陳，伏冀速遴智勇，盡殲群虜。治文華欺君誤國之罪，非僅浙民之幸，亦社稷之幸也。謹奏。

寫完，林潤看了，極為譽揚，親送徐階看視過，然後錄寫端正，煩徐階替他由宮門送入。午後，明帝見了此本，大為驚異，隨即御偏殿，傳內閣九卿並林潤見駕。須臾，文武齊至，分班侍立，見天子滿面怒容，著近侍官將林潤本章宣讀一遍，把一個嚴嵩嚇得面目失色，正欲上前巧辯粉飾，只聽得明帝說：「著傳林潤來。」林潤跪在下面，明帝問道：「你是京官，倭寇攻陷浙江並蘇、常二府，趙文華兵敗，退守揚州，鎮江目下受困，這話你從何處得來？」林潤道：「趙文華兵敗，逃奔揚州，滿京城街談巷議，人所共知，非僅臣一人知道。」明帝又道：「你本內說江南總督陸鳳儀有告急本章，於前六日已到內閣，怎麼朕就沒見？這話又是何人向你說的？」林潤道：「這是吏部尚書徐階向臣說的。」明帝問道：「徐階在麼？」徐階連忙出班跪奏道：「臣亦未見此本，是日前大學士張璧向臣說，江南總督陸鳳儀有本，言蘇、常二府被倭寇攻破，肆行殺掠，趙文華退守揚州，目下鎮江被圍，江寧一帶地方，只恐難保。聖上問張璧自明。」嚴嵩目視張璧，張璧也不敢說無此本，只得替嚴嵩回護道：「此本原是前日午間到內閣的，大學士嚴嵩票擬本章，誤將墨汁潑在此本上面，他原說帶回家中收拾乾淨，方敢進呈是實。」

明帝大怒道：「此係何等事件，嚴嵩敢帶回私第，不行奏聞，是何意見？」嚇得嚴嵩心驚膽戰，免冠頓首奏道：「臣該萬死。」明帝道：「如今本在何處？」嚴嵩頓首道：「還在臣家，未曾收拾乾淨。」明帝大笑道：「軍機重務，遲早由你送閱。你在內閣，也可謂有權。」嚴嵩俯伏不敢仰視，明帝亦怒目不言。待了好半晌，明帝方說道：「你回家取來。」嚴嵩退下，滿面汗流，正欲差人去取，不想內閣官早已從嚴嵩家取至，嚴嵩跪呈御覽。

明帝看了看，還是乾乾淨淨，並沒甚麼墨汁在上面，心裡想道：「這必是嚴嵩收拾乾淨了。」展開細看，上寫著「去秋倭寇退歸崇明，浙江撫臣失於防範，致令今秋又復分道入寇，浙江數郡復受屠毒，蘇、常二府盡遭賊破，倉庫人民，劫殺特甚。本朝自開國以來，倭寇之患，未有如今日之甚者也。尚書趙文華、巡撫胡宗憲，於本月二十七日戰於揚子江中，為賊所敗。水軍八萬，並河南、山東人馬二萬五千餘，俱隨文華赴揚州。刻下鎮江被圍甚急，賊又分道劫掠各州縣。臣標下軍馬，於一月前被文華調去十分之七，餘軍保守江寧，尚且不足，安能解鎮江之圍，並傍救各州縣也？仰冀聖上速命智勇賢員，星馳救應」等語。

明帝看罷，拍案大罵道：「趙文華誤國庸才，敗逃揚州，尚有水陸大軍十萬餘人，擁兵遠避，惟恐為賊所傷，若將人馬分撥各郡縣，禦堵倭賊，城郭百姓，何至受害如此？今與胡宗憲死守揚州，陸鳳儀兵微將寡，刻下不但鎮江，只怕江寧也要壞於二匹夫之手。真萬剮不足以盡其罪也。」隨下旨：「著錦衣衛堂官速差緹騎，將趙文華、胡宗憲鎖拿入都，交刑部照林潤參本內嚴刑審訊。所有財產，著都察院即行抄沒，並詳查有無寄頓，再將兩家男婦老幼，毋得輕縱一人，一總拿交刑部監禁。候審明趙文華各款情弊，胡宗憲有無合同知情與否，再行具奏。」又向嚴嵩道：「你將陸鳳儀本章隱匿，不過為趙文華是你保舉之人，此等伎倆，與山鬼何異？」嚴嵩又免冠頓首道：「臣保薦匪人❻，理合與趙文華同罪。但臣叨承覆育四十餘年，仰報知遇之心，可對天地。今聖上疑臣為趙文華隱匿，臣存心至此，尚何以為人？尚何以偷生人世耶？」說罷，頓首痛哭，觸地有聲。

明帝信任他多年，見這般分說，心上早軟了一半。降旨：「嚴嵩著交部議處。」又向林潤道：「你小小年紀，倒有此膽量，敢與國家除奸，自是上達之士❼，即日授為翰林院侍講學士。」又向眾大臣道：「倭寇作亂內地，一刻不可容留，朕欲再遣大臣督師，爾眾臣可舉才勇兼全者，朕便委用。」徐階奏道：「臣所見才勇兼全之將，無有過南陽總兵官林岱，真定總兵官俞大猷❽。」明帝喜動顏色道：「林岱、俞大猷二人去得。」徐階又奏道：「二總兵固勇冠三軍，然出謀制勝，有昨歲被趙文華參革之朱文煒，實堪勝提調軍馬之任。昔年平師尚詔，多立奇功，仰懇聖上開恩復用。」明帝道：「非卿言，朕幾忘之

❻ 保薦匪人：保舉不得其人。匪人，本指品行不端之人。
❼ 上達之士：通曉道德仁義的賢士。論語憲問：「君子上達，小人下達。」
❽ 俞大猷：明晉江人，舉嘉靖武會試，歷任廣東都司、參將、廣東總兵官、福建總兵，卒謚武襄，著有洗海近事。

矣。此人為趙文華所參，則其人不言可知。年來朱文煒大抱屈抑矣。趙文華既經拿問，其兵部尚書，著兵部左侍郎沈良才❾補授，朱文煒即著補授兵部左侍郎，總督河南、山東、江南三省人馬，與二總兵一同進勦。著吏、兵二部火速行文，知會該員等，馳驛速赴軍前。」又道：「林潤本內，言前巡撫張經苦戰三月有餘，殺賊五千餘級，想非虛語，可惜被趙文華參革正法。張經著追封原官，蔭一子錦衣千戶。還有給事中李用敬、御史閻望雲，係保奏張經革職之員，俱著復用。」徐階、林潤俱謝恩歸班。

這幾道旨意一下，朝野稱慶，京中大小文武，沒一個不服林潤少年有膽有智。惟有嚴嵩，自入閣以來，從未受明帝半句言語，今日招此大辱，心上臉上都過意不去，恨林潤、徐階入骨。忙忙的老著面皮，向刑部堂官替文華囑托，說了許多感情不盡的話。若是素日，就硬行吩咐如何辦理了。吏、兵二部各發文書，調朱文煒、林岱、俞大猷，星夜馳赴軍營。

再說文煒自被參之後，回到虞城縣栢葉村，不但不與外人交往，連本地父母官也不一面，只是到祖塋上拜掃，逐日家養花喫酒，看書頑耍。他的兒子及家中事務，總付他哥嫂和段誠料理，自享清閒自在之福。一日，正與文魁閒話，家人們跑來說道：「京報到，老爺陞了兵部左侍郎。」文煒聽了，向文魁道：「這又是何說？莫非有人保薦麼？」文魁樂的手舞足蹈，笑說道：「將來人叫入，一問便知。」文煒令家人喚入，那幾個京報人叩賀畢，將報單呈閱。文煒問道：「你這信從何處得來？」京報人道：「小的們是吏部聽差人役。如今兵部尚書趙大人、同浙江巡撫胡大人，已奉旨鎖拿入都，交刑部嚴刑審訊。大人是吏部尚書徐大人保薦。」

❾ 沈良才：明泰州人，字德夫，又字鳳岡，嘉靖進士，累官兵部侍郎，以疏劾嚴嵩落職，著有沈鳳岡集。

文煒驚問道：「為甚麼拿問他二人？」京報人道：「小的們恐怕大人猜疑，已從吏部將林老爺參奏全稿並聖旨，盡行抄來。」說罷，從懷中取出送上。文煒通行看完，大喜道：「我不料林賢姪小小年紀，能做這般大事業，真令我輩愧死。」京報人又將嚴嵩隱匿陸總督本章，聖上如何動怒，京中鬨傳林老爺少年有膽智話，說了一遍。文煒大喜不盡，令家人們打發酒飯，京報人辭出。文煒將前後情由，細細與文魁說知。文魁道：「如此，真是天大喜事，只是你早晚又得起身往軍前去。」文煒道：「出力報效，乃臣子分所應為，兄弟倒不喜超陞這一官，喜的是林賢姪有此奇膽，又喜此行得與林大哥相聚，真是快事。只是這徐大人，我不過在公所地方一揖而已，除此之外，再無別言，又從無半點交往，怎麼他保薦起我來，實出人意想之外。我想軍機事件，刻不可緩，早晚必有部文知會。行李今日就收拾，以便聞信起身。」

至午後，虞城縣知縣親拿部文，到文煒家請安賀喜稟見。文煒著文魁留酒席，並賞發京報人去後，第二日早間，接到林岱羽檄傳來書字一封，內賀陞兵部並想念情節。又言「真定府鎮臺有飛札約會，倭寇殘破兩省郡縣，官民望救甚切，天子日深懸記，若帶領本屬下人馬一同起身，未免耽延時日，已吩咐參遊等官，押人馬後行，約同馳驛，先到淮安府，商議破敵之策。揚州現有趙文華所統水陸軍兵，即可挑選應用。並著札與賢弟相商，愚兄已於某日起身，佇候星夜赴淮安」等語。文煒看罷，向文魁囑咐了些家事，發諭帖曉示沿途驛站，伺候夫馬。第三日，即帶領家人起身，不過八九日，與林岱先後俱到淮安。兩人相見大喜，言及林潤參趙文華事，互相嗟嘆。

又過了幾日，俞大猷亦到，先差人與文煒投遞手本。緣明朝不但一侍郎，便是兵部一司員，武官那裡敢輕慢他？即至會面，文煒見大猷志節忠誠，語言慷慨，甚相投合。次日，即約同林岱三人，結為生死弟兄。大猷甚喜，序齒大猷為長，林岱為二，文煒為三。私際讓大猷中坐，官場辦公，文煒中坐。傳問淮安文武各官，知倭寇已攻破鎮江，目下大眾俱攻圍南京省城。陸鳳儀鼓勵大小文武，紳衿士庶並藩王府，各出丁壯守城，以待救兵。又問明趙、胡兩人在揚州，擁水陸軍兵尚有十一萬眾。眾官退去，林岱道：「水陸軍至十萬餘，何須等候我們屬下人馬？只用揀選精壯者十分之六七，破賊足矣。」文煒道：「趙文華擁兵揚州，全是為保全自己身體，等候嚴中堂與他想開解妙法，那裡知道林賢姪已將他紗帽打破，只是這緹騎還未到揚州，不解何故。」

俞大猷道：「你與林二弟一日夜行四百里，我從真定一日夜馳行五百里，緹騎至快一日夜走二百里，便是極大程頭。我打算也只在五六天內可到。」又向林岱道：「揚州水陸軍兵既足應用，我們理合先解江寧之圍，以保全省城為重。」文煒道：「大哥所見極是。此刻就與揚州文官並水陸軍將，發諭單各一張，內言我們係於本月某日奉旨馳驛到浙江，提調河南、山東並本省水陸人馬，勦除倭寇，定於某日到揚州，文官修理船隻，武官整齊人馬，伺候討賊，違者定按軍法斬首。趙文華的話，一字不題。所發諭單，限明日巳時到揚州，我們即於明日早間起身可也。」至次日，三人一同赴揚州。正是：

受命懸牌日，此身屬國家。

征夫宜竭力，不知賦皇華⑩。

⑩皇華：詩經小雅皇皇者華，乃使臣出使四方博訪民情之詩。

第七十七回　讀諭單文華心恐懼　問賊情大猷出奇謀

詞曰：

欽差促至，兵權掃地。靦顏問個中情事，恐懼，恐懼，老花面無策躲避。　細詢賊情，度時量力。預行定埋伏奇計，知趣，知趣，大元戎威揚異域。

右調鴛鴦結

且說文煒發了諭單，淮安至揚州不過三百餘里，驛站傳遞軍情事件，五六個時辰即到。趙文華所統軍將並地方文武官，見了諭文內話，一個個互相私議，將諭單送入趙文華公館。文華看了第一行「欽命總督河南、山東、江南三省水陸軍馬兵部左侍郎朱」，看了這幾個字，覺得耳朵裡響了一聲，心下亂跳起來。連忙又往下看，第二行是「河南南陽總鎮左都督林」，第三行是「直隸真定總鎮都督同知俞，為曉諭事」，再往下看，是他三人奉旨統兵平倭寇的話說，也不知把自己安放何地，不由的神魂沮喪，心中想道：「難道我的書字沒寄到太師府中，兵敗江中的話，聖上知道了麼？就是江南有人啟奏，這嚴太師在內閣是做甚麼的？也該設法存留，與我想解脫妙法纔是，怎麼任憑人家作弄，這不是故意兒鬧我？」又想道：「我們本兵部侍郎內，沒個姓朱的，這若是朱文煒，就了不得了！」又笑道：「他參革之人，縱有保舉，也不過與他個御史，連僉都也想不上，怎能到兵部侍郎？」急急的將中軍傳入，詢問原委。

中軍道：「此諭單是昨晚戌時從淮安發的，上面係如此等語，中軍也不曉得是甚麼原故。刻下滿城文武，並合營大小水陸官軍，俱準備衣甲戰船，迎接欽差，聽候命令。中軍還要在大人前稟知，好去遠接。大要今晚不到，明早亦準到。」文華道：「南陽總兵官，自然是林岱。真定總兵官，我記得是俞大猷。這兵部左侍郎朱，到底是那個？」中軍道：「諭單上只有姓，沒填著名諱，沿途探馬傳說，都說是昨年同大人領兵諱文煒的朱大人，早晚來了，大人一見就明白。」文華道：「你快去查明，稟我知道。」中軍去了。

文華搯耳撓腮，甚是恐懼，在地下來回亂走。忽見家人報道：「胡大人來了。」文華迎將入來。胡宗憲道：「我與大人的事，有些可慮。目今各營將士文武官員，俱支應新欽差，公館看在天寧寺，還定不住他們在城裡城外住。細問一路塘站，都說提調水陸軍馬總帥是朱文煒，喜得還是我們的舊人。副帥是林岱，也是我的舊人。惟俞大猷，我認不得他。如今他們來了，我們的旨意還未定吉凶，有嚴太師，也錯不到那裡去，不過是調回交部議處，縱降級調用，將來還可斡旋。」文華瞑目搖頭道：「你我這事，不破則已，破則不可救藥。」宗憲大驚失色道：「不可救藥便怎麼？」文華道：「身家性命俱盡，豈止降級調用已也？」宗憲聽了，也著急起來，和文華商量解脫之法。議論了半晌，也沒個擺布，宗憲辭回。

少刻，家人稟道：「淮安又發了令箭來，吩咐各營水陸諸官，一個不許去迎接。又聽得河東人馬在城內駐紮，大不是朱大人的意思，此刻都用令箭，押出城外安營。擅入城者，照違軍令治罪。又吩咐我們的中軍，揀撥一百名精細小卒，去鎮江、江寧探聽倭寇動靜，發來三四十款條要，違令斬殺的話極多，聲勢甚是威嚴。刻下公館外，只有幾個千把和佐雜官，副參道府，大些的一個也不見。怎麼他們該這樣勢利？就是不教老爺領兵，到京裡還是個兵部尚書，這也該曉諭他們一番，一次寬過他，他便要日日放肆起來。」趙文華合著眼，搖著頭道：「不是爭這些的時候了。你們須要處處收斂。設或事有不測，徒著人家笑談。我想朱文煒去歲被我參倒，他自懷恨在心。今他領兵平寇，若是敗了，與我一樣。假如勝了，我的事件，都在他肚裡裝著，被他列款參劾起來，真是活不成。須想個妙策，奉承的他歡喜了，忘卻前仇纔好。」想了一回道：「也罷，你們可寫我一年家眷寅教弟帖，與朱大人配二十四色禮物，須要價值三千兩方好，務必跪懇他全收纔好。此事必須丁全一行。再寫年家眷侍生兩帖，與二總兵。」又教了丁全許多話，方押禮物迎接去了。

到三鼓時分，丁全回來稟道：「小的拿老爺名帖並禮物，親見了朱大人。朱大人顏色甚是和氣，也結記老爺的事體，小的看光景，不但不怨恨，且還有些感激。」文華道：「信口胡說，都是遇見鬼的勾當。」丁全道：「小的在老爺前，敢欺半字？看來大人口氣，不過是難說出來。其意思間，若不是老爺昨年參了他，今年也和老爺一樣了。」文華聽了，點了點頭兒道：「這話還有一二分。我也不求他和我喜歡，只求他將來放過我去，就是大情分了。」又問道：「禮物收了幾樣？」丁全道：「禮雖一樣莫收，話說得甚好。向小的道，一則有兩個總兵同寓，二則行軍之際，耳目眾多，將禮單收下，諸物煩老爺代為收存，回京時定行親領，著老爺不必掛懷。」文華心上甚喜。又問道：「你也該探探我的下落。」丁全道：「小的亦曾問過，朱大人說：『我在虞城縣接得部文，星夜到此，連我陞兵部侍郎原由尚且不知，那裡知你家大人的話？』大要一到就來見老爺。兩個總兵，俱有手本請安。」文華聽了這一番話，又放心了一頭。正言間，只聽得大炮震響，人聲鼎沸。丁全道：「小的是迎到邵伯見朱大人，此時入天寧寺了。」

再說文煒等三人，在天寧寺住了一夜。次早，林岱道：「趙、胡兩人和鹽院鄢懋卿，俱差人遠接。府道處不去罷，這三處也須走走。」俞大猷道：「趙文華、胡宗憲都做過兵部尚書，誰耐煩與他投手本，走角門？況在行軍之際，人馬船隻俱要查點，是極有推托的，差人去說說罷了。」林岱道：「三人沒一個去，到底不好看。」文煒道：「我去走遭罷。」

隨即喫罷早飯，文煒打轎，先到趙文華公館。文華老著面皮，迎將出來，到庭上敘禮。文華先跪下，頓首道：「去歲小弟誤聽讒人之言，一時冒昧，實罪在不赦。數月來，愧悔欲死，本擬平定倭寇，替大人再行奏請，少贖弟愆。不意才庸行拙，又致喪敗。今天子聖明，復以軍政大權委任，固是公道自在，卻亦大快弟心。」說罷，又連連頓首。朱文煒亦頓首相還，道：「弟樗櫟散材，久當廢棄。蒙聖恩高厚，隸身言官。去歲承大人保全回籍，正可苟延歲月。今復叨委任，無異居爐火上也。」說罷，兩人方起來就坐。文華道：「大人率同二總兵督師，小弟與胡大人事亦可想而知矣。但不知已問何罪，乞開誠實告，毋記前嫌。」說著，又連連作了幾個揖。文煒道：「昨承大人遣尊紀慰勞，已詳告一切，囑令代陳。小弟得陞兵部，尚在夢中。大人與胡大人旨意，委實一字未聞。」文華道：「二總兵必有密信，大人不可相瞞，萬望實告。」文煒道：「伊等接兵部火牌日，即束裝起身，日夜遄行四五百里不等，連本部人馬一個未暇帶來，他們越發不知首尾。」文華蹙著眉頭道：「胡大人還可望保全。小弟若死於此地，自是朝廷國法。設有一線生機，……」說著，又跪了下去。文煒亦跪下扶起。文華道：「小弟在蘇、揚二府事件，還望格外汪涵。」文煒道：「大人在蘇、揚二府光明正大，有何不可對人處？即小事偶失檢點，小弟自應留心。」敘談了一會，文煒告辭，文華親自送到轎前，看的上了轎，方纔回去。

文煒又到胡宗憲公館，宗憲連忙請入，接到大廳階下。文煒行禮請候畢，各就坐。宗憲道：「去秋一別，時刻想念。今賢契又叨蒙聖眷，越格特陞，指顧與林、俞二總戎大建勳績。我與趙大人將來竟不知作何究竟，旨意也不知怎麼下著。你須向我據實說，開我懷抱。」文煒道：「適纔趙大人問之至再，門生不好直說。今老師大人下問，理合直言無隱，老師好作趨避。」遂將林潤如何參奏文華，聖上如何大怒，辱及嚴中堂，徐階如何保奏，詳細說了一遍。宗憲道：「我與趙大人可俱革職麼？」文煒道：「革職焉能了局？已著錦衣衛遣緹騎矣。大要早晚即到，老師可早些打照一切。」宗憲聽了，只嚇得渾身亂抖，面目失色。好半晌，方說出話來，向文煒道：「賢契去歲臨別，著我告病速退，我彼時深以為然。後來趙大人告捷，將我也敘在裡面，又補授浙江巡撫，一時貪戀爵祿，又愛西湖景致，處處皆是詩料，將身子牽絆住，致有今日，這皆是我年老昏庸不察時勢之過。」說著，放聲大哭起來。

文煒道：「林潤所重參者，趙大人一人，老師不過一半句稍帶而已，必無大罪。況老師原係科甲出身，軍旅之事未諳，即聖上亦所深悉，將來不過革職罷了。即或別有處分，但願門生托聖上威福，速平倭寇，奏捷之時，只用與老師開解幾句，自萬無一失矣。」宗憲拭淚，與文煒作揖道：「但願賢契速刻成功，救我於水深火熱，便是我萬分僥倖。只是指顧拿交刑部，趙大人要了銀錢，把我亂動無情夾棍，我這老骨頭，如何經當的起？你須大大的教我個主見方好。」文煒道：「只用將趙大人在蘇、揚種種貪賄，剝索商民，又復屈殺張巡撫，假冒軍功，都替他和盤托出，老師自可從輕問擬。」

宗憲道：「若審官問起，你當日為何不參奏？」文煒道：「老師只說日日苦勸不從，又懼他威勢，不敢參奏是實。」宗憲道：「我只怕得罪下嚴太師。」文煒道：「老師要從井救人❶，門生再無別策。今午還要點查軍馬船隻，就此告別罷。適纔的話，可吩咐眾家人，一字向趙大人露不得。」宗憲點頭道：「我知道你有公事，我也不敢強留。」說罷，送至二門內，復低低說道：「你好生救我，師生之義，即父子之情也。」文煒點頭別去。又會了鹽院，然後回寓。林岱道：「今日有許多重務要辦，怎麼去了這時候纔來？」文煒道：「被趙、胡兩人牽絆住，如何得早回？」隨將他二人問答的話，說了一遍，大猷和林岱都笑了。

少刻，文華等陸續回拜，俱皆辭回。於是林、俞二總兵下教場，揀選水陸人馬。文煒在運河一帶，看戰船、衣甲、火炮之類。本日即在營盤內宿歇。林、俞二人在教場，直到四鼓方回，共挑了陸路人馬一萬九千餘，八萬水軍只挑了五萬餘，其餘老弱，分派在各郡縣守城。俞大猷問文煒所看戰船共有多少，文煒道：「衣甲旗幟不齊備些，尚在其次；戰船不堅固，誤人性命非淺，我從二千八百餘隻內，只挑了一千二百餘隻，雖大小不等，看來還可用得。總緣趙文華無一處不把錢喫到，地方文武官那裡還有堅固船隻與他？此時實趕辦不及，我恐不足用，又諭令補修三百隻，著連夜措辦，大要明日一天亦可以完功。」大猷道：「此共是一千五百餘隻，足用矣。」

至五鼓時，三人喫罷飯，吩咐中軍起鼓，傳水陸各營副參遊守等官問話。須臾，眾將入中軍參見畢，文煒各令坐了，說道：「本部院同二位鎮臺大人，奉旨平倭寇。聞命之日，即馳驛到此。二位鎮臺連本

❶ 從井救人：有人落到井裡，也跟著跳下井去救他。比喻做損己而無益於人的事。語本論語雍也。

部人馬，一個未曾帶來，恐誤國家大事，致令倭賊多殺害郡縣官民。今驗看得水陸軍兵內，多老弱疾病；又兼船隻損壞，年久不堪駕用者甚多，因此各裁汰十分之四，勉強應敵罷了。刻下倭寇圍困江寧，救應刻不可緩。爾眾將可將倭寇近日情形、兵勢，詳細陳說，我們也好斟酌進兵。」內有水軍都司陳明遠，躬身稟道：「倭賊今年分道入寇，皆因胡大人做了浙江巡撫，於各海口共添了五百多兵鎮守。」文煒道：「五百多兵，濟得甚事？且又分散在眾海口，無怪乎倭賊去來，如入無人之境也。」

林岱大笑道：「這正是胡大人的調度，做巡撫的功德。」明遠又道：「胡大人探得賊勢甚大，將杭州交與兩司，去江寧與總督陸大人商議退兵之策。陸大人具奏入都，朝廷差趙大人復來領兵。胡大人連夜到鎮江，與趙大人一同起兵，行至常州左近，聞倭寇將蘇州攻破，急調水陸軍馬，退回鎮江。」文煒笑道：「這是為常州與蘇州又近些。萬一倭寇殺來，便須交戰，因此退回鎮江。倭寇到鎮江，他又退回揚州。假如倭寇到揚州，他定必退回淮安。倭寇若到了淮安，他定沒命的過黃河矣。」說罷大笑。眾將亦各含笑不言。

明遠又道：「至九月二十七日五鼓，趙大人與胡大人帶水師五萬，在大江中與倭寇相遇，兩軍未交，趙大人便撥船回走，眾將亦各退避，被倭賊炮箭齊發，傷了我們無數軍士，遂一齊敗將下來。彼時鎮江城外，駐紮河、東兩省人馬，城內亦有軍兵，趙、胡兩大人若督兵回戰，也還勝敗未定。不意二位大人領兵，直奔揚州，河、東兩省人馬，亦各陸續跟來，此常州、鎮江兩府之所由失也。倭寇料趙大人不敢再來爭戰，又不見遣兵救援各郡縣，因此率賊眾由溧水、句容取路，攻圍江寧。陸大人也不出城交戰，日夜同兵民守城。屢次求趙大人出兵相助，趙大人一卒不發。今倭寇攻打江寧，已及一月，尚未攻破。

近聞夷目妙美大是氣恨，將各路賊眾數萬，俱行調集江寧城下，並力合攻，已四晝夜矣。若再過幾日，只怕陸大人支持不來，乞眾位大人早定良謀。」

林岱拍案長嘆道：「江、浙兩省數十萬生靈，皆死於趙大人一人之手，言之痛心。」俞大猷道：「前在淮安發諭單，示知中軍差精細軍卒百人，打聽倭寇動靜。前日昨晚，伊等陸續俱回，探知倭寇大眾，盡數屯集在江寧城下。今陳明遠所言，與探子相合。刻下江寧危在旦夕，雖一日亦不可緩。諸位將軍，誰非朝廷臣子？可各按營頭，即將衣甲器械、船隻火炮，整備完妥，我們只在早晚進兵。設有不齊、苟且塞責者，一經查覺，朝廷自有軍法，我三人不敢容情也。」眾將答應退去。俞大猷道：「我有一條拙計，與二位老弟商酌舉行。」文煒、林岱喜道：「願聞大哥妙謀。」

大猷道：「倭寇舉動，與苗蠻大概相同，勝則捨命爭逐，敗則彼此不顧，惟利是趨，不顧後患。人數雖多，總算烏合之眾，難稱紀律之師。今群賊盡集江寧，他為的是省城地方，金帛子女百倍於他郡，雖他貪得無厭，也是天意該他死在一處。若是散在各州縣，我們分路勦殺，一則沒這些軍兵，二則那裡殺的盡？聞賊營中，有一陳東、汪直，極有謀略，兩個都是我們中國人，凡劫州掠府，都是此二人指揮。他見趙文華委靡退縮，看得朝廷家所用大臣，不過如此，因此於要緊地方，他毫不防備，將眾賊盡集江寧，雖是趙文華擁兵不動之故，實為我等一戰成功之地也。兵書云：『出其不意，攻其無備❷』，正在此時。林二弟武勇絕倫，名揚天下。今河、東人馬，我們已揀選一萬九千餘人，可用大戰船一百五十隻，捎工水手，必須南方人善於駕船者，老弟率領河、東眾軍，將官至千總以上者，方准帶馬，餘外再撥渡

❷ 出其不意二句：謂乘人無備而攻擊之。孫子計篇：「攻其無備，出其不意。」意，預料。

馬船二十隻，於今晚燈後，駕船直赴南京。仰賴聖上洪福，夜間若得順風，更屬穩便。次日天明，捨舟登岸，先與賊人會戰。賊眾雖多，以老弟視之，無異犬羊，勝賊十有八九。陸大人在城上看見交兵，亦必開門接應。此輩一敗，必不敢散走各州縣，沿江內定有倭寇船隻，渡他們逃命，為歸海計。再於沿江一帶，遣參遊守備等十人，各帶兵一千，在各要路埋伏截殺，逼他奔焦山這條路入海。老弟切不可趕殺過急，若過急，伊等必捨命回戰，誠恐多傷我士卒，只管遙為趕殺，使他有上船工夫。朱三弟帶水軍二萬，在江面截殺。我在焦山海口，帶水軍三萬，截其歸路。這四陣，倭賊縱不盡死，所存亦無多矣。一面嚴防各海口，使餘賊無路可歸；一面提兵直搗崇明。縱有逃奔在各州縣地方者，百姓誰不欲食倭賊之肉，任憑他走到那裡，自有人拿他殺他，無庸遣將發兵，百姓皆兵將也。愚見若此，二位老弟以為何如？」

林岱、文煒大喜道：「大哥妙算，可謂風雨不透，倭賊盡在掌中矣。」大猷道：「還有一節，只可惜我們兵少，未免懸心❸。」文煒道：「大哥還有何地要用？」大猷道：「我想江寧城下，賊眾俱集，縱無十數萬，七八萬是必有的。林二弟只帶河、東兵一萬九千來人，勝則我們大功必成；萬一眾寡不敵，我們多少打算，皆成虛設矣。而水路所用諸軍，又皆在不可減少。設或陸大人畏懼，不敢出城發兵救應，此勝敗之大機，關係於此，不無憂耳。」林岱聽了，大笑道：「倭寇至多不過數萬，他便有百萬，我何懼哉！我固知恃一人之勇，能殺他多少人？然兵以氣勝，我一人所向無敵，斬其元首，餘眾勢必驚避，則我隨帶之一萬九千餘人，個個皆林岱也。陸總督接應不接應，原不在弟打算中，大哥只管放心。」大猷道：「全仗老弟神勇，吾無憂矣。」

❸ 懸心：猶言掛念，謂心有所注，懸懸不安也。賈餗蜘蛛賦：「將懸心而有待。」

三人議妥，林岱道：「兵貴神速，此刻即傳令，示知河、東人馬官將，整備一切。朱賢弟可速挑選堅固大船一百五十隻，外挑載馬船二十隻，更須點查久走江路水手為妙。此時已交辰時，弟定在未時下船。」說罷，忙發令箭，示知河、東人馬去江寧起身時候，文煒親自挑選戰船去了。到未時，林岱領兵上船，望江寧進發。文煒同大猷送林岱起身後，即曉諭水軍，準備戰船器械，聽候令箭征進。兩人回公館，即傳入守備十人，每人帶兵一千，示與各處埋伏地方，俟日落時，各暗行動身。本日五更，大猷帶水軍三萬赴焦山。天未明時，文煒帶水軍二萬，於沿江等候倭寇。正是：

未至交鋒日，奇謀已預行。
豈同胡趙輩，庸懦誤軍情。

第七十八回　勦倭寇三帥成偉績　斬文華四海慶昇平

詞曰：

隨軍旅，滿目干戈飛血雨。航海崇明城去，斬獲知幾許？　天子聞捷嘉予，賞功罰罪溥。倭臣相對愁無語，身首皆異處。

右調歸國遙

且說夷目妙美和辛五郎，聽陳東等相引，復行殘破杭州，又破了蘇州、常州，並各郡縣地方，殺敗了趙文華，破了鎮江。見文華統數萬軍卒，退守揚州，無一軍一將敢與他作對，把中國人視同無物，因此去攻打江寧省城，打算著得了此處，其子女金帛必多於別郡縣百倍。攻了月餘，攻打不破，夷目妙美惱了，將各路諸賊，盡數調來。在他看著，至多不過用三天工夫，再無不破之理。虧得陸鳳儀遍帖示諭，詳言城破之害，並倭賊殺戮之慘，凡現任大小官員，並城內紳衿，以及商賈士庶，無分貴賤，俱要一體保護，自全性命，並非全為國家倉庫城池打算。藩王府中，亦盡出丁壯相助，人人皆存死守之心。緣此倭賊雖眾，竟不能得手。

陳東、汪直也防備有救兵來，時時差人打探，見趙文華擁大兵死守揚州，知道他是神魂嚇壞之人，縱有百萬人眾，量著他也不敢再來。又見朝廷不發兵救應，他兩個也就心膽大了，隔數天纔差人打探一次。那日，正與夷目妙美、辛五郎商破城之法，賊黨報道：「中國有兵從江中來，此時已上岸了。」夷目妙美道：「約有多少人馬？」賊黨道：「遠望也不過二萬來人。」陳東道：「怎麼來得這樣快？想是連夜來的。」辛五郎道：「恐怕還是揚州人馬，趙文華遣來救應。」夷目妙美道：「管他是那裡差來的，著眾頭目分兵一半圍城，使城中不能救應。我帶一半去迎敵，必須殺他個盡絕纔好。」徐海道：「說得是，我們大家去來。」於是傳下令去，眾賊分了一半，跟夷目妙美迎來。

林岱上了岸，騎馬率兵，遙望眾賊，不下五六萬人，卻沒隊伍，一個個手執利刃，喊天震地，直奔我軍。林岱顧眾將大叫道：「我們只一萬餘人，他倒有五六萬人，若容他與我兵殺在一處，未免軍士心內各存多寡之見。你們看眾賊中間，有一杆紅旗，甚是長大，與眾賊別的旗號大不相同，我想賊首必在此旗下。你們可將人馬排開，列陣莫動，待他臨近，我先入賊中，斬其主帥，倒他那枝大旗，賊帥被殺，餘賊自膽落矣。」少刻，賊大眾齊至，勢如山嶽般壓來。林岱高叫道：「有膽力的漢子，先隨本鎮立功去來。」語未畢，有百十餘兵丁，還有三四個將裨，暴雷也似的一聲答應，各飛馬隨林岱衝去，步兵在後跟隨。

只見林岱當先，提戟直入賊陣，百餘人隨後跟來。馬頭到處，賊眾如波開浪裂一般，顛顛倒倒，往兩邊亂閃。夷目妙美正在大旗下，同汪直、徐海並眾頭領催軍迎敵，猛見眾黨類紛紛退躲，心下大怒，忽見一金甲大漢，跨馬舞戟，後面有百十人馬相隨，急同風火，瞬間已到了面前。夷目妙美大為驚駭，正欲上前，林岱的戟已到身邊，急忙用刀隔架。無如林岱力大戟重，那裡隔架的過，響一聲，已透心窩，倒撞在地。徐海率眾賊舉刀亂砍，被林岱用戟一攪，打倒十二三個。百餘將士齊上，早將徐海、汪直殺死，那枝大旗便丟在了地下。眾賊不見了大旗，又望見中軍搖動，俱知主將有失，心上都慌亂起來。我軍看見大旗一倒，知是林岱成功，一個個勇氣百倍，大呼陷陣，無不以一擋十。賊眾見中國軍士和猛虎一般，鎗刀過處，迎刃即倒，遂各沒命的亂跑。

辛五郎在城下，見黨類敗回，招動號旗，賊眾放起炮來，圍城倭寇，俱解圍趕來對敵。辛五郎率眾直迎林岱，被林岱一戟刺倒。眾頭目拚命報仇，林岱戟刺鞭打，紛紛倒地。我軍吶喊攻擊，賊眾膽怯，又失了主帥，一個個向江上奔逃，尋他們的船隻。陸總督同眾文武軍兵，在城上早看得明白，見一金甲大將，所到之處，無不披靡。本欲開門遣兵接應，見賊勢甚大，未敢迎敵。今見群賊亂奔，陸鳳儀率眾殺出，兩處人馬合擊，只殺的屍橫遍野，平地血流。林岱見城內人馬分四面殺出，便領兵沿西北江岸追殺下來。少刻，陸鳳儀人馬亦追殺而至，林岱忙差人知會，著鳳儀駕船在江內追殺。鳳儀向差人道：「賊船盡在江內停泊，此時追殺，使他無暇上船，少為寬縱，便皆逃去矣。你可上覆林大人，我且顧不得會面，也惜不得兵力，樂得殺一個，與江浙百姓報一個仇恨。」說罷，打馬催兵，向倭寇多處追殺去了。

眾賊沿江岸跑了許多路，眼睜睜看得本國船隻，跟隨下來要救他們，只是被官軍追趕的連一線餘暇沒有。林岱倒記得俞大猷窮寇莫追的話，只因陸鳳儀不肯住手，也只得隨著下來。眾倭寇亡命亂奔，猛聽得一聲大炮，人馬雁翅排開，攔住眾賊去路。眾賊到此田地，各喊殺拚命戰鬥。正戰間，鳳儀人馬趕至，兩下合擊，前後約斬殺三萬餘賊眾，人馬踐踏死的無算。林岱隨後亦到，一面傳令前軍，放眾賊一條生路；一面著人留住陸總督，彼此下馬相見，鳳儀大喜。林岱傳令，三處人馬，就在此地紮營，歇息造飯。鳳儀道：「著兵將歇息甚好。只怕倭賊歸海，放他去了，他將來還要害人。」林岱笑道：「旱路凡通海口處，俱有兵將埋伏；沿江水路，亦有重兵等候殺賊，文煒朱大人、鎮臺俞大猷，專司其事，他走到那裡去？」

鳳儀拍手大笑道：「怪不得鎮臺大人著駕船從江中追趕，原來水旱兩路，俱有埋伏，我若早知，也要愛惜兵力，不像這樣追趕了。」又道：「林大人真神勇也。我在城頭，從一交戰時，就看見大人帶百十人，匹馬直入賊陣。自那杆大旗倒後，賊眾即亂矣。」正言間，眾軍已將中軍營盤立起，兩人同入坐定。鳳儀問趙、胡兩人在揚州舉動，並起兵來南原委，林岱將鳳儀本章入都，嚴嵩隱匿說起，直說到他三人領兵，今日殺賊方止。陸鳳儀聽了，樂得拍手大笑，叫快不絕，問林岱道：「令姪係新科榜眼，我們俱知其名，但不知年紀多少？」林岱道：「他今年二十二歲了。」鳳儀大驚道：「小小年紀，敢做此天大事業，將來定是柱國名臣。我告急本章，若非令姪老先生參奏，此時還怕聖上未必知道。」又回頭指著江寧說道：「這座城池，也只在早晚為賊所得了。我當年做御史時，也曾參過嚴嵩，幾乎丟了性命。」兩人說談了半夜，甚是投機。次日，又各率領人馬，追尋下去。

再說倭寇被官軍殺得七斷八續，又跑了五六里，見追兵漸遠，一個個尋至江邊，只有二十多隻海船，眾賊爭渡，自相殘殺。人多船少，通船俱皆站滿，連撐船扯棚空隙俱無。眾賊還扳拉不放，掌船人即以刀砍斷其手臂者甚多，嚎哭之聲，驚天動地。上不了船的，還在江岸奔走。即至將船開去，人多船重，又沈了幾隻。內中也有善水的，又扒上岸來奔命。少刻，日本船又沿江下來三四十隻，將眾賊前後渡去。奈天意該絕此輩，偏遇頂風，只得折檣行走，又壞了幾隻船，傷了許多賊眾。岸上跑的賊，有未及上船者，無一不力倦神疲，腹中飢餒，沿路倒斃或不能行動者，盡被官軍斬絕，何止四五千。天一明，追兵又至，四處搜拿，即投降亦必殺戮，皆因此輩屠毒江浙官民過甚，為天道人心兩不相容也。

船內的賊眾，正走間，忽聽得江聲震撼，一聲大炮，滿江都是戰船，火炮火箭，雨點般亂打，倭寇中箭炮者，傷損幾盡。翻在江中者，又去了數隻船。前後倭船，凡到文煒等候處，十喪八九。即有逃去船隻，到焦山地界，又被大猷火炮，連船打的粉碎。倭寇善泅者，俱身帶重傷，在水中也不過隨波逐流，多延半刻性命而已。水路中，端的未走脫一船，生全一人。各處海口，大猷俱有埋伏，斬殺逃賊亦極多。即有逃匿隱藏者，官軍去後，又無船可渡，被百姓看見，那個肯饒放他？其死更苦，端的沒走脫一人。倭賊的四軍師，亦俱為官軍所殺。文煒收功後，又分撥戰船，遣將各帶水軍，沿江上去巡查倭寇並船隻下落，賊雖未得，倒得了許多倭船。日落時，大猷駕船收功回來，與文煒同到鎮江。水陸諸將，各陸續報功。

至次日午，林岱同鳳儀人馬俱至，大家會合在一處。鳳儀盛稱大猷之謀，大猷亦謙退至再。鳳儀又言：「林岱斬賊帥夷目妙美、辛五郎於數萬強寇之中，功冠諸軍，且盡滅醜類，使無遺種，從此江浙永無倭寇之患，皆三位大人盛德也。」文煒道：「弟等上賴聖上洪福，諸軍將用命，徼倖成功，何敢當大人過獎？」又道：「倭寇雖說殺盡，究之未盡者尚多，弟文臣不諳武事，今與眾位大人相商，日本遠在大洋之外，勦滅須大費經營，重耗國帑。崇明原是內地，今為倭寇來往潛聚之所，若不斬絕餘黨，克復國家版圖，數年後，賊眾定必復來。朱某欲請二位鎮臺大人，攻奪崇明，我與陸大人，分路搜殺逃亡賊寇，於各沿海要地，安軍將永行鎮守。再煩二位鎮臺，速發諭帖，差人止住直隸、河南人馬，各回本鎮。」

一面查點軍士，一面上本奏捷。其有功將士，統俟崇明收功後，再行奏聞。未知眾位大人以為是否？」鳳儀道：「朱大人分派極是，我輩俱遵議行。但奏捷本章，不必公上，我定要另上一本，細表三位大人之功。」俞大猷道：「我們所率水師，今日是以逸待勞，又無傷損。既去崇明，便一日不可遲緩。查沿江所得倭船，不下二千餘隻，可揀大而堅固者，挑選一半，我同林大人連夜入海，想賊還未必知道信息。」林岱道：「俞大人所見極是，理合即刻起兵。」朱文煒道：「小弟還有一拙見，沿江死亡倭寇極多，可遣人剝其衣甲，盡著我軍穿戴。再於路拾其旗幟，插於船上，崇明賊眾自必認為自己黨類，不行防備，可率眾直入，不勞而定也。二位鎮臺，明日午時起兵何如？」陸鳳儀拍手大笑道：「此計妙不可言，我軍可省無窮氣力，管保一矢不發，入崇明城矣。」

隨請文煒發令箭，遣軍士星夜辦理，定限明日辰巳兩時到齊。文煒因各軍交戰勞苦，命中軍官於城內外未出征軍士點五千名，星夜於沿江一帶，剝取倭寇衣甲、頭盔、旗幟，不過百餘杆足矣，限明日辰巳二時到齊，違誤者斬，中軍領令去了。四人飯罷，至二鼓時，於副參遊守水陸兩營內，四人公同揀閱，擇精壯勇悍者一百餘員，於總督陸鳳儀帶來將官內，也挑了二十餘員，又吩咐所挑人員，於水軍內各行揀選少壯勇悍兵丁二萬六千，於陸營內挑選四千，將倭寇戰船搭配分用，定於明午起行赴崇明。眾將各歸營辦理去了。次日，差去兵丁於辰巳二時，將剝來倭寇衣甲旗幟，俱在轅門交納。文煒發出，令隨行兵將穿戴。到午時，林、俞二人帶兵下船，赴崇明去了。

文煒同鳳儀，一面備本奏捷，一面行文江浙等官，曉諭戰勝倭寇原由，飭令搜殺逃散餘賊。又於沿海地方加兵把守，俟崇明收功後，再行安排。陸鳳儀去蘇州，朱文煒去浙江，分頭安撫被害州縣。捷音到了揚州，趙文華嚇得心膽俱碎，向眾家人道：「怎麼他們成功如此之速，豈非天意？」胡宗憲倒喜歡起來，喜文煒成功，可以救己也。又隔了一日，緹騎到來，將兩人俱鎖拿入都。揚州人恨文華縱兵殃民，日日在地方追索各項公用，今見拿去，闔城商民，焚香慶幸。

再說林、俞二人，領兵趁順風，兩日夜便到崇明，卻好眾倭寇將去歲今秋兩次所得子女金帛，俱收貯在崇明，此番若打破江寧，便心滿意足，一總運歸日本。不意他沒福享受中國之物，林、俞二人領兵到來。這日，眾頭目與中國婦女並清俊子弟，飲酒作樂，眾巡視的倭寇，望見有數百隻船，趁風揚帆，如飛而至，大是驚懼。及到近界，纔看明是自家船隻，並本國旗號，連忙報入去，俱一齊跳躍歡喜，出城迎接。此時我軍早已上岸，殺將起來，眾賊做夢也想不起有這一日。林岱、俞大猷率兵先搶入城來，眾賊四下驚走。林岱等一邊動手，一邊令軍士分門把守，到者即殺。又差人諭令未入城軍兵，將城圍住，不許放走一賊。崇明百姓，見本國軍兵入城，各持棍棒刀斧幫殺。又領官軍於大街小巷，菴觀寺院，處處搜尋。本國還有落後船隻，皆陸續俱到，從辰時殺起，至午初時分，將群賊洗盡。又分遣諸將，率兵於各鄉鎮搜殺。地方百姓，聽知大軍到來，那一個還肯饒放？家家戶戶，到處搜查，可憐眾賊一個未得生全，即有逃入海邊者，船隻俱被我軍所守，除非跳入海中。四處搜殺了兩日夜，諸將交令。

林、俞二人出示，曉諭安撫百姓，委官查點倭賊擄掠的江浙男女，約三千餘人，俱著問明地方名姓，開寫冊籍，將男女分為兩處養育，俟大軍回後，再差官押船來，搬取他們還鄉。又將搶掠江浙的金銀珠玉，並各色貨物以及古玩珍寶，不下十餘庫，各堆積如山，林、俞二人相商，歇兵六日，議定將金銀珠玉、珍寶古玩，他二人領水師五千，做第一起押解起行；各色貨物紬緞銅錫等類，委參副將帶水師五千，做第二次起行；其餘物委遊擊都司等，做第三起押解，亦帶水軍五千起行。又每一庫委大小武官十員，公同點驗，各封記號數，按所分三項，以次搬運在一處，以便上船。查點倉糧共三十餘萬石，分賑本縣人民，餘俟補授新官到日收管。又分派了鎮守大小官員，諸軍眾項完妥，然後大排賀功筵席，以酬諸將勤勞。又從庫中頒發銀兩，賞隨行軍士。

歇兵至第四日，三更時分，陡起大風，刮的海水吼聲如雷。須臾，天地昏暗，兵將皆驚。通城士庶，無不悚懼，皆言自來未有之大風也。至五鼓風息，依舊清明如故。到第五日開庫，搬運上船，誰想一物無存。連忙報與林、俞二人，大為驚異，將各庫打開，庫庫皆然。諸軍眾將神色俱失，言妖魔神鬼盜去者，議論不一。俞大猷向眾將道：「此昨晚三鼓大風所由來也。其中有天意，中國與倭寇俱不能得耳，言之何益？定於明日一同起身罷了。」原來是冷于氷知道林岱、俞大猷收功崇明，有此項財物，因此弄神通攝歸洞府，為普天下窮民濟急之用。

到第六日，林、俞二人留官鎮守，率眾將祭神，放炮開船。約走到未牌時分。陡然起一陣大風，將前前後後各船，俱刮攏在一處，在水面上旋轉起來。眾軍將叫喊不絕。正在危迫間，忽然換轉風頭，捲定諸船，向西北飛走。少刻，大霧瀰漫，看不見東南西北，耳邊但聞風聲水聲，相為吼應。林、俞二人雖然有膽氣，到此亦惟有虔心默禱，許願叩頭而已。估計有八九個時辰，漸次天清月朗，眾軍將各拭目觀望，前面隱隱似有城池。船行切近，細看乃杭州東門外也，也不知從那一個海口入來。此亦是冷于氷之作用，知林、俞二人起行日子不好，到申時要起颶風。颶風與別的風大不相同，一起則東南西北四面，亂刮無定，舟船遭遇，無不壞者。于氷恐傷中國軍士，因此命連城璧來救應，送軍將至杭州。只是他送的太勇猛些，致令大眾擔無限驚險。

再說杭州城外百姓，同城上巡邏軍士，瞧見數百隻海船，都以為倭寇又至。此時文煒正在杭州安頓一切，住居在巡撫衙門內，聽得傳報說倭寇大至，連忙從被中扒起，發令箭曉諭闔城軍民官吏，都著上城防守，頃刻哄動了一城。林岱遣人到城下叫喊，城上不是放炮，就是放箭，不能進前。俞大猷道：「這怪不得他，爽利❶等到天明罷，有甚麼要緊？」文煒在城上坐守了半夜，到天大明，方知是林、俞二人帶兵回來，心下大喜，率各官到城外船內相見。林、俞二人先言今日海風之險，幾乎不得相見，諸軍眾將都和做夢一般，不知怎麼便到杭州城下，此天意著與老弟速會也。又詳說崇明殺賊，並一切事。

問文煒是幾時到杭州，文煒道：「自二位老哥起兵後，我與陸大人亦各分開，他回江寧，派遣文武各官，辦理江南被寇地方事務。昨日有字來，他已在蘇州。我在杭州，查辦被寇地方事務，屈指僅十一日，不意二位老哥已收功，航海歸國，真是天大喜事，可一同入城，安息幾日。軍士疲勞，也該令其休息。我此刻即遣官馳驛，傳報陸大人。」林岱道：「我們的船隻人數，還不知有傷損否，俟查明入城。」文煒笑道：「只用委官三四員，便可立辦，何用親查？」

說罷，一同上岸，騎馬入城，同到巡撫衙門。文煒大設酒筵，請崇明得勝大小官員賀功。三日後，將各路水師俱打發回鎮，倭船留在杭州，備搬運搶去男婦使用。過了幾天，諸文武俱皆銷差，已查明通省被害郡縣，兵火之後，倉庫空虛。文煒只得從未被害郡縣提取銀米，遣官按戶挨查男婦人數，分別賑濟。將來與陸鳳儀會奏罷了。浙民甚是感戴。諸事安頓俱畢，三人坐船赴蘇州，鳳儀率文武迎接，入城

❶ 爽利：稱人辦事痛快而不拘滯，與乾脆義同。

賀功，敘說各辦事務，同具一公本奏捷。鳳儀又另上一本，表奏三人之功。文煒於奏捷本內，又添一本，特參趙文華、鄢懋卿貪婪不法等事，並前假冒軍功。

且說明帝見了朱文煒等頭一次報捷本章，帝心大悅，立即傳齊九卿，天子道：「朱文煒、林岱、俞大猷到揚州，只點兵三日，第四日即各分水陸進兵。不意趙文華擁水軍八萬，河南、山東人馬三萬，死守揚州。他的意思朕亦深知，並非為保守揚州，不過為保護自己，怕倭寇來殺他耳。江浙兩省之失，生靈受害，皆害於趙文華一人，言之痛恨。前嚴嵩奏稱江浙人望趙文華甚愍，朕不解江浙人望此屠伯何意？」嚴嵩聽了，心若芒刺。又問眾臣道：「趙文華拿到否？」刑部堂官奏道：「計程緹騎應回，想只在早晚必到。」明帝又道：「朱文煒等於文華所統水軍八萬，只用了五萬；河、東人馬三萬，只用了一萬九千。兩總兵本部人馬一人未用，仍是趙文華所統之兵。一日夜，水陸殺賊數萬，使無遺類，屈指成功，究係一朝。嗣後選將，不可不慎也。且更有喜者，破倭寇之謀，雖出於俞大猷和朱文煒，而林岱於江寧城下，領百餘人，首先馳入賊陣，於數萬人中，斬其巨帥夷目妙美，奪其大旗，復殺副賊帥辛五郎，此非有拔山扛鼎之力，不能奏此奇功也。賊首既去，群賊自瓦解矣。陸鳳儀開城接應，晝夜馳追，文臣能如此，足見勇敢。保全江寧，月餘不破，鳳儀之功，可與朱文煒、俞大猷相同。刻下林岱、俞大猷已去崇明，收功想亦在指顧之間矣。徐階保薦得人，足見忠誠為國。統俟捷音再至，朕另降諭旨。」

諸臣頓首辭出，商酌上表慶賀。只有嚴嵩，雖對眾強為色笑，卻心上難過的了不得。本日晚，即將文華、宗憲解到，交送刑部。嚴嵩立即托尚書夏邦謨，向刑部堂官代討情分。又差人入監，安慰二人去了。不四五日，又接到崇明收功，並陸鳳儀、朱文煒安插撫恤兩省被寇郡縣本章，隨下旨：「陸鳳儀保守江寧，深費心力，加太子太傅，賜蟒衣玉帶，蔭一子入監讀書。林岱著陞授提督，充補江南通省軍門，統轄各鎮，駐紮鎮江，防禦諸處海口。朱文煒即補授浙江巡撫，掛通省軍門銜，統轄各鎮，防禦諸路海口。俞大猷著陞授提督，駐紮山西大同府，掛通省軍門銜，統轄各鎮。尚書徐階，著充經筵講官，加太子太保，並賜徐階、朱文煒、林岱、俞大猷各蟒衣玉帶一襲。其餘水陸有功諸官，俟陸鳳儀、朱文煒奏到日，再降諭旨陞補。」

看第二本，是朱文煒參奏趙文華於去歲奉旨督兵，在直隸沿途索詐地方官金帛古玩，復於揚州、蘇州二府種種貪賄斂積商民銀兩，折收船馬價值，兼復假冒軍功，並參鄢懋卿在鹽院任中，驕侈不法等款，又替趙文華派斂諸商金珠古玩、侵吞鹽課等事。明帝覽奏，越發大怒，敕下：「江南總督陸鳳儀，鎖拿鄢懋卿入都，抄沒本鄉並任中兩處家私，兼詳查寄頓地方，監禁老少男女，毋得輕縱一人，與趙文華一同付刑部嚴刑審訊，定罪奏聞。」又看到胡宗憲，文煒替他極力開脫，說他原本書生，未嫻武略，其趙文華貪賄諸事，委不知情。明帝看後，也就不深究了。又想起林潤曾參劾趙文華在前，竟是個少年有膽識的官兒，隨下旨：「陞林潤兵科給事中，巡按江南通省地方事務。」

旨意一下，徐階、林潤、鄒應龍各大喜，只有個嚴嵩父子，甚是畏懼。滿朝文武，誰不知趙文華、鄢懋卿是嚴嵩得力門下？今前後兩個俱倒，如去了他左右手一般。刑部堂官見明帝甚怒，也不敢盡依嚴嵩臉面，將索詐蘇、揚二府衿商士庶銀兩問實，假冒軍功問虛。又過了幾日，將鄢懋卿解到，審出欺隱鹽課四十餘萬兩；又拉出巡鹽御史袁淳，協同納賄。胡宗憲刑部照文煒參本，也替他以不知情三字開脫，具奏入去。明帝大怒，將趙文華解赴蘇州斬決，其子趙懌思同妻女，俱發煙瘴地方，永遠充軍。鄢懋卿解赴揚州斬決，其子發邊地，永遠充軍；妻女賣與人為奴。袁淳解赴揚州立絞，亦令抄沒家私。胡宗憲於刑部未審之前，他不知從何地弄了白龜兩個、白鹿一隻進獻，刑部擬他為革職，也奉旨依議。

趙文華自入刑部監後，日夜愁懼，肚上起了一瘡。京差解至常州，其瘡兇腫異常，哀呼了一夜，將肚腹崩裂，五臟皆出而死❷。江南人聽得他解付蘇州斬決，家家焚香稱慶。還有許多人等他斬決時，大家要零割其肉，盼望他來。後聽得他死在常州，未蒙顯戮，百姓又都不快活起來。總督陸鳳儀惱他在江南百般索詐商民，擁兵自固，致失陷蘇、常、鎮江等府，旨意原無號令之說，鳳儀竟把他斬屍，傳首號令，蘇州人心纔略為舒服。

朱文煒將倭賊搶去男婦，從浙遣官於崇明運回，江南人押交陸鳳儀，浙江人著親屬具結認領。又於未被兵火之府縣，題請轉運倉糧，賑濟被兵火地方，兼請恩免累年拖欠錢糧，並恩賞張經戰勝並陣亡軍將，三事俱蒙天子恩准，浙民感激切骨。懷慶總兵林桂芳，見林岱爵尊功大，便告老乞休。明帝知是林岱之父，下許多溫旨，賞及服物，加太子太保、兵部尚書銜，准其致仕，真武職中未有之際遇也。林岱、林潤此時同在江南，各差人迎請到鎮江衙門養老，天天非遊玩山水，即賓客滿座看戲。朱文煒每年定請去遊西湖，住一月兩月不等，這老翁大是快局。

再說冷于氷，一日向連城璧等道：「刻下江浙倭寇已平，百姓流離凍餓者，十有八九。朝廷雖有恩典，焉能使一夫不失其所？我前在崇明攝來財物，理合賑濟窮乏。我此刻即入後洞，你們不得驚動我。過百日後，方許你們見我，我好辦理此事。」說罷，入後洞趺坐❸入定，用分身法化為數千道人，施散

---

❷ 肚腹崩裂二句：趙文華死狀甚奇甚慘。見明史趙文華傳。

銀物等類，不但江浙被寇地方賑濟無遺，即普天下窮困無倚賴之人，也有許多沾了恩惠，全活不下百萬生命，約費三個來月日方完。

不邪等只見財物日少，直至一無所存，方見于氷出定。問起來，方知是用分身法，立此大功德，各心悅誠服。于氷又吩咐猿不邪道：「與你柬帖一聯，書字一封，可速去江西廣信府萬年縣城外拆看，辦完事體後，回洞繳吾法旨。」不邪領命，駕雲去了。正是：

一陣成功倭寇平，捷音報到帝心寧。
文華腹裂懸頭日，百萬災黎頌聖明。

❸ 趺坐：盤腿而坐。趺，音ㄈㄨ。

第七十九回 葉體仁席間薦內弟 周小官窗下戲嬌娘

詞曰：

彤雲散盡江濤小，風浪於今息了。倩他吹噓聊自保，私惠知多少？ 郎才女貌皆嬌好，眉眼傳情裊裊。隔窗嫌伊歸去早，想念何時了？

右調桃園憶故人

且說沈襄自從金不換於運河內救了他的性命，又在德州店中送了他百十多兩銀子和驢兒一頭，一路感念金不換不盡。曉行夜宿，那日到了江西萬年縣地界，先行旅店安歇。次日，便問本縣儒學葉體仁下落。早有人說與他，在縣東文廟內西首，一個黑大門便是。沈襄找到學門前，見兩個門斗❶坐著說話。沈襄道：「煩二位通稟一聲，就說是葉師爺的至親，從北直隸來相訪。」門斗道：「先生貴姓？」沈襄道：「你不必問我姓名，你只如此說去就是了。」那門斗必要問明，方肯傳說。

正言間，早見體仁一老家人朱清，從裡邊走出，看見沈襄，大驚道：「舅爺從那裡來？」沈襄使了個眼色，朱清會意，將沈襄領入客房內，急入內院，向體仁夫婦說知。沈小姐聽得他兄弟到了，又驚又

❶門斗：舊時學官的僕役，宋時稱為斗子。

喜。葉體仁是個極小膽的人，沈鍊問成叛逆正法，他久已知道，又現奉部文到處緝拿沈襄，聽了這句話，不由的面上改了顏色，心上添了驚怕，口裡說不出話來。沈小姐早明白他丈夫的意思，說道：「你不必狐疑，我兄弟是你至親，你便不收留他，他出外被人拿住，也會扳拉你，不怕你不成個叛黨。到那時，人也做不成，鬼倒要變哩！」體仁無可如何，問朱清道：「可有人看見舅爺沒有？」朱清道：「只有兩個門斗，在外邊問舅爺姓名，舅爺不肯說，還是小人將舅爺領入來，現在書房內。」體仁道：「此後有人問及，就說是我的從堂兄弟，你去請入來罷。」

少刻，沈襄入來，看見他姐姐早哭的雨淚千行，先與體仁叩拜，次與沈小姐叩拜。沈小姐拉住，大哭起來，慌的體仁亂嚷道：「哭不得，哭不得！休要與我哭出亂兒來，不是頑的。」拉沈襄到房內坐下，姐弟二人拭揩了淚痕，沈小姐問他父親被害情由，沈襄細細訴說。說到傷心處，兩人又大哭起來。急得體仁這邊一拉，那邊一推，恨不得將二人口鼻搗住，直鬧亂的兩人不哭了方休。次後說到金不換救命贈銀子的話，沈小姐道：「天下原有慷慨義氣不避禍患救人的好男子，若是你投河時，遇著你姐夫，十個定淹死九個了。」體仁道：「我是為大家保全身家計，但願不弄破為妙。據你這樣說，我不是嫌怨令弟來麼？」一邊著收拾飯，一邊走至外面，將門斗並親僱的一個小廝和廚房做飯挑水的二人都叫來，特特的表白了一番，說：「適纔來的，是我一個從堂兄弟，並不是親戚，你們都要明白。」說罷，入內室，又叮囑沈襄改姓為葉，著叫他大哥，叫沈小姐嫂子。見兩人都應允，方纔略放了些懷抱。

沈小姐為兄弟初到，未免日日要買點肉喫。體仁最是儉省，一年四季只有祭丁❷後方見點肉，非初

❷ 祭丁：即丁祭，舊時每年仲春及仲秋上旬丁日祭祀孔子之稱。

一十五，若買了豆腐，也要生氣。沈襄一連住了五天，喫了二斤半肉，白菜豆腐又搭了好幾斤。體仁嘴裡雖不好說，心上著實受不得，日夜砣緺著眉頭，和家中死下人的一般。想算著安頓沈襄地方，又不知他有何才能，且恐怕到人家露出馬腳，於己不便。又想及沈襄曾教過學，便欣喜道：「日前本地紳衿周通，托我與他留心一學問淵博先生，教讀他兒子周璉。那周通有六七十萬兩家私，且是個候補郎中。沈襄有了破露，他的身家甚重，只用他出錢料理，連我也無事了。」

想到此處，急急入內問沈襄道：「你日前說教過學，可教的是大學生？小學生？」沈襄道：「大小學生都教過。」體仁道：「想來你的八股是好的了。」沈襄道：「也胡亂做幾句，只是不通妥。」體仁道：「我此刻與你出個題目，你做一篇。」沈襄道：「若必定著我出醜，我就做。」體仁見不推辭，甚喜，口中便念出「浩浩其天❸」一句來。不意沈襄腹內，融經貫史，又是極大才情，此等題素常都是打照過的，隨要過紙筆來，沒有一頓飯時，即謄真送體仁過目。體仁是中過鄉試第三名經魁的人，於八股二字，奇正相生，大小無不合拍。只因他屢下會場，薦而不中，又兼家貧，纔就了教職。自知命裡沒進士，因此連會場也不下，恐費盤纏，他倒是江西通省有數的名士。

今見沈襄下筆敏捷，又打算著此題難做，將沈襄的文字接在手內，口中不言，心內說道：「這小子完得這般快，不知胡說些甚麼在內。」只看了個破承起講，便道好不絕。再看到後面，不住的點頭晃腦，大為讚揚。將通篇看完，笑說道：「昌明博大，盛世元音也。當日岳丈的文字，我見過許多，理路是正的，不及你當行多矣。只可惜你在患難中，只索將解元、會元讓與人家罷了。」又怕沈襄於此等題目，

❸ 浩浩其天：周遍廣大如天的胸襟。語出禮記中庸。

素日做過，又隨口念出一題道：「雖不得魚❹」，著沈襄做。沈小姐道：「做了一篇，好就罷了，怎麼又出題考起來？」體仁道：「你莫管。」沈襄做此等題，越發不用費力，頃刻即就。

體仁看了，喜歡的手舞足蹈，向沈小姐道：「令弟大事成矣。」沈小姐道：「甚麼大事可成？」體仁便將日前周通所托說明，又道：「只是他兒子的文字，素常都是我看，每年總有五六十兩送我，還有衣服靴帽之類。我若將令弟薦去，他就不用我了，為自己親戚，也說不得。」沈小姐道：「此舉極好，只怕他已請了人，便把機會失去。」體仁道：「目今他兒子的文字，還都是我看，那裡便請了人？就請人，也要請教我看個好歹。」沈襄道：「這周通佩服姐丈，想來他也是個大有學問人。」體仁笑道：「他有甚麼學問？不過以耳作目❺罷了。刻下他兒子不過完篇而已，每做文字，還是遇一次有點明機，一次便胡說起來。人物倒生得清俊不過，若認真讀書，不愁不是科甲中人，只要請好先生教他。」沈小姐道：「既然他父子都不通，還認得甚麼好醜，你為何兩三番考我兄弟？」體仁道：「他父子雖不通，他家中來往的門客卻有通的。誠恐令弟筆下欠妥，著他們搬駁出來，將令弟辭回，連我的臉也傷了。」沈小姐道：「事不宜遲，你此刻就去。」體仁道：「今日天色還早，我就去遭罷。」

隨即到周通家去。至日落時，還不見回來。沈小姐甚是懸結，只怕事體不成。只等得定更後，體仁半醉回來，一入門，先向沈襄舉手道：「恭喜了！」沈小姐道：「有成麼？」體仁道：「我一到他家，

❹ 雖不得魚：孟子梁惠王上，孟子謂齊宣王：「緣木求魚，雖不得魚，無後災。以若所為，求若所欲，盡心力而為之，後必有災。」

❺ 以耳作目：把聽到的當作目睹的。指對傳聞的事情，不加分析，就信以為真。通作以耳為目。

便留我喫便飯，卻是極豐盛的酒席。席間我將令弟學問讚揚的有一無二，怕他不成麼？已面訂在下月初二日上館，學金每年一百六十兩，外送兩季衣服，今日就先與了五十兩，作添補零用之費。」說著，將銀從懷中掏出，放在桌上。又向沈襄道：「你到他家，喫穿俱足，要這些脩金何用？不如都支出來，讓窮姐夫買點米喫喫，豈不是好？」沈襄道：「我原是苟延歲月人，只不飢不寒，得有安身處足矣，要那脩金何用？我身邊還有金恩公送我的幾十兩銀子，也一總與姐夫留下罷。」

葉體仁聽了，喜歡的心花俱開，隨即出去說與朱清：「此後日日加六兩肉與舅爺喫。若剩有未喫盡的肉，只用添四兩亦可。像此等調度，全要你留心。」囑咐罷，入來向沈襄道：「還有一句要緊話，休要到臨期忘記了，我已向你東家說過，你是我從堂兄弟，名字叫做向仁，你須切記在心。」沈襄唯唯。次日，沈襄從行李內將不換送的銀子取出六十兩，送了體仁。把騎來的那個驢兒，也送了他。體仁大喜收受，說道：「你今日將驢兒送我，就是我的了。我說也不妨：這幾天草料，喫的我甚慌，我實用他不著，早晚賣了，得幾兩驢價，貼補貼補也好。」沈襄笑了。沈小姐笑道：「虧你是個讀書人，怎愛錢到這步田地？」又道：「周家是個大富翁，我兄弟到他家，衣服被褥平常了，他便要小看我兄弟。方纔送你這六十兩銀子，你收不得，與我兄弟治買了衣服被褥罷。」體仁亂嚷道：「不成話了，誰家寒士還講究衣服被褥，越窮人越敬重。」夫妻兩個為這六十兩銀子，嚷了兩天，終被沈小姐作主，著朱清拿去買辦一切。又叫了兩個裁縫做妥，將體仁幾乎疼死，饒還是沈襄的銀子。

到了初一日，周璉家先下了兩副請帖。初二日，親來拜請，體仁送沈襄入館。周通領兒子周璉拜從，設盛席相待。體仁至燈後回家。自此沈襄便教讀周璉，一家上下，通稱沈襄為葉師爺。萬年縣雖是個小縣分，此時風氣卻不甚貴重富戶，重的是科甲人家。每題起周通，便說他是臭銅郎中。只是見了周通，和奉承科甲人一般。

周通聽在耳中，心上甚恨這臭銅郎中四字，因見他兒子周璉生得聰慧俊雅，便打算他是科甲翰林中人，想他中會，出這臭銅郎中之氣。雖一年出一千兩銀子請先生，他也願意，只怕把他兒子教不通。先時請了個舉人，叫張四庫，倒也是個有學問的人，教讀周璉，只教讀了一年多。學院到廣信，周璉彼時纔十八歲，不知怎麼便進了學，張四庫倒得了四五百兩謝儀。周通得意到極處。誰想張四庫便中了進士，做翰林，周通大失所望。他久知儒學葉體仁是個名士，因此連先生也不請，恐怕教壞他兒子，只教體仁看文字。今請了沈襄，打算體仁所薦不錯，又問明是個秀才，心上有些信不過起來，誠恐學問淺薄，教壞了兒子，須藉眾人考驗。隨煩朋友們牽引本縣生童，起了個文會，每一月會文六次，輪流管飯。家道貧寒的，或四五人管一會，七八人管一會不等。惟周通家不輪流，每月獨管三會。會文也不拘地方，雖菴觀寺院，亦去做文字。會了兩三次，通是沈襄評閱。人見沈襄批抹講解，甚是通妥，況又是本學葉師爺兄弟，越發入會的人多了。

這日，該本城文昌閣西老貢生齊其家管會。他家道還有飯喫，只因他一生只知讀書，不知營運，將個家道漸次不足起來。卻為人方正，不但非禮之事不行，即非禮之言亦從不出口。生了兩個兒子，大兒子叫齊可大，為人心地糊塗，年已二十四歲，尚未進學；次子纔八九歲，叫齊可久。他還有個女兒，名喚蕙娘，年已二十歲，尚無夫家，生得風流俊俏，其人才還不止十分全美，竟於十分之外要加出幾分，亦且甚是聰明，眼裡都會說話。這齊可大也在會中。諸生童一早都到齊家庭上。齊其家出了兩個題目，大家各分桌就坐，一個個提筆磨墨，吟哦起來。這齊其家庭房前後都有院子，前後俱有窗槅。庭房前面的窗槅俱皆高吊，庭房後面的窗槅卻關閉著，為其通內院也。

周璉這日辭過沈襄入會，在後面窗槅內西北角下面，朝著窗槅做文字。齊貢生家閨女蕙娘，聽得眾生童俱到，便動了個射屏窺婿的念頭，趁老貢生在外周旋，他母親龐氏在廚下收拾飯菜，便悄悄的走出內院，到庭房北窗外，先去中間，用指尖挖破窗紙，放眼一覷，見七大八小，倒有五六十個。雖然少年人多，都眉目口鼻安頓的不是部位。即有幾個面皮白淨的，骨格都不俊俏，且頭臉上毛病極多。又走到東北窗角外，也挖破窗紙，看了看，總是一般，心上委決不下。回身到西北角窗外，也挖開窗紙一覷，這一眼便覷在周璉臉上，不由得目蕩神移，心上亂跳起來，那裡還肯罷休？從新把窗紙挖了個大窟窿，用左右眼輪流著細看。

周璉正握著筆，凝著眸，想算文理，猛然回過臉來，見窗外一個雪白的面孔，閃了一下就不見了。心裡想道：「這必定是齊貢生家內眷偷看我們。」也就丟開了。怎當那蕙娘不忍割捨，又來偷視。誰想周璉兩隻眼睛，也注意在那窟窿上，四目一照，那蕙娘又縮了回去。周璉想算道：「他儘著看我，難道不許我看看他？」將身子站起，隔著桌子，往窗外一覷，見一不肥不瘦、不高不低、如花似玉的個大閨女，站在對面窗外。再看香裙下面，偏又配著周周正正、瘦瘦小小、追魂奪命一對小金蓮，真是洛神❻臨凡，西施出世。周璉不看則已，一看之後，只覺得耳朵內響了一聲，心眼兒上都是麻癢，手裡那枝筆，不知怎麼吊在桌上。

❻ 洛神：洛水的女神。相傳即伏羲氏之女宓妃。曹植曾作洛神賦。

正在出神之際，一個童生走來，在肩上一拍道：「看甚麼？」周璉即忙回頭應道：「我看他這後面，還有幾進院。」童生道：「易經上有拔茅連茹的茹字，怎麼寫？」周璉道：「草頭下著一如字便是。」那童生去了。周璉即忙向窗外一看，寂然無人。坐在椅上，將桌子一拍道：「這個一萬年進不了學的奴才，把人害死！」正在怨恨間，那窗外的一雙俊眼又來了。周璉也便以眼相迎，只見那白面孔一閃，忽見纖纖二指伸入，將窗紙扯去一大半，把那俊俏臉兒，端端正正放在窗空前。兩個人四隻眼，互相狠看。

正在出神入化、彼此忘形之際，只聽得有人叫道：「周大兄！周大兄！」周璉即忙掉轉頭一看，見第三張桌子前，與他同案進學的王曰緖，笑問道：「頭篇完了麼？我看看。」周璉道：「纔完了兩個提比，也看不得。」又見王曰緖笑道：「你必有妙意精句，不肯賜教，我偏要看看。」說著，從人叢中擠了來。周璉此時恨入切骨，只見他走來，將周璉文稿拿起，一邊看，一邊點頭晃腦，口中吟咏聲喚不絕。看罷，說道：「你筆下總是靈透，我也是這意思，無如字句不甚光潔。」說著，從袖中掏出來，著周璉看。周璉只得接過來，見一篇已完了，那裡有心腸看他？大概瞧了瞧，連句頭也沒看清楚，便滿口譽揚道：「真是妙絕的文字，好極！好極！」王曰緖又指著後股道：「這幾句我看來不好，意思要改換他。」周璉隨口應道：「改換好。」王曰緖道：「待我改換了，你再看。」說罷，又挨肩擦臂的走出去了。

周璉急急的往窗外四下一看，那俊俏女娘不知那裡去了。把身軀往椅子上一倒，口裡罵道：「這厭惡奴才，殺了我了！這是一生再難得的機會，被他驚開，實堪痛恨。」急忙又往窗外一看，那裡有？還有甚麼心腸做文字？不由的胡思亂想道：「此人不是齊貢生的閨女，便是他的妹子。怎麼那樣一個書獃子，他家裡有這樣要人命的活天仙，豈非大奇事？」想算著，又站起來向窗外再看，連個人影兒也無。

復行坐下，鬼嚼道：「難道竟不出來了？」又想道：「自己的房下❼，也還算婦人中好些的。若和這個女兒比較，他便成了活鬼了。」又想道：「我父母只生我一個，家中現有幾十萬資財，我便捨上十萬兩銀，也不愁這女兒不到我手。」

正胡想算著，見窗外一影，卻待站起來再看視，那女娘面孔又到。兩個互看間，忽見那女娘眉舒柳葉，唇綻櫻桃，微微笑了一笑。這一笑，把周璉笑的神魂俱失。卻待將手上帶的金鐲要隔窗兒送與，只聽得後窗外一小娃子叫道：「姐姐！媽一地裡尋你，不想你在這裡。」那女娘急將俏龐兒收去。周璉連忙站起，將兩隻眼著在窗孔內看去，只見那女娘蓮步如飛，那裡是人，竟像一朵帶露鮮花，被風吹入內院去了。周璉在庭房內，總看的是此女前面，此刻纔看了後面，正合了洛神賦四句❽：「肩若削成，腰若約素，羅襪生塵，凌波微步」，正此女之謂也。周璉看罷，復坐在椅上，有氣無力的說道：「我從今後活不成了。」定醒了一會，看自己的文字，只有了少半篇。再看眾人已有將第二題寫真半篇多了，不由的心下著急起來。也無暇思索，只合就題敷衍，一邊做著文字，一邊又向窗外偷看，只怕耽誤了。

猛聽得老貢生高說道：「午飯停妥，諸位用過飯再做罷。」眾生童俱各站起，拉開桌椅板凳，坐了八九桌。飯畢，又做起來。周璉此時，真正忙壞，又要做文字，又要照管那窗槅上窟窿。只到日落時，總不見那女兒再來。原來前半日蕙娘的母親龐氏，只顧與各生童收拾茶飯，蕙娘便可偷空出來。午後他母親無事，他那裡還敢亂跑？況老貢生家教最嚴，外面兩個傭工人，是足跡不許入內院的。蕙娘和他兒

❼ 房下：對人稱己妻的謙詞。世事通考：「房下，拙荊，皆自稱妻也。」

❽ 洛神賦四句：按洛神賦原文為：「肩若削成，腰如約素，……凌波微步，羅韈生塵。」與此處引文略有出入。

媳，是足跡不許出外院的。此刻把蕙娘急的要死，惟有盼下次管會而已。

周璉苟且完了兩篇，已是點燈時分。大家各散回家。素常與他妻子最是和美，今晚歸來一看，覺得頭臉腳手都不好起來，便一句話也不說。何氏問他，也不回答，還當他與會中人鬧了口角，由他睡去。那知周璉一夜不曾合眼，翻來覆去，想算道路。正是：

人各有情絲，喜他無所繫。
所繫有其人，此絲無斷際。

第八十回　買書房義兒認義母　謝禮物乾妹拜乾哥

詞曰：

情如連環終不壞，甲顏且把乾妹拜。學堂移近東牆外，無聊賴。　非親認親相看待，暫將秋波買賣。一揖退去何人在？須寧耐，終久還了鴛鴦債。

右調漁家傲

話說周璉思想蕙娘，一夜不曾合眼。這邊是如此，那邊的蕙娘，到定更以後，見家中僱的老婆子收拾盤碗已畢，他哥嫂在下房安歇，父母在正房外間居住，他和小兄弟齊可久同小女廝在內間歇臥，早存下心，要盤問他兄弟話，預備下些果餅之類，好問那庭西北角內做文字的人。誰想那可久原是個小娃子，那裡等到定更時，一點燈就睡熟了。

蕙娘直等的他父母俱都安寢，外房無有聲息，方將他兄弟推醒，與他果子喫。那娃子見有果子給他喫，心下就歡樂起來，一邊揉眉擦眼，一邊往口內亂塞，說道：「姐姐，這果子個個好喫。」蕙娘道：「你愛喫，只管任你喫飽，我還有一盤子在這裡。」那娃子起先還是睡著喫，聽了這話，便要坐起來。蕙娘怕他父母聽見，說道：「你只睡著喫罷，休著爹媽聽見了罵你我，我還有話問你。」娃子道：「你問我甚麼？」蕙娘道：「今日來咱家做文章的相公們，你都認得麼？」那娃子道：「我怎麼認不得？」蕙娘聽了大喜，忙問道：「你認得幾個？」那娃子道：「我認得我哥哥。」蕙娘道：「這是自己家中人，你自然認得。我問的是人家的人。」那娃子道：「人家的我也認得。」

蕙娘又喜道：「你可認得那庭房西北角上做文章的相公？他頭戴公子巾，外罩黑水獺皮帽套，身穿寶藍緞子銀鼠皮袍，腰繫沈香色絲條，二十內外年紀，俊俏白淨面皮，手上套著赤金鐲子，指頭上套著一個赤金戒指，一個紅玉石戒指，唇紅齒白，滿臉秀氣，那個人兒你認得他麼？」那娃子道：「我怎麼認不得？」蕙娘聽了，又不禁大喜，忙問道：「他姓甚麼？他在城內住？城外住？他叫甚麼名字？他是誰家的兒子？」那娃子道：「我不知道他住處，他又從不和我頑耍。」蕙娘道：「你不知住處罷了，你可知他姓甚麼？是誰家的兒子？」那娃子道：「他是他媽的兒子。」蕙娘拂然道：「這樣說，是你認不得他，你為何口口聲聲說認得？」那娃子道：「我怎麼認不得他？他是來做文章的相公。」

蕙娘聽了，氣惱起來，在那娃子頭上打了一掌，罵道：「死不中用的糊塗東西。」那娃子便硬睜著眼嚷道：「你打我怎麼？果子是你給我喫的，又不是偷喫你的。」蕙娘一肚皮深心，被這娃子弄了個冰冷，伸手將果子奪來。盤內還有幾個，一總拿去，放在地下桌子上。那娃子見將果子盡數奪去，不由的著急起來，大嚷道：「你打我怎麼？我為甚麼教你白打？」說著，就啼哭起來。龐氏聽見，罵道：「你們這時候還不睡覺，嚷鬧甚麼？」蕙娘怕他嚼念起來，連忙將盤中果子，盡數倒在他面前。那娃子見了果子，便立刻不哭不嚷了。雖然不嚷了，他也驟然不好喫那果子。見蕙娘上床換鞋腳，那娃子拿起一個果子來，笑著向蕙娘道：「你不喫一個兒？」蕙娘也不理他，歪倒身子便睡。那娃子見蕙娘不理他，悄悄的將果子喫盡，就睡著了。蕙娘前思後想，在這邊思想周璉。周璉在那邊思想蕙娘，想來想去，還是周璉想出個道路來。

次早，到書房完了功課，帶了兩個得用的家人，一個叫吳同，一個叫周永發，一齊到齊貢生門前，詳細一觀，見他房子左右俱有人家，左邊的房子甚破碎，右邊的房還齊整些。問跟隨的人道：「這右邊房子是誰人住著？你們可認得麼？」吳同道：「小的都知道，這中間房是齊貢生家，左邊是張銀匠家，右邊是鍾秀才弟兄兩人住。大爺問他怎麼？」周璉道：「家中讀書，男女出入，甚不方便。我看這右邊的房子，倒好做一處書房。這裡的街道又僻靜，但不知他賣不賣？」吳同道：「容小的問他。」周璉道：「價錢不拘多少，只要他賣就好。這件事，就交與你辦理。」吳同聽了價銀不拘多少，滿心歡喜道：「小的就與大爺辦理。」周璉道：「限你兩天回我話。還有一說，若右邊的不成，就買那銀匠的房子也罷。」吳同道：「只要出上價錢，不怕他不賣。」周璉道：「你不用跟我，就此刻問他去。」吩咐畢，回家去了。

真是錢能通神，到午間，吳同便來回話道：「那鍾秀才的房子問過了。起先他弟兄兩個為是祖居，都不肯賣。小的費無限唇舌，哥哥肯了，兄弟又不肯，講說到此時方停妥。這房子兩進院，外層院正房三間，東西下房各三間。北庭房三間，門樓一座。正房東邊還有一間房，西邊小門樓一座，通著內院。內院也是正房三間，東邊一個小院兒，與齊貢生家只隔一牆，院內有小正房一間。西邊和東邊一樣，又與王菜店只隔一牆。東西下各有房三間，北面無房，便是前院的後牆。合算共房二十六間，木石要算中等，價銀一千二百兩。」周璉聽了內東小院與齊家只隔一牆，便滿心歡喜，向吳同道：「一千二百兩太多，給他一千兩罷。」吳同道：「這鍾秀才兄弟兩個都是有錢的人，少一分也不賣。」周璉情心過重，還論甚麼價錢多少，便隨口說道：「就給他一千二百兩。說與管賬的，就與他兌了罷。老爺問起來，只說是五百兩買的。」吳同大喜，不想賣主只要八百，他倒有四百兩落頭。周璉道：「幾時搬房？」吳同道：「搬房大要得半個月後。」周璉道：「如此說，我不買了。定在三日內搬清方可。他圖價錢，我為剪絕❶。」吳同連忙答應出去。原來買齊貢生家左右房子，是周璉費一夜心力想出來的。他素知齊貢生為人古執，不但說將他女兒做妾，就是娶做正室，他還要拘齊大非偶❷的議論，除了偷姦，再無別法。到了未牌時分，吳同和管賬夥契來回覆道：「房價一千二百兩兌了，立的賣房契已拿來了，定在後日一早搬去。」周璉聽了，又看了契，大喜。隨即到他父親周通面前，說明己意，嫌家中人多，耳目中不得清淨，要同葉先生去新買鍾秀才房子內讀書。他父親見是極正大事，心中頗喜，也不問房子價錢多少，只說道：「城裡城外，家中有許多房子，揀上一處就是了，何必又買？」

到第三日午後，打聽得鍾秀才搬去，親自到那邊看了房兒，吩咐僱各行匠役，連夜興工修理。先生在前院正房居住，三間北庭會客；內院正房也做會客之所。西小院房貯放喫食，西廈房三間做廚房，東廈房三間家人們住，前院亦然。自己單揀了東小院房居住。家人們領了話，立刻連夜興工，修理停妥，將那東小院房，上下普行修蓋，裱糊的和雪洞一般。擺設起琴棋書畫、骨董珍玩，安設了床帳桌椅，鋪放下錦繡花茵，大家圖小主人歡喜，於是同沈襄搬了過來。

---

❶ 剪絕：乾淨俐落；爽快；乾脆。或作剪斷。

❷ 齊大非偶：比喻婚姻不相稱，不敢高攀的意思。語出左傳桓公六年鄭太子不敢娶齊僖公女所說的話。

齊貢生知葉先生搬入隔壁，心上甚喜，早晚可以講論文章，率領了兩個兒來拜賀。周璉接見齊貢生，比在會中又加敬十倍，留可大、可久同飲食，頑笑到燈後，方放回家。次日，備了極厚的八色禮物，同沈襄回拜。貢生留茶，一物不肯收受。周璉沒法，談論了一回詩文，送了出來。從此時常往來，可大、可久不時到周璉處，來了定留飯，走時必要送些物事，從沒個教他兄弟空手回去的。把一個齊貢生老婆龐氏，喜歡的無地縫可入。日日嚷鬧著教貢生設席，請周璉酬情。齊貢生是個一介不與、一介不取❸的人，聽見他兒子們常收周璉的東西，深以為恥。無如龐氏擋在前頭，弄的這貢生也沒法。他女兒蕙娘，只知周璉是個大富家子弟，搬來隔壁讀書，卻不曉得就是庭房西北角與他眉眼傳情的人。

過了二十餘天，周璉要和齊可大結拜個弟兄。可大先和他母親說知，龐氏喜出意外。隨即告知貢生，貢生道：「漢時張耳、陳餘，豈不是結拜的弟兄？後來成了仇敵，比陌路人更甚幾倍。」龐氏道：「我不管你張家的耳朵，陳家的魚兒，弟兄總要拜哩。他一個滿城大財主的兒子，先人又做過極大的官，他肯與我們交往，我們就沾光不淺，人家倒要下顧，你反窮臭起來。」貢生道：「你這沾光下顧的話，再休對我說。孟子曰：『彼以其富，我以吾仁；彼以其爵，我以吾義，吾何畏彼哉❹？』」龐氏道：「你敢和他家比人比腳麼？比人，你家中上下只有九口，他家中男女無數，奴僕成行。比腳，他父子們不穿緞鞋，便穿緞靴，你看你的腳，穿的是甚麼？」

❸ 一介不與一介不取：凡是不合義理的，雖極微細的東西，既不隨便給人，也不隨便取得，謂其人極廉潔狷介。介，或作芥，喻極微細之物。語本孟子萬章下：「一介不以與人，一介不以取諸人。」

❹ 彼以其富五句：語出孟子公孫丑下第二章，前四句皆同，末句原文則為「吾何慊乎哉」。

貢生咬牙大恨道：「你看他胡嚼麼？我說的仁，是仁義的仁；我說的爵，是爵祿的爵，你不知亂談到那裡去？真是可恨可厭。」龐氏道：「恨也罷，厭也罷，總之，結拜弟兄，定在明日。到其間，你若說半個不字，我與你這老怪結斗大的疙瘩，誓不兩立。休說周相公要和我兒子結拜弟兄，就和你結拜個弟兄，你也該知高識低，做個不負抬舉的人纔是。我再問你，你見誰家遇見財神拿棍打來？」老貢生聽罷，用兩手掩耳，急急的走出去。又知此事勢在必行，次日一早，便往城外訪友去了。

周璉於是日先著人送貢生和龐氏緞衣各兩套，外隨羊酒等物，與可大、可久緞衣各一套。連日已問明可久，蕙娘二十歲了，比自己小一歲，他是在庭房窗眼中看見過的，想算著身材長短，令裁縫做了兩套上色緞子裙襖，配了八樣新金珠首飾送蕙娘，都拿到龐氏面前。龐氏愛的屁股上都是笑，全行收下，只等老貢生回來，商酌幾件東西做回禮。

少刻，周璉盛選衣帽過來，拜見乾媽，龐氏著請入內房相見。蕙娘在窗內偷看，心下大為驚喜，纔知西北角下做文字的書生，就是周璉。心中鬼念道：「這人纔算得個有情人。像他這買隔壁房子，和我哥哥結拜兄弟，屢次在我家送極厚的禮物，毫不惜費，他不是為我，卻是為那個？」又心裡嘆道：「你倒有一片深心，只是我無門報你。」急急的掀起布簾縫兒，在房內偷窺，見周璉生得甚是美好，但見：

目同秋水，秋水不及他二目澄清；眉若春山，春山不如他雙眉聳秀。鼻梁骨高低適宜，嘴唇皮厚薄卻好。逢人便笑，朵頤間綻兩瓣桃花；有問必答，開口時露一行碎玉。頭帶遠遊八寶貂巾，越顯得龐兒俊俏；身穿百折鵝絨緞襖，更覺得體態風流。耨史耕經，必竟才學廣大；眠花宿柳，管情技藝高強。

蕙娘看了又看，心內私說道：「婦人家生身一世，得與這樣個男子同睡一夜，死了也甘心。」又見他坐在一邊，說的都是世情甘美話兒。又聽得問他父親不在家的原故。喫罷茶，便要請乾妹妹拜見。只聽得他母親說道：「過日再見罷。他今日也沒裝束著。」又聽得周璉說道：「好媽媽，我既與你老做了兒子，就和親骨肉一般，豈有個不見我妹妹之理？」只聽得他母親笑向他兄弟可久道：「你叫你姐姐出來。」蕙娘聽了，連忙將身子退了回來，站在房中間。可久入來，笑說道：「周家哥哥要見你，咱媽媽叫你出去。」蕙娘滿心裡要與周璉覿面一會，自己看了看，穿著一身粗布衣服，怕周璉笑話他，向可久道：「你和媽說，我今日且不見他罷。」那娃子出去回覆，又聽得周璉道：「這是以外人待我了，必定要一見。」他母親又著可久來叫。蕙娘忙忙的換了一雙新花鞋兒，走到鏡臺前，將烏雲整了整，拂眉掠鬢，薄施了點脂粉，繫了條魚白新布裙子，換上一件新紫布大襖，著他兄弟掀起簾兒，他纔輕移蓮步，含羞帶愧的走將出來。周璉對面一看，真是衣服不在美惡，只要肉和骨頭兒生的俊俏。但見：

粉面發奇光，珠玉對之不白；櫻唇噴香氣，丹砂比之失紅。眉彎兩道春山，隨他鐵打金剛，眉蹙時定須腸斷；目飄一汪秋水，任爾銅鑄羅漢，眼過處也要銷魂。皮肉兒宜肥宜瘦，身段兒不短不長。細腰圍抱向懷中，君須尚饗；小金蓮握在手內，我亦嗚呼。真是顛不剌❺的隨時見，可喜娘行蓋世無。

❺ 顛不剌：可憎的意思。元曲西廂記一之一元和令：「顛不剌的見了萬千，這般可喜娘罕曾見。」

兩人互相一看，彼此失魂。周璉向蕙娘深深一揖，蕙娘還了一福，大家就坐。蕙娘便坐在他母親背後，時時偷眼與周璉送情。周璉見蕙娘的面孔，比窗內偷窺時更艷麗幾分，禁不住神魂飄蕩。坐了大半晌，只不肯告別。龐氏回頭以目示意，著蕙娘入內房去，蕙娘也不動身。

龐氏老下面皮，向可大道：「你陪你周兄弟到外面書房裡坐。」周璉沒奈何，捨了出來。龐氏收拾茶食，周璉略用了些，即回隔壁書房內，倒在床上，自言自語道：「我這命，端的教我這乾妹妹斷送了。如今面雖也見了，同睡還沒日子，該怎麼消遣這相思日月？」於是合著眼兒，想那蕙娘的態度，並眉眼的深情，又想他半迎半避、半羞半笑、半言不言的那種光景，恨不得身生兩翼，飛到齊貢生家，將蕙娘抱到一無人之地，竭生平氣力，治他故賣風情、要人性命的罪案。

又想著蕙娘上下通是布衣裙，便大不快活道：「豈有那樣麗如花、白如玉的人兒，日夜用粗布包裹？可惜將極細極嫩的皮膚，都被粗布磨壞。」便動了做家常穿用的衣服，與他送去。又轉念齊貢生是個小人家兒，將綢子衣服送去，必不著他尋常穿。思索了半晌，用筆開了個單兒，笑說道：「只用每一件做上四件，如此之多，不怕不與他穿。」隨即將家人叫來，說與他們長短尺寸，用雜色紬子，棉單袷三樣，每一樣各做四件。裙褲大小襯衣，俱須如數辦理，限兩日做完。家人們聽了，背間互相議論，也猜著是送齊貢生家，卻猜不著是送他兒媳，送他閨女。大家嗟嘆為前世奇緣。又知他性兒最急，連夜叫了二十幾個裁縫，與他趕做，只一夜通完。拿到周璉面前，周璉甚喜，又配了些戒指、手鐲、碎小簪環之類，將可大、可久請來，留酒飯後，就煩他兄弟與蕙娘送去。

再說老貢生於昨晚回家，龐氏將周璉認了乾兒子，並送的許多衣物，都取出來，著貢生看。說了又說，感激周璉的好處。老貢生大概瞬了一眼，說道：「一介不取，方是我們儒者本色。今平白收人家無限東西，於心何安？總之，你們做婦人的，不明白義利兩字，就與聖賢道理不合了。」龐氏見老貢生見了許多東西，臉上沒半點喜色，心上早有些不爽快。今聽了這幾句斯文話，不由的大怒道：「放屁！甚麼是個聖？甚麼是個賢？和你這種不識人抬愛的殺材說話，就是我不識數兒處。人家昨日恭恭敬敬的來，連一頓飯也沒留人家喫，再不說明日想算用幾件東西作回禮，打發兒子們到人家父母前磕個頭，也算孩兒們結拜一場。」老貢生道：「我一個寒士，那有東西送他？」龐氏道：「白收人家的麼？」貢生道：「誰叫你收下他的？為今之計，只有個都把他這些東西還他，實為兩便。」龐氏大喊道：「放狗屁！」

貢生見龐氏不成聲氣，有些怕怕的說道：「著孩子們走走也罷了。」龐氏道：「不！我要東西哩！」貢生無奈，只得在內外搜尋，尋出米元章❻一塊墨刻法帖，一塊假蕉葉白硯臺，兩匣筆，一部書經體註。龐氏打開箱籠，尋了幾件瓶口荷包香袋之類，算蕙娘的人情。次日辰刻，著兩個兒子穿了新鞋襪，到周通家叩拜乾爹媽。周通不知來頭，見他弟兄兩個，入門便亂叫乾爹，還要入內裡去見冷氏，又不便問他原故。周璉從書房中趕來，說明結拜弟兄話。周通心上大不如意。周璉領他弟兄見了冷氏，冷氏留他弟兄在內房喫茶食。臨行，每人一個小荷包，荷包內各裝小銀錠五六個送他們。弟兄二人回到家中，訴說周家如何款待，龐氏大喜，將荷包銀錠都替兒子收了。

蕙娘自周璉送許多衣服首飾之類，他就明白周璉是不教他穿布的意思。見他母親不說，他如何敢穿

❻ 米元章：宋米芾，襄陽人，字元章，號海嶽外史，又號鹿門居士。擅書畫，世稱米襄陽。倜儻不羈，世又稱米顛。

在身上？只是心上深感周璉不過。也知周璉已有妻室，是沒別的指望，只有捨上這身子，遇個空隙，酬酬他屢次的厚情。自此茶裡飯裡，醒著睡著，無一刻心上不是周璉矣。

過了幾天，龐氏嚷鬧著教請周璉。老貢生無奈，只得備席相請。周璉聽得請他，歡喜之至。整齊衣帽，到貢生家。酒飯畢，周璉三四次說道要拜謝龐氏。貢生見阻不住，只得教兒子可大陪了入去。龐氏親親熱熱的周旋，謝了又謝。又著蕙娘出來。蕙娘早準備著相見，就穿戴了周璉送的衣服首飾，打扮得粉粧玉琢，到周璉跟前，福了兩福，謝道：「教哥哥屢次費心，我謝謝。」慌的周璉還揖不迭。婦人家固以人才為主，服飾也是不可少的。今日蕙娘打扮出來，周璉看來，見比前二次大不相同，真是廣寒仙子❼臨凡，瑤池瓊英降世，禁不住眼花撩亂，魂魄顛倒起來。一同坐下喫茶，周璉正要敘談幾句話兒，被老貢生著僱工老漢，立刻請出去，周璉只得出去。蕙娘隨著龐氏，送出外院，周璉回身作謝。見蕙娘雙眉半蹙，那對俊秋波❽，透露出無限抑鬱，無限留戀，欲言不好言，欲別不忍別的情況。周璉此際，心神如醉，走到院門外，還回頭觀望。然後到書房與貢生作別。正是：

婦人最好是秋波，況把秋波代話多。
試看臨行關會處，怎教周子不情魔。

---

❼ 廣寒仙子：月宮仙女。神話中，謂月中有宮殿，稱為廣寒宮。

❽ 俊秋波：美麗動人的眼神。蘇軾百步洪詩：「佳人未肯回秋波。」

第八十一回　跳牆頭男女欣歡會　角醋口夫妻怒分居

詞曰：

牆可踰，炭可梯，男女相逢奇又奇，毛房遂所私。　盼佳期，數佳期，晝見雖多夜見稀，求歡反別離。

右調長相思

話說周璉從齊家赴席回來，獨自坐在書房內，想蕙娘臨別那種神情眉眼，越想越心上受不得。一日，齊可久獨自跑到周璉書房內頑耍，周璉取出許多點心讓他喫，盤問他家的內事，那娃子倒也知無不言，言無不盡。周璉指著院外東牆問道：「那邊想就是媽媽住房了。」娃子道：「不是，這個牆是我那邊毛房牆。」周璉道：「你那邊毛房有幾間？」娃子笑道：「沒有房，是個長夾道兒。」周璉道：「這夾道兒有多寬？」那娃子指著一張方桌道：「有這個寬。」周璉道：「毛坑在那邊？」娃子道：「我不知道。」周璉道：「就是人出恭時蹲的那一塊地方兒。」娃子用手向北指道：「在這一頭兒，地底下有一個缸，缸上頭還有木頭板子。」

周璉指著南頭問道：「夾道這一頭有毛坑沒有？」娃子笑道：「沒有，沒有。這一頭柴也放，木炭也放。」周璉道：「這夾道兒可有門子沒有？」娃子道：「怎麼沒有？我媽媽入去不關閉門，我姐姐和我嫂嫂入去都關閉門。」周璉忙問道：「你姐姐甚麼時候出恭？」娃子道：「我姐姐天一明就去出恭，我媽媽我嫂嫂喫了飯出恭，我家老婆兒後晌出恭，我只在院裡出恭。」周璉聽了大喜，心裡說道：「這便有點門路了。」又問道：「別人出恭，天一明去不去？」娃子道：「不去，不去，只是我姐姐去。」喫了一會點心，周璉又著他拿了幾個回家去喫，這娃子跑兩步跳一步的去了。

周璉急急出房，將那東牆一看，估量著還有一丈高，心裡想要弄個梯子來，又怕家人們動疑。想了一會，喜歡的手舞足蹈，說道：「我的親乾妹妹，我也有得了你的日子，也不枉我費一番血汗苦心。」隨即將一家人叫來，吩咐道：「你快著木匠與我做兩個桌子，一個要比房內方桌周圍小三寸，高二尺五寸。再做一個小些的，也要高二尺五寸，比方桌周圍小六寸，今晚定要做完，也不油漆，我要在床邊放零碎東西用。」那家人道：「一個絕好的書房，擺上兩張白木頭桌子，恐不好看。房兒又小，添上他越發沒地方了。」周璉道：「你莫管我，你只做去就是了。」家人出去，周璉復行坐下，算計道：「房內的方桌有三尺餘高，添上兩張新做的桌子，疊起來放在上面，便有八尺餘高。我要過這牆去，只差著二尺上下，還有甚麼費力處？」心上甚是得意。

猛然又想道：「我這邊便可上去，他那邊該如何下去？縱然跳下去，如何上得來？一丈高下的牆，跳斷了腿，豈不完哉？」想到此處，把一肚皮快活，弄了個乾淨，只急得搊耳撓腮，想不出個道路，倒在床上，睡覺去了。睡了半晌，忽然跳下床來，大笑道：「我的親乾妹，不出兩天，你就是我的肥肉兒了。」喜歡的也不回家，立刻差人和他母親說，要在書房同葉先生讀夜書。這晚獨自關閉院門，睡了一夜。次早，將家人叫來，吩咐道：「此刻買四十擔木炭，與隔壁齊奶奶送去。若少買一擔，我將來問出，定要當賊的處置。可先和齊大相公說明，是我們太太送齊奶奶的。」家人如命而去。這是他想起那娃子有南頭夾道內堆放柴炭之說，故買這許多相送，打算他家必在夾道內安放，便可堆積成下去的道路了，也是於無中生有，費心血想出來的法兒。

早飯後，家人們將兩張新做的小桌抬來，放在院中。周璉道：「我這房兒小，有一張方桌就夠了，可搬出一張去，放在東牆腳下南頭，客人來，你們放茶酒也有個地方。」一個家人道：「就只怕被風雨壞了。」周璉蹙著眉頭道：「你買東西時，只少落我幾個錢，比在這一張方桌上盡心強數倍。」將桌子安放停妥。少刻，聽得牆那邊婦人同男人嘻笑說話，又聽得倒炭之聲，來往不絕，心上得意之至，以不出自己的意料打算。又思蕙娘明早出恭，我若過去，他不知怎麼歡喜，這喊叫不依從的話，是斷斷沒有的。須臾，家人來回話說：「木炭四十擔，都領炭鋪中人向齊家交割，此時還擔送未完。齊奶奶著在太太上請安道謝。」

到這夜四更時候，把新做的兩張桌兒做兩層，都疊放在方桌上，看了看，離牆頭不過一尺六七寸。隨即扒上去，向牆那邊一看，見南頭炭已堆的和牆高下差不許多。往北看，不甚分明。忙下來到房內，點了個燈籠，扒上桌子去照看，見炭從南頭堆了有一丈多長，竟堆成大大的炭坡，極可以步走下去，心中大喜不盡。再用燈籠照看，北頭離這還有三四尺遠，中間有個門兒，閉在那裡。周璉看明白，回到房中，暖了一壺酒，獨自坐飲，等候天明。好大半晌，方聽得雞叫，只怕誤了好事，扒在桌子上，兩隻眼向那夾道門兒注視。

直到天大亮，方見牆中間門兒一響，周璉將身子縮下去，只留二目在牆這邊偷看。見一婦人走入來，烏雲亂挽，穿著一件藍布大棉襖，下穿著一條紅布褲兒，走到毛坑前面，朝南將褲兒一退，便蹲了下去。周璉看的清清白白，是蕙娘。不由的心上窄了兩下，先將身子往牆上一探，咳嗽了一聲。蕙娘急抬頭一看，見牆上有人，喫一大驚，正要叫喊，看了看是周璉，心上驚喜相半，急忙提起褲兒站起來，將褲兒拽上。只見周璉已跳在炭上面，一步步走將下來，到蕙娘面前，先是深深一揖，用兩手將蕙娘抱住，說道：「我的好親妹妹，今日纔等著你了。」

蕙娘滿面通紅，說道：「這是甚麼地方？」話未完，早被周璉扳過粉項來，便親了兩個嘴，把舌頭狠命填入蕙娘口中亂攪。蕙娘用雙手一推，道：「還不快放手，著我爹媽看見，還了得！」周璉道：「此時便千刀萬剮，我也顧不得。」說著，把蕙娘放倒在地，兩手將褲兒亂拉。蕙娘道：「你就要如此，你也將門拴兒扣上著。」周璉如飛的起去，把門拴兒扣上，將蕙娘褲兒從後拉開，把兩腿一分，用手摸著蕙娘陰戶，挺陽物往內直入。蕙娘含著羞，忍著痛，只得讓周璉欺弄，濡研了十數下，方纔將龜頭全入。蕙娘疼痛的了不得，用兩手推著周璉道：「我不做這事，饒我去罷。」周璉也不言語，先將自己的舌尖送入蕙娘口中，隨即縮回。蕙娘也將舌尖送入，讓他吮咂。周璉挺陽物，淺五分，深一寸，往內連塞。蕙娘初經雲雨，覺裡面如火燒著的一般，甚是難忍難受。只因心上極愛周璉，便由他行兇。將兩腿夾的死緊，口中亂說：「罷了！罷了！」

堪堪的日色出來，蕙娘道：「使不得了！」周璉道：「我還有四五分長短沒有弄進去，弄進去就完了。你只將兩腿放開些，我立刻完事。」蕙娘恐怕工夫大了，有人來，只得將兩腿一開。周璉趁空兒往內一挺，直送至根，蕙娘嗐喲了一聲，咬著牙關，將雙睛閉住，呻吟下一堆。周璉見他疼痛過甚，把陽物插住不動，回手把他金蓮握在手內細看，真正小瘦的可憐，越發性情痴迷，抽送不已。猛聽得門兒外有人說話，周璉也顧不得蕙娘疼苦，連連的大肆抽提。少刻，周璉春透心胸，將蕙娘舌根狠命的吸在口中亂咂，把一隻金蓮用力握的死緊，那陽物沒頭沒腦的直觸。蕙娘哼聲不止，霎時精液泉湧，周璉覺得從頂梁骨上失魂趐麻到腳心底內，自和婦人們有此事至今，總不如此次極美，皆因他心上愛到無以復加，因此他那精液一洩便流出三四倍來。事完之後，便軟癱在蕙娘肚上。

蕙娘見周璉雙眼緊閉，扒在他身上，微風不動，把個脖項也歪在一邊。做女兒的從沒經見過，只當周璉死了，心上害怕起來，連連的用手推搖了十幾下，只見周璉將頭抬起，微笑了笑，喫了蕙娘的一個嘴，然後將陽物徐徐抽出。見蕙娘襖底襟上，早弄下兩三處新紅，忙將蕙娘扶起，還欲說話，蕙娘道：「你不看是甚麼時候？有話再說罷。你快快的過去。」周璉又摟住粉項，連連的喫了幾個嘴，道：「我今日纔完了心願了。你若是可憐我這一片赤心，明日務必早些來，我五更天就在此等你。」蕙娘點了點頭兒。一邊繫褲子，一邊站起來，看著周璉扒過牆去，然後纔將門拴兒取開。開門一看，見院中無人。回過頭來，見周璉在牆那邊，還露著半截身子在上面看視。蕙娘朝著他笑了笑，纔走出門兒去。這一笑，把周璉心上笑的發麻癢起來，恨不得又跟隨了過去。隨即將桌子收入房內。看日光已照紗窗，也不好睡覺養息，將院門開放，讓小廝們入來送茶水，仍照前讀書功課，遮飾眾人耳目。直至早飯後，方纔閉門睡倒，細細的咀嚼那交媾的情景，真是一生徼倖、有一無兩之事，獨自在那裡得意到幾百萬分。

再說蕙娘恭也沒顧得出，走將回來，龐氏已經淨面，他父親已出去了。問蕙娘道：「怎麼你今日去了好大一會？」蕙娘道：「我也是這般說，白蹲了半天，只是出不下來。」龐氏道：「敢是大腸裡火結住，怪不得你的面色通紅，喫點蜜水就好了。」蕙娘只怕他父母看出破綻，幸喜毫不相疑。走到自己房內，見他兄弟不在，連忙用涼水偷著將大襟裡兒上血跡洗去。呆呆的坐在床上，思想方纔的事，竟是第一苦事，不是怎麼好喫的果子。又想：「昨日送木炭，就是他的調度，安心要破壞我。只是他怎麼知道我家夾道內放柴炭，豈非奇絕？」又想了想，身子已被他破去，久後該作何結果？用手在陰門上一摸，還是水漬漬的，兩片肉大開著，不是從前故物，心下又羞愧起來。往常思念周璉，還有住時。今日不知怎麼，就和周璉坐在心上、睡在心上一般。晚間睡在被內，想那臨去的話兒，著他早些去，又想起那般疼痛，有些害怕，翻來覆去，到三鼓往過纔睡著。

心上懸結著，只睡了一個更次，便醒轉來。悄悄的起去，點著個燈，看了看小女廝和他兄弟，睡的與死人一般。隨即打開了鞋包，換了雙大紅鞋兒。走在鏡臺前，敷了一番脂粉，將頭髮用梳子籠的光光的，罩了塊青手帕，坐在床上算計道：「他昨日說五更就在牆頭等我，此時他定在那裡相等。我若去，父母問起時，我昨日原說沒有出下恭來，只說內急的很，說與他一聲，我立刻回來就是了。」想罷，將燈兒吹滅，一步步走到外房門前，款款的將房門一啟，側身出去，到窗外一聽，不見動靜，知道他爹媽未曾聽見。連忙搶行幾步，將夾道門兒推開。

這邊門兒一響，牆頭上的周璉早已看見，低低問道：「來了麼？」蕙娘見周璉已在牆頭，也不答應，將門兒急忙拴了。不想周璉早預備下個燈籠，點在牆那邊，先向炭堆上丟下一個褥子，一個枕頭，跳過牆來，和燈籠都安放在地下。然後走到蕙娘跟前，用雙手抱起，放在褥子上，著了枕頭，也顧不得說話，將褲兒拉下，分開蕙娘的兩腿，卻待將陽物插入，蕙娘道：「你斷不可像昨日那樣囉唣，我實經當不起。」周璉連連的喫嘴，道：「我今日只管著你如意。」說著，將陽物徐徐插入，便不是昨日那樣艱澀。蕙娘蹙著眉頭，任他戲弄，口中柔聲嫩語哀告著，只教弄半截。周璉在燈下看著他的容顏，又聽著他這些話兒，越發興不可遏，試著他陰戶內也有些淫水浸潤，便用力連挺了五六下，直插至根。蕙娘噯呀了兩聲，蹙著眉頭，呻喚不已。周璉款款的用柔軟工夫，一出一入，抽送起來。蕙娘此時也覺得可以容受。

周璉回頭見蕙娘穿著大紅平底鞋兒，上面花花綠綠，甚是可愛，忙用雙手緊緊握住。到情濃處，便大行抽送起來，百十餘下外，蕙娘也便半迎半湊，陰戶內有些光滑潤澤。又百十餘下，蕙娘一雙俊眼，忽閉忽開，下面聽得刮咂有聲。周璉知他情動，於是緊一陣，慢一陣，抽至首，復送至根。少刻，淫水直流，此時蕙娘渾身骨軟筋酥，心窩兒裡都是痲癢，恨不得將周璉嚥在肚內。周璉將陽物抵住花心，問道：「受用麼？」蕙娘點了點頭兒。周璉將燈籠往自己身後一隱，看了看天色，也是將明的時候，四下雞鳴不已。又將燈籠放在蕙娘枕邊，用右手握住蕙娘左腳，用左手摟住蕙娘脖項，用牙齒咬住蕙娘舌根，狠命的抽送起來。只見蕙娘聲微氣弱，面色漸黃，淫水直衝龜頭，涓涓不已。周璉亦樂極情濃，一洩如注。

兩人事畢，摟抱了半刻，天已大亮。周璉將他扶起，抱在懷中，口對口兒的問道：「今日比昨日如何？」蕙娘斜瞅了一眼，便笑了。旋將周璉脖項摟住，又將粉面枕在周璉面上，只顧挨揸。周璉道：「天已大明，你該去了。」蕙娘始將秋波轉盼，抬頭看那天色。看罷，向周璉道：「我此時一點氣力也沒了，你抱起我來，我去罷。」周璉將他抱起，蕙娘繫了褲兒，一手托著牆，一手拉著周璉衣袖，問道：「你明日來不來？」周璉道：「我為甚麼不來？我又不是瘋子。」蕙娘又笑了笑，向周璉道：「你快過去罷。」周璉將褥子捲了枕頭，向牆那邊一丟，然後提了燈籠，從炭上扒過牆去。又回頭看蕙娘，蕙娘又笑了笑，以目送情。周璉擺手兒，蕙娘方纔出去。回到外房，見他父親正穿衣服，他媽還睡在被內。急急的幾步，走入內房，將紅鞋脫去，換了一雙寶藍鞋穿了。小女廝與他盛了面湯，梳洗畢，呆呆的坐在床上，思索那交媾的趣味，不想是這樣個說不來的受用。怪道婦人家多做下不好的事，原也由不得。又想著普天下，除了周璉，第二個也沒這本領。從此一心一意，要嫁周璉。拿定他母親是千說萬依的，只是他父親話斷無望。

到第三夜五更時，又與周璉相聚。事完後，蕙娘說起要嫁的話，周璉道：「此事從那日會文，在窗下見你時，存此想算，直到如今。只是我家有正妻，不但將你與我做個偏房，就與我房下做個姐妹，你父親也斷斷不依。我也思量了千回百轉，除非我房下死了，那時名正言順，遣媒作合，內中又有你母親作主，這事十分中就有十分成就。如今該怎麼向你父親開口？」蕙娘道：「我已是二十歲了，早晚間我父親把我許了人，我這身子已被你破，那堪又著人家再破。我到那時，不過是一條繩子自縊死，就是報還了你愛我一場的好心。只是我死了，你心上何忍？」說著，兩淚紛紛，從臉上滾下。周璉抱住溫存道：「你休要憂愁，且像這樣偷著做，等候個機緣。即或到山盡水窮，我從這牆上搬你過去，到我家中稟明父母，費上十萬銀子打官司，也沒個不妥當的事。萬一不妥當，再著上十萬。若二十萬還無成，我陪你同死，也捨不得教你獨死，教你再嫁第二個人。」蕙娘聽了這幾句話，拭去眼淚，說道：「我的終身，總要和你說話。你若是誤了我，我便做鬼也不依你。」兩個相親相偎，到天明別去。

自此一連七八天，周璉沒回家去，總在書房中歇臥。偶爾白天回家走走，周璉他父母以為兒子下苦功讀書，心上倒也歡喜。怎奈他妻子何氏，與周璉是少年好夫妻，每日晚上定要成雙。今一連七八夜不見周璉回來，那裡還挨得過去？便生了無限猜疑，打算著周璉不是嫖，便是賭，不過是藉讀書名目，欺謊父母。又見周璉回家，只到他房中兩次，面色上大不同前。看得冷冷淡淡，連多坐一刻也不肯，已看出破綻，只是摸不著根兒。將伺候周璉的大小家人、廚子火夫，都輪班兒叫去，細細盤問，眾人一口同音說：「主人實是獨自宿歇，用心讀書，並無半點外務。」何氏又疑他們受周璉囑托，因此不肯實說。想了半天，想出一套話兒，到婆婆冷氏面前，說道：「女婿連夜不回家，與眾家人打通一路，包著個娼婦，在新書房左近，夜去明來，已七八夜了。咱家有錢，誰不忌恨？久後被人訛詐事小，設或一出一入，被人家傷了性命，我做個寡婦罷了，只怕爹媽的後事有些可慮。」

冷氏聽了別的話，知道他們是少年夫妻，不願丈夫離開的意思。後聽到傷了性命等話，心上有些怕起來，立刻將周通請入內堂，照何氏適纔的話，告訴周通。周通笑道：「我一生一世，只有此子，凡他一舉一動，我無不晝夜留心，暗中著人察訪，委係在新書房立志讀書，並未胡行一步。除會文日子出門，餘俱在書房中，只是和齊貢生家兩個兒子稠密些，他們少年人合得來，也罷了。若說講到鄰家，那齊貢生品端行方，言笑不苟，是我們本城頭一個正路人，也是一萬分信得過的人。今他另立書房讀書，這是最難得的事體，若把他這讀書的高興阻了，惹的惱怒起來，胡嫖亂賭，你我也只合把他白看兩眼，誰捨的難為他？這是媳婦兒貪戀丈夫，我今日就吩咐與他，白日在書房中，晚間回家來罷了。」隨即著人將周璉叫來，說明此話。

周璉聽了，和當心打個霹靂一樣，又不敢在他父親前執謬，含怒出來，深信家中大小，沒人敢撥弄他。隨到他母親前細問。冷氏道：「這是你父親怕你少年沒守性，設或在外眠花臥柳，教我們擔憂。況你媳婦獨宿，也不是個常事，因此著你回來。」周璉聽了這兩句話，便明白是何氏有話了。連忙走到何氏房內，問道：「你今日和母親說甚麼話來？」何氏滿面笑容，說道：「我沒有說甚麼。」周璉道：「你既沒說甚麼，怎麼父親陡然教我回家宿歇？」何氏笑道：「我也不知道二位老人家是甚麼意思，敢是怕你在外嫖賭。」周璉怒說道：「我便嫖賭，將我怎麼？」

何氏見丈夫惱了，低低的笑說道：「你就嫖賭去，只要你有錢。」周璉道：「有錢，有錢，一百個有錢，只是不嫖你。」何氏道：「我要你嫖我麼？」周璉道：「你既不要我嫖你，你為甚麼在老爺子前過舌❶？」何氏道：「那個爛舌頭生疔瘡的纔過舌哩！你只回你書房裡睡去就是了，何必苦苦的向我較白❷？」周璉道：「你能有多大的鬼兒，敢在我跟前施展？」說著，將衣服摟起，指著自己的陽物，向何氏道：「你多嘴多舌，不過為的是他。你從今後若安分守己，我還著他賞你一二次光。你若暗中作弄我，我將他倒吊起，也輪不到你屄裡去。」何氏道：「你倒不呵嗦我罷，誰要他當飯喫不成？你的會吊著，難道我的不會掛著麼？」

正嚷鬧間，他母親冷氏入來，說道：「教你回家，是你父親的意思，與你媳婦何干？你兩個不必吵鬧，我明日自有安排。」周璉道：「我的被褥俱在書房中，我明日再回家罷。」冷氏道：「這使不得。

❶ 過舌：饒舌；多話；說閒話；挑撥是非。或作過嘴舌。

❷ 較白：辨駁；辨白；申辯。或作較正、較證。

你父親方纔和你說了，你便與他相拗，他豈不怪你？現放著你媳婦被褥，何必定要書房中被褥怎麼？況此時已是點燈時候，還去做甚？」說罷，冷氏出去。

周璉無奈，只得遵他母親的言語，深慮沒和蕙娘說聲，恐他獨自苦等。夜飯夜酒都不喫，也不脫衣服，和衣兒倒在床上，一心牽掛著蕙娘。到三鼓時分，何氏只當周璉睡熟，忍不住到他懷前，替他解扭扣，鬆腰帶，拉去靴襪，正要脫底衣，周璉睜開兩眼，向何氏臉上重重的唾了一口，罵道：「沒廉恥的貨，我原知道你挨不住了。」何氏此時，羞愧的無地可入，低了頭，走至床腳下，淚流滿面。又不敢高聲大哭，心上又悔又氣，恨不得一頭碰死。到五更時，周璉那裡還睡的住？坐起來，只覺得一陣陣耳熱心跳，不由的嘴裡說道：「罷了！這孩子今夜苦了！」何氏只當丈夫說他苦了，越發在床腳頭哽哽咽咽，悲傷不已。

周璉見何氏甚是悲切，素日原是和好夫妻，想了想，他也是貪戀我的意思，我頭前處置過甚了。做婦人的，誰沒個廉恥？省的我這般肉跳心驚，倒不如且拿他出火❸。伸手將何氏一搬，見何氏二目紅腫，哭的和酒醉一般。隨蹲在床上，將何氏用兩手抱起，放在床中間，正要對面親嘴說話，被何氏用力一推，周璉不曾防備，一個翻觔斗，倒跌下床去，頭上碰下個大疙瘩。扒起來，雙睛出火，怒不可遏，卻待將何氏揪扭痛打，回想他父母睡熟，驚動起來不便，忍了一口氣，將靴襪穿上，叫起女廝們，點了燈籠，出外邊書房中去了。正是：

---

❸ 出火：發洩慾火，解決性的需要。見二刻拍案驚奇第十四回：「借這件出火的。」

絕糧三日隨夫餓，一日無他心不諴❹。
婦女由來貪此道，休將醋味辨酸鹹。

❹ 諴：音ㄒㄧㄢˊ，和平；和諧。

第八十二回　阻佳期奸奴學騙馬　題姻好巧婦鼓簧唇

詞曰：

他也投間抵隙，若個氣能平。理合血淋牆壁，此大順人情。　這事莫教消停，須索妙婦私行。知他舌散天花，能調鳳管鸞笙。

右調相思令兒

且說冷氏到次日，將周璉夫妻角口話，與周通說知。周通將周璉極力的數說了幾句，吩咐他在家住五日，在書房住五日，周璉纔略有些歡喜。急急到書房，在先生前打了個照面，將小院門開放，看見那堵牆和那張方桌，便是一聲嗟嘆。入房來，往床上一倒，想算道：「這蕙姑娘不知怎樣恨怨我。若今晚負氣不來，真是將人坑死。誰能去與我表白冤枉？」

猛想起：「可久那娃子最好多說，此事除非著他有意無意的道達，使蕙娘知道我不來的原故方好。」隨即叫入個小小廝，吩咐道：「你去隔壁請齊二相公來。」少刻，那小廝將可久領來。周璉先與他果子喫，又留他喫早飯，問他家中長長短短，漸次問到蕙娘身上。可久道：「我姐姐還睡覺哩！」周璉道：「我昨晚也是一夜沒睡覺。」娃子道：「你為甚麼不睡？」周璉道：「我昨晚二更鼓，被我父親叫去說話，因此沒有睡覺。我也是纔從家中來。」娃子道：「你昨晚沒在這裡麼？」周璉道：「正是。」那娃子喫畢飯，周璉與了他兩包花炮，五百錢，那娃子喜歡的怪叫，回家放炮去了。少刻，蕙娘聽得院中炮響，就知是周璉與他兄弟的。急急的扒起，將他兄弟叫來，問道：「你周哥做甚麼哩？」娃子道：「我來時，他說要睡覺。他又說昨日他爹叫著他去，一夜沒睡。」蕙娘聽了，纔明白是他父親叫去，並不是周璉變心，把一肚皮怨恨丟在一邊。

原來蕙娘五更天到夾道內，直等到天明。隨向娃子囑咐道：「你周哥問你的話，不可向爹媽說。若是說了，我教你周哥一點東西不與你。」娃子去了。到這晚，蕙娘洗腳淨牝，等候接續良緣。到四鼓時，在鏡臺前勻了臉，鬢邊戴了一朵大紅燈草茶花，穿了紅鞋，悄悄的走出房來。到夾道內，先向牆上一看，見牆上有人，就知是周璉等候。回身將門兒拴了，周璉打算今晚蕙娘必早來，從三更時分便等候起，今見蕙娘入來，隨將枕頭褥子丟在炭上，提燈籠過來，到蕙娘面前，將燈籠褥子放下，向蕙娘深深一揖，兩條腿連忙跪下，雙手抱住蕙娘。正要表白昨晚不曾來的話，蕙娘笑嘻嘻的扶起道：「我都知道了。」

周璉起來，將枕褥從新安放好，蕙娘便坐在上面。不想周璉只穿著大衣和鞋襪，不曾穿著褲子，兩人再無別說，周璉將蕙娘放倒，挺陽物直刺紅門，放出十二分氣力，補昨夜的虧缺，直弄了一個更次，已交上五更，方纔完事。把個蕙娘弄的言不得，動不得，倒像經了火的糖人兒，提起這邊，倒在那邊去。兩人摟抱著，周璉訴說他房下在父母前進了讒言，因此昨晚被叫了去，又言如何角口，纔許了書房宿五夜，家中宿五夜。蕙娘道：「可惜一個月，平白裡少十五天，是那裡說起？」周璉道：「你莫愁，只要夜夜像這樣時候來，做兩次事，也補過那十五天。」蕙娘道：「一夜不見面，不知怎麼心上不好過。我昨日已領過教了。」周璉親嘴咂舌，將兩隻小金蓮，在燈籠下不住的把玩。少刻，那陽物又跳動起來，兩人復行鏖戰，弄到天明方休。

光陰易過，已到五日之期，周璉說明回家，約定過五天，至某夜相會，去了。周璉有個家人，名喚定兒，為人頗精細。自周璉與齊貢生家來往後，他事事留心。見周璉和可大、可久拜弟兄，送衣服首飾銀錢柴炭等物，他和眾人背間有無數的議論。又見做了兩張白木頭桌子，放在房內一張，院外東牆下安放一張方桌，心上已明白了十分，但不知是和齊家那一個，打算著不是他閨女，就是他兒媳婦。這番該他書房上宿，他於這晚三鼓，在小院門隙內偷窺。到交四鼓時，見周璉將桌子疊起。又待了幾句話工夫，見點出燈籠，懷內不知抱著是甚麼，在牆頭上站著。少刻，便跳過牆去，直到天大明，方纔過來。定兒一連看了五夜，俱是四鼓，他也不肯和同伴人露一字，便存了個以羊易牛之心。

這晚周璉回家，他不肯回去，要替別人值宿，人何樂而不為？到天交四鼓時分，從小院門樓上扒過去，到書房內，將那兩張桌子掇出來，也疊放在方桌上，卻不敢點燈籠，怕同伴人看見。於是上了桌子，在牆上一望，見都是些黑東西，離牆頭不過二尺上下，他心裡說道：「這必是數日前送的那幾十擔木炭，做了他的走路。」跳過牆去，一步步走下來，聞的北頭有些氣味，瞧了瞧，是個毛坑。中間有個門兒，站了一會，不見一點動靜。他想著必在前院有個密靜房兒，幹這勾當。悄悄的拿腳緩步，開了夾道門兒，走到那邊院內，見四圍俱無燈火。聽了聽，人聲寂寂，將走到東正房窗下，不防有兩條狗迎面撲來。急往回走時，被一狗將他左腿咬住，死也不放。定兒挨著疼痛，用拳打開，那一條狗又到。幸虧離夾道門不過四五步，飛忙入來，將門兒關閉。那兩條狗在門外沒死沒活的亂叫，他卻急急的扒上炭堆，跨上牆去。登著桌子下來，摸了摸腿上，已去了一塊肉，襪子也扯成兩片，疼痛的了不得。急急的將桌子搬在房內，翻身出來，仍扒上門樓過去；回到自己房內，收拾他的腿傷。

齊貢生聽得狗咬甚急，將下房內老婆子吆喝起，著他查看。那婆子點了燈，走出來，見一條狗在夾道門口叫，一條狗已入夾道內，也在那裡叫。走到夾道內一看，一無所有。那兩條狗見老婆子來，都揚著頭，搖著尾，來回在婆子身邊亂跳亂跑，倒不喊叫了。貢生在房內問道：「狗咬甚麼？你須在各處細細照看。」婆子想睡的很，應道：「是狗在夾道內咬貓兒。適纔一個貓兒，從夾道炭上跳過牆去。」龐氏在房內道：「你們出了恭，總記不得將門兒關住。」鬧了一會，老婆子回房睡去。蕙娘在房內心驚膽戰，心疑周璉沒有回家。後聽得老婆子說狗咬貓，方纔放了心。

再說周璉回到家中，也不去裡邊宿歇，在外邊書房中睡了一夜。一早就到書房，開了小院門鎖，到書房內，見兩張桌子放的不是原地方，正在疑惑間，猛見桌腿上有些血跡，白木頭上非油漆過的可比，分外看的清楚。將書房中的家人小廝叫來細問，都說：「門子鎖著，誰能夠入來？這血跡倒只怕是原舊有的。」周璉道：「這都是該打死的話，一個常在我面前的東西，我怎麼看不見？且放的地方一前一後，也不是原處。」又問道：「你們昨晚是那幾個上宿？」眾人道：「師爺院中是某某，內院是某某。」周璉道：「都與我叫來。」少刻，眾人俱至，周璉看只是大定兒不在，問眾人道：「怎麼定兒不來？」眾人道：「他還未起。」周璉怒道：「與我叫了來。」須臾，定兒來至。周璉將他上下一看，見他有些神氣未寧，便指著桌上血跡問道：「這是那裡來的血？」定兒道：「小的不知道。」話雖是這樣說，看他的面色，大是更變。

周璉雖是個二十一二歲人，他心上頗有點識見，就知是他弄的鬼。對著眾人不好究問，普行罵了幾句不小心門戶的話，隨即著眾人出去。自己到牆下看了一遍，低頭在地下詳驗，只見有三四點新紅，淋淋漓漓到院門前。看門樓上的血跡，倒有兩三處。用手將門兒關閉，只見中間門縫有一指多寬，內外皆可傍視。周璉道：「是了。我的行景，必定被小廝們從門縫內看破。昨日回家，便假裝我的招牌，若將蕙娘騙姦了，我真正就氣死。」又想：「那晚與他說的明明白白，他斷不肯四五更鼓在夾道中等我。且這桌上地下等處血跡，必是受了傷回來。適纔看定兒氣色，較素日大變，這奴才平日是個細心人，這事有一百二十分是他無疑了。常言道：『機事不密則害成。』又言：『先發者制人。』我須預為之地方可。這便打死他也無益，將來徒結深仇。」說著，瞪著兩隻眼，想了一會，連連搖頭道：「這事比不得別事，大則性命相關，是一刻姑容不得的。」又想了一會，笑道：「我有道理了。」

到第三天早起，從家中到書房，將眾人叫來，吩咐道：「本府道臺府臺皆與老爺相好，刻下三月將盡，一轉眼便立夏。我想了一會，沒個送府道的東西，惟揚州香料比別處的都好，這得一個細心人去，方能買得好材料物件來。你們出去，大家公舉一人，我再定奪。」眾家人相酌一番，想出兩個細心人來，一個是周之發，一個便是大定兒。周璉道：「周之發老爺時常用他。可說與大定兒，此刻收拾行李完備，著他來，我有話說。」眾人去了。午間，大定兒來。周璉道：「買香料話，你也知道。」說著，取過三封銀子來，交與定兒，共一百五十兩。定兒見上面俱寫著大小錠數，包封在內。又著人與他五千錢，做搭船盤費用。又吩咐：「速刻起身，此物急用之至。你若故為遲延，誤我的大事，你父母妻子休想在宅中存留一日。我也不限你日期，去罷。」

定兒領了銀子，見他吩咐的急緊，立即帶了應用的衣物，起身去了。連夜趕到揚州，打開銀包一看，見裡面方的圓的，長的扁的，銅的鉛的，都是些秤銀子的舊砝碼，只嚇得神魂俱失。再拆一封，也是如此，那一封也不用看了。把桌子一拍道：「好狠心的狗子，殺的我苦。」又一回想道：「這是那一日晚上的事破露，在他心中，如何容得過我？彼時除非當面驗看此銀，他又要想別法治我。這都是我做的不是，怨不得他。等過了二年後，他的事也定了，氣也平了，到那時回鄉，懇求人情，求他收留罷。」從此，定兒就流落在揚州。

定兒去後，周璉將院門更換，心上日懷狐疑，只愁蕙娘被定兒姦騙了。向齊可久也探問不出，惟有日夜盼到第五天，方好問下落。到了這晚三鼓，便扒到牆頭等候，不想蕙娘也結記著，只到三更將盡，便悄悄的到夾道內。兩人相會，蕙娘便嫌怨道：「你日前原說下不來，為何又來了？將炭踏下兩塊，滾在夾道中間，還是我絕早起來，收拾上去。那日只沒教狗咬倒，你就是萬幸。」周璉忙問道：「你如何知道是我來？」蕙娘道：「怎麼不知是你？那日天交四鼓，我家的狗在這門子前，不住聲的叫。我媽教老婆子起來，點火看視，老婆子說是狗趕貓兒，上這夾道牆上去，我纔略放心些。」周璉聽了大喜，方纔將一塊石頭落地，知道蕙娘不曾著手，又明白那血跡是狗咬的。蕙娘道：「你日後切不可如此。」

周璉也不分辨，將蕙娘放倒，就雲雨起來。到天將明時，已幹訖兩度。周璉方將定兒前後話告知。蕙娘道：「這真是我的萬幸，倘若教他騙了，我拿甚麼臉來見你？從今後，我入夾道內，你看見時，先丟一塊石頭在炭上，我便知道是你。若不丟石頭，我就跑去了。我若來在你前，我與你院中丟一塊炭，你聽見，就快過來。以此做個暗號，你記著。」周璉點頭。蕙娘又道：「是你我這樣偷來偷去，何日是個了局？依我的主見，看來我媽最是愛你，莫若托個能言快語的人，與我爹媽前道達，就說與夫人做個姊妹。倘或我爹依了，豈不大妙？」周璉連連搖頭道：「你的父親，你還不知道？金銀珠玉、紬緞珍寶這幾宗，他聽見和仇敵一般，這言語還能搖動他麼？此事若和他一題，他把以前相好都看是為你，反生起防閒疑忌來。不但先日送的東西交還，這一堆炭他也不要了。那時斷了走路，再想像今日之樂，做夢也不能。」

蕙娘拂然道：「你的意思，我也明白了。不過為我是小戶人家女兒，配不上大家公子，嫌我玷辱你，好歹和我混上幾日，大家開交就是。你既如此存心，就不該破壞了我的身體。」說著，用纖纖細指在周璉頭上一摋，秋波內便滚下淚來。周璉急忙跪在一傍發誓道：「我周璉若有半點欺心，不日夜思量娶齊蕙娘為妻，把我天誅地滅，出門被老虎……。」蕙娘沒等的說完，急急用手把周璉的嘴掩住。說道：「我信你的心了，只是久後該如何？」周璉道：「就依你打算，先差個會說話的女人來，試探你母親的口氣。他若依允，大家好商量著做。」蕙娘聽罷，看著周璉笑了笑，將身子向周璉懷中一坐，用手搬住脖項，口對口兒低低的叫了周璉個「親漢子」。叫罷，便將一條細舌尖，連根兒都送在周璉口內。又將一隻金蓮抬起，著周璉握在手中。

周璉又喜又愛，覺得心眼兒上都癢起來，將舌根極力吮咂，恨不得咽在自己肚內。把蕙娘的脚握的死緊，下面的陽物和鐵鎗一般硬，將蕙娘放倒，從新拉開褲兒，蕙娘急急說道：「你不看天色麼？」周璉道：「我情急得了不的了。」上面說著，底下已狠命的抽送，只二三十下，周璉便精如泉湧，直瀉在蕙娘腹中。略停了停，將陽物拔出。蕙娘扒起，拽起褲兒，瞅了周璉一眼，道：「怎麼這樣個狠弄，你也不怕通觸死我了？」說罷，又笑了笑。問周璉道：「你愛我不愛我？」周璉親了個嘴，道：「我不愛你，還愛誰？」蕙娘道：「你既然愛我，你也忍心不娶我，教我再嫁別人？」說著，站起來，向周璉道：「快過去罷，今日比素日遲了。」

周璉扒過牆去，洗了臉，穿上大衣服，到先生前應了應故事，也不喫早飯，回到家中。將家人周之發老婆蘇氏，叫到無人之處，把自己要娶齊貢生女兒做次妻，又細說了貢生情性並龐氏情性，交與蘇氏一百兩銀子，著他如此如此。又道：「我這話都是大概，到其間或明說，或暗露，看風使船，全在你的作用。家中上下，並你男人，一字是說不得。」蘇氏是個能言快語極聰明的婦人，他也有些權詐，周家上下人等，都叫他蘇利嘴。他聽了主人托他，恨不得藉此獻個慇懃，圖終身看顧，便滿口承應道：「這事都交在我身上，管保替大爺成就了姻緣。」周璉甚喜，把貢生住處說與他。蘇氏到冷氏前告假，說要去他舅舅家看望，本日即回。然後回到自己房內，與丈夫說明原委。周之發道：「必須與他說成方好。」

蘇氏換了極好的衣服，拿上銀子，一徑到齊貢生門前，說是周家太太差來看望的。貢生家人將他領到龐氏房內，這婦人一見龐氏，就恭恭敬敬和自己主人一樣看待，也不萬福，扒倒就叩下頭去。慌的龐氏攙扶不迭。起來時，替自己主人都請了安。龐氏讓他坐，他辭了三番五次，方纔斜著身子坐下。龐氏問一句話，他就站起來回答，滿口裡稱呼太太。龐氏是個小戶人家婦女，從未經過這樣奉承，喜歡的和駕上雲的一般。小女廝送上茶來，喫罷，蘇氏低低的說道：「我家大爺自與太太做了乾兒子，時時心上想個孝敬太太的東西，只是得不了個稀罕物件。」說著，從懷內掏出兩個布包兒來，放在床上打開，共是四錠紋銀，每一錠二十五兩。笑說道：「我家大爺恐怕齊太爺知道，老人家又有收不收的話說，專專的教小婦人送與太太，零碎買點物事。」

龐氏看見四大錠白銀，驚的心上亂跳，滿面笑色說道：「大嫂，我承你大爺的情，真是天高地厚。日前送了我家許多貴重禮物，今又送這許多銀子來，我斷斷不好收。再不了，你還拿回去罷。」蘇氏道：「太太說那裡話？一個自己娘兒們，纔客套起來了。」又低聲說道：「實不瞞太太，我家大爺，也還算本縣頭一家有錢的人。這幾兩銀子，能費到他那裡？太太若不收，我大爺不但怪我，還要怪太太不像個娘兒們，豈不冷他的一番孝順心腸。」說著，將銀子從新包起，早看見床頭有個針線笸兒，他就替龐氏放在裡面。喜歡的龐氏心內都是奇癢，說道：「你如此鬼混我，我也沒法。過日見你大爺時，我當面謝罷。」

蘇氏又問道：「太爺在家麼？」龐氏道：「在書房中看書。」蘇氏又道：「聞得有位姑娘，我既到此，不知肯教我見不見？」龐氏笑道：「小戶人家女兒，只怕你笑話。他身上沒的穿，頭上沒的戴，有甚麼見得你處？」蘇氏道：「太太說那裡話？這大人家，全在詩禮二字上定歸，不在銀錢多少上定歸。」龐氏向小女廝道：「請你姑娘來。」又道：「我真正糊塗，說了半日話，還沒問大嫂的姓？」蘇氏道：「小婦人姓蘇，我男人姓周。」

蕙娘在房裡聽了一會，知道必要見他，早在房中換了衣服鞋腳等候。此刻聽見教他出去，隨即同小女廝掀簾出來。蘇氏即忙站起，問龐氏道：「這位是姑娘麼？」龐氏道：「正是。」蘇氏緊走了一步，望著蕙娘，便叩下頭去。蕙娘緊拉著，那裡拉得起？只得也跪下扶他。龐氏也連忙跑來，跪著攙扶。蘇氏見蕙娘跪著扶他，心上大是歡喜。扒起來，將蕙娘上下細看，見頭是絕色的頭，腳是上好的腳，眉目口鼻是天字第一號的眉目口鼻，模樣兒極俊俏，身段兒極風流，心裡說道：「這要算個絕色女子了。我活了四十多歲，纔見這樣個人。」又將龐氏一看，也心裡說道：「怎麼他這樣個頭臉，便養出這樣個女兒，豈非大怪事？」

看罷，彼此讓坐。蘇氏在地下拉了把椅兒，放在下面。等著龐氏母女坐了，方說道：「這位姑娘，將來穿蟒衣，坐八抬，匹配王公宰相，就到朝廷家，也不愁不做個正宮。但不知那一家有大福的娶了去。敢問太太，姑娘有婆家沒有？」龐氏道：「他今年二十歲了，還沒有個人家，衹為高門不來，低門不去，因此就耽擱到如今。」蕙娘見說婚姻的話，故意兒將頭低下，裝做害羞的樣兒。蘇氏道：「我家大爺空有數十萬家財，只沒這樣一位姑娘去配合。」龐氏道：「聞得你家大爺娶過這幾年了，但不知娶的是誰家小姐？」蘇氏道：「究竟娶過和不娶過一樣。」龐氏道：「這是怎麼個話？」

蘇氏道：「我家大奶奶姓何，是本城何指揮家姑娘。太太和姑娘不是外人，我也不怕走了話。我家大奶奶生的容貌醜陋，實實配不過我家大爺的人才。我家大爺從娶過至今，前後入他的房不過四五次。我家老爺太太急著要抱孫兒，要與我家大爺娶妾。我大爺又不肯，一定還要娶位正夫人。」龐氏道：「這也是你大爺胡打算，他既放著正室，如何又娶正室？就是何指揮家，也斷斷不肯依。」蘇氏道：「原是不依的。我大爺只送了他五百兩，他就依了。將來再娶過，總是姐妹相呼，伸出手來一般大。只是我大爺福薄命小，若能娶府上這位姑娘，做我們一家的主兒，休說我大爺終身和美，享夫妻之樂，就是小媳婦等，也叨庇不盡。」蕙娘見說這話，若再坐著，恐不雅相，即起身到內房去了。

龐氏聽了，也不好回答。蘇氏又道：「也不怕太太怪我冒昧，我家大爺既是太太的乾兒子，小婦人還有甚麼說不出來的話？縱然就說錯了，太太也不過笑上一面。依我看來，門當戶對，兩好一合，我家大爺青春，府上姑娘美貌，倒不如將乾兒子做個親女婿，將來不但太爺太太有半子之靠，就是太太的兩位少爺，也樂得有這門親。」說罷，自己嘻嘻呵呵笑個不了。龐氏道：「你家大爺，我真是願意。只怕我家老當家的話難說。」

蘇氏見話有說頭，又笑嘻嘻的道：「好太太哩，姑娘是太太三年乳哺，十月懷胎撫養大的，並不是太爺獨自生養大的，理該太太主持八分，太爺主持二分。像太太經年家看裡照外，誰飢誰寒，太爺那一日不享的是太太的福？一個婚嫁，太太主持不得，還想主持甚麼？我主人家也曾做過兩淮鹽運司，後做到光祿寺卿，目今老主人又是候選郎中，小主人是秀才，也不愁沒紗帽戴。至於家中財產，太太也是知道的，還拿的出幾個錢來。若怕我大爺將來再娶三房五妾，像府上姑娘這般才貌，他便娶一萬個，也比不上一半兒，這是放心又放心的事。倒只一件，姑娘二十歲了，須太太拿主意，聽不得太爺。太爺是讀書人，他老擇婿，只打聽愛念書的就好。至於貧富老少，他不計論，將來錯尋了配偶，誤了姑娘終身，太太到那時後悔就遲了。再教姑娘受了飢寒，太太生養一場，管情心不忍。」

龐氏聽了這一篇話，打動了念頭，想算著尋周璉這樣人家，斷斷不能；像周璉那樣少年美貌，更是不能。又想到蕙娘見了周璉，眉眉眼眼是早已願意的。隨說道：「大嫂，你的話都是為我女兒的話，等我和當家的商量後，再與你回信。但是方纔這些話，是你的意思，還是你主人的意思？」蘇氏道：「老主人，小主人，都是這個意思。只怕太太不依允，丁了臉❶，就不敢煩人說合了。」龐氏道：「還有一

❶ 丁了臉：猶今言碰了釘子。

說，假若事體成就，你家大奶奶若以先欺後，不以姐妹相待，小視我家姑娘，該怎麼處？」蘇氏笑道：「太太甚麼世情不明白？女人招夫嫁主，公婆憐恤不憐恤，還在其次，第一要丈夫疼愛。況姑娘與我大爺做親，係明媒正娶，要教通城皆知，不是瞞著隱著做事，那何家大奶奶會把齊家大奶奶怎麼？休說姑娘到我家做正室，就是做個偏房，若丈夫處處疼愛，那做正室的人，只合白氣幾日、白看幾眼罷了。太太是和鏡子一般明亮的人，只用到睡下時合眼一想，我家大爺若愛我家大奶奶，又要娶府上的姑娘做甚麼？」龐氏連連點頭道：「你說的是。」蘇氏道：「小婦人別過罷。」龐氏道：「教你家大爺屢次費心，今日又空過你❷。」蘇氏道：「太太，轉眼就是一家人，將來受姑娘的恩，就是受太太的恩了。」龐氏送出二門，蘇氏再三謙讓，請龐氏回房，龐氏著老婆子同小女廝送到街門外，蘇氏去了。正是：

欲向深閨求艷質，先投紅葉探心機。
請君試看蘇婆口，何異天花片片飛？

---

❷ 空過你：空坐半天，沒有招待你。

第八十三回　捉姦情賊母教淫女　論親事悍婦打迂夫

詞曰：

此刻風光堪樂，卻被娘行識破。教他夜去和明來，也把牆頭過。　夫婦論婚姻，同將牙關銼。老儒無計奈妻何，躲向書房坐。

右調誤佳期

話說蘇氏和龐氏說了做親的話回家，從頭至尾，把彼此問答的話，詳細告知周璉。周璉甚喜，說道：「這件事，你倒做的有了門路，我深感你。只是何家和老爺太太，還不定該怎麼？」蘇氏道：「大爺到疑難處，只管和我說，大家想法兒辦，不怕不成。」周璉點頭道：「如此甚好。」蘇氏道：「我還見齊姑娘來。」周璉笑問道：「人才如何？」蘇氏道：「不像世上的人。」周璉驚訝道：「這是怎麼說？」蘇氏道：「是天上的頭等仙女，降落人間。從頭上看到腳上，我雖然是個女人，我見了他，也把魂魄失去。不知大爺見了他，是怎麼？」周璉聽了，直樂得手舞足蹈，狂笑起來，向蘇氏道：「這事全要你成全我。你可偷空兒探問太太口氣，不可令何家那醋怪知道，他壞我的事。」蘇氏去了。

過了兩天，蘇氏回覆道：「太太的話，我費了無限唇舌，倒也有點允意。昨晚我聽得太太和老爺說，老爺怒起來道：『怎麼他這樣沒王法？家中現放著正妻，又要娶個正妻，胡說到那裡去？他要娶妾，三個兩個由他，我也想望得幾個孫兒慰老。況齊貢生是最古執不過的人，這話和他說，徒自取辱。』又道：『怪道他日前認齊貢生老婆做乾媽，原來就是這個想頭，真是少年人不知好歹，以後倒要著他將念頭打滅，安分讀書為是。』」周璉聽了這幾句話，便和提入水盆內一樣，呆了好半晌，方向蘇氏道：「你還須與我在太太前留神老爺的話，我再設法。」蘇氏道：「這還用大爺囑咐？再無不捨命辦理的。況那邊龐奶奶已依允了，此事若罷休，我臉上也對不過人家。」周璉道：「你說的甚是，此事若不成，我還要這性命做甚麼？總之，這事我都交在你身上。」蘇氏滿口應承去了。

周璉屈指計算，明日該到書房中宿歇，苦挨到那晚四鼓時分，即扒在牆頭等候。不想蕙娘自蘇氏去後，也急著要問個信息，偷走到夾道內，周璉看見，忙拾一小塊炭丟下去，先拿過枕褥，後提了燈籠，兩人到一處，且顧不得說話，先行幹事。事完，周璉將蕙娘抱在膝上，便說他母親和他父親的話。蕙娘道：「你父親尚如此，我父親更不須說。難道就罷了不成？」周璉道：「我便死去，也不肯罷了。我這幾天想算，著葉先生並我父素日相好的朋友說這話，再看何如。」蕙娘道：「你是極聰明的人，你估料煩他們說，也有個中用，只用你父親幾句道理話，他們就是個罷休。你依我說，咱兩個且歡會這五夜，你回到家中，便裝做起病來，一口飯不要喫，卻暗中說與蘇大嫂，與你偷著送東西喫。你父母定必著慌，到危迫時，然後著那蘇大嫂替你在太太前，以實情直告，若娶不了姓齊的女兒，情願餓死。只用三天，你父母只生你一個，又沒孫兒，不怕他老兩口不依。倒只怕還要替你想妙法兒成就這件事，也定不住。」

周璉聽罷，抱住連連親嘴道：「我的心肝，我此刻纔知你是我的老婆了。此計大妙，你我事體，無不成矣。」蕙娘道：「還有一件大疑難處，你丈人丈母未必肯依，又該怎處？日前蘇大嫂說，用五百銀子已安頓住了，未知確否？」周璉笑道：「我丈人是個賭錢的魁首❶，又不重品行，只用潑出一二千兩銀子，教他怎麼便怎麼。倒是你父親，真令人沒法。」蕙娘道：「有我母親與他作對，有何不妥？我如今也顧不得羞恥，早晚和我母親實告，著他救我罷。」兩人商量停妥，又大幹起來。

不意龐氏出恭，素日在午未時分，昨日喫了些烙餅，大腸乾燥了，便不出來。此時雞叫時候，忽然腹中作痛，穿了衣服，提了一碗燈，將走到夾道門前，只聽得有男女交媾之聲，大喫一驚，連忙將燈吹滅，側耳細聽，是他女兒與人做事，淫聲艷語，百般難述。又聽得抽送之聲，響徹戶外，不覺得渾身酥軟，氣倒在一邊。彼時便欲闖將入去，又怕有好有歹，壞了自己聲名。沒奈何，一屁股坐在臺階上，等候下落。心上猜疑，不知和誰胡幹。只等到東方亮時，男女喘息之聲與抽送之聲，上下互應，又聽得他女兒越叫念的一聲大似一聲，著實不像些話說。再聽那男人口裡，也是任意亂道，卻聽不出語音是誰。這婆子越聽越氣，越氣越惱，越惱越恨，後聽到著實兇狠田地，兩手只在心上亂搗。少刻，淫聲兩罷，艷語雙休。又聽得唧唧喁喁說起話來。須臾，聽得那男人道：「是時候了，我去罷。」

少刻，蕙娘開門出來，乍見他媽坐在門傍臺階，也不知是甚麼時候來的，只嚇的驚魂千里，渾身打起戰來。龐氏看了一眼，將上下牙齒咬的亂響，恨罵道：「不識羞的賊淫婦，臭蹄子❷。」蕙娘知事已敗露，連忙跪下痛哭起來。龐氏道：「你還敢哭，只怕人不知道麼？」說著，一蹶劣站起來，入夾道內，

❶ 魁首：領袖。舊五代史漢隱帝紀：「慕容彥超謂帝曰：陛下勿憂，臣當生致其魁首。」

❷ 臭蹄子：詬罵婦女之辭，因從前婦女裹足，足部發臭，且形如獸蹄，故用此語。常見於明清小說中。

坐在一塊大炭上。蕙娘也跟入來，又跪在面前。龐氏道：「你做的好事呀！恨殺我！氣殺我！呵呀呀！把虧也喫盡了，把便宜也著人家佔盡了。你快實說，是個誰？是幾時有上的？」蕙娘到此地步，也不敢隱藏，低低的說道：「是周大哥。」龐氏忙問道：「可是你乾哥麼？」蕙娘道：「是他。」

龐氏聽罷，將一肚皮氣惱盡付東流，不知不覺的就笑了，罵道：「真是一對不識羞的臭肉！你還不快起來！在這冷地下冰壞了腿，又是我的煩惱。」蕙娘見龐氏有了笑容，方敢放心站起，先時只是驚怕，此刻倒有些害羞，將粉項低下，聽龐氏發落。龐氏又道：「臭肉！是從幾時起首？如何便想到這夾道中來？」蕙娘將前前後後，通首至尾，說了一遍。龐氏道：「真無用的臭貨，他會過這邊來，難道你就不會過那邊去？夜夜在這冷地下，著屎屎薰蒸，他不要命，你也不要命了麼？今夜晚上，你就到他那邊去，趁天明過來。教他與你寫一張誓狀，他將來負了你，著他爹怎麼死，他娘怎麼死，他是怎麼死，都要血淋淋的大咒，寫的明明白白。你父親是萬年縣頭一個會讀書的人，豈有個讀書人的女兒，教人家輕輕易易點污❸了就罷休的理？況男子漢那一個不是水性楊花，你不拿住他個把柄，還了得？你只管和他明說，說我知道了，誓狀是我要哩。若寫的不好，還要著他另寫。他若問我識字不識字，你就說我通的利害。如今許大年紀，還日日看三字經。此後與你銀子，不必要他的。你一個女兒家，力量小，能拿他幾兩？你只和他要金子。我再說與你，金子是黃的。」說罷，從炭上起來，連恭也不出了。

正要開門出去，蕙娘將衣襟一拉，龐氏掉轉頭來，問道：「你拉我怎麼？」蕙娘低下頭，略笑了笑。龐氏道：「臭肉，你要說，只管說罷，還鬼甚麼哩！」蕙娘道：「日前周家那家人媳婦兒說的話，全要

❸點污：污點；玷辱。朱熹王梅溪文集序：「其大節之偉然者，則不能有以毫髮點污也。」

媽做主，不可依我爹的性兒。」龐氏噓了一口，笑著先出去了。蕙娘也隨後回房，坐在床上，又有些討愧，又心上喜歡。

齊貢生家素常睡的最早，起的也早。這晚，蕙娘見他父母和兄弟俱睡了，便將貼身小衣盡換了紬子的，外面仍穿大布襖，以便明早回來。又換了一雙新大紅緞子花鞋，在粧臺前薄施粉脂，輕畫娥眉，將頭髮梳的溜光，挽了個一窩蜂的髻兒，戴了幾朵大小燈草花兒，繫了裙子，仍從外房偷走出去，卻膽子就比素常大了好些。走到夾道內，先將門兒扣上，拾起塊炭來，向墻那邊一丟。周璉此時尚未睡，正點著一枝燭看書。聽得院外有聲，吃了一驚，隨即又是一塊落地。周璉想起蕙娘相約暗號，一邊安放桌子，一邊心中想算：「此時不過一更天，他叫我怎麼？」連忙扒上墻頭，往下一看，見有人站在炭邊。蕙娘道：「是我。」

周璉聽知是蕙娘，驚喜相半，忙忙的下了炭堆，用手摟住，問道：「怎麼你此時就來，可有甚麼變故麼？」蕙娘笑道：「有甚麼變故？我還要過你那邊去。」周璉大是猜疑。蕙娘看出形景，笑說道：「你莫怕，我過去和你說。」周璉道：「我取燈籠來。」急忙到墻那邊，將燈籠取至，說道：「我扶了你上去。」蕙娘道：「我怕滾下來。」周璉道：「我背了你上去。」於是蹲在地下，蕙娘扒在周璉背上，兩手摟住脖項，將腿兒彎起。周璉一手執燈籠，一手扶著蕙娘腿股，輕挪款步的走上炭堆，到墻頭邊，將蕙娘放在炭上，他先跨過去，然後將蕙娘抱過來，放在桌上，掖扶到地。兩人到了房中，蕙娘笑嘻嘻的說道：「此時的心，纔是我的心了。我只怕你一腳失錯，咱兩個都滾了下去。」說罷，見周璉的房屋裱糊的和雪洞相似，桌子上擺著許多華美不認識的東西，床上鋪設著有一尺多厚，都是些文錦燦爛的被褥。

周璉將蕙娘讓的坐在椅上，問今晚早來之故，蕙娘將他媽識破姦情，並所囑的話，子午卯酉細說了一番。周璉大喜道：「從此可放膽相會矣。」急急將床上被褥捲起，放了一張小桌，又從地下捧盒內搬出許多的喫食東西，放在桌上，取出一小壺酒來，安了兩副杯箸，將蕙娘抱在床上，並肩坐了，先親嘴咂舌，然後斟了一杯酒，遞與蕙娘。蕙娘喫了一口道：「好辣東西，把舌頭都折痲了。聞著倒甚香。」周璉道：「這是玫瑰露和佛手露、百花露三樣對起來的燒酒。早知你來，該預備下惠泉酒，那還甜些。」蕙娘又呷了一口，搖著頭兒道：「這酒利害，只這一口，我就有些醉了。」

周璉讓蕙娘喫東西，自己又連飲了六七杯，覺得下面陽物火炭般發作起來，猛見蕙娘裙下露出一隻鮮紅平底緞鞋，上面青枝綠葉繡著些花兒，甚是可愛，忙用手把握起，細細賞玩。見瘦小之中，卻具著無限堅剛在內，不是那種肉多骨少可厭可惡之物，不禁連連誇獎道：「虧你不知怎麼下工夫包裹，纔能到這追人魂、要人命的地步。」蕙娘道：「不用你虛說，這隻還好，那一隻倒弄上黑了。」周璉將褲兒拉開，放出陽物來，著蕙娘看。蕙娘低頭一覷，只見此物偏頭扁臉，有眼有稜，半尺多長，酒杯粗細。周璉用手一推，他便晃了兩晃，勢頭是個不容人說合的光景。蕙娘雖和周璉有一二十次，手中也曾捉拿過，只是昏夜做事，總沒有真看此物的面貌，今日要算他做女孩兒初會，倒從新害怕起來，笑說道：「怪道我前兩次幾乎疼死，不想是這樣個不俊俏文雅的頭臉。虧我不知怎樣挨他。」周璉著蕙娘用手把住，又將蕙娘的鞋兒脫下一隻，把酒杯放在裡面，連喫了三杯。又含著酒送在蕙娘口內，著蕙娘喫，只四五口，蕙娘便臉放桃花，秋波斜視，不由的淫心蕩漾，將周璉陽物用纖纖素手搖擺了幾下，身子向周璉懷內一倒，口中說道：「我不喫了。」周璉見他情性已濃，將鞋兒替他穿上，跳下地去，點了四五枝燭，放在左近。一邊替蕙娘脫去上下衣服，見了那一身雪肉，倍覺魂銷。將舌頭連咂了幾口，說道：「素常心神恍惚，不能盡興。今晚夜色甚早，我將你弄個死，方顯我的手段。」蕙娘道：「我今夜送上門來，死活隨你心軟硬罷。」周璉也將渾身衣服脫盡，把一個椅子上鋪了錦褥，抱蕙娘在椅上，分開兩股，龜頭對正陰門，在燭光下二目下視，見一段一截插入去了，便來往抽送起來。但見：

一個是迎姦宿將，一個是賣俏班頭。一個將乾妹妹陰門觸破，幾同肉綻皮開；一個將假哥哥陽物直啣，何殊狼吞虎咽？一個叫達達，若決江河；一個呼媽媽，沛然莫禦。一個抱小金蓮，眉梢眼底，把玩百回；一個吐細舌尖，唇外齒間，攪擾千遍。一個玉火剪夾破僧頭，一個金箍棒頓成蛇尾。

兩人從起更後，直幹至二鼓方休。蕙娘早軟癱在椅上，周璉拔出陽物，將桌兒掀放在地，打開被褥，抱蕙娘睡在裡面。兩人口對口兒，訴說心田。復用手將蕙娘遍身撫摸，真是光同珠玉，棉若無骨，分外情濃，沒有兩杯茶時，周璉陽物又動起怒來。把蕙娘按翻狠幹，這番比前番更兇。蕙娘昏迷了四五次，直到雞聲亂叫方休。兩人摟抱著，歇了半刻。周璉替蕙娘穿了衣服，自己到書案前胡亂寫了幾句誓狀，從書櫃內取出兩副時樣赤金鐲兒，約重六七兩，著蕙娘帶在胳膊上，說道：「像這鐲兒切不可著你母親拿去。」又取出三封銀子，用手巾包住，向蕙娘道：「回去和乾媽說，金子此時實不方便，這是幾兩銀子，且與乾媽拿去，改日我再補罷。外誓狀一張，可一總帶去。」蕙娘道：「我只為和你久遠做夫妻，因此我母親說的話，我便一字不敢遺露，恐拂了他的意思，壞你我的大事。像這鐲兒，我若有福嫁你，仍是你家的東西。這銀子我拿去，臉上討愧的了不得。」

周璉笑道：「這也像你和我說的話？我的就是你的，將來還要在一處過日子哩。只是我還有個和你要的東西，你須與我。」蕙娘道：「我一個窮貢生家女兒，可憐有甚麼東西送你？你若要，就是我這身子，你又已經得了。」周璉道：「你這雙鞋兒，我愛的很，你與了我罷。我到白天見了他，就和見了你一般。」蕙娘道：「你若不嫌厭他，我就與你留下。」說著，笑嘻嘻將兩隻鞋兒脫下，雙手遞與周璉。周璉喜歡的滿心奇癢，連忙接住，在鼻子上聞了聞。然後用手絹兒包了，放在小櫃內。蕙娘將兩隻腳用裏腳布緊緊紮縛停當，周璉將蕙娘抱出房來，一層層挪移上去，又抱過了牆頭，照前背負了，一步步送下炭堆，將三封銀子並誓狀，從懷中取出，交付蕙娘，攙扶著出了夾道，看著蕙娘扶牆托壁，慢慢的走入正房去了。

周璉回來，將一切收拾如舊，倒在床上歇息。這邊龐氏到日將出時，就忙忙的到裡間屋內，見他小兒子和小女廝還熟睡，急問蕙娘誓狀下落。蕙娘將誓狀交與龐氏，看了看，一個字兒認不得。次復將一百五十兩銀子，著龐氏過目，把周璉話詳細說了。龐氏聽一句，笑一句，打開銀包細看，一封是三五兩大錠，那兩封都是五六錢七八錢雪白的小錠，龐氏撾起一把來，愛的鼻子上都是笑，倒在包內，叮噹有聲。看了大錠，又看小錠，搬弄了好一會。見小兒子醒來問他，他纔收拾起。笑向蕙娘道：「俺孩兒失身一場，也還失的值。不像人家那不爭氣的，一文不就，半文就賣了。」

蕙娘道：「那話也該與父親說說了。」龐氏道：「你那老子，真非人類，另是一種五臟，見了銀錢和見了仇敵一般，全不想久後兒孫們如何過度。我細想，若不與他大動干戈，雖一萬年，也沒個定局。

等他洗罷臉，我就和他說。」說著，將銀子和誓狀仍包在手巾內，藏在衣襟底下，提在外間房內，暗暗的歸入櫃中。少刻，貢生淨罷面，穿完衣服，卻待要出外邊用早功，讀殷盤庚遷都章。龐氏道：「你且莫去，我有話說。」貢生道：「說甚麼？」龐氏道：「女兒今年二十歲了，你要著他老在家中麼？」貢生蹙著眉頭道：「我留心擇婿久矣，總不見個用心讀書的人。」龐氏道：「我倒尋下一個了。」貢生道：「是那家？」龐氏道：「就是我的乾兒子周璉。」貢生道：「你故來取笑。」龐氏道：「那個忘八羔子❹纔和你取笑哩！」貢生道：「周璉是何指揮女婿，已娶過多年，怎麼說起這般沒人樣的話兒來？真是昏憒不堪❺。」

龐氏道：「你纔是昏憒不堪哩！我那乾兒子又好人才，又好家業，又有好爹好媽，好奴僕，好騾馬，好房產，一個人佔了十幾個好，就是王侯宰相，還恐怕不能這樣全美，你不著我的女兒嫁他，還嫁那個？」貢生道：「放屁！周璉現有正室，難道著女兒與他做妾不成麼？且我齊家的女兒，可是與人家做妾的麼？」龐氏道：「人家也是明媒正娶，那個說他做妾？」貢生道：「蠢才，是人家謊你哩，我的女兒豈是受人家謊的麼？」龐氏道：「怎麼是你的女兒？說這話豈不牙痳？我三年乳哺，十月懷胎，當日生他時，我疼的左一陣、右一陣，後來血暈起來，幾乎把我暈死，這都是你親眼見的。我開腸破肚打就的天下，你這老怪物坐享太平。我問你，你費了甚麼氣力來？」貢生氣的寒戰道：「看，看，看他亂談！」龐氏道：「就算你費過點氣力，也不過是片刻。我肚裡生出來的，倒不由我作主，居然算你的女兒？」

❹ 忘八羔子：罵人是忘八的兒子，即雜種之意。忘八，或作王八。羔子，小羊。
❺ 昏憒不堪：糊塗到極點。昏憒，或作昏瞶、昏聵。憒，音ㄎㄨㄟˋ，昏亂不明。

老貢生氣得手足俱冷，指著龐氏道：「上帝好生，把你也在覆載之中❻。」罵罷，又冷笑道：「是他的女兒要嫁個周璉，豈非緣木求魚之想？」龐氏道：「你休拿文章罵我。你罵我，我也要罵你哩！」貢生道：「你這樣天昏地暗的殺材，理該把你投彼豺虎！豺虎不食，投彼有畀。有畀不受，投彼有昊❼。」龐氏大怒道：「說著你還要拿文章罵我麼？我把你個不識好歹的老奴才，不識抬舉的老奴才，千年萬世老忘八奴才……」貢生大怒，先從桌上取起一個茶杯摔碎，又將一個湯碗也摔碎在地，一翻身倒在床上，只將胸脯狠拍道：「安得上方斬馬劍❽，斷爾潑婦一人頭！」龐氏道：「打了家伙就算了？你便將家伙打盡，我也要著女兒嫁周璉哩！」貢生怒壞，反將雙目緊閉，任憑龐氏叫吵，一言不發。

龐氏見貢生不言，跑來用兩手抱住貢生頭巾，亂搖道：「老怪，你便裝了死，我也著女兒嫁周璉哩！」貢生恨極，一翻身，向龐氏臉上偷了一掌。疾趨到地下，抱火盆要打，卻待將腰一彎，不意龐氏一頭觸來，正觸在貢生腰眼間，貢生呵呀了一聲，早從火盆這邊，倒過火盆那邊去。貢生忍痛扒起，在火盆內撾一把灰，向龐氏臉上灑去，灑的龐氏頭臉俱白，被灰瞇了二目。貢生見龐氏揉眼，心上得意之至。忙用手捧灰又灑，不防龐氏恨命的撲來，將貢生撞倒在地，用手在貢生面上亂擰。貢生急伸二指，觸龐氏

❻ 覆載之中：天地之中。覆載，指天地，即天覆地載。

❼ 投畀豺虎五句：毛詩小雅巷伯：「取彼譖人，投畀豺虎；豺虎不食，投畀有北；有北不受，投畀有昊。」大意是說讒人陷害忠良，扔給豺虎去喫；豺虎也不喫，就丟到苦寒不毛的北方去；如果北方也不受，就丟到太空去。書中引文顯有錯誤，各版本均未見改正，姑仍舊貫。

❽ 上方斬馬劍：應作尚方斬馬劍，御用之劍，即尚方劍。漢少府屬官有尚方令丞，掌作御用刀劍及玩好器物。漢書朱雲傳：「願得尚方斬馬劍，斷佞臣一人，以厲其餘。」

之口，被龐氏將指頭咬住。貢生大聲叫道：「疼殺哉！」

蕙娘見鬧的不成局勢，方出來解勸，拉開龐氏，將貢生扶起，坐在床上。貢生氣得唇面俱青，指著龐氏向蕙娘道：「此婦七出之條，今已有二。」說罷，喘吁吁將頭亂搖道：「吾斷不能姑息養奸！」龐氏大吼道：「你還敢拿文章罵我麼？」貢生又搖著頭道：「斯人也，而有斯兇也，出之必矣，出之必矣。」龐氏道：「你少對著女兒屄矣屄矣的胡嚼！」貢生大恨了一聲，疾疾的趨出外邊去了。正是：

識破姦情不氣羞，也教愛女跳牆頭。
貢生不解閨中事，拚命猶爭道義由。

第八十四回　避吵鬧貢生投妹丈　趁空隙周璉娶蕙娘

詞曰：

河東吼，又兼鼠牙雀口，可憐無計挫兇鋒，思索惟一走。　釀就合歡美酒，欲伊同相廝守。牡丹花下倩蜂媒，偷娶成佳偶。

右調謁金門

且說貢生與龐氏打吵了一場，負氣到書房，想了好半晌，也沒個制服龐氏的法子。想到苦處，取過一本毛詩來，蹙著眉頭狠讀。龐氏不著人與貢生飯喫，直餓至午後，蕙娘過意不去，向龐氏再三說，方拿出飯來。貢生自此日始，只在書房宿歇，龐氏又不與被褥，就是這樣和衣困臥。

再說周璉得蕙娘夜夜過牆相會，又送了龐氏十兩金子。瞬息間，已滿了五日，該回家的日期。這晚兩人千叮萬囑，方纔分手。周璉回到家中，至次日，便裝做起病來，整一天不曾喫飯。慌的周通夫婦坐臥不安，請了大夫來，他不但不喫藥，連脈也不著看，只是蒙頭昏睡。趁空兒，蘇氏便偷送乾棗、桃仁二物，別的怕顯露形跡，周璉便在被中偷喫。又餓了一天，做父母的如何當得起？周通還略略好些，只苦了冷氏，直掇掇的守了一日兩夜，水米未曾沾牙。問周璉身上到底是怎麼不好，周璉總一字不答。到第三日午後，見周璉無一物入肚，冷氏越發大懼，只急的走出走入。周通不住的長吁，在家人身上搜尋不是。

蘇氏見是光景了，便將冷氏請到一間空房內，說道：「太太可知道大爺患病的原故麼？」冷氏忙問道：「是甚麼原故？你快快說。」蘇氏道：「就是為那齊姑娘的親事。小的日前也曾和太太稟過，不意老爺不依，小的只得據實回覆大爺。大爺只說了一句道：『此事若不成，我還要這命做甚麼？』誰想大爺別無主見，拿定個自行餓死，今日已是三天了。若再過今日，只怕大爺餓的有好有歹。」說著，跪在地下痛哭道：「小的家兩口子，受主人恩養四五十年，眼見得老爺太太都是六十一二年紀，只有大爺一位，關係的了不得。因這樣一件小事，教大爺抱恨傷生，老爺太太心上管情也過不去。現放著偌大家私，再連這樣一件事辦不了，要那銀錢何用？況大爺是少年人，識見還不大老練，縱不餓死，萬一因此事動了別的短見念頭，留下這偌大家私，將來寄托那個？小的若不說，老爺太太如何知道大爺不要命的意見。」

冷氏只當周璉真個患病，聽了此話，倒將心放開大半，向蘇氏道：「你起來，你該早和我說。這親事，我許他做了罷。教他好好兒喫飯，不可生這樣沒長進的念頭。」蘇氏聽罷，如奉恩詔，急忙到書房中，向周璉細說他如何跪著哭，如何說驚嚇話，如何爭著辨論，方纔得太太應允，連老爺的話也包滿了。周璉大喜道：「真虧你有才智，將來事體成後，你一家大小，都交在我身上。還有一件，我若喫了飯，太太又變了卦，這該怎麼？」蘇氏道：「我看太太斷不反口❶。設或反口，大爺再不喫飯，就是第一妙法。」周璉連連點頭道：「此事我深感激你。」蘇氏道：「一家兒受大爺的恩，但願喜事成就，就是我

❶反口：猶反悔。陳登科赤龍與丹鳳第一部十二：「我若反口，五雷擊頂。」

們的福。請快起來喫飯，以安老爺太太之心。」

正說著，冷氏已令人大盤大碗端了出來，擺滿一桌。周璉穿上衣服，大飲大嚼，比素常喫的多出一倍，倒把些家人們糊塗住了，不知他這病是甚麼症候。蘇氏看著周璉喫完，即入內報與冷氏。冷氏道：「他是餓肚子，不該著他喫這許多。」隨即著人將周通請來，把周璉捨命餓死要娶齊家女兒的話細說。又道：「我已許了他，纔肯喫飯。你看該作何裁處？」周通聽了，一句兒不言語，靠著個枕頭，在一邊想算。想算了一會，向冷氏道：「何親家為人，我知之甚詳，只用與他幾兩銀子，著他的女兒做妾，他也願意，此事易處。今齊貢生女人雖說願意，但齊貢生為人我也知之最詳，與何親家天地懸絕，此事倒極難處。」又道：「這皆是夢想不到的事。」說著，將床拍了兩下道：「也罷了。只恨我這大年紀，只生了他一個，由他做去罷。只說與他，休要做出大是非來。」說罷，周通出去。

冷氏將周璉叫來，先罵了幾句，然後將周通話告知。周璉大喜道：「只要爹媽許我做，斷不著弄出半點是非來。」他也不迴避冷氏了，當面將蘇氏叫來，對著冷氏說了一遍。又道：「我這邊老爺太太話俱妥當，你可速去齊家，和龐奶奶說知，看他是怎麼話說，達我知道。」

蘇氏領命，隨即到齊家門首，卻好齊可大正出來，將蘇氏領到龐氏房內。龐氏連忙下地相迎。蘇氏滿面笑容，說道：「我今日是與太太道喜。」說著，拉不住的叩下頭去，慌的龐氏扶攙不迭。蘇氏叩頭起來，龐氏讓他坐，蘇氏那裡肯坐？只要站著說話。龐氏道：「你若是這樣，只索大家站著罷。」蘇氏道：「這裡有個小板凳兒，小媳婦地下坐了罷。太太如今和我家太太是一樣主人了，若還不依，我此刻就回去。」龐氏笑道：「就依你坐下罷，只是我心上過不去。」蘇氏等著龐氏坐了，方纔坐在小板凳上，道：「我家太太和大爺請太太安，問候兩位相公和姑娘。日前題姑娘喜事，蒙太太允許，我家老爺太太喜歡的通睡不著。只因何宅話未定歸，這幾日沒回覆太太。如今何宅也滿口應許，且說的都是情理兼盡的話，真是內外上下，無不妥當，小婦人方敢過來，一則與太太道喜，二則問問這邊老爺，想也是千依萬依了。」

龐氏道：「說起來教你笑話，我日前為此事，與那老怪物大鬧了一場，他如今躲在書房中，通不見我。既承你家主人愛親做親，不嫌外我，我感情不盡，早晚少不得和那怪物說這話。事若不成，我也沒臉面見你了。」蘇氏笑盈盈的說道：「這事總是要太太作主。齊老爺的性子，我們也都知道一二。不怕得罪太太說，他老人家過於忠厚些。太太是驚天動地的大才，想算著那們可成就，就只管舉行。依小婦人的主見，將齊老爺鬧的遠去幾日，我們那邊便急急下定禮，急急擇日完婚。齊老爺到回來時，只好白看兩眼，生米已成熟飯，會做甚麼？即或告到官前，齊老爺是一家之主，這做親下定是何等事，只怕說不出全是太太主裁，以不知道三字對滿城紳衿士庶。」龐氏大喜道：「你這主見，高我百倍，我就鬧他做離門離戶。只是你說何指揮家也依允了，可說的兩下俱都是正室麼？這事不是搭橋兒的。」蘇氏大笑道：「太太真是多心，我家主人有多大膽子，敢將詩禮人家姑娘，騙去做偏房侍妾？」龐氏道：「既如此，等我打發怪物走了，通知你家主人，擇日下定完婚罷。」

蘇氏又極口的讚揚了龐氏幾句有才智、有擔當等話，方纔回家，將龐氏問答的話，細細的回覆了周璉，又稟知冷氏。冷氏告知周通，周通見事在必行，吩咐廚下，收拾了幾桌酒席，將自己並何指揮素常相好的朋友，請了二十餘人。席間，將要娶齊貢生女兒與兒子作繼室，委曲道及，煩眾親友去何家一說，吐了一千兩口氣。眾親友素知何指揮是個重利忘義的人，大料著十有八九必成，誰不樂得與財主家效力？可笑二十餘人，內中連一個說半句不可的也沒有，各欣然奉命去了。

到了何家，正值何其仁賭敗回來。眾親友先從周通夫婦年已六十有餘，還未見孫兒，令愛出閣已二三年，從未生育，說到要娶齊貢生令愛，與周璉做繼室話。話未說完，何指揮跳的有二三尺高下，大怒發話道：「有周家要做這事的，便有眾位來說這事的。眾位俱都是養女之家，可有一位做過這樣不近情理的事沒有？小女前歲纔出閣，屈指僅二年，便加以從不生育四字，人家還有二三十年不生育的，這該問個甚麼罪過？況兒孫遲早有命，莫說周舍親六十歲未見孫兒，他便一百二十歲不見孫兒，也只合怨自家的命。眾親友今日若說與小婿娶妾，雖是少年妄為，也還少像人話。怎麼現放著小女，纔說起娶繼室的話來？此後不但娶繼室，只題娶妾一字，周舍親雖有錢有勢，他父子的命卻沒十個八個。」

說著，又連拍胸脯大喊道：「我何其仁雖窮，還頗有氣骨。憑著一腔熱血，對付了他父子罷。我是不受財主欺壓的人，他這財主，只可在眾位身上使用罷。」眾人見何其仁話雖激烈，也有說得極正大處，彼此顧盼，竟沒的回答，內中還有深悔來得不是的。此時何其仁挺著胸脯，將雙睛緊閉，斜靠著椅兒，比做了宰相還大。眾親友道：「話沒說頭，總是我們來的孟浪了。大家回去罷，休再討沒趣。」內中一個道：「我們既來了，話須說完，也好回覆人家。」向何其仁道：「我們還有一句不識進退的話兒，尊目又緊閉不開，未知容說不容說？」何其仁將手向天上一舉道：「只管吩咐。」那人道：「令親於我們臨行時，說：『何親家年來手素❷些，此事若蒙俯就，我願送銀八百兩，為日用小菜之費。』令親既有

❷ 手素：手中沒有錢。

這句話，我們理合說到。依不依，統聽尊裁❸。」

其仁聽見銀子二字，早將怒氣解了九分，還留著一分，爭講數目。急忙把眼睜開，假怒道：「舍親錯會意了。且莫說八百，便是一千六百，看我何其仁收他的不收？」嘴裡是這樣說，卻聲音柔弱下來。那人道：「送銀多少，令親主之。收銀不收，係尊駕❹主之。尊駕若一分不受，此話無庸再題，我們即刻回去。若因數目多寡之間，有用我們調停處，尚求明示。」何其仁將胸脯漸次屈下，說道：「小弟忝入仕宦，尚非以小女博銀錢的人。但舍親自念年紀衰老，注意早見孫兒，此亦有餘之家應有情理。既係骨肉至親，何妨以衷曲告弟？而必重勞眾親友道及，弟心實是不甘。」眾人道：「這是令親不是，我等來的也不是。今話已道破，不知尊駕還肯曲全我等薄面，體諒令親苦心否？」

其仁道：「舍親既以利動弟，弟又何必重名？得藉此事脫去窮皮也好。一則全眾位玉成美意，二則免舍親煩惱，只是八百之數，殊覺輕己輕人。」眾親友說道：「微儀一千何如？」何其仁伸了三個指頭，道：「非此數不敢從命。」眾親友道：「與者是令親，受者是尊駕。令親與其出上三千金，娶齊家一個，惹尊駕氣惱，就不如出三千金，買三個美色侍妾，名正言順了。難道尊駕真個不准令婿娶妾麼？就是令婿，他竟終身不敢娶妾麼？三千金之說，我等實不敢替令親慷此大概，就此告別罷。若令親願出此數，統聽令親面談。」說罷，一齊站起。

其仁換成滿面笑容，攔住道：「且請少坐片刻，弟還有一言未結。」又吩咐家中人看茶。其仁道：

❸ 尊裁：尊稱他人的裁奪，或稱卓裁。

❹ 尊駕：對他人的敬稱，本指帝王。晉書王鑒傳：「愚謂尊駕宜親幸江州。」

「君子周急不繼富❺，眾位何必以舍親之有餘，窨小弟之不足？此中高厚，還望眾位先生垂憐。」眾親友彼此相顧了一會，其中一人道：「八百之數，原是我們眾人和令親面爭出來的。後說一千，便是大家斗膽擔承。今尊駕以貧富有無立論，我們若不替周全，尊駕心上未免不罵我們趨炎附勢了。今再加二百，共作一千二百兩。此外雖一分一厘，亦不敢作主。」其仁故意作難了半晌，道：「罷，罷。就依眾位吩咐罷。」眾親友各舉手相謝，笑說道：「既承慨允，必須立一執照，方好回覆令親。」何其仁指著自己鼻頭道：「小弟不是不知骨竅的人，安有銀至一千餘兩，還著眾位空回？」於是取過紙筆，親寫道：

立憑據人原任指揮副使何其仁，因某年月日將親生女出嫁與候補郎中周親家長子璉為妻，今已三載，艱於生育。周親家欲娶本縣齊貢生女與婿璉為繼室，浼親友某等向其仁道達，仁念周親家年近衰老，婿璉病弱，安可因己女致令周門承祧❻乏人？已面同諸親友言明，許婿璉與齊氏完婚。齊氏過門後，與仁女即同姐妹，不得以先到後到分別大小。此係仁情願樂成，並無絲毫勉強。將來若有反悔，舉約到官。恐口無憑，立此存照。

下寫同事人某某等。眾親友看了，見寫的憑據甚是切實，各稱讚其仁是明白爽快漢子。又要請其仁的娘子出來，當面一決。其仁貪著銀子，連忙入去，好半晌，方見其仁的娘子王氏出來，向眾親友一福，眾人俱各還揖，將適纔話，並立憑據，細說了一番。王氏也沒的說，只說了個：「若娶了新的，欺壓我的

❺ 君子周急不繼富：君子對人有急難，應該幫助他，不會錦上添花去奉承富有的人。語出論語雍也。

❻ 承祧：承繼奉祀祖先的宗廟，今亦稱嗣子為承祧子。祧，音ㄊㄧㄠ，遠祖的廟。

女兒，我只和眾位說話。」說罷，那淚和斷線珍珠相似，從面上滾了下來。眾人道：「貴親家是最知禮的。就是令婿也非無良之輩，放心，放心。」王氏入去了。眾親友將憑據各填寫了花押名姓，袖了作別。其仁問銀子幾時過手❼，眾親友道：「準於明日早飯後，我等俱親送來。」其仁送出門外，大悅回房。

眾親友於路上，也有慨嘆的，也有笑罵的，紛紛議論。到周家門外，周通即忙迎接出來，讓到書房中，問了前後話，又看了憑據，笑了笑，隨留眾親友晚飯，同著兒子周璉叩謝。復面約眾親友次日早飯，與何指揮家送銀子。至次日，眾親友將去時，周通因王氏落淚，話到心上，甚是過不去，餘外又秤了一百兩，煩眾親友面交親家王氏，為些小衣飾之費。眾親友也有立刻譽揚的，也有心裡喜他厚道的。這話不表。

再說龐氏自蘇氏去後，這日午間，便尋到書房，與貢生大鬧一次。次日，一連鬧了三次，打了兩次，鬧的貢生心緒如焚。果不出他們所料，思想著別無躲避處，要到他妹丈家去幾天。主意拿定，連飯也不敢喫，怕龐氏再出來作對，急急的步出城，在城外僱了個牲口，向廣信府去了。

龐氏知他必去妹子家去，母女皆大喜，便差可大去周家送信。周璉喜極，也顧不得選上好吉期，看見本月十六日還沒甚麼破敗，即於此日下定。屈指只是兩天，恐怕齊家支應不來，先差四個家人過去，整備了六七桌酒席，留下定人喫飯。又替龐氏備了各項人等賞封，就著蘇氏暗中帶去，住在齊家幫忙。又著可大將何其仁憑據抄了，念與龐氏和蕙娘聽，母女歡喜不盡。到下定這日，抬了十二架茶食，四架定禮，俱擺設在齊家庭上。龐氏見黃的是金，白的是珠玉，輝彩燦爛的是紬緞衣服，樂的心花俱開，亂

❼ 過手：經手交付。

了多半天，方纔完事，蘇氏回家銷差。周璉只怕老貢生回來口舌，擇在本月二十一日就娶。先稟知他父母，然後於城裡城外，叫了五六十個裁縫，與蕙娘趕做四季衣服。此時蕙娘將一片深心，方纔落肚，晝夜準備著做新婦人。

龐氏將蕙娘素時衣服，並周璉送的衣服和釵環首飾等類，都和蕙娘要下，說到大財主家去用不著，與小兒子將來娶親用。又見蕙娘有赤金鐲二副，也著留下，蕙娘因周璉叮囑，不肯與他。這婆子惱一會，喜一會，虛說虛笑一會。蕙娘無奈，與他留了一副。又著可大向周璉要了四個皮箱，將下定的衣服首飾裝在裡面，算了他的賠粧，真是一根斷線也沒賠了閨女。普天下像龐氏的，實沒第二個，肯將定物算了粧奩，沒有全留下，還是周璉之幸也。

這婚嫁的信息，早傳的通縣皆知。到娶親日，不但本地紳衿士庶文武等官親來拜賀，還有鄰邦文武等官，差人送禮者亦極多。總是兩個字，為周通有錢。周通請了沈襄和教官葉體仁，替他酬應文武官。又請了和何其仁原說事的親友二十餘人，替他酬應往來賓客。在內院東邊另一處院落，收拾了喜房，擺設的花攢錦簇，無異貝闕瑤宮。將蕙娘娶來，送入洞房。

次日，同周璉拜天地、祖宗，次後拜見公姑。周通和冷氏看見蕙娘，各心裡說道：「怪不得兒子連性命不要，安心娶他，果然是十二分人物，婦人中全才。」冷氏差人叫何氏出來，與新婦會面。差人叫了兩三次，總不見來。冷氏向蕙娘道：「何氏媳婦，你該以姐姐待他。他既不來，你去到他那邊走走為是。」蕙娘聽了，著眾人導引，到何氏房中來。原來何氏從周璉未下定之前，就早已知道，氣的要死要活，在冷氏面前痛哭了幾次，著冷氏作主，冷氏通以好言安慰。後來聽得下了定，急的要回娘家去。又聽得他父親喫了好幾千兩銀子，反立了憑據，只氣的死而復生。昨日過門時，女客來了無數，他將門兒關閉，一個人也不見，直哭到天明。此刻因婆婆打發人來說話，無奈只得開門支應。

猛聽得門外眾婦人喧笑，卻待叫女子關門，早見家中的大小婦女，捧著一個如花似玉的新人入來。蘇氏向蕙娘道：「這床上坐的，便是頭前的大奶奶。」蕙娘朝著何氏，深深一福，見何氏坐著，絲毫不動，蕙娘便不拜了。卻待要回走，只見何氏放下面孔道：「你就是新娶來的麼？將來要識高知低，不可沒大沒小。你若說你和我一樣，你就是不知貴賤的人了，你去罷。」幾句話，說的蕙娘滿面通紅。自己又是個新婦，不好回言，抱恨在肚內。急轉身出來，仍到冷氏前站立。冷氏問道：「你兩個見了禮麼？」蘇氏便將何氏說的話，一一訴說。

冷氏聽了，登時變了面孔，向眾僕婦道：「怎他這樣不識人敬重？」又向蕙娘道：「倒是我打發你去的不是了，以後不必理他。」蕙娘見婆婆作主，心中方略寬爽些。回到自己房內，一見周璉，便落下淚來。慌的周璉急問，蕙娘又不肯說，還是蘇氏說了一遍。

周璉大怒，一陣風跑到何氏房門前，見門兒關閉，大喝著教開門，丫頭們誰敢不開？周璉闖入去，指著何氏罵道：「我把你個不識人敬重倒運鬼奴才，你方纔和你新奶奶，是怎麼樣的說話？你責備識高知低，沒大沒小，口中且要分別貴賤，我問你，你的貴在那裡？你但要值半文錢，你老子也不與我寫憑據了。我說與你個不識進退的奴才，你今後要在你新大奶奶前虛心下氣，我還著他把你當個上邊人看待。你若始終不識好歹，我只用再與你那賊老子一千兩銀子，立一張賣僕女的文約，到那時，他立著，你還沒站著的地方哩！」

何氏見周璉臉上的氣色，大是無情，一句兒也不敢言語，低了頭死挨。猛聽得冷氏在窗外說道：「外面許多男客，裡面許多女客，兩三班家叫上戲，此刻還不唱？素常沒教訓出個老婆來，偏要在今日做漢子，還不快出去！」周璉見他母親說，方氣恨恨的去了。何氏放聲大哭，便要尋死碰頭，虧得眾僕婦勸解方休。到晚間，周璉將罵何氏話細說，蕙娘纔喜歡了。正是：

懼內懦夫逃遁去，貪財惡婦結良姻。
今宵歡聚鴛鴦被，不做毛房茍且人。

第八十五回 老腐儒論文招眾怨 二侍女奪水起爭端

詞曰：

旨酒佳賓消永晝，腐鼠將人臭。簫管盡停音，亂道斯文，惹得同席咒。 茶房侍女交相詬，為水爭先後。兩婦不相平，彼此成仇寇。

右調醉花陰

話說周璉與蕙娘成了親事，男女各遂了心願，忙亂了四五天，方將喜事完畢。周璉吩咐眾家人，將齊家隔壁房兒租與人住，一應物件，俱令搬回。將沈襄仍請回原來舊書房住。眾家人越發明白這一丸藥的作用。龐氏見蕙娘已過門，量老貢生也沒甚麼法子反悔，又急著要請女兒和女婿，非貢生來不可。著大兒子可大，拿了何其仁的憑據稿兒，又教道了他許多話，向周璉家借了個馬和一步下人，相隨到廣信府城去請貢生。

可大到了城內，先暗中見了他姑丈張充，並他姑娘齊氏，將周家前後做親話，從頭至尾，細說了一遍，今奉母命來請他父親。齊氏與龐氏意見倒是不約而同，聽見周通家富足，便滿心喜歡，反誇獎龐氏做的極是。隨請貢生到裡邊，將可大來請，並和周家做親話，替可大說了一番。把一個貢生氣的面青唇白，自己將臉打了幾下，隨即軟癱在一邊。慌的張充夫婦百般開解，又將何其仁立的憑據稿兒，張充高聲朗誦，念與貢生聽。貢生聽了憑據上話，心上纔略寬了些。問可大做親舉動，可大將周通怎般煩親友向何指揮家說話，與了一千二百兩銀子，何指揮夫婦同寫了憑據；周家怎麼下定，家中怎般支應；到娶的那日怎般熱鬧，滿城大小文武官員並地方上，大家都去拜賀，到我們家拜喜的也有三四十人，俱是文會中秀才童生；和葉先生、溫先生，別人未來。又言：「周家叫了三班戲，唱了五日；我送親那日，也看了戲。如今母親要請妹子和妹丈，須得父親回家方好。」

可大說完，齊氏幫說道：「像這樣人家，我姪女兒做個媳婦，也不枉了在哥哥前投托一場，這是一萬年尋不出來的好機緣。只恨我沒生下有人才的女兒，若有，不但做正室，便與周家做個偏房，我也願意。哥哥即該速回，方對周親家好看。我隨後還要著你妹夫補送禮物，將來有藉仗他處哩。」張充也極口的譽揚，貢生的面孔方回轉過來。問可大道：「媒人是誰？」可大道：「沒媒人。」貢生瞑目搖頭道：「難乎免於今之世矣❶。」又問道：「學校中朋友議論若何？」可大道：「也沒人學我們，也沒人笑我們。」貢生恨道：「蠢才！你和你母親，竟是一個娘肚中養出來的。」自己又想著，事已成就，便在妹子家住到死後，骨殖也少不得要回家。隨即辭張充起身，張充夫婦又留住了一天。

次早，父子各騎腳力❷回來。貢生恐怕可大語言虛假，將到城門，著可大先去家中，只挨到昏夜時候，方入了城。他素有個知己朋友，叫做溫而厲，也是本城中一個老秀才，經年家以教學度日。其處已

---

❶ 難乎免於今之世矣：難免今世有禍患了。語出論語雍也。

❷ 騎腳力：騎牲口。腳力，指驢馬等物。

接物，和齊貢生一般。只有一件比貢生靈透些，還知道愛錢。一縣人都厭惡他，惟貢生與他至厚。他又有個外號，叫溫大全，一生將一部朱子大全苦讀。每逢院試，做出來的文章，和講書也差不多，雖考不上一等二等，卻也放不了他四等五等，皆因他明白題故也。貢生尋到他書房時，已是點燈時分。

一入門，見溫而厲正端坐閉目，與一個大些的學生講正心誠意。學生說道：「齊先生來了。」那溫而厲方纔睜開眼，一見貢生，笑道：「子來幾日矣？」貢生道：「纔來。」說罷，兩人各端端正正一揖，然後就坐。貢生道：「弟德涼薄，刑于化歉❸，致令牝雞司晨❹，將小女偷嫁於本城富戶周通之子周璉，先生知否？」溫而厲道：「吾聞其語矣，未見其人也❺。」貢生道：「我輩斯文中公論若何？」溫而厲道：「雖無媒妁之言，既係尊夫人主裁，亦算有父母之命，較踰牆相從❻者頗優。」貢生道：「此事大關名教，吾力縱不能肆周通於市朝❼，亦必與之偕亡❽。」溫而厲道：「暴虎馮河，死而無悔者，吾不與也❾。不觀齊景公之言乎？既不能令，又不受命，是絕物也❿。兄之家勢，遠不及齊，而欲與強吳相

❸ 刑于化歉：對妻子的教化不夠。語本毛詩大雅思齊：「刑于寡妻。」

❹ 牝雞司晨：喻婦人當權用事。金瓶梅第七十二回：「詩曰：大家閨閣要嚴防，牝雞司晨最不良。」

❺ 吾聞其語矣二句：論語季氏孔子曰：「隱居以求其志，行義以達其道。吾聞其語矣，未見其人也。」

❻ 踰牆相從：男女越過圍牆偷情。孟子滕文公下：「不待父母之命，媒妁之言，鑽穴隙相窺，踰牆相從，則父母國人皆賤之。」

❼ 吾力縱不能句：我的力量縱不能把周通殺掉，陳屍於市。語仿論語憲問：「夫子固有惑志於公伯寮，吾力猶能肆諸市朝。」

❽ 與之偕亡：跟他同歸於盡。尚書湯誓：「時日曷喪，予及汝皆亡。」皆，同偕。

埒，吾見其棄甲曳兵而走⑪也必矣。」貢生道：「然則奈何？」溫而厲道：「成事不說，遂事不諫⑫；若周通交以道，接以禮，斯受之而已。」貢生道：「謹謝教。」

於是別了溫而厲，回到家中。龐氏早在書房中等候，換成滿面笑容，將貢生推入內房，收拾出極好的飯食，與貢生接風。把蕙娘到周家好處，說的天花亂墜⑬，貢生總是一言不發。龐氏陪了不是，又拜了兩拜，貢生略笑了笑，旋即又將臉放下。龐氏著貢生定歸女兒女婿回門日期，貢生只是低著頭喫飯。喫罷飯，便到書房中去睡，龐氏復拉了入來。龐氏替他脫衣解帶，同入被中，摟抱著說笑，貢生仍是一言不發。龐氏回女婿情切，沒奈何，將貢生強姦起來，鬧了個上坐。纔將貢生奉承歡喜。兩人和好罷，龐氏復商議回門話。貢生道：「聘女兒由你，回女兒也由你。至於女婿，我不但不接回他來，我連面也不與那畜生相見。他以富欺貧，姦霸了我女兒，我不報仇，就夠他便宜了，難道還教他跟隨女兒上門無禮麼？」龐氏笑道：「你又來了。當日我父親回你們時，你也曾跟隨著我去，你那無禮，豈止一次？我父親報復的你是甚麼？只有更加一番恭敬待你。」貢生想了想，也笑了。

次日，龐氏一早又取過憲書來，著貢生擇日子，貢生定在下月初二日。龐氏也不著貢生破鈔，自己

⑨ 暴虎馮河三句：赤手空拳打虎、徒步涉水渡河，至死也不悔悟的人，我不和他在一道兒。語出論語述而。

⑩ 既不能令三句：既不能命令別人，又不能接受他人命令，這是自己和他人隔絕啊。語出孟子離婁上。

⑪ 棄甲曳兵而走：拋棄鎧甲、拖著兵甲逃走。語出孟子梁惠王上：「填然鼓之，兵刃既接，棄甲曳兵而走，或百步而後止，或五十步而後止，以五十步笑百步，則何如？」

⑫ 成事不說二句：已做之事不必再解說，已成之事不要再諫止。語出論語八佾。

⑬ 天花亂墜：比喻言詞之巧妙動聽。花，佛經本作華。心地觀經：「六欲諸天來供養，天華亂墜徧虛空。」

拿出銀子來，裱房屋，僱僕婦，買辦各色食物。到二十九日，即下帖到周家。至初二日，先是蕙娘早到，打扮的珠圍翠繞，粉粧玉琢，跟隨了四個家人媳婦，兩個女廝，拜見爹媽和哥嫂，敘說婆家相待情景。周璉見貢生回來，別無話說，心上甚喜。這日鮮衣肥馬，帶領多人到齊家門首，可大、可久接了入去。好半日，貢生方出來，與周璉相見，那顏色間就像先生見了徒弟一般，毫無一點笑容，周璉心上大不自在。隨後去見龐氏，龐氏滿口裡叫姑爺不絕，相待極其親熱。午間內外兩桌，外面是貢生和兩個兒子相陪。席間別的話不說，只是來回盤問周璉學問，又與周璉講了兩章孟子。從此早午都是貢生陪飯，講論文章，周璉心惡之至，只住了兩天，定要和蕙娘回去。龐氏那裡肯依？又勉強住了兩天，纔放他夫婦同回。臨行，老貢生將自己做的文字八十篇，送周璉做祕本。在貢生，看的是莫大人情，非女婿，外人想要一篇不能。在周璉，看的還不如個響屁。過了幾天，周通設戲酒，請貢生會親，又約了許多賓客相陪。貢生辭了兩次方來。剛纔坐下，便要會葉先生。周通將沈襄請來，貢生只看了兩摺戲，便著罷唱，與沈襄論起文來。腐儒的意思，要在眾賓客前，借沈襄賣弄自己也是大學問人，將沈襄讚不絕口。又將周璉叫到面前，說道：「葉先生學問比我還大，你須虛心請教，受益良多。」賓客們俱知他是個書獃子，不過心裡笑他，只是不得看戲，未免人人肚中要罵他幾句。

酒席完後，內外男女，打算著看晚戲。周通斟酒後，金鼓纔發，貢生又著罷唱，拚命的與沈襄論文。蕙娘在屏後急的要死，恐惹公婆厭惡，差人請了三四次，貢生口裡答應，只不動身，皆因他見眾人都看他，越發得意起來，論文不已，那裡還顧得蕙娘？沈襄知久拂眾意，請他到書房中細講，貢生志在賣弄才學，如何肯去？沈襄又不好避去，恐得罪下少東家婦。只講論得眾賓客皆散，天已二鼓，別了周通父子出來，到大門外，還和沈襄相訂改日論文，一路快活之至。將到自己門前，纔想起蕙娘請他說話，又復翻回到周家叫門。周家聽得是貢生，一個個盡推睡熟，貢生還敲打不已。虧得貢生家老漢，也還略知點世情，將貢生開解回去。次日，傳說的蕙娘知道，心上又氣又愧，告知周璉。周璉將管門人每個打了二十板，還趕去一人。此後周家沒一個不厭惡貢生。

再說蕙娘自到周家月餘，於冷氏前百般承順，獻小慇懃，放著許多丫鬟僕婦，他偏要遞茶送水。不隔三五天，便與公婆送針指，也有自己做的，也有周璉買的，奉承的冷氏喜愛不過，無日不在周通前說新婦賢孝。蕙娘偏又不迴避周通，見了就爹長爹短，稱呼的爛熟，周通也甚是歡喜。周璉已派了兩房家人媳婦，兩個女廝，早晚伺候。冷氏除與珠翠衣服等類外，又將自己兩個女廝也與了蕙娘。

何氏看在眼中，都是暗氣惱。又兼周璉自娶蕙娘後，通未到他房內一宿。也有在冷氏房中與蕙娘見面時候，兩個都不說話。每見蕙娘窺公婆意旨，便賣弄聰明，做在人先，形容的自己和塊木頭一樣。素常俱是和周璉同喫飯，如今是獨自一個喫，飲食也漸次菲薄。又兼家中這些大小男婦，沒一個不趨時附勢，將新大奶奶舉在頭上，片語一出，奔走不迭。自己要用點喫食，或買點物件，不是這個說沒有，就是那個推沒工夫。即或有人去買來，多是不堪用之物，且還立刻要錢。只這些，都是無窮氣憤。父母家要了錢，又不與做主，惟有日夜哭泣而已。也有人勸他勘破時勢，與蕙娘和好，藉蕙娘挽回丈夫，他聽了，更是氣上下不來，反將勸他的人數說不是，誰還管他？

一日，也是合當有事，周通家內共是兩處茶房，這日管內茶房的人告假回家，眾婦人只知用水，用盡了卻沒人添水。何氏要洗了手做針指，差小丫頭玉蘭來取水。玉蘭見兩把大壺放在竈臺前，都是空壺，咒罵了茶夫幾句，便從缸內盛水在壺內。少刻，水響起來，不意蕙娘因周璉去會文，要趁空兒洗腳，伺候他的一個大丫頭叫落紅，提了盆兒，也到茶房內取水。何氏家玉蘭將水頓的大響起來，落紅走至，提起壺便向盆內傾去、急的玉蘭抱住壺梁兒，大嚷道：「我家奶奶等的要洗手，我好容易頓了這半日，纔得滾了，你倒會圖現成麼？」落紅道：「我家奶奶也急的要洗腳，你讓我傾了，你再頓罷。」玉蘭道：「我為甚麼讓你？等我傾了，你再頓也不遲。」落紅道：「我與你分用了罷。」玉蘭道：「我為甚麼和你分用？」落紅道：「這水著你霸了不成？」說著，提壺便傾。玉蘭抱住壺梁兒死也不放，口裡亂罵起來。罵的落紅惱了，將壺向玉蘭懷內一推，道：「就讓你。」不意玉蘭同壺俱倒，那水便燙在玉蘭頭臉上，燒的大哭大叫。落紅連忙搊扶他，誰想何氏的大女廝舜華，也來催水，見玉蘭燒壞頭臉，卻待要問，落紅道：「他急著要傾水，不知怎麼將壺搬倒，連他也壓在地下，我在這裡扶他。」玉蘭兩手抱住面孔，大哭道：「你將我推倒，奪我的水，燒我的臉，還說是我搬倒的。」舜華聽了，一句不言語，將玉蘭斜拖入何氏房中去了。

何氏見衣服浸濕，頭臉上有些白泡，忙問道：「是怎麼來？」舜華將落紅奪水，推倒玉蘭，燒了頭臉話，怒恨恨的說了一遍。何氏聽罷，不由的新火舊恨，一齊發作，急急的走到茶房，指著落紅罵道：「你個不睜眼的奴才，你伺候了個淫婦，便狂的沒樣兒了！你仗著誰的勢頭，敢欺負我？」落紅道：「看麼，大奶奶家玉蘭自己將壺搬倒，燒了臉，與我甚麼相干，便這樣罵我？罵我罷了，怎麼連我家奶奶也罵起來？」何氏大怒道：「我便罵那淫婦，你敢怎麼？我且打打你，教你知道個上下。」撲來便將落紅揪住，用手在頭臉上亂拍。落紅用手一推，險將何氏推倒，口中唧唧噥噥幾句，說道：「尊重些兒，倒不惹人笑話罷！」何氏氣的亂抖，撲向前，又要打。早來了許多僕女，將何氏勸解開。

落紅趁空兒跑去，一五一十，哭訴蕙娘，又添了罵蕙娘的幾句話。蕙娘也動起大氣惱來，一直到茶房院裡，何氏將要回去，見蕙娘跟著五六個婦女，在後面走來，不由的冷笑道：「狐子去了，叫著老虎來了。我正要尋你哩！」蕙娘道：「你的丫頭搬倒壺，燒了臉，與我的丫頭何干？你打了我的丫頭也罷了，你平白罵我怎的？」何氏道：「你家主兒奴才，也休將勢利使盡了。我當日也曾打有勢利時走過，怎麼著女廝拿滾水燒人？你著他拿刀殺人，不更快些？」蕙娘道：「大嫂，你從今後，要安分些兒。漢子和你無緣，你何必苦苦尋趁我？難道把我變成個漢子，從新愛你不成？」何氏大怒道：「你叫我大嫂，我便叫你小婦。」蕙娘道：「你便說我是個小婦，我卻是鳴鑼打鼓、闔城文武官送禮拜賀娶來的。你先時到，也是個大婦，被你老子寫文約，立憑據，只一千二百兩銀子，就賣成個真小婦了。你若少有人氣，就該自盡，敢和我較論大小？」

何氏又羞又氣，罵道：「賊淫婦，你不是被人先姦後娶的麼？你問問這一家大小，那個不知道？」蕙娘道：「先姦後娶，我也不迴避，但我還是教自己漢子姦的，不像你個賊淫婦。」何氏道：「不像我甚麼？我今日就和你要人。」蕙娘道：「你有你那娘老子賣了你，就夠你一生消受了，還問我要人？」何氏道：「你也有人愛你，我今日斷送了你罷，與你個眾人愛不成。」說著，便向蕙娘撲來。早被眾婦人一二十隻手攔住。何氏大喊道：「你們眾人打我麼？把你們這一群倚虎喫食沒良心的奴才！」正嚷亂間，冷氏從後院跑來，罵道：「你兩個也有一個有婦道的？通將廉恥不顧，也不怕家人們笑話。我周門清白傳家，肯教你兩個壞我的門風？我只用一紙休書，打發的你兩個離門離戶，還不快回房中去麼？」

兩人見婆婆變了面色，方各含怒回房。

少刻，蕙娘便到冷氏房中，叩頭陪罪。訴說何氏先罵先打，自己不得不和他辨論。冷氏道：「辨論甚麼？你若不出來，也沒這番吵鬧了。對著那大小家人，成個甚麼樣子？將來傳播出去，連我也教人家說笑壞了。」蕙娘道：「我們原和禽獸一樣，萬般都出在年輕。媽寬過這一次，下次他罵死，我也再不敢較論了。」說著，又跪了下去。冷氏不由的就笑了。一邊拉起，說道：「我兒，你憑公道說，我待你比何氏媳婦何如？」蕙娘道：「承媽媽恩典，待我比他實強數倍。」冷氏道：「卻又來！我既待你好，你女婿又待你好，那何氏媳婦，如今還有誰理論他？我一個做父母的，不該管你們宿歇事。但自你過門後，四十餘天，你女婿從未入他的房門，人非木石，你教他心上如何過得去？論起來，你該調停這事，纔是明白忠恕兩字的人。」

蕙娘道：「媽教訓的極是。我也勸過女婿幾次，他總不肯聽。」冷氏道：「你女婿今日會文去了，他回來若知道，又必與何氏媳婦作對。我總交在你身上，你女婿若有片言，你就見不得我了。」蕙娘道：「只怕外邊有人告訴他，卻不管我事。」冷氏道：「這是開後門的話了。你們少年人，不識輕重，我只怕激出意外事來。」蕙娘滿口應承。晚間周璉回來，等他安歇了，方說及與何氏嚷鬧，又述冷氏叮囑的話，方將這事大家丟開。正是：

腐儒腹內無餘務，只重斯文講典故。
二婦兩心同一路，借名爭水實爭醋。

第八十六回　趙瞎子騙錢愚何氏　齊蕙娘杯酒殺同人

詞曰：

春光不復到寒枝，落花欲何依？安排杯酒倩盲兒，此婦好痴迷。　金風起，桐葉墜，鳴蟬先知。片言入耳殺前妻，傷哉後悔遲。

右調醉桃園

且說何氏與蕙娘嚷後，過了兩天，不見周璉動靜，方纔把心落在肚內。這日午後，獨自坐在房中納悶，只聽得窗外步履有聲，大丫頭舜華道：「趙師傅來了。」但見：

滿面黑疤，玻璃眼滾上滾下；一唇黃齒，蓬蒿鬚倏短倏長。足將進而且停，寄觀察於兩耳；言未發而先笑，傳譎詐於雙眉。憂喜無常，每見詞色屢易；歌吟不已，旋聞吁嗟隨來。算命也論五行，任他生剋失度；起課亦數單拆，何嫌正變不分。弦子抱懷中，定要摸索長短方下指；琵琶存手內，必須敲打厚薄始成彈。張姓女，好人才，能使李姓郎君添妄想；趙家夫，多過犯，管教王家婦婢作奇談。富戶俗兒，欣藉若輩書詞開識見；財門少女，樂聽伊等曲子害相思。既明損多益少，宜知今是昨非。如肯斷絕往來，速捨有餘之鈔。若必容留出入，須防無妄之龜。

何氏見趙瞎入來，笑說道：「我們這沒時運的房屋，今日是甚麼風兒，刮你來光降？」趙瞎將玻璃眼一瞪，笑說道：「這位大奶奶忒多心，就是那位新奶奶房中，我也不常去。」舜華與他放了椅兒，趙瞎摸索著坐下。何氏道：「怎麼連日不見你？」趙瞎蹙著眉頭道：「上月初六日，把我第二個女兒嫁出去，就嫁了我個家產盡絕。本月又是大女兒公公六十整壽，偏這些時沒錢，偏又有這些禮性，咳！活愁殺人。」說罷，又把嘴一裂笑了。

何氏道：「你知道麼？我日前和那邊賊淫婦大鬧了一場，把我一個小丫頭，被淫婦的落紅萬死奴才，一壺滾水，幾乎燒殺。被我把他主僕，罵了個狗血噴頭。我只說九尾狐❶教漢子殺了我，不想也就罷了。」舜華道：「那日若不是我搶他回來，那半壺滾水，不消說，也全澆在他臉上了，是最狠不過的人。」何氏道：「你領他著趙瞎摸摸看，燒的還像個人樣？」舜華便將玉蘭拉在趙瞎懷前，趙瞎摸了摸道：「可惜我前日沒來，教這娃子多疼了兩天。」說著，便蹙眉瞪眼，口中嚼念起來，在小丫頭臉上吹唾了兩口，又用手一拍道：「好了。」

何氏道：「你們也不與趙瞎茶喫？」趙瞎道：「茶倒不喫。」卻待說，又笑了笑。何氏道：「你要喫甚麼？」趙瞎道：「有酒給點喫喫纔好。」何氏笑道：「你不為喫酒，還不肯來哩！」向舜華道：「你把那木瓜酒與他灌上一壺。」趙瞎道：「大奶奶賞酒喫，倒是白燒酒最好。那木瓜酒，少喫不濟事，多

❶ 九尾狐：宋真宗時，陳彭年性奸諂，人稱之為九尾狐，轉喻奸佞之人，在此乃指齊蕙娘。

喫誤工夫。」何氏道：「我這邊沒燒酒。」舜華道：「我出去著買辦打半斤來罷。」趙瞎道：「還是這位舜姑娘體貼人情。」何氏道：「好話兒，他是體貼人情的，我自然是不體貼人情的了。」趙瞎忙分辨道：「好大奶奶，不得大奶奶吐了話，這舜姑娘一萬年也不肯發慈悲。」何氏道：「你今日到太太房中去來沒有？」趙瞎道：「去來。」何氏道：「可向你說我和那淫婦的話沒有？」趙瞎道：「我去時，太太忙的很，與宅內眾位大嫂姑娘們，分散秋季的布疋。我就到奶奶這邊來。」

正言間，舜華已到，笑說道：「趙師傅的好口福，我已經與你頓暖在此。」趙瞎滿面笑容道：「好，好。我日前看你的八字不錯，管情將來要做個財主娘子哩。」何氏道：「又說起看八字，你看我八字內，到幾時纔交好運？」趙瞎道：「今年正月間，我與大奶奶曾看過，自昨年十二月二十一日仇星入度，住一百九十六天方退。」何氏道：「如今這淫婦，就是我的仇星。你這話是說在正月未娶他以前，果然應驗了。」趙瞎低笑道：「那一次算命不應驗來？」舜華與他地下放了一張小桌，又放下一個小板凳，領他坐了，把酒壺酒杯都交在他手內，說道：「還有兩碟菜，一碟是鹹鴨蛋，一碟是火腿肉，你受享罷。」趙瞎道：「好，好。」連忙將酒先吸了兩杯入肚，尋取菜喫。

何氏道：「你們看他喫上酒，就顧不得了。」趙瞎道：「大奶奶是甲午年、己巳月、壬子日、癸卯時。六歲行運，初運戊辰。交過戊辰，就入卯運。上五年入丁字，丁與壬合，頗覺通順。今年入卯字運，子卯相刑，主六親不睦。又沖動日干，不但有些瑣碎，且恐於大奶奶身上有些不利。」何氏道：「是怎麼個不利？」趙瞎道：「不過比肩不和，小人作祟罷了。又兼白虎入度。」何氏道：「不怕死麼？」趙瞎道：「你老人家只打過今年七八月間，將來福壽大著哩。到七十六歲上，我就不敢許了。」何氏道：

「你看我運氣還得幾年纔好？」趙瞎掄著指頭掐算道：「要好須得交了丙寅。丙寅屬火，大奶奶本命又是火，這兩重火透出，正是水火既濟❷，只用等候四五年，便是吐氣揚眉的時候了。」

何氏道：「看目下這光景，便四五個月也令人挨不過。」又道：「你看我幾時生兒子？」趙瞎又將指頭掄了一會，笑說道：「大奶奶恭喜，生子年頭，卻在交運這年。這年是丙寅運，流年又是甲辰，女取干生為子，這年必定見喜。」何氏道：「你看在那一月？」趙瞎道：「定在這年八月。八月係金水相旺之時，土能生金，金又能生水，水能生木，從這年大奶奶生起，至少生一手相公。」何氏道：「怎麼個一手？」趙瞎道：「一手是五個。」何氏道：「我也不敢妄想五個，只兩個也就有倚靠了。」趙瞎道：「從今年二十一歲，至二十六歲，這幾年大奶奶要事事存心忍耐，諸處讓人一步為妥。」何氏道：「嫁雞隨雞，嫁狗隨狗。女人一生，不過倚仗著個漢子。你也是多年門下，不怕你笑話，我把個漢子已經全讓與那淫婦，你教我還怎樣讓人？」

趙瞎一邊喫酒，一邊又笑說道：「我不怕得罪大奶奶，我卻是一片為大奶奶的心腸。自古道，牆有縫，壁有耳。像大奶奶這樣張口淫婦長短，這便是得罪人處。」何氏道：「我得罪了那淫婦，便怎麼？」少刻，又笑道：「你也勸的我是，我今後也不了。我還有句話問你，我常聽得人說，夫妻反目。何為夫妻反目？」趙瞎道：「夫妻不和，就是個反目。」何氏道：「可有法兒治過這反目來不能？」趙瞎道：「怎麼不能？只用大奶奶多破費幾個錢。」何氏道：「多費錢就可以治得麼？」趙瞎道：「這錢不是我

❷ 水火既濟：既濟，易六十四卦之一，☲離下坎上，坎為水，離為火，卦象為水在火上，水火相交為用，事無不濟，即無不安定也。

要，裡面要買辦許多法物，錢少了如何辦得？」何氏道：「你怎麼個辦法？」趙瞎道：「自有妙用，管保夫妻和美。大奶奶若信這話，到臨期便知我姓趙的果有回天手段。若不信，我也不相強。」

何氏道：「你要多少？」趙瞎道：「如今不和大奶奶多要，且與我十兩白銀，等應驗了，我只要五十兩。你老是舊主人家，又且待我好，若是別家，這個功勞最大，三個五十兩我還未肯依他。」何氏道：「若果然能治得夫妻從新和好，我與你兩個元寶。假如不靈驗，該怎麼？」趙瞎道：「我先拿十兩去，若不靈驗，一倍罰我十倍。舜姑娘就做證見，做保人。量這十兩銀子，也富不了我一世。我若沒這本領，也不敢在主顧家說這般大話。大奶奶再細訪，我趙瞎子也不是說大話的人。」何氏道：「既如此，我的事就全藉重你了。」趙瞎也顧不得喫酒，側著耳朵兒聽動靜。何氏道：「你只顧說話，倒只怕酒也冷了。」趙瞎道：「不冷，不冷。」又道：「大奶奶既托我做事，這兩位大小姑娘，還得吩咐他們謹言，我瞎小廝當不得走露了風聲。」何氏道：「你休多心，他兩個和我的閨女一樣。」又道：「銀子幾時用？」趙瞎道：「要做此刻就拿來。」何氏忙教舜華開了銀箱高高的秤了十兩白銀著舜華包了遞在趙瞎手內。

趙瞎接了銀子，頃刻神色變異，喜歡的兩隻玻璃眼上下亂動，嘴邊的鬍子都直炸起來，向何氏道：「我就去了。三日後，我絕早來，大奶奶到那日起早些。」說畢，提了明杖，出了何氏門，便大一步小一步不顧深淺的去了。到第三日，內外門戶纔開，這趙瞎便到何氏窗外問道：「大奶奶起來了沒有？」何氏也懸記著此日，卻不意他來的甚早，連忙叫起舜華開門，將趙瞎放入來。趙瞎問道：「都是誰在屋內？」何氏道：「沒外人，只我的兩個丫頭，事體可辦了麼？」趙瞎道：「辦了。」於是神頭鬼臉的從懷中掏出個小木人兒來，約有七八寸長，著舜華遞與何氏。舜華道：「這是小娃子頑耍的東西，你拿來何用？」趙瞎冷笑道：「你那裡曉得？」

何氏接在手內細看，見那木人兒五官四體俱備，背上寫一行紅字，眼上罩著一塊青紗，胸前貼著一張膏藥。何氏急忙將木人兒放在被內，問道：「這是怎麼個作用？」趙瞎悄語低聲道：「這木人兒便是大爺。身上紅字是用硃筆寫大爺的生年月日，眼上罩青紗一塊，著大爺目光不明，看不出誰醜誰俊。胸前貼膏藥一張，著大爺心內糊塗，便可棄新想舊。大奶奶於沒人的時候，將木人兒塞入枕頭內，用針線縫了，每晚枕在自己頭下，到臨睡時，叫大爺名諱三聲，說：『周璉，你還不來麼？』如此只用十天，定有應驗。若還不應」，說著，又從袖內取出膏藥二張，遞與舜華道：「可將枕頭再行拆開，將木人心上又加一張膏藥，看來也不用貼第三張，管保大爺早晚不離這間房了。此事關係的了不得，那枕頭要好生緊手，寧可白天鎖在櫃內，到睡時取出為妥。一月後，我還要和大奶奶要那一百銀子哩！從今後，不但夫妻和美，連不好的運氣都治過來了。此刻天色甚早，我也不敢久停，我去罷。」說罷，提了竹杖，和鬼一般的去了。何氏依他指教，如法作用，這話不表。

再說蘇氏自與周璉作成了蕙娘親事，周璉賞了他一百兩銀子，五十千錢，又與他丈夫周之發派管莊田二處，並討各鄉鎮房錢，一年不下六七百兩落頭。夫妻兩個，也無可報答主人，只有一心一意奉承蕙娘，討周璉歡喜。別的僕婦，只知錦上添花，在蕙娘跟前下工夫。惟蘇氏他卻熱鬧處、冷淡處，都有打照。間常到何氏前送點喫食東西，或些小應用物件，不疼不癢的話，也偷說蕙娘兩句。何氏本是婦人，有何高見？況在否運時候，只有人打照他，他便心上感激。起初也防備蘇氏，知他是蕙娘媒人，到後來，只一兩個月，被他甜言暖語，便認他做好人。蘇氏又將大丫頭舜華認做乾女兒，不時與些物事，又常叫去喫點東西，連小丫頭玉蘭也沾點油水。因此，何氏放個屁，蘇氏俱知。蘇氏知道，蕙娘就知道了。然每日傳遞，不過是婦人舌頭，蕙娘聽了，或罵何氏幾句，或付之不言，所以無事體出來。

這日，趙瞎絕早起來，眾家人僕婦多未起，即有看見問他的，都被他支吾過去。卻不防蘇氏的男人周之發，因蕙娘與何氏不睦，他夫妻也便與何氏作仇敵，藉此取寵。這日，周之發在本縣城隍廟獻戲還願，正是第二天上供吉期，領了他十來歲兩個兒子，各穿戴了新衣去參神。也是冤家路窄，便與趙瞎在二門前相遇。他是周家家人內第一個細心人，比大定兒還勝幾倍。一見時他便大動疑心，悄悄的跟他到內院，著兩個兒子在二門前等候，早見趙瞎入何氏房中去了。他便急急回房，告知蘇氏，然後纔領上兒子出門。蘇氏穿衣到內院，見趙瞎走來，便迎著問道：「趙師傅早來做甚麼？」趙瞎道：「我有一塊手布子，昨日丟在太太屋內，不想上邊還未開門，轉刻我再來罷。」說著，出去了。

蘇氏從這日費了半天水磨工夫，從大丫頭舜華口內套弄出來，心中大喜，看的這件功勞比天還大。只隔了兩天，於無人處，子午卯酉告知蕙娘。蕙娘聽了，咬著牙關冷笑道：「這潑婦天天罵人，不想也有頭朝下的日子。」又恐怕不真，再三盤問蘇氏。蘇氏道：「這是關天關地的勾當，我敢戲弄奶奶？將來若不真實，只和我說話。」蕙娘便不再問了。周璉和沈襄講論文章，至起更時，到蕙娘房內，兩人說笑頑耍。蕙娘道：「你喫酒不喫？」周璉笑道：「我陪你罷了。」隨吩咐丫頭收拾酒。少刻，南北珍品，擺滿一桌，丫頭們迴避在外房，兩人並肩疊股而飲。

蕙娘見周璉喫了數杯後，方說道：「你這幾天身上心上不覺怎麼？」周璉道：「我不覺怎麼。你為何問這樣話？」蕙娘道：「我有一節事，若不和你說，終身倚靠著是誰？況又關係著你的性命，說了，又怕驚嚇著你。因此纔和你喫幾杯酒，壯壯你的膽氣。」周璉大驚道：「此非戲言，必有原故，你快說。」蕙娘將某日趙瞎天將明即來內院，被周之發看見，入何家房內，好大半晌纔出來。周璉道：「快說，是幾時有姦的？」蕙娘笑道：「周之發不過看見趙瞎入去，有姦無姦，他那裡知道？你聽我說，還有嚇殺人的典故哩！罷了，這也是上天可憐你，今日有我知道，周門不至斷絕後人。」又將蘇氏如何套弄舜華，纔得了惡婦賊瞎謀害你的首尾，將木頭人兒寫了你的八字，罩眼紗，貼膏藥，鎮壓著教你雙目俱瞎，心氣不通，一月內身死。他們還有一番作用，可惜蘇氏沒打聽出來。

周璉一邊聽，一邊寒戰起來，只嚇的面青唇白。蕙娘見周璉害怕，眼中即撲簌簌落下淚來，拉住周璉的手兒，道：「這都是因我這壞貨，教人家暗害你的性命。倒不如害了我，留著你，還可再娶再養，接續兩位老人家的香火。」周璉呆睜著兩眼，一句話也說不出。蕙娘又道：「我聽得說他已將木人兒縫在枕頭內，每晚到睡時，還要題著你的名諱，叫你的魂魄。」說罷，兩淚紛紛，著周璉速想逃生道路。周璉總不回答，反用大杯狠命的喫酒，一連喫了七八大杯，即喝叫女廝們點燈籠，從床上跳下地就走。蕙娘忙將周璉拉住，問道：「你此時要怎麼？你和我說。」周璉道：「我此時到賊婦房內，看個真假。」蕙娘道：「你可是個做事體的人，他每晚到睡時，纔將枕頭取出，此時不過一更多天，他還未睡，設你搜撿不出，豈不被他恥笑？且遺恨於我。」

周璉道：「你真是把我當木人子相待？這是何等事，我還怕他恥笑？不但枕頭，便是他的月水布子❸，我還要看到哩！」蕙娘道：「遲早總是要去，何爭這一刻？我勸你到三鼓時去罷。」周璉被蕙娘阻留，

❸ 月水布子：即今之月經帶、月經布。

只得忍耐，也沒心情說話，惟放量的喫酒。蕙娘又怕他醉了，查不出真偽，立主著教女廝們將酒收去。周璉便倒在枕頭上假睡，等候時刻，眾丫頭也聽不明白是為何事，只得支應著。到二更以後，周璉著兩個丫頭打燈籠，到何氏這邊來。走到門前，見門兒緊閉，燈尚未息。兩個丫頭道：「大爺來了。」何氏聽得說大爺來了，心上又驚又喜。驚的是心有短弊，喜的是趙瞎作用靈驗。一邊自起，一邊叫舜華開門。舜華穿了衣服，將門兒開放。

周璉帶醉入來，變做滿面笑容，向何氏道：「你好自在，此刻就睡了。」何氏許久不見丈夫，今晚笑面入來，越發信服趙瞎之至，也急忙陪著笑臉道：「誰料你此時肯來？」如飛的要下床相迎。周璉用手推住道：「我也就睡，你起來怎麼？」又吩咐送來的兩個丫頭道：「你們回去罷。」兩個丫頭去了。舜華替周璉拉去鞋襪，閉了門，和小女廝去套房安歇。周璉脫去衣服，睡在何氏被內，將枕頭往中間一拉，枕了便睡。何氏連忙將衣服脫盡同宿。見周璉面朝上睡著，好一會不動作，也不說話。忍不住自己招攬道：「你好狠心，我不過容貌不如新人，你便怎麼待我涼薄？我心上實沒一刻放得下你。你就不念今日，也該念念昔日。我有過犯，你不妨打我罵我，使我個知道。怎麼兩三個月不來，來了又是這樣？」說著，便紛紛淚落。周璉道：「我今日有了酒，你讓我略睡一睡，遲早饒不過你。」何氏見如此說，也就不敢再說了。

周璉睡了片刻，一蹶劣扒起，在枕頭上用手亂捻。何氏大驚，也忙忙坐起，問道：「你，你捻甚麼？」周璉道：「好怪異呀！我適纔睡著，夢見個小人兒在枕頭內，和我說道：『我就是你，你就是我。你還不快救我出去？』」何氏聽了，心膽俱碎，猶強行解說道：「一個夢裡的話，也值得如此驚懼。」說著，反笑了笑。周璉道：「此夢與別夢大不相同，我倒要看看這枕頭。」隨將枕頭提起，放在膝上，用手來回細揣。何氏嚇的渾身寒戰，面若死灰。周璉揣摸了一會，不見有東西在內。心中疑想，口內作念道：「難道是假的麼？」何氏見周璉沈吟，心膽又放開些，復強笑道：「一個好端端的枕頭，平白裡有甚麼？」

周璉猛想起，衣服上帶有佩刀，隨手拔出，將枕頭一刀刺入，用力一劃。何氏此時魂飛千里，只覺得耳內響了一聲，遍體皆酥，就迷迷糊糊起來。周璉將手入在裡面，先拉出些碎棉絮來，次後又拉出一捲棉絮，將棉絮打開，早見一木人兒在內。急向燈前一看，果有眼紗、膏藥。再看背面，硃筆寫著「縣學生員周璉，年二十一歲，四月初四日寅時生」。周璉扭回頭來，用手拍著木人子，向何氏冷笑道：「這還了得！」搊了褲子，登入兩腿，也顧不得穿衣服，赤著腳，拿上木人，開了房門，便吆喝到後院去了。周通夫婦安歇已久，聽得是周璉叫喊，心下大驚。又聽得早到窗前，喘吁吁道：「爹媽快開門！」周通夫婦嚇的沒作理會，口中只說了個「是怎麼」，丫頭們將門開放，周璉赤著身子入來，周通夫婦一邊穿衣，一邊又問道：「你是怎麼？」

周璉將木人兒遞與周通，說道：「看看，這是賊婦何氏做的事！」周通在燈下看罷，神色俱失。冷氏急問道：「這木人兒是那裡來的？」周璉將前前後後，訴說了一遍。周通搖頭道：「這個媳婦兒，真了不得了！」後邊嚷鬧，早驚動了闔家男婦，都來探聽。蕙娘自周璉去何氏房內，即著丫頭們竊聽動靜，早已知道何氏事破，此刻也來公婆房內。丫頭們將周璉衣服鞋襪，又從蕙娘那邊取了來穿了。周璉拿著木人子，走到院中，著眾家人同看，大嚷道：「你們也見過老婆鎮壓漢子用這般物件麼？」又向眾人道：「著幾個丫頭去將何氏那兩個賊女廝拿來，我審問他。」眾家人那一個不是炎涼的？今日又見何氏做出事來，早跑去五六個，闖入何氏房內，將兩個丫頭橫拖倒拽，拿到後院去了。

何氏這半晌，坐在床上，和木雕泥塑的一般，心神散亂之至。今見將兩個丫頭拿去，不知怎麼凌逼，想了想，此後還有甚麼臉面見家中大小男女？素常最好哭，此時卻一點眼淚不落，將那刀割破的枕頭拉過來，用力往地下一擲，口裡說道：「趙瞎子，你害殺我了！」急急的穿了隨身小衣，將一條腿帶兒挽在窗槅上面，朝著門外點了兩下頭兒，便自縊身死。

眾家人將兩個丫頭丟在後院，此時周通夫婦同蕙娘俱在院中。周璉向大丫頭舜華道：「你快實說，趙瞎子和你家賊主兒是怎麼相商的鎮壓我？」兩個丫頭早嚇的軟癱在一邊，那裡還說得出半句話來？周璉見不說，跑去將舜華踢了兩腳，踢的越發說不出來了。冷氏道：「你不必踢他，他是害怕了，可慢慢的著他說。」蘇氏將舜華扶起，說道：「我的兒，你不必害怕，這是主人做的事，與你何干？你只要句句從頭至尾實說，就完了你的事。你若怕他將來打你，你想他如今做出這樣事來，難道還著你伺候他麼？」舜華聽了，忍著腿痛，從趙瞎喫酒算命起，並何氏來回問答的話，一直說到將木人兒裝在枕頭內，今日被大爺識破，一邊哭，一邊倒也說的甚是明白詳細。

冷氏聽罷，說道：「這就是了。我說何氏媳婦素常不是這樣個毒短人，這是受了趙瞎子的愚弄了。總之，少年婦人沒有甚麼遠見，恨不得丈夫一刻回心轉意，便聽信這萬剮的奴才。」又向周璉道：「你做事忒的孟浪，像這些話傳到你耳內，你也等和我說聲，怎麼天翻地覆到這步田地？他一個做婦女的，如何經當得起？我還得安頓他去。這孩子心上苦了。」又向周璉道：「像你何氏媳婦，總是一片深心為你，你該諸處體諒他，可憐他纔是。你若惱他，便是普天下第一個沒人心的豬狗了。」周璉道：「到底不是正氣女人，那有個把丈夫的名諱八字著瞎子作弄的？」周通大怒道：「你還敢不受教麼？你若設身處地是個何氏媳婦，著他也如此待你，你心上如何？」

冷氏率領眾僕婦到何氏房中來，一入門，早看見何氏高掛在窗槅上，只嚇得心驚膽裂。眾僕婦叫喊不已，周通、周璉俱跑來看視，周通連連頓足，向周璉道：「狗子，你真是造孽無窮！」家人們解救下來，通身冰冷，不知甚麼時候就停當了。冷氏大哭，周璉見何氏慘死，也是二年多恩愛夫妻，只不住撲到跟前，撫屍大痛。何氏兩個女廝，見主人吊死，悲切更甚。眾婦女俱幫哭。蕙娘見何氏已死，深悔和周璉說的語言太重，也只得隨眾一哭。少刻，周通著人將周璉叫去，父子商酌去了。正是：

休將瞽者等閒窺，賊盜姦淫無不為。
試看今宵何氏死，教人拍案恨盲兒。

第八十七回　何其仁喪心賣死女　齊蕙娘避鬼失周璉

詞曰：

愧憤不了，痴魂懊惱，繡戶生寒，人歸荒草。死骨能換金銀，何其仁！　大風甫過郎何處，天又暮，急訪休遲誤。此際此恨此情，假託行雲問君平。

右調怨王孫

話說周通見何氏已死，將周璉叫至外面書房，說道：「棺木我已吩咐人備辦，可著人將西廳收拾出來停靈。何親家夫婦，明日一早達他知道。可先將親友們請幾位，防他囉唕。此事若到官，現有木人兒和趙瞎子可證，是他羞憤自縊，倒不怕他。只是當官揀驗，你我臉上都下不來，沒的說，還得幾百銀子完事。只是這瞎小子，我恨他不過，務必將他送到本縣捕廳處，嚴加重處，追出原銀，方出我氣。」又道：「何親家為人，沒甚麼定憑，須防他藉端抄搶。可說與你齊家媳婦，將他房內要緊物件，連夜收存。」說著，又嘆氣道：「好端端一家人家，被你不守本分弄壞了。那木人兒不可遺失，明早有用他處。」言訖，雙眉緊蹙，回後院去。

周璉吩咐家人，分頭辦理。又到內邊和蕙娘說了，著他率領僕婦，收拾何氏東西，蕙娘滿口承應。

先打開何氏衣箱，揀了兩套上色衣服，著婦女們與何氏穿套上。又尋了兩床新被褥，本夜將何氏停放西廳。

次早，眾親友來了，周通將夜來事告知，並將木人兒著眾親友公看，煩候何親家來，大家作合，送他幾兩銀子完事，免得報官相驗，兩家出醜。眾親友道：「這事不過遇著尊府盛德人家，纔肯下這氣。若是我們，現放著趙瞎子是活口，這蠱毒壓魅四字，只用一夾棍，便可成招。若說為夫妻不和，纔有此舉動，世間那有這樣個和法？那時不但銀子，只准亡過的令兒媳入尊府塋地，就是大情分了。」周通道：「我只願多一事不如少一事好，等何親家來時，再做理會。」

正說著，家人報道：「親家何老爺和太太都來了。」周通著人通知冷氏，一面迎接入來。何其仁娘子入內院去。其仁同眾親友坐在庭上，他倒也毫無戚容。問周通道：「小女是昨夜甚麼時候去的？」周通將何氏聽趙瞎教唆，用木人鎮壓周璉話，詳細說了一遍。其仁道：「既是鎮壓，事關暗昧，令郎怎麼知道？」周通又將大丫頭舜華如何洩言，告知周之發女人蘇氏，蘇氏告知小兒，隨著家人將木人拿出，著其仁看。其仁有意無意的掃了一眼，笑了笑，此後即閉目不言。家人們拿上茶來，其仁也不喫，只是將雙睛緊閉。

好半晌，王氏哭的眉膀眼腫出來，尋其仁說話。眾親友俱各站起，其仁問王氏道：「你看了麼？」王氏道：「看過了。卻不在女兒房內，已停放在西廳。」其仁冷笑道：「怎麼又早移動了？可有傷沒有？」王氏道：「我將衣服內外開看，倒沒傷。」其仁道：「是縊死的麼？」王氏道：「是。」其仁道：「八字交了沒有？」王氏道：「兩耳順行，八字未交。」其仁道：「你先回去罷。」周通道：「親家還未用過飯。」其仁道：「討擾尊府的日子還有哩。」王氏定要回去，周通也不好強留，王氏坐轎子哭回去了。其仁道：「我還要到小女靈前走走。」周通陪了入去，哭了幾聲，隨即出來，向周通道：「小弟一生，只有此女，不意慘亡，言之痛心。但是我與親家是何等契好，諸事任憑親家主裁，教我怎麼樣，我便怎麼樣。親家是何等明決人，也不用我饒舌，我去了罷。」周通定要留喫早飯，其仁道：「小弟心緒如焚，改日領情罷。」周通留不住，送出大門，也坐轎去了。

周通回來，陪眾親友喫早飯。眾親友道：「我們預備下許多話和他爭辨，誰想一句也用不著。」內中一個道：「這何親家真是難夫難婦，適纔他夫人一個做堂客的，他怎麼曉得『兩耳順行，八字未交』的話說？我不怕得罪周老爺，洗冤錄❶他也未必讀過，倒只怕和仵作❷有點交涉。」眾人俱大笑起來。又一個道：「今日這事，就如此了局不成？我看何大哥臨行，都是露八分話。」周通道：「弟於他未來時，就早已打算，俟諸位用畢飯，還勞動一行。他是大傷懷抱的人，就與他三四百也罷了。只是此番更比不得前番，話說結後，須著他立一切實憑據，說他女年幼，因夫妻角口，不合聽信趙瞎，用木人書寫小兒年月日時八字，並罩眼紗，貼膏藥，被小兒識破，羞憤自縊身死。又言小弟不准入墳埋葬，何某懇煩親友再四討情，方肯依允，嗣後若敢藉端索詐，舉此憑據到官，如此方妥。」一個道：「只怕他未必肯這樣寫。」又一個道：「老何為人，通國皆知，只說與他幾兩銀子，著他寫不合於某年月日謀反，他也敢寫。」眾人又皆大笑起來。

❶ 洗冤錄：宋人宋慈撰，記臬司審斷獄案事，舊時刑獄檢驗，多以此書為依據。

❷ 仵作：在官署中擔任檢驗死傷工作的官吏，舊稱仵作，相當於現在的法醫。亦作伍作。

須臾，喫罷飯，周通叮囑相別。到將午時候，眾親友回來向周通道：「幸不辱命，銀子多出了些，言明六百兩。令親說的話，也甚是可憐，言他令愛已死，此後也沒甚麼臉面再使親家的錢，多出幾兩，權當與他夫婦做買棺材錢罷。憑據已照尊諭寫了，銀子說在明早過手。至於喪葬厚薄，他一點閒事不管，愛幾時打發出去隨便，只求臨期差人吩咐一聲。」周通將憑據細看，寫得切實之至，竟將他女兒描畫的無人味了。周通看了，又笑了笑。謝了眾親友，又留喫午飯。眾人又道：「還有令親家母親自出來，他說如今沒閨女了，意欲將齊宅這位令兒媳，認個續閨女。婦人家心腸，不肯和尊府斷了親，日後多少要沾點光哩。」周通又笑了笑。到午間酒席上，總都是說笑何其仁，先賣了活閨女，如今又賣死閨女，連周通也不迴避。次早，又煩眾親友送銀子，午晌回來，周通父子叩謝，又留酒席款待。

周通將王氏要認蕙娘做續閨女話，告知冷氏。至第三日，將何氏棺殮，請僧道念亡經。到首七，何其仁娘子上紙，與蕙娘帶來一套織金緞子衣裙，四樣針線，八色果食，嘴裡雖不好說認續閨女，卻明明是這意思。冷氏便著蕙娘拜認在王氏膝下，做了女兒。王氏喜歡的了不得，到蕙娘房中，親熱了好半日。少刻，龐氏上紙來，又和龐氏認了親家。只坐到起更後方回。

龐氏見何氏死了，和除了心頭大釘一樣，快活不過，同蕙娘住了三天別去。與老貢生細說何氏死的原由，得意之至。貢生聽了，大怒道：「怎麼我就生出這樣個女兒來？夫子之道，忠恕而已矣❸。子貢曰，我不欲人之加諸我也，吾亦欲無加諸人❹。女兒如此存心，恐怕將來不壽。」又道：「此皆薰陶漸

---

❸ 夫子之道二句：語出論語里仁第十五章。

❹ 子貢曰三句：語出論語公治長第十二章。

染而成，所謂青出於藍者，信有然耳。」龐氏也不曉得貢生說道甚麼，見貢生面貌甚是不喜，也便大惱道：「你經年家拿文章罵我，怎麼今日又拿文章罵起閨女來？人家的狗都是向外咬，你卻是向內咬。」貢生聽了，越發大怒，滿心裡要打龐氏，只是自覺敵不過，忍耐著，到書房去了。

周家忙亂的過了三七，然後擇日安葬了何氏。趙瞎子於何氏吊死第二日早間，聞風逃去。捕廳將他兒子拿去，與周通追了一千五百錢，自己得了三千，衙役書辦得了四千多錢，如此完事。趙瞎騙去十兩銀子，所剩也無多，徒害了何氏一命。捕廳將他兒子打了二十板，回覆了周通。周通家耳目眾多，查知捕廳受賄，又不緝拿趙瞎，將節禮壽禮一分不與，一年倒丟去了一百六七十兩，捕廳後悔的欲死，於周通家百般挽回不來。過一年後，趙瞎回家，被捕廳拿去，打了四十個嘴巴，又拶了一拶子，重責三十板。周通聞知，方照舊送起禮來。何氏兩個丫頭，冷氏收去使用。

自埋葬三日後，這晚周璉和蕙娘正收拾要睡，只聽得外房內響了一聲，不知怎麼，把個茶碗滾在地下，打了個粉碎，嚇得兩個女廝跑入內房裡來。周璉也有些心疑，以為碗在桌上，未曾放好所致。只是蕙娘怕極，於外房內又叫來兩個丫頭作伴。次日二鼓時分，周璉正和蕙娘行房，猛聽得頂棚上與裂帛相似一聲響亮，嚇的蕙娘喊了一聲，急急看視，頂棚如故，毫無破綻，忙將四個丫頭都叫入內房，問他們也俱皆聽見。此時周璉也怕起來，直坐在天明。

次日，想出個地方，同蕙娘搬到庭院傍東書房內。此院上房三間，西廈房兩間，周璉著四個丫頭在西房，自己和蕙娘在東房。廈房內，周璉又安了兩個老婦人值宿。一更以後，周璉和蕙娘喫酒，丫頭們提壺侍立，只聽得窗外一把土撒來，打的窗紙亂響。四個丫頭倒扒上床，三個與蕙娘、周璉擠在了一堆。

那一個失手，將酒壺落地，也要奔上床來，不意腳尖入在面盆架內，一跑，人和盆架齊倒，越發嚇的怪叫起來，往床前直奔。兩個老婦人聽得上房喊叫，急忙出來問訊，周璉見院中有人，令丫頭們拿了燭，親到院中一看，一無所有。再看窗臺上，果然有些土在上面，只覺得微風飄拂，不由的髮根倒豎，心上卻像何氏在側。忙忙走入房來，看蕙娘時，和兩個丫頭摟抱在一處，見周璉走入，方彼此丟開。

周璉坐下道：「真是作怪之至，明早定叫個好陰陽靖邪方妥。」蕙娘道：「這是死了的大奶奶作鬧你我，不如再請些好和尚放大施食，超渡他老人家，早生好地為是。」周璉道：「未出引時，怎麼倒毫沒一點動靜？家中諸人都不尋，只尋住你和我，豈不是個糊塗？」蕙娘道：「想是大奶奶割捨不得你，又回家來。」周璉道：「胡說！胡說！我倒不勞他光顧。」兩人同幾個丫頭，又坐了一夜。周通夫婦聞知，也沒法措處，惟有嘆惜何氏少年屈死，故他不肯安靜。

次日，蕙娘稟明冷氏，自己拿出銀錢來，請僧人上大供獻，設壇在西廳院中，念了三晝夜經，每晚還是照常響動，毫無應驗。周璉道：「是這樣夜夜不著人睡覺，如何當得？」和父母說明，要同蕙娘到城外園中，暫住幾日。周通也無可如何，只得著他夫妻暫避些時。於是分撥廚子火夫家人婦女三十餘人，同去住下。周璉白天或回家一次兩次不等，也有周通夫婦同去的時候，住了數天，甚是安貼。詢問家中，自周璉去後，內外無分毫響動。一日，申牌時分，周璉同蕙娘和幾個婦女坐在平臺上，看那高山停雲、落日斜暉景象，陡然間起一陣怪風，真是利害之至。但見：

依稀地震，彷彿雷鳴。巽二施威，盛怒於土囊之口；封姨肆虐，含吹於太山之阿。滄海起萬仞洪濤，蛟龍踴躍；大江翻百尺雪浪，魚鼈浮沈。淅瀝蕭颯，杞梓楩楠，柯條於斯傾倒；奔騰砰湃，樓閣臺榭，磚瓦為之齊飛。既能走石於平陸，自可揚塵於太虛。模模糊糊，頓令星辰俱見；錚錚鏦鏦，旋聞神鬼同號。百鳥驚啼，飄蕩於無極之野；群獸曳尾，潛藏於大谷之巃。須臾如天輪膠淚而激轉，霎時若地軸挺拔而爭迴。

大風過後，眾婦女各睜眼看視，諸人俱在，惟不見周璉和蕙娘。大家齊下平臺，見蕙娘同兩婦人俱睡倒在平臺之下。眾婦女急來扶掖，不意蕙娘將左邊頭跌破，鮮血直流，左臂亦被跌折，兩婦女腰腿重傷，不能行動。皆因蕙娘同周璉並兩婦人俱站在平臺緊北邊，大風過處，一齊刮倒，掉下臺去。各分行抬入房內，早哄動了大小男婦，見樹木細小者多倒折，房上瓦塊亦多落地，真歷來未有之大風。又不見了周璉，眾人在園子內外四下尋找，那裡有個影兒？蕙娘疼痛的死而復蘇。四五個家人去城中報知，周通夫婦聽知不見了兒子，又跌傷蕙娘，各心神慌亂，急急坐轎到園中查問，見蕙娘已不成形像。少刻，沈襄亦來探視。周通著人於城裡城外八面尋訪，直鬧到次日天明，又差人於各鄉村市鎮寫報單，有人能訪著周璉下落報信者，與銀五百兩，送來者三千兩。只因懸此重賞，弄的遠近士庶若狂。又一邊延醫與蕙娘調治接骨。

這日絕早，老貢生和龐氏也到園中看問，把個龐氏坑的學鬼叫，惟貢生舉動若常，心中以女兒害死何氏，應有此報。又想到周璉無跡，必是被那陣大風嚇糊塗了，跑出園外，不知被誰家婦女留戀住了，過幾天自然回來。從盤古氏至今，世安有人教風刮去無下落之理？不住的和沈襄講論文章。周通痛恨厭惡之至，恨不得扎貢生幾刀。躲在外層園房裡，獨自嗟吁。冷氏如醉如痴，大有不能生全之勢。貢生直厭惡到日落，喫了晚飯，方與沈襄、周通作別。龐氏見一家上下狀如瘋狂，也不便守住蕙娘，只得愁恨回家。沈襄亦私自嘆悼命薄，方纔得此好安身地方，又鬧出這般意外事來。闔城文武官以及紳衿親友，無一不來看望，弄的周通送了這個，迎接那個，嘴不閒，腿不閒，心上越發不閒。蕙娘身帶重傷，又聽知丈夫無下落，與冷氏日夜啼哭，飲食少進。眾家人也和去了頭的瞎蜢一般，被周通罵的四下裡亂碰。周通也無心回城，向沈襄道：「我年踰六十，只有此子，若終無下落，周氏絕矣。今歲家中疊遭變故，就是不祥之兆，總是上天殺我。」說罷大哭。沈襄再四安慰，日夜陪伴著他。

再說周璉見大風陡至，瞬目間，天地昏暗，心懸著蕙娘。猛然間，覺得有人將他抱起，飄蕩在半空。初間還聽得風若雷鳴，身體寒戰。次後便昏昏沈沈，神魂兩失，只到五祖山潛龍洞外落下。早有許多侍女，將他扶入洞中椅兒上坐下。定醒了好半晌，方睜眼一看，身在一石堂中，有許多婦女圍繞。內中有一婦人，衣服鮮艷，容貌絕倫，真有萬種風流，千般嬝娜，心下大是驚疑。只見那婦人吐嬌滴滴聲音，笑向周璉道：「郎君不必疑慮，我上元夫人之次女，小字月娟，在此洞帶領眾侍女，修持已久。今早氤氳大使❺和月下老人到我洞中，著我看鴛鴦簿籍，內註郎君與我冥數，該合永為夫婦，同登仙道。」

說罷，與周璉輕輕一拂，周璉心神恍惚，也不知他是仙是神，是妖是鬼，只見他面龐兒俊俏，蓋世無雙；身段兒風流，高低恰好，香裙下金蓮瘦小，鴛袖內玉筍尖長，不由的魂消魄散、意亂心迷起來。

---

❺ 氤氳大使：掌婚姻之神。見清異錄仙宗氤氳大使：「世人陰陽之契，有繾綣司總統，其長官號氤氳大使，諸夙緣冥數當合者，須鴛鴦牒下乃成。」

婦人又喜恰恰，讓周璉坐在對面椅上。那些侍女們皆眉歡眼笑，誇獎周璉人才不已。隨即獻上百花露，著周璉潤喉。周璉接在手中，覺得清香馥馥，直沖肺腑。喫了幾口，極其甜美，又細問婦人根底，婦人照前應答。周璉道：「仙姑既說冥數該與我相合，何不在人間配偶？而必將我弄在這洞中，使我父母含愁，上下懸望？」婦人道：「郎君但請放心，相會不愁無日。今天緣湊合，且成就喜事，過日再商。」吩咐侍女們備酒。

少刻，點入一對紅燭，安放在桌上，擺列了許多不認識的果品，卻無片肉在內，婦人起立，笑說道：「仙家所食，不過是此等物件。若必喜食葷腥，明午即可，色色立辦，安肯著郎君受屈？」說著，伸纖纖玉手，斟一杯送與周璉。周璉亦起立接酒，又復斟酒回送，方一齊坐下。婦人問周璉家世，周璉皆據實相告。數杯後，婦人放出無限妖媚，引得周璉慾火如焚，眾侍女看見兩人情態，請歸後洞安歇。周璉同婦人到後洞，見床帳被褥桌椅等物，陳設與人間一般，只覺太陰冷些。侍女們扣門避去，兩人鸞顛鳳倒，直到天明，這一夜便有四五次，彼此恩愛甚篤。周璉深幸際遇非常，只是懸結父母和蕙娘，不知如何慌亂，如何找尋。雖和婦人歡娛笑談，而愁容時刻現露。婦人知道周璉想念家鄉，惟恐他受了鬱結，著侍女們百般獻醜，博其歡心。

至第四日巳牌時分，周璉與婦人相商，要和婦人一同回家，安慰父母。婦人通以好言支吾，總不肯應許。周璉情急，不由的眼中落淚，跪在地下懇求。婦人心愛周璉，只怕傷他懷抱，連忙扶起，笑說道：「夫君請起，我與你從長計議。」周璉起來，拂拭淚痕。婦人扶周璉並坐床上，說道：「神仙不是輕入塵凡的。今你想念父母至此，萬一想念出病來，我心何忍？也罷，我明日就與你去走遭。但話要講說在先，你父母見我雲來霧去，疑我為妖魔鬼怪，或請法師，或延僧道，當邪物的制服我，那時惹得我惱起來，大家失了和氣，你心上也不安。若肯把我當個仙人的看待，你的父母就是我的父母，我自盡我做兒婦的道理。如此，便可長久同居。還有一節，也要講得牙清口白，不許反悔。我一入門，你妻子便須遠行迴避。你若和他偷會一次，我便將你仍行攝回洞中，那時休要怨我恨我。必須過一年後，方許你夫妻相會，你可依得麼？」

周璉聽了許他回家話，心中大喜道：「這有甚麼不依？便與他終身不見面何妨？至於我父母話，我一力擔承。家中上下，有一個敢藐視你，你只和我說。」婦人笑了笑，兩個叮囑停妥。至次日早，周璉即懇求動身。婦人吩咐了眾侍女，謹守洞府，一同走出洞外。著周璉將兩眼緊閉，用手相扶，須臾，身子飄蕩起來，耳中但聞雷鳴風吼之聲，直奔萬年縣來。正是：

死骨猶能賣大錢，理合骨肉不相憐。

周璉避鬼逢仙女，也算人生意外緣。

第八十八回　讀聖經貢生逐邪氣　鬥幻術法官避妖媛

詞曰：

要見伊人面，見時胡嚼念。腐儒殊可憐，應和驢同圈❶。　法官揮寶劍，拘神人共羨。竟夜不成眠，除妖爾許難。

右調醉公子

話說婦人和周璉，駕雲霧升在半空，不過頓飯時刻，已落平地。婦人著周璉睜眼看視，依舊還歸在平臺上，周璉大喜。婦人道：「我在此等你，你先去見你父母，把我的話要說得明明白白，一句不可含糊。依得依不得，速來回覆我。」周璉滿口答應。下了平臺，早有許多男婦看見，歡聲如雷，各分頭去傳報。周通夫婦和蕙娘，皆歡喜如狂，沒命的跑來看視。周璉早到面前，父母妻子重見，猶如死去復生，各喜出意外。周璉見蕙娘包著頭，絡著左臂，忙問原故，方知被風刮下平臺所致，心上甚是疼憐。

一同到蕙娘房中，大小男婦於門內窗外聽說原由。周璉將如何去，如何來，並婦人相訂的話，詳詳細細，說了一遍。眾男婦都聽呆了，大家心內各胡猜亂疑。周通向冷氏道：「但得兒子回來，你我便有

❶ 圈：音ㄐㄩㄢˋ，飼養家畜的地方，如羊圈、豬圈。

生路。此婦神通廣大，是仙是妖，均未敢定。他說的話，須句句依他，將來再做裁處。」又向蕙娘道：「你須權變一時。若不迴避他，不但於我全家不利，只怕你的性命也難保。若再將我兒子套去，便終身無見面之期了。你可於此時收拾一切，將伺候你的婦人女廝，俱同到你娘家去住，聽候動靜，千萬囑咐你父母，斷斷不必來。至於一應食用，並請醫調治，我自差人天天照料辦理。」又吩咐家人，速備轎子無誤。蕙娘聽了，滿肚皮不快活，不服氣，因公公苦口叮嚀，無奈何，只得依允。周璉再四囑令保重，心上也甚是作難。

周通又吩咐眾婦女道：「此婦下平臺時，你們個個都要和待你大奶奶一樣。惹下他，關係不小。」又向周璉道：「工夫大了，他在平臺久候，你快去回覆，可請他到花亭內暫坐，等你妻去後，再請他到這屋中來。快去！快去！」周璉去了。蕙娘大哭著，坐轎回娘家去了。

少頃，眾婦女見周璉和一天仙般美人走來，看人才又比蕙娘在上些。只見他輕移蓮步，嬝嬝婷婷，同周璉入花亭中坐下。眾婦女雖不叩拜，卻也尊老主人教戒，各恭恭敬敬侍立兩傍。又見他啟朱唇，露皓齒，笑盈盈向眾婦女道：「你們可替我在老爺太太上稟知，說我要拜見請安。」眾婦女連聲答應，早去了三四個傳說。須臾，來了兩個婦女，說道：「老爺太太請仙姑到內東院屋中相見。」婦人聽了，隨即站起，同周璉走入東屋。周通夫婦連忙迎接，婦人便端端正正叩拜下去。冷氏雙手相扶，說道：「我老夫婦皆塵世凡人，怎敢當仙姑重禮？」婦人道：「媳婦與女婿，係天數該合，始到此了此情債，望二位大人以兒女看成，莫疑為妖靈狐媚，便是萬幸。媳婦今後若少有不合道理處，還望二位大人當面叱責，毋從世套。至於仙姑稱呼，不但母親不可，即家中男婦亦不可。今既做女婿妻房，便是一家骨肉，若還以路人相待，媳婦何以存身？」周通道：「我兒子說你是上元夫人之女，我老夫妻實不敢以尊長自居。今既說明，我們便以兒媳相待了。」婦人又深深一福道：「多謝二位大人垂憐。」周通向眾婦女道：「快與你新大奶奶烹茶備飯。」隨即出去。眾男婦見他人才絕世，說話兒句句可人，沒一個不以他為真仙下界，私嘆周璉有大命大福，羨慕不已。早傳的通國皆知，以為今古未有的奇事。

次日早，齊貢生來，周通同沈襄迎接。貢生舉手道：「昨日小女回家，說令郎同一婦人駕雲而回，此天皇氏未有之奇聞。中庸云：『國家將亡，必有妖孽。』老親家急宜修省。」周通也不回答他，讓到書房坐下。貢生道：「此婦還在麼？」沈襄道：「現在內園東屋。」貢生道：「先生可知其根底否？」沈襄道：「他來去不測，兼通幻術，我焉能知其根底？」貢生道：「至誠之道，可以前知。我輩俱未能造此，言之可愧。」又向周通道：「此婦可許一見否？」周通怕他語言迂腐，得罪下了，連忙止他道：「此婦不肯見客，就見他也無益。倒是叫小兒出來一見，以慰親家懸記。」貢生道：「弟欲見之心，確乎其不可拔，必須一見，以決弟疑。」周通卻他不過，著人說與冷氏，先向新婦道達，並言貢生說話冒昧。

少刻，家人出來，向周通低語道：「太太道達過了，新婦說：『這有何妨？』著請入去拜見。」周通請沈襄一同相陪，到婦人房內。冷氏先向貢生一福，貢生還揖。沈襄忙與冷氏下拜，被周通拉住。婦人與貢生、沈襄萬福，大家坐下。貢生伸二指指著婦人，問周通道：「昨日駕雲來的，就是他麼？」周通點頭。貢生聽了，便將兩眼緊閉，口中默默念誦起來。周通低低向沈襄道：「舍親是無書不讀的人，或者念誦甚麼咒語，亦未敢定。」沈襄道：「不必驚動他，少刻自知。」不意他念誦的工夫頗大，眾婦女交頭接耳，互相竊笑。好半晌，只見貢生將兩眼睜開，大聲道：「你還不去麼？」兩隻眼硬看婦人，看了一會，向周通、沈襄道：「吾無能為矣。」周通道：「老親家適纔念誦甚麼？」貢生道：「我聞聖經最能逼邪，方纔從『大學之道』，直念到『讀者不可以其近而忽之也』。」沈襄忍不住鼻子內呼出了一聲，勾引的大小婦女都笑起來。周通也由不得笑了笑，連忙讓貢生外邊坐，和沈襄陪了出來。貢生向沈襄道：「此婦明眸善睞，嬌艷異常，好淫必矣，吾甚為小婿憂之。假如死於此婦之手，於小女大不利焉。」一邊走，一邊說道：「我去了。」周通留他喫早飯，貢生道：「雖有旨酒佳殽，其如五臟神不願隨鞭鐙❷何！」言訖，坐轎子去了。

周通回到書房，問沈襄道：「先生看此婦何如？」沈襄道：「容貌實係絕色，仙妖均未敢定。然舉止文雅大方，似與小戶人家婦女天淵。」周通道：「先生博通經史，淹貫百家，仙女下嫁凡夫，亦有此書否？」沈襄道：「野史外傳紀載，豈僅千百？要皆不可為訓。以晚生愚見看來，日前那陣大風，怪異非常，藉此風將令郎攝去，今又同回，此又係為令郎情慾所迷，神仙決不如此。愚意揣度，十有八九係狐之通天者。可將令郎叫來，問他床被間事，果有異於人否？」周通連連點頭，著人將周璉叫來，同沈

❷ 其如五臟神句：按元王實甫西廂記第二本第三折：「秀才每聞道請，恰便似聽將軍嚴令，和他那五臟神願隨鞭鐙。」此套用其語而反其義。五臟神，本作五藏神，即心神丹元、肺神皓華、肝神龍煙、腎神玄冥和脾神常在。雲笈七籤上清黃庭內景經心神章：「心神丹元字守靈，肺神皓華字守成，肝神龍煙字含明，翳鬱導煙主濁清。腎神玄冥字育嬰，脾神常在字魂停，膽神龍曜字威明，六腑五藏神體精。」鞭鐙，馬鞭與馬鐙，引申指車馬。

襄細問。周璉道：「事事與人無異，惟下部內過寒。」沈襄沈吟道：「如此說，必非狐狸，乃陰妖也。」周通道：「我家人中有扎拉布，是西域人，頗有膽力，今晚著他刺死此婦，未知可否？」沈襄大笑道：「此婦有通天徹地手段，豈一刺客所能了決？倘刺而不死，下文可勝道耶？愚意邪不能勝正，晚生此刻做呈詞兩章，差人求本縣用印，代為申詳關帝，並牒本縣城隍，向廟中焚燒，或者得邀冥誅，即是老先生福德感應。」周通道：「甚好。然須慎密些，被他知道，惹禍不淺。」不意焚燒後，寂然無應。

又過了數天，見周璉面色黃瘦，神情也有些痴呆，周通夫婦大是愁苦，又與沈襄相商，欲訪求術士降妖。沈襄道：「此婦與令郎有言在先，若把他當妖魔鬼怪看待，到那時休要怨他言之不早。我們知道誰是高人？胡亂請些僧道來，除妖降不成，再將令郎被他攝去，終身求一面而不可得，悔之晚矣。」周通道：「信如先生言，則小兒可靜聽其死乎？」沈襄道：「晚生倒想出一策，若得此人來，可立辨真偽。本省龍虎山上清宮，現有張天師，何不差人備重禮誠懇，晚生先寫一張呈詞，到彼投遞，倘邀降臨，則萬無一失矣。」周通大喜道：「非先生言，我那裡想得起？」於是祕差能幹家人四個，連夜賫厚禮去了。

豈期周璉為色慾所困，日甚一日，形容與前大不相同。周通暗中勸他以保養身體為重，他如何肯聽？只知和婦人取樂。周通夫婦愁懼欲死。過了幾天，請天師人回來，言天師於數日前奉詔，入都祈雨去了，今請來極有道力法官二人，少刻即到。周通聽得天師雖未至，有法官來，覺得懷抱少開，忙吩咐在園子第二層西院迎暉軒做客舍，又令整備酒席。

須臾，法官到來，周通、沈襄迎入。一老年人姓裘，一少年人姓魏，席間敘說婦人原由。酒席完後，裘法官道：「我兩人入去，看看此婦何如？」周通又將婦人和周璉說的話，細述了一遍。裘法官道：「如此說，是教他知道不得。也罷了，請令郎來見見。」周通著人將周璉叫至，兩法官看了一會，周璉去了，魏法官道：「令郎滿臉都是陰氣，又非鬼物纏繞，我且畫一道符，拿去試試他。」裘法官連連擺手道：「此婦雲來霧去，手握風雷，豈一符所能遣除？還得大費周章。」向周通道：「可著尊紀們於此院中設一壇，用七張方桌，香燭黃紙、硃筆寶劍、神將甲馬等物，交二鼓時分，俱要完備。再吩咐大小男女，不可在門隙中偷窺，不可在背間議論長短，倒不妨在婦人房屋左近觀望。若見異樣神物到彼處，切不可大驚小怪，不可談論形相兇惡，不可用手指點。」周通一一答應，著人內外暗中說知。又問裘法官道：「今晚法師遣將拘神，逐除妖婦，奈小兒與妖婦同宿，又不敢教他迴避，萬一小兒亦被傷在內，該怎處？」裘法官大笑道：「若傷了令郎，是我們特來除人矣，那裡還是除妖？放心，放心。」

到二更以後，兩個法官將迎暉軒院門關閉，眾男婦俱在婦人院外遠遠觀望。等至三更將近，只見西北上煙雲繚繞，約料從二法官院中升起。少刻，那雲氣如飛而至，隱隱綽綽，看的裡面有一神將，披金甲，執長矛，將到婦人房前，只見婦人屋頂上出白氣一股，將那雲氣和神將沖起數丈高下，化為烏有。到四鼓時，又見西北上火光忽明忽滅，少刻，那天光一閃，於火光中迸出一物，月色之中，看的甚是真切，只見那物赤髮藍面，海口鋸牙，身約五尺長短，手中拿一大杆刀，疾同鷹隼，光若掣電，直奔婦人房前。只見屋內噴出一珠，大如酒杯，紅似火炭，在那物頭上碰了一下，只見那物若天星四散，化紅光一縷，衝空而去。眾男婦等候至天明，再無所見。

周通令人窺探婦人動靜，安然無恙。周通走入書房，向沈襄道：「裘、魏兩法師，要算極有本領的人。」遂將夜間所見，細細說了一遍。沈襄只是咬指搖頭，周通道：「此婦是妖無疑矣。只是除不了他，該怎麼？」沈襄道：「此刻天色初明，俟日出時，同老先生見二位法師，他或者還有妙術奇法。」至日高時分，同到迎暉軒來，兩個法官各面帶慚色，說道：「我輩此時即告別矣。」周通道：「妖婦尚在，如何去得？」裘法官道：「昨夜舉動，想皆眾目共見。我輩法力止此，若再不識進退，必討大沒趣味。」周通再四苦留，沈襄亦相幫勸阻，兩個法官那裡肯聽？周通跪在地下哀懇，兩個法官也一齊跪下，只是絕意要行。周通又留喫早飯，亦不肯喫。周通沒法，厚備勞金相贈，兩個法官辭了四五次，方肯收受，向周通道：「老先生宜速訪高人，此妖神通不小，若天師在，或請龍虎印，或五雷印，庶可降服。奈天師入都，歸期未定，今有負委任，反叨厚貺，討愧之至。」

周通道：「難道貴同事中，豈再沒個有大法力的，祈薦一二人，救小弟一家性命。」魏法官道：「我輩法力，實沒出這位裘敝友之右者，就是天師亦常刮目相待，每以法師相稱。今他且不能，餘人又何足算？」周通道：「小兒夜夜與這妖婦同宿，未知傷的了性命否？」裘法官笑道：「夫妻房慾不節，尚可促壽，況與妖婦作對壘耶？我看令郎神氣，還未到殂喪地步，多則二十天，少則半月，精力竭矣。到那時，便真是無救。快快的於四方求訪高人。」說著，又將雙眉緊蹙，搖著頭兒道：「我不怕與老先生添愁煩，此妖婦非真正神仙，第二個也拿他不了。再和老先生實說罷，便請得龍虎、五雷二印俱到，也不過逼他迴避一時，他定另想別法將令郎攝去，直至死而後已。」從人將行李搬去，周通、沈襄送出園門。兩人回到外花亭坐下，周通復求沈襄出謀。沈襄到此際也沒法，惟以等候天師回來，再做設處開解。

再說婦人早間梳洗畢，向周璉道：「你可同我回五祖山去罷。」周璉雖為情慾所迷，到底還心上戀家，聽了此話，大是驚惶，神色懼怕之至。婦人笑道：「你待我恩情，尚有何說？只是你父母的心大變了。」周璉道：「有何心變處？」婦人道：「昨晚三更以後，你便睡熟，你父母延請術士，拘遣神將來害我。我本島洞真仙，豈懼妖法邪術？」周璉問神將來由，婦人笑而不言。又道：「我若必定逼你走，一則怕傷你懷抱，二則又見你驚懼之至，我心何安？若和你住在此處，有何顏面？且恐你父母把你隱藏起，遠避他鄉，亦不可不預為防備。」周璉道：「就我父母有此心，其如我不肯去何？況你是神仙，凡我所到之地，焉能欺得過你？」婦人搖著頭兒道：「那時，我又須費力訪你。」

說著，凝眸想了一會，於身邊取出一小錦囊，錦囊內傾出許多大小丸藥，顏色也不一，於內揀出桐子大一紫黑丸，將餘丸復歸囊內，笑向周璉道：「你若著我和你永遠在你家中，不去洞府，你可將這丸藥喫在腹中。」周璉道：「你斷不忍心用毒藥害我，我就喫了。」說著，用手接來，著在口中，此藥亦不用嚼咽，即滾入腹內。豈期喫此藥後，愛戀婦人，更十倍於前。除兩便❸之外，老不出門，日與婦人歡笑縱淫。於家中男婦，有時認識的，有時便忘之矣。周通夫婦叫他，有去的時候，還有十次八次叫殺不去的時候，老夫妻兩個，惟有相對嘆嗟流淚而已。正是：

讀罷聖經無感應，責生學問於斯盡。
猶之逃去二法官，卸責空談龍虎印。

❸ 兩便：大便和小便。張樹生中風中風的表現：「兩便失禁，有時抽搐。」

第八十九回　罵妖婦龐氏遭毒打　盜仙衣不邪運神雷

詞曰：

打的好，潑婦鋒鋩今罷了，喫盡虧多少！　壽仙一衣君知曉，偷須巧。符篆運神雷，猶恐驚棲鳥。

右調望江怨

話說周通送法官去後，倍添愁思。再說蕙娘，打聽得從上清宮請來兩個法官，心上甚喜。次日絕早，催他母親龐氏到公婆家，一則看望周璉成何光景，二則打探妖婦下落。龐氏僱了轎子，城門一開，便到周家花園外。家人們報與冷氏，迎接到房內坐下，也沒用龐氏問，冷氏便說起「周璉連日被妖怪迷住，寸步不離，我們做父母的都叫他不來，只知和妖婦親密，看看面貌也大瘦了。請來兩個法官，都是會拘神遣將的人，昨晚鬧了一夜，也沒法降他。聽得說此刻要走，不知去了沒有。將來小兒必死於他手，我老夫妻性命，還不知怎麼」。說罷，涕哭起來。

龐氏聽了，大不快活。冷氏又問：「蕙娘頭和臂上傷，可好了麼？」龐氏道：「頭上破處已收口，左臂自接住後，伸舒不得自如，還時時覺疼。」又道：「妖婦還在東房麼？我去看看他，還要看看女婿。」冷氏道：「親家看也是白看，只索聽天由命罷。」龐氏一定要去，冷氏只得相陪。妖婦見冷氏和龐氏入來，即忙下床，還拜了龐氏。龐氏放的臉有一尺厚，也不回禮，隨到東邊椅上坐了。素常周璉見了龐氏，必先作揖，說幾句熱鬧話兒，今日看見龐氏，和平人一樣，坐著動也不動，龐氏又添上個不快活。大家也沒個說的。冷氏讓龐氏到西邊房內用早飯，龐氏正要起身，冷眼見妖婦與周璉眉眼傳情，又見周璉含笑送意，龐氏眼中看見，心中便忍受不得。思想著自己女兒為他迴避在家中，平白跌下平臺，現帶重傷；女婿又被他硬霸住，今見周璉反和他交好，素日和老貢生吵鬧慣了的性兒，不由的眼睛內出起火來，臉和耳朵都紅了。

冷氏見龐氏面色更變，說道：「親家，我們去罷，在此坐著無益。」龐氏聽了無益二字，越發觸起火來，道：「我管他有益無益，我今日既來，倒要問問他。」於是指著婦人說道：「妖精！你甚麼人兒鉤掛不的，你必定將我的女婿鉤掛住？若人認不得你也罷了，如今家中男男女女，誰不知你是個妖精，你好沒廉恥呀！」婦人聽了，將臉掉轉。冷氏道：「親家不必說頑話了，請到那邊用早飯去罷。」龐氏道：「我還要問問這妖精，他把我女婿霸住，要霸到幾時是個了手？我見了些妖精，也沒見你這無恥的妖精，阿呀呀！將霸佔人家的漢子當平常事做。」罵的眾婦女都忍笑不住。

冷氏恐怕惹起大風波來，連忙站起，勸說道：「親家，罷說了，快同我到那邊去罷。」龐氏罵了好一會，見婦人一聲兒不言語，只當他有些懼怕，越發收攔不住。向冷氏道：「親家你不知道，我今日定要問他個明白。他苦苦害著俺娘兒們，為甚麼？」說著，只兩步走到婦人床前，用手一搬道：「妖精，你不掉過臉！」話未完，那婦人將身軀一扭，隨手一個嘴巴，打在龐氏左臉上。打的龐氏一交摔倒有三四步遠，半截身子在門內，半截身子在門外，將門簾也觸了下來。若是別的婦人，那裡當得這一跌？只見龐氏登時扒起，大吼了一聲，奮力向婦人撲來，又被婦人迎面一個嘴巴，撻的鼻口流血，冠簪墜落，仰面又摔倒地下。

眾婦人你拉我拽，把龐氏搶出房門，大家扶架他到西邊房內床上坐下。他此時也顧不得罵了，反呢喃喃哭起來。冷氏又替他擔驚，又忍不住肚中發笑。猛聽得眾僕婦丫頭們大哄了一聲，各手舞足蹈，歡笑不止。冷氏大罵道：「怎麼這樣個沒規矩，你們倒樂了麼？」眾人見冷氏發怒，還喧笑不已，指著龐氏的右腳道：「太太看，親家太太的鞋沒了一隻。」原來眾婦女只顧拉扯龐氏往西房內走，不知被那個婦人將他的鞋踏掉，彼時無人理論，此刻坐下，見龐氏伸下腿來，纔看見他精光著一隻腳。冷氏低頭一看，也不禁笑了。眾婦女見冷氏笑，又復大笑起來。冷氏極力喝斷方止。龐氏聽得眾人大笑，只當笑他挨了打，越發哭起來。

周通在花亭上，猛聽得眾婦人喧笑不止，心疑妖婦有甚麼敗露。又聽得大笑之聲，夾著哭聲，以為是兒子哭妖婦無疑。也不暇差人打聽，連忙親自跑來，剛到門前，早被冷氏看見，急說道：「你且不必入來。」周通止住腳步，冷氏拉周通在院中，說了原故，周通咳了一聲，也笑了，忙忙的回外邊去。眾婦女將鞋尋來，與龐氏穿，龐氏方知為此喧笑，心上愧悔欲死，越發放聲大哭。冷氏同眾婦女勸解了好一會，纔不哭了。那裡還坐得住？用手挽起了頭髮，便大一步小一步，往園外飛跑。冷氏趕到園外，他已坐轎去了。眾家人彼此互傳，做了奇聞笑話。龐氏回到家中，告知蕙娘，母女各添了一肚子氣憤，也不敢教貢生知道。周璉至十四五天，越發消瘦的了不得。周通也知無望，惟有與冷氏日夜悲泣而已。

再說猿不邪在玉屋洞領了冷于冰法旨，駕遁在萬年縣城外落下，先將柬帖拆看，上寫道：

吾昔年在江西，用戳目針斬除妖魚鄱陽聖母，其時有一九江夫人、白龍夫人，皆被吾雷火誅殺。內有一廣信夫人，係年久鰲魚，交接上元夫人侍女瓊瓊，盜竊壽仙衣護體，彼時雷火未曾打入，致令免脫。年來在江湖中吹風鼓浪，作惡百端，兼又到處尋訪清俊少年，為快目適情之資，精枯髓竭而死者，不可勝數。近因路經江西萬年縣，見吾表弟周璉美好，隨播妖風，攝至五祖山潛龍洞內，旋復回吾姑丈周諱通家寄居。汝殲除此妖後，可將吾書字付吾姑丈寓目。若問吾行止，不妨據實相對，此係吾己親，無容飾說也。

又將與周通書字一看，上寫道：

自嘉靖某年，感蒙關愛，遣人至廣平相迓，始得瞻依慈範，兼與家姑母快聚八越月餘。回里時，復叨惠多金，屈指已三十餘年矣。每懷隆情，直同高厚。幾欲趨候姑二大人動履，緣姪於嘉靖某年入山學道，此後雲飄羽翼，到處為家，今暫棲於衡山玉屋洞內。逆知妖魚作祟，致表弟璉大受淫污，法官裘姓等殲除罔效，重勞二大人縈心。今特遣姪弟子不邪收降此妖，藉伸葵向愚誠。已故弟婦何氏，與新弟婦齊氏，兩人前世有命債冤愆，齊氏今世始得報復，無足異也。但何氏尚有四十餘日陽壽未終，而齊氏藉木人促之速死，破額折臂有由來耳。再西賓葉向仁，原名沈襄，係已故都察院經歷沈晴霞先生諱錬之難裔，因奸相嚴嵩緝捕甚力，投本縣儒學葉體仁，以故假從葉姓。伊向曾捐軀運河，得姪友金不換救免，姪理合始終玉成，仰冀推分，代為安置家室，諒與田產，庶忠烈子孫，棲身大廈，獲免風雨之嗟。仁德如姑丈，想定有同心也。肅此虔請福安，並候表弟近祉。未盡不邪面悉。愚內姪冷于氷頓稟。

不邪看完，復將書字封好，一步步走入城來。問候補郎中周通宅舍，街上人見是一白髮長鬚金冠紫袍道人尋問，俱笑說道：「這必是來降妖的人了。若除了此妖，不愁沒幾千兩銀子用。只是那妖怪可惡，他不肯著人發這宗大財。」又一人問不邪道：「你問周家，想是會除妖麼？」不邪道：「正是。」那人道：「周郎中人還好，不在鄉黨間鬧財主頭臉。也罷了，我領你去去罷。但他許久在城西花園內住，我也正要打聽妖精的下落。」不邪道：「多有勞動。」那人領不邪出城，到周家花園外，向管門人說知。門上人見不邪鶴髮童顏，兩隻眼睛滴溜溜滾上滾下，和閃電一般，形容甚是古怪，不敢輕忽，笑說道：「道爺少停，待我傳報。」須臾，周通迎接出來，將不邪一看，但見：

白髮束金冠，頦下垂銀絲萬縷；絳袍披仙體，腰間拖青帶一條。插春山❶於鬢傍，雙眉並豎；滾寒星❷於額畔，二目同明。劍吐霜華，寸鐵飛來妖魔遁；符焚丹篆，片紙到處鬼神欽。若非東海騎竹雲中子，定是西蜀賣卜嚴君平❸。

❶ 春山：春山黛青，以喻兩眉之濃黑。

❷ 寒星：寒冬之星光閃耀，以喻雙目之明亮。

❸ 嚴君平：漢蜀人，名遵，以字行。卜筮於成都市，每依蓍龜，與人言利害，日閱數人，得百錢足自養，則閉肆下簾。讀老子，揚雄少從之學。益州牧李強欲畀以從事，既相見，不敢言。年九十餘卒。著有老子指歸，已佚。

周通見不邪鬚髮皓然，滿面道氣，兩個眼睛光芒四射，顧盼非常，看之令人生畏，與世間俗道士天地懸絕，急忙作揖下去。不邪相還，讓到迎暉軒，沈襄亦來見禮陪坐。周通道：「敢問法師仙號？」不邪道：「貧道衡山煉氣士猿不邪是也。適奉師命至此，知尊府妖婦為害，特來拿他，救令郎性命。」周通道：「令師為誰？何以預知小兒受害？」不邪道：「俟除妖後再說。」又指著沈襄問道：「此位可是親戚麼？」周通道：「此是葉先生，在舍下教讀小兒。」不邪向沈襄道：「尊諱可是改名向仁麼？」沈襄大驚道：「老師何以預知改名？」

不邪道：「貧道也是適纔知道。」又問周通道：「妖婦現在尊府麼？」周通蹙著眉頭道：「在寒舍。這幾天將小兒迷亂的神魂顛倒，骨瘦形消，先時還認的人，近日連人也認不出，只知和妖婦說笑。」不邪道：「可能叫令郎來貧道一看麼？」周通搖頭道：「數日前便叫他不動，如今連人都不認識了，如何叫得來？倒是妖婦始末，須與仙師細說，以便擒拿。」不邪道：「貧道已知根底，無庸再說。」左右獻上茶來，不邪道：「貧道不食煙火物有年矣。」又道：「尊府若有靈變使女或婦人，叫一個來，我有用處。」周通想了想，向眾家人道：「叫周之發女人來。」

少刻，蘇氏來至。不邪道：「不拘紅黑筆，取一枝來使用。」須臾，取到黑筆硯，放在桌上。不邪拿在手內，向蘇氏道：「男女之嫌，理該迴避，但為貴主人事，只索從權。可伸手來，我寫一字。」蘇氏笑著將手伸與不邪。不邪在蘇氏手心內寫一來字。周通和沈襄看了，不知何意。不邪將筆付與家人，向蘇氏道：「我看你倒還像個靈變人，可持吾此字，到妖婦房內，於有意無意之間，將此字向你小主人面上一照，照後即速刻到我這邊來。只是一件，你要明白，不可著妖婦看破舉動。」蘇氏笑著應道：「這事我做得來，管保妖婦看不出。」

說罷，手內握著那個字，到妖婦房中。正值周璉在地下走來走去，和妖婦說話。蘇氏推取茶碗，瞅妖婦不看，向周璉面上一照，隨即收回，周璉打了個寒噤。蘇氏回身就走，見周璉跟在後面，蘇氏甚是驚奇。將周璉引到迎暉軒內，周璉便痴呆呆站在地下。周通、沈襄皆大喜。蘇氏將適纔如何照周璉出來話說罷，不邪道：「你可將手伸出我看。」蘇氏將手伸出，不邪用手一指，其字即無。周通等無不驚羨，向不邪道：「適纔仙師用一字將小兒招出，足徵法力。但此子神痴至此，還望仙師垂憐。」說著，跪了下去。不邪急忙扶起道：「容易之至。此必係令郎喫了妖婦的迷藥，我正要教他明白了，有話問他。吩咐尊紀，盛一碗水來。」眾家人頃刻取至。

不邪在水內畫符一道，著人與周璉灌下。周璉覺得從頂門一股熱氣，直貫至腳底。須臾，神清氣爽，看見他父親同葉先生陪一老道人坐著，忙問道：「妖婦可拿住了麼？我此刻心上甚是清朗。」周通大喜之至，問他連日光景，和做夢一般。周通將他連日情形並面貌消瘦，說了一遍，周璉甚是驚怕。周通道：「你此刻心地明白，皆這位仙師之力，還不跪求解救之法？」周璉即忙跪倒，叩頭有聲。不邪扶起道：「有我在此，保你無虞。」周璉起來，也坐在一傍。早有人將此話報知冷氏，冷氏快活的心花俱開，恨不得也同坐在一處，聽個下落。隨吩咐家人們，有關係話，即來通知。又暗中知會大小男女，不可談論，防妖婦知道壞事。

再說猿不邪問周璉道：「官人這幾天心上糊塗，可還記得每晚與妖婦同睡時，他脫衣服不脫？」周璉道：「家中事一點記不得，惟有和他事事皆記得。他每晚睡時，大小衣服俱皆脫盡。」不邪問到此句，向周通道：「可吩咐大小尊管們都迴避了。」眾家人連忙退去。周通將院門拴了，然後就坐。不邪向周璉道：「官人今晚與妖婦同宿，可將他衣服不論大小，趁空兒盡數偷來，貧道自有妙用。若被他知覺，便大費事矣。」周璉聽得仍著他和妖婦同宿，心上甚是害怕，說道：「我寧死在此地，也再不敢去了。」不邪道：「你若不去，他的衣服斷不能來，貧道恐不能了結此怪。」

周通道：「仙師必要他的衣服，有何用處？」不邪道：「貧道不肯明說，誠恐令郎害怕。今令郎不肯與妖婦同宿，我只得要明說了。此妖係一千五六百年一魚精，也頗能呼風喚雨，走石飛砂，兼有邪寶，又會變化，非等閒妖怪可比，所差者尚不知過去未來事，故易治耳。以本領論，貧道可以強似他六七倍。只是偷竊了上元夫人壽仙衣，自必時時刻刻穿在身上。此衣刀劍水火各種法寶，俱皆不能入。不但貧道，即島洞上品金仙，亦無如他何。惟吾師戳目針，可立殺此怪，貧道又未曾帶來。當年吾師在半空中與此妖相遇，曾用飛劍和雷火珠誅他，不能損他分毫，反被他逃去。二位想雷火尚不能打入，那刀鎗劍戟還濟得甚事？若不將此衣偷來，我又得去衡山領吾師戳目針來，豈不多一番往返？」周通和沈襄聽了，相對吐舌。

周璉自服法水後，心上明白，著實懼怕。今聽明是個魚精，他倒膽子大起來了。他只怕是蛇蝎蜈蚣、虎狼蛟龍等類，想算著魚兒形像，也還看得過，縱有毒氣，也還不重。便笑應道：「先生可說與我是甚麼顏色，我好留心下手。」不邪道：「貧道從未見過，如何知他的顏色？你只盡數拿來為妙。斷斷不可令他知覺，同宿時更要比素常情濃些方好。」周通道：「你的身子，我一家性命，在此一舉，你須要隨機應變方妥。我們今晚就在此處等你。」周璉連聲答應。不邪道：「官人和我們坐久，此去他必生疑。

若問你，你還照素常痴呆光景回答他。就請去罷。」周璉走至妖婦房中，妖婦果然生疑，問道：「你往那裡去來，這半日方回？」周璉照前痴呆的樣子，上床去與他相偎相抱的說道：「我適纔去出大恭，被許多人將我圍住，我就回來了。」妖婦道：「是甚麼人圍住你？」周璉搖了搖頭兒。妖婦見他還認識不得人，便將心放下。

此晚周璉將門兒半掩半開，預備下出路。和妖婦還竭力斡旋了兩度，便假睡在一邊。挨至四鼓，聽妖婦微有鼻息，燈兒半明半昧。素日妖婦將衣服脫下，俱放在迎頭一張桌上。今晚周璉更是留心，悄悄的扒起，也顧不得穿衣服，光著兩腳下床來，把妖婦大小衣服輕輕抱起，將門兒款款搬開，偷了出來，飛步走至迎暉軒外。此時不邪閉目打坐，周通、沈襄守著一大壺酒，等候消息。猛聽得家人大喝道：「是甚麼人？」周璉道：「是我。」周通、沈襄急接了出來，月光之下，見周璉赤著身體，抱著一堆衣服，周通忙問道：「得了麼？」周璉應道：「得了。」不邪聽得，跳下床來，四人在燈下同看。猛見不邪提起一件衣服，大喜道：「此衣到手，妖怪休矣。」周通等齊看，見此衣紅如炭火，薄若秋霜，展開時頗長大，團來只盈一握。

不邪也不暇講論，急將此衣穿在道袍內，向眾家人道：「快取硃紅筆硯來。」須臾取至，不邪就在房內桌上，左手疊印，右手書符，口中秘誦靈文，向正東吸氣一口，吹在符上，遞與家人道：「此時妖婦未醒，可悄悄去貼在他住房門頭上，自有奇應。」家人捧符去了。不邪又向周通道：「可速差人將內院大小男婦叫起，遠遠迴避，斷不可著一人在妖婦院內，那時受了驚懼，或有疏失，與貧道無涉。」眾人分頭去了。周璉即將妖婦大小衣服穿了，站立在一邊。少刻，前後差去人俱來回覆，言符已貼好在妖婦門頭上，內院男婦俱各避去。

不邪道：「我此刻即到妖婦院中等候，防他逃脫。」說罷，眾人跟出院來。只見不邪將身一縱，離地有五六丈高，飛入內院去了，嚇的周通家人神色俱失，也有說是神仙的，也有說是劍仙的，各互相驚異，聽候動作。不邪去了有頓飯時候，猛聽得天崩地裂響了個霹靂，震的屋瓦俱動，眾男婦驚魂喪魄。此時月光正午，遙望妖婦院中，雲蒸霧湧，乍見一塊烏雲，從下而上，比箭還疾，直奔東南。又見一塊白雲，如飛的追趕那塊烏雲，也向東南去了。正是：

也把妖精當老貢，遺簪脫履拚窮命。
若非乃婿做偷兒，此氣終身出不盡。

第九十回　誅鰲魚姑丈回書字　遵仙東盟弟拜新師

詞曰：

書劍訣，倩雷翁，霹靂起園中。半空爭鬥火相攻，頃刻即成功。　人須重，恩須重，仙東遠須仙洞。誠心跪拜仰高風，盟弟師盟兄。

右調鶴沖天

話說眾男婦聽得雷聲大震，見黑白兩塊雲氣俱飛奔東南。沈襄向周通道：「適纔霹靂，即係老仙師那道符籙作用。只可惜這樣一個大雷，竟讓妖婦逃去。」周通忙問道：「先生何以知妖婦逃去？」沈襄道：「前走烏雲，必是妖婦。後隨白雲，即老仙師也。大家同去一看便知。」周通聽了，且信且疑，和眾家人一步一停的到內院。

原來妖婦和周璉盤旋了兩度，也覺得有點疲倦，又見周璉睡熟，他也閉目將息，做夢也想不起周璉暗算。到天交五鼓時，猛睜眼，不見周璉，還當是出外小便。等了一會，不見入來，心上大是疑惑。一抬頭，見自己衣服沒一件在桌上，大是驚慌。再看周璉衣服尚在，又道：「想是他錯穿去了。」又想道：「既是夜間小便，披一件大衣服則有之，何必將我褲子也穿去？此必是異人指引我有壽仙衣，著他偷去。

今日白天他在外好半天方入來，必是商議此話。若果如此，是他無情無義，我將他吞入腹中，方出我心中恨氣。我必須尋他，索取此衣要緊。」說著，將周璉衣服披了一件，也顧不得穿褲兒，跳下床來，將門一開，往外就走。陡見火光一瞬，急將頭向傍邊一側，雷火早打中右脇，跌倒在地。虧他修煉已久，還支持得住。又怕第二雷再來，忙忙扒起，將雙足一頓，駕妖雲飛去。

不邪在對面屋上，看得明白，掣劍駕雲趕來。妖婦回頭，見一老道人在後面追趕，將雲一停，從口內吐酒杯大一紅珠，向不邪面上打來。不邪見珠來甚疾，急用袍袖遮護，只聽得響一聲，打在袍袖上，只打的金光燦爛，其珠自回。不邪笑道：「今日若非穿此衣，一時迴避不及，怎處？」隨付劍復行趕來。妖婦見寶珠無功，又從口內噴白氣一股，直沖不邪。不邪用劍一指，其氣化為烏有。不邪道：「似他這樣口中亂吐，倒教我防備他。我何不也吐一吐，著他嘗嘗滋味。」於是從巽地上張口一吸，從口內吹出一股火來。此火非同凡火，係冷于冰傳授，從丹田內煉就三昧真火，又於離地❶上吸取太陽真火，兩火合一，費無限煅煉之功，始成腹中一寶，出口時便烈焰飛空，燒得妖婦皮肉焦黑，大喊道：「真人與我同是修道之人，懇快些收火，饒我性命，今後再不敢胡為。」

一邊說，一邊駕雲飛馳。妖婦意見還要跑離火外，那裡知道此火是不邪肚中東西，隨心所使，捲住妖婦，寸步不離，如何跑得脫？妖婦自知必死，現出原形，從火光中拚命來吞不邪。不邪見妖婦化為鰲魚，龍頭朱角，約長數丈，張著大口撲來，不由的大笑道：「此妖無能為矣。」用手將劍向妖魚口中一丟。此劍雖出自凡鐵鑄就，卻有符咒在上面，可隨心指使。只見從妖魚口中入去，即從尾後穿出，妖魚

❶ 離地：南方。語本周易說卦傳：「離也者，明也。萬物皆相見，南方之卦也。」

大吼如雷，早一翻一覆，從半空中墜下。不邪將劍火齊收，按雲頭，隨落在一深山大澗之傍。急看妖魚，被火燒的通身破爛，鱗甲披迷，已死在地下。惟二目尚未損壞，不邪用劍剜了一隻眼睛，帶在身邊，以決周通父子之疑，仍駕雲到周家花園左近落下，款步走來。

再說周通等率領眾人，到內院窺探，寂無一人。又著人潛去妖婦房中偷窺，不但妖婦不見，連老道人也不知所之。周通向沈襄道：「先生真高明士也，果不出所料，老仙師定是追趕妖精去了。只是此番若不斬草除根，惹下他，我一家斷無生理。」又見冷氏也率領眾婦女走來，猛聽得一婦人大叫道：「你們快看來，我腳下踏著一物，甚是光亮。」眾人打著燈籠，各去爭看，只見一片鱗甲，有斗盆大小，丟在西臺階下。眾男婦看了，無不吐舌。周通道：「老仙師原說是魚精，這便是他的鱗甲被雷霹下來，但他一甲就其大如此，身子真不知多長。」周璉看了，心膽俱寒，向眾男婦道：「怎麼我就相交下這樣個大怪物，豈非奇絕？」周通又著眾家人在各院細細搜尋，再無別物。將鱗甲收放在桌上，大家說白道黃，議論到天明。

忽見管門人跑來報道：「那位老神仙爺回來了，現在園外。」周通父子和沈襄，沒命的跑出去迎接，將不邪讓至迎暉軒，叩頭謝勞。冷氏也顧不得內外，率領眾婦女都站在院中，聽說妖怪下落。只聽得周通道：「仙師真好法力，一雷將妖怪霹下斗大一片鱗甲，落在院中。但不知追趕下去，可將妖怪斬除了沒有？」不邪笑道：「若非令郎將壽仙衣偷來，貧道穿在身上，定必挨他一珠，雖不至於大傷，只索讓他逃去，又須四下找尋。」隨將妖魚如何施展本領，自己如何降他，細說了一遍。眾男婦聽罷，個個心驚，冷氏大悅。周通父子謝了又謝。不邪將剜來魚目取出，著眾人看視，約有一尺大小，雖成死物，還閃爍有光。周通父子復行叩拜。

不邪道：「貧道原欲除妖後，即回衡山，因吾師有書字，曾吩咐面交，所以復來。」周通道：「令師尊何人？書字與那個？」不邪道：「臺駕一看，自然明白。」遂將于氷與的柬帖、書字取出，一同遞與。周通先看了柬帖，點頭不已，說道：「真是神仙事事前知。」次看到「在吾姑丈周通家作祟，淫吾表弟周璉」等句，大是驚訝，卻想不到冷于氷身上。急急將書字細看，一邊看，一邊喜的眉歡眼笑，心花俱開。後看到沈襄話，便將沈襄連連的看了幾眼。看完，將書字揣在懷中，只樂的拍手拍膝，大笑不已。冷氏聽得大笑，還只當是為除妖快樂。周通笑著跳起，拉住不邪道：「不意貴老仙師是我的內姪。我內姪原籍是直隸廣平府成安縣人，名喚冷于氷，字不華，可就是他麼？」不邪道：「正是。」周通又拍手打掌的大笑起來。周璉也心喜不盡。

冷氏在院中聽得明白，高聲問道：「適纔說冷于氷，可是我姪兒不是？」周通笑著應道：「正是，正是。你不必迴避，快入來。」冷氏連忙入去，看見不邪，先行跪拜，叩謝除妖救子活命之恩。不邪知是于氷姑母，不敢怠慢，也即忙叩首相還，口中連說：「不敢，不敢。」冷氏起來，問周通道：「我姪兒在那裡？也來了沒有？」周通笑道：「他如今已成了神仙，那裡還肯來看望你我？有與我們的書字在此。」冷氏道：「你快念與我聽。」周通道：「改日與你念，此刻說說罷。」隨將書字中話，詳細告知，沈襄話，沒敢題出。

冷氏聽罷，和明珠落掌一般，喜歡到極處，反落下淚來。向不邪深深一福，說道：「懇求老仙師，將我姪兒自出家到如今，從頭至尾，和老拙說說。我姪兒自與老拙別後，我曾差人去廣平三四次，倒知我姪孫兒逢春，如今做封翁❷。兩個小孫孫，都是好孩子。少年科甲，大的中了第八名舉人，娶的是都察院掌院王大人的女兒。第二個做了翰林院庶吉士，娶的是戶部侍郎張大人的女兒。我姪孫總不教他們做官，怕的是奸臣嚴嵩謀害，現告假在家。他們也常差人探聽老拙，可惜我姪婦卜氏，前年病故了。倒是我姪兒的音信，不但老拙不知下落，連我姪孫逢春也不知道。」說罷，又深深一福。

不邪道：「請太師姑坐了，待門下細說。」周通道：「倒教仙師站了好半晌，快大家就坐，洗耳靜聽。」沈襄見冷氏住了忙亂，方過來作揖，一齊坐下。不邪因柬帖內有「係吾己親，若問及，不妨實說」，只得將于冰出家學道，得火龍真人指教起，隨地擒妖降怪，濟困扶危，前後渡脫了六個徒弟，直說到入定分身，賑濟江浙並天下窮苦民人，以及此番奉命來拿魚怪，倒說了好半日方完。眾人聽了，無不驚羨為真正神仙。但婦人家問長問短，聒噪不已。不邪清修已久，那裡受得？恨不得擺脫速去。只因冷氏話再說不斷，不邪看于冰分上，只得隨問隨答。

家人們拿出許多新鮮果品，擺滿一桌，不邪一個也不喫，只急得要辭去，怕冷氏絮煩。冷氏那裡肯放？說道：「老仙長既是我姪兒徒弟，就和我是己親一般，我定留住十天。我還有些東西，煩與我姪兒帶去。且我小兒中了妖氣，也不說與他治治，只急的要走。」不邪道：「日前符水，勝似千服補藥。只要獨宿百日，便可回元。」說著，又站起來告別。周通將不邪拉出院外道：「弟深知寒舍非仙人久停之所，亦不敢強留。只是弟與賤內回書未寫，況沈襄話還未與他說破，祈少停半刻，即舍親知道，也斷不以遲回為過。」不邪聽得有回書，這是不敢不帶去的，只得復入房坐下。

❷ 封翁：因子孫貴顯而受封典之父祖，稱為封翁，與封君同。

周通將沈襄領至一僻靜房內，取出于冰書字、柬帖，著沈襄看。沈襄看了，又驚又感，連忙與周通跪下，懇求勿洩。周通也跪著扶起，大笑道：「先生此話，非以小人待弟，竟是以禽獸待弟了。不但舍親有字相托，即無字，弟亦久已存心要安頓先生。但猿仙師去意甚速，先生可到西院書房內，代弟夫婦寫一回書。」又將回書意見告知，方到迎暉軒，見冷氏還盤問于冰的話，家人報道：「大奶奶回來了，請老爺太太安。」冷氏道：「他來的正好。」遂將被風刮下平臺，跌折左臂，至今未愈話，告知不邪，求其醫治。周璉向家人們道：「請你大奶奶就來此處，不必迴避。」不邪連連擺手，著家人盛來水一碗，書符一道，令拿入去一洗，患處即立愈矣。家人捧水去了。

又待了半晌，沈襄拿來三封書字，俱著周通看過，問不邪道：「有金諱不換的，此公可在令師尊洞內沒有？」不邪道：「他此時正在。」沈襄道：「書字一封，是晚生與金先生的。稟帖一扣，是與令師尊冷老爺的。煩代為傳說，葉向仁今生無可報答厚恩，惟有日祝二公壽與天齊而已。今就在此地，與冷、金二公磕幾個頭罷。」說著，朝上端端正正，磕了四個頭。不邪也不好拉他。次後又叩謝不邪，付與書字。周通也將回信交訖。不邪道：「貧道去了。」冷氏道：「祈少候片刻，我還有物事，捎寄我姪兒。」周通道：「令姪千百萬兩黃金，吹口立致，你我安可以人間俗物褻瀆？只願他早做上天金仙罷了。你我可向猿仙師拜謝救闔家性命之恩。」於是老夫妻同周璉，俱叩拜在地。不邪急忙相還。眾家人僕婦體貼主人意思，也都來叩頭。不邪各作揖相還，然後作別。

周通父子和沈襄，定要步送十里，不邪止他們不住，約走有百餘步，不邪向天上一指道：「妖婦又來了！」周通父子並大小家人等，一齊仰面向天上看視，猛見寒光一閃，再看時，已不知不邪去向。大眾方知妖精來話是個引子，各欣羨嗟嘆回園。

後來周通在本縣與沈襄娶了家小，陸續送田產銀物，約三千金。沈襄感恩不過，拜周通夫婦為義父母。不時苦勸周璉讀書，盡心指引，只一年，便中了本省鄉試第十六名舉人，出了那口銅臭氣。他也不下會試場，捐了個候補員外郎職銜，在家過充裕歲月。蕙娘深悔何氏死於己手，雖冷于氷字內有償命債之說，他心上總放不過去，回家設立靈牌，歲時必親自供獻，家道平安如舊。又時勸周璉將一年所入，除用度外，凡有餘剩，即著施衣食棺木。不但親友，即本縣遠近有貧不能葬、壯無力娶者，查訪的確，無不幫助。每一歲之中，做許多善果。從這年起，蕙娘連生三子二女，後皆貴顯，豈非積德之報？周通夫婦皆壽至八十餘，周璉夫婦亦享遐年。可見富戶人家行點好事，上天無不加倍報之。世間看財奴、刻薄鬼，以若大家私，他只怕子孫不夠過，凡一飲一食，一錢一物，還要處處打算，佔窮人點便宜方快。不出兩世，即生出敗家子孫，任憑他有百萬之富，總要洗刷他個乾淨。可見與子孫積銀錢，總不如與子孫積點陰德最長久也。

再說猿不邪回玉屋洞，繳于氷法旨，將周通夫婦回書並沈襄稟帖呈覽，又將壽仙衣取出，著于氷看。于氷道：「此係上元夫人至寶，只因他用不著，至今未加揀點。你且存在身邊，將來他自有人來取，與他可也。」不邪回完于氷話，復取沈襄書字，遞與不換。不換看了，亦深喜寄托得所。忽見于氷慌忙站起，吩咐：「快備香案，吾師的法旨到了。」不邪和不換剛纔收拾停妥，早見一仙吏入來，于氷讓至石堂中，同城璧等將法帖供放在案上，一同叩拜，然後大家公看，上寫道：

冷于氷自修道以來，積善果大小十一萬二千餘件，天仙冊籍久已註名。惜內功不足飛昇，尚需時日，可率同弟子猿不邪，赴福建九功山朱崖洞靜修，以免城璧等日夕問答紛擾。再連城璧、金不換皆濁骨凡夫，俱邀于氷濟渡，遂得行雲並出納口訣，真數劫難逢之福遇也。誠能立志精進，將來何患無成？是諸子皆沐于氷再造之恩，猶敢以雁行並列，何無心肺至於乃爾？可於我法帖到日，即行拜于氷為師，並傳諭溫如玉知之。猿不邪出身異類，能沈潛入道，靜一不雜，甚屬可取，今即賞姓為袁。嗣後于氷凡有示諭，毋加犬傍，為將來大成時，膺應上帝詔命之地，囑令益奮勉，吾於伊亦有厚望焉。遵此。

城璧、不換看畢道：「此弟子等所禱祀而求者也。今蒙祖師責飭，倍深羞愧。」隨請于氷正坐，于氷亦不謙辭，只向仙吏舉了舉手，便正坐了。城璧和不換大拜了四拜。于氷道：「此係吾師念汝等出身所自始，實係公論，非吾好為尊大，忘卻前盟也。」又著城璧、不換與不邪對拜，俱以師兄呼袁不邪。于氷向仙吏道：「山洞荒野，苦無佳品留賓。有昔年峨眉山木仙，送吾桂實數個，味頗芬芳。」隨取棗大者兩個相送。仙吏在火龍真人洞中，凡三界諸仙珍物，目所見者最多，從未見如許大的桂實。又見黃光四射，香氣盈堂，受之大喜過望，再三叩謝而別。後火龍真人詢知，差仙吏走取，于氷將茶杯大者一、棗大者四敬之，此係後事。

于氷送仙吏出洞回來，正坐石床，不邪、城璧等兩傍侍立，不復前時舉動矣。于氷道：「我此刻即去九功山，著袁不邪跟隨，完吾道果。城璧、不換可分前後洞修持，除採辦飲食外，不得片刻坐談，誤靜中旨趣。我去後，著城壁赴瓊岩洞，示知溫如玉，再傳與他出納口訣，亦不得與二鬼遊談誤事。並飭諭二鬼，加意修煉，以圖上進。」城壁唯唯受命。說罷出洞，城壁、不換也只得學袁不邪様子，跪送洞傍，只看得駕雲後，方纔起來回洞。正是：

斬妖萬年縣內，回洞細陳前情。
須到火龍法旨，盟弟盡做門生。

第九十一回　避春雨巧逢袁太監　走內線參倒嚴世蕃

詞曰：

郊原外，雨涓涓，杯酒與他同醉，論權奸。　一疏已有內線，欣逢術士周旋。嚴飭刑曹究此案，萬人歡。

右調春光好

前回言袁不邪回玉屋洞，火龍頒法旨，于冰赴九功山，這話不表。

且說鄒應龍自林潤出巡江南後，日夜留心嚴嵩父子款件，雖皆件件的確，只是不敢下手。此年他胞叔鄒雯來下會試場，因不中急欲回家，應龍湊了些盤費，親自送出彰義門外。見綠柳已舒新眉，殘桃猶有餘笑，蒙茸細草，步步襯著馬蹄，鳥語禽聲，與綠水潺湲之聲相應。遙望西山一帶，流青積翠，如在眼前。因貪看春色，直送了二十餘里。忽然落下雨來，起初點點滴滴，時停時止，次後竟大下起來。又沒有帶著雨具，衣襟已有濕痕。

猛見前面坐北朝南有一處園林，內中隱隱露出樓閣，隨吩咐家人策馬急趨。到了門前，守門的問道：「做甚麼？」家人們道：「我家老爺姓鄒，現任御史，因送親遇雨，欲到裡面暫避一時。」守門人道：

「請老爺暫在門內略等，等我去問聲主人，再來回覆。」少刻，守門人跑出道：「我家老爺相請，已迎接出來了。」應龍下馬，隨那人走入第一層園門，只見一個太監，後跟著五六個家丁，七八個小內官，都站在第二層門內等候。見應龍到了面前，方下臺階來，舉手笑說道：「老先❶是貴客，難得到我們這兒來。」應龍也舉手道：「因一時遇雨，無可迴避處，故敢造次趨謁。」那太監又笑道：「你若不是下雨，做夢兒也不來。」

說罷，拉著應龍的手兒，並行入去，到一敞廳內，敘禮坐下。太監道：「方纔守門的小廝說老先姓鄒，現做御史，不曉得尊諱叫甚麼？」應龍道：「小弟叫鄒應龍。」那太監道：「這倒和上科狀元是一個樣兒的名字，難得。」應龍笑道：「上科僥倖就是小弟。」那太監道：「呵呀！你是個狀元御史，要算普天下第一個文章頭兒，與別的官兒不同，我要分外的敬你了。快請到裡面去坐，這個地方兒平常不是教狀元坐的去處，我還要請教你的文墨和你的學問。」應龍笑道：「若是這樣，小弟只在此處坐罷。被老公公考較倒了，那時反難藏拙❷。」那太監大笑道：「好輕薄話兒，笑話我們內官❸不識字麼？」

於是又拉了應龍的手兒，過了敞廳，循著花牆北走，又入了一層門兒，放眼一看，見前後高高下下，有無數的樓閣臺榭，中間鬱鬱蒼蒼，樹木參差，假山魚池，分列左右，倒也修葢的富麗。又領應龍到一亭子內，見四面垂著竹簾，亭子周圍都是牡丹，也有正開的，也有開敗的，一朵朵含芳吐卉，若花茵錦

❶ 老先：老先生。漢書梅福傳：「夫叔孫先非不忠也。」注：「先，猶言先生也。」

❷ 藏拙：掩蔽自己的短處，不使顯露。韓愈和席八十二韻詩：「倚玉難藏拙，吹竽久混真。」

❸ 內官：宦官。見明史職官志。

帳一般，無愧國色天香之譽。再看那雨，已下的小了。兩人就坐，左右獻上茶來。應龍道：「小弟還沒有請教老公公高姓大諱，並在內庭所執何事。」那太監道：「我姓袁，名字叫天喜。」應龍道：「可是元亨利貞的元字麼？」太監道：「不是了。我這姓和那表兄表弟的表字差不多。」應龍笑道：「小弟明白了，尊姓果然像個表字。」袁太監拍手大笑道：「何如？連你也說像了。我如今現掌尚衣監❹事。這幾日纔將夏季衣服交入去，又要幹辦秋季的衣服。昨日趁閒空兒出來走走。」應龍將他出入禁掖日伴君王的事，著實譽揚了幾句，又將他的花園也極口道好。

袁太監大樂，向眾小內官道：「這鄒老爺是大黑兒疤的狀元出身，不是頑兒的。他嘴裡從不誇獎人，人若是教他誇獎了，這個人一萬年也不錯。」眾小內官和家丁們齊聲答應道：「是，是。」袁太監又向眾人道：「我們坐了這半天，也不弄點喫的東西，都擠在這裡聽說話兒。」應龍道：「此刻雨小了，小弟別過罷。」袁太監惱了道：「這都是把人當忘八羔子待哩！難道我們做內官的，就陪狀元喫不得一杯酒麼？就立刻要告辭，你不來，不怎麼？」應龍見袁太監惱了，忙笑說道：「小弟為初次相會，實不好討擾。今既承厚愛，小弟喫個爛醉回去，何如？」袁太監又笑了，說道：「歸根兒這一句，纔像個狀元的話。」

須臾，盤盛異品，酒泛金波，山珍海錯，擺滿春臺，食物亦多外面買不出來的東西。應龍見袁太監人爽直，也不作客，杯到即乾。喫到半酣時分，應龍道：「小弟躬逢盛景，兼對名花，此時詩興發作，意欲在這外面粉牆上寫詩一首，只恐俚句粗俗，有污清目。」袁太監道：「你是中過狀元的人，做詩還

---

❹ 尚衣監：官署名。掌供御服。明置尚衣監，以宦官任之，清廢。

論甚麼裡外？裡做也是好的，外做也是好的。但是詩與我不合脾胃，倒是好曲兒寫幾個，我鬧了出來，看的唱唱，也是一樂。若說做詩，我們管奏疏的喬老哥，他還是個名公。」應龍道：「可是喬諱承澤的麼？」袁太監道：「這又奇了，你怎麼知道他的名字？」應龍道：「去歲秋間，聖上將他做的詩三十餘首，發到翰林院，著眾詞臣公看，也還難為他，竟做的明白。」袁太監笑道：「他纔只是個明白？不該我說，翰林院裡除了你，還沒有第二個人做的過他哩！」

應龍笑道：「我也做不過他。」袁太監道：「你倒不必謙著說，他實利害的多著哩！我們見他拿起筆來，寫小字兒還略費點工夫，寫大字只用幾抹子就停當了。去年八月裡，他到我這兒來，也要在我牆上寫詩，我緊拉著，他就寫了半牆。他去了，我叫了個泥匠，把他的字刮掉，又從新粉了個雪白。後來他知道了，他倒說我是個俗品。你公道說罷，這牆還是白白兒的好，還是塗黑了好哩？」應龍道：「自然是白的好。」袁太監道：「既然知道白的好，你還為甚麼要寫？」應龍笑道：「我當你不愛白的。」自此將做詩的話，再不題了，兩人只是喫酒。袁太監又叫過幾個小內監來，唱寄生草、粉紅蓮、鳳陽歌。唱了一會，向應龍道：「這個地方兒喫酒低，我們到高處去罷。」應龍道：「高處喫酒，自然又好似低處了。」袁太監大樂，吩咐家人，移酒到披雪樓上。

兩人行到樓上坐下，將四面窗槅打開，只見青山疊翠，綠柳垂金，遠近花枝，紅白相映，大是豁目賞心。兩人復行暢飲，又聽了會曲兒。應龍見袁太監有酒了，便低低說道：「小弟有心腹話要請教，祈將尊紀們暫時退去。」袁太監向眾人道：「鄒老爺有體己話❺兒告訴我，你們把酒留兩壺在桌上，我們

❺ 體己話：知心話；私話。紅樓夢第七十七回：「屋裡只你兩個人，我只道有些個體己話兒。」

自己斟著喫。打發鄒老爺的人喫飯，不醉了，我不依。」眾人答應，一齊下樓去了。應龍道：「老公公日在聖上左右，定知聖心。年來諸大臣內，聖上心中到底寵愛那個？」袁太監道：「寵愛的內外大臣，也有十來個，總不如吏部尚書徐階第一，你聽著罷，就要做宰相哩！」應龍道：「比嚴中堂還在上麼？」

袁太監道：「你說的是嚴嵩麼？」應龍道：「正是。」袁太監道：「那老小婦的，走了背運了。」應龍忙問道：「我見聖上始終如一，寵眷與前無異，怎麼說他走了背運？」袁太監道：「你們外邊的官兒，那裡知道內裡的事？二年以前，這老頭子還是站著的皇帝。不知怎麼，從去年至今，青詞也做的不好了，批發的本章擬奏上去，都不如聖意。啟奏的事，萬歲爺未嘗不准他的，只是心上不舒服。」應龍道：「老公何以知道這般詳細？」袁太監道：「我在尚衣監，見萬歲爺的時候少，一月不過兩三次。司理監趙老哥，和奏疏上的喬老哥，他們兩個是日夜不離的。萬歲臉上略有點喜怒，他們就可以猜個八九分兒是為甚麼事體，一個愛嚴嵩不愛，有甚麼難測度處？」

應龍以手加額道：「此社稷之福也。」袁太監道：「你說是誰的福？社稷是個甚麼人？」應龍道：「我沒有說甚麼福不福。」袁太監拂然道：「你這個人就難相與了！你今兒個和我一會，咱們從今日就是好哥兒，好弟兄，好朋友。我的爹媽就是你的父母，我的姪兒子們就是你的兒女。有了話，你也不要瞞我，我也不要瞞你。你方纔來來回回盤問愛誰不愛誰，必定有個意思。又把嚴老頭子緊著問，你到底是心上疼他，還是惱他哩，你只管告訴我，我替你拿主意。你要怕我走了話，我到來生來世，還做個老公，教人家割了去。這個誓兒，對不過你麼？」應龍道：「老公公出入內庭，品端行方，斷斷不是走話的人。弟因嚴嵩父子屠毒萬姓，殺害忠良，貪贓賣官，權傾中外，久欲參他一本。誠恐學了前人，徒死無益國家。適聽公公說他聖眷漸衰，諒非虛語，小弟志願已決，今晚回去，定連夜草成奏疏，上達宸聽。事之成敗，我與老賊各聽天命罷了。」

袁太監把桌子一拍道：「好！好！你聽我告訴你。你前幾年參他，不但參不倒，且有禍患。若再遲幾年參他，他將萬歲爺又奉承喜歡了，可惜就失了機會。如今不遲不早，正是好時分兒。你做這件事，不但成就了你的聲名，還替我報了仇恨，正是一舉兩得。」應龍道：「老公公與他毫無交涉，怎麼說仇恨二字？」袁太監道：「說起來我就惱死。我們祖籍是河間府人。我自入宮後，這二十多年，也弄下幾個錢兒。我的父母也死了，只有個同胞的老哥哥和幾個姪兒子，在珠寶市兒買了兩處大鋪房，費了四千二百來兩銀子，只討了半年房錢。不意他家有個總管，叫甚麼嚴七，他硬出來做原業主，只給了我哥哥二千兩銀子，就把兩處鋪房都贖了去。我哥哥不敢惹他，我又怕弄出是非來，教萬歲爺說我們有錢，賠了二千二百多兩本兒，教他剋了去。你說氣也不氣？分明他還知道是我們內官的房子，若是平常人，休說找二千，連一千還未必找給。你今日要參他，我心上先就樂起。還有個訣竅，我說給你，你的參本別要在通政司掛號，那老奴才耳目眾多，一露風聲，你的本章白擱在那兒，他就著人先參了你。當日那趙文華，不知和他做了這們多少次。我們內裡都知道，誰肯在萬歲爺前翻這個舌頭？今日四月初二日，也工夫忒促急。你定到四月初四日，早飯後親到內閣，我教管奏疏的喬老哥，在內閣等你，你暗暗的遞與他就是了。我們哥兒兩個相交的最厚，年年總要送他幾套衣服穿。」

應龍道：「這喬公公雖素日聞名，只是認識不得他，萬一交錯了，關係非淺。」袁太監道：「他有甚麼難認？一臉痲子，長條身材，穿著蟒衣玉帶。且他常到內閣和中堂們說話兒，別的內官沒有旨意，誰敢到內閣裡去？」應龍道：「假若聖上追究不由通政司掛號，該怎麼處？」袁太監道：「你好囉嗦呀！這樣個膽兒，就想參人？你不由通政司掛號，是你的不是。他私自收你的本章，替你傳送，難道他不擔干係麼？只因他有那個武藝兒，他纔敢收你的本章哩！我想了一會，你且不要參嚴老頭子，他受恩多年，此時他就要算國之元老，你一個上科新進的小臣，雖說是言官❻，你參的他輕了，白拉倒，惹的他害你。參的語言過重，萬歲爺看見許多款件，無數的惡跡，他鬧了好些年，竟毫無覺查，臉上也對不過諸王大臣和普天下的百姓，只怕你也討不了公道。依我的主見，你莫妙於只參他的兒子嚴世蕃和他家人嚴七等，搬倒小的兒，大的不怕他不隨著倒，這就替萬歲爺留下處分他父子的地步了。比如一窩燕兒，你把小燕兒都弄死，那大燕兒還想安然住著麼？」

應龍連忙站起，叩謝道：「老公公明見，匪夷所思❼，真令人佩服，感激之至，小弟就如此行。此時雨已不下多時了，小弟告辭罷。」袁太監還禮後，說道：「好容易知己哥兒們遇著，你不如在這兒住一宿，明日我和你一同進城。」應龍向袁太監耳邊說道：「我回去要做參本，等我參倒嚴嵩父子，你有工夫，我就來陪你，只用你著人叫我一聲。」袁太監大樂道：「這們的敢只好。還有句話，我說給你。若見了喬老哥，叫不得他老公公。這老公公是老婆婆的對面兒，不是甚麼高貴稱呼。」應龍連連作揖道：「小弟山野，整叫了你一天老公公，該死，該死。」袁太監亦急忙還揖道：「你好多心呀！你當我惱你麼？我要惱你，我就不說了。你叫我老公公，我知道你是心上敬我。我只怕你得罪了喬老哥。」

❻ 言官：主諫議的官。見梁章鉅稱謂錄。

❼ 匪夷所思：不是一般人所能想得到的。周易渙卦：「渙有丘，匪夷所思。」

應龍又作揖道：「你還不快指教我到底該稱呼甚麼纔好？」袁太監笑道：「你的禮忒多，到底還和我是兩個人。你聽我教給你：比如他要叫你鄒先兒，這和你們叫老公公一樣，你稱呼他老司長，他叫你鄒老先，這是去了個兒字加敬了，你稱呼他喬老爺。他若叫你鄒老爺，你稱呼他喬大人。他是衣蟒腰玉的老公，比我們不同。不但你，嚴老頭子倒是個宰相，還叫他大人不絕口。這是本朝開國元勳，我們綱丙老爺給我們掙下的這們點臉面兒。你既要做打老虎的事，必須處處讓他佔個上分兒，就得了竅了。我說的是不是？」應龍道：「小弟心上終身感激不盡。」

袁太監道：「你放心做去罷。我內裡替你托幾個人，也是一臂之力。」應龍道：「更感厚情不盡。」兩人攜手出園，叮嚀後會。應龍騎在馬上，袁太監道：「鄒老爺，戲裡頭有兩句：眼觀旌捷旗，耳聽好消息❽。」應龍在馬上伏首道：「仰賴福庇，定必成功。」袁太監只等的看不見應龍，方回園內。向眾小內官道：「這鄒狀元倒還沒有那種紗帽氣，心上待人也真。他就在這幾天，要做人不敢做的事，竟是個好漢子。我明日定懇司理監趙老爺和喬老爺，暗中幫幫他。」說著，入裡面去了。

再說鄒應龍回到家中，越想那袁太監的話，越有道理。想了半夜，然後起稿。上寫道：

福建道監察御史臣鄒應龍，一本為參奏事：竊以工部侍郎嚴世蕃，憑藉父權，專利無厭，私擅封賞，廣致賂遺，使選法敗壞，市道公行，群小兢趨，要價轉鉅。刑部主事項治元，以萬三千金轉吏部；舉人潘鴻業，以二千三百金得知州。夫司屬郡吏，賂以千萬，則大而公卿方岳，又安知紀

---

❽ 眼觀旌捷旗二句：語出元無名氏舉案齊眉第二折。旌捷旗，告捷的旗子。

極？平時交通賄賂，為之居間者，不下百十餘人。而其子錦衣嚴鵠，中書嚴鴻，家人嚴年，幕客中書羅龍文為甚。年尤桀黠，仕宦人無恥者，至呼為萼山先生。遇嵩生日年節，輒獻萬金為壽。臧獲富侈若此，是主人當何如？嵩父子故籍袁州，乃廣置良田美宅於南京、揚州，無慮數所，以豪僕嚴冬主之，恃勢鯨吞，民怨入骨。外地牟利若是，鄉里可知。嵩妻病疫，聖上殊恩，念嵩年老，特留世蕃侍養，令鵠扶櫬南還。世蕃乃聚狎客，擁艷姬，恒舞酣歌，人紀滅絕。至鵠之無知，則以祖母喪為奇貨，所至驛站，要索百端，諸司承命，郡邑為空。今天下水旱頻仍，南北多警，而世蕃父子方日事掊克⑨，內外百司，莫不竭民脂膏，塞彼谿壑。民安得不貧？國安得不病？天人災變，安得不迭至也？臣請斬世蕃首，懸之於市，以為人臣不忠之戒。苟臣一言失實，甘伏顯戮。嵩溺愛惡子，召賂市權，宜疾放歸田，用清政本，天下幸甚。臣應龍無任惶恐待命之至，謹奏。

寫完，看了幾遍。至次日，用楷書寫清。到初四日，一早入朝，直候到飯時，在內閣見一蟒衣太監，面麻身長，倚著門兒站立。又見有許多大員，在那裡強著和他說話。應龍心裡說道：「這必是喬太監無疑。」急走至面前，先與他深深一揖。那太監還了半揖道：「老先少會的很，貴姓哩？」應龍道：「姓鄒。」那太監道：「可是上科狀元，如今做御史的麼？」應龍道：「正是。」太監笑道：「前日和袁潋友喫酒好樂，他是個俗物，把你的詩興都阻了。我姓喬，正要尋你問句話兒，你跟我來。」

---

⑨ 掊克：音ㄆㄡˊ ㄎㄜˋ，以苛稅聚斂財物。詩大雅蕩：「曾是掊克。」亦作裒刻、裒剋。

將應龍引到西邊一板屋牆下，說道：「你的奏疏有了麼？」應龍連忙從袖中取出，遞與喬太監道：「統望大人照拂。」太監接來，也向袖內一塞道：「你這事係袁漱友再三相托，有點縫兒，我就替你用力。」應龍連連作揖。喬太監拉住道：「你不要多禮。事成之後，我有幾首詩要發刻，一則求你改削，二則還要藉重你的大名，做篇序文，你卻不可過河拆橋⑩。」應龍道：「正要捧讀大人珠玉，至於序文欲用賤名，越發叨光不盡了。小弟妹丈林潤，係新科榜眼，他雖出巡江南，弟亦可代做序文，並書舍妹丈名諱，可使得麼？」喬太監樂的拍手大笑道：「我的詩原無佳句，得二位鼎甲一譽揚，定必長安紙貴⑪，價重南京矣。但不知令親林潤，可就是參趙文華的那個少年翰林麼？」應龍道：「正是他。」喬太監樂的手舞足蹈道：「得他一篇序文，我這品行學問，高到那兒去了！你要知道，他昔日參趙文華，就是參嚴中堂。你今日又參他，怎麼你郎舅們都是鐵漢子？我再說給你：萬歲爺和嚴中堂，是前生前世百世奇緣，想要弄倒他，難而又難。也罷了，我再替你內裡托兩個人罷。」應龍又謝。喬太監道：「我們別了罷，改日還要在袁漱友園中領教。你這本或今日午後，至遲明早，定有旨意。」應龍別了出來，也無心上衙門，回家坐候吉凶。

喬太監將應龍奏疏帶到宮內，同六部本章放在一處，卻放在第二個本章下面。等的明帝到批發本章時，喬太監放在桌上。明帝看到應龍參嚴世蕃並嚴年等，心下大為詫異，問喬太監道：「怎麼參本和六

---

⑩ 過河拆橋：比喻不念舊情，忘恩負義。亦作過橋拆橋。

⑪ 長安紙貴：晉代左思構思十年，成三都賦，時人競相傳寫，洛陽為之紙貴。見晉書文苑傳。今以喻著作之風行一時，亦作紙貴洛陽。此處乃借用典故。

部現行事件放在一處？」喬太監跪奏道：「此係御史鄒應龍親到宮門，未經通政司掛號，因此放在六部現行事件內。」明帝也就不追問了。又往下細看，心裡說道：「嚴世蕃等倚仗嚴嵩，竟敢如此作惡，嚴嵩慢無約束，是何道理？」又想道：「世蕃係大學士之子，言官參他，不得不放重些，大要虛多實少。」

正欲想算批發，猛見方士藍道行⑫站在下面，明帝此時深寵信他，因他善會扶鸞⑬，說道：「朕有一事不決，藉乩仙⑭明示。」隨即駕到鸞房。藍道行問道：「陛下所問何事？」明帝道：「朕心默祝，你只管照鸞詞書寫出來就是。」喬太監便使了個眼色，藍道行前受袁太監囑托，午間又受喬太監和趙太監囑托，適間問應龍參本話，他又是聽見的，此刻喬太監又遞眼色，心裡早已透亮。少刻，乩筆在沙盤中亂動，他卻不看寫的是甚麼，隨用自己的意見，寫出幾句話來，道：「嚴嵩主持國柄，屢行殺害忠良。子世蕃等貪賄無已，宜速加顯戮，快天下臣民之心。」明帝看了，心上大是欽服。

隨即回原看本處，將應龍本章批道：「覽鄒應龍參奏，朕心深為駭異。嚴世蕃等俱著革職，拿送刑部。其種種不法，著三法司將本內有名人犯，一並嚴審，定擬具奏。鄒應龍即著陞授通政司正卿，欽此。」這道旨意一下，京師震動，將應龍此本，家傳戶誦，都亂講先時有許多不怕死的官兒，不但未將嚴嵩父

---

⑫ 藍道行：明人，嘉靖中以扶鸞得幸。帝問今天下何以不治，道行假乩仙言嚴嵩奸罪，會御史鄒應龍劾嵩疏上，帝即放嵩還。已而嵩詗知道行所為，厚賂帝左右，發其怙寵招權諸不法事，下詔獄坐斬，死獄中。見明史卷三百七鄒應龍傳。詗，音ㄒㄩㄥˋ，刺探。

⑬ 扶鸞：迷信的人一種請神的方法，用架懸錐，兩人扶持，錐自動在沙盤上寫字，以卜吉凶。亦作扶乩、扶箕。

⑭ 乩仙：迷信扶乩時所請託之神靈，謂之乩仙。乩，音ㄐㄧ，盤中盛沙以錐書字而卜吉凶禍福之稱。

子動著分毫，並連他的黨羽也沒弄倒半個，誰想教個新進書生，倒成了大功，真是出人意外。只十數日，便遍傳天下皆知。正是：

避雨無心逢內宦，片言杯酒殺奸雄。
忠臣義士徒拚命，一紙功成屬應龍。

第九十二回　草彈章林潤參逆黨　改口供徐階誅群兇

詞曰：

風雨傾欹欲倒牆，舊彈章引新彈章。覆巢之下無完卵，宰相今成乞丐郎。　改口供，奏君王，安排利刃誅豺狼。霎時富貴歸泉壤，空教燐火對寒霜。

右調思佳客

話說明帝降了鎖拿嚴世蕃旨意，這日刑部即將本內有名人犯，一一傳去，也不敢將他下監，俱安頓在大堂傍邊空閒屋內，各官俱送酒席。次日早，明帝御偏殿，嚴嵩免冠頓首，痛哭流涕，訴說平日治家嚴肅，從不敢縱子孫並家奴等為非。明帝笑道：「國家事自有公議，俟三法司審擬後，朕自有道理。」嚴嵩含淚退下。過了十二三天，三法司還未審明回奏。只緣嚴嵩勢傾中外，又兼三法司內倒有一半是他父子的黨羽，不但不敢將世蕃等加刑，就是家人嚴年，連重話兒也不敢問他一句。嚴世蕃倒口若懸河❶，力辨事事皆虛，只求參奏，也將鄒應龍革職對審。三法司見旨意嚴切，誠恐明帝喜怒不測，又不敢將應龍參奏，因此日日挨磨，等嚴嵩於中斡旋了事。

❶口若懸河：言談有如流水，滔滔不絕，極言人之善辯。亦作口如懸河。

一日，吏部尚書徐階，有本部要緊事件面奏請旨，在宮門等候。太監喬承澤傳他入去，到一小屋內，明帝獨坐。徐階跪伏面前，明帝笑著教他起來賜坐，徐階謝恩坐了。明帝問了回吏部事務完畢，正欲退出，明帝道：「御史鄒應龍參奏嚴世蕃等，朕著拿交刑部，會同三法司審訊，怎麼半個多月，不見回覆。想是人犯未齊麼？」徐階跪奏道：「此事有無虛實，只用問嚴世蕃、嚴年，便可定案。餘犯即有未到的，皆可過日再問。」明帝道：「卿所言極是，怎麼許久不見回覆？」徐階故作無可分辨之狀，伏首不言。明帝大怒道：「朕知道了，想是三法司懼怕嚴嵩，比朕還加倍麼？」徐階連忙叩頭，又不回奏一語。明帝道：「卿可照朕適纔話，示知三法司，再傳旨著錦衣衛陸炳，同三法司嚴刑審訊，定擬速奏。若少有瞻狥，與世蕃等同罪。」

徐階唯唯退出。到內閣，將明帝大怒所下旨意，寫了片紙，差內閣官示知三法司並錦衣衛衙門。嚴嵩見了這道諭旨，大是驚懼。又見傳旨的是徐階，就知道是徐階有密奏了。連忙回家備名帖，請徐階午間便飯。徐階也怕嚴嵩心疑，只得撥冗一到。嚴嵩親自接到大門院中，讓徐階到自己住的內房坐下。徐階問：「有別客沒有？」嚴嵩道：「只是大人一位。」少刻，酒餚齊備，見執壺捧杯，都是些朱顏綠鬢少年有姿色婦人，內中他兒子世蕃的侍妾，倒有多一半。這是嚴嵩恐徐階與他作對，又深知他是明帝信愛之人，這許多婦女內，若徐階看中那幾個，便是他兒子的小女人，他就於本日相送，總以長保富貴為主。這也是他到萬無奈何處，纔想出這條主見，要打動徐階。

嚴嵩捧一杯酒，親自放在徐階面前，隨即跪了下去。慌的徐階也陪跪在一邊，說道：「老太師大忘分了，徐階如何當得起？」嚴嵩哭著說道：「老夫父子蒙聖恩隆施過厚，久干眾惡。朝中文武大臣，惟大人與嵩最厚。今小兒世蕃同孫鵲、鴻，也平白下在獄中，諸望大人垂憐。倘邀福庇瓦全，我父子尚非草木，我還是可以報達大人的人。」徐階心裡罵道：「這老奸巨猾的奴才，又想出這樣個法兒牢籠我。」口中連連說道：「老太師請起。徐階有可用力處，無不盡命。長公大人不過暫時浮沈，指顧便可立白，太師只管放心。晚生今早是因本部事件，候旨宮門，並未見聖上，係太監喬承澤傳旨於晚生，晚生傳旨於內閣，老太師毋生別疑。」

嚴嵩佯問道：「今日大人還到宮門前麼？老夫那裡曉得。並連大人傳旨的話也不曉得。老夫今日請大人，是為小兒下獄共商解救之法。大人如此表白，倒是大人多疑了。」說罷，又連連頓首，然後一同起來。徐階陪跪了這大半晌，心上越發不快活，肚裡罵了許多「無恥的老奴才」。於是兩人對坐，酒菜齊行，烹調的色色精美，有許多認不出的食物。席間又請教救世蕃之法，徐階初時說些不疼不癢的話，怎當得嚴嵩苦苦相逼，只得應承在明帝前挽回，嚴嵩方纔心喜，出席頓首叩謝。在嚴嵩的意見，也不望徐階幫助，只求他不掇弄就罷了。今見許了挽回，便叫過眾婦女，盡跪在徐階面前，以家口相托，說了多少年老無倚淒涼可憐的話，又請徐階於眾婦人中揀選五六個服侍之人，倘邀垂愛，今晚即用轎送去。徐階辭之至再，嚴嵩又讓之至再，鬼弄到定更時，見徐階決意一個不要，方放徐階回家。又親自送到轎前，看的坐了轎纔歇。

次日，陸炳同三法司會審，只將嚴年、羅龍文各夾了一夾棍，拶了幾件貪賂的事，問在他兩個身上，擬發邊地充軍。嚴世蕃只失查家人犯贓，羅龍文係與嚴年做過付，與世蕃無干涉，也不敢擬他罪名，請旨定奪。凡應龍所參項治元並嚴鵠騷擾驛地等事，皆付之虛。疏入，明帝也有些心疑，將世蕃並其子嚴鵠，發遣雷州，餘俱著發煙瘴地方充軍。還是體念嚴嵩開恩意見。過了兩日，又下特旨，嚴鵠免其發遣，著留嚴嵩左右。

這兩道旨意傳出，大失天下人心，都說嚴世蕃等罪大惡極，怎麼只問個發遣？還將嚴鵠放回都中，將三法司並錦衣衛這幾個審官，罵的臭爛不堪，為他們狗情定擬，以實為虛。此時惟副都御史黃光昇❷、錦衣衛陸炳，愧悔欲死。因此，朝中又出了幾個抱不平的官兒，連名題參嚴嵩。明帝將嚴嵩革職，徐階補了大學士缺，眾人越發高興起來。又出來幾十個打死狗❸的，你參一本，我參一本，還有素日在嚴嵩父子門下做走狗的人，也各具名題參。

又將以前參過嚴嵩父子的諸官，或被害，或革職，或抄沒，或遣發，俱開列名姓，如童漢臣、陳塏、陳紹詩、謝瑜、葉經、王宗茂、趙錦、沈良才、喻時、王萼、何維柏、厲汝進、楊繼盛、張翀、董傳策、周鐵、趙經、丁汝夔、王忬、沈鍊、吳時來、夏言等❹，俱請旨開恩，已革者復職簡用，已故者追封原官，抄沒者賞還財產，現任者交部議敘。又將嚴嵩父子門下黨惡大小官員，開列八十餘人，已故者請革

---

❷ 黃光昇：明晉江人，字明舉，嘉靖進士，累拜兵部侍郎，總制楚、蜀、黔三省，討叛苗，撫降二十八寨，遷南京刑部尚書，尋罷歸。

❸ 打死狗：比喻抨擊已失權勢的人，通作打死老虎。

❹ 童漢臣句：童漢臣，明錢塘人，字重良。嘉靖進士，擢御史，督諸將擊退俺答，以劾嚴嵩被貶。嵩敗，起知泉州府，終江西副使。陳塏（或誤作瑎），明餘姚人，字山甫，嘉靖進士，官至南給事中，劾武定侯郭勛之驕恣，出湖廣參議，後為參政。二人事均見明史卷二百十本傳。其餘二十人事跡，明史卷二百十及他處均可查考，在此不詳錄。

除追奪封典，現任者請立行斥革。或連名，或獨奏，鬧了二十餘天，通是這些本章，鬧的明帝厭惡之至。倒反念嚴嵩在閣最久，沒一天不和他說幾句話兒，一旦逐去，心上甚不快活，不由得遷怒在鄒應龍身上。一日，問徐階道：「應龍近日做甚麼？」徐階道：「應龍在通政司辦事。」明帝怒道：「是你著他做通政司麼？」徐階頓首道：「臣何許人，敢私授應龍官爵？陛下旨下二部，硃批現存內閣。」明帝聽了，原是自己放的官職，也沒法逐斥應龍。復向徐階道：「近來朝中諸官，無日不參奏嚴嵩父子。嚴嵩朕已斥革，世蕃業經發遣，他們還喋喋不已，意欲將嚴嵩怎麼？嗣後再有人參嚴嵩父子者，定和鄒應龍一同斬首。」諸官聽了這道嚴旨，方大家罷休。應龍因明帝有徐階私授通政司之說，仍舊回都察院去。都察院因已出缺，補授有人，不敢留應龍在衙門內，應龍纔弄的兩下不著。徐階聞知，將應龍請去，說道：「你的話，我前已奏明。你若迴避，倒是違旨了。」應龍聽了這話，又復到通政司任，京師傳為笑談，俱言已倒了的嚴嵩，其餘寵尚如此利害，一則見參他之難；二則見明帝和嚴嵩也是古今人解說不來的緣法。

再說林潤自巡按江南後，到處裡與民除害，豪強斂跡，大得清正之譽。那日辦完公事，閱邸抄，見應龍參世蕃本章，已奉旨將嚴世蕃等拿送三法司審訊，應龍又陞了通政司正卿，不覺狂喜道：「有志者事竟成也。」過些時，知將世蕃等遣發邊郡。又過些時，知將嚴嵩革職，雖然快活，到底心上以為未足。一日，在松江地方，風聞嚴世蕃、嚴年等，或在揚州，或在南京，日夜叫梨園子弟唱戲，復率領許多美姬遊覽山水，兼交接仕宦，藉地方官威勢，凌虐商民，並不赴配所。林潤得了這個信兒，即從松江連夜趕回揚州，便接了三百餘張呈詞，告嚴世蕃並他家人嚴冬，率皆霸佔田產，搶奪婦女等事。林潤大怒道：

「世蕃等不赴配所，已是違旨。復敢在我巡歷地方生事不法，真是我不尋他，他反來尋我。」於是連夜做了參本，上寫道：

巡按江南等處地方監察御史臣林潤一本，為賊臣違旨橫行據實參奏事：竊嚴嵩同子世蕃，紊亂國政，數年來頤指公卿，奴視將帥，筐篚苞苴❺，輻輳山積。忠直之士被其陷害者，約五十餘人，種種惡跡，俱邀聖鑒。嚴嵩罷歸田里，世蕃等各遣發極邊。詎意世蕃等不赴配所，率黨羽嚴年、嚴冬、羅龍文、牛信等，在南京、揚州二地，廣治府第，日役眾至四千餘人。且復乘軒衣蟒，攜姬妾並梨園子弟，行歌通衢。每逢夜出，燈火之光，照耀二十餘里。更復招納四方亡命，以故江洋大盜，多棲身宇下，致令各府縣案情難結。仍敢同羅龍文誹謗時政，不臣已極。其霸民田產，奪民妻女，尚其罪之小者也。臣巡歷所至，收士庶控伊等呈詞，已三百餘紙，率皆藐法串奸，干犯忌諱等事。似此違旨橫行之徒，斷難一刻姑容，請旨即行正法，並抄沒其家私，天下幸甚，謹奏。

這本到了通政司，鄒應龍看後大喜。知林潤係徐階門生，隨即袖了，到徐階家來。直等至燈後方回，應龍見後，將林潤參本取出，著徐階看視。徐階看完，問應龍道：「老長兄以為何如？」應龍道：「此本情節參的頗重，嚴嵩父子恐無生理。」徐階搖著頭兒笑道：「復行拿問必矣，死猶未也。俟世蕃等到日，我自有道理。」應龍別了回來，將此本連夜掛號，次早入朝送入。午間有旨：「著林潤知會本地文武，

❺ 筐篚苞苴：筐篚，音ㄎㄨㄤ ㄈㄟˇ，竹器，方曰筐，圓曰篚。苞苴，音ㄅㄠ ㄐㄩ，包裹。引申為餽贈賄賂之物。

將嚴世蕃等即行嚴拿，毋得走脫一人，星速解交刑部。並將江南所有財產，籍沒入官。家屬無論老幼，俱行監禁。再行文江西袁州並各府州縣，查其有無寄頓，不得私毫狥隱，致干同罪。」

此旨一下，中外稱快。只二十來天，即將世蕃等並從惡不法之徒二百餘人，陸續解交刑部。又於揚州、南京並嚴嵩祖籍三處，抄得黃金三萬餘兩，白銀二千萬餘兩，珠玉珍玩又值數百萬兩。抄得嚴年、羅龍文亦各二十餘萬、十數萬不等，田產尚不在算內。聞者無不吐舌。

明帝看了嚴嵩家私清冊，並三處總數，大為驚異，立即傳旨於江西撫臣，將嚴鵠在本地正法。到審時，將世蕃等提出監來，三法司還是舊人，審卻不是舊日的審法了。將嚴世蕃等五刑並用，照林潤所奏，事事皆問實。惟誹謗時政，並窩藏江洋大盜，世蕃同羅龍文疊夾三四次，死不肯承認。

副都御史黃光昇，將世蕃等口供，先送徐階看閱。徐階道：「諸公欲嚴公子死乎？生乎？」光昇道：「欲此子死久矣。」徐階道：「口供內只治第役眾、乘軒衣蟒、並霸產姦淫等事，連誹謗時政一款，還沒有問在裡面，焉能死嚴公子也？依我意見，將口供內加兩條，言世蕃聽其黨羽彭孔詔以南昌倉地有王氣，世蕃霸蓋府第居住。又言羅龍文曾差牛信暗傳私書於倭寇，約他直搗浙江平湖為內應。加此二條，不但嚴公子立死，即嚴嵩亦難逃法網。」光昇道：「林巡按原參內沒有這些話，世蕃等亦斷斷不肯承認，奈何？」徐階笑道：「我也知道原參內沒有這話，難道當審官的就不會說是餘外究出來麼？不管他承認不承認，竟硬替他添到口供內。聖上見此二條，必大怒恨，無暇問其有無也。」光昇聽了，得意之至，拿回原供，與三法司共商啟奏不題。

再說世蕃連日受刑，見三法司將他們諸人口供議定，背間笑向嚴年、羅龍文道：「我們又可以款段出都門矣。家私雖抄去，我還有未盡餘財，尚可溫飽幾世，不愁做一大富翁。」羅龍文道：「我們口供內只誹謗時政和容隱大盜未招成，餘事俱皆承認，按律問擬，決無生理，怎便說到款段出都門話？」世蕃大笑道：「你們那裡曉得，聖上念我父主事最久，得罪人處必多，三木之下，何求不得？既已抄沒家私，便要憐我父子棲身糊口無地，早晚定有恩旨，連充發也要免的，你們只管放心，斷不出我所料。」

要知嚴世蕃相貌極其不堪，按明史傳文所載，是個短項肥體眇一目的人，他卻包藏著一肚子才情。凡普天下大小各缺，某地出產何物，某衙門一年有多少進益，雖典史、巡檢、閩壩微員缺之美惡，皆明如指掌。明帝常寫出隱語，人皆不解，他一看便了然，即知明帝欲行何事。詔書青詞，皆他替嚴嵩所擬。嚴嵩事事迎合上意，皆此子所教。後來世蕃做到工部侍郎，又兼上寶司事，位既尊了，便日事淫樂，無暇替嚴嵩謀畫。因此年來嚴嵩屢失帝寵，正是成全乃父是他，敗壞乃父也是他。他今日說款段出都門話，實是有八九分拿手，並不是安頓嚴年等之心。後來有人替他打聽，說將口供內加了前兩條，世蕃放聲大哭。龍文等再三問他，他也不說所哭原故，只言死了兩字而已。是世蕃最能揣奪明帝之心，偏遇著徐階揣奪也不在他下，他兩人做了對頭，世蕃從何處活起？

三法司將世蕃、羅龍文、牛信定了為首謀逆，凌遲處死。彭孔詔、嚴年、嚴鴻、嚴冬為從，立斬。餘黨或問擬斬絞監候，或軍徒遣發，輕重不等。明帝果然大怒，傳旨將世蕃、嚴鴻、羅龍文、嚴年、牛信、彭孔詔、嚴冬七人，無分首從，皆立即斬決。又敕下江西文武大員，不許放嚴嵩出境。天下人聞之，無不大悅。

這時嚴嵩無可棲止，日在祖塋房內居住。起先還有幾個家人侍女相伴，到後來沒的喫用，侍妾便跟人家逃散去了。只留下嚴嵩一個，老無倚賴，每餓到極處，即入城在各鋪戶、各士庶家，要些喫食，還自稱為太師爺。大要與他的，也不過十分之二三。更有可憐處，人若問他何以到這步田地，他只是搖頭，卻說不出冤枉二字，並被人陷害話來。還有那些口頭刻薄人，拿點酒食東西，滿嘴裡叫他太師老爺，和他談心，偏說他兒孫長短話，說的他苦痛起來，到落淚時，便勸他自盡。嚴嵩未嘗不以是自盡話為是，只是他心裡還想著明帝一時可憐他，賞他養老的富貴，因此自己就多受些時罪了。

次後朝中追索嚴黨，內外壞了許多官，本地文武聽得風聲利害，於大街小巷各貼告示，有人和嚴嵩私語，周濟一衣一食者，定著違旨拿究。誰還敢惹這是非？可憐嚴嵩位至太師，享人間極富極貴四十餘年，雖保全了個首領，卻教五臟神大受屈抑，就是這樣硬餓死了。死後，連個棺材沒有，地方和保甲用席一領，捲埋入土，落了這樣個回首。可見貪賄作惡，害人何益？這都是外而鄒應龍、徐階、林潤，內而袁太監、藍道行、喬承澤，纔成就了他父子祖孫一家男婦結果。

後來應龍仕至尚書，林潤稟明林岱，上本歸宗，也仕至尚書。林岱念桂芳年老，亦且相待恩厚，只上本移封本生父母，將長子第三子俱歸繼本生父母，以承宗祧，留第二子接續桂芳一脈。朱文煒夫婦，俱富貴白頭到老。這幾家互結婚姻，而冷逢春更是富貴綿遠。正是：

一人參倒眾人參，參得嚴嵩家業乾。
目觀子孫皆正法，衰年餓死祖塋前。

第九十三回　守仙爐六友燒丹藥　入幻境四子走傍門

詞曰：

煙濃寶鼎宇宙晴，一扇助丹成。無端鏡裡發光明，此境最怡情。　且疑且信且遊行，幸此日道岸同登。聲聲呼喚莫消停，攜手入蓬瀛。

右調月中行

且說冷于冰在福建九功山朱崖洞，運用內功，修養了整三十個年頭，時屆萬曆二十八年❶六月十五日。早間將袁不邪叫來，吩咐道：「你此刻可到泰山瓊岩洞，說與溫如玉，將洞門封鎖，帶超塵、逐電二鬼，限明日午間到我洞中。再以次到虎牙山驪珠洞，傳知錦屏、翠黛姊妹二人，並玉屋洞連城璧、金不換，通限明日午時至洞，不得有誤。」不邪領命去了。到本夜四鼓時分，不邪回來覆命。

至次日辰牌時候，溫如玉帶二鬼早到，不敢擅入，于冰已知，令不邪領他進見。不邪將如玉和二鬼喚入，見于冰端坐在凝霞殿石床上，如玉拜了四大拜，叩首請候畢，同不邪分立兩傍。次後二鬼叩頭，于冰俱慰勞了幾句，著二鬼在洞外，等候眾弟子到時通報，二鬼去訖。于冰將如玉上下一看，笑說道：

❶萬曆二十八年：萬曆，明神宗年號。二十八年，西元一六〇〇年。

「你面目上也竟有三四分道氣，固藉口訣之力，到底有仙骨者，迥異凡夫，將來可望有成。」又問了些內功話，如玉自敘三十年來造就，于冰點頭道好。

少刻，超塵稟道：「驪珠洞二女弟子到。」于冰道：「著他們入來。」須臾，錦屏、翠黛二女士叩拜床下。如玉從未見過，竟不知是何人。只見一中年婦人，年約三十許，生得修眉鳳目，丰韻多姿。又見一少年婦人，年紀不過二十上下，面龐兒更是俏麗絕倫，視之足令人動驚鴻遊龍❷之慕。如玉心裡說道：「此廣寒瑤池之絕色也。」又想起當日的金鐘兒，夢中配合的蘭芽公主，與此女比較，真同糞土矣。再看二婦人衣服，俱是道姑裝束，絲條寶劍，玉佩霞裳，雲髻上飄拂珠冠，香裙下款蹙鳳履。又見二婦人啟朱唇，露皓齒，嚦嚦鶯聲說道：「錦屏、翠黛叩謁，願吾師萬壽無疆。」于冰將二女士上下一看，道：「好了，你們將原形脫盡，已成人體，我可以對汝父雪山矣。」

二女士起來，于冰也問了些內功話，指著如玉道：「此溫如玉也，與你們係同門師弟兄，可各以禮見。」二女士向如玉一福，如玉作揖相還。二女士見如玉儒冠布服，看年紀不過二十多歲，骨格兒甚是秀雅，眉目間大有風情，錦屏不過一目而已，那翠黛便心裡說道：「這人不知幾時到吾師教下，我若不是改邪歸正，他倒算個可兒❸。」只見于冰道：「修仙之人，與聖賢工夫相表裡，正心誠意四字，是第一要務。你二人此刻念頭，與凡夫俗子何異？」如玉、翠黛聽了，各內愧之至，一個個正色低頭，不敢

---

❷ 驚鴻遊龍：喻美人體態之輕盈。曹植洛神賦：「翩若驚鴻，婉若遊龍。」注：「神女之體，翩輕若驚鴻，婉媚如遊龍也。」（文選）

❸ 可兒：可人；可人兒；可愛的人。

仰視。于氷瞑目危坐❹，一句話也不說。

至交午時，逐電禀報：「玉屋洞連城璧、金不換到。」于氷吩咐入來，二人叩拜床下。拜畢，城璧道：「別吾師三十載，道德一無進益，惟此心想念吾師。」于氷道：「你想念我，便是你道念不堅處。」著二人起來，與同門見禮，大家各侍立兩傍。二女士又心裡嘰念道：「這長鬚大漢是連城璧，曾到過我們洞中。那瘦小道人卻未見過，想就是金不換了。」

于氷先將城璧一看，見面上大有道氣，心下大悅。笑問道：「你龍虎降了麼？」城璧道：「龍虎何敢言降？覺得三十年來，氣行正路，較前調順些。」于氷又道：「姹女可嫁過黃公麼？」城璧道：「也覺得配合矣。但近年來丹田中忽起忽伏，似隱似現，常若有一物在內，無如冷熱不一，虛實莫定，弟子甚為惶惑，正要請問師尊，指示得失。」于氷笑道：「好，足徵你修煉真誠。汝言冷熱虛實莫定，起伏隱現不一，此正結胎時也。胎一成，則四體百骸，氣隨欲所至，如珠滾荷盤，如煙含柳縷，無不可到之處也。」語訖，又將不換細看，見他造就和如玉不相上下，也問了幾句內功話。

復將男女弟子普行一看，惟袁不邪面若寒玉，體若疏松，二目光耀如電，煉就自然人形，早將皮毛脫盡，知他內丹已成八九。不但城璧等遠不能及，即驪珠洞二女亦不及也。一畜類修煉至此，可見仙道原不限人，均係人自限耳。這個猴子將來欲做天仙，還須年歲，而此時已入神仙列矣。看罷，不禁點頭再三。城璧道：「師尊點頭何意？」于氷道：「吾細看眾弟子修為身分，無一如袁不邪者，使人人皆能似他，也不枉我度脫你們一番。」城璧道：「驪珠洞姊妹與不邪何如？」于氷道：「他三人修煉年歲，

❹ 瞑目危坐：閉著眼睛端莊地坐著。危坐，端坐；正坐。

各不差上下，內丹煅煉，尚欠不邪十分之三。至於心地純一，錦屏欠其二，翠黛欠其四。你用心純一，倒不在袁不邪下，而年歲甚淺。若溫如玉、金不換，則不足與之較論矣。」又道：「你們今日同門相會，我與你們排定次序。列吾門者，不得目無長幼。」眾弟子各鞠躬道：「願聞吾師法旨。」

于冰道：「萬物之中，人為貴，連城璧理合為大弟子，奈功行甚淺，今著袁不邪為大弟子，城璧為二，錦屏為三，翠黛為四。因你二人修煉已久，故如此分派。但你姊妹在洞中有公主之稱，豈修道人所宜？況汝父非王非帝，這公主二字，從何處叫起？這還是外教妖魔名號，有志天仙神仙者如此耶？從今後，或自稱女道士，或女羽師，或稱某山某洞錦屏、翠黛氏，皆可也。」二婦滿面羞愧道：「今叨明諭，始知前非。」于冰又道：「金不換在第五，溫如玉第六，以後照此次序，師弟兄妹相呼。」眾弟子俱齊聲應道：「謹尊法旨。」

于冰向不邪道：「溫如玉已修道三十年，仍穿儒服，非元門氣象。中層洞內，有莫月鼎真人留下道衣道冠、絲條草履數件，你可領他去穿戴見我。」須臾，如玉穿戴停妥，到前殿叩謝。于冰道：「看你這儀表倒也像個仙人，只是世情尚深，道心未定，須堅守志氣，勇往向前，方不負我提攜。」如玉頓首道：「弟子承師尊教訓，敢不革面革心？」于冰道：「如此方好。」又將超塵、逐電叫來，吩咐道：「你兩個封閉洞門，在洞內輪流看守，不得怠忽。」二鬼領命。

說罷，下床向眾弟子道：「你們都隨我來。」眾弟子跟隨到後洞，見萬山環繞，中間有一大峰，高可參天，直同斧削，和一支筆管相似。于冰道：「此名文筆峰，高出眾山之上。」說著，將雙足一頓，早飛上山頂。袁不邪也是如此。眾男女或駕雲借遁，次序俱到峰頂。見此峰在下面看著，與一支筆管相似，及到上面，甚是寬平，竟有二三畝大小，俯視眾山，流青積翠，無異兒孫。又見南面立著一座丹爐，高二丈四尺，按二十四氣，色若淡金，四面有八十一個孔竅，按九九歸一之數。爐頂上列二十八宿分野，爐座下排驚傷景杜八卦諸門。門內又按金木水火土五行生剋，火道循環通氣，四面接風。丹爐前立一絕大木架，架上懸大鏡一圓，估計周圍有一丈五六大小，光如滿月，色若秋霜，泳泳溶溶，奪睛耀目，視之若身臨滄海，有汪洋千頃之勢。北面並列著六座丹爐，形式與南面丹爐一般，只是大小不等。六座丹爐各相去一丈遠近，也不知是幾時擺列在上面的。

于氷向眾弟子道：「吾於數十年前，即著不邪於四海五嶽、八極九州，採取藥料，貯玉屋洞中。月前始從丹房內取來，城壁等不知也。其藥草木配合，金石並用，內有極難得物，皆大弟子奔走勤勞，始獲湊足七爐使用。」隨用手指著南面大丹爐道：「此絕陰丹也。天有三十六丈罡氣，仙家若有一線陰氣未盡，逢此罡氣，即行羽化。汝輩雖雲來霧去，離此罡氣尚有幾千百萬丈遠。我今內丹雖成，亦不過遊行氣下，相去丈數可耳，未敢犯其鋒也。若汝輩於十丈內外，早化之矣。此丹一成，可使陰氣盡淨，統歸純陽，雖有萬丈罡氣，吾復何懼？此丹爐吾自守之。」又指北面第一座丹爐道：「此返魂丹也。昔太上老君出函關❺，點二十年已死枯骨復歸生路，真可奪天地造化生物之功。大弟子不邪可以守之。」不邪聽了，即立在第一座丹爐下。

于氷又指著第二座丹爐道：「此易骨丹爐也。人有一出母胎即具仙骨者，如外傳記載，漢之鍾離權，唐之李林甫是也。此亦前世修為，非關造物私厚其人。其有成無成，在乎本人自勉，不過較凡夫修煉省

---

❺ 太上老君出函關：太上老君，老子李耳，世傳老子騎青牛，出函谷關西去，莫知所終。參閱史記老子本傳。

三四分功耳。汝六人中，惟溫如玉有之，他又不肯純一精進。昔吾師在西湖初遇，因我無仙骨，恐修煉費力，令吾食死蝦蟆一個，即此爐內物也。此丹一成，汝等皆可走捷徑矣。足抵三十餘年呼吸工夫，非同等閒。二弟子城壁道力尚淺，錦屏堅持道念守之。」錦屏即立在第二座丹爐下。又指著第三座丹爐道：「此固形丹也。汝輩帶皮毛者三人，今借吾口訣，雖將皮毛脫盡，煉就人形，然欺人則可，難會三界諸仙神聖，朝拜上帝。此丹一成，則終始如一，永成大羅仙體，任他普天列宿，山海群真，誰能辨出你們根底？翠黛可堅持道心守之。不但與你姐妹大有益，即於袁不邪亦大有益也。慎之，勉之，毋負吾言。」翠黛即站在第三座丹爐下。

又指第四座丹爐道：「此隱身易形丹爐也。此丹一成，可隱身使仙凡不見，兼可易己形作人形，此修道人遊戲三昧❻之一物也。二弟子城壁守之。」城壁立在第四座丹爐下。又指第五座丹爐道：「此靖魔丹爐也。此丹若成，可分千粒，則丁甲並日夜遊神，皆可立降。驅逐群邪，可代書符誦咒之勞。亦汝輩積功累仁，救濟群生之一助。金不換守之。」不換即立在第五座丹爐下。又指第六座丹爐道：「此辟穀丹爐也。此丹一成，服之可千日不飢，免去走洩元氣，實深山修道人不可少之物。溫如玉守之。切記堅持初志，毋為情慾所奪。」如玉站在第六座丹爐下。

于氷復向眾弟子告戒道：「吾曾說過，七座丹爐，聚山海之至寶，合萬國之珍奇，非一朝一夕容易得來。今令汝等各守一爐，一則驗汝等操守，二則補諸弟子所不足。其丹之成敗，總在汝等一心。一心正，則百邪遠去。一心不正，則百感叢生。丹之成就，都無定日，有日期已足而丹未成，亦有日期不足

❻ 遊戲三昧：佛家語，謂自在無礙而不失正定。謂出傳燈錄。今稱善遊戲者，謂得遊戲三昧。

而丹即成者。我這丹爐，即島洞諸仙得此術者，十無一二。此係天罡總樞內密方，汝等果能心誠功到，何難立辦？至於邪魔外道，妖神野仙，見汝等丹成，或力奪，或盜取，吾自有法制之，無關汝等道力深淺。」

說罷，從懷內取出一水晶小碟，周圍約三寸大小，向空一擲，比峰頭高起有七丈餘。須臾化為數畝大小，光輝皎潔，恍若身在冰壺境界。于冰道：「有此物一罩，則日不能透，雨不能漏矣。」眾弟子亦不敢問，究不知為何寶，由三寸便至於數畝大也。又從袖中取出茶杯大小扇子七把，形式極圓，分授六人，自己留了一把，說道：「此扇雖小，煽之可使烈焰沖天。」言訖，回身坐在南面大丹爐下。眾弟子見于冰坐了，一個個各守自己丹爐，在北面一帶坐下。

看那丹爐，並無半點火星在內，大家狐疑道：「這扇子要他何用？」錦屏和不邪最近，低聲問道：「大師兄，我們就煽罷？」不邪道：「少刻師尊發火，火起時再煽。」話未畢，只見于冰用右手向地下一指，就地下響一個霹靂，將城璧等嚇的驚心動魄，驪珠洞姊妹更是害怕，惟袁不邪神色自如。迅雷過去，各爐內煙火齊發。眾弟子煽之，烈焰飛騰，直透晶碟，沖入霄漢之內。于冰高聲說道：「汝等用力不可太猛，須晝夜留心火色強弱，用文武扇煽之方妥。」眾弟子聽了，又各緩緩加功。

至第三日，日色將出時，先是溫如玉看見那一圓大鏡子陡發奇光，光內漸次現出五色雲霞，青紅藍綠，照映的山谷變色，連冷于冰也不見了。忙低聲叫不換道：「五師兄，你可看見麼？」不換道：「我早看見了。」兩人正說著，又聽得翠黛和城璧也議論鏡子的話，又聽得城璧道：「我們只守丹爐煽火，任憑他奇形萬狀。」話未完，猛見那五色雲霞立即散盡，現出許多的樓臺山水、花木禽獸來，與人世繁艷大不相同。但見：

地上有山，山則岪鬱⑦盤紆，崒嵂⑧崇隆，初岨嶙而聯纚，忽豁爾而中分⑨。山上有樹，樹則棵松櫨櫪，槾栢杻柞，布綠葉之茸茸，敷華蕊之蓑蓑⑩。樹傍有水，水則堤塍相軒，溝澮派連⑪，潛龍伏螭宿其險穴，巨鱗駮蝦遊其狂瀾。水中有樓閣，樓閣則屋不呈材，牆不露形，裁金璧以飾璫，雕玉瑱以居楹⑫。樓閣中有珍玩，珍玩則商彝夏鼎，和璧隋珠，此含英而流耀，彼積翠而華燭。樓閣外有花木，花木則櫻橙梅橘，蘭蕙薇萇，既繽紛而組綺，復含芬以吐芳⑬。其花木邊有

⑦岪鬱：音ㄈㄨˊ ㄩˋ，謂山勢紆迴也。

⑧崒嵂：音ㄗㄨˊ ㄌㄩˋ，山高峻貌。或作嵂崒。

⑨初岨嶙而聯纚二句：語本文選張平子南都賦：「或岨嶙而纚連，或豁爾而中絕。」岨嶙，音ㄑㄩㄣ ㄌㄧㄣˊ，山相連貌。纚連，同纚聯，相連屬貌。纚，音ㄒㄧˇ。豁爾，同豁然，開通貌。張平子，即張衡。

⑩樹則棵松櫨櫪四句：此數語仿自張衡南都賦：「其木則棵松楔㮨，槾栢杻橿，……布綠葉之萋萋，敷華蕊之蓑蓑。」棵、櫨、櫪、槾、杻、柞、楔、㮨、橿，音ㄔㄥ、ㄌㄨˊ、ㄌㄧˋ、ㄇㄢˊ、ㄋㄧㄡˇ、ㄗㄨㄛˋ、ㄒㄧㄝ、ㄐㄧˋ、ㄐㄧㄤ。

⑪水則堤塍相軒二句：張衡南都賦：「其水則……溝澮脈連，隄塍相軒。」軒，音ㄑㄩㄣ，相連貌。

⑫樓閣則屋不呈材四句：語出班固西都賦：「其宮室也，……雕玉瑱以居楹，裁金璧以飾璫。……屋不呈材，牆不露形。」居不見建構之材料，牆不見磚石之形跡，因其下文曰：「裛以藻繡，絡以綸連；隋侯明月，錯落其間。……」

⑬花木則櫻橙梅橘四句：語仿張衡南都賦：「其香草則有薜荔蕙若，薇蕪蓀萇，晻曖蓊蔚，含芬吐芳。」又班固西都賦：「紅羅颯纚，綺組繽紛。」

石橋，石橋則雕龍鐫虎，白柱朱欄，美人泛舟於碧波之曲，仙侶垂釣於清泠之淵⑭。其石橋畔有原野，原野則菽麥黍稷，桑漆麻苧⑮，士食舊德之名氏，農服先疇之畎畝⑯。原野中有禽獸，其禽獸則青鸞白虎，威鳳祥麟，羨奔騰之如電，覩飛翮之凌雲。此境也，雖蓬萊其難倫，豈瀛島之能擬？見者自應心驚，憩者定嗟觀止。宜秉燭以夜遊，畢歲月為一日。

眾人看了半晌，起先見那山水樓臺花木等物還在鏡中，此刻連鏡子也沒了，都一一擺列在目前。再細看于冰，竟不知歸於何地。如玉忍不住高叫道：「袁大師兄，你可看見麼？」叫了四五聲，袁不邪揮扇如故，和沒聽見的一般。如玉見不理他，又叫連城璧道：「二師兄，你可看見麼？」城璧道：「我看見了，真是怪異之至。」如玉道：「你可看見師尊入這地方去沒有？」城璧道：「我沒見入去。」如玉道：「我看見入去了。此是前代已成仙師憐念我們修道心誠，現出仙境渡脫我們。我們苦修三四十年，今日該超凡入聖，何不去那樓閣山水中瞻仰瞻仰？這樣好機會，是失不得的。那一位同我去走走？」金不換道：「我和你去。若有好意思，再邀眾位道友。」

說著，兩人俱各站起，離了丹爐，一步步走入去，站在一大牌樓臺階上，指手畫腳，像個快樂至極

---

⑭ 美人泛舟於碧波之曲二句：語仿張衡南都賦：「耕父揚光於清泠之淵，游女弄珠於漢皋之曲。」清泠，各本均誤作清冷。

⑮ 原野則菽麥黍稷二句：語本張衡南都賦：「其原野則有桑漆麻苧，菽麥稷黍，百穀蕃廡，翼翼與與。」

⑯ 士食舊德之名氏二句：語出班固西都賦。周易訟卦六三：「食舊德。」本義為背棄武人的舊恩德，在此乃享有祖先恩德之意。

的光景。翠黛看的明白，向錦屏道：「我們修道一千五六百年，安可將此仙境倒讓他兩個後學先得？我與你可同去一遊。」錦屏道：「此即我等道中之魔，躲他尚恐不及，怎麼還要尋了去？」翠黛笑道：「姐姐好腐板，只管同我去來，包有好處。」錦屏道：「你聽我說，可靜守丹爐，莫負師尊所托。」翠黛道：「你決意不去？」錦屏不答。翠黛又叫道：「大師兄，二師兄，去不去？你們若不去，我就有偏⑰了。」城壁問不邪道：「大師兄肯同去麼？」不邪兩隻眼睛半睜半閉，一言不發。城壁又問了兩聲，也不好再問了。又聽得翠黛道：「你們不看麼？他兩個還在牌樓前等著哩！我去了。」說著，又走。城壁忍耐不住，說道：「我同你走遭。」城壁離了丹爐，和翠黛同行。

只聽得錦屏高聲說道：「師尊何等相囑？我們所司何事？是斷斷去不得。」城壁聽了，又要回來。翠黛道：「二師兄好沒主見，也不像個丈夫做事。我姐姐素性有些迂腐，袁師兄又是個古板人，你不看他連話都懶說？要去就去，何必看他兩個？這好半晌不見師尊，十有八九是先去了。」城壁又見不換還在那裡點手兒，遂同翠黛走了入去。正是：

山山水水鏡中看，海市蜃樓境一般。
撇卻丹爐隨喜去，從茲同上釣魚竿。

---

⑰ 有偏：客氣謙詞，先於他人享用某物時用之。

第九十四回　冷于氷逃生死杖下　溫如玉失散遇張華

詞曰：

仙境遊來心疑懼，猛可裡見伊師傅。登時一杖歸陰路，眾弟子同守護。　大風陡起分離去，溫如玉回故土。泰安又與苗禿遇，且到張華處。

右調望江東

話說城壁和翠黛兩人走入裡面，纔知那樓臺山水尚遠，只有一座大牌坊甚近，又見如玉、不換在那裡笑面相呼。兩人走至牌坊下，見牌樓上有五個藍字，每字有三尺大小，上寫著「你們來了麼？」城壁道：「怎麼這樣一座堆金砌粉的牌坊，寫這樣一句俗惡不堪的話在上面？」翠黛笑道：「我不怕得罪二師兄，真是個穎悟短淺的人，連這五個字也體會不來。」城壁道：「你說我聽。」翠黛道：「此地即是蓬萊仙境，肉骨凡夫，焉能到此？說個你們來了麼，是深喜深愛之詞，也是望後學同登道岸之意。」城壁點頭道：「也還講的是。」說著，二人上了臺階，與不換等到一處。如玉道：「你們好遲慢呀！若不是等這半晌，我兩個早到樓臺中遊玩多時了。」不換道：「他兩個不來麼？」翠黛道：「不肯來。」於是四人下了臺階，向那樓臺中行去。

約行了三里多地面，方到那樓閣處。只見貝闕瓊宮，參差錯落，處處皆雕楹繡戶，玉砌金裝，裡面層層疊疊，也不知有多少門戶。他四人說說笑笑，遊洞房，遶迴欄，渡小橋，行曲徑，或臨池觀魚；又有那禽聲鳥語，嬌啼在綠樹枝頭，大是怡情悅耳，快目適觀。四人看賞了好半晌，不換道：「怎麼這樣一所大境界，連個人影兒不見？」如玉道：「此地如何是凡夫輕易到的？」不換道：「凡夫原不能到，神仙也該有個出來纔是，難道修蓋下都著白放在這裡？」城璧聽了，大叫道：「不好了！我們走的不是地方了。此地非海市蜃樓，即妖怪窟宅，適纔五師弟所言，甚是有理，我們快尋原路回去罷。」翠黛道：「果然一人不見，我也有些心疑。」如玉道：「我們十分中連二三分還未走完，便是這樣動疑心，說破話，世上那有妖魔住這樣天宮般屋宇？我們好容易遇此，到底要看個心滿意足為是。」

城璧道：「我越看越非佳境，要聽我回去為是。」翠黛道：「二師兄話極是，大家快回去罷。」如玉道：「你們這樣情性無常，豈是修行人舉動？」不換笑道：「你不必嫌怨，我們三人回去，你任意遊走罷了，著急怎的？」城璧轉折身回走，無奈千門萬戶，連東西南北都辨不出，那裡尋原來的道路？此時如玉纔有些著急。四個人和去了頭的瞎蝠一樣，亂闖亂碰，遶來遶去，總無出路。城璧道：「像這樣走，一萬年也不中用。不如駕雲走罷。」四人同站在一處，城璧念念有詞，少刻，煙霧纏身，喝聲：「起！」四人起在空中。約走了數里，撥雲下視，那樓臺亭榭已無蹤影，早在千山萬壑之上。城璧道：「九功山我係初到，下面這山倒有幾分相似。」翠黛道：「我也辨不出，想來還是九功山，倒只怕離洞遠了。且落下雲頭，辨別方向，好找尋朱崖洞道路。」城璧將雲頭一挫，落在山頂上，各舉目在周圍審視，只見山環峰繞，樹木青鬱，瀑布流泉，盈眸震耳，那裡有個九功山的影像？城璧頓足道：「一時少了主見，致令如此，倒只怕丹爐內火也冷了。」翠黛笑道：「怕丹爐內火冷，倒還說得是。至於九功山，你我四個人再尋找不著，這普天下萬國九州的山，也一處去不得了。」

正言間，猛見冷于氷從一山岔內披髮跑來，手中倒提寶劍，於山腳下經過。城璧等各大驚道：「這不是師尊麼，如何狼狽至此？」四人一邊高叫，一邊往山下急走。于氷回頭看見四人，說道：「你們原來在此，我不好了！只因與你們燒煉七爐丹藥，火氣沖天，被元始天尊查知，說我未行稟明，擅敢私立丹爐，盜竊天地造化之權。老君也知道了，查出雪山道人偷他天罡總樞送我，二罪俱發，遣瀛島三仙率領雷部諸神誅我。我急欲到老君、元始前請罪，又被三仙阻隔，不容我去。我情急畏死，只得與伊等大戰，被一仙偷用寶物，將吾道冠打落，幸未傷生。我今欲奔赤霞山，尋吾師轉懇師祖東華帝君，設法解救。」不換道：「既如此，還不駕雲速行，步行跑到幾時？」于氷道：「我適纔是駕土遁逃脫，且尋個地方暫避，被他們看見，吾命休矣。」

說罷，向正西飛跑。城璧大叫道：「師尊慢行，等我四人同去，要死死在一處。」說著，四人一齊往山下直跑。只見西北山谷內來一騎白獬豸❶道人，藍面紫鬚，身高丈許，戴束髮金冠，穿大紅八卦袍，手提銅杖，大叱道：「冷于氷那裡走？」語未畢，又見正北山谷內來了兩個道人，一騎花斑豹，面若豬肝，虬鬚倒立，戴烈焰冠，穿白錦袍，手使銅鞭二條；一騎五色狻猊，面同噀血，二目大如棋子，赤髮海口，身穿百花皂袍，手挽飛刀二口，從後趕來，將于氷圍住廝殺。又見正東上烏雲四起，迅雷大雹，

❶ 獬豸：音ㄒㄧㄝˋ ㄓˋ，猛獸名，亦作解廌、獬廌、貘貅。說文：「廌，解廌獸也，似牛一角，古者決訟，令觸不直者。」

漸次到來。

四人跑到山底，翠黛向城璧道：「他兩個不中用，我和師兄救師尊去。」急向腰間將雙股劍拔出，遞與城璧一把，自己提了一把，二人如飛的趕去。城璧跑的快，早到戰場，見于冰架隔不住三仙兵器，正在危急，大吼一聲，提劍向騎白獅豸的砍去。那道人用杖將劍隔過，隨手一指，城璧便頭重腳輕，倒在地下。耳中聽得一人說道：「他為救師情切，尚係義舉，不可傷他的性命。」翠黛鞋弓襪小，一時跑不到，遠見城璧倒地，惟恐有失，先從囊中取一物，名混元石，向騎白獅豸道人面上打去。早被那騎狻猊道人看見，大笑道：「米粒之珠，也現光華？」把袍袖一揚，那石鑽入袖內去了。翠黛見道人收去寶物，甚是氣惱。又想著自己是個婦人，難與他們步戰，急向囊中又取寶物，不防那騎狻猊道人一飛鍾打來，正中肩上，倒於地下。

再說不換見城璧、翠黛俱跑去，向如玉道：「你我受師尊四十餘年教益，武藝雖沒有，命卻有一個，可同去救應？」如玉道：「師兄或能禦敵，我真是無用。」不換道：「此死生相關之際，各從所願罷了。」連忙扳下大樹枝一條，也飛行跑去。如玉見不換去了，心裡說道：「我若不去，對不過眾師弟兄，也須索到跟前纔是。」也折了條小樹枝，剛跑了幾步，見城璧、翠黛兩人先後俱倒，也看不出是甚麼原故，便不敢前進。

再說金不換提了樹條跑去，見城璧、翠黛俱倒，他飛忙到戰場上接救。猛見于冰被那騎白獅豸的道人一銅杖打中頂門，只打的腦漿迸出，血濺襟袍。不換大叫了一聲，幾乎氣死，跑至道人面前，舉樹條狠命打去。道人將樹條接在手內，隨手一拉，不換便扒倒在地下。那三道人見于冰已死，各駕風雲去了。

城壁被那道人一指，昏迷了一會，睜眼看時，見三道人已去，又見于氷死在山谿，跑向前，抱住屍骸，放聲大號。不換扒起，也跑來痛哭。少刻，如玉扶著翠黛，也到于氷屍前，各痛哭不已。忽見城壁跳起，大聲說道：「相隨四十餘年，誰想如此結局，要這性命何用？」急急將劍拾起，向項下一抹，早被不換從背後死命的扳住右臂，如玉抱住劍柄，一齊勸道：「這是怎麼？」翠黛挨著疼痛，把劍奪去，插在鞘內。城壁又復大跳大哭起來。哭了好半晌，大家方拂拭淚痕，各坐在于氷屍前。翠黛從身邊取出一丸藥來，用口嚼碎，在肩臂上擦抹，須臾，傷消痛止。

不換道：「此地非停放師尊之所，如何是好？」如玉用手指向西北道：「那邊山崖下有小石堂一間，可以移去暫停，再做理會。」不換道：「待我來。」他便將于氷屍骸背起，眾人扶掖著，同到石堂內，將于氷放在石堂正面，又各痛哭起來。猛見翠黛說道：「眾道兄且莫哭，我想師尊有通天徹地的手段，豈一銅杖便能打死？縱有三仙圍住，他豈無挪移變化之法，一味家拚命死戰？必無是理。且今日有此危難，袁大師兄和我姐姐都不隨來，我越想越不像，倒只怕是師尊因我們不守丹爐，用幻術頑鬧我們，亦未敢定。這個屍骸，還不知是甚麼物件點化的？」城壁聽了，止住啼哭道：「師妹之言，大有見解。當年如玉師弟做甘棠一夢，鬼混了三十餘年，醒後只是半日工夫。」

說罷，看著于氷屍骸，點頭道：「你老人家寧可是頑鬧我們罷。」如玉道：「以我看來，師尊總是死了。」城壁道：「老弟有何確見？」如玉道：「適纔三仙皆相貌兇惡，騎乘怪異，況又是元始、老君所差，必係本領高過師尊數倍者，他那銅杖和山嶽一般，師尊的頭雖說是修煉出來的，亦難與山嶽為敵，著一下，豈有不損破之理？方纔師尊交戰，我們那一個沒到陣前？袁大師兄和錦屏師姐，也斷不是袖手傍觀之人，眾位想師尊尚且死在三仙手內，他兩個還想活麼？」不換道：「這話不像。若他兩個死了，適纔師尊在山腳下，怎沒說起？」如玉道：「凡聽話要看時候，彼時師尊披髮逃命，三仙在前，雷部在後，他那有工夫顧得說？依我愚見，二師兄可用搬運法弄口棺木來，將師尊盛斂，我們或聚或散，再行定歸。」

翠黛道：「這聚散的話，你休出口。依我看來，可用法籙將石堂封了，大家同去找尋朱崖洞。只到那邊，真假便可立辨。」城璧道：「師妹所言，極是有理，可一同去來。」翠黛拔劍用符咒封了石堂，四人又同站在一處，駕雲起在空中，將雲停住，四下觀望。城璧用手指道：「東南上隱隱有座山峰，極其高聳，或者是我們燒丹的地方，亦未敢定，且先到那邊去來。」四人催雲急赴，陡然半空中起一陣怪風，真好利害，將四人刮的和輕塵柳絮一般，早你東我西，飄零四散。

且說溫如玉被那陣大風刮的站不住，雲頭飄蕩了一會，漸次落將下去。睜眼看時，風也不刮了，面前倒有一座城池，相離不過二三里。看那規模形勢，和泰安州差不多，心中想道：「世上只有個罪人遞解原籍，那有個被風就刮回原籍的理？」又想道：「是與不是，且入城一看，便知端的。」一步步走向前去，聽來往人口音，也都是泰安鄉語。即至走到西關看時，正是泰安州，心中驚疑之際，猛聽得背後有人跑來高聲叫道：「大爺從何處來？小的無日不記掛在心。」如玉回頭一看，不是別人，卻是張華。只見他悲喜交集，磕下頭去。如玉用手扶起道：「此可是泰安州麼？」張華道：「這是泰安西關，大爺怎麼認不得了？」如玉道：「我與你別後幾十年了，你倒也不顯老。」張華微笑道：「自大爺從朱老爺家去後，到如今是整三個年頭。」如玉道：「胡說！」

正言間，只見苗禿子迎面走來，舉手高叫道：「溫大爺久違了，為何又道裝打扮起來？大奇，大奇！」如玉也舉手相還，心裡說道：「我出家已三十年，怎麼這禿小子還在，且面貌一點不老？還是昔日的眉眼，只是衣服破舊之至。」再看張華，總都和昔日一樣，心上大是疑惑。只見苗禿到面前，深深一揖，說道：「前在朱父母案下，承情不記舊恨，得保全免革，我再謝謝。」如玉道：「我今日想是做夢，與你和張華相會麼？」苗禿將舌頭一伸，笑說道：「奇話來了！青天白晝，怎便想到夢上？」如玉道：「我們相別幾年了？」苗禿道：「三年。自你我打完官司後，聽得你和張華入都。兩月後，張總管回來，我還問他，他說你和個姓冷的出家去了。你又不年老，怎二三年不見，便沒記心到這步田地？」

如玉心裡又作念道：「怎麼兩個都說是三年？」苗禿道：「可想起來了麼？」如玉道：「我在泰山瓊岩洞，與超塵、逐電二鬼，修煉了整三十年，受盡無限苦處。你兩個都說是三年，難道洞中的三十年，比人間的三十年不同麼？」苗禿道：「你方纔說和甚麼超鬼在洞中修煉？」如玉道：「我是和超塵、逐電二鬼，在洞中一同修煉的。」苗禿將舌頭向張華一伸，笑說道：「聽你家大爺的話，鬼還有姓有名，還會和人在一處修煉。呵呀呀！怪道來來回回，盤問去了幾年，不想被鬼迷了真性，將三年就算做三十年了。我再問你，我和你打官司那年，我纔三十三歲，我今年三十六歲了，再加上三十年，我便是六十三歲，你看我像個六十三歲人不像？世上六十三歲的人，有我這樣雪白粉嫩面孔沒有？我看你面色上有些陰氣，本城王陰陽遣的好邪，討他一道符水喫了，包你好。」

如玉大笑道：「我一個雲來霧去的人，還肯討王陰陽符水喫？」苗禿將兩手掩耳，把嘴向張華一丟，道：「你只聽聽罷，雲也來了，霧也來了，說個來了，就越發來了。」如玉道：「你當我沒這本領麼？」

苗禿道：「你此刻駕個雲我看看。」如玉道：「此刻人來人去，如何駕得？」張華道：「本州朱老爺法令森嚴，大爺是知道的。像這樣話，大爺再不可說。」苗禿道：「你如今試試朱一套，越發比前三年利害了。」張華道：「大爺且請到小的家中，有許多要緊話面稟。」如玉道：「我到你家中做甚麼？我適纔是被風刮到此處，我還要回福建九功山去。」苗禿笑說道：「又不駕雲了，又要使風哩！福建離泰安也沒多的道路，不過六七里兒，看來還不用你刮大風，只用刮個小旋風兒，你就到九功山了。我看你竟有些痰氣在肚中，陳皮、半夏，雖長服也不中用，須天天喫些蜈蚣、全蝎、鉤籐、鉤膽、南星之類，或者還見點功效。」

張華道：「苗三爺，改日再和我大爺坐談罷。」又向如玉道：「此刻請到小的家中，住些時，再商酌去福建話。」如玉道：「你住在那裡？」張華道：「小的如今住在城隍廟後。」如玉道：「我一個清修煉氣的人，豈肯再入城市繁華地界？我此刻就去了，你回去罷。」說著，向苗禿舉手道：「請了。」撇轉頭就走。張華拉住衣襟，跪在地下，哭說道：「小的原不足動大爺牽掛，但大爺既回故鄉，也該到小的家中收拾一桌供菜，去老爺太太墳上拜掃一次，也算二位老主人撫養大爺一場，豈不強似小的替大爺拜掃萬遍麼？」如玉聽了這幾句話，無異心上著針，不由的想起他母黎氏，痴呆起來。苗禿大笑道：「你走，我看你走！朋友有勸善規過之道，你若走了，不但人中沒你，就是小豬崽兒❷也沒你了。」說罷，又連連舉手道：「得罪，得罪。」如玉向張華道：「你起來，我同你去。」於是三人一同入城，正是：

❷ 小豬崽兒：小豬兒。崽，音ㄗㄞˇ，北方人罵頑童為崽子。

師死師生事未明，一風送至泰安城。
無端巧遇張華面，引得痴兒舊態萌。

第九十五回　做媒人苗禿貪私賄　娶孀婦如玉受官刑

詞曰：

何苦求仙道，人生事業崇朝❶。娘行一見魂魄杳，媒妁且相勞。　玉女方欣娶到，公差口已嗷嗷。為他血肉盡刮削，忍痛弗號咷。

右調聖無憂

話說如玉同張華、苗禿入了城門，苗禿道：「我且別過罷，明日去看你。」苗禿去了。張華領如玉到家，見一處院落，正面有瓦房三間，東西廈房各瓦房三間，婦女們倒有七八個，老少不等，都在院中。如玉目光一瞬，早看見一個婦人，年約二十上下，穿著一件魚白布大衫，青紬裙子，真是國色無雙，天仙降世。心裡說道：「這個婦人，便可與翠黛並驅中原❷矣。我一生一世，只見此兩人。」但見：

頭攀雲髻，鬢插鮮花。面如帶露嬌蓮，腰似迎風細柳。娥眉鳳目，顧盼傳秋水之神；玉齒朱唇，

❶ 崇朝：自早至午，謂時間短暫。語出詩衛風河廣：「誰謂宋遠？曾不崇朝。」

❷ 並驅中原：取義於並駕齊驅、逐鹿中原二語，謂可與人一比高下也。

語言吐幽蘭之氣。雙鉤㜮㜮❸，遠勝緩步潘妃❹；素手纖纖，迥異投珠越婦。諸佛魂銷於天竺寶剎❺，眾仙魄散於海島蓬壺。

只見那婦人微笑含羞，將兩隻俊俏眼睛斜拂如玉，半迎半送，甚是有情。張華將如玉請入東廈房坐下，隨即他女人同他兒子俱來叩見，如玉各問勞了幾句去了。張華道：「大爺被盜銀兩，本州朱老爺早訪拿住轉刨之人，小的於二年前即具領狀，討來四百五十兩，只少了十來兩。又將所當金姐的衣服首飾，托人變賣，還找出八十餘兩。又有大爺在都中與的幾百銀子，和小的丈人開了個雜貨鋪，倒甚是得利，於販賣米粟上又賺了二百餘兩，一共有一千餘兩。今大爺回來，藉此可安家立業，娶一位主母，生育後嗣，接續老恩主一脈。早白做那道士怎麼？」如玉笑道：「任你有萬兩黃金，我皆視如糞土。我倒要問你，這房子不是你一家住著麼？我入來時，見有許多婦女在院內。」張華道：「只這東廈房三間，是小的租住。正房和西廈房，是一姓王的住著。」

如玉道：「我纔在院中，見一個二十歲上下婦人，穿著魚白布衫，青紬裙子，是誰家眷屬？」張華道：「他就是住正房姓王的表妹。他父叫吳丕承，與人家開香蠟鋪，也甚是沒錢。這是他第二個女兒，昨年死了丈夫，近日在娘家居住。今日是他表兄請來喫飯，纔到這裡。」如玉道：「他還嫁人不嫁？」

❸ 雙鉤㜮㜮：雙鉤，稱舊時婦女的三寸金蓮。㜮㜮，同嫋嫋，纖細柔美十分可愛的樣子。

❹ 緩步潘妃：潘妃，南齊東昏侯蕭寶卷愛妃，名玉兒，侯嘗鑿地為金蓮花，令妃行其上，曰：「此步步生蓮花也。」齊亡後，妃自縊死。

❺ 寶剎：尊稱僧人的寺廟。

張華道：「他今年纔十九歲，又無兒女，如何不嫁人？只是婆婆也是個寡婦，做人刻毒，因他兒婦人才好，想望著三四百兩財禮，他纔准嫁。吳丕承也嚷鬧了幾次，至今弄的沒法。」又道：「大爺問他，想是看的中意。我們是甚麼人家，還怕他父女兩個不依不嫁麼？至於他婆婆楊寡，不過多要幾兩銀子。煩人和他作合，少要幾兩，也未敢定。」如玉笑道：「我已經出家，豈可做此等事？你再休題起。此時已晌午，今日趕不及，你可速買辦供菜，我明日絕早就上墳去哩。」

張華答應出去。如玉隨即也到門外，見那婦人獨自一個在正房門槅前站立，看見如玉，便以目送情。如玉再行細看，從頭上至腳下，無一處兒不風流俊俏，雅韻宜人。又見他有時拂眉掠鬢，有時唆指側肩，有時金蓮斜立，有時含笑低頭，那一雙妙目來回轉盼，總都在如玉面上用情，把一個如玉看的出神入化，意亂心迷。此時不但忘卻冷于冰和眾道友，連自己也不知是個道士了。猛見張華同他兩個兒子，拿著些雞鴨魚肉果菜等物，從門外入來，如玉只得回東房坐下，心中胡思亂想道：「此婦在我身上甚是多情。若早遇他幾年，我還嫖那金鐘兒怎麼？與他成全在一處，生男育女，繼續先人宗祧，豈不還是一完美人家？」

正鬼念著，猛見那婦人和花枝兒一般，到門前一覷，見如玉獨自坐著，向如玉微笑了一笑，連忙退去。這一笑，把個如玉和喫了十來斤花椒一般，渾身上下，沒一處兒不麻到。如玉急急站起，卻待出門看望，只見那婦人入張華房內去了。又聽得他和張華女人說笑，語音兒清清朗朗，嬌嫩異常。又心裡說道：「這張華家兩口子，真是蠢才，誰家七八月便掛布門簾，豈不可笑？」又聽得那婦人道：「你家中有客，又要做酒席，我過一日再來坐罷。」說罷，只見門簾起處，笑嘻嘻從屋內出來，頭一眼又送在如玉眼內，說道：「不送罷。我到大後日午後再來，你務必等我，不可出門，著我空走一番。」話雖是和張華家說，那眉目神情卻都是和如玉說。說著，出堂屋門，又回過頭來，看了如玉一眼，笑著回正房中去了。

如玉心神如醉，坐在東房炕沿上，打算道：「冷師尊也死了，眾道友勢必分散，超塵、逐電沒了主人，他兩個焉肯長久和我在一處？亦必另尋道路。冷師尊尚且慘死，我焉能修得成個神仙？若回九功山去，萬一將這婦人耽誤，我便到來生來世，也遇不著這樣個美人。我看張華甚是有良心，決不在這幾百銀子上著意。況他的銀錢，那一宗不是我的？這婦人他又情願與我作成。」說著將桌子一拍道：「冷先生，你就活著，我也顧不得你了。」

正鬼嚼著，張華提了一壺酒，他兒子捧著一大盤肉菜，約有五六碗入來。如玉道：「我少說了一句話，又著你收拾下這許多，快拿回去。我於七八年前，即會服氣，十日半月，一點東西不喫也不飢。」張華道：「沒甚麼可用的東西，大爺有個不喫飯的麼？」如玉道：「我和你還有甚麼世套，快拿去！」張華向他兒子道：「你且拿去，轉刻再用罷。」

如玉又道：「你頭前說那姓吳的婦人，我思量你也說的是，足見你是有忠義為顧我的人。只是你如何辦法，說來我聽。」張華大喜道：「這纔是兩位老恩主在天之靈，感化過大爺來了。小的前曾說過，連雜貨鋪並家中所有，足有千兩，辦理此事，足而又足。但此婦父親，小的與他不相熟，就是正房住的王大哥，亦非能事之人。昨見苗三遇見大爺時，那神情光景，不但不惱，也還甚是念舊。他這幾年也極沒錢，此事煩他辦理，許他二十兩銀子，他還是能說幾句話的人，此事十有八九可成。」如玉道：「我怕他記恨前仇，壞我的事。」張華道：「許著他二十兩銀子，便殺過他父母，他也顧不得。」如玉道：「你此刻就去，看他是怎說，速來回覆我。」張華連忙去了。

到起更時，還不見來，也曾在院中站立過十數次，又不見那婦人，心下嘆恨道：「此必是我和張華說話時，他去了。」於是坐一回，在地下走一回，又想念那婦人，又怕事體無望，弄的心緒如焚。只等到二更以後，聽得張華叫門，不由的心上亂跳起來。須臾，張華入來，說道：「事成了。虧得苗三爺辦理，此時現在門外。」如玉聽了，心花大開道：「原該就請入來，何必問我？」連忙接了出去。

只見苗禿打著個小燈籠，滿面笑容，向如玉連連舉手道：「大喜！大喜！」兩人一同入房，彼此叩拜坐下。苗禿道：「尊駕好眼界呀！一回泰安，就將王母娘娘頭一個閨女看中了。說他的臉，是天上玉女。說他的腳，是地下金蓮。說他的眉，是春山含翠。說他的眼，是秋水流波。說他的嘴，是櫻桃一點。說他的手，是玉筍十條。說他的腰，是弱柳迎風。說他的頭，是烏雲籠罩。說他的聲，是鳳管鏘鏘。說他的齒，是銀牙個個。說他的鼻子，是懸膽倒垂。說他的屁股，」用手等了個圓圈兒道：「諾，滴溜溜，又光又團，又白又嫩，和初蒸出的饅首一般。」

說罷，又將舌頭一伸，瞪著眼，連連搖頭道：「我自出娘胎包，纔見了這樣個追魂奪命、萬世難逢的小觀音菩薩兒。金鐘兒若到他面前，與他洗腳根、舐屁孔，也不要他。」於是笑的站起來，跳了兩跳。又拉住如玉的衣袖道：「此事若非我成人之美的苗三先生，花言巧語，打動那姓吳的，第二個人去，不能之而又不能之。適纔張總管他倒念我窮苦，許我二十兩。難道大爺反沒惻隱之心，目覩青松色落麼？」說著，將脖項一縮，哇的笑了。

如玉道：「俟過門後，無不竭力相幫。只是聽得他婆家索求過多，未知要銀多少？」苗禿道：「我費了四個時辰的工夫，張總管他也在跟前同說，此事必須偷著做。若教他婆家楊寡知道，你是總督公子娶他的兒婦，一千兩也打發不下來。我們大家計議，成了親後，還得我和這老怪物下說辭，那時生米已成熟飯，他也沒甚麼大想頭，滿拚與上他二百兩，再無不妥之理。倒是這吳丕承老人家，甚是窮苦，意欲著你幫他五百兩。」如玉將腿一拍道：「我昔年在瓊岩洞，連道兄倒要教我搬運法，可惜我未曾學。假如學會，便送他三千兩何難？」苗禿向張華道：「聽麼，說的好端端的話兒，又鬧起痰來了。」如玉道：「他要這許多，我將來如何過度？」

苗禿道：「你聽我把話說完，你再說。我們正在房中講說此話，不想他女兒即令夫人在窗外竊聽，隨將吳老人叫出去。少刻，便聽得父女兩個爭論起來。又聽得他女兒哭哭啼啼，著他父親一個錢不許和你要，只要嫁你這俊俏郎君。我和張總管相商，恐怕僨事，出一百五十兩銀子與他父親，也算他生養一場。隨將吳老人叫過來一說，滿口應允，準在後日成親，遲了怕走透機關。說明喜轎和鼓樂都不必用，只用一輛車兒，神鬼不知的娶來。」說罷，在自己禿頭上一拍道：「你看我們辦的何如？」

如玉大喜道：「多承盛情，我只怕他婆家鬧是非。」苗禿道：「要我做甚麼？」又道：「後日就是佳期，你這道士打扮，我實看不過。」如玉道：「到臨期換罷。」張華道：「遲早總是要換的。明日還要與老爺太太墳前上供，著兩位老恩主陰靈看見，倒只怕不歡喜。刻下做也趕不及，小的明早去當鋪中，查幾件大小內外衣服，與他講明價錢，不拘幾時與他，小的還有這個臉。」如玉道：「果然到墳前不像事，就明日換了罷。」苗禿道：「喜房該在何處？」張華道：「就在這東下房罷。待喜事完後，再尋房。」

苗禿道：「極好。此時夜深了，我且去，明日再來商辦一切。」如玉送他出去。

到次日早，張華弄來衣服，如玉內外更換了，又是個秀才。去他父母墳前拜掃了回來，苗禿兩下道達，擇於第二日辰時過門。如玉這日對鏡梳髮，淨面孔，刷牙齒，方巾儒服，腳踏緞靴，打扮的齊齊整整，從絕早即等候新人。苗禿也來陪伴，將「琴瑟靜好」、「宜室宜家」此類話，不知念誦了多少。將交辰時，張華同他兒子去吳丕承家娶親。少刻，新人到來，在天地前叩拜，和如玉同入東下房。如玉再行細看，見他穿著大紅緞鼈兒，寶藍裙子，頭上也戴著些珠翠，腳上穿著花鞋，真是朱唇皓齒，玉面娥眉，一雙俊眼，蕩漾生波，比日前所見，更風流幾倍，不由的神魂飄蕩，慾火如焚。瞧了瞧堂屋內無人，便走上去，相偎相抱，婦人亦笑面相迎，兩個親嘴咂舌。

正在情濃處，猛聽得院中吵鬧起來，亂說本州朱老爺話。如玉連忙出來一看，見有四個差人，拿著一條火籤，和苗禿、張華七言八語的說話，心上大是驚慌。苗禿向如玉道：「你來罷。不知是那個煉了舌頭的，將今早娶新人的話，和楊寡婦說知，楊寡立即喊冤，差人來捉拿你我，你只看看籤就明白了。」如玉接來一看，上寫著：「據楊張氏喊稟，賊道串奸行賄，霸娶孀婦等情。為此仰役將道士溫如玉，媒人苗禿子，氏父吳丕承，立即鎖拿，聽候審訊。如敢少延，定將去役等立斃杖下，火速，火速！」下寫差頭名姓。如玉看完，心上和刀剜劍刺一般，向苗禿道：「我原就恐怕鬧是非，你一力擔承，今該怎處？」苗禿撓著頭道：「這件事，或遲或速，全在四位公差方便。」差頭道：「楊寡此刻還在大堂口吵鬧不休，只怕他兒婦失了節。本官性子又急同烈火，長話短說罷，情是不敢通的，與幾兩銀子，就不上繩了。」

苗禿拉如玉密商道：「你我俱係斯文中人，若被他們上了繩鎖，穿街過巷，人品掃地，看來每人須得一兩方可。」如玉著張華付與，一同出門。早見吳丕承在大堂階下等候，那楊寡婦口中不知亂道些甚麼。如玉滿心要駕雲逃去，偏又沒一點空隙。少刻，州官坐了大堂，先將楊寡叫上去問道：「你喊叫道士溫如玉，霸娶你兒婦吳氏，你兒婦今年多少歲了？」楊寡道：「十九歲。」州官道：「他生有兒子沒有？」楊寡道：「兒女俱無。」州官道：「你這奴才就不是了。你兒婦甚年少，又無兒女，你不著他嫁人，弄的做下醜事，你臉上何如？況節操二字，豈可著人勉強做麼？」如玉在下面，聽了這幾句話甚喜，打算著必不斷離異。又聽得楊寡道：「不是小婦人不著他嫁人，就嫁人也該達我知道。我兒子雖然死了，他到底要算我楊家的人，怎平白他父親受賄，媒人喫錢，諸人不嫁，單嫁個道士？」

州官道：「叫吳丕承來。」丕承跪在案下。州官道：「你喫了溫道士多少錢，便將你女兒偷嫁，也不達他婆家知道？」丕承道：「因楊寡將小的女兒看為奇貨，凡有人娶小的女兒，他便一千八百的要銀子。小的也曾與他較白過幾次，鄰里通知。溫如玉係前任總督之子，小的念他是舊家子弟，纔和他做親，那裡收過他半文錢？現有溫如玉可問。」州官道：「你也該和楊寡說知。」丕承道：「和他說知，小的女兒永無出頭之日了。」州官道：「看來你受賄也還未必要，沾已故總督的光是實。只是偷行嫁娶，於理不合。」說著，丟下兩條籤來，將丕承打了十板。如玉聽了「偷行嫁娶」四字，纔有些著慌。

又聽得叫苗禿，苗禿跪在一邊。州官道：「這不是三年前我打四十板的那苗三麼？」左右道：「是。」州官道：「我看他光眉溜眼，像這狗攮，你們看他不是勾引人亂嫖，就是勾引人胡娶，我也不管你得了溫如玉多少錢，我只是打。」說著，丟下六條籤來，將苗禿打了三十板。

如玉心上著實害怕。又聽得叫自己名字，只得上去跪下。只見楊寡婦大嚷道：「老爺看麼，他前日穿戴著道衣道冠入城，今日聽得告下他，他就改換為秀才，這豈不是欺官麼？」州官向如玉道：「本州推念你先人，自審斷後，倒時常記念你。又風聞你隨一姓冷的道人出家去了，我還不受用了兩天。你實說，端的是幾時回家？做過道士沒有？」如玉道：「一字也不敢欺太老爺，因被盜後，家計貧寒，無可為生，原做了道士，只一年餘。後聞人傳說，被盜銀兩已有下落，因此於前日纔來。」州官大笑道：「你前日纔來，今日就還了俗，就娶寡婦，世上安有這樣個便宜速快的事？我再問你，你兩個同宿了沒有？」如玉道：「是此刻纔娶入門，此刻就被傳拿，沒有同宿。」州官道：「這也罷了。只是你既是秀才，便窮死也不該做道士。既做了道士，便終身不該還俗。怎麼見了個好寡婦，你就甚麼也顧不得了？像你這下愚東西，貪淫好色，實是儒釋道三教皆不可要的臭貨。我也沒這些筆墨詳革你，我只是打之而已。」吩咐左右，拉下去，用頭號大板，重打四十。

如玉還欲哀懇，被眾役揪翻在地，只打的皮開肉綻，疼痛切骨。他是自幼兒嬌生嬌養，從未挨過個手板的人，這一次，幾乎打死。打完，州官向楊寡道：「你兒婦理該著你領回，但你既有多要身價名聲，你該迴避嫌疑纔是。」又向吳丕承道：「今將你女兒斷歸你，任憑你擇婿另嫁，只不許與溫如玉做親。將來出嫁時，總要與楊氏二十兩。若楊氏不依，你只管來告他，我便打他一套。」又吩咐原差，速同吳丕承，將他女兒押回，片刻不許在溫如玉家停留。說罷，退堂。

張華僱人將如玉抬回到東下房內，新人已早被原差押回娘家去矣。如玉倒在炕上，兩腿疼的和刀割一般。苦挨到申牌時分，忽然想起運氣來，試試何如？於是凝神瞑目，將氣向下部運送。只一個時辰，便覺忍受得住。又過了兩時，真是仙家傳授不同，兩腿係筋血多而氣最難到之處，至四更後，便傷消痛止，破壞處皆有了乾痂。下地行走，亦不甚艱苦，心中頗喜。又復上炕，運用到天將明，連忙更換上道冠道衣，在桌子上寫了八個字：「從此別去，永不再來。」悄悄的開了房門，到院中駕雲，復尋九功山去了。正是：

吳門孀婦姿容俏，苗禿作媒楊寡告。
重把溫郎杖四十，州官解得其中竅。

第九十六回　救家屬城璧偷財物　落大海不換失明珠

詞曰：

一陣奇風迷舊路，得與兒孫巧遇。此恨平分取，夜深回里偷銀去。　不換相逢雲會聚，誇耀明珠幾度。落海非無故，兩人同到妖王處。

右調惜分飛

且說連城璧同眾道友在半空中觀望，被一陣大風，將城璧飄蕩在一河岸邊落下。只見雪浪連天，濤聲如吼。城璧道：「這光景倒像黃河，卻辨不出是甚麼地方。」猛見河岸上流頭來了幾個男女，內中一五十多歲人，同一十八九歲少年，各帶著手肘鐵鍊，穿著囚衣步走。又見一少年婦人，騎著驢兒，懷中抱著個兩三歲的娃子，同一十二三歲的娃子，也騎著驢兒，相隨行走。前後四個解役押著，漸次到了面前。那年老犯人一見城璧，便將腳步停住，眼上眼下的細看。一個解役道：「你不走，做甚麼？」

那囚犯也不回答，只將城璧細看。看罷，問城璧道：「臺駕可姓連麼？」城璧道：「你怎麼就知我姓連？」那犯人又道：「可諱城璧麼？」城璧深為駭異，隨應道：「我果是連城璧，你在何處見過我？」那囚犯聽了，連忙跪倒，搊住城璧的衣襟大哭。城璧道：「這是怎麼？」此時眾男婦同解役，俱各站住。

只見那囚犯道：「爹爹認不得我了？我就是兒子連椿。」又指著那十八九歲囚犯道：「那是大孫兒。」指著騎驢的十二三歲娃子道：「那是第二個孫兒。那婦人便是大孫媳婦，懷中抱的娃子是重孫兒。與爹爹四十來年不曾一面，不意今日方得遇著。」說罷，又大哭。幾個解役合籠來細聽。城壁見名姓俱投，復將犯人詳視，見年已近老，囚首垢面，竟認不出。心裡說道：「我那年出門時，此子纔十八歲，今經三四十年，他自然該老了。」再細看眉目骨格，到底還是，也不由的心上一陣悽慼，只是沒掉出淚來。急問道：「你們住在那裡？」連椿道：「住在山西范村。」這話越發是了。

城壁道：「因何事押解到此？」連椿道：「由范村起事，從代州遞解來的。」城壁道：「你起來。」連椿扒起，拂拭淚痕，正欲叫兒子們來見，一個解役喝住。一個解役問城壁道：「你可認真他是你的兒子麼？」城壁道：「果然是我的兒子。」又一個解役道：「我看這道人高高大大，雄雄壯壯，年紀不過三十三四歲人，怎便有這樣個老兒子？不像，不像。」又一個解役道：「你再曉得修養裡頭的元妙，你越發纔像個人了。現見他道衣道冠，自然是個會運氣的人。」說罷，又問道：「你就是那連城壁麼？」城壁道：「我是。你要怎麼？」四個解役互相顧盼。一個道：「你兒子連椿事體破露，還是因你前案發覺。此地是河南地方，離陝州不過十數里，我們意思要請你同去走遭，你去不去？」城壁道：「我不去。」解役道：「只怕由不得你！」又一個道：「和他商量甚麼？他是有名大盜，我們遞解牌上還有他的事由，鎖了就是。」眾解役便欲動手。

城壁道：「不必，我有要緊話說。」眾解役聽了，便都不動作，忙問道：「你快說！事關重大，拿了你，就是大大的銀子。那私不及公的小使費，免出口。」城壁道：「他們實係我的子孫，我意思和你們討個情分，將他們都放了罷。」四個解役都大笑道：「好愛人冠冕話兒，說的比屁還脆。」只見一個少年解役大聲道：「這還和他說甚麼？」伸著兩隻手，虎一般來拿城璧。城璧右腳起處，那解役便飛了六七步遠，落在地下發昏。三個解役都嚇呆了。城璧向連椿道：「此地非說話之所，你看前面有個土岡，那土岡後面想必僻靜，可趕了驢兒，都跟我來。」說罷，大踏步先走，連椿等男女後隨，同到土岡後面。

城璧坐在一小土堆上，將連椿和他大孫兒，各用手一指，鐵鍊手肘，盡行脫落。連椿向城璧道：「爹爹修道多年，竟有此大法力。」城璧道：「這也算不得大法，不過解脫了好說話。」只見他大孫兒將婦人和小娃子各扶下驢來，到城璧面前，跪倒叩頭。連椿俱用手指著說道：「這是大孫兒開祥。」城璧看他囚衣囚面，不過比連椿少壯些。又指著十二三歲娃子道：「這是二孫兒開道。」城璧見他眉目甚是清秀，心上又憐又愛，覺得有些說不來的難過。又見他身上只穿著一件破單布衫，褲子只有半截在腿上，不知不覺的便掉下幾點淚來。將開道叫至膝前，拉住他的手兒，問了會年歲多少，著他坐在身傍。向連椿道：「怎麼你們就窮到這步田地？」

正言間，那少年婦人將懷中娃子付與開祥，也來叩拜。城璧道：「罷了，起去罷。你們大家坐了，我好問話。」連椿等俱各坐下。城璧道：「你們犯了何罪？怎孫婦也來？你母親哩？」連椿道：「母親病故已十七年了。兒婦是前歲病故。昔日爹爹去後，只三個來月，便有人於四鼓時分，送家信到范村，字內言因救大伯兄，在泰安州劫牢反獄，得大伯父冷于氷相救，安身在表叔金不換家，著我們另尋地方遷移。彼時我和堂兄連栢公寫了回信，交付送字人，五鼓時去訖，不知此字爹爹見過沒有？」城璧道：「見過了。」連椿道：「後來見范村沒一點風聲，心想著遷移最難，況我與堂兄連栢俱在那邊結了婚姻，喜得數年無事。後我母親病故，堂兄聽堂嫂離間之言，遂分家居住，又喜得數年無事。後來堂兄病故，留下堂姪開基，日夜嫖賭，將財產蕩盡，屢次向我索取銀錢，堂嫂亦時常來吵鬧，如此又育養了他母子好些年頭。今年二月，開基陡來家中，要和我從新分家，說財產都是大伯父一刀一鎗捨命掙來的。我因他出言無狀，原打了他一頓，誰想他存心惡毒，寫了張呈詞，說大伯父和爹爹曾在泰安劫牢反獄，拒敵官軍，出首在本州案下。本州老爺將我同大孫兒拿去，重刑拷問，我受刑不過，只得成招。上下衙門往返審了幾次，還追究爹爹下落。後來按察司定了罪案，要將我們發配遠惡州郡，虧得巡撫改配在河南睢州。同孫婦等一家發遣，一路遞解至此。」說罷，同開祥俱大哭起來。

城璧道：「莫哭。我問你，家私抄了沒有？」連椿道：「本州係新到任官，深喜開基出首報上司文書，只言有薄田數畝，將我所有財產，盡賞了開基。聽得說為我們這事，將前任做過代州的都問了失查處分。目今還行文天下，要拿訪爹爹。」城璧道；「當年分家時，可是兩分均分麼？」連椿道：「我母親死後，便是堂兄管理家務，分家時各分田地二頃餘，銀子四千餘兩。金珠寶玩，堂兄拿去十分之七，我只分得十分之三。」城璧道：「近年所存銀兩，你還有多少？」連椿道：「我遭官司時，還現存三千六百餘兩。金珠寶玩，一物未動。這幾個月，想也被他耗散了許多。」城璧聽完，口中雖不說開基一字不是，卻心中大動氣憤。那小孫兒開道，一邊聽說話兒，一邊爺爺長短的叫念，城璧甚是憐愛他。又著將小重孫兒抱來，自已接在手中細看，見生的肥頭大臉，有幾分像自己，心下也是憐愛。看後付與開祥，向連椿道：「你們今日幸遇我，我豈肯著你們受了飢寒？御史林潤，我在他身上有勤勞，但他巡查江南，駐車無定。朱文煒現做浙江巡撫，且送你們到他那邊，煩他轉致林潤，安置你們罷了。」

正說著，見土岡背後有人窺探。忙站起一看，原來是那幾個解役，看見城璧站在岡上，沒命的飛跑。城璧道：「這必著他們回走二百里路方好。」於是口中念念有詞，用手一揮，那幾個解役比得了將軍令還疾，各向原道飛走去了。

再說城璧下土岡，向連椿等道：「你們身穿囚服，如何在路行走？適纔解役說此地離陝州最近，且搬運他幾件來方好。」隨將道袍脫下，鋪在地上，口誦靈文，心注在陝州各當鋪內，喝聲：「到！」須臾，道袍高起二尺有餘，將道袍一提，大小衣帽鞋襪十數件，又有大小女衣四五件，裙褲等項俱全。連椿父子兒婦，一同更換。有不便更換者，還剩有五六件，開祥捆起。城璧又在他父子三人腿上，各畫了符籙，又在兩個驢尾骨上也畫了，向連椿等道：「昔日冷師尊攜帶我們，常用此法，可日行七八百里。此番連夜行走，遇便買些飲食，餵餵驢兒，我估計有三天可到杭州。」令開祥攙扶著婦人和孫兒上了驢，一齊行走起來，耳邊但覺風響，只兩晝夜，便到了杭州，尋旅店住下。

問店主人，知巡撫朱文煒在官署，心下大喜。是晚起更後，向連椿等道：「你們莫睡，五鼓即回。」隨駕雲到范村自己家中，用法將開基大小男婦禁住；點了火燭，將各房箱櫃打開，凡一應金銀寶玩，收拾在一大包袱內。又深惱知州聽信開基，發覺此案，又到代州衙門，也用攝法搜取了二千餘兩，見州官房內有現成筆硯，於牆上寫大字一行道：「盜銀者，係范村連開基所差也。」復駕雲於天微明時回店，此時連椿父子秉燭相候，城璧將包袱放在床上，告訴於兩處劫取的原由。至日出時，領了開祥去街上，買了大皮箱四個，一同提來。把包袱打開，見白的是銀，黃的是金，光輝燦爛的是珠寶，錦繡成文的是紬緞，祖孫父子，裝滿了四大皮箱，還餘許多在外。城璧道：「這還須買兩個大箱，方能放得下。」連椿父子問城璧道：「怎麼一個包袱，便能包這許多財物？」城璧笑道：「此攝法也。雖十萬金銀，亦可於此一袱裝來。吾師同你金表叔，用此法搬取過米四五十石，只用一紙包耳。我估計銀子有四千餘兩，還有金珠雜物，你們可以飽暖終身矣。」又著開祥買了兩個大箱，收存餘物。

向店主討了紙筆，寫了一封詳細書字，付與連椿道：「我去後，可將此書去朱巡撫衙門投遞。若號房並巡捕等問你，你就說冷于冰差人面投書字，不可輕付於人。」連椿道：「爹爹不親去麼？」城璧道：「我天大緊急事在心，只因遇著你們，須索耽延這幾日，那有工夫再去見他？」又將朱文煒和林潤始末，大概說了一番：「想他二人俱是盛德君子，見我書字，無不用情。此後可改名換姓，就在南方過度日月。小孫重孫，皆我所愛，宜用心撫養。嗣後再無見面之期，你們不必記念我，我去了。」連椿等一個個跪在地下痛哭，小孫兒開道拉住城璧一手，爺爺長短叫念起來。挨至交午時候，以出恭為辭，出了店門，揀人煙湊集處飛走。耳中還聽得兩個孫兒喊叫不絕，直走至無人地方，正欲駕雲，又想起小孫兒開道，萬一於人煙多處迷失，心上委絕不下。復用隱身法術回店，見一家大小還在那裡哭泣，方放心駕雲，赴九功山來。

約行了二三刻工夫，猛聽得背後有人叫道：「二道兄等一等，我來了。」城璧回頭一看，是金不換，心上大喜。兩人將雲頭一會，城璧忙問道：「你從何來？師尊可有了下落麼？」不換道：「好大風，好大風，那日被風將我捲住，直捲到我山西懷仁縣地界，離城三二里遠，纔得落下。師尊倒沒下落，偏與我當年後娶的許聯陞老婆相遇，倒知道他的下落了。」城璧道：「可是你挨板子的懷仁縣麼？」不換道：「正是。我那日被風刮的頭昏眼黑，落在懷仁縣城外，辨不出是何地方。正要尋人問訊，那許聯陞老婆迎面走來，穿著一身白衣服，我那裡認得他？他卻認得我，將我衣服拉住，哭哭啼啼，說了許多舊情話。又說許聯陞已死，婆婆痛念他兒子，只有一月光景，也死了。留下他孤身無依無靠，今日是出城上墳，不得與我相見，沒死沒活的拉住我，著我和他再做夫妻。他手中還有五六百兩財物，同過日月。我擺脫不開，用了個呆對法，將他呆住。急忙駕雲要回九功山，與師弟兄相會。行到江南無錫縣，倒耽延了兩天工夫。」

城璧道：「你在無錫做甚麼？」不換道：「我到無錫時，天已昏黑，忽然要出大恭，將雲落在河傍，猛見隔河起一股白光，直沖斗牛，我便去隔河尋看，一無所有。想了想，白天還找不著九功山，何況昏夜？我便坐在一大樹下，運用內功。至三鼓後，白光又起，看著只在左近，卻尋不著那起白光的源頭。我就打算著，必是寶貝。到五鼓時，其光漸沒，我想著師尊已死，二哥和翠黛、如玉也不知被風刮於何處，我便在那裡等候了一天。至次晚，其光照舊舉發，我在河岸邊來回尋的好苦，又教我等候了一天。到昨日四鼓時分，纔看明白，那光氣是從河內起的。我將衣服脫盡，掐了逼水訣，下河底尋找，直到日光出時，那水中也放光華，急跑至跟前一看，纔得了此物。」

說著，笑嘻嘻從懷中取出一匣，將匣打開，著城璧看。城璧瞧了瞧，是顆極大的明珠，圓徑一寸大小，閃閃爍爍，與十五前後月色一般。城璧道：「此珠我實見所未見，但你我出家人，要他何用？況師尊慘死，道侶分離，虧你有心情用這兩三天工夫尋他。依我說，你丟去他為是。有他，不由的要看玩，分了道心。」不換道：「二哥說那裡話？我為此珠，晝夜被水冰了好幾個時辰，好容易到手，纔說丟去話。我存著他有兩件用處，到昏夜之際，此珠有兩丈闊光華，可以代數支蠟燭。再不然，弄一頂好道冠鑲嵌在上面，戴在頭上，豈不更冠冕幾分？」城壁大笑道：「真世人俗鄙之見也。」

不換道：「二哥這幾天做些甚麼？適纔從何處來？今往何處去？」城壁道：「我和你一樣，也是去九功山，訪問下落。」遂將被風刮到河南陝州，遇著子孫，如何長短，說了一遍。不換道：「安頓的極妙。只是處置連開基，還太輕些。」城壁道：「同本一支，你教我該怎麼？我在州官牆上寫那兩句，我此時越想越後悔。」不換道：「這樣謀殺骨肉、爭奪財產的匹夫，便教代州知州打死，也不為過。後悔甚麼？」

又走了一會，城壁忽然大叫道：「不好了！我們中了師尊的圈套了！」不換急問道：「何以見之？」城壁道：「此事易明，偏我就遇著兒孫，偏你就遇著此婦，世上那有這樣巧遇合？連我寄書字與朱文煒，並轉托林潤，都是一時亂來，毫不想算，世安有三四十年長在一處地方做巡撫巡按的道理？我再問你，你在懷仁縣遇的許聯陞婦人，可是六七十歲面貌，還是你娶他時二十多歲面貌？」不換道：「若是六七十歲的面貌，我越發認不得了。面貌和我娶他時一樣。」城壁連連搖頭道：「了不得！千真萬真！是中了師尊圈套。你再想，你娶他時，他已二十四五歲，你在瓊岩洞修煉三十年，這婦人至少也該有五十七八年紀，若再加上你我隨師尊行走的年頭算上，他穩在七十二三歲上下，他又不會學你我吞津咽氣，有火龍祖師口訣，怎麼他就能始終不老，長保二十多歲姿容？」不換聽了，如醉方醒，將雙足一跳，也大叫道：「不好了，中了……。」誰想跳的太猛，纔跳出雲外，頭朝下掉將下去。

原來雲路行走，通是氣霧纏身。不換掉下去，城壁那裡理論？只因他大叫著說了一句，再不聽得說話，回頭一看，不見了不換，急急將雲停住，用手一指，分開氣霧，低頭下視，見大海汪洋，波翻浪湧，已過福建廈門海口。再向西北一看，纔看見不換，相離有二百步遠近，從半空中一翻一覆的墜下。城壁甚是著急，將雲極力一挫，真比羽箭還疾，飛去將不換揪住。此時離海面不過五六尺高下，正欲把雲頭再起，只覺得有許多水點子，從海內噴出，濺在身上。雲霧一開，兩人同時落海，早被數十神頭鬼臉之人，把兩人拿住，分開水路，推擁到一處地方來。但見：

門戶參差，內中有前殿後殿；臺階高下，兩傍列大房小房。龜殼軍師，穿戴著青衣青靴青帽；鱉甲元帥，披掛著白盔白帶白袍。鯚車騎❶手執銅鎚，善能長水；鯁指揮❷腰懸寶劍，最會覆船。內總管一名出奇大怪，一名大怪出奇；外傳宣一叫不綠非紅，一叫非紅不綠。蝦鬚小卒，看守著大旆高旛；螃蟹旗牌，率領著蟶兵蚪將。聞風兒打探軍機，一溜兒傳送書柬。捽跤力士，以吹煞浪為元魁；賣解❸壯丁，讓鍋蓋魚是鼎甲。

兩人入了水府，其屋宇庭臺，也和人世一般，並無半點水痕。不換道：「因為救我，著二哥也被擒。」城壁道：「你我可各施法力，走為上著。」於是口誦靈文，向妖怪等噴去，毫無應驗。城壁著忙，向不換道：「你怎麼不動作？」不換道：「我已動作過了，無如一法不應，真是解說不來。」城壁將不換一看，又低頭將自己一看，大聲說道：「罷了，罷了，怪道適纔雲霧開散，此刻法術不靈，你看我和你身

❶ 鯚車騎：鯚，音ㄐㄧˋ，魚名，銳喙細鱗，俗呼鯚魚。車騎，套用昔時車騎將軍之官名。
❷ 鯁指揮：鯁，音ㄍㄥˇ，魚骨。指揮，亦舊官名，如都指揮使、兵馬司指揮。
❸ 賣解：表演國術工夫。解，武術名詞，抵抗之義，轉而為搏戰術之義，又遂以搏戰術之一套為一解。

上，青紅藍綠，俱皆腥臭觸鼻，此係穢污不潔之物打在身上，今番性命休矣。」兩人說著，到一大殿內，見正中坐著一個似神非神似鬼非鬼的妖王，相貌極其兇惡。但見：

雙眉似劍，二目如燈。麻面純青，鑲嵌著肉丁數個；虬鬚盡紫，披拂著錢串千條。虎口狼牙，談笑露吞牛之氣；蜂腰熊腿，步履藏扛鼎之威。擬作八金剛門徒，為何在海而不在寺？認為四天王後代，卻又姓騰而不姓魔。真是魚龍叢中異物，龜鱉隊裡奇人。

城壁和不換，俱各站著不跪。只見那妖王圓睜怪眼，大罵道：「你們是何處妖道？擅敢盜竊我哥哥飛龍大王寶珠？還敢駕雲霧從我府前經過？見了我騰蛟大王，大模大樣也不屈膝求生？」不換道：「你們在水中居住，我們在空中行走，怎麼就盜竊了你的寶珠？」那妖王大喝道：「你還敢強嘴？此珠落在平地，必現光華；經過水上，必生異彩，你焉能欺我？左右，搜起來！」眾妖卻待動手，不換道：「莫動，聽我說。珠子我有一個，是從江南無錫縣河內得的，怎麼就是你家飛龍大王的寶貝？」妖王道：「取來我看。」不換從懷內掏出，眾妖放在桌上。

妖王將匣兒打開，低頭看視，呵呵大笑，又將眾妖叫去同看，一個個手舞足蹈，齊跪在案下道：「大大王自失此珠，日夜愁悶。今日大王得了，送還大大王，不知作何快樂哩！」那妖王笑說道：「此珠是你大大王的性命，須與不離，怎麼就被這道士偷去？」眾妖道：「他雲尚會駕，何難做賊？大王只動起刑來，不怕他不招。」妖王道：「你這兩個賊道是何處人？今駕雲往何處去？這寶珠端的是怎樣偷去，可從實招來，免得皮肉受苦。」不換道：「我姓金，名不換，自幼雲遊四海，這顆珠子實係從無錫河中拾得，偷盜兩字，從何處說起？」妖王問城壁道：「你這道人倒好個漢仗，且又有一部好髭鬚，為何這樣個人物，和一賊道相隨？你可將名姓說來，因甚事出家？我意思要收你做個先鋒。」

城壁大笑道：「名姓是有一個，和你說也無益。你本是魚鱉蝦蟹一類的東西，纔學會說幾句人話，也要用個先鋒，你曉得先鋒是個甚麼？」那妖王氣的怪叫，將桌子拍了幾下，道：「打！打！」眾妖將城壁揪倒，打了二十大棍。又著將不換也打了二十，打的兩人肉綻皮開。那妖王道：「這個小賊道，和那不識抬舉的大賊道，我也沒閒氣和他較論，你們速押解他到齊雲島，交與你大大王發落去罷。」又傳令：「著大將遊遊不定和隨波逐流兩人，先帶寶珠進獻，就說我過日還要喫喜酒去哩！」眾妖齊聲答應，將城壁、不換綁縛出府，推開波浪，約兩個時辰，已到齊雲島下。眾妖將二人擁上山來。那遊遊不定和隨波逐流先行送珠去了，正是：

一為兒孫學賊盜，一緣珠寶守河濱。
兩人干犯貪嗔病，落海逢魔各有因。

第九十七回　淫羽士翠黛遭鞭笞　戰魔王四友失丹爐

詞曰：

郎才女貌兩相遭，折花心，擺柳腰。奈他看破不相饒，嫩皮膚，被鞭敲。　折磨三日始奔逃，救同道，戰群妖。大震轟雷丹爐倒，猛驚醒，心搖搖。

右調醉紅粧

再說翠黛那日同城璧等，在半空中找尋九功山，陡遇大風，把持不住，飄泊了許多時，方纔落地。睜眼看時，見層巒疊嶂，瀑布懸崖，怪石搜雲❶，高柯負日❷，遠水遙岑，與巖壑中草色相映，上下一碧。那些奇葩異卉，紅紅白白，遍滿山谷，四圍一望，無異百幅錦屏，真好一片山景。翠黛賞玩移時，心裡說道：「此地山環水繞，有無限隱秀，必真仙居停境也。似我們虎牙山，不足論矣。」遶著山徑行去，只轉了兩個山峰，早看見一座洞府，門兒大開著，寂無一人。翠黛道：「我何不入這洞中觀玩觀玩？」於是輕移蓮步，走入洞內。放眼看去，都是些瓊宮貝闕，與別處洞府大不相同。正在觀望間，只見東角

❶ 怪石搜雲：奇怪的岩石高聳入雲。

❷ 高柯負日：高大的樹枝伸到了日邊。

門內走出個道人來，但見：

金冠嵌明珠三粒，紅袍繡白鶴八團。灼灼華顏，儼似芙蓉出水；亭亭玉骨，宛若弱蕙迎風。一笑欲生春，目送桃花之浪；片言傳幽意，齒噴月桂之芬。逢裴航於藍橋，雲英出杵❸；遇子建於洛浦，神女停車❹。漫誇傅粉何郎❺，羞殺偷香韓壽❻。

翠黛看罷，不由的心蕩神移，道：「此丈夫中之絕色也。」再看年紀，不過二十上下。只見他款步走來，啟丹唇，露皓齒，笑盈盈打一躬道：「仙姐從何處來？」只這一句，問的翠黛筋骨皆酥，將修道心腸頓歸烏有。禁不住眉迎目送，也放出無限風情，連忙還了一福，吐出嚦嚦鶯聲道：「奴，冷法師弟子翠黛是也。適被大風刮奴至此，誤入瑤宮，自覺孟浪之至❼，萬望真人莫見怪為幸。敢問真人法號？」那道人道：「我紫陽真人弟子，別號色空羽士是也。適仙姐言係冷師兄弟子，則你我不但同道，又兼有世誼矣。」翠黛道：「真人可會過吾師否？」

❸ 逢裴航於藍橋二句：見第四十五回注❻。

❹ 遇子建於洛浦二句：子建，曹植字。植初求甄逸女不遂，魏文帝黃初三年（西元二二二年），植入朝，帝以甄后玉鏤金帶枕贈之。植還，息洛水上，因思甄后，忽若有見，因作感甄賦。後明帝見之，改為洛神賦。見文選洛神賦序注。

❺ 傅粉何郎：三國魏何晏，字平叔，美姿容，面白若傅粉。後乃以傅粉何郎為美男子之稱。

❻ 偷香韓壽：晉賈充女偷異香贈韓壽，充覺，以女妻壽。見第四十三回注❶。

❼ 孟浪之至：輕率魯莽到極點。孟浪，言行輕率。莊子齊物論：「夫子以為孟浪之言。」

羽士道：「吾師紫陽真人，與火龍真人是結盟弟兄，又同是東華帝君門下。今仙姐是冷師兄弟子，你我豈非有世誼之人麼？」翠黛道：「如此說，是世叔了，長奴一輩。」說罷，又深深一福，那羽士即忙還禮，笑說道：「仙姐過謙，貧道何敢居長？可知令師去世麼？」翠黛道：「吾師係昨日慘亡，世叔何以知道？」羽士道：「令師因偷看八景宮天罡總樞一書，致令元始查知，差三仙收服，死於杖下。火龍真人悲憤憐惜之至。恐惹元始再怒，自己不敢出頭，煩吾師紫陽真人將令師魂魄收去，送赴廣西桂姓人家投胎，長大時，火龍真人再行渡脫他出世。」翠黛道：「可憐吾師修煉一場，落這般個結局。」說著，玉面香腮，紛紛淚下。羽士道：「仙姐不必悲感，既到此地，且行遊覽。」翠黛道：「這就是紫陽真人府第麼？」

羽士道：「此是后土夫人宮闕。今日是東王公誕辰，九州八極山海島洞諸仙，以及普天列聖群星，無分男女，俱去拜賀。因此他前洞無人，眾仙姬俱在後洞。我方纔從正門入去，由東角門遊走出來，裡面甚是好看。仙姐既來，我陪仙姐從西角門入去，由正門遊玩出來，何如？」翠黛道：「感蒙攜帶最好，就請先行。」羽士向翠黛說著話兒，從西角門入去，見迎面一石橋，橋邊俱有欄杆，欄杆上雕龍鐫虎，極盡人工之巧。橋下有大池，池內錦鱗數百，或潛或躍，在綠萍碧荇之中往來。過了橋，都是些迴廊曲舍，門戶參差，處處珠簾掩映，屋內俱有陳設。翠黛心注在那羽士身上，那裡將這些樓臺閣榭看在眼內？不住的語言打趣，眉目傳情。那羽士起先甚是忠厚，今見翠黛步步撩撥他，他也就不忠厚起來，時而並眉含笑，時而顧盼傳心。每遇高下臺階，便手扶翠黛行走，翠黛亦不推辭，只以微笑表意。

遊覽了幾層院落，見一間小屋兒，翠黛將珠簾掀起，側身入去。那羽士也跟了入來。見東面有一床，床上鋪設著錦褥，極其溫厚。西邊有大椅四把，椅上也有錦墊。北面一張條桌，桌上擺著幾件古玩。翠黛也不讓羽士，便坐在床上。羽士對面椅上坐了，笑說道：「仙姐想是困倦了？我們少歇再去遊玩。」翠黛道：「我此時無心遊玩了。這褥兒甚是溫厚，我倒想睡一覺。」羽士滿面笑容道：「仙姐請便，貧道在此等候何如？」翠黛斜覷了一眼，笑著將身子半側半倚，倒在床上，朦朧著俊眼，偷看羽士舉動。

只見那羽士兩隻眼和釘子一般，釘在自己臉上細看，也是個極其愛慕的意思，只是不見他來俯就。假睡了片刻，禁不住淫心蕩漾，隨即扒起，向羽士道：「我此刻熱的很，我要解衣納涼，多得罪了。」羽士笑道：「納涼最好，請便。」翠黛將香裙脫去，露出條血牙色褲兒，和寶藍鳳頭弓鞋。又將上身衣服坦開，現出光潤滑澤半身雪肉。復朦朧二目，假睡在床偷看。羽士也將上蓋脫去，放在椅上，還不見來俯就。此刻翠黛慾火如焚，又將身子翻過，面朝上假睡。

少刻，覺得有人到身上來，一睜眼，羽士舌尖已入自己口內，聞得香氣芬馥，直入肺腑。翠黛愛極，故意兒用手相推，大聲說道：「我本清修婦女，松栢節操，好意同你遊覽，怎便無禮起來？快快退去罷了。少要遲延，我定施法力，只怕你性命難保。」羽士連連親嘴，將翠黛褲兒拉下。翠黛也不阻隔他，只口內說道：「你了不得了！世上那有這樣個世叔，以大欺小？」羽士通不回答，將翠黛兩腿分開，挺陽物向牝戶中直刺。翠黛又大嚷道：「我清白弱質，安肯教你點污？」嘴裡是這樣說，身子卻動也不動，反將兩腿高舉，也覺得羽士陽物在陰門口頂撞，總不見插入來。不意那羽士陽物極粗大，只一龜頭濡涎了好一會，方插將入去。隨用手緊緊摟住翠黛粉項，將舌尖送入口內。翠黛閉目不言，裝做出許多嬌羞氣憤態度。

那羽士把陽物一挺，送入三寸有餘，翠黛只覺得牝戶中，和一條大椽滿狠狠衝將進來。羽士又一挺，復插入三寸許，翠黛大哼了一聲，有些承受不起。急急伸手一摸，見羽士陽物還有三四寸在外，其粗壯與茶杯相似。只嚇的心慌膽破，想要脫身，怎得能夠？連忙用手推住羽士小腹，那羽士又一挺，翠黛哎喲了一聲，覺得滿腹撐痛，極難忍受，那裡還顧得裝模做樣？蹙著雙眉，向羽士道：「你主意教我死麼，怎毫無半點憐惜？」羽士道：「我自出家已來，也曾偷盜過十數個婦人，只能承受五六寸而已。今你已承受了八寸餘，所剩無多，這盡根之樂，饒你不得。」說著，便抽提起來。翠黛無法解脫，惟有緊咬牙關忍受，盼望羽士速休。

羽士溫著翠黛的口兒，要嘗舌尖滋味。說了幾次，翠黛不敢伸出，恐他情急狠弄。羽士道：「你不肯麼？我就要大抽送了。」說著，挺陽物連頂了幾下。翠黛怕極，只得將舌尖微吐。羽士道：「這點點舌尖，不是我的意思。你須全吐在我口中，我纔領情。」翠黛緊蹙雙眉，哀告道：「你不可沒深沒淺的苦我，我就給你全喫。」說罷，將舌根全吐，那羽士用力吸咂，兩眼端相著翠黛嬌容，細細咀嚼滋味。那下面的陽物，越發暴怒起來，撐的翠黛香汗淋漓。羽士款款抽送，約百十餘下，羽士道：「好了，裡面有些滑潤，可以承受了。我今日好容易遇你，真是千載難逢。是你這玉面香唇，我雖略領教一二，你那一雙瘦小金蓮，我還要用心品題。」

於是將陽物挺住，輕輕的將翠黛抱起，放在西邊椅子上，將一對金蓮捧在手中，把握不已。底下的陽物，便大動作起來。又著將舌根全吐，翠黛無奈，只得教他吮咂。羽士情濃，便大行抽送。翠黛此時難忍難受，也以為全弄了在內，只盼他早早完事。那羽士抽送到甘美田地，向翠黛道：「我見你嬌怯景況，實不忍苦你。我此時心神如醉，顧不得你了。」說著，連抽連送，將腰一挺，方送至根。翠黛大喊了一聲，幾乎疼死，拚命的哭告求饒。那羽士將一對金蓮分握兩手，不住的要親嘴咂舌，下面狠抽不已。此刻翠黛求生不生，求死不死，直覺得五臟內皆裂，豈僅陰中？忍不住啼哭咒罵起來。

只見那羽士恨命的將雙足一握，大叫一聲道：「我今日死矣！」硬著舌尖，向翠黛口內亂塞，那陽物抽提至首，復搗至根，到後亂觸起來。翠黛大哭大叫大罵之間，只覺得羽士陽精直瀉，如火炭一般，又添了一樣奇苦。須臾，羽士雙睛緊閉，軟癱在翠黛胸前。翠黛悔恨不過，兩手用力一推，羽士隨手倒去，始將那兇物脫出，和抽去大橛一般，立覺陰戶內鬆寬之至。再低頭下視，羽士纔拃掙著欲起。又見地下點點滴滴，有無數淡紅血跡，褲子上亦染壞幾處，方知陰門內外損傷，恨羽士入骨。翠黛忙忙的繫了裙褲，羽士又來溫存，被翠黛重唾了一口。

正要走去，猛聽得門外人聲喧吵，慌的羽士披衣不及。只見幾個侍女掀簾入來，便一齊大聲喊叫。羽士奪門要跑，外面又來了十數個侍女，將門兒堵住，先用繩索把羽士捆了，然後將翠黛拿下，押解到正殿院中。少刻，后土夫人出來，坐在九龍香檀椅上，眾侍女將兩人揪扭至案下跪倒。夫人罵道：「好萬剮的殺材，我何仇於你二人，穢污我的仙境？」兩人也沒得分說，只是連連叩頭。夫人指著羽士向眾侍女道：「此紫陽真人門下色空是也，今在我宮內做此卑污下賤之事，足見真人教戒不嚴，亂收匪人之過。我看在真人分上，不好加刑。可吩咐外面力士，把他去交送真人，就著他發落罷。」須臾，走來七八個力士，將羽士倒拖橫拽，拿出去了。

夫人問翠黛道：「你這賊婦，可是冷法師門下麼？法師已名註天仙冊籍，不久即陞授上界真人。他是個品端行潔、絲毫不苟的君子，怎麼就收下你這樣不要廉恥的淫貨，玷辱元門？大奇，大奇！本該照紫陽真人弟子色空之例，押送九功山，但教你師發落，他就永不要你在門下了。我念你修煉千餘年，好容易得真仙口訣，脫去皮毛，新換人身，也罷了，我如今開步天地之恩罷，一則成就你父天狐期望苦心，二則免你遭雷火之厄，三則冷法師因我處置過，他看我分上，就肯收留你了。」翠黛羞愧，無地自容，連連叩頭道：「只求夫人代小畜師傅處死。」夫人道：「可拉下去，將上下衣服剝淨，吊在廊下，輪班更換，打三百皮鞭，不得賣法，以致同罪。」眾侍女便將翠黛吊起，打的百般苦叫，渾身肉皮開裂。打了好半晌，方纔停刑。

夫人已退入內寢，侍女傳話道：「夫人吩咐，著將此淫婦在廊下吊三日三夜，然後稟報。」又拿出符籙一張，塞入翠黛髮內，防他逃走。翠黛日夜哀呼，通沒人睬他。直至第三日辰牌時候，侍女傳話道：「夫人吩咐，將淫婦放下，他所有衣服物件都交還他，饒他去罷。」眾侍女將翠黛放下，解去繩索，穿好衣服，將裙子和寶劍並錦囊中諸物，一總夾在脇下，哭哭啼啼，甚是悲切。朝著大殿磕了四個頭，一步步苦挨出洞外，坐在一塊石頭上，通身疼痛，又兼牝戶內被羽士大物抽提，這幾日膀腫的突兀高起，和火燒錐刺一般。再看兩手腕，被繩子吊破皮肉筋骨，俱見血水沾積。心下又氣又恨，又羞又悔。

想起后土夫人話，說冷法師名註天仙冊籍，指日就要陞授上界真人。想后土夫人斷無虛語，可知師尊還在。他事事未動先知，這事如何欺得了他？我還有甚麼臉面相見？若偷回驪珠洞去，又怕惹下被雷火追了性命。去九功山，知他如何發落，設或對眾道友明處，臉面難堪。或諭令自盡，仍遺醜名。想來想去，想出一條道路來，慟哭了一頓，隨將絲絛在一株松樹上挽了個套兒，卻待將脖項伸入套內，只聽得背後一人說道：「不必如此。」回頭看視，見是后土夫人侍女。那侍女笑說道：「夫人吩咐，說你一念回頭，即是道岸。今羞憤自盡，情亦可憐。再著和你說，日前之事，只你師傅知道，眾道友從何處知起？你師傅是盛德人，斷斷不對眾恥辱你，只管放心去見他。師傅和父母一般，兒女有了過犯，沒個對不過父母的。夫人又念你身帶重傷，難以行走，今賞你丹藥一丸，服下立愈。此刻連城璧、金不換二人，在福建齊雲島有難，你速去救他們。」說罷，將藥付與。翠黛此時不惟不惱恨后土夫人，且倒甚是感激，含著眼淚，朝洞門磕了幾個頭，侍女去了。

翠黛走一步，疼一步，挨至山下澗邊，將藥嚼碎，兩手掬澗水至口，將藥咽下。頃刻，一陣昏迷後醒過來，覺得精神百倍，再看渾身皮肉如舊。記得衣服上有好幾處血跡，細看半點亦無，且更有妙處，連牝戶內外，皆好得與平素一般，心中喜愧交集。翠黛自受這番磨折，始將凡心盡淨。二十年後，冷于冰又化一絕色道侶，假名上界金仙，號為福壽真人，領氤氳使者和月下老人，口稱奉上帝敕旨，該有姻緣之分，照張果真人與韋夫人之例，永配夫婦。翠黛違旨，百說不從。四十年後，火龍真人試他和錦屏各一次，兩人俱志堅冰霜。後他姐妹二人，一百七八十年後，皆名列仙籍，晉職夫人，此是後話。

翠黛服藥全愈，將頭髮挽起，再整容環，復回舊路。解下絲絛，帶了寶劍，收拾起錦囊，駕雲向福建行來。正行間，見溫如玉也駕著雲光，如飛而至。兩人把雲頭一會，翠黛道：「你從何處來？」如玉道：「自那日被風刮散，我便胡混了這幾天。」翠黛道：「你胡混了甚麼？」如玉搖手道：「喫虧之至，說不得，說不得。」又道：「我看師姐髻髮蓬鬆，神色也不像我初見時候，端的也喫了虧麼？」只這句話，問的翠黛粉面通紅，羞愧的回覆不出，勉強應道：「我是為找尋你們，三晝夜不曾梳洗，因此與初見不同。你方纔說喫虧之至，是喫了甚麼虧？」如玉又搖手道：「一句也說不得。」翠黛微笑了笑，又道：「你今往何處去？」如玉道：「我往九功山，見見袁大師兄，師尊已死，我們該作何結局？」翠黛道：「再休胡說，師尊好端端在朱崖洞內。」如玉道：「你見麼？」

翠黛道：「我雖未見，我心裡明白。刻下連、金二道友，在齊雲島有難，你我須速去救他。」如玉道：「你怎知道他有難？」翠黛笑道：「你追究甚麼？我也不知齊雲島在何處，只要留神下看，每逢海中有山，便將雲頭停住，細細觀望方好。」如玉道：「這話就糊塗死我了。」翠黛也不回答他，雲行到了海面，也看過三四處山島，俱無動靜。又走了百餘里，猛見一峰，直沖霄漢，青翠異常。如玉道：「好一座山峰呀！你我不可不落雲遊覽。」翠黛道：「我從今再不遊覽了。」如玉卻待又問，雲頭已到峰上，兩人停雲下視，見半山中有許多奇形異狀之人，推擁著兩個道人，走上山來。翠黛道：「這雲霧中也看不真切，我瞧著像兩個道人，被眾推擁著行走。等我下去走遭，看是他二人不是。」

說罷，把雲頭一按，落在了半山。城璧、不換見是翠黛，兩人大喜。眾妖看著半空中落下個美人來，一個個驚驚喜喜，揎拳拽袖的亂嚷道：「好齊整美人，好愛人美人，好俊俏美人，何不拿他去進與大王，討大賞賜？」眾妖哄聲如雷，來搶翠黛。翠黛拔出雙劍，與眾妖動手。城璧大吼了一聲，將繩索迸斷，打倒一小妖，奪了兩口刀，也來幫戰。翠黛誠恐眾寡不敵，一邊用劍招架眾妖，一邊向巽地一指，頃刻狂風四起，滿山中大小石塊飛起半空，向眾妖亂打下來，打的眾妖筋斷骨折，各四散奔逃去了。如玉看得明白，方將雲頭落下，替不換解去繩索，四人復會在一處，各大歡悅。翠黛道：「怎麼二位受此窘辱，為何不施展法力？」城璧指著不換和自己衣服道：「你看我兩人身上，都是不潔之物，焉能走脫？且被妖王各打了二十棍，押解至此，得師妹相救。」又問如玉道：「你兩個如何會在一處？想是未被風刮開麼？」

正言間，猛聽得滿山裡鑼聲亂響，喊殺之聲不絕。四人四下觀望，見各山峰缺口，跑出數百妖兵。又見兩杆大紅旗，分列左右，中間走來個妖王，龍頭鰲背，巨口血舌，白睛藍面，綠髮紅鬚，使一口三環兩刃刀，穿一領鎖子黃金甲，錦袍玉帶，紫褲烏靴，大踏步走來。看見翠黛，呵呵大笑道：「果然好個俊俏丫頭，拿住他，便是大王爺半生快樂。」用手中刀一指，喊叫道：「那裡來的三個妖道，擅敢用邪術傷我士卒？」城璧手挽雙刀，大喝道：「你想是那飛龍妖王麼？我正要斬你，報二十棍之仇。」妖王道：「我便是飛龍大王，你們都叫甚麼名字？那俊俏丫頭是誰？」城璧道：「水中鱗介，和陸地豬狗一般，那有姓名向你說！」

妖王大叫如雷道：「氣殺我也！」提刀對刀，殺在一處。大戰約五十回合，不分勝負。那妖王反喜歡起來，喊叫著向眾妖道：「這長鬚道士，武藝甚是去得，非殺個幾百合，見不了勝敗。你們何必閒看，可速去將那三個男女捉拿。」眾妖喊一聲，各執兵器，向三人圍裹了來。不換大驚道：「這該怎處？倘被他們擄撾了去，還了得？」如玉道：「快駕雲！你看刀也來了，鎗也來了！」翠黛道：「不妨。」忙將絲絛解下，隨手一擲，那絲絛化為千尺餘長一條黃龍，張牙舞爪，把三人都圈在裡面，嚇的眾妖紛紛倒退。不換喜歡的亂跳道：「妙哉！妙哉！再教這龍張開大口，將眾妖精吸他幾百個方好。」翠黛又從囊中取出一物，名開天珠，偷向妖王打去，正中在臉上。打的妖王大吼，幾乎摔倒。城璧刀頭過處，將妖王左臂掃了一下，已入肉四五分。妖王兩處帶傷，提刀往回飛跑，眾妖各亂奔起來。

城壁大步趕去，翠黛忙收了寶珠和絲絛，也急蹙蓮步追來。如玉和不換，又不敢和翠黛離開，只得緊跟在後面。一第一聲的高叫道：「二師兄，罷趕了。」那妖王回頭，見四人趕來，從懷中取出一瓶，向地下一倒，頃刻波濤疊湧，從半山中直蓋下來。如玉道：「快駕雲，水來了！」翠黛左手掐訣，右手用劍一指，那水便波開浪裂，分為兩股，飛奔海中去了。不換道：「妙絕，妙絕！」只聽得妖王又大叫道：「氣殺我也！」急向懷中取出四個小塔，托在掌上，口中念念有詞，喝聲：「起！」那四個小塔飛上半天，頃刻便有一丈大小，向四人當頭罩下。四人躲避不及，都被那塔罩住。又聽得妖王道：「我也顧不得那俊俏丫頭了，不如用寶扇發火，都燒死罷。」少刻，覺得塔內生風，風中吹出火來，將四人通身俱皆燒著。

正在極危迫之際，猛聽得天崩地塌大震了一聲，四人一齊睜眼看視，身子依舊各坐在九功山文筆峰頂上，所守丹爐，盡皆崩倒，那火從四人面前飛起，直上太虛。嚇的四人驚魂千里，忙站起倒退了幾步。再看于氷和袁不邪、錦屏三人，各坐守丹爐，揮扇如故。那一圓大鏡子，依舊的清光四射，樓臺山水，形影全無。四人面面相窺，各沒得說。城壁呆想了一會，向不換道：「丹藥已去，我們可各尋死路，有何面目再見師尊？」不換道：「縱死去也是有罪之人，深負師尊委任。依我愚見，師尊丹尚未成，我們何敢驚動？不如各跪在已壞丹爐前，等候師尊丹成時發落，縱死也要將這大鏡子作弄我們的原故明白明白。」翠黛道：「此言甚是有理，我們便一齊跪起來。」

此刻四人無一不心懷慚愧，惟城壁更甚，到這時也無可如何，只得隨眾各跪在丹爐下。四人偷看于氷，神色自若若不知者。又見不邪和錦屏，小心敬謹，在那裡煽火，也不正眼看他們一看，越發都愧悔無及。再看那大鏡子迎面擺列，照的四人跪像甚不好看。回想幻境中事業，真覺可恨可笑，渾如做夢一般。只是此夢清白之至，非同恍惚有無境況。又想此刻正與妖王爭戰著，怎便被四個塔一罩，就弄回文筆峰來，各解說不出于冰是何法力作弄他四人。且四人俱是修煉出來的身軀，與凡夫大不相同，不意跪至五天以後，各神衰骨散，也竟和凡夫差不許多，又不敢起去，惟有日夜盼望于冰丹藥早成而已。正是：

大物填來心倍慌，受刑纔罷戰魔王。
火炎水盡丹爐倒，四友依稀夢一場。

第九十八回　審幻情男女皆責飭　分丹藥諸子問前程

詞曰：

馳情幻境道心奪，男婦俱責苛。相看赧顏多，係一鏡迷人奈何？　金丹惠賜，前程祕諭，矢死志靡他。須防再逢魔，各毋將歲月蹉跎。

右調太常引

話說城璧等跪在已壞丹爐前面，至第九日三更時分，錦屏爐內放出光華，于氷看見道：「此丹成矣。」急走到錦屏爐前，吩咐道：「你速去替我守爐煽火。」錦屏去後，于氷將丹藥取出，復歸原坐，向錦屏道：「你去前洞等候。」錦屏跪稟道：「連城璧等走失丹爐，今已跪候六晝夜，望師尊鴻慈。」于氷笑了笑道：「你既討情，可著他們俱回前洞，聽候發落。」錦屏傳知四人，城璧等起來，各立腳不住，互相扶持，惟翠黛起而復倒者幾次。四人定醒了好半晌，方隨了錦屏，到于氷面前，磕了四個頭。于氷一言不發。四人起來，同歸前洞。

錦屏問四人入鏡原委，城璧、不換二人皆實說，大家葫蘆一笑，惟翠黛、如玉支吾了無數閒話。城璧道：「我們原是初嘗滋味。溫師弟經那樣一番大夢，怎麼還復蹈前轍？我未免以五十步笑百步了。」

如玉道：「師尊像這樣作弄我，雖一百遍我也沒個醒日。」眾皆大笑。城璧向錦屏道：「師妹丹成九日，於師尊前大是有光，我輩真生不如死。」不換道：「我不怕得罪溫師弟，此番罪魁，實是他勾引起頭。」城璧道：「你就是第二個。總由你我沒有把持，自己討愧罷了，還敢怨人？」

又向錦屏道：「我正要問師妹，那日鏡子中現出樓臺殿閣，山水花木，你可看見麼？」錦屏道：「我看見的。」城璧道：「我四人入去，你看見麼？」錦屏道：「我也看見的。我還再三阻我妹子，不著他去。」城璧道：「這真奇了，怎麼丹爐倒壞時，我四人依舊坐在山峰上面？」錦屏道：「不但二師兄說奇，我也深以為奇。那日你四人入去後，隨即起了些煙雲，我們連自己丹爐都看不見。少刻，又起一陣極大的風，立刻將煙雲吹散，樓臺山水等項，統歸無有，只有那圓大鏡，清光如故。再看你四人，俱在原舊地方端坐，也不知你們是怎麼回來的。我彼時還替你們慶幸，只是不見你們煽火，各將兩眼緊閉，和睡熟了一般。」

城璧道：「如此說，我們竟是做夢了。卻所行所言，各有出在下落，記得千真萬真，並非做夢。」不換道：「我不知別人，只我都是清清白白，身歷其事，親見其人。就如與魔王交戰，我四個人都是做夢不成麼？怎麼丹爐倒時，就會坐在原處？糊塗，糊塗！」錦屏大笑道：「你們真是糊塗。師尊本領，不難顛倒造化。此刻著你四人去見十殿閻君，問了話並討回信，只用他心上一思存，便教你四個頃刻是鬼，須臾是人，實彈指之易也，還分辨甚麼？」城璧道：「彼時既見我們熟睡，你也該叫我們一聲。」錦屏道：「我怎麼沒叫？叫了你們五六次，通不理我。我又不敢擅離丹爐，怕師尊嗔怪。」金不換急的亂跳道：「你就擔點嗔怪便怎麼？相隔幾步地兒，只用推打醒一個，大家以次推打，就都醒了，那裡還有倒了爐、走了丹的事體？教你這沒擔當，便把人害殺，害殺！」

城璧道：「我們可睡了三晝夜麼？」錦屏道：「三晝夜沒有，一晝夜是有的。」不換道：「這又是我害了二哥了。二哥要自刎，我將二哥抱住。彼時若讓二哥自刎，倒先醒了。」城璧笑道：「那二十大棍不是你害我的？還有奇處，駕雲通是煙霧虛捧著行走，腳下原無物可憑，我不解他怎麼會跳出雲外？」眾人大笑起來。不換道：「這個我心上最明白。我那一跳是個影子，究竟還是師尊搊我下去，要每人打二十大棍哩！」眾人又復大笑。不換道：「我想那罩我們的四個塔，就是這四座丹爐。我們通身火著，就是他該倒的時候。再則那收服師尊的三仙，和我們交戰的魔王，我想不是木頭，就是石頭點化的。還有那些妖兵妖將，大要都是黑豆兒、綠豆兒，被師尊擲撒出來，混鬧我們。」眾人皆大笑不已。不換又問錦屏道：「師姐叫了我們四五次，袁大師兄可叫過我們沒有？」錦屏道：「沒聽得他叫你們。」不換道：「可見猴兒們的心腸，到底比人毒。同門弟兄，毫沒一點關切，害的我挨了二十大棍。這幾天雖不疼了，腿上還覺得辣辣的。」眾人又復大笑。

不言五人談論，再說于冰同不邪守候丹爐，至二十七天，不邪爐內光華燦爛，吐出音輝，于冰也將丹藥收存，命不邪前洞等候。至三十六天時，在子盡丑初之際，只見一片紅霞照徹數丈，紅霞內金光燦爛，五色紛披，眾弟子在前洞仰視，不邪道：「師尊丹成矣，我們修謹以待。」城璧等心上各懷慚懼，先在正殿上點起兩對明燭，虔誠等候。約兩刻工夫，于冰從後洞走來，眾弟子跪迎階下。于冰正中坐了，不邪、錦屏侍立左右，城璧等四人跪於殿外。

于冰向不邪、錦屏道：「我自修道以來，外面功德足而又足，只是內功尚有缺欠。今在這九功山，調神御氣三十載，內功雖足，而陰氣尚未能盡淨，非絕陰一丹，欲膺上帝敕詔，又須下三十年工夫方可。因與汝等共立丹爐，走捷徑耳。諸仙煉此丹，須八十一天，方合九轉數目。我只三十六天，四九之數已成，真好福命也。」隨將丹藥取出，著不邪、錦屏看視，其大僅如黍粒，紅光照映一堂，兩弟子稱羨至再。于冰大悅道：「明日丙寅日，服此可肉身全真矣。但此丹只能一粒，不能兩成也。汝等有福命者，到內外功成時，皆可自行燒煉。」

于冰將丹藥收起，不邪、錦屏跪伏於地。于冰道：「你兩人是欲與城壁等說分上耶？」二人連連頓首，不敢直言。于冰道：「城壁入來。」城壁跪在面前，頓首大哭。于冰道：「你心遊幻境，卻無甚大過惡。只是修道人最忌貪嗔愛慾四字，你因子孫充配河南，路途相遇，即安頓於朱文煒處，想算亦可。只是你於連開基便大動氣惱，這念即是嗔。夜半至范村，盜金珠財物，這念即是貪。至於你鍾情兩個孫兒，心雖流入愛慾，也還是天性應有的事，這都罷了。那代州知州詳查舊案，充配你子孫，這正是他做地方官職分應做的事，你為何遷怒於他，偷他銀子二千餘兩，且將你姪孫連開基名姓寫在州官牆上，必欲置之死地方快？他固不仁，你也該向你哥哥身上一想，像這樣存心行事，全是強盜舊習未改，虧你還修煉了三四十年。你休說幻境事有假無真，我正於假處考驗你們存心行事。燒丹設一大鏡，那大鏡即幻境勾頭耳。送你到海中責二十棍，使你皮肉痛苦，還是輕於教誨你。但你在幻境有一節好處，你知道麼？」城壁道：「師尊千叮萬囑，著弟子靜守丹爐，偶因一鏡相眩，便致心入魔域，丹爐崩壞，失去無限奇珍，深負師尊委托，萬死何辭，尚有何好處？」于冰道：「你於我交戰身死後，即拚命自刎，此係義烈激發，深明師弟大義，非為你以死狗我，我便喜也。丹藥走失，異日內外功成時再煉，起去罷。」城壁頓首扒起，侍立在錦屏肩上。

此時如玉、不換在外，聽得明明白白，也還罷了。只有翠黛，見于冰事事皆如目覩，回想和那道人百般醜態，自覺無地自容。又怕于冰對眾宣揚，心中七上八下，不安寧之至。只聽得于冰道：「叫金不換入來。」不換跪在下面。于冰道：「你知罪麼？」不換道：「弟子身守丹爐，心入幻境，走失師尊許多珍品藥物，罪何容辭？只求師尊嚴處。」于冰道：「心入幻境，也不只你一人，此係公罪，何況你毫末道行，焉能著你靜守？只是你在無錫縣河中見一大珠子，你便神魂如醉，這種貪念，十倍城璧偷竊。城璧著你棄去，你還要鑲嵌道冠。更可恨者，師傅慘死，道友分離，少有人心者，應哀痛惶惑之不暇，虧你毫無想念，在無錫坐守三晝夜，喪良忘本，莫此為甚。若不看你有搬折樹枝，拚命到戰場上相救，竟該逐出門牆之外。」吩咐袁不邪，重責六十戒尺。不換連連叩頭道：「弟子真該死，即師尊不打，弟子還要討打。」于冰微笑了笑，不邪將不換打了三十戒尺，于冰吩咐：「停刑，起去罷。」不換頓首叩謝，也侍立在一邊。

于冰從懷中取出一紙，眾弟子見上面有字，卻不知寫著是甚麼。只見怒容滿面道：「傳超塵、逐電來。」二鬼跪於殿外。于冰道：「你兩個持吾法牒，押溫如玉到冥司交割，著打入九幽地獄❶，萬世不必見我。」說罷，將法牒從案頭丟下。二鬼拾起來，擒拿如玉。案前早跪倒不邪、城璧等四人，一個個叩頭有聲，一齊哀懇。于冰將雙睛緊閉，置若不聞。約有兩刻工夫，方將眼睜開，令四弟子起去，喚如玉入來。

❶ 九幽地獄：義同十八層地獄。九幽，九泉之下。

如玉膝行至殿內，于冰向眾弟子道：「世間至愚之人，亦各有夢，然無不夢醒者。如玉三十年前，我著他夢入甘棠，享榮華富貴三十餘年，然後死於鐵里模糊刀下。雖下愚不移，亦可因此一刀，萬念冰釋。今鏡中現一幻境，理合他比眾人先有知覺纔是，不意倒是他先要遊覽，兼復引誘同人。交戰時，眾弟子皆奮不顧身。翠黛一婦人，尚捨命相救，左脇帶傷。惟他怕死，瞻顧不前。我死之後，諸弟子疑信相半，他又直斷我必死，蠱惑人心，將我抬入石堂，他便講論或聚或散話，被翠黛評駁始休。種種禽心獸語，令人痛恨切骨。娼婦金鐘兒與他昔年交好，皆汝等所知。此番幻境，又著他與一姓吳的寡婦相會，不意他舊態復萌，其貪銀錢，商嫁娶，苟且調笑，和當日做嫖客時一般無二。且更有可恨者，拍著桌子叫我是冷先生：『你就活著，我也顧不得你了。』兼復還俗，更換道衣，其未走失元陽，實是我不與他留點空隙。假如他娶了吳寡婦，他自一心一意，過溫柔場中日月，便將十座丹爐崩倒，也未必驚的醒他。情魔原是元門中再不可要之人，是我一時瞎眼盲心，因他有點仙骨，冒昧渡脫門下。似此無情無義、好色喪品之流，與豬狗有何分別？不但壞我聲名，即汝等亦難與為伍。今既替他懇求，可將如何發落稟我。」

不邪道：「未知他在幻境，受過刑罰沒有？」于冰道：「幻境中，只著泰安州知州打了四十板。」不邪道：「可罰他再燒丹藥。如丹不成，弟子等亦不敢再懇。」于冰大笑道：「這話就該打你四十大板纔是。我的丹藥皆四海八極珍品，焉肯復令浪子輕耗？」如玉在下面泣說道：「弟子屢壞清規，實實不堪作養，縱粉身碎骨，亦自甘心。叩懇師尊開天地鴻慈，姑寬既往，策效將來，將弟子重責大杖一百。嗣後若有絲毫過犯，不但師尊定行逐斥，即弟子亦何面目再立門牆？」說罷，頓首出血。于冰道：「也罷，既你自定刑罰，諸弟子恐你污手，著超塵、逐電拉下去，重打一百杖，不得一下狗情。」如玉自己走在殿外階下，扒倒受責。

于冰向錦屏道：「速領你妹子到後層殿中，秉燭伺候。」錦屏領翠黛去訖。二鬼將如玉輪流重打至五十餘杖，起先如玉還痛苦哀告，次後聲息不聞。城璧、不邪、不換三人，復行跪懇。于冰吩咐停刑，入後洞去了。好半晌，二鬼方將如玉扶起，抬到丹房內。金不換道：「二位師兄知道麼？師尊此刻入後洞，必是發落翠道友。我想明不發落，背人發落，必定他做的事和溫師弟一般，犯了個淫字。」

袁不邪雖是猴屬，卻無猴性，比極有涵養的人還沈潛幾分，聽了這話，和沒聽見一般。連城璧是個義烈漢子，最惱揭發人陰私，不由的面紅耳赤，怒說道：「你這話實傷口德。說溫師弟尚且不可，何況婦人？我問你，你有何憑據，敢以淫字加人？」不換自覺失言，溜出殿外去了。不邪在殿內，聽得如玉在丹房低聲慘呼，甚是悲苦，向城璧道：「我和你擔點干係，通個私情，救救他罷？」城璧道：「使得。」於是兩人一同下來，將如玉底衣拉下，不邪口誦靈文，用袍袖拂了幾拂，隨即傷消痛止，皮肉如初，如玉深感拜謝。

再說于冰到後洞坐下，翠黛跪伏堂前，痛哭流涕，叩頭不已。于冰道：「修道人，首戒一個淫字。你所行所為，皆我羞愧不忍言者。我何難著你喪失元精？但元精一失，可惜你領我口訣，將三十年出納工夫，敗於俄頃，終歸禽獸，有負你父雪山之托。只吊你三晝夜，痛責三百皮鞭，不押赴九幽地獄，仍是存你父之情。今日不對眾責處，又是與你姐留臉，非為你也。本應立行斥逐，姑念你於我交戰時，以一婦人拚命相救；城璧倒地，你又以飛石助陣。這兩事頗有師徒手足之情。若不為此，我門下焉肯容留喪品之人，致令三山五嶽諸仙，笑談於我？」翠黛聽了，心若芒刺，含淚叩頭道：「弟子雖是禽獸，亦具人心，自今以後，再不敢了。」于冰大笑道：「好一個再不敢了！幻境之苦，你雖受過，此刻法亦難容。」吩咐錦屏，重打一百戒尺。錦屏打到二十，翠黛哭哭啼啼，錦屏也不覺淚下。于冰便著停刑，隨即出離後洞。

翠黛揩抹盡淚痕，同錦屏至前殿。金不換不住的偷看翠黛，翠黛羞赧的了不得。于冰從袖內取出丹方一卷，付與不邪道：「此天罡總樞內燒煉法也。此係八景宮不傳之秘文，將來只可你們五六人看視。待汝等功行完滿，燒煉可也。若有敢私洩於人，吾必以雷火誅之。」不邪同眾弟子叩頭領受。

于冰又取出九粒丹藥，指向錦屏道：「此汝所煉易骨丹也。汝與不邪，王子日服之。汝二人修煉年久，可盡易凡骨，皆仙骨也。」眾弟子趨視，大如梧桐子，五色相間，精彩奪日，光耀逼人。于冰分賜二人各一粒，二弟子大喜叩謝。于冰一抬頭，瞥見翠黛神消氣沮，面孔乍紅乍白，於羞澀中帶出垂涎之態。于冰大笑，向翠黛道：「今看你父雪山之面，也與你一粒罷。」翠黛如飛的叩謝。于冰又大笑，眾弟子亦有偷笑者。翠黛領了丹藥，喜愧交集。

于冰又向城壁、不換道：「你二人壞吾丹爐，理合俟三十年後，再行分賜。緣我與汝等相聚，屈指只有半月，且你二人幻境中過惡尚小，城壁內丹正在結胎之時，須索助他一臂，表數十年相隨之情。」向不換道：「你賦質最拙，修道誠虔又不及城壁。你二人雖同時受吾指示，你的內丹於結胎時尚遠，且你未受人世折磨，便得仙訣，真是過分之至。這也是你前世積累，使你遇我，非偶然也。今也分賜你一粒，服之可抵三十年吐納工夫。你須著實奮勉，勿負我格外提攜。」兩人領丹，頓首叩謝。又將一粒付與不邪道：「溫如玉特具仙骨，修為頗易，奈他是不敢定的人，今將此丹付汝，俟三十年後，果能洗心滌慮，日夜加功，方可付與，助其胎成。若仍因循歲月，你可謹藏身邊，等候有緣人消受。如敢私狥情面，再像此刻治他杖傷，只用你念頭一發，我即早知，於汝不輕恕也。」不邪連聲答應，將丹收訖。如玉亦行叩謝。

于氷又取出丹藥五粒，向不邪道：「此汝所煉返魂丹也。」眾弟子同視，見顏色紅白各半，白處白如秋霜，紅處紅若烈火，較桐子略小些，放在掌中，來回旋轉不已。于氷道：「此丹起死回生，枯骨皆可使活。俟汝等大成後，賜一粒，為仙家備而不用之物。只可惜我那四爐丹藥走失耳！」不邪、城璧齊問道：「適纔師尊說相聚只半月餘，尚望明示。」

于氷道：「我定在下月十五日，於午未二時中，必膺上帝敕詔。我去之後，與汝等見面極難。袁不邪即在此洞修持。錦屏斷不可居驪珠洞，可帶一二侍女，去山西五臺山靈光洞修持。此洞係許宣評真人煉丹之所，極其幽深，汝不見可欲，心自不亂也。城璧去山東瓊岩洞修持。翠黛仍回驪珠洞修持。」翠黛道：「弟子洞中，家屬眾多，回去後，帶一二侍女，分居西洞，庶少免紛擾。」于氷點頭道：「如此甚好。」又向不換道：「你仍回玉屋洞修持。洞內有紫陽真人寶籙天章一書，須用心看守，代袁不邪之職。溫如玉去四川武當山九石巖華洞修持。此洞係白玉蟾❷大仙飛昇之所，洞內奇葩異果，四時不絕，可免出洞採辦食物之勞。你只駕雲一能，別無道術，今再與你一符，貼在洞門內，等閒不得出入。再像前遇蟒頭婦人，惹起風波，那時沒人救你。」又普向眾弟子道：「我今分你六人為六處，誠恐你們群居

❷ 白玉蟾：本名葛長庚，南宋閩清人，家瓊州，號海瓊子。初至雷州，繼為白氏子，名玉蟾。學道武夷山，寧宗嘉定間徵赴闕，召對稱旨，命館太一宮，封紫清明道真人，為道教南宗五祖之一。

終日，尚無益清談耳。」

不邪等又跪稟道：「弟子等承恩歲久，滿望永奉驅策，今師尊飛昇指顧，犬馬之心，不無依戀。願師尊授職後，於鸞驂鳳馭遊覽之暇，使弟子等時瞻慈顏，欽聆訓誨，不致為外道所魔，此固弟子等所深欲，想亦師尊所樂於裁成也。」言訖，各淚下。于冰亦為愴然道：「此想非止汝等，我亦有之。然我自修道至今，前後僅見吾師三面，我此後便可隨意與吾師相見矣。你們若修道成時，何患不朝夕相聚？」不邪道：「弟子等修道深淺，皆在師尊洞鑒之中。祈就弟子等目今造就，示知終身結果，並遲早年頭，弟子等可好益加奮勉。」

于冰道：「你們起來。」眾弟子分立左右。于冰道：「你們問結果，能正心誠意，不為外務搖惑，便是終身好結果。就如日前鏡內樓臺，影中山水，皆幻境也。不邪、錦屏見之，視若無物。城璧等則目眩心動矣。此非幻境迷汝等，實汝等遇幻成幻自迷也。至於汝等成就年頭，我亦不妨預言：大要袁不邪還得一百二十年，錦屏一百六十年，城璧二百年，翠黛一百八十年，皆可成上仙，只要始終如一方好。金不換資性最鈍，眼前局面，地仙可望成就，年頭未敢預定。溫如玉若清心寡慾，一竟修元，可成在城璧之前。」說罷，又連連搖頭道：「他的歸結，難以預定，只看他自愛不自愛耳。」于冰今說此話，因逆知將來二十年後，有泰山狐狸飛紅仙子者，其修持年頭亦一千四五百年之妖，見溫如玉與翠黛、袁不邪、錦屏、金不換到瓊岩洞連城璧處，各來往過幾次，因此他假變翠黛，到九石巖華洞與如玉笑談一日，如玉天性好淫，遂忘于冰教戒，與這狐狸成姦，相交兩月餘。被安仁縣已故狐狸賽飛瓊之女梅大姑娘，告知翠黛。翠黛惱他兩個壞自己清名，親至鳴鶴洞，見于冰控訴。于冰大怒，立遣力士八人，持飛符二道，將飛紅仙子同如玉擒拿，俱亂杖打死在巖華洞內，各奪命投胎，仍轉生為一男一女。然如玉仍具仙骨，飛紅仙子又修煉歲久，得袁不邪和翠黛各分渡一人為弟子，更名換姓。如玉修持二百餘年，膺上帝敕詔，晉職為玉節真人。飛紅仙子亦修持二百餘年，晉封明霞仙姑。此係一人一妖後話結果。總緣如玉天性好淫，非教戒捶處所能改移，再世始成仙道。猶之銅錫物件，一經重鑄，則舊形全泯，且仍在于冰門下，不過晚一輩耳。

于冰又道：「我明日午刻，即服絕陰丹。汝等可於後日午末未初見我可也。」又將二鬼叫來，吩咐道：「我自收汝等至今，屢奉差委，無不誠敬辦理，從無過犯。因此我滴指血施恩汝等，復授修煉口訣，近又四十載，爾等刻下道力，俱可出幽入明，不生不死，眼見已成鬼仙。若再加精進，雖遊身天府，亦無不可，與神仙何殊？我定在下月中旬出世。我去後，爾等可赴茅山華陽洞內修持。此洞係陶弘景❸大仙煉丹之所，只要毋蹈邪淫，毋生貪妄，便可永保天和，與日月同壽。」二鬼叩頭有聲，泣說道：「小鬼等承祖師雨露，備極栽培，數十年來，未嘗片刻相離。今只願隨祖師千年萬世，實不願去茅山。」說罷，叩頭大哭。

于冰道：「道力如袁不邪，其次錦屏姐妹，尚不能隨我同去，何況爾等？」二鬼又復哀求，情甚懇摯。于冰想了一會，提筆寫牒文一張，遞與袁不邪道：「我去後，可持吾法牒，領二鬼交送轉輪司，煩他送付一母胎內，必須於多子之家，將來我去渡他們時，可少免他父母悲悼。」又書符二道，付與二鬼

---

❸ 陶弘景：南朝秣陵人，字通明，好道術。齊高帝時，為諸王侍讀。後隱居於句曲山，自號華陽真人。梁武帝時，禮聘不出，然朝廷大事，輒往諮詢，時目為山中宰相。卒贈大中大夫，諡貞白先生。

道：「到轉生那日，將此符喫下，使爾等一出母胎，便記得今生做鬼跟隨我事業，庶不為酒色財氣所迷。十五年後，渡爾等到我洞中，做兩個童子伺候可也。」二鬼方大喜叩謝。

于氷又道：「明朝氣運將終，治世聖人已受天命。數十年後，流賊李自成、張獻忠等作亂，荼毒生民，袁不邪、錦屏、翠黛、連城璧你四人，可隨意變化塵世道士、道姑，分行天下，救人災難，廣積陰功，立天仙神仙基業，正在此時。連城璧法力無多，今得吾易骨丹，不過十年，胎可結成，俟他結胎後，紫陽真人寶籙天章已命金不換收管，可取至此洞，大家同來此洞煉習。我意不邪、錦屏、翠黛你三人，素知法籙糸竅❹，一月之內，即可全成。連城璧纔算入門，大要非半年或三月工夫不可，你三人共相指授可也。金不換俟他結胎後，到城璧洞中學習，庶不誤他靜中旨趣。統俟三十年後，汝等造就又與此時不同，至期我自有法旨相召，於天罡總樞內，擇十分之二三，加惠汝等。使列吾門下者，與島洞諸仙本領不同，也算你們投托我一番。道行完滿，我自按期接引，共入仙班。汝等可勉之，慎之，毋辜負我期望至意。」不邪等各大喜，頓首拜謝。至次日辰時，于氷令眾弟子迴避，入後洞服藥去了。正是：

九轉丹成次第收，賞功罰罪個中由。
幻情道破重虛境，指示前程各慎修。

---

❹ 糸竅：祕訣；訣竅。糸，音ㄇㄧˋ，借作祕。

第九十九回　冷于氷騎鸞朝帝闕　袁不邪舞劍醉山峰

詞曰：

丹成一粒卿雲透，敕命膺組綬。受職仙班，修文玉府，與碧天同壽。　滿身劍術光華驟，明月復相湊。試問同人，此藝誰能夠？

右調城頭月

且說于氷至次日辰刻時候，在後洞沐浴了身體，先出外叩謝了天地，次向八景宮老君、西崑崙元始叩拜，再次向碧雲宮師祖東華帝君、赤霞山火龍真人各叩拜畢，然後將正面石堂門關閉，端坐在石床上，將丹藥服下。此丹入腹，遍行三百六十骨節，於眼耳唇舌口鼻、五臟六腑、幽門精竅以及有血無氣之地，無不走到，約有一個時辰，泥丸❶大開。從泥丸中追出線細一縷黑氣，由石堂透出，飛入雲霄。打坐至夜半子時，丹田內雷鳴一聲，頃刻三花聚頂，五氣朝元。眾弟子巡視，見石堂上現一股紫氣，離堂數丈高下。氣上托卿雲❷一片，大徑丈餘，光華燦爛，照的洞院皆紅。

❶ 泥丸：道家以上丹田（眉間）為泥丸。

❷ 卿雲：祥瑞的雲氣。見史記天官書。亦作慶雲、景雲。

不邪大喜，向眾道侶道：「吾師大道，今日始行完足，深可欣羨。」眾男婦同二鬼，各翹首觀玩，稱讚不已。自此夜為始，夜夜到子時，總有卿雲一片升起，至天微曙時始無。于冰白晝與眾弟子講究元理，一交亥時中刻，便各運用坐功。眾弟子知于冰聚首無多，亦皆諄諄詢問，恐將來指授無人。瞬息到八月十五早間，于冰又復沐浴身體，坐在前殿，眾弟子同二鬼，皆分班侍立，俱帶惜別之容。于冰向錦屏道：「翠黛與你同胞，理合令你照拂。但你與他道力亦差不多。」隨向不邪道：「你一歲中不拘何時，定到他五人洞內，各巡行兩次。坐中工夫，簡易之中卻至精至細，恐伊等鉛汞少為失調，便將工夫妄用也。」不邪唯唯。

至巳時末刻，即著於殿外排設香案，眾弟子同二鬼皆拭目相待。于冰忽然又想起一事，向不邪、錦屏、翠黛道：「固形一丹，是你三人所急需者。過十年後，不邪於丹方內查出此條，你三人採取藥物，先燒煉此丹。燒丹時，一人掌扇，兩人看守，晝夜輪流。至丹將成時，尤須加謹防備，大界❸有道行似你三人一類者甚多，他從何處得此奇方？我若在，無一敢來。你三人煉此丹，則不敢定其多寡矣。誠恐有本領浩大高似你三人者，被他奪去，徒費心勤。」說著，從身邊取出戳目針兩個，付與不邪道：「此係八景宮至寶，可敬謹收存，於萬不得已時用之。當念他們和你三人一樣，好容易修煉一二千年，此針一出手，戳目戳心，隨己所欲，無一生全者。若實在法力不能敵，用一針損其一目，使之逃去，此於戰鬥時，亦存一點陰德也。丹成時，不邪速尋吾洞繳還，不得片刻存留。」說罷付與，三人叩謝。

後於十年內，三人同煉此丹，殺一極毒蟒王，號紅錦夫人。又殺一惡蛟，名為西洋太歲。他修煉的

❸ 大界：大千世界的省語，借指廣闊無邊的世界。

銅筋鐵骨，諸寶不能損傷，固形丹成時，幾為奪去，皆此針之力也。此是後話。

於未時中刻，從西北方起一陣香風，與水麝蘭桂之味大不相同。久之，香氣倍濃。至酉時初刻，猛聽得半空中雲璈齊奏，笙簫和鳴。又見霞光片片，彩雲成行。遙見童男童女十數對，各手執朱旛翠蓋，玉節金符。中有一仙官，戴八寶碧蓮冠，穿紫鶴氅、絲縧皂靴，雙手捧著綸音，由遠而近，冉冉下降，離地有一丈高下，停住雲頭。于冰跪伏香案前，眾弟子同二鬼亦各跪在于冰背後。那仙官將敕書開展，口中宣讀道：

太上洞宣靈寶深遠玉皇大天尊玄穹高上帝詔曰：蓬島刀圭，首重長生之藥；瓊樓翰墨，欣添不老之仙。茲爾冷于冰，金和玉粹，月朗星高。易水衡文，素擅清華美譽❹；金臺奮袂，爰推智勇奇才❺。敷粟米於九州，災黎再造❻；收猿狐於二嶽，異類同升❼。針破魚睛，寒喪鯨鯢之膽❽；雷轟蛇首，雄飛草木之名❾。道接宣都，蓼苦節幾七十載；心存冰府，松栢操猶萬千年。宜列紫極之班，用廣紅雲之座。今特授爾為三界❿靖魔天使、普惠真人。嗚呼！須絳冊於瑤宮，光傳太

❹ 易水衡文二句：應第三回院考、鄉試等事。
❺ 金臺奮袂二句：應第六回入都、赴百花山棄家等事。
❻ 敷粟米於九州二句：應第三十九回涼州放賑、第七十八回分身廣濟江浙及天下窮民事。
❼ 收猿狐於二嶽二句：應第十二回衡山收猿不邪及第七十二回收錦屏、翠黛於虎牙山等事。
❽ 針破魚睛二句：應第六十二回九華山針戳鯤魚並白龍夫人等事。
❾ 雷轟蛇首二句：應第十二回同桃仙客誅大蛇、蜈蚣等事。

乙；降赤符於貝闕，數合天元。已賜蕊珠綺宴，速策雛鳳雙翎。

讀畢，于冰三跪三起九頓首謝。又見二仙吏，捧著冠裳和朝衣皂靴，落在院中，導引于冰到後洞更換。須臾，于冰出來，頭戴二龍捧日珠冠，內襯雲錦百花無縫仙衣，外套金縷八團圓蟒朝服，足踏朝靴，腰懸赤璧，手執青珪，珊珊玉佩，鏘鏘和鳴，白面烏鬚，與月色相映，倍覺光彩十分。

于冰復走至香案前，只見西北上飛來一隻青鸞，約長一丈，花冠翠羽，朱爪金睛，在半空中左翔右舞，舒翼長鳴，然後落在于冰面前，整翼待乘。于冰跨上鸞背，那鸞展開雙翼，飄飄飛起，二仙吏亦跟隨同昇。眾童男女分兩行行走，于冰在中，仙官和仙吏等後面相隨，吹吹打打，擁入九霄之內。

眾弟子同二鬼仰視，直待儀從不見，音樂無聲，方纔議論起來。袁不邪道：「修道人不當如是耶？」錦屏道：「只要我們立志堅真，終須有此一日。師尊已授職普惠真人，安見我輩不能授職真人夫人耶？」不邪道：「將來神仙你我或可有分，天仙極難。」城璧道：「我倒不管他天仙、神仙、地仙，此刻師尊飛昇去了，固是大喜，只是我心上覺得悽涼之至，不知何年再得一見？」說著淚下，眾弟子亦各愴然。二鬼跟隨于冰最久，從未一日相離，今見于冰去了，竟放聲大哭起來。

不邪忙止住道：「此係師尊大喜事，莫哭，莫哭。我們此刻誰不心懷悲感？我明日即到冥司，送你兩個托生人間。屈指不過數年，便在師尊左右。倒是我們須一二百年後，方能聚首，反不如你兩個了。」又向城璧道：「此洞師尊吩咐著我住持，我今夜就是主人，一則師尊飛昇，不可不賀；二則就與諸位道

⑩ 三界：天、地、人，又作上、中、下。

友送別；三則賞玩中秋佳景，此山奇果最多。超塵、逐電可速去採辦。洞內有莫月鼎⓫大仙飛昇時，留下有數百年未用佳釀，不可不一領滋味。我們亦不必在洞內盤桓，可同上後洞峰頂，暢飲今宵，為明辰惜別之計。」城璧道：「大師兄有此佳興，可一同共醉峰頭。」

少刻，二鬼採辦停妥，不邪等同一行男婦共八人，齊上峰頂。只見萬壑同明，千峰映月，落花楓葉，飄送金風，真好一片秋景也。八人席地而坐，開懷暢飲，敘談已往未來。金不換指著已壞丹爐道：「這就是我四人對頭。」錦屏道：「半空中那水晶碟和那圓大鏡子，那裡去了？」不邪道：「水晶碟係出自師尊懷中，大眾共見。那圓鏡子，來亦不知從何處來，去亦不知從何處去。今二物我也不知歸於何處。師尊只吩咐我，著將丹爐收好在後洞內，將來我們有用他處。這好些日子，因師尊飛昇，我還沒顧得收拾他。」

城璧道：「我等俱是一師，情同骨肉。此番一別，安可不再訂後會，為聯屬手足之誼？我想一歲中，只中秋一夜，自今夜為始，每歲到中秋，要早到大師兄洞中快聚，通以日將落為期。若日落不至者，來時每人各罰酒十巨觥。若能採有異果，隨意帶來，以助酒興更好。大師兄以為何如？」不邪連連點頭道：「甚是。」逐電道：「此後中秋之會，我們兩個無福奉陪。想算著到明年這夜，正在人家婦人懷中，咂嚼奶水而已，安能再飲此數百年醇酒也？」眾皆大笑。於是歡呼暢飲，皆有醉意。

不邪道：「杯酒清談，乃文人韻事。我此時武興頗豪，有師尊傳授青龍雙劍法一十二路，係因我採

⓫莫月鼎：元歸安人，名起炎，數試不遇，為道士，更號月鼎，入青城山。世祖遣御史中丞崔彧，求異人於江南，得之，賞賚優厚。

藥於九州四海，作對敵妖仙野怪之意。今趁此月朗星輝，與師弟妹一舞，以助酒興何如？」眾皆大喜道：「願觀神技。」不邪向錦屏要雙劍在手，挽起袍袖，束緊絲絛，騰身破步，將門路次第分演出來：初時若兩條白練，一起一落；次後猶如百道銀蛇，攀折遠近；再次滾一輪明月，與天上月色爭圓；至後只覺得寒輝冷氣逼人眉宇，令人生悚惕之心。看到眼花撩亂處，通無人影，又像一片雪山來回搖動，真仙傳也。城璧欣羨的神魂欲醉，恨不得即刻學全。翠黛向錦屏道：「我與姐姐亦有劍法，看大師兄劍法，你我只堪割雞耳。」

正言間，只見那兩口劍從地躍起，有三丈高下，飛向對山，大響了一聲，一瞬息間，二劍復在眼下，比鷹隼還疾。再看對山一大栢樹，已兩段矣。少時，雙劍一合，大家方看見不邪已坐在原處，若不曾出坐者。個個齊聲喝彩，稱頌不絕。城璧大叫道：「大師兄這劍法，不可獨得，應該傳授幾個徒弟。」不邪笑道：「師弟內功正在結胎之時，俟結胎後傳你，庶不為劍學分心。」錦屏道：「要傳須普行傳授，安可私惠一人？」翠黛問不邪道：「單劍和雙劍，可是一樣用法麼？」不邪道：「大不相同。師尊於三年前也曾傳授，單劍名天遁劍法，專以擊刺聳躍為事，使敵者莫測其去來，共一十六路，較青龍劍法倍難學習。師尊常言，天來子真人最精於此。惜我未能一見，豈世俗用單劍者所能夢及一步也？」金不換道：「我這身材瘦小，該學天遁劍法，庶幾跳躍起來，還可探著敵人腦袋。」

錦屏大笑道：「我們修道的人，原不可不學劍法，以備不虞。你適纔所言，竟是意在殺人，大師兄恐未敢傳你。」不換也笑了。如玉道：「只我可憐，只會個駕雲。還是二師兄教的。我在師尊門下投托一場，別無偏眾位處，只挨起打來比眾位偏些。」眾皆大笑。如玉又道：「我與眾師兄師姐忝列同門，沒得說，你五人總須各教我些法術武藝纔好。」不邪道：「三十年後，你果肯勵志上進，結胎有成，法術武藝我當效勞。」六人同二鬼說笑歡飲，直喫到殘月西沈，軒車漸擁時候，男婦俱皆大醉方休。

次早，錦屏道：「本欲同回前洞，與大師兄拜別，但師尊已去，見之倍增悽惻。我還要同舍妹到驪珠洞，取我應用物事，到五臺山另立人家。」如玉道：「武當山九石巖華洞，我也不知在四川何處，尚須早為尋訪，我等就此各散罷。」說罷，大家叩拜。城壁等五人又從新與袁不邪叩拜，著他遵于冰命令，指示得失，一歲中按四季到各洞考證得失。不邪謙讓了幾句，然後應允。超塵、逐電亦各與五人拜別，大家灑淚分手，互相珍重而散。袁不邪持于冰法牒，率領二鬼，遊身冥府到轉輪王處，將超塵、逐電交割，仍回朱崖洞潛修。

再說于冰騎了青鸞，同仙官仙吏眾童男女，昇起在九霄之上，只見光燭三界，五色玄黃，又見千乘萬騎，羽蓋龍車，往來在碧空之內。至西天門外，下了青鸞，早有金公木母，引到天衢。但見：

紅霞現彩，紫氣籠煙。貝闕瓊宮，瑤衢分三條廣路；銀樓玉宇，朱扉開十二通門。桂殿蘭臺，凝睟皆琳琅之器；丹楹繡柱，翹首瞻琬琰之城。皓魄臨窗，玉軸共牙籤一色；和風拂檻，珠簾與裊篆齊飄。西兔東烏⑫，轉旋兩儀之轂；左龍右虎，調和一氣之元。芝草楊枝，同蒼螭⑬而度厄；火珠焦葉，偕赤䖍以垂光。夭矯虹橋，高接千層寶塔；輝煌晶鏡，照徹萬頃水壺。爛熳⑭卿雲，

---

⑫ 西兔東烏：西邊有月亮，東邊有太陽。兔，玉兔，月亮。烏，金烏，太陽。

⑬ 蒼螭：蒼龍也。螭，音ㄔ，無角之龍。

繚繞露盤之座；繽紛異卉，芬馥閬苑之葩。太液空明，九霄豈無巨水？金嶼翠島，上界亦有崇山。風伯清塵，雪花肇萬邦之瑞；雨師逐疫，雷霆鼓八節之和。四大帥錦袍繡甲，八天王玉帶蟒衣。羽衣佳人，手散一天花雨；霓裳童子，爐焚五色龍涎⑮。九曜⑯星官，肅班聯於殿陛；二十八宿，環威儀於崇墀。造化元君，獻天道地道人道鬼道，道道無窮之冊；幽冥教主，奏胎生卵生濕生化生，生生不已之源。東閣金公，率蓬壺羽士嵩呼闕下；西方木母，攜廣寒仙侶欣舞階除。九江四海諸神，捧持鱗介總簿；三山五嶽列聖，爰呈禽獸通籍。屋漏中霤，詳一門之善惡；神荼鬱壘⑰，報萬姓之欣戚。麟負朱紱，玄鶴啣千年碩果；豸懸赤璧，青鸞啄百歲名花。丹桂飄馨，八極淨塵氛之氣；白蓮流液，九野沾湛露之波。耿耿銀河，簪履雲霞並燦；鏘鏘鳳管，塤篪金石和鳴。喜見綺羅在御，欣逢錦繡為叢。正是九天閶闔開紫極，一朵紅雲捧玉皇。

于氷至金闕下，又有張、許、裘、葛四天師，導引至玉案前，叩首畢，奏陳籍貫，並修真得道始末。上帝見于氷心結紫絡，面有神光，帝心甚喜。下許多溫旨，命五老四極授玉冊金文，以靖魔天使兼修文院

⑭ 爛熳：光彩分布貌。與爛漫同。熳，字書多無此字。

⑮ 龍涎：香名，凝結如蠟，得自鯨魚內臟。見故事成語考。

⑯ 九曜：梵曆之一種曆象，一日曜，二月曜，三火曜，四水曜，五木曜，六金曜，七土曜，八羅睺，九計都。日曜為太陽，月曜為太陰，火曜為熒惑星，水曜為辰星，木曜為歲星，金曜為太白星，土曜為鎮星，羅睺為黃旛星，計都為豹尾星。此九者照耀，故名九曜。

⑰ 神荼鬱壘：音ㄕㄣˊ ㄕㄨ ㄩˋ ㄌㄩˋ，二神名，世俗以為門神，見山海經。

玉樓副使，賞仙官二人，仙吏四人，童男女四人，力士八人，仙藥一部，永遠服役。于氷頓首，謝恩退出。火龍真人早已等候在紫禁之外，看見于氷，大笑道：「你得有今日，我臉上大有光輝。」于氷即忙跪伏，火龍扶起道：「你可同我參見教祖老君去來。」正是：

朱旛翠蓋膺丹詔，鶴馭鸞驂上九天。
面壁勤修時尚淺，已成福壽大金仙。

第一百回　八景宮師徒參教主　鳴鶴洞歌舞宴群仙

詞曰：

參教主，謁三清。入瑤池，排綺宴。飲瓊卮，過瀛海。遊鳳闕，聽歌吹。　仙侶至，獻佳珍。賀陞祺，陳雪藕。進蕉梨，奏簫韶。舞干戚，醉於斯。

右調三字令

話說火龍真人領了于冰，並上帝所賜官吏男女諸人，先到八景宮，報名掛號，知會了宣都大法師，稟知老君，立行傳見。老君大加獎勵，賜太清丹經一部，都功神印一顆。又道：「天罡總樞一書，東華帝君業已代繳。虧你天資聰慧，竟能領略得來。戳目針乃吾至寶，你至今未曾送還，就賞了你罷。」于冰頓首叩謝。又向火龍真人道：「你門下出一好弟子，也算你眼界去得。」吩咐左右：「賞鄭東陽風火劍一口，以旌其功。」火龍亦頓首叩謝。

師徒二人辭出，至崑崙圃，叩謁東王公。東王公賜太乙刀圭、火符內丹等物。又領至瑤池，拜見王母❶。王母賜宴元臺，令火龍、于冰列坐兩傍，自己居中，獨坐一席，下面華林、媚蘭、青娥、瑤姬、

❶王母：西王母的簡稱，俗稱王母娘娘。

玉卮五女相陪。又詔董雙成吹雲和之笛，王子登彈八琅之璈，許飛瓊鼓太虛之簧，安法興歌玄靈之曲。宴罷，火龍同于氷叩謝。王母道：「冷于氷風度端凝，造就不可限量。鄭東陽得此弟子，大長赤霞門面矣。我亦無以為贈，知于氷尚未有府第，可於羅浮山鳴鶴洞居住。此係吾次女媚蘭修道之所，洞內外頗有奇景，堪寓飲嵐臥石之仙。」于氷頓首拜謝。王母命董雙成道：「你可代我送二真人出瑤池。」

火龍同于氷謝別了董雙成，又到紫芝崖朝拜元始。元始亦深喜于氷品格秀雅，道念純一，賜符籙丹竈七卷。後領于氷至碧雲宮，拜見師祖東華帝君。帝君慰勞至再，設宴款留，賜雄雌劍一，元珪二，寶珠四，百花無縫大紅雲影仙衣一襲。宴罷，帝君命火龍領于氷到蓬瀛海島眾仙聚會之所。但見：

彩雲叶瑞，麗日呈祥。瀛洲三山，遍長九節之草；蓬壺十島，時開千葉之蓮。高峙銀樓，遙映一天皓月；橫開翠閣，遠接五色晴霞。風雨無虞，架海梁以桂柱；芝蘭有味，繞複道而流香。壁掛晶球，目眩光明之藏；室懸寶鑑❷，身居不夜之天。文梓百尋，喜見枝枝相對；長松千尺，欣看兩兩同根。紫莢峰頭，青鸞與元鶴並舞；丹楓樹下，白鹿共赤豸偕遊。麟伏牡丹亭畔，鳳遶曲水池邊。翠蓋乍飄，皆課花評鳥之侶；朱旛相引，盡採芝種玉之人。裳履增華，聯火藻山龍以煥彩；雲璈迭奏，合金鏞笙簫以成聲。月夕添海屋之籌，卿雲爛熳；花朝驗天孫之錦，異卉芳菲。玳瑁筵前，共薦焦梨火棗；蕊珠宮裡，大陳雪藕冰桃。白雪調高，編入長生曲譜；碧荷凝翠，裁成延壽舞衣。聆咳唾之德音，珠璣滿坐；覩沖和之雅範，風月一簾。菖蒲煉出新笛，盤中丹轉；雲母

---

❷ 寶鑑：寶鏡也。或改為寶劍，衡諸上下文，顯然不合。

蒸成香芋，鐺內煙浮。玉燭蘭膏，醉倚枏榴之枕；瓊漿貝液，爭啖鸚鵡之杯❸。正是：羽客冰廚

瓜作棗，神仙拳勝斗為觴。

于冰看罷，見眾仙男女老少不一，約五六百人，各佩服金冠雲履，錦衣繡裳。見于冰師徒落下雲頭，皆一齊拍手大笑道：「新普惠真人至矣。」火龍命于冰先拜南極子❹。南極答以半禮。次拜眾仙，眾仙各跪拜相還。於是相揖相讓，同到鳳山香城之內，早已預備下筵宴，都讓于冰首坐，一則為是敕封有職事金仙，與受封散仙不同；二則又係初到。于冰那裡敢坐？仍是南極坐了首席。火龍吩咐坐於南極之側，卻是獨坐一桌，從眾仙相敬之意。眾仙各次序就坐，火龍反在于冰之下。須臾，酒泛芝漿，盤盛異果，眾仙童仙女歌舞齊行，真是花攢錦簇，快目怡情。

宴罷，謝別眾仙，于冰隨火龍到赤霞山流硃洞內，叩謝教授超拔之恩。火龍道：「汝本濁骨凡夫，不過百餘年，即正大羅金仙果位，雖上古有食一草一木飛昇者，今非其時也，汝成就亦可謂甚速。敕授靖魔天使、普惠真人，已出望外，今又兼玉樓修撰副使，不但為島洞諸仙未有此榮，我從戰國時修道至今，亦不能有此際遇，此非上帝私惠於汝，緣汝腹內有天罡總樞一書，上帝知汝頗有道術，故破格任用耳。上中下三界諸仙，品分九等，統計八萬四千餘人，讀過他這書的能有幾個？老君和你這緣法，我亦解說不來。想你高曾祖父必有天大陰隲❺，始能乃爾也。上帝首重濟渡仙才，我只在數日內，必膺寵命

❸ 鸚鵡之杯：即鸚鵡杯，酒器名，以南海產之貝製成，形類鸚鵡，故名。見海槎錄。

❹ 南極子：南極老人。

督察水部矣。此缺極繁，凡江湖河海諸神聖職司水事者，有舛錯即行參奏，文移往返，日無寧息。參奏不到，大則為狗庇，小則為失查，安能如你做玉樓副使清閒？至言靖魔天使，不無失查之責，然雷部三百六十神人巡行三界，無煩汝勞心也。」

火龍話畢，于氷然後與同門見禮。火龍道：「以道術論，普惠應居諸弟子之首。然吾門下統以先後為次序，列在第五可也。」原來火龍已先有弟子四人，為首道通真人，第二化行真人，此已授敕命者。未受敕命的是晶瑩子、桃仙客。

火龍亦設宴，自己居中，獨坐一席，令于氷獨坐一席在左，四弟子共坐一席在右。于氷說起未見修文院雪山道人，早晚走遭方好。火龍大笑道：「各仙聖緊要去處，纔到十分之一，量一異類小吏，見他不見他，何足掛懷？若為他有贈書之情，書是老君假手於他，只不治他盜竊之罪足矣，他還敢居功麼？若伊女錦屏、翠黛有成，已煉就人體，身分高出乃父數十倍，非僅三界諸仙青目，就我做師祖公的，亦不敢以異類薄待他們。」又指桃仙客道：「你四師兄隨我數百年，神通道術也算有些，只是不能膺受敕命，終於地仙而已。」仙客道：「弟子也是出身異類，不過比天狐身分高些，縱加力修持，亦必為上帝所鄙，安敢望到五師弟地步？」

火龍道：「你自不勉勵，還要如此委說！福海真人張果，非天地初開時一蝙蝠耶？三界諸仙諸神諸聖，那個不敬服他？就是上帝亦加優禮。再過百餘年後，袁不邪必膺敕詔，到那時，你又有何說？仙道路闊，上帝何嘗鄙薄汝等？」道通真人道：「袁不邪造就，必大有可觀，百餘年只瞬夕可待耳。」于氷

❺ 陰騭：暗藏不露的德行，俗稱陰德。騭，音ㄓˋ，本作騺。

道：「此子入道沈潛之至，將來可望有成。」道通道：「錦屏、翠黛何如？」于冰道：「他兩個俱有根基，異日天仙神仙，俱未敢量。」又問：「連城璧、金不換、溫如玉三人何如？」于冰道：「連城璧為人光明磊落，向道純一，亦可望有成，酒色財三字，還不能搖動他，只於一氣字尚未調匀。他原是俠客出身，纔修持三四十年，焉能將毛病化盡？」

火龍道：「四字之中，惟色字最難把持。今城璧於三字竟能固守，便是大可入道之器。只餘一氣字，只用再修持三五十年，自平和矣。三十年後，我親去試驗他一番，若果有定力，不妨助其速成。」于冰又道：「金不換賦質最庸，又不肯精進，喜得他心無渣滓，嗣後地仙可望。溫如玉特具仙骨，只是他於色之一字，殊欠把持，未便定他的造就。」化行真人笑道：「有何難定？色字與那三個字大不相同，有把持者尚恐動搖，況無把持耶？」道通真人道：「像這些人，五師弟原不該渡他，只用化一絕色女子一試，即立見肺肝矣。他縱有滿身仙骨，何益也？」

火龍道：「普惠修持無多年，門下便有許多弟子，怎道通、化行門下，竟無一人？」道通真人道：「數百年來，也曾陸續看中十數個，於酒氣二字尚能把持，只到財色二字，不用兩試三試，只一試便是再不可要之人，從何處渡起？」火龍大笑，眾弟子亦皆大笑。化行真人道：「看來五師弟不過好渡門徒耳。若弟子等肯渡脫異類，何愁不得三五十人？」

火龍連連搖頭道：「談何容易！不但三五十，你若於異類中能渡脫得一個，成就正果，於我面上亦有光輝。緣此輩原是邪種，少通變化，他便要播弄風雲，作祟人世，千百中無一安分者。再經仙傳，其膽大妄為，較人中之最不安分者，還更甚數倍。前通元真人馬鈺陽，文逸真人梅福，因渡異類在教下，後來大肆宣淫，穢污山島，致上帝震怒，俱降職為先生。若非四天師保奏，已打入輪迴矣。你等焉可因教下無人，便留心此輩麼？大要異類之中，惟猴性一刻無定，求安坐五六句話工夫亦不能。袁不邪以一猴而能沈潛入道，此謂反常。反常者必貴，乃造化獨鍾其靈，一經仙傳，必身列金仙，豈神仙地仙所能限量？至於錦屏、翠黛，我早已密行推算，亦皆大成之器。此乃天緣遇合，該造就於普惠門下也。」

于氷道：「弟子冒昧無知，妄收三異類。今聽馬、梅二真人話，反大生悔懼矣。此後雖身居天府，卻心在人間，縱信得過他們，一月之中，也得推算稽查兩次方妥。」火龍大笑，眾弟子亦各笑。宴罷，于氷叩謝，火龍命本洞仙樂執朱旛翠蓋，送于氷至羅浮山鳴鶴洞中。

于氷次日復去叩謝火龍真人。真人賜五色金縷團鶴無縫仙衣一襲，八寶紫金冠一頂，絲絛、皂靴各一。于氷叩謝。隨到玉峰洞，拜謁紫陽真人。次到雁蕩、終南二山，會道通、化行二同門。回洞後，力士傳稟修文院書吏雪山稟賀、稟見。于氷大喜，道：「授書人至矣。」連忙迎接出去，讓入丹房。

于氷先謝授書厚情，雪山頓首還禮，謙讓再三，始敢就坐。于氷言：「連日謁三清，朝教主，未暇看望。」雪山道：「修文院玉樓副堂文始真人，日前奉敕稽查山島群仙邪正，聽其舉劾，正望真人補授此缺，今果榮膺寵命。書吏得棲身宇下，受庇無涯。」于氷道：「師兄如此謙呼，是居我於爐火上也。嗣後幸垂真愛。」雪山又謝教育二女之恩。于氷道：「我臨行時，各付易骨丹一粒，服之造就定有不同。」雪山道：「屬下屢屢為群仙列聖輕薄，今承真人慈惠，將來二女之中，有一得就神仙果位，屬下得告歸故里，以終天年，實至願也。」于氷又將火龍真人昨日議論渡脫異類話，詳細告知，囑雪山教戒二女，安分修持。

又問及修文院事，雪山道：「玉樓正堂二缺，副堂四缺，為六大憲，統轄學士三十六員，皆上帝敕封為先生者。又博士三百二十員，皆九州散仙。書吏一千五百名，撰擬四海八極幽明敕詔，兼批發諸仙神聖水陸奏章。六大憲總其大成，三十六學士先行定稿，回堂博士以及某等，按上中下三界，分管辦理。六大憲撰擬批發停妥，又復賫送四天師看閱，奏可施行。上界論時不論日，大要真人一月之內，得在上界一百二十時辰。雖固輪流當值，事無大小，六大憲俱要公同列銜，方能陳奏。除當值之外，餘皆閒日，或在本洞靜息，或遊戲諸天，無不可也。若遇重大事件，必須知會公議，未便以不當值卸責。」

于冰道：「錦屏我已命往山西五臺山修持，翠黛自言分修西洞，然家口繁多，不無紛擾。」雪山道：「屬下今日回家，於侍女中擇二三謹慎者，予以管轄逐責之權，再吩咐翠黛，經年不許干涉一事，亦不許到正洞一遊。」于冰道：「如此方好。」隨吩咐仙吏等備宴。杯酌甫設，力士趨報：「海島並各山嶽諸真人、諸大仙到。」雪山因難與會面，苦辭。于冰從後洞送去。

迎接眾仙至大殿，普行拜謝，各揖讓就坐。見金仙內來的是廣成子、寒山子、玉虛子、了真子、瑩蟾子、赤金子、龍眉子、雲中子、定觀子、鬼谷子、歸元子、文靖真人、明道真人、文逸真人、松齡真人、無心真人、金華真人、無上真人，並玉樓正副使慈德真人、智勇真人、廣法真人、黃龍真人、福海真人，又有海外雲房真人、龍虎真人、天星真人、統一真人；諸大仙內，鐵拐先生、白雲先生、抱元先生、丹陽先生、鈞陽先生、紫金先生、無為先生、希夷先生，並玉樓三十六先生，難以盡述；散仙內，李靖安、陳虛白、抱一子、天來子、邱長春、施肩吾、譚景升、李道統、劉綱❻、軒轅集❼、陳翠虛、

❻ 劉綱：三國吳下邳人，字伯經，為上虞令，能檄召鬼神，禁制變化之事。亦潛修密證，人莫能知。為理尚清

郝太古、王棲雲、王際華、馬丹陽、王質、司馬承貞、魏伯陽、孫思邈、丁令威、白石生、青烏公❽、費長房、孫登、裴航、張紫陽、譚峭、安期生、黃石公、莫月鼎、東方朔、白玉蟾、陶弘景、鄭君平、藍采和、雷隱翁❾；女金仙內，是麻姑、鮑姑、孫仙姑、何仙姑、曹仙姑、翠玄夫人、紫霞夫人、樊夫人、韋夫人、雲翹夫人、花蕊夫人、淮泗夫人、赤城夫人、三元夫人、靜一夫人、彩雲夫人、太乙夫人；女散仙內，是雲英、月花、弄玉、湘君、聶隱娘、范飛娘、紅線、裊烟等，男女約二百餘人，各攜珠玉金石、珍玩古器相贈。至平常者，也是靈芝瑤草等類。

于冰拜受，令仙官吏等備宴。少刻，仙樂齊鳴，眾仙互相揖讓，廣成子、玉虛子二仙，居正面首坐，東邊麻姑、紫霞夫人為首，西邊青烏公、文逸真人為首。于冰大陳珍品，眾仙暢飲，談笑風生。正在歡洽間，猛聽得簫韶盈耳，香氣芬馥，眾仙齊出殿外，早見龍車羽蓋，玉杖朱旛，自天而下，乃東華帝君和南極子降臨。眾仙拜謁請候，于冰跪伏一傍。南極急忙扶起，二大仙入殿，正面首坐，眾仙列坐兩傍。

靜簡易，而政令宣行，民受其惠，歲歲大豐。與妻樊雲翹居四明山，同仙去。

❼ 軒轅集：唐東莞人，居羅浮山為道士，年數百歲，顏色不老。坐暗室，目光長數丈。嘗著太霞十二篇。唐武宗召問長生術，對曰：「絕聲色，薄滋味，哀樂一致，德施無偏，堯舜禹湯之所以致上壽者，此也。」後復還山。

❽ 青烏公：上古人，彭祖弟子，入華陰山中學道，後服金液仙去。

❾ 雷隱翁：宋桂州人，名本，少磊落不群，舉進士不第，即棄去，默坐終日。或笑其癡，笑曰：「終不以吾癡易汝黠。」後遠遊不知所之。哲宗元祐中，有朝士遊羅浮，見隱翁嘯傲林下，自道姓名云雷隱翁，乃知其仙也。

于冰跪進霞觴為二大仙壽，方纔歸坐，見火龍同紫陽率領道通、化行、晶瑩子、桃仙客四人到來，先參謁東華、南極，後與眾仙相揖。

正欲就坐，東華道：「我以祖師，因眾仙光顧冷于冰，尚且早至，火龍理該與普惠代東纔是，怎麼你反倒在諸仙之後？」火龍真人道：「弟子因約同紫陽，因此來遲。」南極道：「可各罰他師徒三大杯。」火龍等立飲揖謝。東華道：「我適在半空，見此洞臺榭參差，山亦金碧掩映，洞外禽獸珍奇，草木殊異，不愧為瑤池玉女所居之地，冷于冰宜永誌王母隆施。若對面山上再得瓊樓玉宇，相為照映更佳。」說著，從袖內取出雜色玉，大小數十塊，包在一錦袱內，向對面山上擲去，金光過處，化作三間五色玉樓，安設在層崖峭壁之上，輝煌炫耀，目光一奪，眾仙皆極口譽揚，于冰叩謝。

南極笑向東華道：「你這老兒，明知我一點物事未曾帶來，故意在普惠前作弄我。你既送他玉樓三座，我怎好白喫他的飲食？我想玉樓中，必須有鸞鶴出入方好。」說罷，用手向空中連招幾下，頃刻飛來青鸞彩鳳二隻，玄鶴一對，盤桓飛舞在玉樓上下。于冰亦叩謝。東華道：「我們移席到玉樓一飲何如？」眾仙道：「正欲遊覽瞻仰聖作。」鐵拐先生道：「我無一物贈普惠真人，這搬移桌椅之勞，我代了罷。」隨將腰間葫蘆兒解下，拔去塞兒，裡面出一股青煙，青煙內跳出二三百個小鐵拐先生，將桌椅連杯盤抬起，飛上玉樓，照舊擺設停妥。眾仙大笑。鐵拐先生將葫蘆兒一搖，二三百小鐵拐仍化青煙，入葫蘆內，眾仙大笑。

南極將手中拂塵一丟，化為金橋一座，由下而上，直接玉樓階下。眾仙步履，次序而上。各力士童男女等，即從橋上往來，進送酒食。眾仙同入玉樓，見雕窗綺戶，恍置身在晶玉界中，欣羨不已。麻姑道：「此地山色極秀麗，只是青翠之中，還有黃白二色相間處，我當補之，為異日再來遊覽之資。」於是從懷中取出一小瓶，瓶內倒出五色石砂一把，向四面山上灑去。石砂到處，盡變為大青大綠，五色燦然，眾仙稱妙。施肩吾道：「麻夫人少賣弄幻術，普惠真人胸藏太上奇書，此等技藝，何異擊土鼓於雷門⑩？」麻姑笑道：「先生以我為幻術也？若能將吾幻術指破，我即心服。」施肩吾道：「指破何難？只恐麻夫人臉上不好看耳。」麻姑道：「請試為之。」

施肩吾於懷中取出玉杓一個，如茶杯大小，光如滿月，隨手擲去，疾同掣電，在四面山上一轉，響一聲，仍歸肩吾手內。眾仙急看，山色依然如舊，各拍手歡笑道：「施先生今見屈於麻夫人矣。」肩吾看杓內，滿盛大小石塊，皆五色輝映，青綠判然。肩吾亦笑道：「怪道全收他不了，原來是麻夫人煉就丹砂，披拂在四面石上，已長成一家。幸虧是吾寶，若係別寶，一塊亦不能收。也罷了，我即將杓內石子，與普惠真人做個賀禮罷。」說著，將石杓向空中一丟，那杓兒起在半天，旋轉不已，肩吾將手一覆，杓亦翻轉，只見大小五色石塊，方圓長扁不一，從杓內流出，落將下來，有一二丈大者，有七八尺大者，還有三四尺大、一二尺大者不等，率皆大石在下，小石在上，一塊塊堆疊起來，頃刻堆成一座五色山峰，高可參天，直同筆立。眾仙又各鼓掌大笑道：「妙哉！妙哉！鳴鶴洞又添一奇景矣。」

肩吾將杓收入懷中，眾仙歡呼痛飲，直喫至三更以後，各醉方休。東華、南極俱起，收去拂塵。眾仙送東華、南極去後，各向于氷師徒相謝，一個個騎鸞跨鳳，駕遁登雲，分東西南北回島洞去了。火龍向于氷道：「眾仙惠送諸物，一時難以遍謝。師祖同南極二處，明日定須走遭。」言罷，趁著月色，率

⑩ 擊土鼓於雷門：土鼓，古樂器，以瓦為匡、兩面蒙革可擊之鼓。義同擊布鼓於雷門。參閱第三回注⑱。

眾弟子在前洞後洞看玩許久，然後起身。力士趨稟道：「修文院官吏，在外等候已久。」于冰示以到任謝恩日期，各退去。次早，于冰見桌椅等物尚在玉樓，隨將絲縧解下，也化作金橋一座，令力士童男女次序搬取下來，然後將絲縧收繫腰間。

至十五年後，將超塵、逐電渡在洞中服役，另行更名。又十五年後，連城璧胎已結成，只欠產育。袁不邪、錦屏、翠黛煉就固形丹服之，已屬不沒人體。他三個內丹已成，只是外面功德一件未立。于冰將他四人傳至鳴鶴洞，驗其造就，皆可大成，賜宴玉樓，早從天罡總樞內選擇四十餘條授之，四人法力於此更大。又囑令他們分行天下，廣積陰功，俟外功足時，然後煉絕陰丹，以備詔命。後不邪晉職靈一真人，於冷于冰陞授玉樓正使兼察火部時，袁不邪即頂補靖魔天使之任。連城璧晉職英武真人，督察五嶽。錦屏晉職通源夫人，翠黛晉職妙道夫人。

金不換自于冰飛昇後，即服易骨丹，煉氣三十年，尚未結胎。于冰鄙其資質駑鈍，向道不純，因此玉樓之宴，不曾傳喚。不換聞知，愧憤欲死。晝夜勤修三百年後，亦膺詔命，晉職守樸先生。雪山得二女傳示口訣，只百餘年，亦得身入仙班，晉職為松筠先生，這都是後話。正是：

謁罷三清易錦衣，海山仙侶醉瓊卮。
三更月底笙簫寂，馭鳳驂鸞八面飛。

詩曰：

人生爭為利名忙，事業百年夢一場。
不信四時同逝電，請看兩鬢即成霜。
既無金石延遐算，應有心情惜寸光。
一卷書成君莫笑，由來野史少文章。

海上花列傳

韓邦慶／著　姜漢椿／校注

《海上花列傳》以趙樸齋兄妹在上海的經歷為主線，從一獨特的視角反映上海開埠後的另一個面貌——即對當時風月場所的描寫。小說內出現眾多人物，上至官吏富商，下至妓館幫傭，性格無一雷同，足見作者塑造人物之功力。全書用吳語創作，使作品具有一種地域特色。本書針對其中較難懂的吳語均詳細注解，讓讀者能細細品味作品中的人物樣貌與作者所要表達的主要精神。

西湖佳話

墨浪子／編撰　陳美林、喬光輝／校注

杭州西湖以具有靈秀之氣聞名於世，歷來與西湖有關的人物事蹟，早已膾炙人口，廣為流傳。成書於清朝初葉的擬話本小說《西湖佳話》，即以此為主題，它集西湖名勝導覽、歷史典故與人物傳奇於一身，取材廣泛，描寫人物個性鮮明，且傳奇色彩濃郁，十分引人入勝，其中如白居易、蘇東坡之文章，岳飛、于謙之忠烈，濟顛、蓮池之道行，小青、蘇小之風流……，一書在握，不僅可臥遊西湖，傳奇人物、風流事蹟也盡在眼底。

豆棚閒話照世盃(合刊)

艾衲居士、酌元亭主人／編撰　陳大康／校注　王關仕／校閱

本書為《豆棚閒話》、《照世盃》二本小說集合刊。《豆棚閒話》共十二則，涉及的內容比較廣泛，表現的思想亦較為龐雜。書中篇目不同程度地反映了明代末年的社會現實，或直接抨擊和諷刺了投靠清政府的明代士大夫文人，或揭露了明末吏治腐敗，世風日下，人情澆薄的現象。《照世盃》共四回，其描寫社會狀態，人情世故，深刻周至。全書沒有枯燥、呆板的道德說教，表現出明顯的獨創性和新鮮活潑的藝術風格。

二十年目睹之怪現狀

吳趼人／著　石昌渝／校注

《二十年目睹之怪現狀》為清末著名小說家吳趼人的代表作，是晚清譴責小說之箇中翹楚。小說記錄了主人公「九死一生」自光緒十年後的二十年間所見所聞。這期間發生了一系列影響中國歷史進程的重大事件，如中法戰爭、中日甲午戰爭、戊戌變法、庚子事件等，是社會動蕩不安的時期。「九死一生」具有知識分子與年輕商人的雙重身分，他走遍半個中國，目睹了官場的腐敗、商場的欺詐、倫常的崩潰和世風的敗壞。作者以嚴肅的寫作態度據實而錄，以潑辣犀利的筆墨為我們留下十九世紀末期中國社會的真實紀錄。

禪真逸史

方汝浩／編次　黃珅／校注

《禪真逸史》是一部根據史事、傳說敷衍而成的章回體小說，全書共四十回。故事主要以梁武帝大同八年至唐高祖武德年間，前後八十餘年為背景，記載有關一禪三真的史事。本書的前半部以林澹然為中心，寫其因得罪權貴，不得已削髮為僧，逃奔梁國；歷經艱險，重返東魏；後半部則寫杜伏威、薛舉、張善相的出身、成長、結義、闖蕩、稱王的經過。作者描寫精工，形容婉切，處處咸伏勸懲，在在都寓因果。最終以一禪三真修道、得道為歸宿作結。

兒女英雄傳

文康／撰　饒彬／標點　繆天華／校注

《兒女英雄傳》是平話體的小說，作者摹擬說書人口吻，用鮮活的北平話書寫，使得小說中的對話特別流利、漂亮、詼諧多趣。此書內容旨在揄揚勇俠，贊美粗豪，以智勇兼具的十三妹為主角，前段行俠仗義，英姿煥發，義救為解父難的公子安驥及姑娘張金鳳一家，同時綰合二人結成連理；後天作姻緣亦成安驥之婦，始顯出其兒女情態，英雄與兒女之概，備於一身。是一部難得的俠義寫實、才子佳人小說。